终南山

林仑 著

中国华侨出版社

图书在版编目（CIP）数据

终南山 / 林仑著 .— 北京：中国华侨出版社，2017.3
ISBN 978-7-5113-6693-1

Ⅰ.①终… Ⅱ.①林… Ⅲ.①长篇小说 – 中国 – 当代
Ⅳ.① I247.5

中国版本图书馆 CIP 数据核字（2017）第 038366 号

终南山

著　　者	/ 林　仑
责任编辑	/ 文　蕾
责任校对	/ 高晓华
经　　销	/ 新华书店
开　　本	/ 787 毫米 × 1092 毫米　1/16　印张 /23　字数 /450 千字
印　　刷	/ 三河市华润印刷有限公司
版　　次	/ 2017 年 6 月第 1 版　2017 年 6 月第 1 次印刷
书　　号	/ ISBN 978-7-5113-6693-1
定　　价	/ 46.80 元

中国华侨出版社　北京市朝阳区静安里 26 号通成达大厦 3 层　邮编：100028
法律顾问：陈鹰律师事务所
编辑部：（010）64443056　　64443979
发行部：（010）64443051　　传真：（010）64439708
网　址：www.oveaschin.com
E-mail：oveaschin@sina.com

推 荐 序

山神护佑灵花草，大树不需人栽培

贾平凹

记得八年前，陕西省召开了一次为期三天的全省青年创作会议，这次会议十分重要，它是继20世纪80年代初召开的"太白会议"之后我省文学界的又一次盛会。会议主旨是：树立新的标尺，打造文学新的品牌，着力发现培养一批潜力深厚的青年作家，在肯定创作的基础上再鞭策、再鼓励、再积极推动，以促进文学事业大发展、大繁荣。

这次会议有一个新特点，那就是采用"二对一，面对面"的形式进行帮扶，也就是两个作家、评论家对省上确定的有潜力的青年作家的作品进行深刻剖析，精心点评。林仑是我帮扶的一位，她之所以被省委宣传部和省作协确定为十位青年作家之一，主要是她的长篇小说《终南山》。

她的长篇小说《终南山》，我是用了一个多月时间读完的。林仑的小说给我的启发很大，让我想起了过去的很多事情。她的小说整体感觉大气、浑厚，故事情节曲折复杂，思想内涵丰富多彩，人物塑造得栩栩如生，读后让人久久难以忘怀。整个作品充满了灵气，这种作品构思巧妙，多条线索齐头并进，写起来很难把握，坦率地说，我是写不来的。尤其难能可贵的是，这部作品真实地记录了我们民族近半个世纪的发展史，巧妙地铸就出了我们民族传统文化的精魂，使这部小说具有了顽强的艺术生命力和时空穿透力。小说妙趣横生，充满了大玄机、宿命和大智慧、大才气，自然人文结合得很巧妙！

以前，陕西作家几乎都是清一色的现实主义，而这次，则既有黄土派的作家和作品，又有西域派的作家和作品，还有先锋派的，林仑或许前二者都兼有。她的《终南山》，立足于现实，反映的是中国社会四五十年代嬗变前后人的生存状况、精神状况和价值取向与追求，它将城市与农村、社会与家庭、传统道德与现代思想碰撞交织在了一起，将灵与肉、爱恨情仇交织在一起，为读者描绘出了一幅跨度几十年的以终南山地为核心的社会风俗图，使小说中人物的命运与社会时代的命运紧密地连在了一起，用玄妙的艺术手法对物象、天象等自然征兆进行了巧妙的植入，让读者去感悟，去破解谜底，可见林仑的功底是深厚的；她的作品反映的是普通民众的传统思想和精神物质的追求，反映的是大众的现实生存状况和喜怒哀乐，因此，它是贴近人民群众的，也是大众欢迎的！

我常说一句话，前半句是"山神护佑灵花草"，你是灵花灵草自有神灵保佑着你，读林仑的《终南山》，感到作品充满了特别灵气，有很多地方常见神来之笔；我的后半句话是"大树不需人栽培"。大家都知道，大树都是自我长成的，不信你看，那深山老林里的大树，谁也没管过，不是该成材照样成材了吗？

相信文学基础比我好、天分比我大的勤奋之人，肯定能成就大事，陕西会有更多的优秀作家和作品出现的，这一点我是有信心的！

自　序

我 的 文 学 梦

林　仑

曾经有一首歌这么唱："曾经年少爱追梦，一心只想往前追，飞过了千山和万水，一路追来头不回……"

从14岁开始，多少次梦中，我站在天之涯守望那似海市蜃楼的殿堂，不知道那是在哪里，也不知道那里有什么，只是清晰地记得那座殿堂的名字叫"文学"。从此，执着的渴望与追求，在我的心中就从未有过一丝一毫的改变。

搞文学创作，对于我这个上学还不足十年的人来说，那本是高不可及的一件事。因为一直以来，我从没觉得自己的大脑内会蕴有文学的细胞，所以，至于在文学的道路上能否跋涉成功，我心里也没有底。但几十年来，心中不变的梦想一直在召唤着我。

20世纪60年代，我出生于蓝田县一个普通家庭。4岁时，父亲去世，我是饮着灞河水、听着母亲讲述三秦大地上发生的许许多多隽永的故事长大的。

蓝田是块神奇的土地，早在百万年前，先民们便劳作栖息于此，留下了举世闻名的"蓝田猿人"文化遗迹。蓝田又属古之京畿要地，历史悠久，人文荟萃，具有"三皇故里""秦楚要冲"之称。这里的蓝关古道，历来为兵家必争之地，唐代诗人对此多有题吟，后世称它为"唐诗古道"；隋唐时期，蓝田庙宇多达百座，香火极盛，悟真寺等冠绝一时；唐代诗人王维隐居辋川别业，吟咏山水田园，留下许多脍炙人口的佳作；宋代四吕兄弟倡导理学，定制《乡规民约》，使关中风俗为之一变；近代大儒牛兆濂，芸阁讲学，桃李满天下……秦楚文化的交融、玉山蓝水的灵秀之气浸润了我，使我于有意无意间走上了文学业余创作之路。

小时候，我家里很穷。因为早早没了父亲，温顺善良、大字不识的母亲便挑起了拉扯我们兄弟姊妹7人长大成人的重任。母亲以一个没有知识但却有文化的妇道人家的灵性，饱蘸着中国几千年传统文化的血脉所流淌的血液不断地指教着我们。父亲去世时，三哥已是16岁的大小伙子，那时的他也和中国广大农村青年一样，急于想跳出农门，改变自己的命运，但后来的招工、当兵都没有他的份儿，他便想到了搞文学创作。于是，在三哥的影响下，我也就开始与文学结下了不解之缘。那时，三哥和还未成名的贾平凹是朋友，他经常拿回贾平凹的稿子让我帮助誊抄，没想到，这苦差事在我这里却来了个180度的大转弯，我把贾平凹的灵气、才气一股脑地全抄进了自己的脑子里。

作家柳青说："文学是愚人的事业，是要吃大苦耐大劳的，太聪明的人干不成这种事。"在物质与精神贫乏的年代，我和许多热血沸腾的年轻人一样，一边用汗水浇灌着贫瘠的黄土地，一边又追求着精神的营养。天资并不聪颖的我，由于家庭贫困，14岁便辍学在家。面对生活的清贫与无奈，岁月的阴冷与蹉跎，我不得不开始了文学人生的艰难跋涉，先后阅读了托尔斯泰、雨果、茅盾、巴金、柳青等人的古今中外文学名著。当我从大量的阅读中，无意识地感到文学所肩负的神圣历史使命时，文学这个灵气十足、活脱可爱的小仙子，已经渐渐地使我亢奋与快乐起来，我便觉得世界上再没有第二种财富，比纯真的文学家所创造的精神财富更珍贵、高尚的了。

在贾平凹作品的影响下，起初，文学对我来说只是一种爱好。我羡慕作家，却从来没有想到自己也要成为作家。在阅读中外名著时，在誊抄贾平凹的文稿时，当精彩之处不断展现时，我心里只是想着，像这样的文字我也能写，于是就开始了写作的尝试。然而，双脚一旦踏进去，生活的大手便开始不断地塑造起我来。生活对我是种苦难，文学对我是种缘分，几十年来我痴心不改，无悔无怨，在艰难中趟过了人生的泥泞，在坎坷中踏平了命运的大道。文学创作灵感的产生对我来说，厚实的功力和肥腴的思想智慧是基础，崎岖而丰富的生活才是创作的源泉。美国作家海明威把文学创作比作浮在大海上的冰山，他说："冰山之所以雄伟壮观，是因为只有八分之一在水上。"

在"冰山理论"的感召下，几十年来我乐此不疲，尽管创作了《终南山》《种子的翅膀》《苏武牧羊》等5部长篇小说，出版了长篇小说《西天行》，发表了中篇小说《血做的太阳》《伏凹》《晕日》《悠悠青云屋》等，并发表了1000多篇文学作品，但我深深地感到，在文学这条道路上，要想跋涉成功，达到希望的目标，没有艰辛的付出，实在是太难太难。

难，使我养成了迎难而上的决心和毅力；难，使我真正地体味到生命的壮美与甘甜。虽然我已不再年轻，为了文学梦，我和广大文学青年一样，痛并快乐着；为了文学梦，我正在不断地对苦乐人生进行深层次的生命感悟，对生身热土不断地进行着精神的眷恋。

文学依然神圣！岁月依然需要文学为它记录与作证！梦想依然在心，我将无悔地追求下去。

目 录
Contents

一、灾难冬夜 ………… 001
二、烟火故事 ………… 003
三、爱恨情缘 ………… 006
四、善恶初现 ………… 011
五、狼性人心 ………… 013
六、罪恶等待 ………… 017
七、阴差阳错 ………… 021
八、饥饿疯狂 ………… 024
九、人鬼难安 ………… 027
十、清浊人间 ………… 030
十一、红尘黑白 ………… 033
十二、夏夜难清 ………… 035
十三、情殇难泯 ………… 039

十四、终南山魂…………………042
十五、虔诚求佛…………………044
十六、媒婆上门…………………047
十七、人生诡谲…………………050
十八、命运弄潮…………………053
十九、水花订婚…………………057
二十、树大有神…………………060
二十一、分下有刀………………064
二十二、艰难求学………………066
二十三、进城一天………………069
二十四、杂糅人生………………073
二十五、演绎罪业………………076
二十六、传说压心………………079
二十七、草率婚事………………083
二十八、乌烟瘴气………………086
二十九、心翅飞翔………………089
三十、灵魂挣扎…………………095
三十一、荒唐婚姻………………099
三十二、夏收狼烟………………103
三十三、冬季有雪………………106
三十四、姐妹命运………………110
三十五、风雨人生………………114
三十六、女人心事………………120
三十七、变革初现………………124
三十八、错落的爱………………128

三十九、人心躁动……………………… 130
四　十、古今轮回……………………… 136
四十一、才才失踪……………………… 142
四十二、神性曙光……………………… 144
四十三、时代潮涌……………………… 148
四十四、麦场夜色……………………… 151
四十五、翻新浪潮……………………… 155
四十六、风浪再起……………………… 163
四十七、裂变人间……………………… 168
四十八、儿孙各飞……………………… 175
四十九、残缺的梦……………………… 180
五　十、西域情缘……………………… 187
五十一、诗意芦苇……………………… 194
五十二、父子反目……………………… 201
五十三、惨剧发生……………………… 204
五十四、浑噩生道……………………… 208
五十五、黑红俗烟……………………… 211
五十六、边陲独行……………………… 217
五十七、对错爱意……………………… 221
五十八、神魔相战……………………… 229
五十九、血肉感应……………………… 234
六　十、惨烈悲剧……………………… 238
六十一、昏晕日子……………………… 245
六十二、情爱深重……………………… 251
六十三、宿命难离……………………… 254

六十四、爱神迷影·············· 261

六十五、儿孙心肉·············· 266

六十六、牵肠挂肚·············· 272

六十七、情到深处·············· 275

六十八、酸楚一幕·············· 280

六十九、昔日情人·············· 285

七　十、人浮心躁·············· 292

七十一、重回故里·············· 296

七十二、善恶有报·············· 300

七十三、扭曲灵魂·············· 304

七十四、变味乡土·············· 309

七十五、同样生态·············· 316

七十六、疲于奔命·············· 321

七十七、夹缝生存·············· 325

七十八、柔肠百结·············· 327

七十九、七错八落·············· 329

八　十、月圆心缺·············· 331

八十一、本性难移·············· 335

八十二、尘埃落定·············· 339

八十三、时势变迁·············· 342

八十四、生活源泉·············· 347

八十五、生死无常·············· 349

八十六、魂归故土·············· 354

一、灾难冬夜

这是一个多日来难得再听到两派人打枪的冬夜,一阵妇人撕心裂肺的哭声打破了旷野的沉静,把终南山下颜家河畔沉睡的小村庄从凄冷中惊醒了,使睡梦中的人们一下子睁圆了惊恐的眼睛。

不知是谁喊了一声:"颜蛋他大不在了!"

于是,村里的男女老少,裹着破棉袄,趿拉着不遮脚后跟的烂棉鞋,吵嚷着,拥挤着,一窝蜂似地涌向了颜家。

一间破旧的小土屋霎时挤满了破衣烂鞋的众乡邻,乱嘈嘈一片。名叫柳秋桂的主家妇人坐在炕上停尸门板的顶头,呼天抢地地哭叫着,如天塌了一般。

乡邻们同情地抹着眼泪,议论纷纷,唏嘘不断。

"家里没了顶梁柱,这一大家子,让一个女人领着这么多娃可咋过呀!"

"是啊,才四十刚出头就没了男人,秋桂这日子以后啥时能熬出个头啊!"

五岁的小祖倩睡在小屋旁边油毛毡搭建的棚屋里。吵闹声把祖倩惊醒,睡眼迷蒙中,她摸黑穿着散发出棉絮腐臭气味的棉袄,却怎么也摸不着棉裤,她急得"哇"一声大哭起来。凭感觉,她感到家里出大事了。听到哭声,比她大六岁的姐姐祖香进来,沙哑着嗓子,摸索着给她边穿裤子边吸溜着鼻涕说:"咱大没了。"刚说完就又抑制不住地大哭起来。

"大,大,我要俺大……"祖倩来不及勒裤腰带,两手提住裤子大哭着跑出了棚屋。小女的哭声惊得满屋子的人忙让开一条路。祖倩扑到炕上停尸的木门板上哭得眼冒金花。她知道,自己从此就再也见不到大了,再也不能被大驾在脖子上追云撵鸟了。越哭越伤心,娘一把将她揽在怀里,又放大了悲声。

母女的哭泣把满屋子的人感染得泪水涟涟,男的、女的、老的、少的,人人红鼻肿眼,啜泣声仿佛要顶开破旧房屋上的屋顶。

早已成家另过的颜家大儿子颜耀祖,前脚一跨进门,就"大"的一声趴在停尸土炕边上哭起来,众人忙上前扶劝。颜家老三颜耀昭拨开人群,从屋里头冲上来,鼻孔喷着怨气,双眼瞪得滚圆,质问老大:"你干啥吃的?早些时辰做啥去咧?大临咽气时还唤你呢。"

见老三双手叉腰,两眼喷着气愤的火焰,要打人的架势,老大的蚕眉动了几下,自知理亏地嘴里嗫嚅着:"今儿轮我看饲养室哩……"

大伙忙好言相劝，说耀昭，现在不是论理的时候，安排商议老人安葬的事要紧。老三强咽下怨恨，咬紧的牙关把腮两边撑得又鼓又硬。

村民们按照乡规习俗帮助颜家办理丧事。主事的安排村人去亲戚家报丧，本家轮流和逝者的儿女们守尸，离本族血系远一点的则送两张黄麻纸，表示对逝者的安抚，对活人的慰藉。守尸的儿女万不可离开一步，要轮换着看守。听大人说，这尸体万一被猫或老鼠之类的东西爬上身，就会出现惊尸现象，说是一旦惊尸了，死人会突然坐起来，抱住跟前的任何一个活人，直到把活人吓死，也掰不开死人的双臂……有了这种传言，谁家死了人都会精心看护，从不敢有半点马虎。

按照惯例，60 岁以上的死者要在家停放过 7 天才能下葬，头一天倒下头，第二天就入殓。亲戚们来时，刚进村女人就要哭，一直哭到有人来扶住，进了家门再哭一小会儿，然后擦鼻抹泪，哭丧着脸向主妇问起死者生前最后几日的病情、情绪等情况。男亲戚则需跑也似的来到屋里，才放声嚎几下，就被人扶起，算是礼节。

天刚麻麻亮，门外垒起了用泥和麦秸节抹成的大炉灶。几口大铁锅，包括破桌子及掉了腿的木条凳，也由执事给借来了，过事用的碗筷一律都是从村里人家借来的。村北头的地里请风水先生看了墓穴，帮忙的人正在卖力地挖掘着墓坑。

十里八村总会出一两个专门入殓的人，于是有丧事的就带上一封点心，一瓶老白干，请人入殓。入殓这一天，全村男女老幼全都聚拢来，头上戴白孝布的是本家人，不戴孝布的是村人，即使不为帮忙，也为凑来看个热闹，寻个刺激，看死人的儿女谁哭得最凶，谁是孝子，此后在村里甚至邻村传扬。

入殓的过程，紧张有序，先是儿女在前，哭声响成一片。依次是重要亲戚、自家人，绕棺材围成一圈。将僵硬的尸体放进棺木里时，亲人们就一边大哭一边不停地掀开蒙脸纸再看死者最后一眼。祖倩个头小，夹在孝子们中间，够不着看一眼大的脸，急得扒住棺木沿哭着蹦着，姐姐祖香将祖倩抱了起来，她才扒住棺沿，看到了已安稳地躺进薄棺木里的父亲的脸。她哭呀叫呀，伸出手要去摸大的脸，却怎么用劲也够不着。人拥人挤，昏天黑地，最后棺材盖被盖上钉死了。一个有血有肉有骨气、在世上闯荡了 60 多年活腾腾的生命就这样结束了，人群里面再也不会有他的气息了。人死如灯灭啊！

死人入土为安。看穴的人诡秘兮兮地对耀祖说："你大这坟向，知道么，踩着好风水咧。他头枕终南山，脚蹬颜家河，是出人才的穴。"跟在俩人屁股后头的祖倩一听这话，抬眼向南眺望，不远处的巍巍终南山在几天前刚落了一场大雪，顶上白雪皑皑，底部松柏蓊郁，沉静自若，像老佛祖的蹲守，长年累月，千千万万年庇护着脚下一代又一代的弟子。祖倩又回头北眺，离大的坟不足五十米的地方就是日夜不停流动着的颜家河，这条河流从终南山里穿出，一路拐来弯去，躲过了几个村庄，从野地里过来，一头就扎进了颜家河村，将村子劈成两半儿。一半是牟姓人家，仅六户，住在河的北面，地势比河南岸的颜姓居住地要高出一些，形成了牟姓人家和颜姓人家隔河对峙的局面。沿河岸一溜儿是杨树、柳树，河沿上长满了野枸杞和狗牙刺，饥荒年月，这些野菜也救活了不少人的性命。

埋葬了家里的主事人，柳秋桂已精疲力尽，看着围在身边的两个小女子，两个小儿子，她忧虑不安起来。是啊，老大已不用发愁，他大在世时给早早娶了妻，并生了子，早已分房另住，过自家的小日子去了。老二辉辉呢，不久前才被公家招了工，为了不耽误工作，这回丧事也没给捎信儿去。柳秋桂想，不叫娃回来是对的，娃才招工走了不到一个月，把娃惊动回来，送送他大能咋。可眼下，家里还有这四个没长大的孩子，这往后的日子可咋过呢？正想着，小女祖倩一声"妈"打断了她的思绪。祖倩觉得才几天时间，母亲就像换了一个人似的，老了好多。四十才搭沿的妇人早早就守了寡，柳秋桂能不比实际年龄老吗。

二、烟火故事

刚死了人的这个村叫颜家河村，共分为三个生产队。一队住户靠河边，也囊括了牟姓几户人家，于是，人们常顺口叫河沿子谁谁谁家；二队就住在一小庙的跟前，人们随口就说小庙人家谁谁谁；在西边地势略高的住着三队的人家，叫上场垴。

小庙就建在颜家河村畔，颜家河就是长年累月永不停歇地从小庙的屋山墙边冲刷而过的，不管是冰封雪冻了河面，还是夏天暴雨袭来发洪水，水一直涨到小庙的半腰间，但小庙毫发无损，依旧青石板的根基，灰青石的墙，永远巍然凛然的样子。这小庙仅20平方米，是何年何月啥朝代供哪路神仙坐镇都无从考查，这小庙跟着历史来回变脸，黑了红了，红了黑了。

从不远处隐隐传来了零星枪声，在冬夜里比女人的悲凄哭声还森然。祖倩枕在母亲盘起来的双腿上，迷迷糊糊想入睡，突然被枪声惊醒过来，她睁开了双眼。屋里没点灯，在只糊着一层旧报纸用来遮寒风的窗户上透进来的微亮中，她坐起来，偎在母亲的下巴底下，问："妈，这是哪一派打的枪？"住在屋北油毡棚屋的老四颜耀禄听到枪声吓得一哆嗦，忙摸黑起来，进了这边小黑屋。他裹了裹旧黑袄，把黑爪子似的五指并拢，平着掌在鼻子上从上往下一抹，吸溜了一声，压低声说："小娃，甭问闲话。"然后站在炕脚地对母亲颤着声说："妈，这又是谁跟谁对上火了。不得了，又要出人命咧！"

四哥抖索着尽量压低的话音，更恐惧地灌进了脑鼓。黑暗中，祖倩大睁的双眼不敢移开妈的脸半点。

果不然，在西邻村的野地里躺着一具中了枪的男尸，有好心人不忍让死去的人还晾在野外，就扯了一张烂席片子盖在了尸体上头。

约莫到了半夜时分，天上悄悄飘起了雪花。老三耀昭从低矮的后墙"咚"一声跳进了院子，"妈，妈"地小声唤着叫开后门。柳桂秋摸索着拉门关子，老三卷着一股冷气进来，回身关了门。

"妈，人家叫我和'黑旋风'看守关押在庙里的老教师白哲峰，我看把人都快冻死了，就偷偷把人给放咧。"耀昭快言快语，"啥么，老老实实一个人，没犯啥错误，咋就把人关了？这些熊都是胡闹哩。"

"娃，"柳秋桂声沉语重地对三儿说，"咱哪一派都不要参加。当年你大在运动中见人人都胡说哩，站起来，背着手走了。后来啥也不参加，谁都怪不上他，还安稳些。"

黑暗中，祖倩的双眼睁得溜圆，她还不知道社会上正在闹什么斗争，却时常见村里老人哄娃时说："还敢哭，××派来了。"懵懵懂懂的她瞅着房屋顶上的几处烂洞，像星星嵌在头上一样发晕。她想，人为啥要斗来斗去？

"快睡去。"母亲催促三哥的声音使祖倩把目光投向黑桩桩一样站立在炕脚地上的人。耀昭呼呼喘着粗气，鼻孔呼呼地响。

"没你大了，咱省些事。"柳秋桂的声音被寒夜过滤得愈显凄怜，"你那倔脾气往后要改哩。"

"妈，你放心，我知道。"耀昭已是16岁的大小伙子了，他一挺胸脯，觉得自己已是一个顶天立地的男子汉了，"我的事，我能掌握得住。"

柳秋桂见儿子已大了，明显地有了主张，也有了孝心，她拉三儿坐在炕沿上说："你大一辈子火爆脾气，可人正直。娶妈的时候，豌豆花儿开得红堂堂一片。把我娶进门，我连你大是啥模样都没看清，人家就走咧，上商洛你爷爷原先干事儿的那儿去了。你大那时已是二十八九的大男人，妈才是十一二岁个娃么。"

老土屋散发着年代久远的朽木气息和天长日久烟熏火燎的柴草油烟味，一个土炕连着灶火锅台，连灶炕的余热持续的时间长。贫穷使这一带人祖祖辈辈沿袭着盘连锅台土炕的习惯。炕肚是空的，做饭烧锅连炕也热腾腾的了，在炕和锅台之间仅用一尺高的矮土墙相隔，本地人叫这为锖栏。听到母亲讲过去，祖倩摸索着坐起身子，背靠锖栏，母亲的述说像河水一样淌进她的心田。

柳秋桂说："你大一走就是六七年。后来，你大给我说，你爷在商洛一家药材收购站当账房先生，他从小跟着你爷给人家装货、收货。在你大13岁那年，你爷得了病没治好，没人咧。你大虽然还是个毛头娃，可一看主家给你爷的棺材是又薄又脆的杨木做的，你大不答应了，说，不换好棺材不准入殓。主家没法，又重新给你爷换了一付柏木好棺材。你大就吆喝着驴车翻山越岭把你爷的尸骨拉运回来，埋在了咱家坟地里。"柳秋桂深叹了一口气，继续说，"咱屋你婆，是个有本事的人。她是大户人家的女子。你爷不在那年，你婆比妈现在这年龄还小。本门子自家人就想把你婆踢腾地卖了。那个时候，门中自家人卖寡妇是常事。跟那边说好，银元一交，半夜来人麻袋提上，把人往里一装，捆上就走了。你婆闻到风声不对，把头上的发纂纂子散开，一路疯似的跑回娘家，发动了本家一大群人来闹。想卖寡妇的人被这阵势吓住了，以后再也不敢再提这事了，你婆才逃过被人倒卖的难……"

柳秋桂的讲述像秋天的风扫过耀昭、祖倩兄妹的心原，他们的脑子里不住地闪现着母亲述说的画面，寒冬夜里更显清晰，愈加令成长期的两人心旌摇扬。

"你婆还跟我说过她大的事。"柳秋桂长长呼出一口气，继续说，"人的寿命都是个定数，你大今冬就怪，成天想发脾气，成天想骂人，动不动说，熬不过这个冬……就说你婆她大老的那年，人放在门扇上都停尸两天了，正准备入殓呢。入殓前，女子都要围住尸体哭一阵子，这是习俗。你婆和她姐就坐在她大头前两边，哭的时间长了，人也困乏了，你婆无意间用帕子擦眼泪之际，突然发现他大脸上的蒙脸纸忽上忽下地动弹，你婆先是一愣，以为是这两天操劳过度，眼花了。可细瞧，是真的。你婆还怕满屋满院的人发觉了，就一手装作捂住脸哭，一手伸过去戳戳她姐的大腿，小声说：'姐，姐，咱大的蒙脸纸动弹哩。''你胡说啥呢。'你婆她姐不相信，打掉了你婆的手，责怪你婆哩。'姐，是真的，你睁眼看看嘛。'你婆顾不上捂脸了。你婆她姐抹干泪水仔细一瞧，'妈呀'一声溜下炕，跑出了院子。满屋的人惊了一样往外跑，都以为是惊尸了。其实谁也没见过惊尸，但凡遇到丧事，人人心里都提防着惊尸事的发生。人们这时一听喊叫，都一窝蜂似的往外涌。到了院子，慌乱之中，主事说你婆她妈：'她妈，他（死者）跟你过了一辈子，就是惊尸了，他能把你咋？'你婆她妈就壮着胆慢慢走进屋来，悄悄上了炕。

屋外的人屏住呼吸，等待屋里的动静。主事人还小声对院里的人说：'如果惊尸了，要是死人抱住活人不放，咱一群人都上，还拗不过他咧。'"

耀昭、祖倩在夜色里把心提到了喉咙眼，大气儿不敢出。

"后来呢？"性急的耀昭忙不迭催促母亲快往下说。

"干脆用棍子再把死人打死。"祖倩也快言快语插嘴道。

"你知道啥？"耀昭阻止妹妹的多嘴。祖倩极不服气地往母亲怀里依偎过去。

柳秋桂将下巴轻轻放在祖倩柔软的头上，祖倩明显感到母亲的鼻息轻拂着她的头发。柳秋桂的声音旋即欢快起来，像二月寒日刮上南来的暖风："你婆她妈轻轻掀开蒙脸纸，嘴对着死者的耳朵小声唤，'他大，他大。'见干裂嘴唇艰难地蠕动起来，你婆她妈忙把耳朵贴上去，只听他有气无气地说'给我糠（汤）……糠（汤）。'你婆她妈一喜，忙冲窗户向外喊，'快烧汤，快烧汤。'门外立刻乱作一团，惊喜加恐惧，人人手忙脚乱，却不知要干啥。你婆她姐踮着小脚，情急之中，慌了神，顺手在一老篓里抓了一把糠撂进锅中，啪嗒啪嗒就烧起来。汤是烧好了，还以为是抓了一把小米丢进锅里，到最后才知道是错抓了一把米糠。汤一灌进嘴，人慢慢睁开了眼，人们就扶他靠墙坐起来。一坐起，他就笑了，对大伙说：'小鬼把人拉错咧。这小鬼把我五花大绑地拉到阎王跟前，阎王一翻生死簿，发现小鬼拉错了人，就把小鬼训了一顿，说：'还不快点把人送回去。'小鬼挨了训，没处出气，就拿我出气，把我拉到阎王殿门口，在我尻子上踢了一脚骂道：'快滚你妈的蛋，害得我挨骂。'我就在阴间那地方一路走，一路看热闹。人家还有玩钱的，抹花花的，就是太阳是黄色的，天也是黄的。我正看到兴头上，有人过来说我，还不快回去，你屋里狼哭鬼叫的。我就赶忙往回跑。'"柳秋桂说完，又补充说："你婆她大后来又活了十七八年哩，直活到八十多岁才过世。"

三、爱恨情缘

耀昭后来知道母亲教他不参加任何帮派的话是对的，他的几个同窗好友在这些天里死的死，伤的伤。两派的激战在夜深人静时更显激烈、凶猛。家家户户天刚一麻黑就关了院门，熄了灯，摸黑坐在炕上，不敢大声说话。为了儿女们不在外显得低人一截，可怜的柳秋桂白天上生产队地里干活，晚上就着木格子窗户透进的些许微光还得纺线，她不但要纺够一机子的线，还要帮别人纺，然后换回棉花以弥补儿女们穿戴上的不足。

于是，儿子不论是黑粗布还是蓝粗布，女子或红色或各色相间花格子布，出了这贫寒之门，一个个穿得干净整齐，从穿戴上谁也看不出这是一群没大的娃。甚至，他们穿戴得比一般人家的娃还显好些。

柳秋桂将命运的不幸和生活的艰辛都融在拼命的劳作之中了，看着已显出腾腾男子汉气的耀昭，四十多岁就守寡的悲凄只是在心头一掠而过。

快吃晌午饭的时候，门外老榆树上一只喜鹊站在干枝股上弯着头向屋里"喳喳"叫，叫得在油毡棚里写文章的耀昭搓着冻红的手出了门来，仰脸冲那鸟说："叫啥哩，这年月还有啥好事？"

正说着，背着铺盖卷的二哥耀辉一猫腰从前院低矮的门楼里钻了进来，一头扑进里屋，趴在炕沿上"呜呜呜"地哭起来了。

柳秋桂忙放下纺车子溜下炕，抱住儿子的头，哽咽着："俺娃甭难过，生死路上没老少。再说，你大也老得好，一点点罪都没受，就在炕上睡了不到三天。"

耀辉已是18岁的大小伙子了，白净的国字脸盘，双眼炯炯有神，已现出美男子的气势。以尽孝道而被邻居们传为佳话的耀辉，是一个多月前在冬季招工中被领招人一眼看中，招工到甘肃铁路线上去的。领班的说，要好好干，一年后，谁干得好，工作踏实，表现突出就给谁转为正式的。大去世，母亲不给他捎话，是怕耽搁了他的前程。昨天听邻村一位探亲回到单位的老职工说他大不在了，耀辉如五雷轰顶，他为没在老人最后一刻守在跟前、没为大守一守灵、没送送老人而深感内疚，他没再多考虑，就请了假，连夜乘火车赶了回来。

"妈，"耀辉把头埋在胸前，不忍心看一眼悲痛中的母亲，叫了一声，然后拉过背回来的旧被子说，"到了单位，公家给发了铺盖，我就把从家走时拿的被子背回来了，给你和祖香、祖情先凑合着盖。等我发了工资，我先给你扯一床新被面子。"耀辉说着，从纺线车怀里摸了拐线穗子的工字型木拐，一坐下就拐起线来。在家时，他经常帮母亲搓棉花捻子、浆线、经线、拐线穗子、搭手和母亲穿绳子，掏篦子，然后上织布机。一机子经线就齐刷刷上了机，纬线要绕在一寸多长的空竹筒上，再穿进梭子里，才能上机织成布。为干这种活计，耀辉从不怕村里人叫他"假女子"。其实，耀辉的骨性里，全是秉承了父亲的血性，他从不多言语，不惹事，一旦被人惹着了，他会拼命。

冬天的太阳惨淡无光，颜家河冰封雪冻，像僵死的蛇一样盘踞在村里，人们个个吸溜着冻得发红的鼻子，撑着太阳畔畔或圪蹴，或谝闲。

耀祖蹑手蹑脚地从门外进来了，一直没吭声的耀昭看到老大就来了气，他双手往腰间一叉，挺着胸脯，把来者挡到了门外。

"你还有脸再进这屋门？"

耀昭直冲冲的一句话戳得耀祖憋红了脸，半晌搭不上言语。

"大死前在炕上睡了几天，你来过几回？"耀昭略显方了点的脸涨满了气忿，他连珠炮似的发泄，"大一冬人都不舒服，你没给他看过一次病，没买一次药，你这老大是咋当的？"

见耀祖躲躲闪闪地不敢直视人的样子，在一旁的耀辉没说一句话，但他见耀昭越说越动肝火，抬胳膊捋袖子想打人的样子，他觉着耀昭纯是把自己没在眼里放，才这么横气，这么目中无人，任意发泄。

"行咧。"耀辉铁塔一般往他们中间一立，声虽不大，但音重字沉，话纯是说给耀昭听的："没大没小咧，事有事在，还想打人不成？"

猛不防听见耀辉没黑没白地对着自己来的话，耀昭气得斜瞪着眼，说："你知道个啥？连咱大最后咽气的时候，他都不在眼前……"

"好咧，不说咧！"耀辉也涨红了脸。

耀昭的双眼不离耀辉的脸，瞅着，瞪着，满肚子的委屈使他把忿恨又投给了耀辉，他不明白，二哥为啥在大是大非面前这样偏斧子砍，自己有啥错嘛。

白花花的日光从屋顶的漏洞穿进来，在高低不平的屋地上晃眼。

耀昭撑着鼻孔，呼呼地往外喷气，胸膛一起一伏的，本就白净的四方型脸煞白。

"耀昭，耀昭。"一路跑来的同村好友颜耀民连声唤叫着气鼓鼓的耀昭，一双大眼机灵地往屋里扫了一下，旋即就笑眯眯地拉起好朋友的胳膊，"走，走，咱到河里摸鳖去。"耀民话音刚落，跟脚就又进来了一个同伙，人叫"黑旋风"的颜狼娃。仨人一同互绑着肩出了院子。

"也甭怪耀昭对你有气。"见三儿他们走后，柳秋桂才说起了大儿，"你生在头里，长在头里，不但给底下的弟兄们做不了样子，你连一点心都没有。你大最疼你，爱你，他都三十几了，才添了你，白葫芦娃，当宝贝哩，到头来，没料想是一场空。"

对于母亲的数落，耀祖一句话不说，他立在炕脚地，一桩子粮食一样，头都不敢抬一下。耀辉还遵循着尊大护小的遗训，对当哥的他不便说过分的话，但却觉着老大的事做得确实欠火。

"你要当老大，就得把老大的事做出来。"耀辉说的把事做出来是指做得让弟兄们没说的。

这时，墙外槐树下粪堆上的耀祖妻子麻来叶扯着鸡嗓子朝屋里喊："玉莲，玉莲。"听到妻子的叫声，耀祖吓得浑身一哆嗦，脸红一阵白一阵，颤着声对后门外应答："来咧，来咧。"

在这一带沿袭着一个老规矩，妇女家不直喊男人的名字，往往叫自己的男人时就呼儿女的名。

"叫你哩，你快去。"柳秋桂知道大儿的难处，忙为大儿解窘。耀祖就势急忙忙逃出了屋门。一来到外头，麻来叶就瞪着三角眼骂骂咧咧："你倒胡钻熊哩，不给猪打糠去，都断顿儿了。"

耀祖"嚯嚯嚯"地往自家小院跑。背影里，尻子（屁股）上的肉一撅一撅的，把从母系血脉里遗传的模子扣在了腰板间。

"这熊婆娘把俺哥给治住咧。"耀辉听到墙外头大嫂的骂声，对母亲说。

耀昭、耀民和颜狼娃互绑着肩边走边打闹。一到河里，三人就在冰上"嗤"滑过去，又"嗤"地滑过来，吓得在河川里寻食的二黄狗夹着尾巴逃走了。

滑了一阵，仨人就抱起石块砸开了冰，当河水冒出冰窟窿时，太阳不知道啥时候出了云层，尽管没暖气，色也白淡，却把冰川照得耀人眼。三个一般大的小伙，个个眯缝了眼。颜耀民一双漂亮的大眼也不得不跟着眯成两条线，只是颜狼娃的左眼再眯也合拢不到一起。狼娃的左眼发白，没有了黑眼珠。听大人说，他小时候，在母亲用锥子拆棉袄，回屋取剪子时，想学母亲的样子给伙伴们耍个怪样，以显示自己的大胆才能，就拿起锥子，挑起线脚，"嘣"地往上一提，线是断了，锥尖正好戳在左眼珠子上，从此落下了一个白眼窝。

耀昭知道耀民参加了一个什么什么派，就问："你今儿咋不造反去了？"

"造啥反哩。开始觉得有意思，后来也没啥意思了。你今天偷着拾掇我一个人，我明黑又暗地收拾你一个人。咱怕哪天轮到咱头上了，就不能跟你俩疯了。"一脸喜相的耀民笑着说，像喝凉水一样。

"你个挨球的。"狼娃眨巴眨巴那只好眼，另一只白眼窝的眼皮也跟着快速上下动弹，说："成天跟那两派货打枪，把远近村的人没吓得尿裤裆，你还跟没事一样。"

"嘿嘿嘿。"耀民的笑声很干脆，虽然他人小，但又利索，又精明。

论起在河里摸鳖，耀昭摸得最准。尤其是到了夏季，一场大水发过之后，河床淤满了青泥，耀昭瞅准不停冒泡的青泥，他两只手张开成五指叉开状，往淤泥里快速插进去，又神速般地把硬硬的龟壳使劲一抓，连泥带水拔起来，一只乌龟就这样成了饥饿人家的一顿美餐。

"飒爽英姿五尺枪，曙光初照演兵场……"忽然，从上游离这有二十米远的河桥上传来一姑娘清脆的歌声，惊起三人抬起了弯下的头，三个小伙子，两双半眼直戳戳向桥头望去。

身穿红格子棉袄、蓝色棉裤的牟聪灵正一手挎着粪笼一手提着拾粪铲，摇摆着好看的腰条，一扭一扭从桥上唱着走过，寒风起处，两条齐腰长的黑辫子来回晃荡，像一幅刚停笔的水墨画。

牟聪灵和耀昭、耀民、狼娃同年等岁，只是生月时辰不等而已。三个小伙子凝滞了似的。眼巴巴看着美妙的身影从前面滑过。还是狼娃先回过神儿来，过去一把抓住耀民裤裆里的东西，大叫起来："嗝，光看一眼就硬邦邦了，这还了得！"

耀民没羞也没恼，猴似的就猫下了腰，抓住狼娃同样的东西嬉闹："说别人哩，原来你已湿了裤裆了。"

"甭闹，甭闹。"耀昭的鬼点子出来了："咱仨跟上她，看她见了谁害羞就是她看上谁了。"于是，三个小伙猜测着，一窝蜂似的上了河岸，直向东场撵去。

牟聪灵早就知晓身后追来的那仨人，她只是装作没瞧见，对他们是根本就不屑一顾的样子，依旧一边哼着革命歌曲，一边弯腰拾着牛粪。牛粪冻得跟石头一样硬，她将粪笼用左胳膊弯挎着，右手提着短把铁铲，碰到有粪时，稍一弯腰，用左脚把粪往铁铲上一拨，右手端起铲，往笼里一倒。那一摊接一摊的牛粪使她庆幸，她弄不明白河沿的三叔颜宽有今儿咋没上东场来拾粪。牟聪灵心花怒放，拾得很得意，很自在，长辫子不停地前来后去。

快到高土塄跟前时，耀昭、耀民、狼娃围了上来。鬼机灵耀昭忙上前一步说："叫哥给你提笼吧，看把妹子累的。"

聪灵心里暗笑，但表面上装作生气的样子，薄薄的润唇一启动，少女的律韵徐徐呼出："你还没有我生月大哩。爱称大的货。"一双水汪汪但不大的丹凤眼刚一扫上耀昭的脸，面颊腾地起了两团红晕，慌慌然，忙扭身走去。

狼娃见聪灵连看他一眼的工夫都没有，急了脸，气得腮帮子把两边撑成了两坨疙瘩，他一只好眼扯上了血丝，一只坏眼更白得吓人。他三两步冲上来，双手搂住聪灵的脸胡乱地亲了两口，就扯开步子往家跑去。

聪灵被突来的袭击吓得脸色煞白，等回过神来时，她嘤嘤嗡嗡地哭了。粪笼和铁铲撂到了地上，双手捂住面，不敢放大声，只能任泪水顺着指缝往外流。

"这狼娃，简直不是人！"耀昭也没想到狼娃会有如此下流的动作，他冲狼娃的背影狠狠骂道。

"嗨，没啥，没啥，没啥。"耀民一连说了三声没啥，就又孩儿似的想逗聪灵开心，"你就当是小时候来狼吃娃的游戏呢。"

聪灵抖动的双肩抖得不那么厉害了，她拿下手，露出了红里透白的圆脸。但她还拖着哭腔说："这一传出去，叫俺往后咋有脸见人哩？"

正在这时，在腰间勒了一条兰粗布带子的继父牟拴牢站立在河对岸牟家的高处往这边喊："聪灵，聪灵，你这死女子，不到上场垴转着拾粪去，还有闲工夫谝哩。"

牟拴牢头发已斑白，肿胀的双眼时常粘满了眼屎，老像没睡灵醒的样子。他是聪灵的妈从山里招进门的男人。在家里，聪灵最讨厌继父那张白肿的脸，一年到头，聪灵和妈忙死累活，在生产队里挣工分，还要种好自家那点自留地，可继父从来都是一副懒洋洋的样子，仿佛这不是他的日子似的。

听到对岸唤叫，耀昭忙帮聪灵拾了粪笼，耀民重新把铁铲递到聪灵手里说："快转去吧。"

聪灵一拧腰身走去，快到河沿时又扭过脸，向耀昭送去令小伙子销魂的一瞥。

耀昭心头腾地起了火，一股热流滚过全身。

"看，看，人家瞅上你了。"耀民蔫儿了，大眼睛扑闪扑闪，显出了被冷落的悲哀。

四、善恶初现

又是一个春暖花开的季节，祖倩已到了上小学的年龄。一大早，她就欢欣鼓舞，背起母亲连夜为她翻新的布书包，一蹦一跳出了门。正在这时，迎面蹦蹦跳跳来了好伙伴颜燕玲，两个衣裤不新但干净整洁的女孩子鸟儿般顺着河道杨柳林荫道，穿过小庙，走进了小学校。

第一次进学校，祖倩心花怒放。想想昨天报名时的情景，她心里又有一丝哀凉。学费和书费加起来共一块三毛钱，为这一块三毛钱愁煞了母亲柳秋桂。当时，母亲正和队里一群头顶手帕的妇女们在饲养室门前打粪。开春了，把生产队整个冬季积攒下的牛粪用小铁铲一小块一小块地砸开。冻结得坚硬的粪块，一撬一大块，妇女们围成一圈，坐着小木凳，一点点敲开，然后拉到返青的麦地里。

祖倩偎擦着母亲的身子，眼看着日头一竿子多高了，同龄的人纷纷去学校报名了，她急得心头起火，双腿不住地摇摆，碰磕母亲忙着不停干活的胳膊。

女儿哪知母亲的作难，柳秋桂看上去平静的样子，其实心里如猫抓一样，她想，要是娃她大在，就不用自己来操这份心了。一团雾似的云游过头顶，从贫瘠的妇女们的脊背悠过，给柳秋桂心里投下了不泯的阴影。她在脑子里来回颠腾着说："再难也不能叫没了大的娃跟别人不一样。"

直到歇响的功夫，柳秋桂趁别人回家给娃拾掇饭的时间，把后院里平时捡拾起来的玻璃碴收拾到笼里，满满一笼哩，足有十几斤。然后又拿了一根长竹竿，到河沿上的皂荚树下，把去年没打完的干皂荚一个不剩地打下来。每打下一个，祖倩就往笼里拾一个。一群麻雀喳喳叫着从树梢间惊飞而过，雀屎卟卟地掉在脚下的土窝里，或是人的肩上、头上。祖倩恨不得那群麻麻的小雀就是一只只干皂荚呢，被她快快地捡进笼里，然后和母亲抬到二里地外的供销社去卖了，换回上学的钱。

当别人的孩子都报完了名，快下午时，祖倩才上气不接下气地跑进学校报了名。自长这么大，祖倩第一次感受到了钱这东西给人带来的艰难。

随着时间的推移，狼娃的狼心也随之长大了。他看不惯村里人用看耍猴似的眼光瞅他那只不停眨巴但不能转动的眼窝子，但更伤他自尊心的是那个牟聪灵。一想到她窈窕的身材，和那肉墩墩的两坨尻蛋子，他就恨不能抱住那肉蛋子咬一口。

"我日你妈！"狼娃咬牙切齿地骂聪灵，"你还勾引那两个货哩，把我狼娃不在眼里磨，总有一天我狼娃要叫你知道狼的厉害！我日你八辈子先人，等哪天你成了我嘴里的肉了，看你还认得我狼娃不！"

骚情的猫的叫声更是怪怪的，叫得狼娃心烦意乱。忽然听见肚子咕嘟嘟叫起来，他这才意识到已饥饿得肠胃如猫爪乱抓。正是青黄不接的时候，这个时间是庄户人家最难熬的季节，往年的旧粮已吃光刮净，就等着新麦熟哩。家家的饭稀得能照出人影。饥饿成了人们的第一大敌。

"喵呜——"那只叫春的猫一声惨叫，"咚"地一下就滑下墙头，摔到了院子墙根底下。狼娃快速地扑闪了几下眼睛，猛地一跃身扑上去，双手抓住热腾腾的猫。站起身，往上一掂，掂出了猫的肥瘦。狼娃咧嘴笑了。

狼娃三下五除二扒了猫皮，洗也不洗，就撂进大口铁锅，抓了半把盐撂进去，架起麦秸火烧起来。

没多长时间，浓浓的肉香味从东巷子的第一家院里升起，迅速弥漫了全村。

这个时月，村里家家没粮吃，户户人家的婆娘女子都挎着篮子满地里寻找可食用的野菜充饥，就连刚出叶的榆树也被人抢着捋了个净光，地里除了麦子苗之外，一律被人割挖得红光红光的。半大子娃，不论男娃还是女娃，放了学自知家里没有充饥的东西，就三个一伙，两个一帮地去野地寻可食的东西，人人见绿不饶，个个饥皮寡肉，有一顿麸皮做的窝窝头就算是上好的美餐了。尽管夜已深，但诱人的肉香还是叩开了饥饿难眠的村人的门，家家户户的门吱咛吱咛地开了，人人猛吸着来自巷子东头的香味，似乎要将那肉吸进自己的肚里一样，个个贪婪地伸长了脖子，不住地咽着口水，两耳背后一会儿一个坑。

同睡在一张炕上的耀昭、耀民来到了煮肉的院子。院里已点起了如豆似的一盏灯，就放在柿树下的青石上，一看见血糊溜拉的猫皮，耀昭拉起耀民的手，一捂嘴跑了出来。

俩人跑到了东场。空旷的碾麦场已被生产队的社员碾砸得光滑滑、平板板，只等麦黄鸟歌声响起，麦镰飞舞那一刻的到来。

"狼娃这家伙心太残。"耀昭止住了翻江倒海欲呕吐的潮气，双手往腰间一叉，似笑非笑道："他竟然能扯了猫皮，还能吃下猫肉？"

"嘿嘿，嘿嘿。"耀民的大眼睛笑成了两个弯儿，"一个人一个天性么。"

"你这家伙，对啥都麻木不仁。"耀昭的语气夹杂些许责备。耀民嘿嘿一笑作答。

五、狼性人心

时间的年轮又转了半年。后来，村里住进了工作组。白天社员们除了上地干活，天天晚上喝了汤就集中在东场的石碾盘周围开会。

一盏带玻璃罩的马灯，在石碾盘的碌碡上一放，招得蠓蝇虫蚋粘满了玻璃罩，有蛾子时不时地朝灯火上"卟卟"地飞撞，直撞得跌下来。社员们男的叼着大烟袋，圪蹴（蹲）在石碾边，一边吧嗒吧嗒抽烟，一边不住地打着蚊子、蠓蝇；妇女们不失时地往灯下围，借助灯光做鞋衲底子。几米之外的河道边，河水淙淙，从不停歇地歌唱着人间的悲酸。萤火虫忽忽闪闪，上下飞动，成了娃们追逐的玩物。

工作组人员比起庄稼汉要斯文得多。一个叫王得娃的，长得白白净净，尖嘴瘦腮，一双细小的眼睛，尖而挺的鼻子，说话常拖娘娘腔，是工作组的组长。

"阶级斗争要一抓到底！"王得娃一捋白的确良衬衫袖，露出青筋突暴的胳膊，就势往碾盘上一圪蹴，尖腔尖嗓地说着。

人窝里"卟"的一声响起了放屁声，想笑的人扬脸一看王得娃，见那张白脸上没有一点笑的意思，也就强忍着笑，抿起嘴，抖动着双肩，让笑从鼻孔"卟卟卟"地喷出去。接着，人人肚子咕咕嘟嘟，响作一团，组成饥饿大合唱。老队长颜二顺站立起来，往烂了帮子的鞋底子上叩了叩烟袋锅，瘦削的双颊吸进去两个坑，干柴棍一样的双腿青筋暴起，如蚯蚓样缠绕着皮包骨头的腿。他双手撑住腰，凹进去的黑肚皮皱巴巴的，敞开的青布衫打了几处黑补丁。他走到王得娃跟前说："今儿黑就到这吧。社员们吃糠咽菜，干一天活肚子早空空的咧。再说，明早还要下地哩。"

老队长的眼睛粘糊糊的，他就势用手在肚子上揉了揉，"卟——哇"一声一个响屁出来，这回离得最近的王得娃先抖动双肩笑了起来，双眼变成了两条线。社员们"哄"一下笑得前仰后合。"饥屁冷尿热瞌睡嘛。"颜二顺没有笑，一边为自己解窘，一边就听见在笑浪中不时夹杂着"卟卟"的屁声。

没有月亮，星星也不明亮，一颗贼星从东场上空划过，把贫穷和饥饿拖得老长老长。

一场前所未有的阶级斗争在村里搞得火红，颜狼娃成了王得娃培养起来的积极分子，一时在村里红得发紫。人人见他怕他，单怕被他瞧着不顺眼了，去工作组一检举揭发，就要挨批斗，被上游行。

狼娃也自鸣得意，走路都"腾腾腾"的脚后跟不着地，脸腔也变得又红又紫了，白眼窝子瞅人时更给人一股寒气。

狼娃走路飘起来了。他还要再发展一批能踢能咬的年轻积极分子，他要在终南山下刮一股十二级台风，叫终南山远远近近的人见了他都吓得屁滚尿流。

在发展一批新的积极分子的时候，狼娃始终忘不了牟聪灵，忘不掉牟聪灵对他的不屑一顾，这深深地刺伤了他的心，他伺机寻找机会，他要让牟聪灵认得他。

机会终于来了。

这是一个玉米棒掰上场的金秋时日，狼娃带着七八个本村的积极分子翻墙进了牟拴牢的屋。懒性十足的牟拴牢做梦也没想到，他正在门道里的一张破席上睡得正香，就被狼娃一伙五花大绑地推出了院子，一直顺河沿把他揉到专供关人用的一空院里，又送进了一小房子。小房子门上了锁，仅有两扇木格窗子，没有玻璃遮挡，牟拴牢就扒住窗户向外喊："这咋呢？梦不着气气（注：没一点前兆）就把人关起来了。犯了哪家王法了？"

"你少喊，少喊！"狼娃背着手过来，白眼窝子快速眨动着，对着窗里的人说："你当年从山里头捐过木椽，到山外来卖过没？"

"捐木椽又犯啥法？"牟拴牢丈二和尚摸不着头脑。

"你是个投机倒把分子！"狼娃恶狠狠甩下一句话，走了。

"妈呀。"拴牢腿一软，就势溜了下去。

天麻擦黑时，聪灵来给继父送饭。今儿刚分了新挖的红薯，在锅里蒸了，趁热送来。

"大，你趁热快吃。"聪灵将包着热红薯的黑乎乎的家织布手巾从窗格子间递进去。

"灵娃，你说这啥时候能把大放出去呢？"懒汉继父可怜兮兮的样子，让聪灵顿生怜悯，她安慰说："大，你甭急，咱又没杀人放火干坏事，很快就会没事的。"

倒背着手的狼娃过来了，冲聪灵的后背"哼"了一声，嘴角往上翘了翘："聪灵，放聪明些，加入到我这行当里来，才是识抬举！"他把最后三个字几乎是从牙齿缝里挤出来的，声音又狠又显得气急败坏。

牟聪灵白嫩的脸蛋"腾"地起了红晕，她转过身，眼睛不离地，对狼娃说："叔。按辈分我该称呼你叔。侄女没你那本事！"说完，长辫子垂柳一样在柔韧有性的尻蛋（屁股蛋）上来回摆着，走了。狼娃直勾勾瞅着聪灵的背影出了大院门，上了河沿。

两朵白云游弋上来，把影子投在杂草丛生的大院里。狼娃狗一样蜡黄着脸，木呆呆地站了半响，猛一脚把前面的一小块石头踢出，石头块飞上了院墙，把愤怒也踢上了墙。

"好，你等着！"这是狼娃恶狠狠地从心底发出的挑战。

大队部的院子处在村西颜家河的下游，出了院子仅几步就到了河边。狼娃一走出院子破损的木门，就势蹲在河沿一土塄凹陷处，双手往河水里一掬，"噗噗"地刚洗了个脸，这时，从上游不远处的木桥上蹒跚着来了拄拐棍的牟树茂。牟树茂和牟聪灵是同一辈份的人，也把狼娃唤作叔。

"狼娃子叔呀。"才40多岁的树茂，走路就一拐一瘸的，颤颤悠悠，二级风都能把他吹倒似的，老是弓曲着腰，直不起来，双眼时常像害红眼病一样，红得发肿，眼屎粘得眼皮总是启开两条缝。一辈子没娶下个婆娘，孤身独立，住在东场最边的一间小屋里。他身上散发出刺鼻的汗味和烟熏味，破衣烂衫的襟前已被垢痂板结得发黑发亮。他总是趿拉着已没了后跟和鞋帮子的鞋，只用脚梢挑着，才往前擦着地面挪动脚步，他的形象把一个鳏夫的凄苦表述到了极尽。他慢声慢语地唤了狼娃一声，擦着地皮磨了过来："我给你佛（说），制服女人的办法是，那八岁的女子要拍着睡，十八岁的女子要哄着睡，二十八岁的女子教你睡，三十八的女子拉你睡……"

牟树茂流着涎水，说着说着就蜷着腰走了。狼娃歪着头盯着那可怜的鳏夫孤苦伶仃的背影瞅了半天，"扑嗤"一声笑了，琢磨着他刚才的话，觉得蛮新鲜，想，这没沾过女人边的男人把女人也琢磨得这么透，怪。

狼娃的积极分子队伍越来越大，很快发展到周围几个村庄。狼娃的名字很快在终南山下被人传说，他也费尽了心机，出尽了风头。

耀昭从距家三里多路的芦苇林里掐了一满篮子野水芹菜，兴冲冲地往村里赶。挽到齐膝盖处的裤子还滴哒着带青泥的水滴。鲜嫩翠绿的野菜还带着浓浓的水腥气。这野水芹菜不但没一点毒，人吃了还清火败毒，是上好的充饥菜。耀昭每次都会满载而归，他从不会像村里大多数小伙儿一样，每次提空篮出去，回来还是空篮一个。他庆幸自己在这方面贼灵，他的腿脚行动起来快又准确。他可以跑三里四里的路，钻到人很少去的野芦苇地里，没人跟他抢，也没一个人跟他争。他猫着腰在苇子中间穿梭，齐腿肚深的水，正当午时蒸热蒸热的，时有蚂蟥不小心就扣上腿来。在这方面，他最有经验，这蚂蟥是专吸人血的，你用手抓不下来，用指头挖不下来，你只有狠着劲朝蚂蟥粘住的地方"啪"地一巴掌，这蚂蟥就"咕咚"一声掉进了水里。偌大的苇子林，空旷寂寥，四野静悄悄一片，只有他来回走动时搅得水发出咕哝咕哝的响声，惊起水鸟扑噜噜飞起来，呱呱乱叫。耀昭从不惧怕，干起活来又蛮又卖力，他只想到快点掐满菜篮就旗开得胜了。一团团的水芹菜又高又鲜又嫩，齐刷刷一把又一把摆摆了上来，这下令全家人可以吃上一两天了。有时碰了好运，他还会摸一窝鸟蛋兜回家，给全家人犒劳一顿。

耀昭走到桥头，碰到了掮着铁锨的聪灵，姑娘一看到小伙子，脸忽地就飞上了红晕。

"你……你上地去呀？"对方的害羞让快嘴快语的耀昭也口吃了，他没话找话。

"你咋掐了这么多的水芹菜，你真能。"聪灵不大的圆眼饱溢着敬佩和爱慕，她用眼角瞥了一下耀昭的脸，把爱意传给了他。然后，一努嘴示意小伙："走，上菜庵子歇一会儿。"

菜庵子是生产队搭建的草庵，专用来看守菜园子用的。在这里，前面是队里的菜地，仅有两亩多，向西是队里的一片莲花池，莲叶已不翠绿，泛起了黑青色。菜庵子顶多有五六平方米，一张土炕就占去了一大半。

进了草庵，聪灵忽然冲耀昭哭起来，边哭边数落："你嫌俺咋？嫌俺没啥文化？

可俺自己学着裁剪手艺哩。俺能吃苦，能给你过好日子。俺跟了你，辱没不了你。"

耀昭被这突然袭来的泪人儿哭数得手足无措，瞪大了眼，半张开嘴，说不上话来。

"不……不是，不是。"

一听这话，聪灵立刻擦了眼泪，嗔怪道："你快托个媒人来，把俺娶回去，谁就再也不敢欺负俺了。"

一绺徐风顺门道掠过，带着浓烈的秋的气息，吹在耀昭的心头。他的心慌乱得如同门外欲干枯的茅苇草。他一时语塞，一句话哽在喉咙，无法对这如水的女子说清。

"耀昭。"聪灵痴情地喃喃着，一下子扑上来就用双臂勾住了耀昭的脖子。一直坐在炕沿上默不作声的耀昭感到对方将女性特有的带着浓厚的香粉气味扑在他的发际，轻拂在了他的脸上。随着藕节般白嫩细腻又光洁的胳膊一搭上他的脖颈，接着柔软温热的身躯又拥来，两团饱蓄着乳香的乳房，像热乎乎、白煊煊喷香的馒头偎在他的胸部。天旋起来了，云里雾里，耀昭感到热血汩汩地向头部、脸上倒流。第一次被女性的热身偎住，他醉了。

"喳喳喳"，一只惊叫的麻雀落在门口的土堆上，歪着圆溜溜的头向里边张望。耀昭忙不迭撑开对方的手，站起来，结结巴巴地说："我不嫌你。只是……只是我的条件还不成熟。你甭往心上去……如果我早早成了家，就没前程咧。跟我大哥一样，一辈子只有围着小家转。"

聪灵一下子被对方的话击愣了神，她呆呆地盯着他的脸看了一会儿，当眼里盈满了泪水时，她猛地上去抱住耀昭的额头连亲了两下，然后一转身就一溜烟跑出了门。

耀昭的脸煞白，呆立在草庵的地上，他傻了……

六、罪恶等待

包谷棒掰完了，摊晒上场，每天派专人翻搅几遍。庄户人家都忙着抢墒种麦子。

收了秋的土地一下子变得空旷起来，无论是北边的岭，还是西边的原坡一律都干净利索起来，像蓬头垢面的老人剃光了头。田野里一派热闹繁忙景象，提犁夯耙的，撒麦种子的，还有跟在犁后边顺沟撒化肥的，牛叫娃哭，长条狗也跟着在地畔上抓老鼠。

种罢麦子，摊晒在场上的苞谷棒也晾晒得差不多了，到了晚上，东场热闹非凡，婆娘女子娃围在包谷堆周围，剥苞谷皮，谁家剥得多，秤一过，按斤两计工分。

祖倩坐在母亲的腿边，"嗤啦，嗤啦"剥着苞谷皮。别的娘啦婶子的都嘻嘻哈哈，说说笑笑，有的嫂子还不停地同小叔子辈的打情骂俏，时不时"日"的一声扔过去个苞谷棒，砸得对方"妈呀"一声惊叫，逗得满场子的人笑得眼泪鼻涕长流。而祖倩从没见母亲跟叔们打要过。祖倩知道，母亲心里苦哇，在大伙当中，她还时常强装笑脸。祖倩觉得母亲活得太累太苦，她曾暗自下决心，长大后，一定要有出息，把妈接到城里享享福。

穷人的孩子早当家。没有了父亲，无论是耀辉、耀昭、耀禄，还是祖香、祖倩个个勤劳。祖香已不上学了，她要为自己的母亲分忧担愁，才刚刚十四岁就顶上一个男劳力了。她没黑没明地挣工分。前几天挖苞谷秆，挖一亩地可挣到10分工，她与别人合伙，两个人一夜没合眼整整挖了四亩地，一夜间挣下20分工。

村人为之惊叹，有好心人说柳秋桂，娃个嫩嫩身子，不要挣过了，小心把娃挣伤了。柳秋桂其实早就嘱咐大女，干活不要性急，日子长着哩，正长身体的时候，挣伤了可是一辈子的事。

比妹妹长得稍黑、脸颊又红的祖香听到母亲的嘱咐，就把短刷刷头一甩，满怀自信地说："妈，你就甭操那份心咧，我掌握着哩。"

人都说，祖香像十六七岁的人，干起活来如蛮牛。小伙子捎粮食桩，她也跟着扛；老汉提犁夯耙，她也能提犁打牛的后半截（腰）；姑娘媳妇们做鞋衲花袜垫子，她比谁都做得快，活计做得细密，粗活细活她都能拿得起，放得下，她为的是母亲少一些操劳，为的是没大的娃自有的尊严。

剥苞谷皮，祖香母女手来得最欢，自然堆在身后光溜溜、黄亮亮的苞谷棒子堆得最高。

场外的汉子们或蹲在碾盘上，或自个圪蹴在碌碡上，一锅接一锅地吸旱烟，谝闲传（说闲话），姑娘小伙子则眉来眼去，暗送秋波。

祖倩被燕玲一叫，就搭伙去了河边。耀昭、耀民仰面躺在背人处的苞谷皮堆里，想着自己的心事。

"你说，今黑聪灵咋没来场上哩？"耀昭心中有数，可还是不由得问。

"还不是……"耀民一骨碌翻坐起来，对着耀昭的脸叫道，又并排倒了下去，咕哝道："谁知道咋咧。"

没有一丝风，天气凉爽但不显冷。不一会儿，一盘又黄又亮又大的月亮就从东山头跃了上来，满场更热闹了，娃们追逐嬉戏，秋虫在草丛里鼓噪，有一层薄薄的轻雾把蓊郁的终南山罩住了，远远望去，那山似一尊庄严肃穆的神灵，千万年蹲守在秦岭之间，佑庇着她脚下的人家。

牟聪灵挎着一个大笼从桥上走来，惊得耀昭和耀民弹簧一般跳将而起。月光下，那大老笼大得吓人，把挎笼的女子比对得又瘦又小。耀昭看到在几天的时间里，聪灵仿佛换了一个人似的，脸白惨惨的，圆脸也变得尖嘴细颊了。聪灵见他俩直挺挺立到面前，惨然一笑，声音也显得沙哑无力："你俩真悠闲。"说着，又转脸对耀民说："一会儿，我把这笼剥满了，你来帮我抬一下。"说完就走了，那么大的老笼沉沉地拽着瘦弱的身子。

瞪圆了惊疑的大眼的耀民，迷惑不解地看着耀昭的脸，他觉得，聪灵应该招呼耀昭去才对劲。

"愣啥神呢？"耀昭一撇嘴说耀民，"人家看上你了。这是你的福。"耀昭从胸间长舒一口气出来，又补充道："真的，你这家伙有福。"

此后一段时间，常见耀民有空就帮聪灵干活，两人形影不离。村里人也叽叽喳喳，说这是一对小鸳鸯。

"哥，聪灵姐是不是要变成俺的嫂子咧？"一天，妹妹燕玲和祖倩背着书包走到耀民跟前问他。

"死女子，八字还没见一撇呢，胡说啥？"耀民嘴里这样说，可双重眼皮的大眼睛包不住心里头的甜美。兄妹俩都是五短的身材，大大的眼睛，深深的重眼皮，短脸，黄中透红，但精巧玲珑，把种族遗传的体征形态完全承继了下来，让人觉得兄妹俩简直就是一个模子倒出来的。

七八岁时还时常被兄长驾在脖子上疯跑追耍的祖倩，再也不用坐在哥的后脖项上，双手抱住哥鼓悠悠的额头，飞呀，笑呀，追星星，逮蝴蝶，抓云彩了，那梦一般的童年在贫困与色彩斑斓的幻境中一掠而过。随着年龄的增长，她已显出少女的些许羞涩，胸间两只神圣的乳包如含露的花骨朵，只待一场风，一场雨，就会扑棱棱绽开花蕾。虽和燕玲同岁，祖倩却比燕玲高出半头。

正责备妹妹间，聪灵来了。一见耀民妹妹，聪灵显得格外亲切，她亲昵地拉起祖倩和燕玲的手，来到了碾盘跟前。把两个女子按坐上去，给一个的辫子上扎了一根红毛线，给另一个的辫子上扎了一根绿毛线。不论是红毛线，还是绿毛线都是当时女娃最奢侈的装饰品。

耀民走过来半感动半兴奋："看你，花这钱做啥？"聪灵没有接他的话，对耀民说："咱准备结婚吧。就搁年底，人都闲闲的。"

耀民紧锣密鼓和家人一齐赶制着完婚的简单家具，颜狼娃这边的批斗会、游行也愈演愈烈。

这天批斗会开完，夜已很深，颜狼娃喊大伙散会回家，让牟聪灵留下。见耀民一直站在院中间不走，狼娃打发道："耀民，你先回。我跟聪灵商量捏个啥理由放了她大。"

耀民迟迟不动，对狼娃说："你们商量去，我就在外头等着。商量完了，我好送她回去。"

"还用得着你送吗？"狼娃口气硬了："这是关系到阶级斗争的机密问题。再说，聪灵一会儿有她大作伴哩。"

牟聪灵怕连累了耀民，她忙对耀民说："你先回吧。咱狼娃子叔说啥就是啥。还能哄了我不成。"耀民刚出院子门，门就被狼娃"咣当"一声关上了。

空寂黑寥的院子显得那么旷野，来到屋里，聪灵看到一张桌子上放了一本花名册，旁边用砖头块支了一张木板当床用，再就是还有一张唯一的四方木凳，加上一个洗脸盆。房子很潮湿，土地上潮乎乎的，散发着泥土的腥味。

昏暗的灯光下，狼娃示意聪灵坐在方木凳上，因为房间小，方木凳离床有三尺来距离。狼娃往床沿上一坐，床子"咯吱"叫了一声。他双胳膊向桌面一趴，瞅着屋里的人儿。这么近距离地看聪灵，他狼娃还是第一次。他不知道，为什么这个母东西会把他折磨得死去活来，比上刑还难受。狼娃闪动着白眼窝，死死盯住对方的眼，又从眼部扫视到耳根、鼻翼、下巴，那光洁的下巴闪动着青春的色彩，然后是白皙的脖项，再往下就是他牵魂销魄的胸脯。尽管时节已让她穿上了宽松的红格子的夹袄，但还是难以遮盖住耸起的乳峰。狼娃的眼神凝滞在对方的双乳间，他感到血流冲向了双眼，头皮"噌噌"发响。他神速地"啪"一声拽灭了灯，老牛拉犁一样急促地呼呼喘着粗气，上去就捂住了聪灵的嘴，颤着声："灵子，我的灵子，你这母东西把我折磨得够呛……"

"呜呜，哇哇。"聪灵被这突然袭来的灾难吓懵了，她想挣扎喊出来，但那铁箍一般结实的手任她怎样用力也无济于事。她无望了，头上、脸上全是狼娃粗得像刮风一样的急喘。他一边喘，一边压低声对聪灵说："甭叫，叫出了声，你往后还咋活人？"

聪灵如同掉进深井的兔子一样，无望地颤着身子，软瘫了。

狼娃饥饿的白眼狼一般，只轻轻一提就把聪灵撂到了破床上，像提了一条软面条。他呼呼喘着，气喘得使整个屋子都像在刮风。慌忙急切中，狼娃的手抖得怎么也摸索着解不开她那纽扣。他把滚烫的脸拱进对方的脖子间，拱进那两包乳房间，终是手颤得没法解开衣襟，情急之下，狼娃"哗"地把衣襟从底下往上掀了起来……从没挨摸过女人的狼娃就这样失败了。他大汗淋漓，死了一般，在女人的身上趴了一阵，就骨碌一下从聪灵的身上滚了下来。

没有思维，没有了任何思想，狼娃大睁着单眼，看头顶黑咚咚的屋顶。他妈的，人死了也不过如此嘛。他像在做梦，又像在阴曹地府。刚刚快速过去的一瞬如电闪雷鸣，殛了他的身，他只感到五脏俱焚，云里火里。

紧挤着他的那个身子动了一下，狼娃如梦初醒，侧过身子，手不自觉地又搭在了她那温热柔韧的乳头上。他有意识地一抓一揉，嘴贴住聪灵的鼻翼不住地叫："肉蛋蛋，肉肉。"

外面悄悄下起了雪，是那种糁糁一样的粒粒雪，唰啦唰啦落进枯草丛里，落进奔腾不息的河水中，颜家河呜呜咽咽，似女人悲苦命运的哭诉。在河的源头——终南山，第二天一大早，人们就发现山头戴了白孝布般落座了一层雪……

七、阴差阳错

牟聪灵很快出嫁了，她嫁给了颜狼娃。

颜耀昭怎么也想不通，跟耀民好了一段时间的聪灵咋就改了主意，跟狼娃闪电般地完婚了。他想，她不是疯了也是傻了。他把想不通说给了妈。柳秋桂劝儿子："这种事不好说，咱再不要说了。狼娃子那种人咱能惹得起？"

"不是那回事。妈，"耀昭一急说话像倒豆子，"聪灵跟那种人过，还会有啥好日子，能把她折腾死！"

耀禄过来，他虽然黑瘦，但个头明显长高了许多，比他大两岁半的耀昭才不过跟他一般高。只是他在兄妹当中显得又黑又瘦。学上到初一，他嫌家境穷困也就不再念书了。他不多言语，但勤劳节俭，冬天嫌冷风钻身子，就搓一根稻草绳往腰间一勒。人长大了，没地方睡，夏天他卸一扇子门板，扛到东场，两头往碌碡上一搭，凉快，又有了好睡处；冬天，麦秸窝里一钻，既暖和又不挤热炕。他胆小怕事，在外头从不多言，在家里也很少嘀嘀咕咕说上一阵话。这会儿，他听耀昭说到狼娃的事，过来提醒："狼娃谁敢惹？那狗日的心狠手辣，啥事都做得出。好好过自家的日子，再甭管闲事。""去去去，一边去。"耀昭不耐烦地冲耀禄火了，"你倒懂个啥嘛？"

"对对对。"耀禄每次惹不起耀昭就回避，他边往后门走边咕哝："等挨了戳、吃了亏就来不及了。"

耀昭气不过，"腾腾腾"从耀禄的后头赶到了前边，出了后院门，径直奔老药铺的耀民家去了。

"耀民，耀民。"耀昭一进门就性急地冲屋里喊。耀民趿拉着鞋出来："进来嘛，进来嘛。屋里说嘛。"他心里早知道耀昭这么冲是为了啥事来的。

刚一进门，来不及坐，耀昭就气呼呼地叫嚷："看你大大的人，办的啥事嘛。"

"我也摸不准，人家是咋搞的。"耀民明显蔫了，他垂下无力的头说，"就是从那天晚上批斗她大后就变心咧。"耀民把那黑狼娃留住聪灵的情景学说了一遍。

耀昭听了眼一下子睁大了，气得胸脯一起一伏，指责耀民："你看，你看，你咋就那么听话？一定是那狗日的对聪灵做下见不得人的事咧。"

看到耀昭的脸煞白，耀民这才恍然大悟，他抱住自己的头捶了两拳，嘤嘤嗡嗡地哭了……

饥饿一直困扰着终南山下的人们，为了充饥，人人都跟到处觅食的鸡一样，个个黄皮寡瘦，有好多人都饿得患上了浮肿病，牟树茂最严重，双脚肿胀得发明发亮，像鼓满了黄水一样，腿都拉不动了。

牟树茂因为孤身一人，日子难过，老队长颜二顺就派他在每年冬季看守牟家门前那片麦地，不要叫鸡呀猪呀进地糟蹋庄稼。这样一来，冬闲季节，庄户人闲得没事干，牟树茂每天还可拿八分工。每年的年底一结算，牟树茂年年都是余粮户。对照顾牟树茂，谁也没有怨言，尽管好多人家都是缺粮户。牟树茂看守庄稼也尽职尽责，拉着木棍一拐一瘸，"哟唏——哟唏"吃了东头吃西头。鸡猪全赶走了，他就坐在地头的界石墩上，面朝南，眯缝着眼，看悠悠终南山的威严。这时，他就时常想起孤苦大半生的自己。人人都有妻室儿女，他自己咋就没有呢？想到在人世空走了一遭，啥啥都没留下，自己连终南山上的一块石头还不如吗。偶尔有一对亲昵的小雀落在前面的干树丛中觅食，亲热的劲头胜过了寻食。它们一忽儿嘴对嘴亲着，叽叽喳喳互诉着爱意，一忽儿这只用小嘴在那只头上挠痒痒，另一只幸福得就闭上圆溜溜的眼睛。牟树茂被感动了，鼻涕一把、眼泪一把地哭起来，他觉得自己活得可怜，连一只小雀都不如。白天还过得去，出来吃吃鸡，撵撵猪，逢闲人了掏掏心窝的话，对付着就过一天；可到了晚上，孤零零一个人，有个头痛脑热的，没个人端一口热水来。牟树茂有时想着想着，就直想汪汪地放声大哭一场，把憋在胸腔里的全部委屈释放出来。

有时他也自寻乐趣，把积攒下的几个零钱买了各种色彩的豆豆糖，逗惹得一群娃们围着他打转转。他一手拉着木棍，一手攥着豆豆糖，看男娃女娃拽着他的胳膊袖一蹦一跳，叽叽喳喳喊："树叔，树哥，给我，给我。"这时的牟树茂是最惬意的，他不时从扬起的手缝中有意识地漏下几颗，然后看娃们在地上抢，抢到的也不顾粘满了土，就连土带尘地塞到嘴里，又一窝蜂似的拥上来，在他周围打转。

　　牟树茂被娃们拽得团团旋，他咧开流着涎水的嘴笑啊，看头上的云白得如雪，好看得似白兔子在天上游动。他不烦恼了，不孤独了，感到生命是这么的美好，人活着是这么的有意思啊！

　　可是，这个冬季，成了牟树茂的一个劫季。他的双腿双脚肿得已不能再拉动。老人们都说，人到快死的时候，都有征兆，"男怕穿靴，女怕戴帽"。

　　又是一个大雪纷飞的日子，为了照顾牟树茂，老队长颜二顺安排了队上一位老婆子每天为已不能动弹的树茂做饭、烧炕。这天，天擦黑时，老婆婆就把炕洞的稻草把子引着，给树茂烧了一碗包谷糁稀汤，端到病人睡着的头跟前，叮嘱了一遍："树儿，一会儿你趴着把这汤喝了，我回去呀。天黑透了，雪落厚了，脚下打滑，把我隔到这咋办？"老婆婆踮着一双三角形的小脚出了门，把门"吱咛"一声闭得严严的。

　　第二天一大早，每天起得最早的河沿子的颜宽有最先看到冒着浓烟的牟树茂的家。颜宽有一撅粪笼，从牟家高处撒开双腿往下跑，边跑边喊："树茂家着火咧，树茂家着火咧！"听到这惊吓得变了腔调的喊叫声，人们马上意识到出了人命大事咧，一边扯胸露怀地穿扣衣服，一边往牟家涌来。

　　迎着呛人的黑烟，到了树茂的门前，人们一齐傻了眼，破木门早已烧塌下来，树茂在炕上已蜷缩成不到三尺长的黑桩……这样的惨景让几个心软的人"哇"地就哭出了声。

　　祖倩和母亲、耀昭也夹杂在人堆里，她望着黑黢黢缩成一团的树茂，嗅着被烧焦的烂棉花套子的臭味，以及人肉、人骨头见火烤后散发的皮胶味，心在瑟瑟发抖。她仿佛看到在那浓烟翻滚的雪地里，有一个挂木棍的人撒下万般糖豆，撒下了彩色的欢乐……

　　那欢乐是牟树茂省下的油盐钱换来的，他用生命换取了欢乐，这是生命的悲哀。

　　祖倩再也看不到那一幕幕令人忘掉万般烦恼和忧愁的撒糖豆的情景了。

　　牟树茂的影子一直萦绕在祖倩的大脑里，像一个神奇的传说被神匠鬼斧镌刻成一幅幅美丽的乳雕画，在她的眼前来回浮现。

冬闲时节，麦苗被雪盖得严严实实，人间瓦屋的房檐上垂着晶莹的冰凌儿。祖倩从木窗的格子间望出去，对门那一排子的冰凌儿晶莹剔透，它们长短不一，但却都对冬抱有虔诚的忠实，它们把数九寒天体现到了极致。

"妈，你说我婆她大死里复生，那我树茂哥说不准也能活过来呢。"祖倩一边帮母亲搓棉花捻子，一边还想着牟树茂的事。

柳桂秋停下纺线的手，看着女儿笑，见女儿已有了成人的思想，她满意地说："你咋就跟别的女娃不一样，把个事非要颠来倒去地想。烧死人的事都过去半个来月了，还没思谋透。怪不得，我怀你十个月，肚子痛了十个月。就是跟人不一样。"说了一大串子话，见女儿专心地等她说下去，柳秋桂边摇纺车，边说下去："人的寿数是一定的。像你树茂哥，甭看他一辈子受凄惶，没办揽下屋里人，成天脏兮兮的，下一辈子他就是神了。他没有妻小，活一世到死都是干净身子，那是神让他转世为人，磨拷他哩。这不，磨成了，神就把他叫走了。"

对呀，没做过坏事的人就是神。祖倩这样想着，树茂的身影逐渐地在她的潜意识里变高，变大，像一堵墙一样。当她在将睡将醒的时候那尊神就守坐在她的头上边。这种幻影一直在祖倩的生活里持续了好多年。

八、饥饿疯狂

民以食为天。在饥饿的年代，中国老百姓显示出了坚强的忍力，尽管人人都在饥饿的边沿挣扎，但个个都很顺从，只要村里的钟声一响，不论半夜三更，或是严寒酷暑，人们都会很快地集中起来。忍着饥肠咕咕，吃了野菜吃麸皮，甚至连榆树皮也扒下煮的吃了，但没人偷拿生产队集体的东西。

老队长一嗓子吼出来，大伙按分工上了地，谁也不愿落在人后，尽管10分工才值一两毛钱。

冬季是农闲时节，但终南山下的人们这个闲日最难熬，他们要利用这一冬的闲日子，扒食的鸡一样扒拉下今冬明春的粮食，以度过那青黄不接的难过日月。于是，为度生活，为了勉强活命，人们想尽了法子，把萝卜缨子一撮一撮绑在绳子上，挂到屋檐下，待到冬天食用。男劳力们就三个一伙、五人一帮地联上伴儿，到一百多里外的渭北平原去买粮食。

买粮食的人通常要选在风大雪猛的黑天，这种天气把一路设卡的工作人员冻得受不了，都跑进屋里取暖去了，这买粮的队伍才会躲过去。若是运气不佳，被逮住了，不但没收了粮食，还会给你戴上投机倒把的帽子。

为了充饥，为了不被饥馑裹走生命，人们还是要冒这个险。

天黑得一米远谁都看不清谁，西北风带着怪哨往地上吹。耀昭、耀民带着耀禄三个人拉着两辆架子车整整走了一夜。大路前方有卡子，他们就绕到难走的小路上去。有时路过村庄，村里的大狼狗扑出来，吓得三人脸煞白，腿打战，立在原地不敢动半步，直到好心的主人出来吆喝了那畜牲，他们才飞也似的跑走。

过了渭河、泾河，就到了渭北大平原。这一眼望不到边际的旷野，让人一下子眼开心阔。这里土地肥沃，良田万顷，人们把分到家里吃不完的玉米、麦子卖了，再换些盐醋之类的调味品。

耀昭、耀民和耀禄走村串户买粮食，麦子不敢问津，三毛多一斤，而玉米只卖一毛八分钱。每人心里都有一本账，他们知道麦子是吃不起的。

一上路各自把家里焙好的上等食物——包谷面馍装上十几个，饥了，歇下来，从布袋里掏出冻得又干又硬的馍蛋子，香香地吃一个，仅止住饿就行了。他们谁也不敢多吃，怕接不住返回的口粮。玉米面做的馍疙瘩，经过风一吹，干硬干硬，一咬一个白茬，到了嘴里又粗又涩，但他们还是香香地大嚼大咽。吃完了，再抓两把白生生的雪往嘴里一搡，冰凉渗骨。不饥不渴了，刚才跑时出的汗也干了，抓起车把，驾起车辕又跑起来。

串了不到三个堡子，就装满了两架子车包谷，一车拉四个桩子，每桩子都是用粗线绳织起来的长细口袋，装满了足有百十斤，一架子车能拉四五百斤粮哩。装满了粮食的架子车，耀禄拉不动，他只有跟在车后边撅着尻子往前掀。上了大路，天还没黑严，他们就坐在一棵大榆树下露出地面的粗树根上等天黑。

"这驴日的天，也不黑快些。"耀民耷着眼皮疲惫不堪地埋怨，"这球的天，风咋也住咧。"

虽然季节已进冬入头九，哪怕再冷再滑路再难行，他们也盼望天气越恶劣越好，这样一来，路上的卡哨就少多了。

耀昭感到瞌睡乏困极了，为了赶走瞌睡虫，他一挥胳膊站了起来，吟诵道："……可怜身上衣正单，心忧炭贱愿天寒……"

"你再甭吟诗咧，把人心都吟碎咧。"耀民的大眼睛盈着泪水，他拖着哭腔说，"咱那鬼地方为啥老是叫人没啥吃？"

一绺寒风刮起，把异乡讨饭似的人的哭诉刮过来，折过去，传得又远又凄凉。

天一黑透，三个人立刻警觉地上了路。架子车在上坡路上吱吱扭扭，咯咯哒哒，驾辕的人尻子撅得比头还高，拉攀绳把肩膀磨得血红；车到半坡上，半口气儿不敢松，如稍有松劲，连人带车带粮就会倒滚下去，后果将不堪设想。这个时候，驾辕人的头几乎挨着地，汗像断线的珠子不停地嘀哒，凹陷进去的肚皮鼓圆了劲。待拽上了坡，人也就如一瘫泥一样了。

逢着下陡坡路，人更是难受，双手把车把撑起，让车尾擦住地皮，把重力往后掼。就这还不行，负重的车把人推得直跑。这是一场人与惯力的抗衡，人挺着胸脯朝后仰，双腿撑硬往下行，双脚紧紧扣住地面，不敢打半点滑。腿哗哗颤抖，如通了电，抽了疯似的；牙齿咬紧，扛住，也不能让车把人推下坡。等下了坡，人浑身像被抽了筋，腿肚子又凉又麻，软得一站起直打摆子。

算起来耀昭、耀民和耀禄这一趟出来已经是第三天了。三个人还算顺利，东躲西绕，没被卡哨逮着。下了老牛坡离家就剩三十里路了，此时已是下半夜。一进南川县地盘，也怪，天又零零星星飘起了雪来。

"咱歇一下吧，我实在支撑不住咧。"耀民的双眼再也睁不开了，他嘴里刚刚啃进一口馍，声音也沙哑得不像他了。停了车子，一扑踏坐下去，靠在车帮上就睡着了。

确实是困乏到极点了，三个人横里竖里睡得昏昏然，直到一条大狼狗在不远处吠叫才惊醒他们。

睁开蒙眬的睡眼，眼屎糊着眼仁啥也看不清，耀民一觉醒来，才发现嘴里还含着一口馍哩。揉搓下眼屎，立起身，三个人都感到浑身酸痛。抬眼西望，西边白鹿塬坡地里白茫茫一片，点缀在这其间的村落房屋三家一堆、五户一伙地散落在半塬坡上。塬根下的河，一条冰练似的在微亮的晨光里闪烁。南眺，终南山银装素裹，郁郁的松柏穿了雪袍更透出飘逸、潇洒，水晶般的墨绿更显出肃穆和庄严，给人以宁静坦然的姿态。

对于耀昭来说，这种苦行僧式的买粮行程，磨炼了他的意志和毅力，他暗自下了狠心，绝不能像大哥耀祖那样，窝窝囊囊活人，一定要混出个人样来。

九、人鬼难安

这是一个"三夏"大忙季节，麦捆子已拉运上了场，只等再翻晒上两个太阳就可以开碌碡碾场了。

每年的这个时候，老队长二顺叔最心焦，急得心火往上拱，眼也红了，声也哑了，人更瘦得一把骨头。老婆总是说他："把你急得火烧心，能咋？"

"净说些不顶用的话。"老队长责备老伴道："大伙一年的血汗就靠这茬麦了。这是度命的口粮。抓不住，烂到地里，这一家子一家子的，哭天呀么喊地呀？"

正说着，一团云影从后门的窄道里游过，惊得老队长一猫腰出了门。手往额头上一搭，正南一望，惊呼："不得了！终南山盖帽，等不到鸡叫。今黑明早要下雨哩。"说完，一溜烟出了门。

东巷老槐树下挂的生铁圈子成了队里召集人的唯一铁钟。老队长拾起一块石头，站上土堆，抬胳膊扬脖"咣咣咣"地敲起来，边敲边喊："上场喽，上场喽。"

"叔，大太阳红刚刚地晒得正美，叫上场做啥呢？"在树荫下正翻阅《荷花》文学杂志的耀昭不耐烦地扬起头问。

"嗨，这崽娃子，还有闲心看书哩。快上场，压麦垛子。你不看南山戴帽了吗。"二顺叔心急火燎把折腰裤又勒了勒，边喊边往巷道深处跑去。"上场喽，上场喽……"

一向都慢腾腾的耀禄掮了麦叉跑出来。见大伙都急慌慌往麦场跑，他冲不慌不忙的耀昭呲咧了一下嘴，责怪："整天成啥精呢？手不离书，二溜子一样。"

"再多嘴，揍你个熊！"气一下冲上来，耀昭攥紧了拳头。

"看你能成啥精！"耀禄黑黑的瘦长脸也涨红了。猛不防，耀昭上去就给了耀禄一拳，耀禄拧过身扬起叉把，被围上来的人拉住了。兄弟二人谁也不想在人堆里败下阵，斗架的鸡一样被人拉住扯住，还互相往前扑着。

柳秋桂踮着双半大半小的脚"腾腾腾"跑上去，往中间一站，一语双关骂道："咋都不顾脸咧。不嫌人笑话？"

妇人抬脸看看左边的儿子，又看看右边的儿子，齐蓬蓬往上长的儿子比母亲高出大半头，一个不服一个，都互瞪着眼。

耀禄被人拉走了，耀昭还白煞着脸立在原地不动弹。柳秋桂一脸的不满，说耀昭："你为大。他都上场走咧，你还瓷愣到这儿想咋？快走。人都上场咧，咱再甭给先人丢人了。"

满麦场的人像爆炒豆一样，压麦垛子的，叉麦捆的，妇女把摆晒的麦捆一一拉拢来，像打仗一样，紧张而有序。老队长边指挥，边摞麦捆。待麦垛子摞起，盖好，老队长的声也出不来了，腰痛得拾不起身。

果然，天麻擦黑时一阵滚雷响起，阴云从终南山背后直压过来，顷刻间，大雨如注，电闪雷鸣，"咔嚓嚓"似要将天地劈开。

天上下大雨，屋里下小雨，柳秋桂跟耀昭、耀禄和祖香、祖倩一阵忙，在屋里漏雨的地方接上盆盆罐罐。

水滴从人字形的屋顶嘀哒在盆里，敲打出动听的音乐。一阵大雨过后，屋外的水声逐渐缓了下来，房檐水还在寂寞地击打着石头，房里妇人的声音也被濡湿了："你们都精壮壮墙高的小伙子，也该懂事咧。人伙当中亲弟兄跟鸡一样斗架，不怕人笑话？忍忍让让才是福！"对于母亲的指教，耀禄只是垂着脑袋一声不吭，耀昭还在抢白："他倒懂个啥？知道个仨长两短么，还敢管起我来。"耀禄一直不说一句话，柳秋桂心疼小儿子，指责耀昭："你那瞎瞎（坏）脾气要改哩！动不动就想上火、上手打人。不是个省油的灯！"

雨一直下到第二天的晌午还没停下，只是改阵雨为蒙蒙细雨了。天灰绺绺的，街巷里到处是泥水潭子，泡在水里的柴草，散发着难闻的臭气。

河水没涨多大。有经验的老人说，这是山后头没下大雨。也是的，夏天的雨漫不过犁沟嘛。

收了麦子、豌豆，大地里还没来得及种秋庄稼，一场透雨一下，落在地里土窝里拾不出来的麦粒、豌豆都泡胀了，这个时候是最有意思的情景了。大伙不论男的女的，青年少年，身披草蓑衣，头顶烂了边的草帽子，有的干脆就把破衣衫往头上一盖，齐刷刷都挽起裤腿，光着脚片子，踩着埋没了脚脖的泥水，进地捡拾胀豌豆、胀麦粒去了。

每个人不是端着碗，就是拿一小搪瓷盆盆，一律都猫着腰认真地捡拾。祖倩、祖香、燕玲她们在东边这边捡，耀昭、耀民、耀禄等小伙们则在西边紧挨的一片地里拾。阴雨还下个没完，与叮叮当当往碗里、盆里丢麦粒、豆颗的声音组成了一曲美妙的天籁之音。祖倩感到干这样的活又爽快又有意思，白细光洁的手指捏了豆颗、麦粒惬意极了。这一粒粒的麦子，一颗颗的豌豆经水一泡胀得圆鼓鼓，用指甲一掐鲜嫩淌汁，拿回家一洗，在锅里炒了，撒上些盐花儿，吃起来美味无穷。这是土地的奉献，是任何神奇的东西无法替代的。

一溜拉过去，到了地顶头，女娃们的碗盆都满腾腾鼓摆了出来，而小伙子的却都还没平碗。地畔头上一溜一排老坟堆，有的坟头上的柏树还滴哒着水珠，有的坟上只长着马齿苋。马齿苋花儿开得正好，粉里带紫，犹如不泯的魂灵在呼唤。

"啊呀！鬼出来咧。"耀民猛抬头，发现自己眼前的坟塌下一个大窟窿，他惊叫着拧头就跑，呱唧呱唧的泥水溅了一身。

"吓死你咧。"耀昭大大咧咧过来，对着坟窟窿说："有啥鬼哩，我就不信。"说着趴下身子，脸对着洞口朝坟里喊："鬼，鬼，你出来。"

耀昭这一喊喊来了一场病灾。

那是在当天的晚上，正喝夜汤，耀昭突然被一阵难忍的疼痛搅翻了肚肠，他一撂碗，捂住肚子在地上打滚，一刹间汗水就沁出了一层。他"妈呀妈呀"地叫唤着，脸白得像一张纸。天旋起来，地转起来，他一会儿打滚，一会儿又跳将起来，他感觉到肚子里如同钻进了一条蛇，蛇扭成一疙瘩，在腹内翻腾，搅得他眼冒金花，看什么都是黄色的一片。闹腾间，他的大脑猛地闪现出婆他大说的阴间为黄色一片的景象。耀昭大呼狂叫："妈，我活不成咧……"

柳秋桂也慌了手脚，忙把耀昭揽进怀里，惊疑地说："咋搞的，刚才还好好的。"

祖香、祖倩争着给母亲述说了在坟地发生的情景。柳秋桂听后就有了主意，她叫祖香、祖倩拿剪刀、拿纸来，快速地剪了几串铜钱式的纸钱，点燃，在耀昭的头顶左绕三圈、右绕三圈，嘴里念叨着："烧烧烧，快走开，钱来了，拾钱去，走走走，跟我来。"拿着未燃尽的火纸钱出了门。

过了几分钟，耀昭的肚子疼得缓慢了，他如一瘫泥似的蜷缩着身子安宁下来。眼也懒得往开睁，静静地睡着。浑身已没一丝气力，天地似乎还在摇摆。

柳秋桂从外头回来后，从不沾烟气的她，从墙上卸下丈夫生前的旱烟锅，装上烟叶，点着，猛吸一口，顾不上呛得眼泪唰唰流，对准耀昭的肚脐眼连喷了几口，用慈爱的手抿顺耀昭凌乱的头发，心疼地说："看这一会会儿的功夫，把俺娃折腾得成啥样子咧。得些日子缓哩。"她又剪了几串子纸钱，在耀昭的头上、身上绕了几圈，边念叨着，边往外走："走走走，是神是鬼你跟我走。把你那阴气收净，再甭拿抓娃咧，娃受不了。给你把钱送的够够的。走。到十字路口跟我拾钱去。"

一路念叨着一路摸黑走去。泥一脚，水一腿，深一磕，浅一绊，柳秋桂顾不上自身的平安了，一直走到桥顶头的十字路口，蹲下身子划了好几根火柴才总算点燃了纸钱，直到纸钱燃尽烧光，她才立起微颤的双腿……

十、清浊人间

一清一浊的泾渭两河把陕西省关中隔成了两半，同一蓝天下，分化出了两种水土。异样的景象，演绎着两种迥然不同的人的性情和命运。

渭北的地势一漫的平坦，大风起时无遮无拦，如野马狂飞而过；天上的云也从东边地头腾起，落到西方的地平线上。平原的天气雨就是雨，晴就是朗朗晴空。这里的土地肥沃，土壤疏松绵软，水浇田年年旱涝保收。这是一块四平八稳、民众安居乐业的宝地。而渭河以南，山岭盘踞，空气潮湿，阴雨连绵，尤其是到了冬季，老天总是摆出一副欲哭无泪的阴愁相，把居住在山跟下的人家笼罩在一派阴影里，连冬季的太阳也常常像一只白瓷碟似的悬吊在云里雾中；板结的土壤，死硬死硬，一撬一大块，受水利条件的限制，人们只有等靠风调雨顺吃一口饱饭；可是，这里十年九涝，夏季一茬麦子还能收成一些，到了秋季，连阴雨不是冲了庄稼苗，就是淹死了禾谷，十有九年难收获，多年来，饥饿一直是关中南部人最难甩开的"瘟疫"。

昨天晚上山里头下了大暴雨，颜家河爆满，浑黄的泥水淹没了小桥，淹没了两岸的庄稼，河堤上的杨树在水中间摇晃。村里的人们手执叉子、搂耙、笊篱之类的家什，打捞水中的漂浮物。水面上有冲下来的甜瓜、西瓜之类，也有豆角、西红柿等蔬菜，还有木椽和檩子等大家什。东场上漫溢着水，水声、人声搅和在一起，喊声、惊呼掺杂在其中，哇声鼎沸。人们狂呼乱叫，打捞着食物，打捞着惊奇。在惊险之中，汹涌的黄泥水如同发怒的雄狮，咆哮着，翻滚着，卷起黄浪猛冲，又哗一声倒下，像要拼命。大水疯狂地横冲直撞，这凶势，使人惊心动魄，感到水要毁灭世界是轻而易举的。

人人高卷裤腿，个个湿了衣裤。半大女娃和男娃捞到甜瓜、西红柿之类就地大吃大咽，妇女捞了东西则舍不得吃，快速拿回家后又跑了出来继续打捞；男人们心大，都盯住河面，想逮住一大家什，或木椽或木檩之类的。耀昭眼尖，早早发现有一根丈余长的椽子顺着泥水一起一伏冲过来。他急忙爬上了水中的一棵杨树，朝下大叫："耀禄，赶快回去拿一根长竹竿再绑上铁钩子，我从空中把它截住。"

耀禄慌乱之中拿来了竹竿和绳，心太急，铁钩就是绑不到竹竿子上。耀祖从西边跑过来，眼一扫，就快速地帮小弟绑好了钩子，他跑进齐腰深的水中，用力往树上甩去……

慌恐的人们被这兄弟们的胆略惊得狂呼乱叫。等钩住了木椽，水也涨得越发大起来，水势迅速漫到了杨树中腰，杨树在猛水的冲击下摇摇欲倒，树上的耀昭抱住树身吓白了脸，一时不知所措。危急间，猛听下面有人喊："快往下溜，树一倒就不得了！""这娃真真是捅烂子呢。"……人们惊恐得大张着嘴。从家里赶来的柳秋桂、祖香、祖倩惊呆了，她们的心都提上了喉咙眼，脸白得吓人，她们恨不得叫水神快速地退下去。刚才还为打捞物什而狂喜万分的人们，这会儿都后悔了，心想，捞不着就不要了呗。由于贫穷，平时材物的获取可以使人心花怒放，会高兴得使人几天睡不着觉。而此刻，当生命受到威胁时，人们才视材物为粪土。"捞不着就算了，耍那二杆子做啥？"有人责怪道。还是老队长有经验，他赶紧喊人，又从家里拿来一条绳，"日"一声甩上树，绳圈挂在树杈上，然后对耀昭喊："快把绳拴住树，绑紧，勒成死结。你然后扒紧树。"耀昭满头大汗地照着办了，老队长一声令下："拉绳！"一群男劳力撅着尻子抓住绳这头可着劲地往南拽。杨树和人慢慢向南倾斜而下……

耀昭死死缠抱住树身，随着底下的拉动，他如履云中。他知道，只要有半点差错或松劲，他就会像一只小虫样被摔到黄泥浪里，被冲卷得粉身碎骨，无影无踪。老队长扯着脖子"嗨哟，嗨哟"地为下边人加劲。倒了，倒了，"轰隆"一声响，杨树连根拔起，倒在了东场的浅水里。在树将要猛然倒下那一刻耀昭闭上了眼，此后，他就什么也不知道了。

当耀昭睁开眼时，已是天黑透了以后。母亲正沿袭着传统的叫魂法，双脚立在门槛上，笊篱朝外往回一挖，喊叫道："耀昭哟，回来！"屋里还得有人替他回声说："回来了。"就这样，柳秋桂前门唤了后门唤，耀昭才好不容易苏醒过来。

耀昭静静地躺着，浑身瘫软无力。耀禄、祖香、祖倩眼巴巴地守在炕边。尽管天已黑严实了，影影绰绰，耀昭还是望见了来回穿梭、不停晃动着的母亲的身影，一阵酸楚袭上了他的心头。母亲为了弟兄姊妹们没黑没明地干活，从没睡过天明觉。为儿女全身心牺牲，这是做母亲的伟大啊！一想到母亲的辛劳，想到19岁就娶了妻自顾自过起了小日子的大哥耀祖，耀昭深感老大枉为家庭长子的窝囊。他暗自下狠心，不混出个样来，绝不娶妻生子。他认为，男人一旦有了小家就很难有干大事的雄心了，他要先立业，再成家。

然而，要走出颜家河村，到外面的世界去闯荡，出路在哪里？农村青年除了招工出去就剩下当兵了。招工不可能再轮到他，这他很清楚，因为二哥已被照顾招了工。当兵出去，他也怕轮不上，狼娃现时在村上正红得一言九鼎，因为聪灵，他对他一直心怀忌意。耀昭前前后后地把能冲出农村的各条路径在脑子里齐齐捋抹了一遍，几乎都是死胡同。他想，只有通过写文章，搞文学创作这条路。终于，他认准了一条道，一条实现自己理想的道。于是，文学创作如招魂一般，惹得耀昭如醉如痴。本是想通过创作来改变自己的命运，却不料一旦钻入，他就迷在其中了。从此，耀昭日夜手不离书，有一点小钱就都用来买了书。外国小说、童话，中国的寓言、白话文，他一读上就上瘾，就迷恋，简直难以自拔。

　　一个黄昏时分，夕阳刚沉下白鹿塬，半边天空被橘红色的晚霞映得通红，河流、山峰、村庄像一幅水墨画被浸染在霞光里。此时，川道里的秋庄稼长势正旺包谷、豆类杂料都已盈尺高了，点缀在这其间的棉花正秀花待放，空气中弥漫着闷热，但从终南山下来的南风拂在人的身上还带着山野的凉意。耀昭总是第一个把队里分得的活最早干完。下午是锄包谷地，每人管锄三行草，锄到地顶头算收工。从地的南头锄到北头，一行子足有三百多米长，一锄一锄不遗漏一个角落地锄下来，基本都到了天黑。耀昭双手抓住锄把，猫下腰，撅起尻子，一气不歇，"噌噌噌"往前窜着。待锄到顶头，汗早已把衣衫沾在脊背上了，手心也打出了水泡。掮起锄头，往回走。下了桥头，往一块平板的洗衣石上一坐，双脚塞进河水里，掬两捧水往脸上一冲，凉爽轻快了许多。蜻蜓在水面上一飞一点，蝴蝶在身后河堤上的野花、野草间追逐、嬉戏。当晚霞映红这一切时，耀昭被这种神奇的景象感动了，他惊奇，大自然的神秘，能变幻出这般美妙、这样神奇的美景来。他被深深打动了，心颤抖起来。正当耀昭陶醉在迷人的景象里时，一个人影从背后的缓坡小径上急急走下来，塞给他两颗热乎乎的熟鸡蛋。当他拧头看时，聪灵正鼓着怀娃的大肚子立在身后，呼呼地喘着粗气，两滴又大又亮的泪珠滚出了她的眼眶，掉在耀昭仰起的脸上。

　　聪灵一语未发，又哼哧着，扛着腆得老高的肚子上了斜坡，扭动着鸭子般的身躯，走去。耀昭低下头，两颗凉凉的泪咕嘟一声掉进脚前的浅水中。他说不清是自己的泪，还是聪灵的泪。

　　一种莫名的酸楚锄头一样挖进了他的心田……

　　这一幕早已被路过此地的驻队工作组组长王得娃看得一清二楚。王得娃的细小眼睛眯成了两条缝，白皙的尖脸不知怎的有点发红。他扯开长腿，三步两步赶上了聪灵，往聪灵前头一站，呲露出黄灿灿的牙来，不怀好意地笑着。

　　"你把心都给了耀昭咧，叫俺狼娃兄弟咋办呀？！"

　　听王得娃的玩笑话，聪灵的脸颊腾地起了两坨红晕，她知道狼娃跟王得娃的关系。忙抬手抿去眼前的刘海儿，压了压狂跳的心，笑了说："我就知道俺哥是个不搅舌的高贵人，我才不避你哩。"

一句话把王得娃抬高了。他扯了扯尖嘴，忙不迭声道："说的是，说的是。烂婆娘搅是非之事不是咱这号人干的。"

"就是。俺哥是公家人么。"聪灵有意识地把后边几个字咬得重重的。

十一、红尘黑白

狼娃时常把打人骂人当成自己的一大趣事，他口里吹着哨子，挥胳膊扬腿，一路高喊，一路威风，换来懵懂青年羡慕的眼光。狼娃心在发笑，但表面依然绷着脸，一副严肃的神态。他的心里充满了凛凛威气，人五人六的，背过人，他暗自觉得好笑。

王得娃无论在大会小会上都夸奖狼娃，心里头却另有一本账。他想，这狼娃不愧为这一带的"黑旋风"，心狠、手毒，干起不正当的事来如一股风。真可惜了那媳妇聪灵，要人样有人样，要本事，人家能裁能剪，嫁给狼娃这单眼狼，实在是一朵花儿插在了牛粪堆上。

王得娃的家在北岭上。丘陵地带水最缺，他的老婆是个长年爬坡越沟地地道道的岭上人，走起路来老是撅着尻子，撇着腿，厚嘴倒翻着，能拴个驴，鼻梁洼里老是有洗不掉的黑垢痂，白天看了，王得娃连饭都吃不下，只是到了晚上，黑灯瞎火摸着黑才能跟着睡一场又一场。

出来工作，到颜家河村驻队，王得娃利用狼娃的机会最多，也就跟狼娃混得最熟。领了薪水，叫狼娃割二斤肉，拿一瓶白酒，到狼娃的屋里，再叫聪灵弄上两样菜来，吃呀喝呀。渐渐地，他对心灵手巧的聪灵有了好感。聪灵每次的活干得很干净、利索，他时常就拿眼前的聪灵跟岭上的自家婆娘相比较，时常就像从头顶泼了一瓢凉水，从头凉到了脚跟。他暗自感叹，人呀，就是不能比，好汉没好妻，好妻没好夫啊！

每当王得娃吃饱喝足了之后，往大队院子走的路上，他看天，天上的星一漫是聪灵的眸子；他瞅地，地上一漫是聪灵那微颤的奶子……他是眼看着聪灵一天天鼓起了怀娃的肚子，眼睁睁瞅着聪灵的双奶孕满了奶水，鼓胀起来的，尤其那圆溜溜光滑的尻蛋子，在他眼前一日见一日地凸了起来。人说，庄稼见锄，姑娘见球，疯胀哩。王得娃恨自己，没有勇气，没有胆略，去挨一下那肉嘟嘟的身子，去摸一摸那香包似的脸蛋、尻蛋、奶头……每当这时，王得娃就痛苦不堪地扭曲了脸，裤裆里的那个东西蠢蠢欲动。他咬紧了牙关，在心里骂狼娃："你个驴日的，咋不死哩！"

狼娃终归是"黑旋风"，他在红得发紫的浪头上昏了头，他随意地打骂五类分子，动辄抬脚踢人一脚，这似乎成了他的习惯。这天，老教师白哲峰就惨死在狼娃无端的疯狂下了。

这天，狼娃正圪蹴在大队院的门道里吃馍，一股恶臭卷上来，随之从墙角处闪出挑粪担的老教师白哲峰。这几天，狼娃就听人说聪灵和耀昭藕断丝连的一些闲言碎语，但这些闲话不是从王得娃嘴里知道的。他正寻思着咋样收拾耀昭，见白哲峰把臭粪挑来，一副不在乎他在场的样子，狼娃气不打一处来，白眼窝子飞快地眨巴着，脸一下子变得紫青紫青。他抬起脚对着老教师的后腰踢去，"嘭咚"一声响，装满稀屎烂尿的桶墩在了地上，稀粪带着白蛆恶臭冲天地溅了狼娃一身，也泼了双膝跪在地上的白哲峰一脸。

狼娃更气急败坏了，咆哮："不长眼的老不死的东西，没看我在这正吃哩！"

白哲峰搭手在脸上一抹，斑白的头一歪，斜着眼瞅住狼娃的脸，笑了说："人生在世几十年，善恶修行在个人；行善作恶自有报，今生不报来世报。"

"你……你你……"狼娃铁青了脸，牙齿在口腔里咯吱咯吱响，他感到脑袋"嗡嗡"作响，天地昏黄一片。他飞脚上去，只听"嘭"一声炸响，跪在地上一直未动的影子就咕噜倒了下去。

被一脚踢在太阳穴的白哲峰老师刹那间就闭住了气，蜷缩成一疙瘩的身躯只抽动了几下就再也不动弹了。

"你还想装死？"狼娃见地上的人再没有了动静，一种不祥之感忽地冲上头顶。他忙蹲下身子，伸手一掰，面转过来的老教师已面色苍白，口吐白沫，没一丝活的气息了。狼娃慌了神，手搭鼻根下一试，确实没有半点呼吸的气了。情急之中，他把指甲深深地掐进老教师的人中穴。随着躯体的渐显冰凉，渐渐僵硬，他知道，没救了。放工归来的人们一条线地走过来，看到狼娃打死了人，一哇声地炸开了锅，消息迅速飞遍全村，响遍了村庄的各个角落。

"出人命咧。""狼娃逼死了人。""白眼狼逼死了人命哩。"……

人说，好事不出门，坏事一溜风。有关狼娃的恶闻一传十、十传百，到众人口里他已变得狼心如蛇肺蝎子胆的十毒之人了。

祸不单行，就在狼娃急救老教师无效的时刻，让长年四季拾粪的颜宽有碰上了，他一见死人纸一样白的脸，吓得七魂出窍，愣怔了一下，粪笼子、铁锨"咣当"往地下一扔，少了两颗门牙的嘴，走声漏气自言自语道："唏（死）咧，唏（死）咧，脸上都生蛆咧。"说着，后退着，趿拉着的没后跟的鞋也挑不到脚梢上去了，一直退到河沿子，"咕咚"一声仰倒进河水中了。

本就有点不太健全的神经一下子崩溃了，颜宽有从此变成了一个似疯似癫的游疯病人。

出了人命，风声如同五月的季风在终南山脚下来回摆荡，摆得人人心慌如乱麻。狼娃被公安机关抓走了。

十二、夏夜难清

白哲峰老师的死强烈地震撼着耀昭，他吃不下饭，粗糙的饭食嚼在嘴里像吞了一口沙子，难以下咽。时节已近末伏，秋玉米已抽出了红白胡子，玉米穗可以煮着吃了。天溽热难耐，手中的扇子要不停歇地"啪嗒啪嗒"煽动，刚一停下，汗就渗出了皮肤。天一黑透，家家户户就扯一张烂席片子上东场拣风利的地方铺了，纳凉，喝汤，说闲话。

在场里纳凉的耀昭脑子一直晃动着白哲峰老师的影子，他最近几天明显地消瘦了，两颧骨显得更高了。坐在儿子面前的柳秋桂右手拐着工字型的线拐，左手转动着长又大的线穗子，说耀昭："你白老师人已经没了，咱把那能想出个啥。人不是能让人想活就活过来的。"

"我就想，狼娃这熊手太狠了。"耀昭坐到母亲的对面，接过线拐子，一边拐线，一边说："这社会叫瞎（坏）人更瞎！"

柳秋桂忙瞅了满东场一摊一摊纳凉的人们，压低声说："不得活了，声放小些，叫人听见，麻烦就惹大咧。"

东边天际头一汪又亮又大的月亮平静地照着人间，西边房屋的墙根下有逮蝎子的人在晃动，夜知了热得时不时"知了"一声从树上跌下来。

睡在紧挨着的另一片席子上的耀禄听见母子俩的对话，仰面对着天说："尻子大揽头宽，管人家啥社会哩，把咱自己的日子过浑全了才是本事。一天净瞎操心。"

"你少多嘴！"耀昭听耀禄一搭话就抑制不住地想发火，"你知道个仨多或是俩少？"

一阵风从南边刮来，带给人一股凉意，蚊虫也顷刻间隐匿了。不一会儿，一团阴云从终南山背后出来，"啪嗒啪嗒"地丢下大颗大颗的雨珠，打得乘凉的人一片嘈杂，喊娃醒的，叫儿归的，拉起破席片子"哧哧哧"地往各自的家门里窜。

耀昭浑身燥热，大雨点子赶走了人们，他觉得干净的碾麦场清静安宁了许多，雨点"啪啪"地打在脚地上，打在头上、脚上，打得脸皮麻麻地凉爽。他一个人来到场东边的山硷，山坡的底下就是河水。他坐在被人用草镰刮得干干净净的坡上，双脚吊在河上空，看雨点跳进河里的姿势，听天上的水与地下的水相拥抱时发出的动听悦耳的"叮咚叮咚"声，忘记了被淋湿的自己。

月亮迅速隐去后，只留一丝迷糊的光照耀在人间。

"唏（死）咧，唏（死）咧。"上游桥墩下显出颜宽有的影子，他"咕咚"一声又一声地打耍着水，不住地念叨："都生蛆咧，生蛆咧。"

耀昭心头一阵寒战。白老师走了，宽有叔被吓成了疯子，游魂一般，没个黑，没个明地重复着同一句话，嘴不停，手不停，双腿也不停，跑了河道上河沿，跑了渠里走沟里，走了上村走下村。自从他疯了那天起，就没见他休息过一晌，是什么东西在他体内作怪？哪来那么大的精神！

耀昭浑身打了一个寒噤。宽有叔的呓语又勾起了他对白老师的怀念。他，耀民和狼娃都是白老师初中教过的学生，为了不误人子弟，白老师的教学棍没少抽打他们的手心。他们下河摸鳖，上树掏鸟窝，一次也没逃过白老师的柳棍条……耀昭从心底敬佩白老师的严教风度。白老师就这样白白送死在狼娃的手中了？多么好的老师哇！耀昭对着河对岸的杨树苗林长叹了一声。

月亮一出来，雨也住了，村庄已沉沉地睡去，颜家河"咕咕哝哝"地诉说着人世的悲哀，不知疲倦，毫不厌烦，似神经病人的呓语，千百年来，它绕着村庄，向西流去，到了南川县城的南边，一折向北就融进滚滚的南川河，往灞河扑去，将叙说不完的人间哀怨带走。

狼娃被抓走的第二天，正好是聪灵生了娃满月的日子。

按照乡俗，第一胎娃满月要招待亲朋和四邻，并且要办得隆重非凡。这一天，生娃的婆娘最受拥戴，这是女人自结婚以后最令人瞩目的时刻。女人为人妻，为人母，为婆家续下了香火，随着儿子的降生，身价倍增。娃满月的时候，娘家人包一包袱娃的衣裤鞋袜，点了红点的花馍提了一满篮子；朋友和村上相好的以及自家人一齐蜂拥而来，院里垒了过大事的新灶，大铁锅往上一墩，厨师、帮忙的乱嚷一片，从早上太阳一竿子高一直嘈嘈到夜深猫头鹰叫。

然而，聪灵没有这样做，她说婆婆："咱家出恁大的事，有啥心思给娃过满月哩？算了吧。"

响午时分王得娃来了。他走到柿树底下，人未到，声先到了："这柿子能暖了。"对面厦屋里的聪灵忙迎了出来。

"王哥，你来得正是时候。我准备把娃喂饱了寻你去呢。"

王得娃眯缝起眼只是个笑，白的确良衣衫映得他的脸更加白，鼻子越发显得尖了。

聪灵把客人让进屋，坐在炕脚地的四方桌边，倒了一杯水递过去："天热，喝杯水压压心跳。"

王得娃没接杯子，示意放在桌上，掏出一块蓝方格手帕擦了擦额头上的汗，说："今儿是娃出月的日子，我来看看。俺狼娃兄弟虽然出事了，人不在，人情还在嘛。"他站起身，扒住炕边往炕里头熟睡的婴儿看了看，然后从上衣口袋掏出一张响铮铮的10块钱别在婴儿的包裹里。聪灵忙上前阻拦，说："王哥，王哥，你来了俺就高兴得很，还给啥钱哩。"

王得娃被"扑啦"一下煽上来的聪灵撞得白脸唰地发红，聪灵忙不迭拉住他的胳膊，想拿了钱，好塞回他的衣袋里。王得娃一边挣脱着，一边半就半让着。他的胳膊故意地偎擦住聪灵奶水饱满的乳房，一股股浓烈的奶香夹杂着乳腥气冲鼻而来。他在昏晕之中尽量让那奶包多在胳膊上摩擦一会儿。王得娃的心跳得"咚咚"响，血一个劲地往脑门上冲。

聪灵没注意到王得娃的变化，她见推让不过，也就作罢。回身捋了捋额前的头发，忙不迭声说："王哥，我一家把你当成自家人哩，你在县上有眼隙，托人说情把你兄弟给赎回来吧。"

"你放心，我会的。我会为俺兄弟寻门路。"王得娃的脸红一阵白一阵，他夹了腿，忙坐回四方桌旁，端起水杯一饮而尽。

聪灵忙提来开水瓶，走到跟前，又给他满上一杯。

正端午时，房檐子的阴影短得跳上了房檐，柿树的扑棱已伸到厦房门框上，树股一摇一晃的。穿着件薄亮得透肉的花布衣衫的聪灵，经过一个月的不见日头和不被风刮雨淋，脸白嫩得仿佛能掐出水来，脸蛋粉红，黑黝的眉毛更显浓了，明亮闪灼的眸子像一潭明月下的水，光洁颀长的脖颈令人神魂颠倒。直惹得王得娃咬紧了牙关，他直想像雄狮扑倒母狮一般把她掀翻在地……

王得娃毕竟不是颜狼娃，他不住地吸溜着水杯里的水，克制着自己，听聪灵诉苦。

"……俺是吃尽了没大娃的苦咧。无论如何,俺不能叫俺娃再受俺的罪。王哥,你不知道,你体验不出来,没大的娃是咋样的舍娃子……"聪灵说着说着,竟抽抽泣泣哭了起来。

"灵妹子,灵妹子,"王得娃被哭泣的女人攫住了心,他忙站起身,唤着,双手往颤抖的人儿肩上拍着,说:"你放心,不要说为了俺兄弟,还是为了炕上的俺侄儿,单就你这一片信任哥的心,王哥我都会尽力的。你甭哭,甭哭,你一哭我心里也不好受。"他一边拍打着她,一边就控制不住地抱住了哭泣的泪美人。

"王哥,你……你……"聪灵不哭了,她奋力想要挣脱被箍匝住腰身的双手。……她脑海迅速掠过一个念头:"看来俺是要用身子换得小儿的幸福了。"这么一想,她不慌乱了,显出格外的冷静,小声呢喃着:"……你看这大晌午的,万一撞上个串门的……"

或许是屋里的动静惊醒了炕上的婴儿,婴儿"哇"的一声大哭起来。聪灵像护雏的老母鸡般"嗤"一下从王得娃的怀里挣脱出,上了炕,撩起衣襟,一只手把白花花的奶子喂到小儿的嘴里,另一只手还不停地揉着淌水水的奶包。

王得娃的嘴干了,他醉迷迷地瞅着聪灵的奶子,哑着声说:"妹子,那……哥,我黑了来……把那只……给哥留着……"说完,一猫腰出了厦房门。

一阵雨下过之后,已到了后半夜,王得娃钻进聪灵的厦房时也就是耀昭在山坡上听颜宽有絮叨的时辰。

没有亮灯,王得娃一进门就上了门关子。

蒙蒙的月色从拉着窗帘的木格间透出微微的一些光晕。王得娃一跳上炕,就以特有的嗅觉逮住了聪灵的嘴,他"吧唧吧唧"一边咂吮着她的舌头,一边哼唧着说:"妹子,灵妹,哥想死你咧。哥半天都没咽下饭,就等着日头压原哩。"……

滚下女人的身,王得娃仰面朝着屋顶,黑夜把人的声音过滤得变了腔:"妹子,哥对不住你。哥没本事。"两颗又大又凉的泪从眼角滚下来。王得娃想到了岭坡上住着的屋里人,想到了邋邋婆娘鼻洼里的黑垢痂,想到了每次好不容易逢假日,一年回不了三、五次的家,每当他要她脱衣抹裤做爱时,她却如同死猪一般,他还未尽兴,她就已呼呼大睡过去了。王得娃跟聪灵的这一场,虽然急匆匆未取得成功,但她柔软肉嘟嘟的躯体和奶子,如棉花包一样令他销魂,他有生以来第一次感到同样是个女人身,带给男人的感受却完全不同。在聪灵的身上他感到又有了一种新的力量往大脑里冲,他觉得活个男人就是美,有了这样的女人尽情享用,他这个男人活得就值!

王得娃想着想着就哭了,他一侧身抱住聪灵的脸"吧吧"地在鼻眼间亲了两口,说:"哥这回没弄好,对不住你妹子。下回哥一定叫你满意。"

"咯咯咯——"鸡窝里的打鸣鸡一声长叫,王得娃惊得一骨碌翻身起来,摸索着下了炕。

此时的耀昭正坐在东场的碾盘上,陷入物我两忘的境地之中。他在阅读大量的文学著作之后,常常会产生出一些奇妙无比的景象来。他想到法国伟大的思想家、哲学家、文学大师维克多·雨果悲惨的一生……正当他神游在异土他乡,雨果的魂灵盘旋在他头顶时,五十米外的聪灵家的院门"吱扭"一声开了,又闭上了。寂静如死一般的五更时分,东巷子口的院门响声显得特别大且慌恐。隐隐中,耀昭看到王得娃一边勾鞋一边急急往西拐去的身影被粪堆绊了一下……耀昭一下就明白了咋回事,他感到头发"唰"地竖了起来,一股愤怒的火焰烧得他"呼"地立起身子,飞也似的冲了过去,拦住了慌忙失措的人。

"你……你敢乘人之危?!"

"你……想咋?"

"想咋?想扒了你这张狼皮!"耀昭也不知哪来的一股劲,一拳头上去,对面的影子脸上就"哗哗"地淌下了两股黑乎乎的鼻血。

"你……你等着瞧!"王得娃捂了鼻子,叫嚷着跑也似的逃去。

十三、情殇难泯

颜耀昭是被王得娃纠集的人抓起来的,就关押在大队部院子里。

没有人猜出耀昭是因为啥被关起来的,唯独聪灵像被人用刀在心头上戳了一样。她脸色苍白,瘫软在柿树下的捶布石上。嘴渴得发粘,她却咽不下一口水,一忽儿坐下来,一忽儿站起,满院子打转转,不知道该干些啥,如掉了魂一般。

她不知道今年是个什么劫数年,事出得这么多,一个接着一个,尤其是耀昭更叫她揪心。当得知耀昭昨夜被王得娃关押起来时,聪灵有生以来第一次感到灭顶般的不安,觉得天要塌了,地要陷了,一阵阵天旋地转。她知道,得罪了王得娃,就等于得罪了头上的天,耀昭要想奔个前程,冲出这块贫地,从王得娃的这一关就把他卡死了。聪灵在心里暗暗抱怨:"耀昭啊耀昭,你救不了我,又何必把自己再搋进去呢?"

阴闷的天没一丝风，头顶灰蒙蒙一片，板着面孔的苍穹显出一副欲哭无泪的样子，把聪灵的心头笼罩在一片阴霾里。树上的柿蛋子正在由黄变红，满院子回旋着又甜又涩的气味。

在院落转悠了一阵子，聪灵就坚定地回到屋里，仔细认真地对着镜子梳妆打扮了一番，把自己结婚以来没用上一次的雪花膏在脸上细细地涂抹了一遍，换了一件八成新的短袖衫，给娃连奶都来不及喂，就出了院门。拐出东巷口，走过石碾盘，顺河沿走下去，一直走进大队部的院门，径直来到王得娃的房里。

一见聪灵，王得娃双眼发光，他惊得从桌前弹跳而起。憋闷的天地顿时因了聪灵的到来，在王得娃的眼前豁然开朗，骤然间明亮起来。他双目放光，直愣愣地瞅着聪灵，半天回不过神来。

"咋？连坐都不让坐了？"聪灵半嗔半怪地说着，随身一飘，落坐在了王得娃的床沿上。

王得娃忙不迭声道："哪会呢，哪会呢。"就一边腾挪着地方，一边把嘴噘起，凑到聪灵的耳根下，说："是叫你把俺香得昏了头了。"

"还想俺不？"聪灵显出了从未有过的镇定，她调情地发问。

"想死咧。"王得娃猛地就掀开了聪灵的衣襟，往上一撩，两只奶子就暴露无遗。王得娃蛾子扑灯般扑了上去，双手揉捏着："昨天我去你屋里正好，今儿你寻到我也正好。我要叫妹子过了今儿一辈子都忘不掉你王哥。"

为了避开寻他的人，王得娃打开窗子，手从底下伸出去，在门上挂了一把铁疙瘩锁，反锁了，然后拉上月白色的窗帘后，回身一下就把聪灵按翻在了床上。

"不要急，不要急，要不然还跟昨天一样。"聪灵仰躺在床上，双手拉住快要被扯下去的裤腰，嗲声嗲气说："俺还有事在先哩。"

"说吧，妹子的话哥洗耳恭听。"王得娃压住柔软如水的身躯，一边忙不迭地脱下自己的裤子，用指头点一下聪灵的鼻子，两只小眼睛眯成了两道缝："一定是为颜耀昭的事。"

"王哥不愧为公家人。"聪灵还对方一个娇嗔，"啥事都瞒不过你的眼。"

王得娃扑下脸，又是一阵猛亲，嘴里还嘟囔着："他颜耀昭能给你啥？爱他的啥呢？"

"你还没答应俺呢。"聪灵扭动着下身，臀部来回摆动，回避着。

"我答应。答应你。肉蛋蛋，我的亲亲。"王得娃沉醉了，深深地陷了下去……

聪灵很平静，平静得犹如八月十五中秋节的月亮。

为了聪灵的要求，但也得挽回王得娃的面子。当天夜里召开了全村社员大会，批斗了颜耀昭，之后就放耀昭回去了。

从批斗会上回到家，柳秋桂坐在门道的小矮凳上长吁短叹，她想不通，三儿耀昭咋就这么爱惹祸，生下来七天七夜没睁眼，起初以为是瞎子，却不料第八天微微睁了一道缝，拨开眼皮一瞧，眼仁嘀溜溜转哩。柳秋桂眼看着齐蓬蓬往上长，一个个翅膀硬起来的儿女，她悲哀地想，老猫不逼鼠了。想责怪几句，却见耀昭痛苦至极的样子，她又不忍心说了。但又难咽下一口气，声调沉闷得如同刚刚起死回生的人："娃呀，你活人的日子还在后头呢，路长得很。万事以忍为德。人说，忍忍让让路道宽么。再说，王得娃是啥人，咱能惹得起？惹不起的人，咱能躲得起嘛。"

黑影处耀昭还在呼呼地生着气。

门道进来一股风，阴蛇一样迎面抽打在耀昭的脸上。耀昭张了张口，说："妈，你不知道是啥事。"

"啥天大的事，咱也惹不得人家。"柳秋桂稍稍提高了声音，"你也老大不小的了，你二顺叔张罗着给你说媳妇哩。"

"不要，不要，不要！"耀昭显得很烦躁，像倒豆子一样撂下一串子"不要"，起身出了门去。

老四耀禄嗫嚅着对母亲说："那不是个过日子的人。妈，你再甭给他操心咧。"

"你不说话，谁把你也不当哑巴。"柳秋桂责备耀禄，"人家好歹长你两岁，不该你管的你不要多嘴。"

耀禄不乐意地摸摸索索地睡去了。

天色渐渐亮起来，能看清云团缓缓地向东涌动，一颗、两颗、三颗，星星蹦出了云堆，给了人间一片久违的灿烂。柳秋桂心情沉重，如坠了块铅。她想到自己悲苦的命运，比苦楝树上的苦楝豆还苦。从小就没了大的她，被母亲带到杨家沟，杨家继父已有三个娃，可怜的柳秋桂在杨家成了出气包，吃人的眼角食，时常被杨家前房的娃打得鼻青眼肿。老好善良的娘只有到了夜里才抚摸着女儿以泪洗面……柳秋桂想着想着，暗自伤心落泪，一想到死去的丈夫，她抹了一把泪仰面对着头顶的星空发问，老天爷呀，我前世到底造了啥孽？今生命恁苦；5岁没了大，英年又丧了夫，还给丢下一伙伙儿女……

夜无声，星星眨巴着明亮的眼睛，给悲伤的妇人铺一派光明。

十四、终南山魂

母亲说，天上一颗星，地下一个人，颜祖倩就夜夜看着天空的星星寻找，寻找那颗属于自己的星。

"妈，都是地上的人，为啥有的人的星亮，有的人的星暗呢？"祖倩问。

"又大又亮的星是当官的、富人家的，又小又暗的星，是穷人的。"

祖倩张了张嘴想问母亲，哪颗星是自己的，却没敢问，她怕头顶那颗最小最弱的星星是自己的。没有再问，她却暗自想，一定要争当一颗亮星！

"妈，为啥树茂哥一生不结婚就是净身，死了就能成了神呢？"一到晚上躺下，祖倩的头顶就有树茂蹲坐着的威神像，她想不明白，难道一辈子不结婚的人就能成神？"女娃子家的，胡想啥哩？"柳秋桂白了小女儿一眼，然后又放缓了声调说："一个人一种命。命是一定的，人落草的那一瞬间，命就定咧。"

母亲的话如徐徐拂来的春风，抚摸着祖倩思维的花朵，她感到全身滋润、舒泰。她最喜欢听母亲讲故事，说神话，叙述人间的趣闻。每当这时，她的心神就扑啦啦展开了翅膀，跟着母亲的话语飞上高山，淌向河流，进入到一个神圣无比的圣洁境地。于是，祖倩看花，花儿泪眼婆娑，似要对她讲说前世的怪事；她瞧那草，那草绿格莹莹的，像要和她倾诉大地的厚实；她望河川，河水淙淙，昼夜不息地流淌，似要追赶奔腾跳跃的命运；她凝视头顶的云霞，白云朵朵，漂泊流浪，哪里才是温暖的归宿……奇思妙想，常常把她带到梦幻般的境地。

正是幻想斑斓的妙龄，祖倩想象着自己的未来，设置着美轮美奂的仙境，她飘飘欲仙了。她深信，已成了神的树茂哥护荫着她，她会有个理想的将来。

每年阴历的三月天是一年当中少有的好气象，赶清明节气前，该锄的麦地也锄完了，麦子也挺直了腰杆，宽心人一样，"噌噌噌"地往上长。能食用的榆树叶、洋槐花之类的东西早被人在刚出芽时就捋了个净光。周围三里、五里的河堤上，地畔上一律光光净净，只待来年再发新叶。附近没有了可食用的东西，人们就三五成群，纷纷背上布袋，挎着竹篮，赶十里八里，钻终南山窝，掐野韭菜，挖野蒜，勾榆钱，捋槐花，掰石山茶……

这是祖倩最企盼的日子。她心花怒放，天没亮就起来，跟着姐姐祖香，再邀上三、五个姑娘和年轻媳妇，背上母亲连夜赶做的玉米面掺和着马齿苋蒸成的窝窝头，上路了。

天空刚泛上鱼肚白，她们就沿着田野发白的小路爬上了南坡。从平川地望去，南坡像孕妇隆起的肚子，浑圆浑圆，绿生生一片。上得坡来，一凹一凹的麦田似绿色的波浪。正秀穗的麦苗显示着了初孕的自豪；豌豆更显迷人，露珠晶莹剔透，把惹人饥肠的身姿揽了一怀。祖香、祖倩及几个姑娘、媳妇边走边顺手摘一把豌豆尖，往嘴里一塞，豆腥气就香香地溢满了口舌。待下了坡，也吃饱了，个个绿舌绿嘴，一群怪物似的钻进了山腹地。

终南山是一座神秘莫测的山，山沟下有股股清泉在石上流淌，泉水清澈透亮，流动在石上，只闻水声，不见影迹，连石板上的纹路都清晰可辨。掬一捧水上来，猛吸一口，凉甜透心。祖倩想，她是喝了山的乳汁了。抬头看前面对峙的山峰郁郁葱葱，有各种鸟的叫声在松柏间回荡，鸟的鸣唱那么清脆、悦耳，犹如神鸟在歌唱，把大山的清凉和自由唱得甜透了人心。曾几何时，祖倩总是站立在八里外的村庄遥望终南山，看她永远一副神圣不可侵犯的威严，看她风起云涌的雄势，看她春花烂漫的芳容……今日，祖倩以敬畏的心情，跟着寻食的一群婆娘女子，钻进了山腹，她们是山的食虫呢。

上得山坡，这一群人四处散开，各自穿梭在绿树掩映的树荫里。祖倩只身一人，猫着腰，四处乱窜，吓得还肩负着妹妹安全重担的姐姐每隔一会儿就顺着山坡地大喊一声："祖倩！"这边有了回应，祖香才会安心地掐韭菜，捋蔓叶……

长年累月积攒的松柏落叶在坡地上铺了厚厚的一层，人踩上去柔软舒适。黄色的干枯松针没上了人的脚脖，松油的清香直扑鼻翼。野韭菜、野蒜们不顾树冠的遮掩，钻出了地皮，从厚厚的枯枝败叶里悠悠地成长起来，长出了为人菜的价值。野韭菜们一根根壮实又鲜嫩，招来了飞快的巧手，指甲对着指甲，轻轻地一掐，从韭白部位就被掐了上来，香、辣、菜的香气喷人。碰巧了，人遇到野韭菜群，不到一响功夫，不用挪身，就会掐满一布袋、一竹篮；也有不走运的，可能窜了半面坡，也碰不上菜丛，回家时，菜才刚盖住竹篮底。

祖倩只顾兴致，穿梭在松柏林间，看从树蓬上洒下的光点在枯枝凋叶的地面上闪烁，如星星撒在上面，似神水洒进她的心间。她"噗"一下仰躺下去，松针作床，松冠当被，还可随口叼下头边一颗红豆样的酸野果。她想，大山真好哇，不用人劳作，不费人体力，却年年给人以野菜、野果来果腹，给人生长木椽、木檩盖房，这就是大山的精神、大山的神圣。隐隐乎乎中，祖倩似进入了梦乡，头顶是树茂哥大山一般的神像……

祖倩想不明白，命运之神会把她带向何方？十二岁的少女过早地进入到思考人生的领地。

十五、虔诚求佛

柳秋桂眼巴巴瞅着和耀昭同年等岁的人，娶媳妇的也娶了，抱娃的也都抱上了娃，村里和他一样大的小伙都有了自己的窝铺，独独剩下耀昭还单杆一人。为此事，她没少说他，可儿子还是那句话："不要，不要，不要！"

二十出头的人了，再不婚娶，耽搁过这个年龄段，有谁家能把姑娘养到老，专等着你去娶呢？每闪过一年，柳秋桂的心就沉重一年，老二不说了，出去干事，还干得蛮好，在那批招工中，村里一齐去了5个，唯独他一个转了正式的，这媳妇之事自然不用发愁；可耀昭不一样，没个出路，闪过婚娶年龄咋办呢？再说，老四耀禄还在后头追着呢。柳秋桂确实犯难了，她想不通，咋生了这么一个倔倔儿子来，难道这个犟儿是自己前世的冤家？

有好心的妇人告诉柳秋桂，柳家坡有个顶神，神一踩角子，你问啥就能回答啥。还说，这神灵得很，能预知天上人间的事，能预测人的福祸……阴历的八月十三是柳家坡神过会的日子，方圆十数八里的婆娘、老婆提早一个月就嘈哄着要去敬神，给神过会，献上自己的一片诚心，以期神灵保佑全家老少平安、幸福。

柳秋桂为了给神过这个会，把仅放养了5只母鸡下的蛋一个一个积攒下来埋在麦糠里。人都吃不饱，何况鸡呢。鸡们全凭到处扒拉粪堆啄食粪虫、蛆子或草籽过活，自然蛋下得又小且稀，5只鸡平均每天能收两颗就很不错了。就这，她把每只能卖5分钱的鸡蛋足足攒了3个，卖了一块五毛钱，购得一把香，两根红蜡，一沓子方块黄裱纸，也算是为神尽了力了。

十三的会日，在十二的晚上就要赶到。天一黑严，月亮早早地爬上山崂，为敬神的婆娘女子照亮了路。

每年的中秋节前这几天，天气总是特别好，不刮风，也不下雨。柳家坡就在终南山东部的半山腰间，仅三五户人家就形成一个自然村，自然村里大都是一个姓。只有一个姓，才居集在一处。

祖情跟在挎篮篮的一群妇人身后，沿山根底下的一条小路向东徐徐而行。

月亮黄亮亮亮，黄得让人想起鸡蛋瓢瓢。前面一拉溜的人影，吊线一样，后边也是一长队伍。认识的，不认识的，走到这一条路上，为着同一个目的来的，都成了熟人，随意就可搭上话，说庄稼，谝稀罕事，最终还是归到对神的敬畏上了。

祖情一个人尾巴似的跟在娘她们的身后。月光里，将熟的苞谷散发出浓浓的玉米粉香，甜馨沁人心脾。路旁的玉米叶子不时刷在人的胳膊上，祖倩索性抱起双膊前行。

柳家坡村就蹲卧在半山腰上，绕山根走了半夜，这才爬上坡，上一个土畔就到了村里。该村共有五户人家，一拉溜的土木结构瓦房排着，神角子一家就在最东头。

已是半夜时分，土坎上、石墩上都坐满了人，有的索性脱了衫子铺在地下，蜷缩着乏困至极的身躯，枕着胳膊睡着了；神角子屋里的炕上、地下也早已挤满了人。神龛就设在灶门的对面，只不过是在土墙上挖一长方形的浅窝，靠里的窑窝壁面贴了花花彩彩的神像，神像前有一张方桌，由于年久未擦洗，面上有一层厚厚的黑垢痂。桌上面摆了香炉，香炉里的高香正袅娜着香烟；红蜡烛又粗又壮，火神般在香炉两边忽闪，桌上还摆着花馍、饦饦馍等供品，一切都显得那么庄严、肃穆。人们不敢大声喧哗，三个一堆、五个一伙地窃窃私语，大都是说着有关神角灵应的话题。祖倩尽管爬上坡来已经汗流浃背，疲惫不堪，双腿疼痛难耐，但一到这里，她就困意顿消，被处处展示着神秘与圣洁的气息紧紧攫取着。她跟在母亲的身后，一会儿在屋里，一会儿在门外。

时辰一到，已是五更时，鸡叫头遍。一拨一拨的人都挤进来了，祖倩和母亲与一同来的人，早早就立在神龛前，地上摆了两坨草垫子，是供信徒跪拜用的。方桌的右边有一张四方木凳，是专门给神角子坐的。

神角子来了，祖倩惊得差点没喊出声来。这是一位血气方刚的男子，他中上等的身材，魁梧有力，头又大又圆，白白净净的四方脸和蔼可亲。他一走到神龛前，轻轻一笑，露出洁白整齐的牙齿，道了声大家辛苦之类的问候，然后从桌上掂起一条折成长条形的黄裱纸，从蜡烛上引燃，在他的方凳上哗哗地撩了撩，以示净位。这时，门外就有噼噼啪啪的鞭炮声响起，炮声足足响了有十多分钟。

炮声一落地，神角子就"噗噗"地吹了两口气，大叫一声："搭黄桥！"最前排的柳秋桂和一妇女"嗵"一声跪在草垫上，把自己带来的黄裱纸点燃，一条接续着一条，一边不停的续燃着黄裱纸，一边虔诚至极地盯着神角子的脸，嘴不停地回说着："你佬家不记凡人过，轻轻快快下凡来，甭叫神角子难过……"神角子浑身颤抖，双眼猛地一睁又一合，哈欠一个接着一个。不一会儿，泪水就布满了神角子的脸。围在三面的妇人都被感动了，有人小声叽咕："神佬为咱凡人的苦难落泪呢。"

可怜的妇人们都一把鼻涕一把泪地抹擦着发红发酸的脸。她们历经苦难的心似乎在这儿找到了可以袒露的圣地，把平日人前堆笑人后悲哭的委屈一股脑地流泄了出来。她们知道神佬每时每刻都在云头上观望着她们，无时无刻都牵挂着她们，寻找着机会给她们赐福，为她们灭难。她们企盼着，等待着。

一直到燃尽了四五张黄裱纸，抖颤不已的神角子这才拉着悲调似哭似唱地开了腔："糊涂的弟子你听着，今生今世苦修行，三炷高香记心中，长明灯里我观清……"

柳秋桂不住地磕头，不停地擦眼泪，连声回答："弟子明白。弟子明白。弟子今世命苦，早早守寡养儿女，还望神佬给我那三儿指拨明路，我定以响炮挂红为您佬扬名。"大颗大颗的汗珠和着泪珠不断地往下掉。

"糊涂的弟子你听着。"神角子忽然放大了声音，猛地睁开紧闭的双眼，继续颤抖着声，把每一句每一个字都如重锤般砸在柳秋桂的心上："你的这个儿子前世是天门的门神，只因他不守天规，被罚下凡人胎，你知不知道呀？"

一屋子的妇女全部都沉浸在神圣不可侵犯的虔诚之中。正在这时，神角子身后用发黄的旧报纸糊起来的窗子"嘭"的一声被戳了个窟窿，随着"噗哧"一声笑，一只圆溜溜的眼珠就出现在窗户纸的洞口上了。祖倩一看，就认出了那是三哥耀昭的眼。满房的人惊得心猛地一缩，但谁也没喊出声来。稍微的一点躁动过后，立刻又恢复了平静。人群像春天麦苗上拂过的轻风，一瞬间就风平浪静了。

祖倩和母亲一点儿也没觉察到一直追随着她们的耀昭。

祖倩一直被周围的气氛所笼罩，她看着攒动的妇人们斑白的头，吸闻着浓浓的檀香气息，大气也不敢出。看着神踩角子下凡时的难过景象，她又想到了树茂哥，以及树茂哥手里撒下的彩色糖豆。她深信不疑，树茂哥已成神咧。

当鸡鸣三遍时，柳秋桂随着一前一后耀昭和祖倩下了坡。

启明星还没暗下去，微明的东山头抹上了白亮色。柳秋桂一路数落着耀昭："你也老大不小的了，知道争气不？怪都出在你身上了。"

前头的耀昭打住了脚步，等母亲走上来，他一副诡谲的神气："你再甭劳心费神咧。啥神下来了，那明明是装呢吗。要是神在他身上的话，他人长得那么标致，神咋就叫他娶了一个丑陋不堪的婆娘呢？"说到这里，耀昭"哈哈哈"地笑出了声，说："你看，你看，他那婆娘，三角子眼，嘴噘得像个鸡屁子，两个鼻孔朝天，跟猩猩一样，叫人看了恶心，想呕吐，还咋跟她过哩？"

一提到神角子娶的屋里人，祖倩不由得也张口笑了。

柳秋桂一抬手，轻轻拍在比她高出半头的耀昭的头上，说："娶媳妇是过日子呢，要那么好看做啥？那墙上的画好看，能当过日子使？你不信神了，嘴也甭胡说。反正，你就是跟人不一样。"柳秋桂一路踮着，一路教诲着儿子："在外要多谦让。吃亏人是福。要省事。说话要留余地，话到口边留三分。出你的口，要入别人的耳呢。话硬了，比刀子还伤人。不该说的话不要往外说，伤人的话搁在咱肚里也沤不烂么。"

苦难使人清醒，她如哲人一般教人处世。早早没了父亲，又过早地失去了丈夫的柳秋桂在一场场苦难的泥淖里挣扎、思谋，把终南山下盘旋不散的妇女良德思谋透彻后，给了儿女们。

十六、媒婆上门

有人要给二儿耀辉说媒了，媒人一早就跷进了家门，柳秋桂忙下了织布机，招呼来人坐炕沿上。

这是谷雨刚过的节气，天气不热不冷，生产队已在麦子还没返青前就把粪扬到了地里。此时正是小麦分蘖的季节，人再不能进地，队里除了一些青壮男劳力每天在露水没下去之前到渠岸上、田畔上、阡陌小路边顺地皮刮割永远长不高的青草交给饲养室外，妇女则一律闲在家。婆娘女子做鞋衲底，纺线织布，自有一番生的乐趣。这个时候，提媒说婚的也活动起来，说成一桩婚事，媒人除了能混吃几顿饱饭外，还可在完婚后按照当地习俗由男方家买一双袜子一双鞋，再带两样点心之类的食品以示答谢。这媒人就暗自盘算，整整一个农闲时节，没耽搁一个工夫，嘴没闲，腿没停，还混了个肚圆，到头来还落下几样礼品，划算。

媒人自是能说会道，舌如软簧的人。给耀辉提婚的媒婆是邻村的黄十娘，因为生了十个光秃儿子，方圆人都唤她十娃妈。十娃妈尻子一挨住炕边，就溅着唾沫星子，拉住柳秋桂的手说开了："他嫂子，好亲人哩，你看你家一伙伙子，一个紧跟着一个哩。再不敢耽搁了，先紧着老二来。咱给娃连订带娶一搭过，既快又省事。"

"咱老二一时半会儿还没个假……"柳秋桂迟迟疑疑。

"噫，你咋瓜实咧。"十娃妈快速启合着又青又厚的嘴唇，唾沫星子溅人一脸："我十娃妈你不是不知道。能说这事，我就把两边娃的家底，娃的长相，搭配不搭配都琢磨好了，才提这亲里。你不赶快给老二娶了，老三、老四也该到婚娶年岁咧。老二在前头挡着，后头的再闪过二十五恐怕一辈子都毕咧。咱后世出个树茂咋得了？"

本就为儿子婚事熬煎的柳秋桂，一听媒婆的话，当下就替耀辉做了主。她一边挽袖子，把平时舍不得吃，已攒了两三个月的一碗白麦面从案板上的板瓮里刮出来，往和面的瓷盆里边倒，一边说："知道你是个热心人，爱为穷人家办事。咱耀辉这事就托付给你了。你能把这事办好。"

一案子又薄又亮的面生生被媒婆的大肚子吞进了一多半，黑铁锅里只剩两三片面和一碗汤。吃足喝饱了的媒婆，手搭嘴上一抹，溜下土炕，打着饱嗝说："你甭操那心，我十娃妈有办法。"说着就出了低矮的屋门，抖颤着欲坠的大肚子向路边走去。到了拐弯的粪堆前，"卟卟卟"地连放了几个响屁，惊得在粪窝里扒拉蛆虫的几只鸡咕咕地叫着扑拉开翅膀飞跑到刺槐下，歪着头瞅她。

第二天，耀辉的媳妇就进了门。

媳妇是上上村的，名叫甜甜，也是个苦命娃，两岁就没了妈，孤身独立地跟着她大过活。才交上16岁，比耀辉小整整7。

甜甜个头不高，但长得小巧玲珑，眼睛不大，却圆溜溜地有神，左顾右盼，机灵有加；第一次见婆婆，前后"妈、妈"地叫，叫得柳秋桂心里酸酸的不是个滋味。她想，没妈的娃凄惶。人常说，宁舍当官老子，不舍草花头娘。甜甜跟她大过活十几年，娃不容易咧。

给耀辉订婚，这是桩大事，不说彩礼，最起码得给甜甜购几套新衣。等耀辉回来了再想法子或贷或借，凑彩礼。按习俗，彩礼不用女方家言说，官礼240元，衣服可多可少，三身五套都行。明白事理的，好歹买上时兴的两套。不明白事理的往往十身八件地购一包袱又一包袱，直到把男方家准备的衣物钱全掏光花净了还不肯罢休；有的人忍一忍，打掉牙往肚里吞也就过去了，有的则被激怒了，在县街就闹翻了，然后各回各家。自然，从媒人提起这事到眼下分手，一切花销费用就打了水漂，男方弄得个鸡飞蛋打，人财两空。

柳秋桂只能找大儿耀祖商量想办法。

一进耀祖的院门，刚走到井沿边，就听屋里大媳妇打大孙子哲光的骂声："跟你先人一个熊日样子，懒熊一个，还想吃、想喝呢，吃屎还没人屙下。"随骂声、打声起，一只扫地用秃了的短笤帚从屋门"日"一声飞出，哲光大声哭喊着跑了出来。一见她婆来了，他便得了势，扭回头对着屋里叫："你麻来叶有本事，今儿把我打死算了。"八九岁的小男孩拧着脖筋，第一次壮实了胆子，跟他母亲犟嘴。

"你狗日的敢再还嘴！"麻来叶提了鞋底子跑出来，哲光吓得扯起干瘦的长条腿跑出了院子。

一看婆婆来了，麻来叶一尻子坐在井旁的石墩上，委屈得咧开了鲢鱼般的嘴，泪就哗哗地从小眼睛里涌出来，顺着黑黄的长吊脸往下滚。

柳秋桂知道，大媳妇打娃是给耀祖看的，拿娃当出气筒。她就说："啥事过当不得了，又是打，又是骂的？"

麻来叶一听，更加委屈难耐，抽抽嗒嗒，边哭边数落："好妈呢，你就不知道你儿有多懒。平时从地里一样的干活回来，人家四蹄朝天睡去了，咱热光三刚地，要提水，要到东场去揽柴，忙得还没顾上吃一口饭哩，人家上工铃又响咧。老是这样，不管闲忙，他照吃、照睡不误。俺今儿想把这一机子布卸了哩，赶麦忙头还能再上一机，咱冬天的棉衣布就不用愁了。这日头都偏西了，俺忙得下不了机子，人家消消停停地在河沿子转一圈，回来睡一阵，不给烧一口水……"麻来叶一把鼻涕一把泪，哭诉个没完。

对于儿媳妇，柳秋桂从没说个不是。每次遇上他两口子闹架，她只数落儿子。儿是自己身上掉下的肉，说了不见怪。听了儿媳的诉说，她端直进了屋。一间土房，南北长，东西短，进门两步就是灶火台，连灶炕就在南边，靠着窗。耀祖见母亲进来，"唉"了一声，垂下了头。

"你也放得勤快一些，给屋里人要搭个手哩么。把你那懒毛病不改，一辈子到不了人前。"柳秋桂说完，话锋一转，"媒人给你兄弟耀辉提亲了。给耀辉提的这门亲，我看顺茬。咱弟兄们多，家穷，这女娃没妈，就她大一个外头人，也不论啥大操大办，正适合咱。咱尽快把这事给订了，也了过一桩心事咧。"

耀祖心明如镜，母亲来是想让他给解决些钱或粮的问题。他低着头，一声不吭。

当母亲的自然明白儿子的心思，把头后发纂上的网络重新紧了紧，说："你生在头，长在先，这些年没你大，谁也没给你开过口，就嫌你有家有室，有俩娃，日子也不宽展；给耀辉订亲这可是大事，你不能一点心都没有。"

"要啥心哩？"麻来叶自知婆婆上门一定是想从她家给老二挤些水来，她刚才跟脚就坐在了房檐下，把屋里的话听得清清楚楚。听婆婆这一说，她马上来了气，没站起身，却拧着脖子冲屋里喊："俺连俺都顾不上，还有啥能耐管弟兄们的事？再说，又不在一个锅里抡勺把，分房另住的，凭啥要管哩。话又说回来，这个屋，除了我辛辛苦苦，挣挣巴巴攒些油盐钱，有你儿的啥呢？再说了，管了这一个，还有下一个，往后还没个完咧。"

耀祖一声不吭，柳秋桂再不好说啥，窝了一肚子的不快出了大儿的院落。

耀祖家和娘这边房只隔一堵墙。柳秋桂出了院门正好碰上回家的耀昭，耀昭一看母亲脸上的气色就明白了一切。"妈，让我找俺大哥去。"耀昭摩拳擦掌，被柳秋桂劝住了。

"对咧，对咧。他们不管了算了。人家没那一点人心，咱强求上了也没个好。"

"我说妈，你也糊涂。"耀昭扶了母亲的胳膊，边往回走边说，"你急着给俺二哥订啥婚呢？俺二哥都奋斗出去咧，也转成正式的咧，那媳妇多的拿鞭子吆哩。咱不在外头找媳妇，还在这土窝子找哩，到头来还是个活受罪。"

"你知道啥？"柳秋桂埋怨耀昭，"哪达有这么顺当的姑娘专等咱哩。再说了，这女子也不说彩礼，也不提过分的条件，多好的事。你再甭多嘴，胡说乱搅和。"

十七、人生诡谲

麦子将黄时，耀辉回来了。

小伙子已出落得一表人才，白净的国字型脸，由于不受风刮日晒，白里透红，标准的男子体型，气气魄魄，结实有力；言语不多，但忠厚睿智，笑时洁白的牙齿整齐有序，走起路来坚实有力。

一见甜甜，耀辉就不太乐意了。他嫌甜甜年龄太小，也觉得这女子个头有点过低了些。母亲执意要成全这事，耀辉也不想伤老人的心。也觉得，母亲一辈子够伤心的了，当儿子的只能尽孝，尽本分，万事不能跟母亲拗着干。

起初当甜甜知道耀辉没瞧上自己时，她真是伤透了心，但她被耀辉标致的男子汉气质所打动，她铁下心，死活也要跟定他。于是，心上一计，她钻到柳秋桂怀里伤心至极地哭了起来，哭得柳秋桂心也软了。母亲就去说儿子："甜甜这娃怪可怜的，从小没个妈心疼她，大了就指望寻个好人家哩。咱也甭挑红拣绿了，她愿意，咱就把这事订了。"

母亲心已定，耀辉也觉得不好再反驳。就这样，一桩婚姻草草确定，匆匆完婚。

颜狼娃整治死老教师白哲峰后，在聪灵和王得娃的努力下，再加上狼娃在运动中屡建功绩，连县长都为他开脱了罪行，最终免了狼娃的死刑，判了5年有期徒刑。后来，运动结束后，王得娃也回到了公社，当了管教育的专干。

这几年村上通了电，转了千百年的石碾子终于歇下了，歇在了历史的长河中，成了娃们摔泥泡、藏猫逑的好去处。

队上买了一台电磨子，选耀民掌管。耀民不但懂电路，还会捣弄收拾电磨子的小毛病。

耀民两年前也娶了媳妇，去年得了个洋娃娃似的女儿。媳妇叫贾叶玲，是山根底下人，长得白瘦白瘦，鼻子像一疙瘩泥沾上去的，嘴噘得能拴个油葫芦，牙向外鼓凸着，一笑，红牙床全露在外面。但一对眼睛却分外有神，水汪汪，黑黝黝，双眼皮一忽闪，还挺逗人。跟耀民第一次见面，叶玲就说："咱俩是今生配上的，你妹叫燕玲，我叫叶玲，这不是缘分是啥？"

贾叶玲也为嫁给耀民而暗自骄傲。耀民只是个头稍显低了些，人却长得又机灵，手又巧，能爬电线杆拾掇电路，还能收拾电磨子、拖拉机。人活泛，一脸喜相，老是一副逗女人欢心的喜模样。

最让叶玲激动的是结婚的头一天晚上。后半夜，闹房的人一一散去后，月亮才显出半缺的脸，喜眯眯地挂在房檐顶上。叶玲上去就勾住了耀民的脖子，呢喃着："你爱我不？我可爱死你了。"说着撩起自己的衣下摆，把奶子搁在耀民的脸上、鼻眼间来回摩擦。本已疲惫不堪的耀民被叶玲挑逗得困意全消，他一个蹦子跳将而起，压翻了女人，喘着粗气说："我的妈呀，你这驴日的女人把人骚情得憋都憋不住了……"

一场暴风骤雨过后，耀民沉沉睡去，鼾声均匀地一起一伏。贾叶玲睡不着了，她趴在耀民的胸脯上，细心地听着耀民的心跳声。叶玲想，这男人真傻，别人头一天晚上跟女人睡过之后，要看见红来没，以证实这女人是真是假，可眼前的他，干完就完了，滚下去就睡死过去了……

又一个美丽的春天。

聪灵对电磨房里的耀民说："俺命苦，从小没念下书，有文化的看不上俺，你也嫌弃俺……俺只有下嫁给狼娃……"

耀民像从云里雾中跌落下来一样，他头皮发麻，满身有咝咝凉气穿透每块皮肤。他拉下闸刀，从台子上走下来，把蹲在电磨机前头倒换木斗的聪灵拽起来："你……你咋才说这话？"

四目相对，面粉在小小机房飞飘，两人的头上、身上全是白色的，连眉毛、眼睫毛都像落了一层雪。

"狼娃他对你咋样？"耀民颤着手扳住聪灵的肩胛问，"不行咱就跟他离婚。反正判刑的人，法院给离哩。"

聪灵的双眼滚出两颗大大的泪，她一扭身，吸溜了一下鼻涕，无奈地说："咱不提这话了，快磨面吧。"

耀民一把上去抓住聪灵的双手，摇摆着，急声骤气地说："人这一辈子跟下自己不乐意的人过活，就是他妈的受罪。我现今也深有体会。我打心眼里爱你，好多个黑夜我想你想得睡不着。当我听说你跟了狼娃，我的心比刀戳还难受。为此，我大病了一场，差点送了命……"

"咱不说了，咱不说了，行不？"聪灵双眸覆盖着母性的爱怜，把万般爱抚涂抹在对方的脸上，"伤心的事再甭提说。"

"不。"耀民孩子一般，跺着脚，泪水冲刷而下，声音潮湿喑哑，"俺不说心里憋得慌。聪灵，你跟狼娃离婚吧，现时正是好时候，是个机会。你跟他离了，我带你远走高飞。"

聪灵被震惊了，她忙不迭地说："咱都是有娃的人了，再不要给下一辈人造罪。再说，过几年他回来了……你们是一块耍大的，他的脾性你还不清楚？他啥事做不出来？"

"你不要害怕，有我给你撑腰哩。"耀民气昂昂地挺起了胸脯。

"我不怕，我是不想连累你。"夕照从聪灵背后网络成白絮的小木格窗子射进来，血红一片，浸透了聪灵的肩胛骨。她一猫腰，提起一斗玉米面，说："我先回去咧。你把最后一遍再抖擞一下。"说完提着斗就出了门。

刚出磨房几米远，迎面碰上耀民媳妇叶玲。对自己的男人早有提防的叶玲一看见聪灵就撂风凉话："哟，看俺把你叫婶呀还是称姐呀。俺那挨刀子的睡梦里还唤你哩。"

一听阴阳怪气的腔调聪灵也来了气："你把那嘴甭长得太长了，男人就不该想别人了？"

叶玲被噎得脸更加蜡黄，泥疙瘩似的鼻子一撑一撑的，厚厚的翻唇紫青紫青，双手往腰间一叉，旋风般挡住聪灵的去路："嘴长得长咋咧，这是老天给的，是个啥短头？总比你勾引一个男人再勾引一个男人强得多。把脸当尻子哩。不要脸！"

"你嘴放干净些。"聪灵的脸"唰"地白了，她冲对面的她喊叫，"有本事把男人拴在自己的裤带上，甭叫出门。"

如同斗架的鸡，你一句，我一句顶得正火热。吵闹声先是招来了几个娃娃围观，跟着七零八落的大人也围了上来。耀民冲出磨房，"腾腾腾"地走到自己的女人跟前，厉声吃喝："回去，不嫌丢人现眼！"

"你说谁呢？"叶玲气歪了嘴，她拧着脖筋委屈得要哭出来："我丢你啥人了？是勾引野男人了，还是养野汉子了……"

耀民一把抓起媳妇的手腕，往回拉去。

十八、命运弄潮

送走最后一家磨面的人，耀民从磨房出来，已是人们沉浸到睡梦里去的好时光。他锁了木门，拍打拍打头上、身上的面粉，伸了个懒腰，从桥旁的慢坡走到河底，掬一捧水往脸上一撩，"卟卟"地清爽着。立起身时，一钩弯月正悬挂在碾盘上空。

耀民上了碾盘，歪着脖子瞅天上的月亮，他想，人也跟这月一样，想转圆哩总不得圆，想要的女人总鬼使神差到不了你屋里。正胡思乱想着，媳妇叶玲从侧旁游魂一样走上来。

"磨完面还不赶快回去歇着，蹲蹴到这儿做啥呢？"

耀民没搭腔，瞅着天空一动不动。一颗流星从头顶飞过，消失在终南山的上空。

叶玲"哇"的一声就哭了，她双膊往耀民的脖子上一勾，抽抽嗒嗒着说："你不会不爱俺吧？俺可一时三刻也离不开你……"

"走走走，回。"耀民下了碾盘，打头往家走去。

半夜时分，有猫头鹰在屋檐下怪叫，耀民摸索着坐起身子，看一眼炕那头睡得正甜的母女俩，蹑手蹑脚下了炕，用脚试着摸到了布鞋，趿拉上鞋，出了门。

村里沉寂一片，家家房屋隐藏在黑夜里。正是春盛时期，刚过了惊蛰，虫蚋们就悄悄地复苏了，试探性地小声叫一下。耀民一点睡意都没有，他操心着聪灵，想着这不幸的女人今黑该有多伤心，多委屈。不知不觉，耀民拐上了东巷口聪灵家的路。

其实，当耀民一出自己家门往右拐时，身后就悄悄跟出了叶玲。她影子似的直跟到东场里。见耀民进了聪灵的厦房，一道灯光从开启的门道射入到黑暗里，如一把明晃晃的刀插进了人的心脏，旋即耀民的身影挤进了门道，门"咣当"一声关上了。

那亮着灯的窗户"哗"地一下变黑了，犹如箭一般射中了明亮的眼。世界刹间就沉到了黑暗之中。叶玲双腿一软，瘫在了东场上。

"我还是挽不住他的心啊！对他再好也是竹篮子打水——一场空。"

黑暗中，叶玲没有眼泪，也没有气力去砸开那紧关的厦房门，她只感到有阵阵冷风从脊背后袭来，她不由得抱紧了双肩，抱紧了如彩色气泡一样幻灭了的爱情。

耀昭一边充分利用闲时拼命读书、学习，一边寻找着有实现自己理想、有抱负的伙伴。村里家住在老柏树下的颜文书上学时跟他是同班，由于学习踏实，不调皮捣蛋，被选为班上的学习干事。回到村里，文书从不跟人结伴搭伙，干啥事都一个人，很少跟人谝嘴，除了干队里的活外，就时常一个人坐在柏树下看医书，学医学也看文学著作。

耀昭常常找到柏树下，跟文书并排坐下，相互对调着书本阅览。

老柏树是元朝时颜家的老先人栽下的，经历了数百年的风蚀雨剥，已有三人合搂那么粗了。树身的中部已凹陷进去一条大沟，像是雷电殛伤留下的残骸，树冠依然蓬蓬勃勃，遮盖了路段，福荫着文书家的房屋，树股从后房檐一直延伸到他家的前屋檐。

听母亲说，树大有神。耀昭时常瞅着这蓊郁的柏树出神。树冠郁郁苍苍，鸟雀密密麻麻地在枝间聒噪、飞动，一树的鸟语，一树鸟的乐园；白鹤在树上垒了窝，这大鸟不像麻雀那样轻浮，它们总是摆出一副庄重老道的神气往树底下窥望。小麻雀们有时被人惊起，喳喳乱嚷，又"哗"地落回，被树吸收了进去。每年夏季，柏树上的柏籽一股爪一股爪，散发着悠悠的油香。柏朵由青变黄，成熟时，人们在树下铺一张席子，拿棍在树股上来回打刷，褐色柏籽就"唰唰"地下雨般落上席面。人收了柏籽晒干，或轧些油，或在锅里干炒了就包谷面馍吃，一嘴的油香呢。颜文书自然有这得天独厚的条件，每年的柏籽多半让他家人早早收了，谁也赶不到他家前面去。而耀昭却总能跟着文书沾光。文书他妈总给文书口袋里装一把，给一旁立着的耀昭抓上多半把，也算照顾了儿子的脸面。耀昭时常舍不得吃光，留一些回家，给母亲嘴里放几颗，给俩妹一人各分一点。只是在母亲的敦促下，不情愿地翻了衣口袋的角角，找出两颗给了耀禄。

老柏树冬给文书家挡风，夏给他家遮阳，成了他家的保护伞。文书在树墩上看书、学习，学针灸，学医术，也得了柏树灵气。他对伤凉着冷、头疼脑热也能开出药方。尤其是害红眼病的人，一敷上他自制的草药膏，当下就见效，立马不烧不疼咧。忙罢之后是人们害红眼病的最旺季，十里八村都有眼疾患者撵上门来。文书在渠边、沟沿沿寻挖一些野薄荷、车前草及一些清热败毒的草草，拿回来碾了，制成膏药，一片膏药收一毛钱。有的钱不够了，5分钱也给贴。就这，一天也可收上块儿八毛的，因此，家里很快就显富庶起来。大队为了增加集体的收入，就专门聘了文书挂了一个牌子，上书"颜家河村诊所"，地点设置在小庙里。

耀昭没钱买写作稿纸，就把大队给文书印的处方笺拿了，在背面作笔记，写文章。写好了文章要向外投寄，还要盖大队的印章过政治关，才能发出去。尽管耀昭对这些烦琐之事很反感，但也不得不强忍着去大队部盖章、签字。

当一篇篇稿子分发出去后，耀昭就盼星星、望月亮似的数着日子过。一般三个月内未接到采用通知，稿件就会退回。每当一篇稿件过了退回的时日，他就望眼欲穿，像等待判决书的罪犯一样。他常常跑到穿绿色服装的邮递员跟前，神经兮兮地惊叫着："肯定有我的信！"

邮递员换了一个又一个，个个都认得耀昭，却没有捎来一点他的文章变成铅字的消息。

"难道天要灭我吗？"耀昭一头倒在河岸的杨树底下，望着高远的晴空，看不见一线新的希望。"天无绝人之路！"他的脑袋轰鸣着，捏得骨节咯吧作响。

"耀昭。"聪灵的脸出现在头上空，她的叫声在整个天宇回响，"你知道是咋回事么？还是王得娃那贼熊在作祟。"

一古碌翻身坐起，耀昭瞪圆了惊恐的双眼，问："他能耍啥鬼？"

"我听王得娃说，你已经有两篇稿子让人家相中了，"聪灵的脸白得像云团，事情让她比耀昭还难以接受，"人家杂志社一来函调查，王得娃就给你批表现不好……这个挨千刀的，他把你捏得住住的。"

耀昭听后，脸"唰"一下煞白，腮帮子向外龇咧着，他咬得牙齿咯咯响，胸腔充满了怒火。

"我说这狗日的咋鬼捣的，原来如此。"他一蹦而起，就一股风似的旋过了桥。聪灵阻挡他时说的啥话，他一句也没听进去。

风一样刮进公社大院，耀昭径直来到王得娃刚散会欲揭门帘进房的身旁，一拳头上去，"嘭"的一声砸在眼角上，第二拳刚扬起就被围上来的人拉住了。

"咋要这野蛮哩？""有啥事说吗。""打人犯法哩，知道不？"人们纷纷指责耀昭。

耀昭一声不吭，挣脱了人群，气冲冲向大门外走去。身后王得娃变了声调的话语毒箭一般射了出来："只要我王得娃在这儿，你颜耀昭就永无出头之日。"

从公社回来，耀昭脑袋里空荡荡的，一片空白，时不时轰响着王得娃的怪声："……无出头之日……无出头之日……"他真想扭住那张白皙的刀条瘦脸像拧掉鸡头一样把它掰下来，然后，看着白茬筋骨上怎样汩汩地喷出腥味极浓的殷红的血……

"娃呀，万事得慢慢来。"柳秋桂瞅住儿子变了颜色的脸，不无担心地说，"人硬了伤神，弓硬了伤弦。朝里有人好办事。咱没有靠山，本本分分娶个媳妇过日子算咧。今是古，古是今，啥时候都一个样。"

"你再甭说那些没用的话咧！"耀昭烦躁不安地站起了身，对母亲重声沉气地发了火。

"还好意思发凶？"已24岁的耀禄从墙旮旯里钻了出来，"一天成精呢，有啥结果吗？这往后的日子还过不？胆大死啦，打公社的人哩……"

像导火索，耀禄的话点燃了憋了满肚子气的耀昭，他咬着牙关，攥着双拳上来，当胸给了耀禄一锤，喘着粗气说："你着急了？想要媳妇了？给你说清，兄不得娶，弟不得娶！靠茬麦没收，单料子麦甭想下镰。"

耀禄脸"唰"地铁青，他一个趔趄后又扑上来，气得一个字噎在了喉咙发不出声。柳秋桂忙溜下织布机，慌乱之中只得扒住耀昭的脊背喊："你们都墙高的小伙子了，不顾脸咧，先把我打一顿算咧。"

"妈！"耀昭大叫了一声，从背上摘下母亲的手，扶母亲坐在了炕沿上。

屋里静极，只有三个人咚咚狂跳的心。

出了家门，耀昭身轻得如风中的一片羽毛。他绕过低矮的茅厕土墙，到了河沿子上。正是麦穗扬花的日子，影影绰绰可看到河对岸麦田里的庄稼黑乎乎的一片连一片漫延开去。耀昭也不清楚是半夜还是三更，头顶上的星星羞愧难当地发出暗淡的光。有俩狗"唰"地从身旁穿过，被对面的麦地吸收了进去。"咕咚"一声响，一个人影就到了河里，河水不安静了，"哗哗"地被搅动起来。耀昭知道，前方的人影一定是疯了好多年的宽有叔。

颜宽有最近一段时间疯得更厉害了，但他不再喊几年前喊不完的话，仿佛不能言语了。他时常不知道羞耻，身上一丝不挂地在东场上绕圈，有时还跳进大粪坑里胡乱扒拉……为此，家人时常把他弄回去，用绳子绑了。村里有人说，宽有叔是装疯，要不，他咋知道把别人的东西偷了往家拿，咋不把自家的东西给别人？

这是人的本能。即使是神志不清的人，也不会偷自家的东西给外人家。

耀昭的心一阵悸动，他打了个寒噤，继续顺河岸飘去。

一走上马路，他的心豁然开朗，他想，何不去省城亲自送稿，以免再栽进王得娃的手心。

到省城一趟要几十里路，为了节省8毛钱的车费，耀昭骑了一辆破旧的"飞鸽"牌加重自行车，一路汗流浃背地赶到了省城。

他来不及歇上一口气，直奔《荷花》杂志社。

杂志社是在一处古朴、典雅的古建筑院落里，木窗木门木地板，院里一棵老槐树，花开得正繁，清香宜人。耀昭一进院子，一眼就看到一个瘦削的小伙子拘拘谨谨地在槐树下东张西望。可能是心情过于紧张，神情过于专注，他没有发现身后的后来者。

"咋？不敢进去？"耀昭上前在小伙背上轻轻一拍，惊得对方蜂蜇了一般，猛然转过身子。

小伙叫申水浅，是秦岭山里的娃。通过和他交谈，耀昭深感申水浅的幸运。山里娃比他小一岁，今年才从深山沟里出来，被村里推荐到省城上了大学。

一身洗得有点发白的蓝色旧中山装整齐地穿在申水浅的身上。这是水浅的家母送儿出山时专为他翻新的衣服。上身太长，盖住了瘦瘦的屁股，让耀昭深感奇特的是，水浅的头很长，脸也跟着长，额头鼓鼓的，眉毛也长，双眼跟眉毛一般长，嘴大鼻梁长，说起话来木木讷讷，总是一副羞涩、胆怯的样子。

俩人很快成了好朋友。

申水浅说，自长这么大他还是头一回进省城。他想不明白，世界上还有这么高的楼房，流水一样的车辆，蝼蚁一般多的人。他感叹，这西安城真大啊！

他把西安市叫作西安省，逗得耀昭笑弯了腰，捂着肚子说水浅："山蛮子真是井里的青蛙，没见过大世面。你呀你，没吃过猪肉，还没听见过猪哼哼。"

从此，一个从山里到城里的大学生和山外的农村青年成了形影不离的好伙伴，相互切磋，互相学习，在文学的处女地里耕耘，开始了艰难的跋涉。

十九、水花订婚

祖倩眼看初中毕业将要上高中了，她的心中还没一点底。升高中还要大队和公社把政治关，她想自己一准儿会被王得娃刷下来。

上不了高中，对祖倩是个致命的打击，她不敢想象，回到村里，跟大家一起去田野里，面朝黄土背朝天，流血流汗地拼命干活，一年捞摸不下几块钱的日子该咋过？她不愿像祖祖辈辈的女性一样，循环着同样的生命轨迹。

祖倩在一两年的时间内一下子出脱成俊秀漂亮的少女了。在村人的眼里，她像一只丑小鸭，一夜间变换了模样，成为美丽的天鹅。无论是在赶集的路上，还是姑娘们欢聚的地方，祖倩无论怎样都算得上最出众的。窈窕的身材，摇曳出少女特有的青春气息。鹅蛋形的脸，总映着两坨粉白，蒜状的鼻翼把这个家庭延续的种系毫无保留地秉承了下来。桃花瓣一样的红嘴唇，一笑，一排整齐的白牙，灼灼发光。浓重的黑蚕眉下一双有神的眼睛，像两汪秋天的湖水，平静、沉稳，招得周围的小伙不时地回头望。托媒人来提婚的人家也渐渐地多起来，但都被祖倩一一回绝了。

"你到底咋想的？"柳秋桂的头发明显地发白了，也稀疏了，腰身也愈显佝偻、弯曲下来，浑浊的双眼几十年烟熏火燎时常淌着酸水。她"啪嗒啪嗒"拉着风箱，煨一把麦糠，一股浓烟滚过，跟着火焰"哗"一声喷出灶火门，燎焦了额前晃动的灰发。她说祖倩："女娃子不比男娃，过了这个年龄段就寻不下好对象咧。再说了，眼下给你提说的，还都是方圆儿里家底好的。"

儿长女大也成了柳秋桂的一块心病。耀昭都二十七八的人了，还光棍一条，闹得村里人谁都不拿正眼看他。不仅如此，还有人说，这娃是神经出了麻达咧，若不然，半老不小的人了，没个女人，能不急？还有人说，这是他妈前世的冤家……柳秋桂确实为此事熬煎得夜夜睡不着觉。耀昭在前头挡着，耀禄眼看翻上二十五的人了，按当地习惯，兄未娶，没人给弟提媒。柳秋桂心焦哇，若是在自己的儿子里出两个光棍，她守寡抓养娃到头来抓了个啥名堂？岂不叫世人笑话！一辈子争强好胜，千难百难一人担着，也不愿叫人说个"不"字的妇人一想到这些，心如刀绞，千头万绪不知从何叙起。怨只怨自己命苦，生下些不听话的儿女，真真的前世的冤家！这儿子是这模样，到这二女子咋也开始撂蹄子了？

今日一大早，柳秋桂就叫上祖倩，说是到峪川口舅家走亲戚去。

峪川口是进终南山的必经之路，距南川县城十里路，离颜家河村相距六里路程。峪川口是钻山的第一要口，在这里形成两面山相对峙的景象，中间夹一条沙石路，直穿山的心脏。峪川口村的老百姓就散落在半山腰中，祖祖辈辈肩挑背扛地过日子。村里的地，都在山坡上，东一块，西一片，村民们长年累月劳作在坡地里，靠广种薄收，指天吃饭。没有钱花，老天似乎格外恩赐这里的山民，年年风调雨顺，收成还颇丰，分得的五谷杂粮足够每家人填饱肚皮。柳秋桂唯一的同母异父的弟弟就生活在这里。今天，弟弟的大女子杨水花要举行订婚仪式，她这个当姑的为上席客，必到无疑。

走娘家要穿戴新刷一些，一来叫娘家门上人觉得自己的日子过得滋润，不缺红短绿，二来也让娘家弟弟不为姐姐的日子担忧。柳秋桂从邻居家借来了一件月白色的确良大襟衣衫，穿在身上平平展展的，十分惹眼；祖倩也换上了平时舍不得穿的、专供出门走亲戚或过年穿戴的洋布格子衬衫。母女俩走出树荫遮掩的村庄，眼前豁然开朗，进入到一大片麦田地的小路上。昨天刚落过一场雨，半干的泥路高低不平，磕绊得柳秋桂半缠的双脚走起来十分艰难。祖倩扶住母亲的胳膊走着，燕子在头上"吱吱"鸣叫，一忽儿高，一忽儿低地来回穿梭，让祖倩想起了高尔基的《海燕》："像黑色的闪电，在高傲地飞翔……"，小燕子在绿色的麦浪上翻飞，自由自在的神气叫祖倩好生羡慕。她想，若是今世托生为一只燕子多好！

刚扬过花的麦田一片连着一片，一畦挨着一畦，在雨过初晴的早晨，麦叶上挑满了晶亮的水珠，直铺到西塬根下，像绿色的水晶；半塬坡的麦子有的已渐显青黄，估计过不了半个来月就能开镰收割了。

祖倩跟着母亲一直往南走去，直到太阳一杆子高了，她们才上了一面坡，到了峪川口村的舅家。

好多山民都来了。山民们靠山吃山，不缺果腹的杂粮，但身上穿的却褴褛不堪，有的人胸前的垢痂在衣衫上结了厚厚一层，发明发亮，一股刺鼻的气味熏得祖倩头昏。看着一群黄牙、驼背或是撅着巴巴尻子的山民，祖倩的心里像打翻了五味瓶，她不知道女娲造人时怎就把人捏得东倒西歪，各种模样不同，身躯架势都不一样呢？她仿佛看到了送子娘娘怀里包着的人籽粒，在云头上，她给山地间弹撒这样的人籽，给川道间撒上另一种人粒籽，在平原上又抖落下另外一种的人籽，给城市里拨下一拨另一类人……在山地，祖倩有了一种接触另类人的感觉。

表妹杨水花出来了。才刚刚13岁的山地女子已有了少女的辣味。她飞蛾一样扑过来，搂住了祖倩的腰，喜鹊般喳喳笑叫："嘻嘻嘻，倩姐，你来了咋不寻俺耍哩？"

看着水灵灵大眼睛的表妹，粉白娇嫩的脸蛋上洋溢着喜气，祖倩撇了撇嘴逗表妹："都要成人家媳妇了，还这么贪耍。看把你喜成啥咧。"

"哼，喜啥喜。"洋洋喜气从水花的脸上"唰"一下飞逝，她噘着薄得红亮的嘴唇，不乐意了："我根本就看不上河沟对岸的那家娃。你见了就知道了，黑不溜秋的，瘦得像麻竿，二级风能吹倒。爸非要订这亲，说他家没弟兄，单杆一个，俺过了门没妯娌相欺。再说，爸还图人家有三间瓦房哩，说俺一辈子不用愁盖房子，是好事儿。"

舌尖嘴快的水花一股脑说了一大堆，最后还说："我给爸一个面子，走着看着，先对付住再说。"

表妹家这山沟野洼，至今还遗传着古老的婚姻风俗，女娃过了15岁就不好再嫁，男娃过了15岁就不好再问上媳妇；好女好男，早早地订了娃娃亲，10岁8岁订亲的多的是。大部分婚姻都是成功的，极少出差错。真要有一方出了问题，女的还可嫁到川道去，男方可能一辈子打光棍了。

祖倩听表妹这一说，惊得瞪大了眼："你敢拿这事当儿戏耍？"

"甭瞪眼。"水花一副不在乎的样子，"要不是他家人托媒一而再，再而三地提说，俺爸也不会扭住订这婚事。狗日的，活该他！"

新女婿挎着红包袱爬上了坡，身后跟着媒人及三五个主要亲属。红包袱里包着彩礼。过去是按女方的年岁算彩礼，3岁100元。这两年改了，变成两岁100元，13岁就是650拾元，再给丈母娘、丈人爸一人一套新衣，算是认老丈人的门来了。女方的重要亲戚这一天都要到齐，在饭桌上要一一指给新女婿认下。

酒席摆了五六桌，就摆在屋前的大场上。七碗八碟子，萝卜丝、南瓜块、粉条、豆腐及少有的几片肥肉算是好席面，亲戚们一哄上了座。菜刚一摆上饭桌，一哇声，一年四季很难见上一点荤腥的饿民们抢着吃起来，嘈嘈声一下被大嚼大咽声代替了。

按习俗，水花要指给新女婿认亲戚，或二姑或四姨，水花指说一个，女婿要点头弯腰，笑着叫一声。当水花从屋里出来准备要让女婿认亲戚时，黑瘦的女婿刚挑了一筷头粉条塞进嘴，猛一吸，咽进了气管，呛住了一个"啊啾"的大喷嚏打出，满口的粉条从嘴里、鼻孔喷射而出，一桌子的人大叫着哄散而起，边扒拉着头上、脸上、身上的粉条碴，边哭笑不得地骂："这驴日的傻尽咧，不看今儿是啥日子嘛，还傻吃瓜喝哩。倒霉，咋跟这傻蛋坐一搭了。"

杨水花被眼前的景象气白了脸，顷刻一转念，也跟着桌边的客人大笑起来了。她走到未来的女婿跟前，咬着牙骂："你羞了先人咧！八辈子都是饿死鬼托生的！"

跟水花一般年龄的女婿懵懵懂懂地把细小的老鼠眼一下子睁上了窄额头。

二十、树大有神

杨水花念完了小学，该上初中了，山地没有初级中学，家里父母本不想让她再上学，水花闹得不得毕，家人只好随其意，到川道的姑家去上初中。这样，水花和祖倩就在同一所学校上学了。

雁山中学离家仅二里路程，水花家送来麦子、玉米之类，供水花当口粮。她吃住在姑家，同表姐一块早去上学，一路放学回家。

出了山地，水花的野性子得到了进一步的扩张。平展展的川道，一漫的平地，人不用肩挑背扛，架子车一拉就到了地头；拖拉机嘟嘟一响，地就翻跟头；川道的天就是大，就是比山沟里蓝；看那白云，无遮无拦，想游哪达游哪达。水花的心犹如放开的鸽子，飞起来了。

晚上，祖倩、祖香、水花和柳秋桂同挤一铺大土炕。祖倩和水花睡在炕的东头，两人都大睁着眼，看头顶黑洞洞的地方，闻着烟熏的油烟味，各自想着心事。

"哎，倩姐，"水花一侧身把嘴对到祖倩的耳边上，痒得祖倩"咯咯"地笑起来，捂住了耳朵，嗔怪道："你说你的话嘛，我又不是聋子。"

"你说我那小女婿，驴日的咋生那么一副难看模样。"水花想起了她订亲时的情景，"我一想到那狗东西订亲那天出的洋相，丢我的脸，我就想一拳头上去把那黑猪脸砸个鼻口出血！"水花的牙在嘴里"咯吱咯吱"响起来。

"八字还没见一撇呢，你就这样。赶明儿过了门，还不把人家撕挖了。"祖倩感到有丝丝寒气直往头发根里钻，她半责备半玩笑着说表妹。

"这就叫没缘！"水花一字一顿，重重地说，"你不知道，在没跟我提这事之前，来回在沟道里也撞见他，那时也不觉着他有多失眼；自跟俺有了这关系后，俺咋看那驴日的咋难看。刀条条子黑脸，瘦麻杆腿……"水花略停顿了一下，声音在黑暗中像吹拂在杨树叶上的夏风："我就是为了不再见到那瘦黑鬼才要出山念书的。"

祖倩被表妹的话带到了深渊，她感到身子往下跌去，跌进无尽的黑暗中。

表妹的婚姻一开始就是在向悲哀中行进，祖倩的心凉透了。她想到了自己，想到了自己未来的命运，她睡不着了。在水花发出均匀的酣睡声后，她悄悄翻身坐起，顺炕边爬着，从母亲的头边溜下了炕。

耀昭去了省城，两天了还没回家。祖倩摸黑来到了房前用油毡搭建的棚屋里，拉亮了灯。

小小油毡棚，有七八个平方米，支了一张单人小床，还有一张桌子，脚地只剩一块能拧身的空间。这就是耀昭的地方。桌上摆满了各种大本的杂志和小而厚的书籍，墨汁的臭味弥漫在小房间。祖倩翻腾着书，翻找到了法国大文豪维克多·雨果的名著《悲惨世界》，坐在桌前刚看几页，就被吸引住了。

如饥似渴，祖倩的心叶在雨果的笔下欢快地呼吸着，像阳光下的白杨林。她跟着书中的人物冉阿让同悲同喜；她浑身的血液流淌在滑铁卢的战场上，爱在珂赛特的爱情里，这个不幸但又很幸运的小宠女，她才是世界上最幸福的女神，她得到了双重的爱，尽管举目无亲，却始终被父爱、夫爱包围着……祖倩忘了自己，忘记了现实，灵魂随书页飞荡到了十八世纪的异国他乡，在那里被滋润着，在那里幸福着。不知怎的，她觉得冉阿让的长相跟牟树茂是那么的相似，那么的相互吻合。她把他们的影子重叠到一起了，他们同是为了别人的欢乐而欢乐着的人，为别人的快乐而活着又悲凉地死去的人；他们一生都没有家，但都有一颗为他人的幸福而拼搏的魂灵，他们抱过没有成熟女人的肉身，死后成了守护女性的神……

"你还看不懂这书呢。"背后猛然响起耀昭的声音，吓得祖倩浑身一颤。她拧过头，见三哥后面还跟了一个陌生小伙子。

陌生人正腼腆地笑着，拘泥的样子，一身灰制服，个子显得瘦小。耀昭介绍说："这就是我经常给你提说的申水浅，正上学的大学生。"

祖倩看着土里土气没一丝洋味的申水浅，心想，大学生也不过如此嘛。

"你们也没叫门，咋进来的？"祖倩这才想起，没听到响动他俩就进到屋里来了，忙诧异地问。

"俺俩嘛！"耀昭卖起了关子，拉长声调说，"能像孙悟空一样。"见祖倩瞪圆了双眼，他随即又笑了："俺俩翻后墙进来的。"

见三哥眉飞色舞的神气，祖倩问："是不是有好消息了？""对。"耀昭一努嘴，得意了，"俺俩的小说后天就见报咧。"

盼星星，盼月亮，总算有一篇署名为颜耀昭、申水浅的文章在报纸上出现了，村人为之哗然。以前说耀昭坏话的人都改了口气："人家耀昭就是个人物，你们谁有本事，咋不见一个字上报哩。""是金子总要发光哩嘛。"

给耀昭提媒说亲的又一连串跷进了门，柳秋桂忙活得昏了头，整个一个白天，她都在接待一个个媒人，到鸡上架时，她才歇了下来。

捋了捋零乱的灰发，柳秋桂在门槛上坐下，说儿子："你倒是心咋想的，眼看都过二十八的人了，还不安心娶个屋里人，想咋呢？"

耀昭笑眯了眼，说："世人可悲哟！这些年把咱笑臭咧，这会儿可巴结咱来了。咱不要。妈，你再甭操那份心，到时候，我给你领个城里的媳妇回来。"

"锅盖甭揭得太早了，小心溢着！"柳秋桂乜斜着眼说，"咱都恁大的人了，还这山望着那山高哩。万事莫强求，强求招灾惹祸。"

耀昭没听清母亲后头的话，拿着报纸出了门。夜深了，东场上追逐戏耍的玩童被大人呼儿唤女的声音招了回去，场上立刻安静下来。刚碾过场，麦子入了仓，场子亮光一片，几个麦秸垛蹲守在场的四角，像几个惬意的酣睡老人。

耀昭嗅吸着还散发着浓浓油墨香的报纸，想到这些年来的万般屈辱，甜酸苦辣一齐袭上心头。他把手中的报纸扬起，他要让颜家河村的人，让全公社，全南川县的人都瞅着，他颜耀昭是第一个把自己的名字印到省里报纸上的人！想到王得娃要让他永无出头之日的咒语，耀昭苦笑了。你王得娃是个啥东西，想害我哩，去你大的。耀昭说不上来是高兴，还是悲哀，他攥着报纸"呜呜呜"地哭了。

颜家河河水为之动容，呜呜咽咽跳下石板，绕过一个弯，奔流西去，去追寻茫茫的海天。

月亮爬上来了，晕黄晕黄。没有风，星星极淡。耀昭在抬起泪痕斑驳的脸膛时，突然从胸中涌荡起一股凶气，他想杀人，想站在高山顶上，端起一挺机关枪，照准王得娃的胸膛放一梭子，看他血花四溅、血河奔涌……

颜耀昭的名字霎时响亮在人们的耳畔，映亮了南川县城的眼。文化部门的、新闻单位的，还有各系统热爱文学的女青年都眼发光，把惊羡的目光搭在了耀昭的身上。

"咱这条件，能敬得起城里的神？"柳秋桂不无担心地说，"咱安安宁宁娶一个乡下的，能伺候你就对咧。挑来拣去的，别花了眼。"

"城里人咋？俺还真要挑着哩。"耀昭其实心里没一个底，嘴上却不软。

对于县城里的那几个老姑娘，耀昭不是觉得年龄过大，就是嫌人家太世故，太轻浮，到目前还没一个可心的人。

好些天没见到文书了，耀昭来到了小庙，小庙的门上了锁。他又拐上去柏树下的路。

远远地看见文书拿着砍刀在柏树杈上骑马似地坐着，正"哐哐哐"地砍树股。只听"咔嚓"一声，一根腿粗的树股就"唰"一下掉下来。不知为什么，耀昭打了一个寒噤，说不上有一种啥滋味在胸中翻滚。他惊叫道："文书，文书，快下来！你咋敢砍柏树呢？"

颜文书没听耀昭的话，又砍了一股，这才"咚"一声撂下砍刀，溜下树来。

"这么大的树扑棱，少一两个枝不算个啥。"文书一脸的不在乎。

"这都是六七百年的东西了，除了你，谁敢动过她一指头！"耀昭不无责备地说。

"这有啥嘛，看你大惊小怪的。"文书弯腰拉住树股，"咱就不能做出惊人的事了？"

文书和耀昭同年等岁，一等子（注：一样大）人里现在就剩他俩没成家了。文书尽管掌管着村上的诊所，可爱神的箭咋也射不到他身上。随着年龄的增长，他的自卑也跟着往上长，时常低头纳闷，走路躲着人，也不敢正眼看谁了。除了诊所就是家里，也不再在村里走动串门，也不跟人说笑逗乐了。一个人时，自己还嘟囔说着什么，见有人来，立刻就打住了。

砍了柏树，没过一月，文书莫名其妙地把一口牙掉光了。村里人都说，那是树神罚他呢。只有耀昭不信，但他却弄不明白，这年纪轻轻的就掉光了一嘴的牙，确实有点蹊跷。

二十一、分下有刀

　　耀辉回来探家，一同回来的还有妻子甜甜和怀里抱着的胖娃子。这娃子才过百天，白白胖胖，虎头虎脑，大眼睛总是惊喜地看着这个陌生而又崭新的世界。藕节一样的胳膊不停地挥舞，双脚乱弹蹬，总像要逮抓什么东西似的，把欢乐带给了全家人。

　　一家子围着新生儿转，他的欢快与可爱甜润了每个人的心。耀昭沿用了本家族的哲字，给耀辉的儿子取名叫哲正，以示娃将来在社会上堂堂正正做人、规规矩矩干事。

　　甜甜依了逗人爱的儿子的势，明显地没有了从前的乖巧。回到家几天来，除了颤悠着两只饱含奶水的奶子清闲地颠来转去，再不就是抱着孩子到巷口跟人说闲谝乐。一家子八口人顿顿要吃要喝，婆婆柳秋桂忙得不可开交，甜甜却不知搭个手，帮忙给灶火添一把柴。柳秋桂在享受孙子带给的幸福的同时，心渐渐沉重起来。眼见儿子的假期要满，儿媳妇要留下来了，她将如何处理好以后的日子？甜甜跟着耀辉在外头一年半载，已过惯了清闲的日子，嘴也在外头吃馋了，往后要在家和这一伙弟妹在一个锅里搅匀把，恐是很难处了。已惯下个馋嘴懒身子，要改不容易，三天、五天能过得去，往后日子长着呢。祖香、祖倩、耀昭、耀禄能容她这懒散的样子吗？时间长了，要是闹出矛盾，吵起架来，到那时，岂不让人笑话。儿子耀辉到那个时刻就难做人了……这该如何是好呢？

　　"分家！"这个念头一闪出，柳秋桂的心不由"咯噔"一下，她倒吸一口冷气，为难了。她想，咋向耀辉张这个口呢？再说，老二从小到大，没反过她的嘴，没违过她的愿，一切的事情都顺着为娘的。柳秋桂心里很清楚，耀辉在方圆五里八村都是有口皆碑的孝子。从古到今，凡分家另过的，不是儿不孝，就是媳妇闹着要分家，几乎没听说哪一家是平平和和分开的。因此，分家在人们的心头震荡最大，一般会认为是无法过活了才分开。尤其是爱面子、把名声看得比什么都重要的男子，宁可跟媳妇闹翻，也要扭住不跟父母分开另过。

　　柳秋桂几天几夜没合眼。在耀辉假满的前一天，她还是给儿子把这话说了。

　　耀辉始终低垂着头，半响没说出一句话。

　　"妈是不是嫌甜甜有啥不好？"柳秋桂见儿子一声不响，她知道伤了儿的心，戳了儿的情，为娘的心也如刀剜一样难受。她放缓着声调，说："你看甜甜奶着娃，生活不好了，奶水跟不上，把娃就亏了。你那一点工资，只要能顾连住你一家三口就不容易了。分开另过有它的好处，甜甜跟娃小锅小灶的，想吃啥了也方便。"

"妈——"耀辉突然扬起头，深深地唤了一声，泪水像大雨中的房檐水，哗哗地淌着。柳秋桂一把揽住了儿子的头，喉头就哽住了。她像小时候哄儿子睡觉一样，拍着儿的肩，不停地给儿宽心："妈知道俺娃是孝子，可世上没有万事都顺人心的事。你看咱墙外头槐树上的鸟，长大了，翅膀硬了，就离开老鸟，飞走咧。人和鸟是一样的。"

假期满的这一天，不等天明，柳秋桂就烙了一个又圆又大、麦面和包谷面两搅的锅盔饼，并叫来了耀祖和村上的一个泥瓦匠，让耀昭腾出油毡房，在里面垒了新锅台，就算做了耀辉的新家。大锅盔馍象征着日子浑浑全全、团团圆圆，连同铁锅，一齐给了耀辉。

早上分了家，下午耀辉就回单位上班去了。

夕阳把半边天抹得血红，终南山麓也披上了橘红色的服饰。西塬的黄土塬畔更显臃肿，黄得让人不敢认了。柳秋桂送走了儿子，这才觉得浑身没了一点劲儿。她坐在后门外的石廊阶上，想到自从给儿子吐出分家的话口后，耀辉在窗外转了整整一天一夜，为娘的心如扎在了刀尖上。想到这里，她又暗自哭诉起死去的丈夫来："你个没良心的，丢下一伙伙子儿女跟俺，你清闲去咧，不受这难场了，把这千般万般的难留给俺了……俺是前世该你的咋？"

像这样不吵不闹，悄没声息地分了家，在这方圆还从来没有过。世人开始用不凡的眼光看待柳秋桂了。

一个家庭，就是一个世界；家中的每一个成员都有自己的一片天空，要掌握好时空和火候处理好一个家庭，不啻一个伟岸的创举。柳秋桂，这个没进过一天学堂的妇道人家，显示出了伟男子一般的胸怀和胆略。

二十二、艰难求学

祖倩在《悲惨世界》里畅游，在主人翁冉阿让的崇高境界里飘荡。她时常在上体育课时，偷偷跑到学校的院墙外，脱了一只鞋垫在尻子底下，靠墙根坐下，翻阅着《悲惨世界》。

悲惨的世界里既悲惨，也快活。悲惨得壮阔，悲惨得雄伟，把一个具有极高境界的人物冉阿让悲壮的一生推进了神幻的殿堂。祖倩时常被十八世纪的异国魔力所攫住。她想，如果今生能遇上像冉阿让那样的男人，哪怕是老男人，她将会是多么的幸福！即使他老得已奄奄一息，嫁给他，在他的怀抱里倾听他的心脏在人世间跳响的最后一声，也不枉今世做了一回女人！

"祖倩，"一声呼唤迅速拉回了她的臆想，她突噜一惊，"嚯"地站了起来。定睛一瞧，见是班长才才不知啥时已来到了她跟前。

"你……你咋知道俺在这呢？"祖倩立刻故作镇定的样子，不屑地问。

"你每天干啥，想啥，俺都知道。"班长才才的双眼亮亮的，少年男子白白的脸在寒冷的天气里微微透出了红色。他的声音明显地变了调，脖间的喉结也正在凸起。他把揣起的双手从黑粗布做的棉袄袖筒里抽出来，在嘴上哈了哈，憋足勇气抓住祖倩的手，颤着声说："祖倩……，看你把手冻得跟石头一样冰凉。"

祖倩惊呆了，半张着嘴诧异地看着对方。

才才一边揉搓着祖倩红红的手，一边抖着声说："俺知道你把心都用到那书里去了，就没注意过俺的心。"才才一说话白牙齿就放光，两颗尖尖的虎牙很逗人喜爱。他继续说道："眼看要毕业了，跟你就要分开，俺怕往后见你都不容易了。这些天，俺心里难受极了，一想到咱俩要各奔东西，就睡不着觉……"

祖倩从一阵迷茫中渐渐清醒过来，她猛地抽回自己的手，嘴张了张，不知说什么好。

两天前才降过一场雪，学校背后的麦田被雪覆盖着，只是在阳坡地现出了雪融后一坨一坨的绿色。

又过了两个礼拜，祖倩离开了她热恋着的学校。不出她所料，在学校推荐升高中的名册上，王得娃把她圈出去了。

对于祖倩，不上学等于被人掐断了脖子，这是她人生路上最大的不幸。这个冬季她觉得最冷、最长，这是一个最严寒的季节。

祖倩疯了一般，几天几夜没上炕睡觉，足足两天水米没搭牙。她想不开，为什么命运跟她开这么残酷的玩笑，周围的这么多同学，考试不是10分就是8分，而他们都顺顺利利接到了去南川县城上高中的录取通知书，我祖倩到底得罪了谁？

　　西北风很大，带着嗖哨无情地抽打着光秃了的干树股，刀一样刮得人脸生疼。在通往初中学校的路上，看不到一个人影，连串村的狗也不见了，只是偶尔有一只冻得蜷成一个毛蛋蛋的饿鼠从路上横过。路两旁都是瑟缩着腰身的麦田，路面被冻得硬邦邦的，脚踩上去，咯吧咯吧响。

　　天空灰蒙蒙一片，祖倩不知道已近午饭时间，她毫无目的地挪动着僵硬的双腿，已分不清哪是天、哪是地了，只感到天地混成一片，冻成一起。如一片找不到着落点的树叶，祖倩走着走着，不知啥时就坐在了一畦地洼的界石上。

　　"找他去！"一个声音在她头顶响起。她茫然四顾，四处灰蒙蒙一片，天压得很低很低，厚厚的云就像在从人的发丝上擦过一样。

　　"对，找他王得娃去！"分明是树茂哥的声音在祖倩的大脑中回荡。她站起身，顺地畔飞也似的跑去。

　　跑到公社一打问，看门的说王得娃一个冬都在村上驻队，是在关顺山村。

　　关顺山在公社以南的一个山洼里，距公社16里，离进山口有7里山路。到关顺山要翻两道沟，再爬两面坡才能到。

　　祖倩被风裹挟着，脚下如飞。到了山口，天上突然像颠筛子一样开始下起了稠密的雪粒。进山口没一袋烟工夫，鹅毛大雪就纷纷飘起来。祖倩顺着人指的坡爬去。眼前乱舞的雪花如白色的蝴蝶晃得祖倩眼花。反正崎岖的小路很快就被覆盖住了，脚底下白茫茫一陡坡，无所谓路了，她只顾撅起尻子爬坡，也不抬头看坡有多高，路有多陡。

　　眼睫毛挂满了雾水，她已搞不清是汗珠还是雪花融化的水珠。爬上一面坡，眼前又是一陡崖。用袖了擦去满脸的汗，她这才为寻找下沟的去路抬头四处张望，满山满岭周围不见一户人家，一漫的雪的世界。一起一伏的山坡白皑皑的一片，膨胀着雪的肆虐，连一只鸟儿的踪影都没有了。祖倩直感到自己成了这深山野洼一个飘零的孤魂。在面对陡崖的右上方，有一斜坡，根据判断，祖倩知道这是一条通往沟底的路径。

　　她没有片刻的停留，立刻往坡下走去。没有路，只有一斜陷的雪道，祖倩下了没几丈深，腿就像触了电，麻嗖嗖的，抖得难以支撑了。她这才感到两天来没装进一粒米，没灌进一口水的肠胃干渴得似要起火。她想咽一口唾沫，嘴早已干得发粘。她随手抓一把斜坡上的雪，塞进了口中。

背后坡上面路过两个背布袋的人，发现半坡上的祖倩，忙大声喊叫："姑娘，你这是上哪儿去呀？"祖倩回答："我去关顺山。"两个好心的壮年男子给她指了指天说："离关顺山村早着哩。天眼见着要黑了，你赶不到了。这种天气，你摸到明早还不一定能到哩。快趱身往回走吧，到山口寻一人家住下，明早一大早再赶路吧。"

祖倩听到这，一扑踏就瘫在了半坡上。

没找到王得娃，祖倩连夜往回返。摇摇晃晃到家时，已是深更半夜。

歪歪斜斜的祖倩双腿一跷进门，正好被急得团团转的柳秋桂接住，她才没栽倒下去。

"娃呀，你把一家子人心都搅乱了！"柳秋桂要哭出来了，她踮着只能靠脚跟行走的脚，往后打了个趔趄，忙一边把祖倩往炕上扶，一边数落："你三哥也不知到哪儿找你去了，还没回来；你姐、你四哥、大哥，还有水花、哲光都整整跑了一天寻你哩。把该去的地方都找了个遍。俺正寻思着，该不是狼把你叼了呢。"柳秋桂用慈爱的手抚去祖倩额前的刘海儿，心疼得泪水啪啪嗒嗒往下嘀："看把自己糟蹋成啥了，脸都吸进去两个坑。"

昏黄的灯光里，祖倩的脸黄得一张黄裱纸似的，她无力睁开双眼看为娘愁断肠的模样，只感到从上头掉下来的热滚滚的泪水打在了脸上、额上。那是母亲滚烫的心啊。祖倩抱住母亲的胳膊哇哇地哭了。

"哭吧，哭吧，俺娃哭出声就好咧。"柳秋桂抚摸着女儿的头，终于在祖倩的哭声里放下了心。她旋即命祖香扫了瓮底，揽上一把麦面粉，叫水花在锅里添两碗水，给祖倩做了一碗又薄又亮的提花面片子。

耀禄推门进来，见祖倩睡在炕上，母亲正给喂着汤水饭，气就不打一处来。他牙齿咬得咯吱响，恨声恨气地说："真个是能成精！想跟老三学哩，到头来小心像叫花子一样拉枣棍靠人门框。"

"少说两句。娃回来咧就好。"柳秋桂忙阻止说，"娃浑浑全全回到屋就是咱的福，还说啥长短哩？当哥的人，老大不小的，要学会照看妹妹们呢。"

耀禄咧了咧嘴，把折腰棉裤重又紧了紧，吸溜着鼻涕说："女娃家再甭胡想成精。等开春了跟我到建筑队去做个饭，拉个下手，也能挣些钱哩。"

二十三、进城一天

今年是个最不好的年景。

年刚过完，先是疯了五六年的颜宽有死了，后又死了牟拴牢。颜宽有是栽到大粪池子连冻带呛死的。捞上来时，手里还死死攥着一把从饲养室里偷出来的黑豆。黑豆是专喂牲口的，生产队每年都留出一块好地，种上黑豆，这块黑豆地不计在社员的口粮之内。所以，宽有手心的黑豆谁都清楚只有饲养室有这种黑东西。人死了，也不再被活着的人说三道四。对于临死前还没忘偷一把黑豆的疯子，谁也没说他的不是。只是人人唏嘘不已，都说，要是有吃有喝，谁还在乎一把喂牲口的黑豆呢？都是贫穷害的人。老队长二顺叔吧嗒着旱烟锅子，往东场碾盘上一圪蹴，粘糊着发红的双眼，鼻疙瘩一酸，清鼻涕线一样吊拉着说："怨只怨咱这板板土地啊，不好好长庄稼么。天旱了，这土把咱的禾苗夹死咧；天涝了，水渗不下去，把咱的苗苗淹死了。你说，咱这儿的人凄惶呀不凄惶？辛辛苦苦一年，热流汗水的，连一口饱饭都混不下……"

老队长二顺叔说不下去了，圪蹴在碾盘圆圈的人也都无声地抹起了眼泪。

悠悠终南山，山巅还覆盖着未化完的雪，像头戴白孝布的孝子，悲哀地默望着生活在困苦中的父老乡亲。

"你说咱连肚子都装不饱，还能干成啥？"颜二顺眼泪鼻涕一把抹下来继续说，"就像咱耀昭，娃是个好娃，干活也蛮，舍得力气，可娃想闯出去哩么，不想再在这地方受苦咧，谁能说娃错了？娃没有错！只是咱没有冲出去的好条件啊！"

人群一阵子骚动，平时指戳耀昭脊背说风凉话的人这会儿都心软点头了。

死亡让人发现良心，死亡也使人善良。

每当村里有一个生命逝去，人们就会沉浸在悲哀之中，浮世的思想就会阵痛，良善就会乘机统治人的思维。

牟聪灵看到人们纷纷为耀昭点头，她的眼睛就潮湿了。她怕控制不住要哭出来，就顺着磨房的墙根溜回家去了。

这一举动，在场的人唯独耀民和刑满释放回来不足一月的狼娃看得最清楚。

"走，启灵时间到了。"颜二顺把烟锅在石磨盘的拐拐上叩了叩，立起身，吆喝起来："咱还要把咱的人平平稳稳地送埋了呢。"

埋了颜宽有，没出三七，牟聪灵的继父牟拴牢突然在一个午后，靠墙角正晒太阳时一骨碌倒下去就再也没起来。

颜二顺慌了,他深感奇怪:"日他妈的,今年怪咧,死人跟倒麦个子一样。"

村里人也都害怕了,家家在门上别了桃树股避邪气。老婆、老汉还缝制了红布三角系在裤腰上,说这样阴魂就不再拉你去当替死鬼了。

这个冬似乎过得特别长,九都尽了,终南山头的雪还没融化,空气里依旧夹裹着雪的寒意。天气反常,地里没解冻,每天天没亮起,街巷里就响彻着老汉的咳嗽声,似乎是这些咳嗽声把冬日拉得更长了……

天一晴起,仿佛一夜间桃树花就放红了,绽放开了一年的又一个春天。

这个迟到的春没给人们带来惊喜,只是各自都挽袖抹腿各忙活开了。农活很快就结束,粪一撒进麦地,麦苗就憋得太久了似的,呼呼往上蹿。近两年,人比过去活泛多了,生产队的活一干完,年轻的该出外打工的出去打工,没门路的就守在家门口等着夏收来临。耀禄在这些年的寻情钻眼中也结识了不少外头的人,他是村里头一个在农闲时节外出有活干的人。

为了混进西安的一个建筑队里干活,耀禄把建筑队的头头叫哥,叫得特别亲热。此人名叫汪占尚,四十多岁,是渭北平原上某个堡子出来的人,又黑又瘦,凹陷进深坑里的眼睛灼灼有光,一笑,露出一排黑豆粒一样的小牙。他人机灵,几年前就看清了社会发展趋势,来到西安开始闯天下。他雄心勃勃,想,西安省城这么大,可有多少人家三四代人还住在油毡棚里,这些棚棚子天长日久肯定要更新,要更新就得重盖房。民居房屋,要大建筑公司盖,人家看不上眼,我只要组建一支小小建筑工队,就能完成如此大业!于是,汪占尚就立即组织了一个工队,开到了西安城。耀禄是在一次偶然的机会碰上汪占尚的,一拉搭,就挂上了钩。看着耀禄可怜兮兮,眼巴巴求他的样子,汪占尚也就答应留耀禄到自己的工队去干活。

在汪占尚面前,耀禄十分小心,老显出一副顺从、害怕的神色。他知道,如果要扎稳脚跟在这里干下去,就必须老老实实对主人毕恭毕敬。不但如此,还要显示出忠实于主人的憨相。为此,耀禄取得了汪占尚的信任,汪工头就叫他掌管后勤的灶间之事。

一队人马二十几号人,一天三顿的伙食全由耀禄安排。耀禄很精细,总是挑最便宜的菜买。常常为了买便宜菜,哪怕一斤便宜五分钱,他宁可骑着汪占尚给的一辆破自行车跑五里八里路,也从不叫冤屈,这一切,汪占尚都看在眼里,满意在心头。

去年冬季一上冻，建筑活干不成了，汪占尚就让大家领了工钱解散回家，说到来年的开春，继续干揭瓦溜盖、再盖新房的活计。

人已走光，耀禄却哼哼唧唧没挪脚。汪占尚扑闪着深眼窝子，笑着问他："咋？还有事？"

耀禄一脸的正经，仿佛下了很大决心一样："俺……俺想过了年，叫俺妹子来给咱灶火搭个手……"

"嘿嘿嘿嘿。"汪占尚呲出黑豆牙笑得抖动着身子，"啥大不得的事嘛，你还鼓恁大的劲。你只管安排就是了。"

"嘿嘿，那就谢谢汪哥了。"耀禄睁大眼笑了。

祖倩跟着耀禄来到了省城。

刚来第一天，天上就落起了开春以来第一场雨。祖倩被安排在灶上和一位胖老婆做二十人的饭。她除了烧火，择菜，就是帮老婆子揉面。她走时还把村里上完高中的学生的书借来带着，烧火时，她一边往火门里添柴，一边看着书。祖倩自学高中的课程，为这，耀禄不断说她，并阻止她。

"你再这样三心二意，人家汪哥就不要你了。"耀禄一边扭着脖筋说祖倩，一边往栅栏门走。

"哟，咋的？我不要谁啦？"汪占尚跟耀禄撞个满怀。今天一大早，汪占尚到别处联系活计去了，直到天将麻黑才回来。

耀禄见是汪占尚回来了，忙"汪哥"叫了一声，显出极厚道、极殷勤的样子。随后就又跟着汪占尚进了栅栏门。

"这就是俺妹，她叫祖倩。"耀禄指着妹妹给汪占尚介绍。

祖倩忙放下书，礼节性地立起身子。抬头一看，却见汪占尚那深陷进坑里的眼睛忽闪着怪怪的亮光。凭少女特有的感觉，祖倩觉得这眼光里包含着邪意。她的双目不由得被蜇了似的猛地从对面的脸上缩了回去，低下了头。

胖老婆不知是上茅房去了还是又到房主家闲谝去了，灶间里只剩他们三个人。

耀禄也看出了汪工头发光的眉眼，他悄没声息从栅栏门溜了出去。

外面还落着雨，雨点不大，但很稠密，雨丝在古城织成了一张大大的网，把数千年的壮观都罩住了。

祖倩被汪占尚的眼睛看得毛骨悚然，她手足无措地呆立着。

"你——多大了？"汪占尚没话找话，"刚出来还有点不习惯吧？"

祖倩只是点头，脸颊飞上两片红晕。这更让汪占尚吃惊，他怎么也没想到，黑不溜啾的耀禄会有这般漂亮的妹妹，简直漂亮得让他加快了心跳。他几乎不敢相信，在南川县那块苦焦的地方竟然能成长出仙女般美丽的女子来。他看见祖倩窘迫得呼吸也紧促了，忙连声说："你忙，你忙你的，我不打搅了。"说完就出了栅栏门。

躲在暗处的耀禄一边瞧着拐过弯的汪占尚的背影，一边跷进栅栏门。他显出一副不满意的样子，说祖倩："你咋会这样子呢？人家问你话，你就好好回答么。牛气啥哩嘛！"

祖倩看着哥哥提心吊胆的可怜相，心缩成了一疙瘩。

吃过晚饭，天很快黑下来，祖倩躺在灶间临时支起的单人钢丝床上久久不能入睡。她不敢拉灭电灯，痴痴地看着头上的油毡顶。一想到汪占尚的深眼窝子，她就浑身如遭了针刺一样不舒服，她瞪着眼等天亮。

出门在外，实想着有四哥在身边，是她的保护神。却不料，祖倩全想错了，她的哥明显的想把她往磨眼塞哩。他要用妹妹的美色换取他所苦苦追寻的金钱。

祖倩直在心里埋怨这阴雨的天，太不体谅人，黑夜这么的漫长。

时间老人就是这么的怪，他总是跟人唱对台戏。你盼他快，他却像老牛爬坡；你想叫他慢点，他时常像飞掠的鸟儿一样，一晃而过。祖倩急得心头冒火，恨不能拽着天色快快走出黑夜。

罪恶时常拣黑夜横行。

栅栏门外一阵悉悉嗦嗦的响声，把祖倩刚想合眼的梦神一下子惊醒了。她孤立无援地瞪大了惊恐的双眼，盯住栅栏门。里面没有门闩，祖倩慌忙把所有能挡门的凳子、桌子都搬到了门跟前。她屏住呼吸，不敢发出一点儿声响。

"你还没睡吗？"是汪占尚的声音。

祖倩捂住嘴巴，死死地听着栅栏门外的动静。

又一阵悉悉嗦嗦的响声过后，她听到门外的人走远的脚步声，祖倩像瘫软了似的长叹了一口气。

她害怕极了。怕汪占尚一会儿再来，咋办呢？祖倩想，只有尽早尽快地离开这个鬼地方，才能躲过这张魔爪。祖倩立刻悄悄地搬开门边的凳子、椅子，生怕弄出一点响声。一不小心，碰到了栅栏门，"吱呀"一声响，吓得她脸色顿时煞白。这时候，一点小小的声响，对于她都如响彻云天的炸雷。她稍平息了一下自己狂跳的心，侧耳细听栅栏外再没有别的声息，就蹑手蹑脚走过去，轻轻拉开木栅栏门，顺墙根往南溜过去。刚一拐出胡同，她撒腿向马路跑去。

上了大街，街上水汪汪一片，路灯没精打采地在雨里淋着。行人极少，偶尔从街上飞过一辆汽车，犁出一沟水辙。祖倩在人行道的树荫里飞快地跑着。跑了一段路，慢慢停下来，她这才扭头看了看后方。祖倩看到了身后又高又大又厚实的灰色城墙，心镇定了许多。她这才明白，小哥干活的这个施工队原来是在城墙根下。不知咋的，她突然感到这城墙能保护住她，能成为她的保护神了。祖倩踏着飞溅着水花跑到了城墙根。

苍苍城墙，巍然屹立，蜿蜒而去。大灰砖砌起的厚厚的墙，砌起了一个民族的威严。祖倩仰头望着墙，一边走，一边触摸着，霎时感到头晕目眩起来。苍苍古城墙顷刻间响起了古时炮火的声音，兵士们在炮击声中倒麦个子似的被甩下城墙，灰色的盔甲垒成了长长的城墙……这一块一块的砖就是战火中一个一个的尸体。祖倩手抚着砖块，看雨水在砖上淌动，分明看到了古战场士兵们淌血的脸。他们在雨夜的灯光下，嘶叫呐喊，抑或悲哀哭泣，哭自己可悲的命运；他们又在晴朗的天空下哈哈大笑，笑自己创下的辉煌历史……祖倩的头眩得厉害，她顺着城墙根坐在了雨地里。

一个声音对她大喊："起来吧，站起来！灾难就是你幸福的开始！"似乎是树茂哥的声音。

祖倩在这喊声中猛地就站了起来。刚刚还昏晕无比的头一下子清晰了，她觉得身轻如云。她四处找寻，找寻着树茂的影子。她分明听到的是树茂的声音，抑或是冉阿让的叫喊。他们两个常常在灾难降临时，重叠在一起，冥冥之中给祖倩以力量。

灾难诞生神念。祖倩在灾祸的沼泽地里被神灵拯救了出来。

二十四、杂糅人生

一头扑进颜家河村，祖倩像飞出鸟巢受了伤的雏鸟一样回来了。

才一天一夜的时间，她仿佛感觉离开家乡有七年八载之久。吸嗅着家乡的每一缕清新空气，她都觉得是那么熟悉、那么亲切，似母亲身上的气息。在小庙背后，她碰到了三哥耀昭。耀昭一看小妹一副落寞的样子，就埋怨着说："咱妈这人就是糊涂，昨天我就不同意你去。回来了就好，快回去吧。我找文书去。"

祖倩过了小庙，从一小块菀枣林中穿过，到了皂荚树下又碰上走来的才才。

才才背着换洗的铺盖卷和馍布袋，抄小路要上县城念书去。

祖倩忙低下头，本想从才才面前快速走过去，不料才才放下铺盖卷，挡住了她的去路："祖倩，其实咱们班只有你才最有资格上县城念高中。"

"啥资格不资格的。"祖倩的双眼滚出了两滴大大的泪。

"你甭着急。"才才摇着祖倩的手，诚心诚意地说："好好在家待着。再过几年，我把你带出去，哪怕天涯海角。"

祖倩看着才才满脸的真诚，觉得他一下子长成一个男子汉了。

"你等着。等着我回来带你！"才才重新背上铺盖，叮咛着，顺河岸大步走去。

这时的耀昭立在小庙的脚地，也就是大队诊疗所里，他面对着文书说："你咋这么没骨气？二十多岁没娶媳妇算个啥。咋就在人面前抬不起头了？咱气气刚刚的，不是啥见不得人的事。"

仅有十六个平方米的小庙房，大队给了一张简易的药柜，一张旧方桌，两把独木凳，一把专给文书配的，一把专供病人坐的；墙上挂着听诊器，柜台上摆着几大瓶止痛片之类的药瓶，房间里漂浮着极浓的西药味。文书背对门坐着，始终抱着头，把双肘支在桌上，一言不发。

"咱俩没娶媳妇，没抱上娃，那是咱俩有思想、有抱负。"耀昭说得胸膛一鼓一鼓的。

"哇"一声，文书憋不住了，哭起来，涎水拉唧的："俺……俺妈就守俺一个娃子，娶不下媳妇，俺妈都熬煎成病秧子咧，嗯嗯嗯……"文书越说越伤心，没牙的嘴一张，像七十岁的老汉。

又经过一番苦心劝说，见文书收起了哭泣，耀昭这才跷出小庙门。

刚进自家门，远远听见耀禄在家发凶，说是嫌祖倩背着他偷跑回来。耀昭三步就跷进了门，一脚上去在耀禄的尻子上就是一脚，骂道："你这个东西心太狠！把祖倩带出去干啥？"

瘦干柴棒一样的耀禄猛地一打闪，差点趴下去。他扭着脖筋，死瞪瞪瞅着耀昭发白的脸，从鼻孔"哼"了一声，捏着嗓音说："就你逞能。有本事你给她找个出路咋样？"

"你个屁嘴还反！"耀昭摩拳擦掌，被忙溜出纺线车怀的柳秋桂拦住了。

望着两边比自己高出一头的儿子，妇人一语双关说："咋就跟鸡一样，见了面就斗。有事都不会坐下来心平气和地说说。万事有说下场的，哪有打下场的？"

每次都是这样，以耀禄不再吭声而熄火。

见小儿出了门，柳秋桂又坐进了纺车怀，边"嗡嗡嗡"地摇纺车，抽着线，边说耀昭："你那手就是长，爱毛手毛脚的。你不看耀禄跟那瘦骨头棒子一样，遭得住你一拳一脚的？给你说了，以后再甭扎你那长手脚打人。把你那瞎瞎毛病要改哩。"

"你……你好糊涂哇！"耀昭一跺脚出了门。

杨水花还在念初中，还吃住在姑家。

一年时间，杨水花的个头和祖倩一般高了，去年还野刺梅一样花骨朵的女子，一年间换了另一番模样。尻蛋子明显地鼓起来，圆溜溜的，胸前的乳房也饱满了，一走路，一颤一颤，把成熟少女的韵致颠得丰润迷人。每天上学放学，她都要经狼娃的门前走过，有时她还会停下来，逗狼娃已7岁的儿子颜过杰玩一玩。

刑释回来，狼娃比以前蔫多了，像霜打的红苕蔓。他不再指手画脚，也没了耀武扬威的气焰。他时常圪蹴在院门道，斜着眼，瞅别家的几户庄院，看云怎样从房上飘过，看鸟儿叽喳叫唤，在碾盘上蹦上又跳下。他的深窝子眼比以前扑闪得更快了。

偶尔一天，狼娃看到水花从山坡那边向这边走来，夕阳在她的愈显山水的身廓上镶了一圈金边。她摇摇摆摆，到了场子中间，发现头上一只翩翩的黑蝴蝶，她一扑，一抓，颤悠悠的奶子一翘一翘，翘得狼娃心里痒痒的。他暗自责骂，这臭骚包，还真他娘的撩人。

一会儿，杨水花就扑到狼娃的门前了。

"叔，吃咧？"水花是跟着祖倩称呼狼娃的。

"嗯，吃咧。"狼娃闪动着坑洼里的白眼，笑着回答，心里却另打九九，狗日的，一股野花粉香。这山沟还真出俊样呢。吃啥吃，俺想吃你哩。

狼娃总归是狼娃，在杨水花从眼前过的一刹间，他肚子底下，两腿间的那个东西一挺一挺，撑得他难受。他立起来，腮帮骨往两边龇撑着，"哐"一声关了门，冲进厦房，把正在拆棉袄的聪灵窝进了麦秸草里……

"你……你疯咧，娃在外头耍哩。"聪灵边挣扎边小声警告着。

"娃还能挡他爸干这？不干这，哪来的他？"狼娃扯脱了聪灵的裤子……

"爸，你在麦秸窝拱啥哩？"已长到齐大人腰高的颜过杰手握木橛牛往厦房门坎上一立，歪着脑袋问。

"噢，噢，爸寻东西呢。"狼娃忙打发娃快走，"你要去，到外头耍去。"颜过杰顺房檐下走了。

二十五、演绎罪业

贫穷和饥饿总是土匪一样伺机扫荡终南山脚下的人们。自麦扬花以后就没落过一场雨，僵硬的土地裂开了娃嘴，死板的土质一锹一大块，踩上去像踩在骨头上一样。队上留的靠茬玉米地本应在麦收前掏空种上，下半年就是早熟玉米。秋作物是迟种一晌，晚收一月，节令不饶人。早一天种下的，到头来可能还收成不错，迟一晌种下的，很可能就是红白胡子没一点收成。

老队长颜二顺急得在地头转圈圈，他手搭在黑褐色的窄额头上往南山眺看，不见个云渣渣，天蓝得令人心烦。老队长捋下一穗将熟的麦，两手一搓，吹一吹麦糠，干瘪干瘪的麦粒像饥饿的荒民。颜二顺把手里的麦粒扬脸喂进了嘴里，嚼着嚼着自言自语说："长势这么喜人的麦子，后期就差两场雨么，就成这咧，一嘴的麦麸子。我的天老爷呀，队里这一百多张嘴，填啥呀吗？你总不能叫人喝风屙屁去。"老队长嘟嘟囔囔走出麦地，到了一片红光的靠茬地前，一脚踏进地，狼牙一样硬，硌得脚生疼。他又蹲下身子，把别在腰带上的烟锅子拔出来，在土块上"梆梆"地敲了敲，"咕"地咽下一口唾沫水，说："我日他娘娘的，同样地在一个天底下，咱这土咋就死硬得跟石头一样，人家河（指渭河）北的土，啧啧，真叫人眼红。你到地里屙一泡屎，想寻个土疙瘩擦尻子，捏一个，是面的，再捏一个，还是面的。土虚得脚踏上去，人往下陷呢。虚腾腾的地，庄稼还能长不高、长不壮？"

正在这时，从南山背后猛地就冲上来团团乌云，鞭子吃一样迅速往这边飞跑，凉风"唰"一下刮起，掀起颜二顺的粗布衣衫。他立起身眯缝着眼往山顶一瞧，惊呼："我的娘呀，瞎瞎天气要来咧！"他扯开长腿，顶着逆风往村里跑去。刚到河面的桥头上，头上就有凉凉的硬疙瘩敲打了一下，接着又一下。这时从河沿割草回来，挎着草笼的耀祖的大儿子哲光正好走来，还有场畔上刚刚扯了一笼麦秸柴禾的耀民媳妇贾叶玲正欲往回走。老队长顾不了自己了，扯住哲光的手拉到碾盘，往碾盘下一塞，喊："快先钻碾盘下躲一躲，来不及回咧。"然后又扬手挥胳膊叫叶玲："快过来，钻碾盘下。"这时冷粒子由小变大，由指头蛋大小变成了核桃大。贾叶玲被敲打得头生疼，忙丢了柴笼，抱住头："妈呀，妈呀"地叫着，钻到了碾盘下。老队长抱着烧疼烧疼的头，"扑扑扑"地跑去了。

叶玲只顾往碾盘下扑，没注意到哲光，一头钻进去，正好钻进哲光的怀里。两手撑在地上，一抬脸正好挨到半蹴着的哲光的脸。

"妈呀，这鬼娃，你把婶的魂都能吓掉！"叶玲白煞煞的脸，嘴唇包不住牙床子，大喊大叫。

已十多岁的哲光瘦刀条脸，黄不拉唧的小眼睛往窄额头上一睁，白眼仁多，黑眼仁少；蒜墩鼻子每隔一会儿就吸溜一下，仿佛已成了习惯；嘴上头的胡须黑茸茸，往两嘴角处蔓延。对突然爬进来的叶玲，他没一点惊讶之色，只觉得这女人像蛇一样在脸前拱了半天也没拧开身子，不得已，干脆就擦着他的腰坐了下去。

冰雹越下越大，小冰粒子不仅夹杂着核桃大的，还有拳头大小的冰雹。天像发疯了一般，黑灰一片，把冰冷的硬弹子拼命往人间扔，屋顶上到处"嘣嘣啪啪"响成一片。冰雹无情地砸烂了破房屋，砸毁了将收割的麦田。南川县川道被冰雹笼罩在一片苍茫的悲哀之中。

颜哲光已是半搭子小伙了，虽然瘦骨嶙峋，但个头已和叶玲一般高。叶玲温热的躯体紧偎着他的胸膛，这叫他想起了刚出锅的热红苕，香甜可口。他想，平日在外头看着这个女人包不住牙和红牙床的嘴感到很可笑，老觉得这女人可能是在山里吃涩柿子吃多了的缘由。此刻她将热腾腾的身往他胸脯上一偎，咋就看着她合不拢的嘴倒是另有一种滋味。哲光能明显地感到从她的嘴间、鼻子里呼出来的绵软的热气，带着女性特有的气息扑到他的眼睛上，脸上，他有一种痒乎乎的感觉，痒得舒服。

听不到哲光说话，叶玲抬脸一看，"嘿嘿嘿"地笑起来，指头蛋子往哲光的额头上一点，说："傻瓜娃。"

"咋瓜？"哲光一翻白眼，不服气地问。

叶玲竭力想包裹住往外呲的牙，在鼻疙瘩下形成了土包一样的形状，她没有回答，只是包着嘴笑。

她的笑叫哲光有了一种亢奋的激动，他直想扑上去把那土包似的嘴咬一下。

"你敢抱婶吗？"叶玲挑逗性地说。

"那有啥嘛。男子汉大丈夫有啥不敢？"哲光的双眼睁上了额头。

叶玲抓起哲光的双手搭在了自己胸前的两只热奶包上。

哲光的脸"唰"一下红了，他感到血一个劲往脸上冲，细长的双手不住地发抖，不自觉的像捏面团一样捏紧了热乎乎的奶子。

"傻瓜娃，你把婶捏疼咧。"叶玲呶噘着嘴往上蹭去，双眼一忽闪一忽闪幽幽地勾住了哲光的魂。

"俺知道咧，俺知道咧。"哲光的头昏了，他连声说着，嘴就偎了过去，两张嘴就咬到一起了。

"你说，都叫个女人，俺妈那驴日的咋就跟人不一样呢？"哲光吮一下，说一下；再哑一口，又说下去："婶，俺长这么大就被那狗日的打挨扎咧。鞋底子在俺头上跟淋雨点子一样。噢，就跟这冷子一样。"

颜哲光永远忘不了母亲动不动就抡起的鞋底子；忘不了父亲想护着他又害怕婆娘的狼狈相。多少个睡梦中，他从挨鞋底子的惊叫中醒来；多少次被打，他只有抱头鼠窜的份儿。他成天在挨打挨骂的日子里混时光。学校念到小学二年级就收拾回家了。除了帮家里的猪拔青草外，他还要给队里的牛割草挣工分。妹妹玉莲才 8 岁，连锅台还够不着呢，就让母亲逼得老是给脚下支一个小板凳撒糊汤，学擀面。他从心里恨死母夜叉一样的母亲。他认为，那老泼妇傻透顶了，一辈子屁不懂，就知道撅着尻子干活，成年成月的手底下不离活，嘴骂个不停。不是骂男人，嫌男人懒身子，好吃嘴，就是骂儿子闲坐着。她最见不得人闲着，她要叫人人跟她一样起鸡啼，熬半夜。

"婶，你说我咋摊上了个母老虎妈呢？"哲光问。

"傻瓜娃，提说那做啥？这么好的事，你不享受……"叶玲闭上双眼，把舌头塞进哲光的嘴里。

狂风把一些树连根拔起，冰雹打得梧桐叶絮絮拉拉，砸漏了人家瓦屋，打落了满地的麦子。

冰雹一过，老队长颜二顺顾不得头上被砸下的青包，一边往地里跑去，一边叫嚷："我的娘娘，冷子（冰雹）把麦打成光杆杆了。"人们一哇声出了门，一溜带串地跟在老队长身后向麦地跑去。

一到地顶头，老队长心凉得一尻子坐了下去。眼前的麦地乱成了一片乱草，残败不堪的样子，像疯女人凌乱的头发。老队长坐在地头，不忍抬脸看，双手抱住头，把脸夹在凸起的两膝盖间，泪水模糊了庄稼汉的眼。他呜呜地哭道："老天爷呀，你纯是不要俺这一茬人活咧。要封俺这百十口人的嘴呢么。俺这一层人咋就遭这么大的罪，从小到大没过过一天饱肚子的日子……"

雨过天晴，从麦田的那头传来麦黄鸟凄惨无力的叫声："算黄算割，算黄算割。"

二十六、传说压心

遭了天灾，这些只等着收麦的庄户人家把早已磨得锃亮的镰刀挂上了屋檐墙。家家熬煎着揭不开锅的年馑可咋度得过呀。

不争气的文书他妈偏偏就在这节骨眼上咽了气。一村一院的，再难也要帮文书埋了娘。

文书妈就守文书这一根独苗，几年前文书的大得了噎食症（食道癌）撇下这娘儿俩过活。文书这娃从小乖巧，从不多说一句话，更没跟人红过脸。上学时，讨老师喜爱。学习好，年年推选当班干部，和耀昭两个人在学习上你追我赶，谁也没落下。后来，学校关了门，这一届学生只好各回各村。文书回到村里，也是手不离书，还自学了医，给有个头疼脑热的乡民们看病、抓药。开始，还有人提说婚姻，文书却见了女方不是窘得脸涨得通红一言不发，就是挠挠头，抓抓腮，气得女方一去就杳无回音。近两年，自从砍了柏树股以后，一口的整齐牙齿突然就白白地脱落了。这时的文书更是木头一样了，连诊所也待不成了，成天钻在屋里楼上的麦秸窝不出来。文书娘急瞎了眼，没熬出半年就撒手西去了。

村人从文书家的楼上卸下几块楼板，叫匠人用一天时间就割好一副薄棺，把人草草下了葬。

"死呀还不知道找个好日子。"有人埋怨死者。"不长眼么，人都熬煎得心如猫抓一样，她还蛮添乱。"说着说着，人们就想到掉了牙的文书，联想到冰雹以及今年以来连着倒下头的人。有人猛然醒悟过来，说："还不是文书惹的祸，把柏树股砍了，撞了树神，给他家降灾，还连累了村人。"

于是，在一夜之间，人们蜂拥而至，在老柏树下烧香的、磕头的、祷告的，婆娘女子娃心虔诚得直擤鼻涕抹眼泪。一律的一种心愿，树神呀树神，您神威大，不计糊涂弟子的过；饶恕我们吧，为我们拨调走灾难……给我们一个风调雨顺的好年景……人说，好事不出门，瞎事一溜风。文书砍了柏树股，掉了一口牙，死了唯一亲娘，冲撞了神树的话一下子传遍了塬上塬下、山里山外的人。一霎时，颜家河村的老柏树被传得神乎其神，人们一溜带串地前来焚香拜神，使老柏树变成了神树，一年四季香火不断。

麦子绝收，秋种子没按时下地，实实是来了大年馑。眼瞅着家家揭不开锅，村子里狼哭鬼叫娃喊饿。粮食成了金豆子，一斤要卖到一块钱。

南川县川道饿民一片，人们吃净了地皮上的野菜、野草，然后捋净了树上的叶子，连榆树皮也扒光砸烂煮着吃了，喝时一大嘟噜，烫得嘴起泡，肚发烧。

柳秋桂和一帮妇女商量着外出乞讨的事。

人一辈子最怕拉枣棍靠门框，妇人们个个红鼻子肿眼，挖心一样提着馍笼，拿着布袋出了村。

一路走去，仅能混个半碗稀汤充饥，可家里的儿女吃啥，喝啥？柳秋桂几个人一商量，在这方圆肯定是要不下个啥，方圆十几里都遭了冷子，谁还舍得掰一块馍给你呢。主意一定，三五个灰白头发的妇人踮着同样半缠不缠的小脚，靠脚跟支撑身躯，一歪一扭一路向渭北行去。

一百多里的路，几个妇女走得脚打了泡。一天一夜的行程，过了泾渭两河，眼前一下开阔了，仿佛到了天堂。这里一马平川，平展展的田野，玉米苗子刚闪过麦茬，直铺到天尽头。每一棵玉米都滋润得壮实又黑绿。村庄就稳稳当当地点缀在绿苗蓬勃的平原上，一派富态相。

乞讨对于柳秋桂比上吊还难受。另外几个姊妹分头去了别的村堡，她在另一村口的麦场里歇下来，也是为了镇定一下跳荡的心。新的麦草散发着甜丝丝的麦秸草清香的气味。柳秋桂坐在麦草上，见有几只鸡"唰啦""唰啦"地扒拉开麦草，啄食着麦粒。她眼睛一亮，想，难道这河北人打的粮食吃不完，腾场不腾净，遗落下麦粒了？柳秋桂有点不相信自己的眼睛，她拨开尻子两边的麦秸，果然就在最下面出现了稠稠的麦粒，有的已出了小芽芽。她心头掠过一阵惊喜，忙不迭跪在草窝里拨拉起来。

太阳在头顶毒辣辣地晒着，柳秋桂一点也感觉不出太阳的炙烤。她先把长麦秸齐齐抖擞一遍，往身后一扔，再把半长不长的中不溜的节节麦秸一抖擞，底下就剩麦糠和麦粒了。她一直跪着，往前挪着，汗水将月白的大襟衣衫沾在了脊背上。山一样的麦秸，她一把把齐齐抖擞一遍，聚拢到眼前的已经有粪堆大一摊麦糠和麦粒了。没有风，她只有用嘴吹拂，把嘴当成了吹风机。双手一掬，连麦糠带麦粒举到齐眉以上的高空，再一点点往下溜着，嘴不停地吹着，麦粒沉，落在怀跟前，麦糠被吹了出去。

日头偏西，大大的橘红色的太阳往地平线下滚去。柳秋桂还没吹完，她不停地吸气吹气，让她头昏眼花，她挣扎着立起酸痛难忍的腰身，一抬眼看见场畔有一条小渠，正潺潺地淌着水，她摇晃着走过去。渠水还算清冽，上边偶尔漂过几只羊粪蛋子和麦糠。她划开脏物，双手迅速捧起，就掬上一捧水来。喝下去，有点凉爽，她知道，这是从井里抽上来的。她将头顶上的织布手巾抹下来，在水里摆一摆，拧干了，往发胀的头顶一盖，脑子立时就清醒多了。她扭转身，又"噗噗噗"地吹起来。

"噢呀，你凄惶死啦。"一个声音从背后袭上来，吓得柳秋桂不由得"突噜"一跳，还没等她来得及回身，就看见一个中年妇女掮着锄头来到了她前面。该妇女人高马大，胖得肚子像怀了八个月娃的婆娘，说话粗声大气，肚皮一抖一颤的："那能抖擞多大一点？你抖擞一天，最多能弄下二三十斤。"

一天弄二三十斤！柳秋桂惊诧不已。她想，在俺那里，尻子撅着干一年，到头来一家五六口人还分不到五百斤麦呢。在这一天不挪窝，就能弄下二三十斤麦，简直是白拾来的么！她瞧瞧怀里已堆积起来黄灿灿、吹得净净的麦粒，估计着总有个十斤、八斤，她心里充满了激奋，扬脸说："好妹子呢，俺在你这儿得福咧。才大半天时间，就抖擞了这么多的麦子！"

"听口音，你是南岸子（指渭河以南）的人？"中年妇女从肩上卸下了锄头，扭动着胖身子。她的脸热得通红，说话像打机关枪："你们那地方，不打粮食咋的？老见那边的人过来在俺们这儿拉粮哩。"

"俺那地方全凭靠天吃饭哩。"柳秋桂一掬一掬地往口袋里捧着粮食，说，"十年有九年收成不好，黄僵泥土质，长不好庄稼，人老是挨饿。"

两个人互相问着各自的家庭情况。最后，胖妇人对柳秋桂说："你那地方人连肚子都填不饱，还不跑出来到俺们这里？你看俺这地方，旱涝保收，粮食多得家家每年都拿粮食换瓜果吃哩。"胖妇女说得神采飞扬，自豪无比。装完麦，她把柳秋桂领到了堡子的自家屋里。

这是一个南北走向的宅院，南北很长，东西对着两排厦房。院门道放着一张低矮的四方桌子，四边摆着几把小木凳或小木椅。天还没有黑严，一家人就围着桌子开饭了。

柳秋桂见一大碗一大碗的长面条端了出来，一盆西红柿汤汤摆到桌中间，然后是油泼辣子、盐、醋、酱各色调味都上了桌，她还立在门道不知是走还是留。她确实饿了，饿得眼发花。可看到这儿的人把自己只有在过年才可享用上的美餐只当平常饭吃呢，她感动得要流泪了。

胖妇女从灶房出来，端出了最后一碗面，见柳秋桂还站在那里发愣，就粗喉咙大嗓门地喊叫她："还不快坐到桌桌跟前浇汤汤，一会儿面就粘在一块儿了。"柳秋桂不好意思地、半推半就着说："你给我少挑些。"

胖妇女没理会她的话，浇好了西红柿汤，把一大老碗面递到她手上："快吃，快吃，先吃饱肚子再说。"

一大老碗面很快就下了肚。好些年了，柳秋桂头一次吃上这么香的哨子面（注：地方面食），吃得这么饱、这么滋润。

天黑下来，柳秋桂疲乏得浑身酸困。胖妇人安排她和她睡在一个大炕上。她还没睡着，身旁就响起胖妇人打得雷响似的呼噜声。

本想好好睡一觉，旁边的鼾声搅得柳秋桂难以入眠。她的双眼又酸又涩，眼角干疼。她想到了家里的儿女们、孙子和媳妇们；想到身处异乡的她正为生活煎熬时却碰上了胖妇女这样的好心人。两颗大大的泪珠就凉凉地从眼里滚了出来。

还没入伏，尽管白天的太阳火毒，但夜静之后还有凉爽的舒适感。

第二天天一亮，柳秋桂就告别了胖妇人，提着馍笼和一条布袋上别的堡子去了。临行前，胖妇人说，叫她把抖擞的麦子放她家，她好给晒干；还叮嘱她，让她讨了馍每天背到她这儿，她好把馍掰成蛋蛋子给她晒干，以备回时好带。

柳秋桂只用了三天时间，仅转了两三个堡子，就要回了几布袋馍。每家每户，都没空着，不是给她一个白馍，就是挖给她一碗包谷糁或麦面；赶到饭时了，家主就喊她进了门，饱饱地吃一顿。

考虑到自己没有多大力气能把这几布袋干馍和乱七八糟的粮食背回到百十里外的家，柳秋桂准备动身返回了。为了感谢胖妇女的收留之恩，她把十来斤的麦子和一些面粉要留给这家。胖女人"哈哈哈"地抖着肉身子大笑起来，说："俺的粮食多的是，哪在乎你这点。"胖女人说完，拉住柳秋桂坐下说，"老姊妹，我看你也是个好人，我才跟你说掏心话。你那地方那么苦焦，你愿意把女子嫁给俺这儿不？"

经胖女人这一说，柳秋桂心里一下子开了窍。她想，咱在那地方受一辈辈的苦，饿一辈子肚子，咋也不能再叫娃受那可怜。胖女人见柳秋桂思思量量的样子，连忙说："老姊妹，甭错主意。娃到咱这儿，一甩手的掌柜的。人挪活，树挪死。你现在思量思量，如果能成的话，我就给俺外甥说呀。俺外甥当兵着哩，俺这就有他的照片。我马上就给他家招呼去，离这儿不远，三里路。骑车子一袋烟功夫就到。"

柳秋桂背着干馍蛋子布袋，回到家里，天已黑透了。

耀昭、祖香、祖倩围着母亲哭了，都说，再不能让母亲去乞讨，去靠人门框了。柳秋桂躺在炕上歇了一会儿，就顺墙靠着坐起来。望着跟前的儿女，问耀禄这几天回来过没有。还问了甜甜和哲正。当问到耀祖一家时，耀昭就气火了，说："你再甭操心他了。他生在头，长在前，他问过你么？他操过你的心么？"

"一条儿女一条心哇。"柳秋桂长长吁了一口气徐徐道来:"娘的心在儿女身上,儿女的心在石头上。为啥在石头上?这有一个典故呢。说是过去有一户殷实人家,良田百亩,骡马一圈,长工雇了几十,男主家三妻四妾,儿女一群。主家在他的大炕顶头老放着一只大大的棕箱子,箱子有人腰高,时常挂一把铜锁,从不打开。儿女们把心思全用到这棕箱上咧,偷空就想挪挪那箱子。可咋也挪不动。就暗自思忖、揣摸着箱子里到底是黄货(金子)还是白货(银子)。有一天,主家叫来了一群儿女,对他们说:'日后我不得动弹了,谁孝顺伺候我到咽气倒下头,这只箱子就归谁。'果然,在主家病重期间,儿女们争着尽孝心。不是真有孝心,全是冲着那只箱子装出来的。人人都暗想,这么沉一箱子东西,要是全归了我,几辈子也享用不完。"柳秋桂说到这儿把灰白的头摇了摇,继续说:"等到主家咽下最后一口气时,儿女们来不及装殓他大,就抢着撬开了箱子。这时候,一屋的人全傻了。你道是啥?是一箱子石头。从此,就有了这说法。"

柳秋桂的古典传说把人间的悲哀像石头一样压在了耀昭、祖香、祖倩的心上。

二十七、草率婚事

夜里,家家户户都沉溺到睡梦之中去了。儿女都睡了,柳秋桂抚摸着祖香的头,一种说不出的滋味使她鼻了发酸、眼发潮。轻轻唤了一声:"祖香。""嗯。"祖香没睡着,她还在想着可怜的母亲怎样拐着半缠的脚来回走二百多里地,到那个陌生遥远的产粮地方要饭,咋张开乞讨的嘴来?祖香暗暗流着眼泪,她不想让母亲觉察出。听到母亲轻轻的唤声,她把头在黑暗中抬了一下,问:"妈,咋?"

"娃呀,你已经十七八咧,按说也不小了,"柳秋桂尽管放缓着声调:"可咱这鬼地方遭罪哟。妈这回去了一趟河北,算没白去。人家那地方就是好。地平得连个慢坡都没有。庄稼长得好的。家家粮食吃不完,白米细面顿顿吃。我思量着,俺娃也不能跟妈一样,就死到这烂地方咧。干脆,能飞到好处就去,享福去。"柳秋桂把胖女人外甥的事说给了祖香。

祖香乍一听心里一阵凉,不一会儿就平静下来。她想,这样也好,嫁到河北,一来可以要上240元的官礼,为家里添一点收入;二来人家那地方粮食多,还可以要些粮食回来度饥荒;另外,往后自己和妹妹祖倩的穿衣问题也就解决了。遇到了大的年馑,能顾紧就要顾呢,只要对方家粮多,往后再有多大的饥荒妈也不用去乞讨了。想到讨饭的母亲,祖香的心如针扎。她想,等她以后过了门,就把母亲接去，再不会叫母亲忍饥受饿了。她还想不通，世上咋会有对父母没实心的人。她，祖香，为兄弟姐妹，为母亲不再受苦受难，那怕上刀山、下火海也不怕。

就这样，祖香订婚给渭北平原一家家景最糟，但最善良，却不短粮吃的人家。就是那胖女人的外甥家。男方正在河南省的一个地方服役，没法回家，一张照片就订了终身。除草草买了两套衣服外，祖香全让扯成布匹，以便拿回家给全家人做衣服。再就是240元官礼钱，加带二百多斤玉米和百十来斤麦子。

贫穷生盗贼、生刁民，也生不公。在这块古老的土地上，依然是男尊女卑。大部分姑娘到了一定年龄都用来当成了交易品。有的是为兄弟换来了媳妇，有的纯粹就当作商品卖给了对方，经常在彩礼多少的问题上媒人跑断了腿，说破了嘴。逢年过节，有好多娃去拜未来的公婆，其实不是为拜年，实则是冲着年节向公婆讨钱要物去了。走一趟婆家，回到村里还要和同伙姑娘互相攀比，看谁的婆家给的钱物重就说明谁被对方瞧得起，给的轻的，就想着人家是看不起咱，把咱没在心上放，不在乎。有的因为礼物轻了，就寻事滋非；有不明事理的父母更是不顾男方的家境如何，要一年又一年，在商榷结婚事宜时常耍麻缠，把男方家里整得掏窟窿卖房，也要照着女方娘家提出的万事备齐。不然订婚以来，三五年的全部费用就等于打了水漂，有的家是倾其力量订下媳妇的。

柳秋桂没有张口多要一分钱，也没多让人家扯一尺布，都是媒人胖女人按官礼官价给张罗的。村里人都夸柳秋桂，连远在渭北的那个堡子的人都说男方家一家傻呆子，还真有傻呆福。活人夸赞，死去的人却不答应了。

这是一个刚下了一场透雨的午饭时间，正值秋天，天瓦蓝瓦蓝，又高又远，云朵白得令人感动。地上的水潭刚刚晒干，村里的泥路已不粘人脚。柳秋桂刚做好了饭，还没舀到碗里，住在隔壁仅一墙之隔的本家子三叔就急火火跷进了门。

"老嫂子，老嫂子，你快叫上大女子祖香去文书家，你屋俺哥的魂附到文书身上了，把文书拿住咧。想必是有要紧事交代呢。"

柳秋桂解了围裙，眨巴着烟熏火燎得发红淌泪的眼，埋怨："都死这么多年了，从来都没托过个梦给俺娘们儿，咋就拿挽起人来了？活着的时候都从不难为人，咋都变成阴司的人了还蛮缠来呢？"

"你快些来。我前头先走咧。"三叔一低头闪出了门。

柳秋桂出门在东巷口唤了几声。正纳鞋底的祖香就从巷子中间一家屋里飞了出来。地下泥疙瘩一绊，她差点被绊翻下去，上来问："妈，有啥事？"

"你大把你文书哥通穿下来咧,说是叫咱娘俩快去,有事交代呢!"

祖香一听,飞跑进屋,搁了正衲的鞋底,搀着母亲往村中间走去。

文书家屋里早已挤满了人,祖香和柳秋桂一进来,有人就喊:"快给娘儿俩让路。"密挤的人群立即让出了一条空道。

文书正蜷着身子挤在炕拐角。连炕灶把炕上铺的席片子熏得油光黑亮,在炕的东面开了一扇小木窗,才给屋里透进一片不太亮的光。

祖香跟在母亲身后,来到了炕前。

三叔一手拿簸箕,一手执一根桃树条,隔着锅台对着炕拐角的文书说:"俺嫂子跟娃都来咧,你有啥交代的就快说。"

满屋子人屏住呼吸,大瞪着双眼,等待炕上人的动静。

好长时间没动响。三叔一扬手中的桃条子,狠声狠气地说:"你再不说,我可就上桃条子呀。"

话音刚落,文书猛一下跳将而起,瞪瓷了眼睛,指着柳秋桂开口就骂:"你这个不顶用的东西,净做些糊涂事!"忽然又一挥胳膊吼叫,"去,给我擀一碗面片去。"

人们一哇声催促柳秋桂快去擀面。柳秋桂一走,文书上来就抱住了祖香哭起来,一边哭一边数说:"你妈个不顶用的,把俺娃可怜的嫁得远天远地的……以后当心人家虐待俺娃……"眼泪像断了线的珠子哗哗地往下淌。看到这情景,屋里人都跟着哭了,人人都抹眼吸鼻,小声说:"死去的人不放心啊,嫌把娃给得远了。"

一碗面片很快端上来,文书三两口就把一碗热烫烫的面片囫囵吞咽了进去。人们都吃惊不已,说,咋不知道烫呢,跟往肚子里倒一样快。

吃了面片,一直耷拉着眼皮的文书猛地睁起眼来,喝叱柳秋桂:"给我送些钱,我上路走呀!"三叔立刻抓起早已剪好的黄纸钱说:"走,跟我走。再甭拿挽文书咧。你过去都是咱村里的大好人呢么,咋不看娃凄惶、可怜?"

三叔点着黄纸出了门,文书"咚"的一声倒了下去,脸无一丝血色,黄得像黄裱纸。一团不散的魂灵离体而去。人群一拥而上,连喊"文书"带摇晃,有人还跳上炕,掐了文书的人中。

过了有一袋烟的工夫,文书醒过来。他像睡得太久了似的,慢慢坐起身子,长吁一口气顺墙靠着,惊奇地睁大了眼问:"咋恁多的人,你们做啥呢?"

人群"哄"一声笑了。有嫂子辈的人跟他开玩笑:"你个鬼,还问呢?把人没吓死,半个小时不灵醒。"

"胡谝啥闲传呢?我咋一点感觉都没有?"文书一挠头说。

二十八、乌烟瘴气

"耀昭,听说你大的魂儿附在文书身上咧?"聪灵问。

"啥魂不魂的。人死如灯灭。那是文书神经耍麻达咧。"耀昭大咧咧地说。

"你就犟,不相信!"聪灵手里拿着针线活,把针在发际间蓖了蓖,一边做活一边嗔怪地说:"你还甭说,魂附身的事俺也经过,还就是有。你不相信不由你。听说这是死人有重要的事给活人交代,才会这样。或者说,是活人做下令死人难过的事,死人要发泄出来才会出现这种事。"

颜过杰正跟一伙娃耍摔泥泡,摔得正高兴,听妈在说鬼神的事,就跑过来仰着脸问聪灵:"妈,你说你知道鬼神,你说明儿是晴天还是阴天?"

过杰的话让聪灵一下子愣住了,她不觉红了脸。

"去去去,小娃子家,大人说话少插嘴,耍去。"聪灵吆开了过杰。

槐树下只剩耀昭和聪灵他俩了。

"你多有福气。"耀昭说聪灵,"才二十大几,娃都半人高咧。咱呢,跟别人一样大,媳妇还不知在哪里?"

"你……你还好意思说。"聪灵眼里闪出了泪花。她咽下一口唾液,像咽下了千般屈辱,吸了一下鼻子,她问:"你到底咋想的?想出去,这阵子又没个好出路,你这样硬撑着也不是个事。"

聪灵的一番话说得耀昭拧紧了眉头。

"哎,你想教书不?"聪灵突然像刚刚想出了办法似的问。

"教书?你有门路?"耀昭定定地盯着聪灵的脸。

这么多年来,聪灵一直盼望着耀昭有一天能定定地、仔细地瞧一下自己。她没有想到,这会儿她却一下子实现了多年的夙愿。聪灵感动得手乱颤。她慌乱地一针扎下去,扎偏了,针尖扎进了拿垫子的手指。

"哎哟!"她一声惊叫,红豆豆一样的血珠就渗出了指头蛋。耀昭慌了神,四处寻着什么。他看见不远处的墙根底下斜着生长了几颗野齿苋。他飞跑过去,掐了马齿苋芯芯,在手心使劲搓了搓,揉了揉,连汁带渣摁到了聪灵的手上。野马齿苋是一种中草药,不但消炎止血,在青黄不接时期,还能当饿民充饥的好食物呢。

耀昭给聪灵止血的举动让聪灵激动了好长时间。她一回到厦屋,就拼命地吸嗅着又烂又绿的齿苋味。这是耀昭的气味呢。她感到幸福通穿了全身。她泪眼婆娑，亲吻着还遗留着耀昭体温的手指，久久不放。

"婶，婶，俺狼娃叔在屋吗？"门外响起杨水花搅水响动一样的喊声。

"噢，噢，还没回来。"聪灵忙迎出门。

杨水花穿了件粉红色的单衫，布料很薄，像蜻蜓翅膀，透出里边齐肚脐窝的背心。丰满的奶子撑得粉红衣下摆有些上翘，夕阳里，她粉白嫩质的躯体，散发着野花的香气。

"你不是放暑假了吗？"聪灵问。"唉，山沟里急死人。我待不住咧，先早来几天。"杨水花一脸的喜气，说，"俺叔说，等我一放假，他给我买一辆便宜旧自行车呢。看，我把钱拿来咧。"杨水花眉飞色舞，掏出卷成卷卷的钱又诡谲地笑了说："你猜这钱是谁给的？就是我那个傻瓜未婚夫给的！"

聪灵听杨水花把这话说歪了，就带着一丝责怪的语气说："这娃，话咋这样讲？人家女婿娃给你是正当的，你还说人家傻？有了车子，上学就不用跑远路了。"

夕阳滚下山塬时，狼娃回来了。他一进院门看到杨水花，就抑制不住内心的欢喜。他强作镇定，但眉眼间透出的兴奋没有逃出聪灵的眼睛。其实，聪灵早看出，颜狼娃对杨水花没怀好意，像当年对待自己一样。曾好多次，聪灵想出面阻止，可看见杨水花不但有意在狼娃跟前卖骚，还故意在她面前耍俏，聪灵就想，算了，算了，杨水花本就是个骚包，想救她也救不了。

狼娃在院里和杨水花说话，聪灵有意回屋换了一身干净衣服，出来对狼娃说："我今黑领娃上牟家庄给妈做伴去，她最近老是虚惊。"

聪灵要回娘家，狼娃暗自乐开了花。但他还故作生气的样子："三天两头给你妈做伴呢，还没个完咧。"

其实聪灵这次没回娘家。

为了给耀昭尽快找个出路，牟聪灵不得不再去找王得娃。

天一黑，公社的大铁门就上了锁，只留一个小门供人出进。牟聪灵抄麦地小路来到了公社。为了不被人发现，她低着头，贼似的跷进了小铁门。

公社大院静悄悄的。家在附近的人下了班都回去了，只有王得娃的窗口亮着灯。玻璃窗扇朝外大开着，蓝色的塑料窗纱把小灯泡的光过滤后洒在了窗前的大桐树身上。聪灵"嘭嘭嘭"地敲响了门，独扇木门"哗"一下开了，聪灵惊魂还未定，就被王得娃拦腰抱进了门。

"吓死人了！"聪灵用拳头敲打着王得娃的胸，嗔怒道。

王得娃把聪灵放上床，转身关了门和窗，拉上蓝色的窗帘，一扑就把聪灵压倒了下去。

聪灵一把推开他，坐了起来，一脸的严肃："我今儿可是有正儿八经的大事求你来了。你先说同意不同意？"

"同意，同意。妹子的事就是我的事。"王得娃猴急似的往她身上扑。

聪灵噘着嘴，故作不高兴地说："你不是同意俺要你办的事了吗？"

"对，对。"王得娃不迭声地应承。

"那你现在就办嘛。"聪灵故意撒娇道，"你要是不办，咱俩往后就一刀两断。"

"你说，你说啥事？"王得娃急得抬起了脸。

"你安排耀昭去教书。"聪灵的话如一块硬馒头，噎得王得娃张嘴瞪眼，半天反不上话。

"你……你说啥？"

"快开学了，你安排耀昭去教书。"聪灵平静自若地回答。

"你咋会想起给我出这难题？"王得娃没好气地说。

"不难。"聪灵一字一板，"你如果还是个真正的男人，办个这事简单得如写个'一'字一样"。

"他当着满院的人上来给我就是一拳，我收拾他还来不及呢，还能叫他当老师？"王得娃一想起耀昭打他的情景就来气了："亏你能想得出！"

"人说，宰相肚里能撑船。"聪灵一脸的委屈，"当初，俺就是看上你往碾盘上一站，真正的大男人气，俺才……可没想到，你也跟一般男人没啥两样，曲曲小肚肠……"聪灵一边嘤嘤地哭起来，一边将光裸的身子往王得娃胸前磨蹭。

"你看你，哭啥呢。你没看错。"王得娃抱了聪灵，连连说，"哥的心大着呢，不会跟他计较。"

"那你给个录取手续嘛。"

"开，开。你的话比圣旨都顶用。"王得娃下床拉开抽屉，取出专用笺，一边写，一边扭头偷看着坐在床上的聪灵。

王得娃把录取手续办好后，又开了张报到条，然后拿出公社教育组的红印章，在嘴上哈了哈气，重重地按在了落款处。

起先，聪灵看着王得娃拿出那决定着耀昭命运的红砣砣章子时，心头一阵悸动，生怕王得娃改变主意。当章子盖上后，她的心一下像夏风里欢快拍动的白杨叶，哗啦啦舞了起来；一枚红鲜鲜的印章，就改变了一个人的命运！

与王得娃扭动在一起，牟聪灵感到自己的灵魂不再是扭曲的，她天使般飘飘然,冲破了屋顶,飞过了河流,跃上了终南山……

茫茫大地,苍苍天穹。在几千年文明古国的中国西部,莽莽秦岭山脉的终南山脚下,一场灵与肉的搏战正在进行。一枚殷红如血的印章,曾让数以万计的无辜者人头落地,血流成河,如今,就是这枚圆圆的章子,有多少人为掌握住它,不惜绞尽脑汁,明争暗斗。而牟聪灵,却要用扭曲灵魂的肉体,为暗自爱着的人用血和泪杀出一条通道。她像完成了一项重大任务的士兵,坦坦然,豪豪然,凛凛然。

在聪灵去公社的同时,杨水花也反关了狼娃家的院门,蛇一样扭动着柔软的身段,往狼娃的跟前偎擦去。

"叔,俺再有一年就上完初中咧,俺如果不想回山里,能在你大队给俺安个户口吗?"杨水花嘴里这么问,其实心里很清楚,刚刚被指定为大队队长的狼娃一准儿能办成迁户口的事。

"噢,你的野心不小哇。"狼娃眨巴着白眼窝子,指头点在水花的鼻尖上说,"想飞出山窝窝,把你的那个未婚女婿独独一个留下?"

"他留不留下,关我屁事。"杨水花脸红了,说,"咱不说他的事,说我的事就行了。"

"行。咱进屋说去。"狼娃被水花的骚情惹得火燥燥不安起来。他猛一转身,咬着牙,拦腰往水花肥美的臀部一抓,拥着水花上了厦屋。

没有月亮,连星星也没出现,黑夜张开大口把山脉、河流、川道、高塬、人家吞没了。黑暗笼罩了一切。黑暗易诞生神圣,也常产生罪恶。人在黑暗中能成神,也能变魔鬼。

二十九、心翅飞翔

燕玲和祖倩一样,都没能再上学。祖倩自学着两年的高中课本,燕玲却像只快乐的燕儿一样飞来飞去,村里各个角落都响起她银铃般的歌声。像亲姐妹一样,她俩形影不离,成了远村近邻最要好,也最惹人眼目的一对姑娘。

俩人的兴趣、爱好不相同,但都有一个心愿,就是要飞出这贫瘠的土地,到遥远的地方实现自己的人生价值。

一天大清早,队里的上工钟声还没敲响,燕玲就早早起床了,提了裤子进茅房。出来一瞧,东山头蹦出一个又圆又大、黄亮亮的太阳,像初生的婴儿、那么纯洁,那么清静。燕玲被感动了，双眼皮的大眼睛里立刻盈满了激动的泪。不知咋的，她一下子就想起了电影《洪湖赤卫队》里的韩英。她含着泪，抖着嗓，动情地唱起来：

> 月儿高高挂在天上，
> 洪湖啊，我的家乡
> 洪湖啊，我的亲娘……

"神经病呀你？"身后的厦房窗口甩出嫂子叶玲的叫骂："干早摸辰的，鬼号啥哩！"

燕玲打住了唱，她被嫂子恶狠狠的责备声激怒了，圆蛋脸飞起两轮红晕。她冲厦房窗口回顶："尻子大，揽头宽。管了俺哥，还想管一家子不成？"贾叶玲披头散发冲出门，趿拉的鞋差点绊倒她。她母鸡一样扑啦上来，双手往腰间一叉，黄脸更像熟过的黄瓜，噘得老高的嘴，喷着唾沫星子与燕玲面对面吵起来："俺管不住男人，你有本事替俺管了。本事大，你给你哥顶门立户来。"

"你说放屁的话！"燕玲气得嘴巴发青，扯长脖子骂。

"一家子都是些啥货色！"叶玲想到了耀民与聪灵的事，气更不打一处来。她公鸡似的嗓门提高了八度，"拉野婆娘的拉野婆娘，勾野男人的勾野男人！"

"你个狗日的今儿把话说清，谁拉野婆娘，谁勾野男人了？"燕玲气得手心冰凉，浑身发抖，扬手一指，戳在了叶玲的额头，两个人立时就扭到一起撕打起来。

正好耀民上了一夜的电磨子回来。最近老是白天停电，晚上来电，他不得不通常熬个透夜。天一亮，电停了，耀民这才拖着疲乏透了的身子往回走。老远，隔着两间茅厕墙，他就听到自家院子有吵闹声，仔细一辨，听出是媳妇和妹子的声音。他三步两步走上来，拉开在地上挽成一疙瘩打滚的姑嫂，气冲冲对媳妇吼叫："你这一段时间够张狂的了。不是看在娃脸上，我早把你踢出门咧！"

叶玲黄着脸，气喘吁吁，一尻子坐在门槛上，擤一把鼻涕哭诉开了："俺知道，你早多嫌俺了。你在外头有了相好的，就不想要俺了。呜呜呜……"哭到伤心处，叶玲挖心挖肺地数落男人："你多嫌俺，你咋不早说呢？这阵子，娃都懂事了……"

耀民知道媳妇又要提说他和聪灵那桩子事，他拉起叶玲的胳膊，喝斥道："回去，回去！你看你，成啥样子？"

祖倩来了，拉走了燕玲。

一回屋，叶玲就抱住耀民抽嗒不已，说："你不会不要俺了吧？俺可是为了你，把啥都不要了呀……八年了，俺守着你，伺候你，白天把饭给你端到跟前，晚上给你洗脚……你还要俺咋样你才收心呢？"

耀民被感动了，他把媳妇凌乱的头发捋了捋，安抚着说："行了，行了。你再甭打麻缠咧。我咋能舍得你呢？没有了你，谁给我做洋芋糊汤吃呀，谁给我洗脚呀？哎呀，我累得筋骨都要散伙了……"耀民说着说着，就一头躺倒在炕上，呼呼大睡了过去。他太疲累了，一夜没合眼，在电磨子台前下来了，上去了，眼皮老打架。

叶玲疼爱有加，气愤又怨恨地瞧着睡得香甜的男人，颤抖着嘴唇，像是对自己，又像是说男人："嘿哟，这男人难认哟。你说他瞎来，瞎得睁眼不认媳妇；你说他好时，好得叫人爱不够。"她看着男人睡着的眉眼，轮廓清晰耐看，那高耸的鼻子，还有那紧抿的双唇，棱角分明。双唇像两座山，一起一伏，有男性的肉质感。叶玲不由自主地趴了上去，在睡着的男人唇上亲了几口，然后，给男人脱了鞋，脱了衣裤，把男人揽在了怀里……

太阳越升越高了，队上男女劳力都集中在留有麦茬的光光地里锄草。扒地龙草长得最长最旺，最难锄，草根锄下来，蔓子延伸好长。中途休息时，婆娘女子娃们把准备好的针线活从笼里拉出来，撑着阴凉畔畔坐下，边做活，边聊起来。

祖倩和燕玲来到了背人的地方。背后是待收的包谷林，温热的气息袭来，使包谷穗和包谷秆蒸发出淡淡的甜味，草腥气夹杂着潮湿的泥土腥气，叫人心里发潮。

燕玲还在向祖倩诉苦："你不知道，俺嫂子那个驴日的，刚进家门时，殷勤、温顺的那个劲；可没过两年，她动不动就无缘无故发凶，不是摔盆就是打碗，谁知道啥鬼闹着心哩。"

"新媳妇的仁勤么。"祖倩笑着，说燕玲："咱是个姑娘家的，对付着过去算咧。咱能跟人家生活一辈子不成？生那气划不来。"

"你说，咱咋跳出这苦海呀？"燕玲的大眼忽闪一下，无望地低下了头。

"你放心，天无绝人之路。"祖倩似乎信心百倍，她若有所思、有所想地说："我总觉得，学了知识会有用处的。"

"你看她们。"燕玲的嘴往做针线活堆里的姑娘媳妇那边一呶，"只等着伺候公婆、男人了。"祖倩扯动嘴角笑了。

"噫，爱你的那个才才我看不错。"燕玲忽闪着大眼睛不无艳羡，"你总算有个根了。俺还不知道要在那棵树上盘窝呢？"

一团白云在头顶高远的蓝天上悠然飘动，这么大的天空，任白云独自悠然、茫茫然地飘，一忽儿像一匹马，一忽儿如一只白兔，忽快忽慢，不知道哪里才是它的归宿。白云匆忙惶惑的样子，是在追赶自己的命运吗？

一大早就听到喜鹊喳喳的叫声，祖香心里窃喜，她想，该不会是耀昭哥又有喜讯传来。她一甩干练利索的齐耳短发，提着铁锨进了后门，对在炕上摇纺车的母亲喊："妈，喜鹊歪着头冲咱家院子叫唤呢，准是俺耀昭哥有好事咧！"

"单怕他没好事呢。都快三十的人了，扛到啥时候为好呢？"柳秋桂的花白头发愈显稀疏了。她停下手里的活，自言自语："咋办呢？再这样拖下去也不是个事。文书不是疯了么，成天钻在柴楼上不出来，说是养了几条蛇。娃多可怜。人活六十稀呢，你三哥都快半截子人了，还没问下屋里人……"柳秋桂倒吸了一口冷气，想都不敢再往下想了。

"妈，我走咧。趁早晨地潮，我把包下的那块地翻完，今儿就能挣20分工。"祖香边啃着干馍，边揞起铁锨，出了前门。

"傻女子，悠着点做。身子骨还嫩，伤了可是一辈子的事。"柳秋桂冲祖香背影交代。她最清楚大女子了，干活下蛮力，翻地、拉犁顶一个精壮男劳。每年年底一总计，祖香的工分在全队都数一、数二。她时常对母亲说："妈，你甭熬煎，俺要叫咱家人穿衣穿在前头，饭吃在人前头，再不让你为穿衣吃饭发愁。"刚订下婆家没出门的十七八的姑娘正是精力旺盛、信心百倍的好时候。祖香不但在庄稼活上是一把好手，在针线活上也从不落人身后。空闲时间，她飞针走线，做下了一摞子花鞋垫和布鞋，除了给远在他乡服役的没见过面的未婚夫寄上两双外，其余的就供家里人穿用。这几年，妹妹祖倩也长成大姑娘了，也知道爱好打扮了。妈常说，要大让小呢；祖香时常就把舍不得穿的粉红的确良衣衫给了妹妹；把婆家给的条绒布给母亲做了衣服；把婆家给的零用钱给了耀昭哥，寄发稿件用。为此，祖香在村里老人们的嘴上成了好姑娘。

最近这一段时间，耀昭总是跟村里几个男劳上西灞河筛沙子，村上除了给每人一天10分工外，还按超出部分每立方奖给每人5毛钱。耀昭最喜欢干包工活，他干活蛮势，又利索，手下也出活。老队长二顺叔最体谅耀昭，知道小伙子心里有事，不跟别的人一样，一天到晚磨洋工，挣个十分八分工就行了。每逢有包工活，老队长总是派耀昭去。

西灞河这两年越来越小，仅一股急流在宽阔的河床中间清清地流淌着。水是从山上一路漂下来的，很清、很亮。淙淙的河水唱着歌，很多情，又很悦耳，一出山口，就顺着白鹿塬塬跟绕了下来。炎炎夏日，河岸上的垂柳遮下一片片阴凉。

歇息间，耀昭他们几个人就坐在树荫下吃着早上从家里带来的干馍，喝河道的水，也别有一番风味。

一辆新崭崭的飞鸽轻便自行车驮来一位穿蓝花连衣裙的大姑娘，一个小慢坡下来，像飞一样在耀昭的面前落下。

"你是颜耀昭吗？"这姑娘很大方，撑了车子问。

"嗯，你是？"耀昭忙咽下最后一口馍起身相迎。

"我是咱县文化馆的，叫方红雨。"姑娘瘦瘦的，一说话一笑，眼角就出现了鱼尾纹。白净得没一点血色的脸，又尖又长，不大的眼睛闪动着机敏的光，一口洁白如玉整齐的牙齿透出了光彩。她介绍了自己后，从包里掏出《荷花》杂志交给耀昭，说："这里有你的作品《黑牛》。我看了，很感人。"

耀昭接过杂志，谢过姑娘，就激动地自顾自地翻了起来。

"你能跟我走走吗？"方红雨笑着邀请耀昭。

"我……我还没收工呢。"耀昭有些为难地说。

"走吧，走吧，不做这工了。"方红雨推了自行车，不由分说拉着他就走。

耀昭把家具交代给同伴，卷着书跟着走了。

这里距南川县城仅三里来路，出了河滩上了桥，往北是通往县城的柏油马路。正端午时，太阳热刚刚地直射人身，柏油马路上行人稀少，只有不时驰过的汽车，车轱辘粘得晒出了油的马路"噌噌"地响。并排走在马路上，方红雨见耀昭的汗湿透了白汗衫，忙从头上卸了凉帽："你戴上吧，瞧把你热的。"

"不用，不用。"耀昭忙摆手拒绝："我就不戴这玩意儿！嫌急，也碍事。"

方红雨被耀昭的举动惹得笑起来："没想到，你还是个火暴性子的人。"

耀昭吃惊地睁大了眼，看着红雨的脸问："难道你以前想到过我？"

"不止一次，想过好多次呢。"方红雨大方得令耀昭吃惊，但他立刻也做出了一种落落男子气，问："我就那么令人瞩目？"

"当然。"红雨眉尖往上一挑，十分自信地说。

两个人一路走着聊着，谈哲学，辩理论，各抒己见，热火朝天地进了南川县城。

南川县辖21个公社，近50万人口，是一个不小的农业县。但这里地形复杂，除了县城南北一带川道外，往东南方就钻进了秦岭山，往西是白鹿旱塬，向北是丘陵，南川县城就坐落在川道里。县城不大，除了几条小街从四面通向县城中心外，就仅一条繁华大街。这里有一百货大楼，是一座三层楼房，也是该县商品最集中的地方。在百货大楼的斜对面，就是坐北朝南的县政府。县政府办公大楼也是三层高，院门口的黑漆铁大门，森严、肃穆，两个戴着红袖章的挎着长枪的警卫把守在两旁。县文化馆就在县政府大门西边拐弯的一处院子里。

进了文化馆，院内有一棵歪脖子菀枣树，碗口粗，菀枣蛋蛋子繁嘟嘟地坠得枝股往下沉；北边还有一棵苦槐与枣树相望，苦槐的枝干曲里拐弯，黄绿色的槐米开得正好，有蜜蜂在上边嗡嗡采蜜。院子的四面都一拉溜盖着瓦房，房上的瓦长满了绿色的苔藓和瓦鬃，几朵叫不上名的小白花在房檐上摇曳。方红雨的宿办两用房就在菀枣树底下。

进到房间，一种女性特有的气息直扑而来。耀昭看到房子靠里支着一张木床，床上铺着竹皮凉席，一床薄被子和花床单叠得有棱有角。在床顶头，一顶白色的蚊帐隔罩着一只褐色的棕箱。靠窗有一张办公桌，桌上支了一个简易书架，各种书籍分类整齐地排列着。桌面上有一块玻璃，玻璃板下压着主人从前的照片。耀昭在心里说，这女子年轻时还蛮漂亮的么。

"是不是惊奇，前些年咱还是貌美一枝花，这会咋成老丝瓜了？"红雨边拉上粉红窗帘遮挡住从窗户投进的阳光，边抿嘴笑着问。

"这女子，鬼精得很。"耀昭心里敬佩起红雨的聪敏，他暗自赞叹，嘴上却说："谁想那么远来。"

红雨洗了水果端上来，用刀一边削皮一边说："其实，俺前些年还是县政府大院的大美人呢。不瞒你说，俺就是看不惯市侩、世俗、钩心斗角，才从那边调出来进了文化馆。想当年，在政府大院里进出的女性寥寥无几，可以想象，咱当年有多么风光！自然，求婚者成群结队。有当官的子弟，也有一般干部，都是些庸俗不堪之辈，叫人见了心烦。我曾暗自下决心，找不上我心目中真正的白马王子，绝不罢休。哪怕一辈子独身哩。"

"你真那么想？"耀昭神秘地问。

"当然。"红雨直直地瞅着耀昭，递过一只削好的苹果。

耀昭"咔嚓咔嚓"大吃起来，红雨就坐在对面看着他吃。

"你……你咋不吃？"耀昭被红雨看得有点不好意思了。

"我不吃，我看你吃！你就是我寻找了多年的白马王子。"方红雨直截了当的话一出，惊得耀昭噎住了似的，张开嘴不知所措。红雨见他吃惊的神态，又补充道："咋？嫌我不配你？"

耀昭咽下嘴里的苹果，忙不好意思地说："不不不，我只是觉得我不配你。我还是个农民呢。"

"我不叫你当农民了。"红雨上去就用细长的胳膊勾住了耀昭的脖子,脸对着脸说,"我有工资,能养活你。"

耀昭被红雨的举动感动了,他看到红雨已是满眼含泪,也不好再说什么。

"你抱我,快抱着我!"红雨脸色更加苍白,她急切地颤着声扑过来对耀昭说。

耀昭只觉得体内有一波波热浪往胸部、头部冲上来,他紧紧地搂住了红雨细瘦的腰。

"你不要嫌弃我。不要嫌我比你大。"泪水已使红雨成了泪人,她幸福地颤抖着身子,嘴里喃喃着。

第一次接触女性的身体,耀昭手足无措。看到红雨软瘫似的倒了床上,面色苍白,嘴唇抖动不已,合上的眼睛有眼泪不住地往外涌流,他慌了神,惊魂不定地问:"你……你咋啦?哪儿不舒服?"

红雨摇了摇头,拉他坐在她身边,悄着声对他说:"你亲亲我。"

一种犯罪感涌上脑际,耀昭迟疑着没动弹。说心里话,他并不爱红雨,他佩服她的不随俗,敬仰她选择婚姻的勇气。但他并没有爱之意。说实在的,他对她做事的果敢还有点反感;他对她在他面前总是一副说啥是啥的做派特别不乐;他看到她毫无红晕的苍白的脸,以及眼角现出的鱼尾纹,还有她伸出来几近没有肉感的瘦白的手,还有了些许讨厌……然而,她痴情得发疯的情感流露却让他感动,他感到自己的心像被刺爪揪住了一般;同时,他又暗自觉得红雨的可怜。

"亲我吧。来呀。你是我等了多年的人儿……"红雨一直闭着双眼,等待着。

耀昭慢慢地将嘴偎了上去……

天很快就黑下来,夜幕填平了山川、河流、高坡、丘陵,却填不满人的情感。

三十、灵魂挣扎

在同一时间,贾叶玲给电磨房的耀民送夜饭出来,在往回走的路上碰到了哲光。

哲光虽然是十四五岁的小男人,但他已长得比贾叶玲还高出一头皮,瘦麻杆一样,走路总是一个肩头高,一个肩头低。黑影里,贾叶玲一眼就认出了哲光。

"哎哟,大侄子,黑灯瞎火做啥去呀?"叶玲立刻妖气十足地站到离哲光很近的地方。

"有点饿,想去偷西瓜。"哲光"吭吭"地吸着鼻子说。他的话音总是很短。

叶玲又往跟前凑了凑,脸几乎要挨着对方的脸了,她挑逗性极强地小声说:

"你还想在碾盘底下抱婶不?你说,抱着婶的身子舒服吗?"

哲光伸手在叶玲的腰间一搂,说:"走,咱俩偷瓜去。"

队上的瓜园在河对岸,与菜园一渠之隔。哲光和叶玲趴在渠这边,屏息静气地大睁着眼观察瓜园的动静。过了好长一阵子,没见有一点响声,哲光压低声说:"走。从这儿绕过去。到地里不要站起身,要趴到地上。"

"噫吁,不急。"叶玲忙拽住哲光的衣袖,往瓜地北顶头一指说,"你看那一明一灭的,像是看瓜老汉的烟锅子在闪。"

"你看错眼咧,那是萤火虫闪呢。"哲光说着,猫腰拉上叶玲的手,一齐跳过了渠。

一过渠就是瓜地。两个人爬在地里摸摸索索,摸到一个瓜还"嘭嘭"地敲两下,听声音是熟的还是生的。哲光和叶玲每人都摘下了两个瓜,正欲起身时,猛地就传来看瓜园老汉的大叫声:"驴日的,把瓜给我放下!"

哲光和叶玲同时吓得"突噜"一战,一跃从地上跳将而起,"妈呀"一声跑跳而去。哲光腿长,一跷就过了渠,叶玲一慌神,"扑腾"掉进了水渠,又连爬带滚地爬了上来……不敢顺来路跑,哲光和叶玲俩人一前一后顺着河岸深一脚,浅一脚跑呀跑。跑出了东场的土山坡,跑进了一片红苕地。回头一看,不见身后的人追来,俩人这才坐在红苕地畔上,大口地喘着气。稍一定下神来,叶玲用手拍着狂跳不已的胸口,声音抖得像筛箩:"老汉没撵来。"

"老家伙咧,黑麻咕咚的,他再撵,绊死他。"哲光说。低头看时,面前空空如也,他猛一跺脚骂:"老东西一叫唤,只顾跑了,一个瓜也没带出来。"

"哈哈哈哈……"叶玲笑得前后摇晃,笑得要憋过气去。

"哼哼,哼哼。"哲光也音律短促地笑自己。

"傻瓜娃,给,婶子掉渠里可没白掉,幸亏我这两个抱得紧,咱俩一人一个。"叶玲用脚给哲光踢过去一个瓜,打趣道:"就那——你还萤火虫呢。"

"走,回去美美吃一肚子。咱没钱买瓜吃,可以偷来吃。"哲光抱起西瓜,自顾自向回走去。

进了院子,看见水井边铺了一张席,耀祖、麻来叶和妹妹玉莲正乘凉。哲光哼着曲,吹着唿哨走进屋,瓜洗都不洗,取了切面刀,就势往捶布石上一坐,把瓜摁在地上,"咔嚓"一刀下去,西瓜成了两半。再一刀下去,一大牙子瓜就势扣在地上。哲光旁若无人地"吸溜吸溜"吃起来。吃得剩下最后一牙子时,一直拿眼瞪着儿子的麻来叶再也忍受不住了,一鞋子扔过去,打在哲光的怀里,尖着声骂："不怕把你狗日的撑死了。一家家人呢，你一个人吃独食。"

耀祖一声不吭，只拿眼挖着哲光。

哲光不慌不忙站起来，走过去，把最后一牙瓜给了妹妹玉莲，故意气来叶说："玉莲，这牙瓜你吃。哥吃得太饱、太撑咧。"他还有意地扯长脖子打了个嗝："撑死我了。想吃瓜，有本事去瓜园抱一个回来……"

麻来叶抬起身子，进屋在门背后捞了笤子撵出来，气得浑身哆嗦："你个臭小子，你还知道气人了！"

哲光不再像过去一样跑躲了，而是立定身子，静静站在院门里边，不慌不忙看着扑上来的麻来叶说："哼，你是打人打上瘾咧。我再不惯你这坏毛病了！你记住，从今黑开始，往后再打我，我就不客气了！"

扑到跟前，麻来叶被儿子的话惊得愣住了。

看着哲光慢悠悠地出了门，麻来叶有气没处撒，风一样旋到了席子上，一扑踏坐下来，流着眼泪骂耀祖："把你个熊不顶用的，哲光在俺跟前耍恶，你连个屁都不放呀……再大些，还能骑到咱头上呢。"

当晚，虽然夜已深，耀昭还是硬着心辞别了浴在爱河里的方红雨，回到了家。

母亲还没睡下，一直等着儿子回家。

耀昭一点睡意也没有，他把方红雨的事给母亲学说了一遍，最后长长吁了一口气说："我觉得这人挺可怜的。比我还大两岁呢，没寻下可心人。可是，她连问我一句我是不是愿意她都没问……"

柳秋桂掩饰不住内心的欣喜，一撇嘴说儿子："你还有啥不同意的？咱还是农民一个，这是咱打着灯笼也难寻的好事。真是神在帮咱了。也不枉俺这几年烧香求神。神到底显灵了，给俺娃拨调下明白咧。"

柳秋桂感激不尽神的恩赐，浑浊的双眼流下了激动的两行泪。

"妈，啥神不神的。"耀昭一脸的苦痛，"压根儿我就没想要她。"

如晴天响雷，柳秋桂被耀昭的话震愣了，她简直不敢相信自己的耳朵。"你说啥？得是跟文书一样，瓜了！"

"妈，你不知道，我对她那自以为是的神气有多讨厌！"耀昭说着，拧紧了眉头。他说不清，从方红雨住处出来，一出县城，他就有一种被踩躏的感觉，他想哭，想对着黑漆漆的夜痛骂。

在物质和精神极度贫乏与困苦中备受折磨的耀昭，对突然降临的婚恋难以接受，他像做了一场梦，一场虚幻的游梦。方红雨的直截了当，刺痛了他，伤了他的自尊，仿佛被人平白无故踹了一脚。黑暗中他顺路边走着，影影绰绰只能看清马路的路基，偶尔有车从身边驰过。他想，你红雨不就是有个工作嘛，有啥了不起？你就那么自信，想着我还是个农民呢，只要你愿意，我肯定会毫不加思索地娶了你？你也太小看人了。

"妈，咱不能要她。"耀昭用坚定的口气说，"她还比我大两岁呢。不是咱这儿有一句古训么，说宁叫男大十，不让女大一吗？"

"好娃呢，叫妈咋说你呀。"柳秋桂刚刚松弛的神经又一下绷紧了，她愁肠满怀地说："咱眼下都多大了，碰上这么好的对象，还挑绿拣红呢。这是咱的运气到了。神给咱把那女娃就往咱跟前拨调呢，再甭犯糊涂，咱这方圆你也不是没看着，只有在外头挣钱的男人寻农村的媳妇，哪有在外头的女的在农村找男人的？可不敢错主意了，错过这好时运。过了这座桥，可没下个站咧。"

昏黄的小灯泡像只打瞌睡的眼，散发出朦朦胧胧的光，门背后的屋顶上一只蜘蛛不停地来回摆动，吐丝、织网，还一跳一跳地叼食着飞来的蚊虫。耀昭如同生活在蜘蛛织起来的网上，心空荡荡，又塞得满实实。

第二天，露珠还没落下去，聪灵就跶进了耀昭家的门。天放亮时才睡下的耀昭还没起来，柳秋桂正坐在灶火"啪嗒啪嗒"拉风箱。见聪灵进来，忙起身让座。

"耀昭在不在？"聪灵问。

"昨黑睡得迟，还没起身呢。"柳秋桂感到有一种喜气从聪灵的眉眼间和声音里传导了过来，她撩起围腰布擦了擦被烟呛得流泪的眼，问："咋，有事？"

聪灵抿着嘴笑，点了点头。

"你坐噢，她婶，我给你叫去。"柳秋桂跶着半缠的脚去房后的小棚棚。

不大一会儿，耀昭跟着母亲进来，一脸睡意未醒的样子。

"昨天熬夜了？"聪灵掩饰不住内心的欢喜，问。她从袖筒掏出纸条，递到耀昭脸前："你看，这是啥？！"

耀昭慢腾腾接过一看，是任教通知书。他的两眼一下明亮起来，问聪灵："咋回事？王得娃会……你咋弄到的？"他清醒过来又跌进了云里雾中。

"你啥都甭问，明天只管去鲁尧中学报到就行咧。其他的以后咱再慢慢说。"聪灵说完拧身出了门。

聪灵刚走，又来了方红雨。

"你……你咋不吭声就来俺家咧？"耀昭吃惊地说着，一脸的不高兴。

"俺心里放不下嘛。"方红雨撒着娇气，"咋嘛，你昨黑一个人走夜路，俺越想越担心，就过来看看么。你咋犯啥病咧？"

"不是，不是。"耀昭哭笑不得，又强装没事的样子说。

天上刚才还晴得朗朗的，一刹那间就布满了云彩，太阳硬是从云层里挣脱出来，在一块薄云上照射，把周围的云映得火红火红……

三十一、荒唐婚姻

对于未见过面的未婚夫，祖香似乎胸有成竹，她时常背过人拿出他的照片仔细端详。照片上的他身穿黄大衣，头戴军棉帽，帽子上一颗鲜红的五角星，煞是好看，手中端一杆长枪，看上去很威武；端直的鼻梁，眼睛不大，但也不难看。母亲说，小伙能验上当兵去，一定不会差，个头也不会低。曾在多少次的想象中，祖香展开所有姑娘都应憧憬的翅膀，想远方的那个他一定是身材高大魁梧，言谈诙谐幽默，甚至带点油腔滑舌，惹人喜爱的男人。

自跟渭北的男子订婚以来，祖香除了逢年过节去婆家两趟，其余都是和未婚夫只在书信上往来，通过书信传达两人的思念之情。虽然书信往来并不频繁，但两颗年轻的心都跳动在爱情的琴键上。祖香通常把他的信笺偷偷地看上一遍又一遍，竭力从字里行间加深对他的进一步了解。洋洋洒洒的钢笔字充分再现出主人宽大的胸怀和远大的抱负。他每次都在信中说到，要听毛主席的话，听党的话，一颗红心永远向党之类的言语，最后就是以如何想你来结尾。有时随信寄上几尺花布或一双鞋袜之类的东西。

祖香无数次地被他的来信震荡，无数次的心跳，随即红晕便飞上脸颊，她企盼着他的三年仅有的一次探亲假，盼望着穿一身军装、威风凛凛的他从村中间街巷走过，引起村里老人、孩子及同伙姑娘们的啧啧称赞……她耐心地等待着，等待着令她备感自豪与骄傲的那一天。

可是，当这一天在万花筒般的幻象中真的来临时，祖香却像一只受了伤的小鸟，一下跌入到了万丈深渊。

那是一个榆钱树正繁花的深春时节，午阳正好，祖香上到河畔的一棵榆树上用铁钩正钩着榆钱，祖倩在下边接着，把榆钱捋下来，好拿回家拌了面粉蒸着吃。榆钱一爪子一爪子繁得惹人喜爱，满树飘散着香甜的榆钱的香气。祖香钩得正欢，母亲急火火从河对岸跑过来，往树上惊声叫喊："这死女子疯的，爬了个高。快下来，人家河北娃回来咧！你快点，我先回去招呼着。"

近一段时间他要回来也是在祖香的预料之中，她成天掰着指头计算着他的假期的到来，但乍一听母亲说，他真的已来到自己的家了，祖香还是一阵惊慌，一阵心跳，一阵阵抑制不住的窃喜在心头来回冲撞。她颤着声叫树下的祖倩离远点，然后扔下铁钩，慌慌地抱住树身往下溜。快到地面上了，不料，只听"哧啦"一声响，尻子后边的裤子被树杈划了一条长口子。她惊得脸红一阵、白一阵，骂："妈呀，麻达咧，急处出乱呢。""腾"一声跳下来，忙用手捂住尻蛋子，叫祖倩跑回家重拿一条裤子来，她还着意交代："不要让他（未婚夫）发现。"

裤子拿来了，上茅厕换上，出来在河里洗了把脸，对着河水照照，祖香这才跟在又一次出来唤她的母亲身后，诚惶诚恐地往家走去。

屋里屋外早已围满了人，男的瞅上一眼就走了，女的跟娃们吵吵嚷嚷要吃喜糖。一身军装的他立在炕脚地不知所措。新女婿谁都懂得民间的规矩，第一次来岳丈、岳母家都要准备几斤水果糖，人拥得多了，就撒给他们，然后看婆娘女子娃撅起尻子在地上疯抢糖果的热闹景象。

祖香一进屋来，不好意思直愣愣瞅着他看，低着头从他跟前擦肩而过。凭感觉，她只觉得让她魂牵梦绕的他个头比自己还低。男人这般高，就显得过于矮小猥琐了。她当时就感到仿佛有一盆凉水迎头泼下来，从头凉到了脚后跟。走过去，从涌满人的屋中间走了个穿堂过，祖香无精打采地来到二哥的棚棚屋里，坐了下来。甜甜领着哲正也挤在人堆里凑热闹去了，屋里显得很寂静。

祖倩追过来，往门框上一靠，说："姐，我咋看那人瓷嘛二愣的，不像是个灵醒人。"

祖香一直低着头，一声不吭，脸转颜改色的。隔墙屋里，响起母亲擀面杖"咣咣当当"击打案板的声音。祖倩说祖香："姐，管他呢，人不行了就拉倒。大不了就是给他把这两年的东西和当年的彩礼钱退了。"

闹够了，人渐渐散去，屋子一下清静了许多。柳秋桂唤来了祖香帮着烧火，她一边在锅里下面，一边把那当兵的往炕上让。

面下好了，为显出对客人的尊重，柳秋桂客气地问："娃，你想吃啥面？"

"吃粘面吧。"炕上的军人也不客气。

祖香在心里叫苦连天：这二球闷愣子，俺这地方缺麦少面，谁家能吃得起粘面，你把这儿当成你家咧。也不看看，俺妈擀的面够你捞两碗不？

柳秋桂心里也捏了一把汗，怕不够两老碗粘面，吃拉脱了，又丢人，又觉得对新女婿太吝啬。怕处出鬼，那军人说不上是饿了还是饭量大，果然就快速地吃完了一碗，又叫给盛第二碗。第二碗柳秋桂是拿笊篱在锅里捞的，大半碗，军人也不顾一家子没端碗，自顾自地"吸溜"完了粘面，又叫再盛一碗面汤，"咕咕"地又落下了肚。

坐在灶火门前的祖香，泪水早已像断线的珠子一样不住地往下掉。柳秋桂的心也凉了大半截子。她咋也没料到，部队会收这样的人服役。低矮个，溜溜子肩，老实得跟一块石头一样。

祖香哭了，一溜烟似的就跑出了门。

"妈，她咋啦？"那军人睁着发呆的眼问。

"噢……嗯……祖香本来这几天就不美气。"柳秋桂在忙乱中撒了个谎。

"那快给看医生去么。"他一听立刻神情紧张起来，从上衣口袋里掏出几张十元的钱递给柳秋桂说："妈，你拿上钱，快撵出去，给看去。"

柳秋桂看着年轻人可怜巴巴的紧张神态，她的心软了，像被人拧了一把似的，连忙安抚慌了神的未来女婿："今儿都好多了，不用抓药看医生了。"

未来的女婿叫罗石头。柳秋桂在心里说，石头啊石头，你真是一块不开窍的石头！你叫我这老婆子咋给娃交代呀！办了个啥事嘛？

祖香跑出家门，一溜烟顺河沿跑到了大的坟上，一头扑上坟堆放声哭起来："大呀，你丢下我这没大的娃，有了灾，有了难，寻谁说去呀……我的大啊！可怜了没大的娃了呀……"

坟上长满了茅茅草，当年的柳木条做的孝子棍也活下来好几棵，还有下葬后栽下的柏树也有胳膊粗了，风一来，茅茅草飒飒地哀鸣，柏树梢摇摇不歇。它们是要摇醒不该僵死的躯体，还是呼唤那不该飘远的魂灵？

姑娘梦幻中的白马王子如梦一样，似一块石头砸在了眼前的现实中，如同园里落下了碗大的冰雹，把祖香对未来美好生活的憧憬践踏得七零八落。命运跟她开了一个让人无法承受的玩笑啊！

祖香哭得昏天黑地，在坟头上扭曲、打滚，直到喉咙再也发不出声音，才止住了哭。天黑了好一阵子，有猫头鹰阴森恐怖的叫声空旷地传来，夜鸟叽哝着白天的事，叽叽啾啾睡去，虫蚋还在不住地在草窝里穿动。祖香坐起来，抬起疼痛欲裂的头，看天空的繁星，一片片，一坨坨，稀稀不匀地散落在头顶。一颗行星慢慢地从北向南游动，不知要去哪里；身后的颜家河咕咕嘟嘟地流淌，是在哭诉人间的不公，还是指责现实的可笑，祖香一概不知。她如同走出噩梦的梦游人，清醒地看到了星空下巍峨的终南山雄岸的轮廓。

河下游传来母亲和兄哥的喊叫声，祖香知道，他们一定是在寻找她了，怕自己想不开，寻了短见。她支撑着身体颤抖着站起来，摇摇晃晃向家里走去。

手电筒的光一照住祖香，全家人立刻围了上来。在西安市做活的耀禄也赶今儿回来了，夹在里面。柳秋桂一下就抱住了蓬头垢面的女儿，母女哭成了一疙瘩。

"妈，罗石头个头低不说，一看，根本就是个不开窍的榆木疙瘩。干脆叫俺姐跟他拉倒算咧。"祖倩浓浓的弯眉挽成了两条蚕蛹，潮潮的声音仿佛濡湿了夜露的鸟鸣。

柳秋桂抚挲着祖香凌乱的头，长吁一口气，说给大家，也说给祖香："人一辈子不是说万事都能按着自己的心上来。石头这娃是老实了些，可日后咱过了门，好伺候，不受人摆罩。勺大碗小由自个来，谁的话也不受。人说，宁叫贫穷由自家，不叫富贵由人家。进了婆家门，受人支使最难受咧。万事只能图上一样就够了，还能把那好事占全。"

"可俺姐不乐意么。"祖倩还在为姐姐争辩。

"你少多嘴！"耀禄咬着牙责备祖倩："我看那人就好着呢。没有空套套，实打实，啥就是啥。再说了，咱跟人家都订婚两年咧。两年的来来往往，也花了人家不少钱呢。"

耀昭一听耀禄的话，就明白了他的意思，他是怕只要提出不愿意这桩婚事，就存在给罗石头家退钱退物的问题。耀昭立刻气冲冲地对着耀禄说："你一天到晚就知道钻钱眼，还会为谁着想？"

"钻钱眼有啥不对的？"耀禄拧着脖筋狠声狠气地回顶道，"总比一天当懒熊不想出力，光想坐着吃强！"

"你这个东西，你说谁？"耀昭挥起拳头对着耀禄当胸就是一拳，喘着粗气说，"这两年你在外头挣钱，一分钱不给家里用。你是嫌弃我，赌气呢？可你连妈都不顾咧。"

两个人扭打成一团。耀禄动作迟笨，耀昭拳脚齐上，柳秋桂、祖香、祖倩全扑上来拉架，乱成了一锅粥。

"你们不要打咧。"祖香尽管自己已无力再喊出声来，她还是拼着气力嘶哑地叫，"俺明儿就跟石头结婚。"

就这样，没有举行任何仪式，祖香就嫁给了罗石头。

三十二、夏收狼烟

这两年各生产队都给分了化肥，还买了氨水，上到地里大不一样，庄稼长势渐显好转，不会再出现饿死人的惨景了。

麦收时节是一年当中顶顶紧张的时节。龙口夺食呢，全村老少摩拳擦掌，早早地把镰刀磨得银光闪闪，等待着这一令人激奋、让人感动、使人疲劳至极的喜悦时刻。

麦熟一晌，蚕老一时。早上老队长颜二顺就背着手，佝偻着腰在地头齐齐转了一遍，快晌午时他又上了地。

果然，长吊子地的麦能搭镰收了。麦浪滚动着金黄，涌入庄稼人的眼里，心比灌了蜜还甜。庄稼是庄户人家的命根子，望着这50亩连成一片的麦地，老队长的眼里绽开了金黄的欣慰。他想，有了这片长势喜人的靠茬麦田，俺这里几十号人就不再拉枣棍靠人门框了。

老队长核桃皮一样古铜色的脸上漾起了宽慰的微笑。麦黄鸟知时地在头顶高叫："算黄算割。算黄算割。"

第二天天刚透微明，老队长就敲响了钟，满街巷喊："今早全体劳力下长吊子地割麦。一个人包四行，从南头一直割到北顶头，每人计20分工。"

每年收长吊子那50亩麦，老队长都要安排两名下不了地的六七十岁小脚老婆婆蒸几锅馍，烧一大锅稀溜溜的玉米糁子粥，以便到了午时送到田地里让大伙吃，这样就不会耽搁活计。庄稼人，热水汗流，馍最耐饥，碗大的蒸馍，由一半麦面一半玉米面两搅蒸成的。男劳每人分四个，女劳每人分三个，稀玉米糁粥尽饱喝。一天要把这50亩地割完撂倒，拉上场，这"三夏"就进行了一半了。

热浪翻滚，镰刀飞舞，"嚓嚓嚓"割麦的欢快音乐响成一片。有的撅着尻子割，有的纥蹴着往前偎着割，还有的半蹲半站着割……姿势不一，可心里都有同一个念头，就是快收快打快上场，颗粒归仓，和时节争时，跟天气抢食。

一直干到半夜，才把最后一车麦捆拉进了场。

碾麦场上热闹非凡，娃们在麦个子间穿梭打闹，蚊蝇在高高吊挂在木杆上的灯泡圆圈飞扑、碰撞。干活回来的人个个都累得直不起腰，站不住腿，一扑瘫就直挺挺倒在了麦捆上。

老队长开始点名，全体男女劳力都出动上场来了，就单独少了耀辉的媳妇甜甜。

"'三夏'大忙时，仙女都下凡哩，"老队长嘶哑着声说，"甭说咱还在这一个锅里舀饭吃呢。今儿，上上下下的人都来了，这甜甜还在家睡觉呢。谁给你把粮食收回来，叫你光张嘴吃呢？"老队长激动了，大骂了一声。"吃屎还没人给屙！"

柳秋桂坐在人堆里，听老队长骂媳妇，脸上火烧火燎。她低下头，不敢正眼看大家。

老队长话音一落，人们在底下就嘈嘈开了。"那一贯就是个懒虫！""人家跟上好男人咧么，男人有工资养活……"人们正叽叽喳喳起哄着，甜甜的儿子，四岁的颜哲正从麦个子间钻出来，手里拿了一块石头，往人堆里一站，走声漏气地说："谁敢说俺妈？叉（砸）断他的腿。"

满场鸦雀无声，都瞪大了惊诧不已的眼。

石头的重量明显超出了少儿体力的承载量，把哲正的身子坠得摆来摆去无法站稳。他憋红了脸，说完就再也支撑不住地"咚"一声将石头撂在脚地下，把光洁平整的碾麦场砸了一个深窝。他一扭头，往回跑去。

人群又嘈嚷开了，"这个碎屁娃还是个二球货！""这，哼，长大了也不会是个省油的灯。""你说，耀辉打小就乖，孝敬老人，咋到了后世就成了个这呢？"……在一片议论声中，柳秋桂再也坐不住了，悄悄溜出人群，顺暗影处往家走去。

甜甜正坐在东巷口的席片子上乘凉，刚听完哲正学说完场里刚才发生的事，柳秋桂就走过来了。一看到婆婆的身影，甜甜故意放大了声骂："谁爱放啥屁放啥屁。我不上工，我不要工分，眼红啥呢？有本事也来嘛，哪达凉快哪达歇，俺就有这福咋的？"

"娃哟，再甭喊咧。"柳秋桂忙压低声阻止媳妇，"叫人听见了，还说咱没理胡闹呢。人常说，不拿儿女欺人，不拿银钱比人。你是有耀辉的工资能养活得起，可大忙天，七八十岁的人都下地呢。你年轻轻的，力气出了还会来呢，省得叫人说闲话。"

"管他谁放啥屁呢！"甜甜不知高低地顶了一句，倒下身子睡了。

柳秋桂被儿媳妇噎得半天不知所措，她再没说一句话，踽踽地回到自己的屋里。刚摸黑坐下来，儿子耀辉就回来了。

"妈，咋没拉灯呢？"耀辉在门背后一抬胳膊拉亮了灯问。

"噢，是耀辉回来了。你咋到这时候？"柳秋桂忙起身，准备为儿做饭。耀辉阻拦了母亲，说："妈，你歇着。我这会儿还不饿，一会儿饿了，叫甜甜做。"

每次都是这样，耀辉从外回来先进母亲的门，把孝敬给母亲的点心、麻糖掏给母亲,再给母亲一些零花钱,然后和母亲坐上一阵子,拉拉家常才回自己的屋。母亲最能体贴儿子和儿媳。年轻人,两口子一别就是近两个月没见面,耀辉常常和母亲一坐就是几个小时不见动,每次都是母亲催着他回自己的屋。

"快回吧。娘们俩在东巷歇凉呢,哲正还不知道你回来了呢。"

耀辉提着帆布包一低头出了门。在巷口找到了睡得正香的甜甜,叫了一声:"甜甜,起来,快起来。做饭去。"甜甜一听是自己男人的声,一骨碌翻身坐起来。她心中早已明白,耀辉一贯是以他家里的人为主,以自己为次,买了好吃的总是先给他家放,把自己的婆娘就没搁在正位上。甜甜时常为男人的这举动深感恼火。她想,自己的男人都把自己不当人,谁还瞧得起咱呢?想到这里,甜甜极不情愿地嘟囔:"你在你妈那儿能坐到半夜,就不能叫你妈给你做一碗饭吃?"

耀辉看出了媳妇不乐意的神气,他一股子气就冲上了胸部。他没有料到,自己每隔近两个月才能回家休几天假,媳妇还慢待他,仿佛他是回来求她什么来了。耀辉强抑住要爆发的怒气,不再理甜甜,独自回了自己的屋。

"爸,爸爸。"哲正醒过来,鹞子似的扑进来。

耀辉蹲下身子,任儿子扑进怀,在他的身上乱扑腾。

哲正长高了,两只大眼忽灵灵地瞅着他。

耀辉给儿子拿了糖果,打发儿子坐在门外的席子上吃去了。甜甜拉着脸,不情愿地去给耀辉做饭。做好了面片,端上来,狠着劲往耀辉的跟前一放,甩声摔气地说:"吃去。调料自己调去。"对甜甜端上来的饭,刚才还饥肠咕咕的耀辉,被甜甜使性败气地一墩,他一下就感觉不出饿气来了,肚子反而鼓胀了。他气冲冲说:"快端走!不吃!"

甜甜见男人动了真气,又惧怕又委屈地就流出了泪,小声哭诉:"我就知道,你是烟筒不利嗓子的气。肯定是你妈给你说了,嫌我大忙天不下地……她说话你咋就一百个听,我的话你咋就当了耳旁风?你回来,不得我伺候你吃呀喝呀,你妈咋不伺候你呢?"甜甜抽抽泣泣,一把鼻涕一把泪。

"我看你是饭饱生余事!"耀辉气狠狠地说,"闲得胡搜事呢。"

"俺咋叫胡搜事?"甜甜抹干眼泪更得势了,"有本事就住你妈那儿,不要进我这门!"

耀辉实在忍耐不住了,一抬手上去,"啪"地抽了甜甜一耳光。

"妈呀,妈呀,你儿一进门就打人呢呀……"甜甜在小小院子刮风般大哭大叫。

刚歇下身子的柳秋桂还没睡过去,就被甜甜的吵闹声惊得一个骨碌翻身下了炕,来不及拉灯，就摸黑趿了鞋跑了出来。

甜甜一头扑上去，钻进柳秋桂的怀里，继续哭诉："他要吃饭，俺给他就做，做好了，他又不吃。妈呀，妈呀，俺道是死呀么，活呀！"

柳秋桂用手擦拭着甜甜脸上的泪，说铁塔一般立在门口不吭气的耀辉："好好的么，咋就发啥脾气呢？"

耀辉没法向老人述说事实，他在心里连连叫苦："我可怜的妈，你给咱娶了个妖精，还有啥好日子可言。"不得已耀辉背起自己的背包说："我走呀。"柳秋桂放了甜甜忙扑上去抓住儿的背包带子，责怪："真格没象况咧。刚进门，走啥走？"

柳秋桂拉着儿子进了自己的屋。

眨巴着疑惑浑浊的眼，柳秋桂看儿气得发青的脸，心揪成了一疙瘩。但她仍平和地说："娃哟，万事要忍呢，忍忍让让积福呢。有啥大不得的事，刚一进门就顶起来。男让女么，你是男子汉，要多让着媳妇才对。再说，你比甜甜大几岁呢，大还要让小么。"

耀辉低垂着头一声不响，一直在妈屋里坐到天亮。

三十三、冬季有雪

王得娃要调到山里头的一个公社去当副书记了。一大早他就骑自行车来找狼娃，当然，他最重要的是告诉聪灵，让她知道，他虽然进了山，但却是高升了。

快入冬了，田野里湿漉漉一片，从人口里呼出的气能看得见了，一层薄雾让人感到潮湿冰冷。

王得娃叫开了院门，是狼娃光着身子穿着裤衩跑出来开的门。狼娃一拉开门关子就吸溜着又蹿回身跑进厦屋穿衣服去了。聪灵趿着鞋，蓬头垢面地端了尿盆上了茅厕。狼娃边扣衣扣，边招呼王得娃屋里坐。聪灵进来，在瓮里舀了水蹲蹴在门里头洗脸。

"哥一来，得是把你们的好事耽搁咧？"王得娃两眼眯成了两条线，笑着打趣说。

"说到哪里了。王哥有啥事吗？"狼娃也抹了把脸忙上前问。

王得娃说："我一会儿就得动身，钻山去呀。哥调到子峰公社咧。不过又高升了一步，是公社副书记。下一步，说不准哥又调回来咧，成了咱公社的书记呢。"

"好。好。好。"狼娃眨巴着白眼窝子，连声说好。可他在心里头犯嘀咕，这驴日的一走，俺这大队长的位子还能保住不？

王得娃一眼就看穿了狼娃的心思，嘿嘿一笑，拍了拍狼娃的肩说："兄弟，你放心，咱哥儿俩打交道不是一年半载了，我的为人你还不清楚。我给公社交代了，不会为难你的。"

狼娃悬着的心落了地，他立刻吩咐聪灵："弄两个菜，我跟咱王哥好好喝两盅，庆贺庆贺。"

王得娃挡了，说没时间，然后差狼娃出去寻个匣匣子什么的，说是好用来装资料。

狼娃一出门，王得娃就上去搂着聪灵的腰说："妹子，好灵妹儿，哥割舍不下的就是你。哥想你哟，哥已经离不开你了……"

聪灵看到有泪水在王得娃的眼圈里打转，她不知道说些啥来安慰他。

狼娃在斜对门寻了个纸箱子往回走。王得娃急忙放了聪灵，快速地抹去眼里的泪，急迎出门，接过纸箱："这就好。这就把问题解决咧。"

王得娃要走了，狼娃要送他到山里头去。望着他们走去的背影，聪灵松了一口气。她要将这好消息尽快通知给耀昭。

自从耀昭去教书，她还是头一次去找他。耀昭所在的鲁尧中学离这儿不远，顶多五里路。聪灵一路心花怒放，看山，山似乎比从前绿得多了；看水，水好像也显得更清更美了，连脚下的路也仿佛变成宽心人的脊背一样，更宽畅了。鸟儿在头顶叽喳，是歌唱新的生活呢；落尽了叶子的树杆有如灵醒过来的精灵一般，清楚地看着大路上人来人往。

聪灵赶到学校时，刚好，学校的下课铃响了，半搭子学生娃蜂一样拥出教室门。耀昭前脚刚踏进宿舍，后脚就进来了聪灵。

"王得娃调山里头去咧！"聪灵劈头来了一句，掩饰不住内心的惊喜，说，"咱再也不受这瞎熊的牵制了。他再也管不住咱了！"

耀昭放下手中的粉笔盒和教科书，正欲开口问聪灵当初王得娃咋会为他开绿灯的事，不料方红雨的大链盒自行车在门外一响，人就进来了。

红雨是给耀昭送只有城里人才吃得起的水果和点心来的。

一见方红雨，聪灵就像被人暗中拧了一把般难受，她礼节性地招呼了红雨，就知趣地离开了，耀昭和红雨一直送她到学校大门外。

中午刚一放学，文友申水浅从省城也赶来了。他喏喏着对耀昭说："咱们还得尽快再发表些东西，俺面临着毕业分配呢，弄不好，还把俺分回老家深山去呢。"

耀昭下午正好没课，他问申水浅："你手头还有写好的像样的作品吗？"

申水浅说:"有一篇小说,我感觉还不错。"

申水浅的这篇短小说近7000字,写的是农村阶级斗争的事,表现了一个儿童高度的阶级觉悟性。耀昭和申水浅一天一夜没合眼,利用星期天,修改、商榷情节。最后,耀昭把稿子交给妹妹祖倩,并嘱咐:"要一笔一画地誊写,不能有半点墨疙瘩。这篇稿子是决定申水浅命运的文章,不能马虎半点。"

祖倩是怀着无比神圣的心情为申水浅誊抄了那篇稿件。她一个格子一个格子地写,一笔一画地抄,生怕抄错了一个字。要知道,这是关系到人命运的大事,她不敢有丝毫的懈怠。全身心地抄写,把她也融进文章中去了。小说细腻的笔调,流畅的语言,诙谐、幽默的小主人公十分惹人喜爱。祖倩抄着抄着,不觉地跟着文中的人物而喜而乐。她想到作者,那个申水浅,虽然平时说话木讷,咋肚子里就装着这么多活蹦乱跳的语言和故事呢?祖倩抄着抄着就暗自笑了,想,这申水浅看起来一副山民相,其实肚里还有些宝呢,真是红萝卜调辣子——吃出看不出啊!

在抄申水浅的小说时,祖倩入了迷,抄出了对文学的更大兴趣。她感到,申水浅的笔不是在苦思冥想中做文章,而是文句如欢快的水流涌出他大脑来的,这字字句句蹦跳着,撵着他手中的笔流下的。语言顺畅得如飞流直泻而下,如铮亮的小河水清清流淌,润绿了祖倩爱幻想的思维,也惠泽了她焦渴的心田。以后的日子,申水浅每隔一段时间就来一篇文章,和耀昭商量着修改好,就交给祖倩誊抄。一本厚厚的儿童文学剧本又拿来了交给祖倩。耀昭说:"这家伙,最近疯了,一篇接一篇地往出拉,为改变自己的命运拼呢。反正你也没啥事,一边帮他抄,一边还可学些东西。"

给祖倩交代完,耀昭说申水浅:"走,进城。咱俩去《荷花》杂志社,给编辑说,争取在你毕业分配前把这篇发出去。"

"能行吗?"申水浅一副畏缩相,迟疑着问。

"你咋女人似的呢?"耀昭先头走去。

到了省城已是华灯初上时分,刚刚还风平浪静,不一会儿就北风呼啸。繁华的大街在带呼哨的刺骨寒风里一下变得冷清起来,路灯也被这第一场冬风刮得闪闪烁烁、畏畏缩缩,偌大的古城一下子沉浸到寒冬时节里去了。

有路灯罩在头顶,看不见天的脸色。耀昭和申水浅裹起单薄的衣服冻得瑟瑟发抖,顶着饧面的西北风,往《荷花》杂志社的街道走。挂在树上最后的几片黄叶在突然袭来的寒风里"哧哧啦啦"地哀鸣着,恋恋不舍地被风拽下了枝头,在街道上翻滚,不知哪儿才是自己的落脚地。申水浅被眼前的惨败景象牵动着,他想到了深山沟里肩挑背扛，一辈子撅着尻子爬山吃糠咽菜的父母和弟妹们，他们一年当中最难熬、最怕的就是这寒冬；他又想到了自己，只身一人来到省城，茫茫人海如蝼蚁，却没有自己一张熟识的面孔。孤独、恐惧时不时袭来时，他常常感到自己是某位神仙手里的泥丸子，不小心将自己弹出了山窝，落进省城的人流里。在大山沟里，他是父母心头的一块肉，是父母的心肝宝贝，热了、冷了有人问，饥了、渴了有人关心。到了这里，到了这花花彩彩的人的世界里，你拥我，我挤你，却没有一个人问自己的饥渴冷暖……申水浅悲哀至极，裹紧衣服，缩着脖子，斜起身子，跟着耀昭走着。

到了《荷花》杂志社门前，天突然就大股大股抛起雪片来，飞雪一下子弥漫了大街小巷；路灯下，雪花慌慌忙忙地往下撒落，仿佛在天上等待得太久的样子，一来到人间就狂飞乱舞，似要填平尘世一样。

大铁门已紧紧关上。门里的看门老汉钻进门房，正生火炉子呢。耀昭和申水浅又冷又饥，打着哆嗦，缩着脖子向大门里张望。

"算了，咱先回吧，明儿再来。"申水浅被眼前的天气所感染，哭腔哭调地对耀昭说。

"瞧你，跟个女人一样。"耀昭哈了哈手，搓着，跺跺脚用责备的口气说他。

申水浅不再多言

"噫，哪儿不是停着一辆车吗，咱俩过去先躲一躲，等过了这阵子冷风再说。"耀昭一指不远处停放的一辆吉普车说。随后，领头走去。

还好，猛一拉，车门就开了。耀昭和申水浅钻了进去。

"碰上鬼咧，咋遇上这瞎瞎天气？"耀昭搓着手骂天。

车里暖和多了，听得见风的吼叫和飞雪扑打车玻璃的响声。公交车也停止了营运，街上寥寥几人，匆匆而行。这儿离申水浅的学校至少还有七八里路，看来风不停，凭他俩这身单薄夹衣根本就无法在外面行走。

听耀昭骂天，申水浅的眉拧成了两疙瘩。他闷闷不乐地说："根据这天象，咱这事就办不成。不是个吉兆。"

耀昭被申水浅逗得"噗嗤"一声笑了，他定定地盯着愁眉不展的申水浅："你这家伙，咋还神叨叨的，蛮迷信。"

只顾了说话，没注意车主已走到车跟前，猛地就拉开了车门，发现里边有俩人，主人立刻大喊大叫起来："抓贼哇，有贼了！"

这一喊把两个人吓得如遭了地雷，一个蹦子蹿出车，一前一后"咚咚咚"地拼命跑去。

也不知道跑出有多远，也搞不清跑了几条道，几条巷子，在一道很厚的黑影里停下来，大口地喘气，大张着嘴吸气，惨白的脸色在微弱的光影下像两张没血色的怪兽的脸。手往墙上一撑，他们才注意到这是城墙根下了。城墙厚实的样子，叫人产生一种信任的感觉，好像到了这里就有了安全感，有了可靠感。怪不得千百年前的古人那么聪明把这修得这么结实、高大、雄伟呢，他是给后人以鼓舞，以力量呢。

雪在地上很快落了厚厚的一层，古城一派银妆素裹，城墙巍然、凛然地屹立着。

喘过了气，耀昭看着申水浅的脸，"咔咔咔"地笑起来，申水浅却抱住头蹲坐下去，眼里滴下了冰凉的泪。

三十四、姐妹命运

祖倩还迷恋在申水浅的作品里，一边抄写，一边跟着文中的主人公欢喜快乐着。

大雪整整下了一夜，山川、高塬、崇岭一律地披上了银装。早上，一下架，鸡们就缩着毛逮逮的身子往墙拐角挤；睡不住懒觉的老汉扯着不利的咳嗽声让冬天更得意。

祖倩正抄到兴致处，才才来了。她忙让才才脱了鞋坐在炕上暖和一下。

"我被推荐上大学了！"才才兴奋得脸上有两坨红晕，牙比从前更白了，两只虎牙也越发逗人喜爱。他告诉祖倩："再过三年我一毕业，就带上你去青海或西藏。我都打听好了，国家有这个政策，大学毕业生，如果自愿到边疆少数民族地区工作，可以随身迁一个人的户口；没准还能给你安排个工作呢。"才才说着说着，就从包里掏出自己高中时的所有课本交给祖倩，叮嘱说："你把这些课程学完，总会等到有用的时候。"

才才在祖倩家吃了一顿饭，就去了县城。

送走才才，柳秋桂说祖倩："才才这娃有恒心，心劲大，能干成事。"

纺线车在柳秋桂手中又唱起了每年冬季的歌。铁锭子磨断了一根又一根，纺的线能堆成山，对儿女的希望也堆成了山。扯动了棉线，扯不尽的辛苦和困苦，捻不断对儿女的牵肠挂肚。柳秋桂想到了远嫁他乡的大女儿祖香，也不知道娃这一段时间过得咋样。

已成为罗石头的女人，祖香一踏进渭北平原这个陌生的家门，就成了地地道道的渭北主妇了。

罗石头家人口不多，但一个个令人愁心断肠：婆婆是个小脚老婆，又白又胖，大眼睛，双眼皮，不仅不能说话，而且又聋得听不见话。老婆子守寡养下五个儿，小时把俩送了人，还留三个在身边。石头上边一个哥，30岁了，还没问下媳妇，都嫌他是一只眼。听说是又哑又聋的母亲小时候喂他吃饭时，不小心将筷子戳进了他的眼；在石头下边还有一个弟弟，秃头，歪嘴，头顶秃得发亮。听邻家讲，说是多年前婆婆不小心把娃掉进烧滚的饭锅里去了，烫得当时连发带皮抹了一层，就留下了这电光头。家人没一个浑全的。

草草完成了婚事，命运就这样泥丸子一样将祖香轻而易举地扔到了异地他乡。是年她才仅仅21岁。

新婚那天使她终生难忘。那一天，她是被罗石头村里的小伙子用自行车从百十里外的娘家驮进渭北平原，驮进罗石头家的。

祖香被驮回来时，已是半下午时分，坐在仅有12平米的土木结构的厦房里，听乱嚷嚷的人群在院子吵闹。有人用指头戳破了新糊上的窗户纸，往里一瞧，转过身在院子就大声说："哇，这么好看的一朵花，跟了石头，实实糟蹋了，可惜了！"看的人还显摆出一副世故的样子："你瞧着，要能过到头才见鬼哩。俩人太不般配了！"话音刚落，就有人说那人："再甭说啦，让娃听见了有啥好。但愿娃能跟石头好好过，要不然，这一家子全打光棍哩。"

祖香木然地呆坐在新房的炕旮旯里，看炕前一对新油漆的木箱子、新糊上的花纸顶棚和纸围墙。这就是全部的新家当了。

天刚一黑严，胖老婆媒人就哄走了闹房的大小伙、小姑娘，交代聋哑婆婆早早关了前后门，打发石头的哥和弟都睡到村里相好的家去，独独留下祖香和石头在屋里。

石头一直圪蹴在炕脚地，一声不响，连正眼瞧一眼已成自己媳妇的祖香都不敢。祖香抱着双膝一直坐着。

约莫过了半夜，在自行车上颠腾了大半天的祖香实在支撑不住了，就对石头说："你，睡箱子上。"

"嗯。我知道。"石头就爬到木箱上去了。两只箱子并一起，刚好托住他矮小的身躯。

一连几天就这样过去。罗石头的探亲假也满了。

石头一走，祖香显得轻松了许多，她不再每天晚上都裹着衣服睡觉，手捏着裤子进梦乡了。她成了这家的主妇，她时刻没有忘记母亲交代的话："过了门，每天天不亮起身，先给婆婆倒了尿盆，再把屋里院子齐齐扫一遍；有鸡了，把鸡一喂；有猪了，先喂猪；没鸡没猪就梳头洗脸，上锅做饭。在家要尊大爱小，孝敬老人；出门在外，对邻居嘴要学乖。平时处事，要多吃亏，少占便宜。吃亏人是福。心里有委屈烂到肚里，要能装得下委屈呢。"

祖香一来这个家，这个家立马焕发了生机。单眼的兄长的衣服再也不是腾云驾雾的汗渍劲了，光电头的弟弟也不用在村里乱混饭吃了；聋哑的婆婆，涎水垢痂把衣襟粘得硬邦邦，祖香硬是拽着她脱下来洗了。老人嫌祖香浪费了洗衣粉，动辄捞起门后的长扫把，"哇哇"乱叫，把祖香撵得满院子转圈圈。

很快，祖香在村里就成了众所瞩目的人物。生产队里，她和村里的姑娘、媳妇比赛似的拉架子车上地送粪，她的粪车装得最满，跑得最快；做起针线，她飞针走线，不但手巧麻利，做的活针脚细，棱棱整整。白天和妇女们一起打打闹闹，说说笑笑，晚上，祖香一个人眼泪往肚子里流。她知道，石头过几个月就要转业回来了，到那时，日子咋熬？

天亏了地补。就在祖香夜夜熬煎着石头转业回家日子临近时，传来了好消息，说罗石头这批转业军人一律改转成铁路工人，在陇海线路上工作。

悬在心上的石头终于落到了实处。祖香立刻写信给石头，叫他不要回来，直接去铁路单位上班。憨厚老实的罗石头，果真就按祖香的意图，在坐车经过家门口时都没有停下一步，直接上了铁路。

石头从不敢违拗祖香的意志，百般听从她的指拨，让祖香有了一种浅浅的内疚，她似乎又觉得对不住石头来。当她闲时在翻腾娘家带来的物什中发现石头在部队给她的回信，她又想起了婚后的第二天，石头在她面前罪犯似的交代信件的情形来——

"你没上几年学，这些信是你请谁写的？"祖香有了一种被欺骗的屈辱感，她愤愤地将一叠信摔到箱子上。

"俺……俺……俺没办法么。俺老想你哩，又没见面，俺就请……请俺班的班长给你写哩。"石头做错了事的孩子一样，吓得一抖嗦，结结巴巴交代。

"你……你……呜呜呜。"祖香气得脸一阵红一阵白，扑到炕上哇哇地哭了。

"俺再不这样子还不行吗？"石头也要哭了，一边挠头，一边说。

"你出去！你走！我再不要见你……"祖香指着石头哭喊。

石头一边往门口退，一边还说："那你甭哭了，俺走就是。"

"万事都要回头想呢，甭直戳戳光想着对自己的不公，还要站在别人的身上往回想。"母亲的告诫又响在耳畔。祖香深深地吸一口气，也折过身来想，罗石头也并没有啥罪过，他娶了我，对我不公，可我对他这样，公平吗？天哪，这到底是谁在这中间作怪呢？

多思出奇想。祖香想到了命，想到了冥冥之中一种左右人去向的力量，难道这不是命中注定的吗？茫茫人海，姑娘如云，为啥偏偏就是自己和石头有了机缘相结合了呢？而自己，为何不碰上别的男人，不偏不倚就是罗石头？山的高峻，自有它高峻的道理，海的低洼，自有其洼陷的规律，谁又能指责，山不该高出地面，海不应深陷地下呢？

祖香想着想着，就动了恻隐之心。当想到石头在她面前可怜得跟三岁娃娃一样时，她又觉得这似乎是自己的罪过。她暗自在心里说，下次他再回来，我再不会对他发凶了。

一场大雪捂得渭北平原白茫茫一片。平展展的原野凸鼓出一个村堡一个村堡的人间居住地来，大平原像富态的老太婆，宽心地酣睡在冬雪覆盖的季节里。

冬闲一到，祖香就搭了车，到了西安省城又转了车，熬娘家来了。

快半年没见母亲和兄长妹妹们了。一路上，祖香脸贴着车窗玻璃向外望，当白鹿塬由窄变得渐宽时，她恨不能想让汽车的轱辘飞起来。近了，近了，可以清晰地看到披上了雪袍的终南山麓了，她顿感生她养她的这块贫瘠的土地是那么的亲切。下了车，祖香沿着河岸脚下如飞，时不时踢起落雪沾在裤腿和脚面上。快到屋了，脚踩雪地发出的"咯吱"声音成了"哧哧哧"的飞跑。祖香解开包在头上的红围巾，一头就扑进了门。

"妈——"老远就高声叫喊着，惊得织布机上的柳秋桂疾速地卸下挡板同样地扑到前门口，迎回了大女儿。

仿佛已相隔多年未见，母女又惊又喜，泪人儿似的。柳秋桂把娃让到炕上的火眼前头，给祖香擦着抹不干的泪，说："娃呀，人到世上来就是受苦受难来的，人人都是一样，要不然，人咋一落草就会哇哇大哭呢，该你受的难要受哩。石头一家虽说在人前头都不显体面，可咱到了他家，一把手的掌柜的，横一丈，竖八尺不受人的挟持。这是俺娃的罪，也是俺娃的福。不要和人比高低，人比人比不得。把家顾好，把日子过成了，就是妇道人家的本分。"

"妈，可俺半个眼都见不得他。"祖香给母亲说心里话。

"石头是个好娃。人老实点，可不用你担心在外给你捅啥娄子咧。人要看他这面，也要看他的另一面，要翻过来、掉过去地看呢。"母亲总有交代不完的话。

"妈，"祖香不再落泪了，她理解地唤了一声，给母亲宽心说："你不要操心俺，俺能给你争气。给你说，石头转业没回来，直接转成铁路工人了。"

柳秋桂一听，立即双手合十，默念："神家有眼。神佬暗地帮咱忙呢。"过后就很高兴的样子："看，好人总有天助呢。石头是个好娃。妈再不用耽心俺娃受多大苦了。石头挣了工资，你那日子就好过多了。"

三十五、风雨人生

耀民的心灵手巧在附近一带是出了名的，他懂电路，不但管理着电磨子，还学会了开拖拉机。队里活紧了，就拉他连夜翻地耕种，慢慢地，他还摸索着学会了修理机器。有人见了他就夸他："你咋恁能？啥都会修。"

"当然。"耀民也毫不谦虚，嘿嘿一笑道，"我还会修汽车呢。"

为此，叶玲说过他多少次："人家给你戴二尺五呢（方言意：高帽），你还当真？"

"二尺五是假的，人人都爱戴嘛，谁不爱听好话。"耀民戏谑地把鼻子一撑一促。

"人给你麦秸秆，你当拐棍拄呢。"叶玲包不严的嘴咧成了一个瓜瓢。

天一黑，耀民就按时上了电磨房。每天晚上，叶玲的心就很不是滋味，她想不通，这男人天天黑泡在磨房，就不想女人？狗日的，叫俺成黑守空房。冬季夜这么长，叫人多难熬，他咋就能受得了？叶玲越想越觉得日怪，越想心里越烦躁，但她心里比谁都明白，自己的男人心里还装着聪灵呢。于是，叶玲气得咬牙了，觉得自己的男人对自己心太狠，太没良心，咋样伺候你，把你的心都暖不热……她委屈透了，伤心至极，包了头巾就下了炕。

才几岁的小女儿巧巧睡一觉醒来，问："妈，你做啥呀？"叶玲没好气地回答："不做啥。睡你的觉！"反锁了门，走了出去。

快到东场时，一股肉香味冲上来，叶玲使劲地吸嗅着这味道，嘴一张，涎水就流了出来。这两年人虽然不见了饿馑，但粮食还不敢放开肚皮吃，稀稠要搭匀才能接上第二年的新麦。吃肉，那是村人连想都不敢想的事；年景好了，家家户户在中秋节、过年节不等明就起身，前往公社供销社去排队，割上二斤肉也就心足咧；逢给自己打肉时，尽量给执刀的师傅说，多给打点肥肉。人人肚子清肠寡水,没一点油腥,谁都想起个早,排前头,割上肥油多的好肉。

闻到这么诱人的肉香,叶玲舔了舔凸鼓的牙床,突突突地往散发香气的方向跑去。

东场的东头头,山坡上已围了十来个馋嘴的汉子,一只小灯泡吊在临时撑起的木杆上,几条大狗小狗在人圈外围的雪地里汪汪叫着,也想瞅个缝缝往煮肉锅跟前偎。叶玲心中明白,每年的冬季,生产队就有熬不出寒冷的老牛死去,老队长派上三五个人,把牛皮剥了,开膛取脏,然后剁成块,连夜煮熟,第二天一早,按人头大小分给大家。虽然死一头牛是莫大的损失,但总算在冬季里还能犒劳人们一顿。

每次发生这种事都少不了耀民。一来耀民在电磨房是顺便的帮手,二来还要他给接上临时电灯。自然,谁在场煮熟了谁先吃,然后再把心、肝、肺之类分给在场的人,算是对这场劳动的报酬。

叶玲跑得正欢,忽然从碾场边的麦秸垛里窜出一个人影一下就抱住了她,把她拖进了麦秸窝。

"这碎崽鬼,你吓死我呀!"叶玲见是哲光,一指头指在哲光的窄额头上,白了他一眼。

哲光把麦秸垛掏了一个大大的洞,能容纳两个人睡觉。他把叶玲拉进草窝,得意地说:"咋样?咱这麦秸窝不比你一个人冷冷清清守空房暖和?"

场东头的小灯泡照在雪地里给场这头的麦秸窝辐射了些微薄光。叶玲一翻眼,逗哲光:"你咋不长正心眼,净长些歪点子。咋就想着在麦秸里盘个窝?噫,还就是暖和!"

"等我啥时有了婆娘娃,就再不吃老东西的眼角食咧。"哲光想到母亲麻来叶,一副很气愤的样子:"狗日的,叫我自打小就没安宁过,没少挨那老驴日的鞋底子、笤把子……对咧,对咧,不说那老东西了,不够人生气钱。"哲光斜着身子往场东头瞅了一阵,拧过身来坐下,说:"这老牛,还恁难煮。都日鬼大半夜了还没熟。"

"嘴馋了?想吃肉了?"叶玲坐得离哲光很近,哲光说话时呼出的气扑到她的脸上痒痒的。叶玲使劲往哲光的怀里偎,一头就倒在哲光的瘦胳膊弯里了,说:"你就不想吃婶的肉?"

哲光眼射绿光,手发颤,心发抖,一个猛子扑趴上去,战战抖抖撩起叶玲的棉袄前襟,用冰凉的手抓住了她的两只奶,胡乱地捏揉着,下身一拱一拱的。

"这瓜娃,这傻瓜娃。"叶玲急促地小声叽哝,"你没脱裤子,咋吃婶的肉呢?"

"婶，你教我，咋弄呀？"哲光老牛似的喘着粗气，手抖得拉不开裤带，还是叶玲帮他抹了裤子。于是，俩人疯狂地扭在了一起。

叶玲还在嘟囔着骂："耀民，我叫你狗日的在外头打野鸡。我叶玲也不是好惹的，我比你本事大呢。你寻个敞口货，我还能找童子鸡呢……"她说着说着，就嘤嘤地啜泣起来。

穿好了裤子的叶玲，整了整粘满了麦草的蓬乱的头，张嘴扯脖往外一看，她吃了一惊，她看到耀民迎面走过来。她吓懵了，以为是被人发现了，闭上眼，等着男人拎小鸡一样把她揪出麦秸窝。

脚踏雪地"咯吱咯吱"的步子声由远而近，又远去了。叶玲猛地睁开眼，发现耀民已从这垛麦秸草旁走过。她一急，猫着腰追了出来。哲光还在里头不知情地喊："你急啥嘛？等我一下。"就边勒裤子边钻出草窝。

一出草窝，叶玲和哲光都愣住了，正好碰到走到麦秸垛前的耀祖。耀祖一看俩人的慌乱神色，心里就明白了八九成。本来，他也是被煮肉的香味诱惑出来的，也是想混上几块杂碎肉解个馋，不料撞上了这事。他的脸"唰"地白了，一愣怔，立刻就转了身，往来时的路踅脚走去……

这一夜哲光没敢回家，到了第二天吃晌饭时他才闷着头进了家门。"你回来做啥来了？"耀祖的浓眉聚成了两个毛毛虫，对着儿子恶声狠腔地问："你跟那驴嘴做了啥事来？"哲光把头一歪，嘿嘿一笑，答："吃肉，吃肉来。美死了，咋？"说着，他还舔了舔嘴唇，啧啧了一声。

麻来叶也溜下了炕，从灶火捞起笤帚把，正欲抡去，哲光却跨前一步，立到她跟前，恶煞煞地问："得是老毛病可犯咧？笤子疙瘩再敢抡一下试试？"

麻来叶见哲光的牙齿咬得咯吱响，下巴愤怒地往外龇咧着，她翻起小三角眼，见儿子眼看着要超过她的身高了，她的心怯了，手开始发抖，刚刚扬起的手又落了下来。做母亲的尊严就在这一刻败下了阵。她又用眼角去斜看自己的男人耀祖，却不见男人有半点给自己撑腰掌面子的意思，忙把笤帚往地下一摔，紫青着双唇，扯长了脖子，长黑脸难受得变了形状，欲哭似的叫喊："你这么恶还能把谁吃了不成？不要脸的东西……这就叫先人坟里冒气了。"

一直瞪眼挖着儿子的耀祖也趁势指着哲光的脸骂："你小心着，甭叫我再碰着！"

哲光装出一副满不在乎的油皮相，左右拧了拧脖子，到案板前拿了碗准备掀锅盖盛饭。

卧在木锅盖上取暖的黑猫"喵呜"惊叫着蹦上了火炕。麻来叶已气得发抖，她护食的母狗一样扑上去压住了锅盖，嘴角溅着白沫："吃屁哩吃呢，谁给你烧锅燎灶地孝顺你了，等你吃哩？得是给谁做下光彩的事咧？"

"吃屎去！"耀祖也上来从儿子手中夺过碗，往案板上一撂骂道。

"得是的，你也跟她学呢？"哲光手指着麻来叶说耀祖。

见耀祖没吭声，麻来叶急了，喊男人："打嘛！你给我把这崽熊往死里打！"

"来呀，来呀！"哲光挺硬了胸脯，手往回一指，鄙夷地眯缝着眼说："有本事今儿把我打趴下。"哲光心里再明白不过了，自长这么大，父亲从来还没在他身上拍打过一掌呢。他知道，他舍不得打娃，更下不了手。

碍于婆娘的威逼，耀祖上去把儿子的胳膊拧背到后头："嘴还硬，做下挨打的事就要打呢。"

麻来叶得了势，扑上来扭住了儿子的另一只胳膊。于是，俩人一个往左扳，一个往右扳，结果哲光还挺得硬硬地端直站着。

麻来叶急了眼，忙唤立在后门槛上看着嘻嘻发笑的女儿："玉莲，去过去把你婆跟你三爸叫来，我就不信收拾不了他！"

玉莲一会儿就引来了耀昭和柳秋桂。

哲光的脸"唰"一下变了颜色，他暗自叫苦连天，这回躲不过咧，我咋把老三今日逢礼拜在家的事给忘了。他从内心最怯耀昭，每次干了缺理的事，他老远见了他三爸就早早躲着走。耀祖和麻来叶见柳秋桂母子俩进了门，都松了手，但哲光却是一动不动地乖乖站着，头都不敢乱动一下。

"咋了？哲光你翻天呀！"耀昭双手往腰间一叉，立在哲光对面呵斥道。

"他三爸，你不知道这狗日的做下丢人事咧。"麻来叶被儿子刚才折了威风的怨气还憋在心上。此刻来了报复的机会，她颤着青紫唇，咧着嘴就哭开了，说，"咱这崽子这么小一点，就揽上耀民那嗷嗷嘴婆娘，胡成精呢。你说，这事一传出去，咱还有啥脸说嘴笑人呀？"

"真的？"耀昭有点不相信，转头问侄儿。哲光在一旁开始吭吭地吸溜鼻子。

"说呀，你给他三爸学说嘛！"麻来叶指着自己的男人喊，"你的嘴得是叫蜂蜇了？"

耀祖闷下头，一声不吭。他真怕耀昭打儿子，打了儿子他心疼啊。他知道，耀昭打哲光可是真打呢。

"你看你，啥人嘛……"耀昭指着一副窝囊相的耀祖，气得一跺脚拧身走了。

"婆，你坐。"哲光见三爸一走，绷紧的神经立刻活泛了，他忙上前扶着他婆坐到炕沿上。

柳秋桂头上顶着褐灰色的四方头巾。她的目光爱怜地照在孙子的脸上，拉了哲光的手说："俺娃也该通世事、知道个青红皂白了。人活到世上，就得端端正正走路哩。"

"婆，你放心，俺知道。"哲光用眼斜了一下还气哼哼的麻来叶。

柳秋桂说，自己还正做晌午饭，锅灶的火还着着呢，就起身出了门。哲光掀锅舀了一碗饭，蹲蹴到门外檐下呼呼地吃起来。

"你……你就这样惯他。"麻来叶胸中的火又蹿了上来，指着耀祖就骂："赶明儿他连你老东西也能剁着吃了。"

耀昭出了门往河对岸的田野望去，白茫茫的田地在正当午时可见到一坨一坨融化了雪的湿地渐显出黄褐色的土来，塄坎上一早还冻得硬邦邦的，这会儿都成稀泥糊涂了。冬天的天色老是白瓷瓷的样子，连太阳也发白，看起来又高又远，小得像一坨白点心。

一声孩童的惊叫震得耀昭仿佛脚下发生了地震。在小庙的那条巷子，一个女孩飞似的跑进了门，大叫："妈，妈，俺文书叔叫蛇咬死了！"

如平地一声炸雷，耀昭感到地在下坠，头发根根竖起，脊梁骨像灌进了冰渣，脑子"嗡"一声响，一片空白。他傻了似的呆愣了一会儿，又猛醒般向东冲去。这会儿的他，觉得身子那么轻，轻得如一片羽毛。他简直不是与地面发生摩擦产生前冲的动作，而是老柏树下文书的家吸着他飘了起来。

屋里屋外大大小小围了许多的人，都指手画脚乱嘈嘈，没人敢爬上木梯到楼上看一看。耀昭一进来，人们就自动让出一条道，他连考虑的时间都没有，就"咚咚咚"扒着木梯上了楼。

柴楼是用木板拼搭而成的，是当地人专用来堆放柴禾及冬闲时间放置农具的地方。楼上黑咕隆咚一片，唯一透进一丝光亮的就是靠拐角有一小方形木窗。刚一上来，外面的雪耀得眼睛一时难以适应阴暗的光线。寻不见文书的身影，他连声疾唤："文书，文书！我是耀昭，我来了！"

没见动静，耀昭急得两手在眼上使劲儿揉。他又连着惊唤一阵，随着视力的逐渐恢复和适应，他这才看清了，在离楼梯口的右边一堆麦秸柴禾窝里，文书弯曲的身子缩蜷在那里。耀昭猫下腰，两步跨上去，见有一口大笸栏里有几条娃胳膊粗的蛇盘踞在一起，挽成了一疙瘩。耀昭一脚将笸栏蹬出几尺远，抱起瘦成一把骨头的文书来到了楼梯口。下边的人一看,立刻上来,和耀昭一块把人抬了下来。人还有一口气,身上肿得发光发明。脸胀成了猪尿泡,眼肿得挤实了,嘴噘得老高,几乎认不出是文书来了。

耀昭和村里几个人套上架子车,草草给车箱里垫上一床破褥子,把人往上一放,再盖上一床被子,飞也似的拉起车子向医院跑去。

医院不远,是驻地工厂的职工医院,出了村没多远就到。救死扶伤是每个医生的天职,文书一到很快就进入了急救室。白衣天使们一下子紧张起来,出出进进,有条不紊地进行着抢救。

楼过道里有暖气,耀昭却一点也感觉不到暖和。他抱紧双膊,转过来,转过去。

同来的一伙人里,有人还在埋怨文书:"你说这娃好好的,养啥蛇治病呢。""鬼缠住了呗。""这回好了还罢了,不好了,这家子人就绝了!"

直到天渐黑时,主治大夫才从急救室出来问:"谁是病人家属?过来签个字。"同来的人面面相觑。耀昭走了过去。一看,是病危通知,他懵了,他捉住笔,手不住地抖,抬脸问大夫:"没活的希望了?"

"蛇毒已攻心,可以说已没复还的希望。"大夫的话如阴蛇钻心,攻击得耀昭打了个趔趄,差点栽倒。

他已不知道怎样在病危书上签下了自己的名字,就跟着大夫进了急救室。

文书的脸乌青乌青,耀昭一进来他还蠕动着肿得老高的嘴似乎要说什么,耀昭忙上去抱住文书的头,耳贴在了他嘴上。说话声如蚕吐丝般微弱,但耀昭还是听清楚了:"你要娶媳妇……我这是俺妈叫我呢……"话没说完,文书似乎还想扯动嘴角对耀昭说下去,但鼻口一股黑血冒出来,文书就死了。

就在文书在耀昭面前咽下最后一口气的时候,从对面的妇产房里突然传来一声新生儿出世时的第一声哭喊:"哇哇哇……"过道有人惊喜万分地说:"生了,生了……"

这就是生命。一边殒去了,一边诞生了,这是人的规律,也是大自然的规律,更抑或是生命的规律?摆在耀昭面前的是一张生命消失时还想微笑的脸,另一边是新的生命来世时大哭的脸。他不知道生命的凋落和诞生究竟哪是喜,哪是悲?耀昭在一阵惊悸之后,睁大了清醒的双眼,犹如人在黑暗中瞪圆的眼一样。他想到了他和文书小的时候互搭着肩膀去上学的情景:上学的路上,雪漫终南山时,他俩提着泥做的小火炉,把干包谷豆往火炉的掏灰门里放进去几颗,在燃得发红的炉膛下面一煨,包谷豆在里面受热后"啪啪"地爆开了花,俩人圪蹴在小庙的墙跟下，头挤头掏出包谷花，香香地吃起来；吃完了，脸对脸嘿嘿一笑，互指着对方鼻弯的黑灰笑得坐到了地上……

上中学时，耀昭越来越爱说话了，而文书却没了儿时的活泼劲儿，一门心思钻进课本里，每次考试他第一，耀昭第二。俩人形影不离，吃一搭，常常还在一个炕上滚……滚着滚着，文书问耀昭："你长大后想娶个啥样的媳妇？""嘻，这么早就想媳妇了？"耀昭嗤之以鼻。文书就憋红了脖子和脸抢白："男人嘛，媳妇第一。要不然还叫啥男人……"

耀昭回想着文书的从前，感慨万千，面前这个吐了黑血一直把娶媳妇当成生命般重要的男人，到了咽下最后一口气时还没挨过媳妇的边，这是做男人的悲哀啊！

产房里婴儿还在啼哭，耀昭胳膊弯里的文书已僵硬。耀昭悲痛地望着医院的楼顶痴痴地想，医院，你这个魔窟啊，能使生命在这儿平安地降生，却不能挽回散去的灵魂，这是人世的苍凉、世人的无能啊！医院是人为的场所，而生命的降临与泯灭却不是人力所能改变的。

拉着文书尸体的车出了门，猛一回头，看医院门额上的红十字在寒风中，灯光下躲躲闪闪，像内疚的人哭红的眼；噢，不，更像耶稣——人类的救世主在十字架上替活着的人受难……

生命可以让人发疯发狂，肆无忌惮，作恶多端，却最终逃不脱自己设下的圈套，就像这医院里的手术刀、镊子、钳子等医用器械，本是人用来缝合创伤或接待新生命诞生的用具，但同时也做了葬送生命的利刃……

三十六、女人心事

埋了文书，耀昭一直沉浸在悲痛之中，他好长时间不忍心从老柏树下经过。还是申水浅从省城写来的一封信才又启动了他对生活的新的激情。申水浅在信中告诉他，他俩雪夜没有送到《荷花》杂志社的那篇小说在天津的一家文学杂志发表了。耀昭兴奋得发疯了，攥着信在河湾里跑了几圈。河水刚刚解冻，河边还有牙叉叉的薄冰在阳光下闪烁着银光。河水欢快得如解了缰绳的马驹，一蹦一跳往西去了，去寻找那远方的海洋去了。

当耀昭把申水浅这喜人的消息告诉给祖倩时，祖倩还正在给申水浅誊抄另一篇小说，思维还正流淌在申水浅笔下的桥畔河道里，还被作者清秀得如一缕拂来的山风般的文章所激动着呢。当听说申水浅的作品发表在天津的大杂志上时，祖倩轻描淡写说了一句:"也该。看人家这语言多流畅飘逸、多艺术嘛。"

耀昭看天,天显得特别的蓝;望山,山特别的幽深、蓊蓊郁郁,初来的燕子格外的黑溜亲昵。石碾盘永远地歇息下来了,歇息在替代了自己负重的电磨子的门对面。驴拉磨的历史尘埃落定了,犹如同窗好友文书的离去。耀昭一脚踹在碾盘上,踹疼了自己,也踹疼了历史。他脑海里陡然就汹涌上了一篇小说的题目《棺材》。

耀民从电磨房出来,掸掸身上的面粉,双脚一搭就圪蹴在石碾盘上。

"你说这文书就真的死了?"耀民皱着眉,眉宇间聚成一道深深的沟渠,大眼睛里流露出如在梦中般的神情。

耀昭的心像被人蹬了一脚,他半晌没言传,凝目望着远处的终南山。

"我日他妈!"耀民忽然就愤然地骂起来:"人倒是个啥嘛?假的么。说消失就消失咧。说挨去就挨去了。"

"黄泉路上无老少噢。"耀昭莫可奈何地对远山长叹一声。

"所以说,人嘛,把那世事再甭认恁真咧。"耀民看透了人世似的说道,"我说耀昭噢,那方红雨就不错,合适。人家有一份固定工资,你还是个民办哩么。也老大不小的了,再甭叫老母亲给你操这份心咧。早娶妻早抱子是咱的本分。"耀民说着说着,忽然问耀昭:"你说这人也怪,我咋老想人家狼娃的婆娘呢?心里一憋事,就光想跟聪灵掏去……"

"该不是吃着碗里的,看着锅里的?"耀昭揶揄着耀民,白了他一眼。

耀民自我解嘲地笑起来,诡谲地说:"你说也怪,都是个婆娘身,黑灯瞎火的,想想是一个样,可到底还不是一个味。我就爱闻聪灵身上的味么。"

"甭胡谝咧,当心狼娃跟叶玲听见,还会有啥好?"耀昭制止耀民再说下去。

每次都是这样,每当村里死去一个人,活着的每一个人都会浮想联翩,都会在死去的人掀起的风波中大发良善之心,邻里间的矛盾不解自开,纠结在心中的仇恨不调自散,人人见了面互祝安康。一旦过了这一阶段,一切又恢复了本来面目。

贾叶玲端着盆从东场山坡背后过来,她是在河里洗完了衣服上来的。

"咱这地方邪。看到了吗?说谁谁来。"耀昭做了个怪相,一吐舌头说。

"说俺啥呢?怪不得我耳朵发烧呢。"叶玲把一满盆洗好的衣服连盆一起放到碾盘上,忽闪着眼鬼气地问。然后又把冻得发红的手往耀民的胳肢窝下塞去,咋呼道:"这日他的,化冰水冻得渗骨。""去去去。"耀民下了碾盘,不耐烦地吆喝女人,"快回去!让人看着像啥话嘛。"

叶玲脸上挂不住了,眼里立马闪出了水花,包不严的龅牙嘴就突突地蛮战,委屈得哭出了声："咋？我还是你的婆娘呢，你把事弄清。你这么讨厌我，老早挨球去咧。呜呜呜……"

"对咧，对咧，再甭喊咧。不为个屁屁事，叫人听见了笑话。"耀昭忙劝叶玲回去。

被人一劝，叶玲反倒更凶起来，她双手往腰间一叉，嘴里喷着不知是口水还是流进嘴里的眼泪，一蹦一跳，指指头、剜眼窝地骂男人："给你狗日的把话撂明处，这些年我受得够够的了，把心掏了给你吃都没顶啥。明给你说哩，我也不是好惹的。想把我当软柿子捏呢，甭想！从今儿往后，你就等着，等着我再给你烧热炕，伺候你吃呀喝呀。快把你那熊嘴挂二梁上去！"

"你得是反咧？"耀民气得脸色发青，咬着牙挓胳膊挽袖子，"给你脸，你不要脸了。我看你欠揍！"

"你才不要脸呢！"叶玲的嘴唇发白，脖子一扯一扯的，往男人跟前扑，"咋？你把人打惯咧。你打，你打呀，你今儿个打不死我，你就不是人生养的。"

喊声、哭声引来了一圈看热闹的人把他们围在中间。

耀民的面子搁不住了，一个抽脖上去"啪"地打在叶玲的嘴上，鼻血"唰"地就流了下来。叶玲搭袖子一抹，血更抹匀了，成了血花脸。她连蹦带跳扑拉着要撕抓男人，被耀昭挡住了。叶玲突然就止住了哭啼，冲出人圈外，寻一个娃头大的石头块要砸男人，耀民眼疾手快，一个蹦子上去，一脚蹬在女人的后腰上，把叶玲踢倒在地。叶玲脑子猛地闪出个念头，想装作坐不起来了，但转念又一想，不如来个鱼死网破。于是，她披头散发，煞白着脸起来，又扑上去抱住了耀民的腿："你狗日的有本事，今儿把我日塌了……"

聪灵听见吵嚷声，忙从屋里跑出来，一看是耀民两口子，忙不迭跑上来劝架。狼娃也出了院门立在门下斜着脸，眨巴着白眼窝子往这边瞅。

叶玲看见聪灵，劲更大了，话就飘给了聪灵："想叫我腾槽呢，没门儿！想把我踢腾出颜家河村，得在他妈肚子里重回生一次。"

耀昭和聪灵可着劲才掰开了叶玲的手。耀昭拉着气歪了脖子的耀民往下河岸去了。聪灵劝说了叶玲几句，见叶玲不住地给她撂风凉腔，也回身走了。

剩下叶玲一人坐在地上不知起身回家好呢，还是坐这儿再骂一通掏掏气、解解恨好。

哲光斜着肩膀从东巷口过来，本打算到闹仗的碾盘人堆里去瞧个热闹，刚走到一仅能挡住人的茅厕墙跟前，却看见了一只芦花瘦母鸡正红着脸"咕咕咕"地在粪堆的麦草灰里扑拉着，看上去很着急的样子。哲光感到不对劲，就斜立住盯那母鸡。果不然，那瘦母鸡往后退着退着就从尻子"日"一下滚出了一个圆蛋蛋。哲光放出了一脸喜色，忙一步跨上去，"吃失，吃失"地吆喝跑了鸡，一蹴身，从灰窝中拾起一颗热乎乎的鸡蛋。鸡儿们全凭自己到处刨食哩，饥一顿，饱一顿，下蛋老是没个准时，还常常屙软蛋。哲光捡的这只蛋，软乎乎，热烫烫，仅一层薄薄的软皮包着蛋黄。他捧着软鸡蛋又折转身向回走去，说："该犒劳一顿了！"被吆喝到一边的芦花母鸡直到这会儿才猛醒似的冲哲光的背影不情愿地"咯哒咯哒"叫起来。

村里很快刮起一股风，都嘈嘈聪灵和耀民这长那短的事，而且把男女间的事谣传得神乎其神。说他们两个自打小就在一块搅和着，几岁的时候俩人就你叫我看你的牛牛，我叫你瞧我的尻蛋子；长大后，早已私订终身，只是后来耀民惹不起狼娃，才把叼到嘴的肉让给了狼娃。而心毒手辣的狼娃咋也没想到，在他蹲监狱时，耀民一直和聪灵睡在一个炕上；有的甚至说，颜过杰是耀民种下的……狼娃走在街巷里，老远听见三个一堆、五个一伙地围在一搭窃窃嘈说着什么。当他一走到跟前，嘈嘈声就戛然而止。他一走开身，叽叽喳喳声又起。狼娃仅从感觉上已觉出了一些怪味来。

进了门，狼娃见聪灵正烟一股、火一绺地做着饭，就拧身圪蹴到柿树下的捶布石上。尽管已开过了年，柿树还秀着叶骨朵，像没被男人的手揉捏过的小女人。没见燕子来院内啁啾，却有一群麻雀每天在枝头上喳喳，在柿树下的长满苔藓的湿绿地上"噗噗"地屙下一滩滩的白屎。狼娃不知咋就想起了他与聪灵交往的情景，又想到了他当年威风凛凛，一言九鼎的美好时光；也想到了劳改场西河滩里刀一样刮人脸的西北风，还有能焙熟红苕的沙子场；他还想到了杨水花白嫩的肉尻蛋坐到他脸上的舒适劲……直到现在他还不明白，这水花女子的身子咋是冰凉如蛇呢？连尻蛋子也凉得像一团抖抖的凉粉。想到水花，狼娃又坐不住了，他再没心思去想聪灵和耀民的事了，一个心眼钻进了杨水花那凉爽的境地。

杨水花初中已毕业半年了，狼娃把她的户口从公社开了准迁证也从山里迁出来，暂时放在公社了。杨水花还时常在姑家居住，帮着姑姑洗衣、做饭、干家务。她的未婚夫安平顺已来过好多趟，催她回去商量过门的事。

安平顺这几年也长高了，但却更黑更瘦了，两条瘦腿像两根木棍撑持着，瘦削的肩头蹲着一只小雀似的脑袋，黑脸，小眼睛一急就发红。

"你快滚回去！甭叫我再看见你！"杨水花每次见到平顺就气得脸发白，眼充血。

"你看你跟个恶鬼一样。"姑姑责怪她说,"人家娃大老远来咧,你能叫人滚吗?"

"姑啊,你不知道,我一看见那狗日的瓦坨大个脸,黑猪一样的皮肤,就想把那驴日的给灭了!"杨水花把每个字都从牙缝往外挤,"都怪俺大,给俺办下这等事!"

"看你这娃,话说着说着就说坡底去了。你大也是为你好呢。"姑姑听侄女责怪自己的兄弟就不高兴了,"谁家父母不想给儿女把事办好。"

杨水花执拗地回顶:"我看俺大纯是拿我当骡子卖呢。安平顺家一拉溜都是五个姐,就守他一个宝贝疙瘩,拿彩礼钱顺当么。他的姐一人不多拿,每人掏百十元就够彩礼钱咧。"

"娃哟,话可不敢这样说。你大看人家家庭情况好,你日后过了门,宽水里摆日子还不是好事?"姑姑尽力想说服侄女。

杨水花一甩袖子,扭头出了门。

三十七、变革初现

耀禄一进门就掩饰不住内心的喜悦,对母亲说:"妈,汪占尚的事越干越大了,他在城北又拉了一摊子建筑队,城南的老摊子就交给我全盘负责了。他还说,等结了账,除了我的工钱外,再给我抽5%的额外钱,算我的管理报酬。如果按这个速度下去,明年咱就能盖房子。盖一砖到顶的新红房!在他颜家河村,咱是第一个盖得起一砖到顶房屋的人!"耀禄说到高兴处,雄心勃勃了,"妈,咱再扎个大院子,盖一顶又高又大的门楼,再安两扇红色的大铁门,再养一条大狼狗拴在院子里……"

"把事干出来了再说话。"母亲总是教儿子脚踏实地干实事,不要瞎吹胡撂。

这两年,耀禄一直在外干活挣钱,他从不舍得多花一个子儿,时常啃干馍喝凉水,揣着钱也不上饭馆吃一碗。他拼命攒钱,攒了钱好准备盖房娶媳妇。为此,耀禄不向母亲交钱,母亲也理解儿子的难处,从不为此事伤心。耀昭可是对耀禄的做法憋着一肚子气,他嫌他太自私、太狭隘,这么早就不顾家,只为自己的以后做打算,挣了钱不舍得给母亲,不舍得给家一个子儿。

"妈,以后我还想带一帮子建筑队呢。"耀禄给母亲说,"我也学会跟房主揽活了。揽下盖房的活,咱领一个建筑队,咱就能挣大头子钱咧。"

"慢慢来,一撅头不能挖一口井。"母亲万般叮咛儿子:"在外做事要稳,平安第一,自然为上。"

申水浅的作品继在天津发表以来，接二连三地在北京、上海等地全面开花。申水浅这个木讷、灰不溜秋的山里娃一时炸得中国文坛震聋发馈。离毕业分配还有好几个月时间，全国有好几家出版社、杂志社都找到学校争抢着要申水浅。学校在当地，自然先考虑照顾当地的面子，就把申水浅定在了《荷花》杂志社工作。一毕业，申水浅就顺利地留在了省城，成了掌管文学大军生杀命运的文学编辑。

　　坐在这古朴典雅的大院里办公，申水浅悬在心里的一块石头落下了地。山民的后代，从来没走出过大山，上学之前还不知道城市是啥模样的申水浅，一转眼成为古城的一员，且很快给这人流车涌的古城带进了一股清新的山风，连他自己都感到莫名其妙。现在走在大街上，到处都有文学爱好者争阅他的作品的镜头，到处都有人嘈哄申水浅的声音。"人家还是个山里娃呢，都能奋斗到大城市，真是了不起！"这是山外农村青年惊羡不已的声音。"山民的后裔，井底之蛙还能在咱城里翻起大浪？"这是城里人讥讽的不屑腔调。

　　申水浅眯缝着眼看这个将要成为自己安身立命的城市。他倒背着手，佝偻着有点驼背的腰，一身灰制服在花花彩彩的古都城里更衬托得他像一只天外飞来的灰鹭。站立在大街的广告牌前，他惊喜地发现，古城的早晨这么迷人，洒水车洗刷了街两旁林立的梧桐树和法国杨，树叶立即就绿格莹莹起来。申水浅把一切都看清了，他感到自豪了。他想，你们城里人有啥自傲的呢，瞧你们用水车洒地，清刷树冠，又劳神费力还伤财；我们山里人，每天都有老天爷降露水，为我们打扫卫生，吸走灰尘，我们天天都呼吸新鲜空气，喝从山肚里流出的天然泉水，你们有吗？你们没有！看你们，门缝里瞧人，小心眼。你们瞧不起山里人，看不惯山里人，你们为啥想把山搬进城？又是造假山，又是铺……你们都是假的。俺们的山就是威风凛凛的山，水，就是纯纯的水；俺们山里人，就是纯纯的自然人。瞧你们，个个自视清高，人人挺胸昂首，似乎比谁高一截；瞧你们一脸的虚傲气，一脸的假惺气，个个戴一副假面具在大街上招摇；我们山里人都跟山一样真、水一样纯，早上一出门该笑就大笑，该闹的就大闹，该哭的就放声大哭……你们城里人能这样吗？你们不能！你们还要心里憋着苦，脸上漾着甜。你们趾高气扬啥呢？就因为你们坐的车多，见的商品多，就觉得自己了不得了？屁，你们再装，再张狂，每张脸上都装着对别人不屑一顾的样子，到黑咧，回到你们鸽笼式的住处，还不都是一个球式，抹光华丽的服饰，赤条条，一男一女厮扭在一起，猪一样、狗一般交媾配种呢。你们能不脱衣服吗？还能想着自己是城市的高贵人，不要跟山里人一样的一丝不挂去讲文明弄这个事去？你们做不到。你们看着我们不顺眼，我们看着你们假惺惺的可怜！你们从小就要装假，从小就要抑制自己本性的东西，善时不能善，恶时不能恶，心中藏着刀，脸上挂着笑；灵魂都已扭曲得丑陋不堪，肉体还擦脂抹粉招摇过市。申水浅眯缝着眼看着这个城市的早晨，看着自己将要立足的这个世界正出神呢，颜耀昭来了。"得是被城里漂亮的女人看花眼了？"

对耀昭打趣的话申水浅"哼哼"笑了，愈显长条的双眼滑过一缕清风，说："哪里！城里的女人哪能比上俺山里的妹子，那才叫真水灵呢。"

"你这个怪物。"耀昭说着手往申水浅肩上一搭，"走走走，回你办公室去。这回呀，咱再不用把心提到嗓子眼进人家杂志社咧。你也是这里的一员喽。"他又想到了雪夜被人当贼撵的情景。

《荷花》编辑部就在大街的中部，没走多远就到了杂志社大门前。今日是礼拜天，大门关闭着，仅留一道只容一人进出的大门。

"噫噫噫，干啥的？"正欲跨门进去，看门老汉喊着跑出来挡住了他们。

"俺……俺是……"申水浅窘得脸发红，语无伦次了。

"去去去。"老头的光脑门一摇摆，手往外一拨拉，就要撵他们。

"你就说你是这里新分来的工作人员嘛！"耀昭一急，对申水浅发了火，"咱都是这儿的编辑了，还叫个看门的挡住、进不了门，笑话！"耀昭上前气冲冲说老汉："他是大名鼎鼎的申水浅，知道不！他要回办公室！"

"工作证呢？工作证拿出来！"老头将信将疑。

申水浅畏畏缩缩地从衣袋里掏出了新发的工作证，老头一看，这才放他俩进了院子。

"你这人咋这么窝囊？还能在这个地方干成事！"一进申水浅宿办两用的小房间，耀昭就发凶，"城市是啥地方？残酷的地方。像你这样，受气的日子在后头呢。"

"不说了，不说了，老汉不知不为过嘛。"申水浅一点也没气。

耀昭看到屋里放着一口小锅和两个搪瓷碗，两双筷子，一把铲子和舀饭勺，还有在两块砖上蹲着的小四方煤油炉子，他问："准备在这开灶呀？""做着吃自由，比单位灶上吃省些。自己动手嘛。"申水浅说。

"名人了还干这事？"耀昭说。

"名人没钱顶啥用哩。"申水浅满口山民腔。

"那你就给咱做顿饭吧。"耀昭过来就从箱子底下抓过一撮青菜择起来。

煤油炉子端出门，放在窗口底下，点燃了，小锅往上一放，添了水。水滚了，挂面一下锅，青菜也扔了进去。一人一碗，一清二白，连汤带水下了肚，想吃第三碗还没有，小锅仅能煮两碗饭。

耀昭从包里掏出最近自己创作的小说《棺材》交给申水浅，嘱咐说："咱不是走后门，你就当正常来稿往上编。"耀昭很自信，他的语气里透露给申水浅这样一个讯息，就是《棺材》这篇小说，比《荷花》杂志上发表的任何作品都要强。

"我先叫人家老编辑看了再说。"申水浅啥时候都不会有个自作主张的样子。

耀昭一听心里就窝气，想说啥话嘴张了张又咽回去了。他道一声："我回去呀，还要备课呢。"就腾腾腾地走了。

回家后耀昭左等不见申水浅的信，右盼还是没个信。他掰指头一算，从省城送稿回来都快两个月了，用或者不用，总得有个回应嘛。去时麦苗还在地皮上贴着，这阵子都拔节快出穗了。耀昭坐不住了，乘上车，直奔西安城。

"我知道，你是问罪来的哩。"申水浅蔫不叽叽对耀昭笑了。一句话使耀昭把满腹的埋怨话憋了回去。

"你这家伙，咋搞的吗？"耀昭还是不无埋怨。

"人家老主任就是不签发。你看把人弄的……"申水浅很为难地倒吸了一口气。

"那你咋就不把咱作品的实际水平给人家如实说呢？"耀昭抢白一句，旋风一样在小屋间里打转。

"他也认为确实不错，可就是……"申水浅也云里雾里的，"咱再等等。再等等看。"

"他主任是个啥嘛，他有你的名气大！"耀昭还是控制不住发火了："他有你的才华？甭说轰动中国文坛了，就是在省内，谁知道他姓甚名谁？叫他把你给捏住咧。你真个一个堂堂大名人，连发一篇稿子的权利都没有了？那你当的啥编辑嘛！"

申水浅对耀昭这连珠炮一样的话一点也不生气，他不紧不慢地说："欲速则不达嘛。"其实，他有苦对朋友难说哇。他咋能不知道老主任的小肚鸡肠呢。很明显，老主任在他面前老是摆出一副不可一世的神气，时常倒背着手，不苟言笑，动辄还对他指手画脚。这一切的不言语，是在告诉申水浅，甭看你娃的文章在全国叫响，在我这儿你还是个乳臭未干的小毛头！他要先煞煞小伙子的威风，以期往后他不会翻上自己的头。有了这种思维的指导，对于申水浅推荐上来的作品那就可想而知了。暂时的情况下，申水浅知道，他只有忍让的份儿，没有争取什么的权。刚走上社会，踏进这复杂多变的大门里，带着懦弱性格的申水浅只有亦步亦趋，低头做事处世。他对耀昭说："咱刚来，才摸着石头过河哩。"

"你说，他这不是忌妒你、排挤你是啥意思？"耀昭抬胳膊扬手，声音大了，"他觉得稿子质量足够发表，却就是不在你的推荐书上签字，这不是拿捏你是啥名堂？

欺负你山里娃呢。"

"咱年轻嘛，姿态高一点，让让老者有何不可以？"申水浅还在笑，还慢条斯理地说耀昭，"人该软时就要软哩。"

"软处好踢土，你知道不？"耀昭红了国字形脸，因为皮肤白，连耳朵也红了："你让了他这回，就意味着你永远在他手下。"

申水浅不吭声了。一团白云在窗外的菀枣树梢上游荡，把影子从窗框间投到申水浅的脸上，把他的脸映得阴阳斑驳。

"不行算了，我把稿子拿走。"耀昭手叉腰两边，气冲冲对申水浅说。

"你看你这人，咱再瞅机会嘛。"申水浅扬起脸来，眼里流溢着一丝哀求。

三十八、错落的爱

颜耀昭从申水浅处回来，在南川县一下车就直奔方红雨的住处。

方红雨的门虚掩着。耀昭推开走了进去。没见人，耀昭知道方红雨没走远，就困乏无力地倒在床上睡了过去。

梦魇展开她神奇的羽翼，将耀昭导引进一片浓荫覆盖的柏树底下。他抬头望天，天空全被柏树叶遮住，柏叶呈现铺天盖地之势；他低首看地，地却在千里之外的深处，他脚踏着的是厚如大地般的柏叶，但不虚晃，一跺脚，还发出嗡嗡的响声。一群鸟雀在头上树枝间叽喳弹跳，还歪着头翘起尾巴专门把一摊摊凉凉的稀屎屙到他的头上，他气坏了，骂："这人不顺心了，连小雀都到你头上屙屎呢。"他猫腰想寻石块或土疙瘩狠狠地掷上去，打不住这个，也能掷中那个。可是，他找不到一个石头，性急之中，抓一把柏叶往上一扔，天上地下的柏叶全都发出了笑声。他懵了，惊恐地瞪大了眼，却见树叶们一笑就在头上脚下闪闪发起光来。光芒中文书从空中踩着一团白云飘然而下，不跟他说话，只招了招手，自顾自地说："咱还要再受磨烤呢。"就钻进柏树叶铺就的天空中去了。当他再仰头时，已不见鸟雀的声息，却见满天的露珠儿密密繁繁地坠挂在绿叶上，霎时，天空一片晶莹的墨绿。看见水珠，他才感到口舌干燥，焦渴难耐，眼一闭，伸出一尺多长的舌头舔上去，那水珠儿就肉嘟嘟地挨住了舌尖……

"嘻嘻嘻"，一阵轻笑惊醒了耀昭。他"霍"地睁开双眼，方红雨的大脸如瓷盆。此刻的方红雨正趴在他的身上，将舌头伸进他的口中。耀昭明白了刚才梦中肉肉的水珠就是红雨的舌头。他没有发凶，也再没动弹，任红雨在他的脸上、眼上、嘴里乱亲乱舔。他回想着梦中的每一个细节，回想着文书的话，他不明白还要磨烤啥？咋个磨烤法？谁要磨烤他？难道是申水浅那里的稿件麻达大了？

方红雨在耀昭的身上胡乱翻腾着，却不见耀昭有动静的意思，就把头埋在耀昭的胸间嘤嘤地哭了。红雨一哭，把耀昭的思绪拽了回来，他诧异地捧起红雨泪痕满面的脸颊，问："咋，哭啥呢？"

"你不爱我，你刚才咋把舌头伸出来叫俺吮呢？"方红雨委屈得要放开声哭了。

"嘿嘿，我当你哭啥哩。"耀昭笑得抖动着身子，答，"刚才做梦呢。哎呀，咋给忘了，我都快渴死了！"方红雨从耀昭身上下来，去倒了一杯水。耀昭一饮而尽，又要了一杯。

解了渴，耀昭清醒了许多。睁眼观望，但见方红雨把窗门关得严严实实，连窗帘也拉上了。黄黄的阳光透过树枝在窗帘间晃荡，给小小的房间罩上了一层神秘的气氛。方红雨看到耀昭对她的关门闩窗没有太大的反感，她又喜上眉梢，搂住了耀昭的脖子，一头躺倒下去，不大的眼睛溢出了哀求："耀昭，眼瞅着我都跃过三十的门槛儿了，还从没对哪一个男人动过情。说实在的，在南川县当年追求俺的那些小白脸，还有身在要职的官员……他们一身的假气、一脸的傲气，就是没有我所向往的骨气！他们就像浮萍，浮在社会的上层，把着要位，缺少的是根哪！可他们意识不到，依旧我行我素，亦步亦趋。那个时候我还常想，恐怕世上不会有自己心目中的那种男子，只有在文学作品里寻找。我心灰意冷，渐渐地对爱情失去了信心。多年来，我不再寻找，把心中的白马王子藏得很深很深。这两年随着年轮的转动、年龄的增长，以前的那些追求者个个娶了如花似玉的媳妇，抱了儿女，把我当成了神经有麻达，或是生理有缺陷的不正常人……我的心死了，不再跟人来往。可当我读了你的作品，再一见你人，我藏在潜意识里的东西复活了。我狂啊、喜啊，我感到这个世界太美好了；我觉得，你就是冥冥之中用一个神奇的手导引我的白马王子！我觉得你本来就是我的，仿佛从前就认识似的……"方红雨说得泪水哗哗地淌流，把耀昭感动了。他不住地为她擦拭着泪水，一句话也说不出来。

"你抱我吧，亲我吧，我要把我整个人都交给你。你不要嫌弃我，不要嫌我老。我是等你等老的啊！你亲我吧，抱紧我，我把自己的女人身交给了心目中的人，日后你就是不娶我了，我也无怨无悔，不愧今生的女人身……"方红雨闭上双眼，解开了单薄的衣衫。哗啦一下，白得瘆人的女人身裸露无遗地展现在耀昭的面前。他惊呆了，就在红雨抹了裤子，一脚把褪下的裤子踢到地上的当口，他清清楚楚地看到了一个女人，一个完完全全一丝不挂的女人。他第一次看到这种景象，他惊恐万状，同时被眼前的女人感动着。他怎么也想象不到，在这样一具白得瘆人但并不丰满的女人躯体里竟然隐藏着这般恐怖、令常人发怵的人生观、价值观、爱情观！他在刹间里手足无措起来。他对她的大胆，对她对爱情的前赴后继的胆略肃然起敬。圆了方红雨的梦想吧，耀昭感到违拗了自己的爱情；不遂了她的心愿吧，他确实有点于心不忍。这个时候，他陡然在脑子就回想起梦中的磨烤来，他想，这不也是对自己的磨烤吗？他弄不明白，此举算善行还是犯罪。

方红雨没有睁开眼看耀昭迟疑的脸，她始终闭紧双目等待着。见耀昭迟疑不动，就主动扑了上去。耀昭也开始热烈地回应她。方红雨幸福无比地呻唤着，扭动着，呢喃着说："这回我死了也值了……耀昭，你真好，真好，我感谢你……今生做不成你的女人，来世我还记着你……"

从方红雨的住处走出来，颜耀昭逃也似的冲出南川县城，往南上了南河桥。

天色已近黄昏，正南方的终南山清晰可辨，仿佛就在咫尺之外，连山上的树棵都看得清清楚楚。在山的背后和左右两旁绵延的大山小山也层峦叠嶂，西枕的太阳使出最后解数，把金光辐射出来，涂抹给山峦河川。于是，山披上了金衣，河流淌动着橘红，血一样从桥下流过，扑到西塬跟下，往北一折，与南下的水合股向灞河冲撞而去。

耀昭如梦初醒般跌跌撞撞，他不知道自己干了什么，刚刚发生了什么事情。他想哭又想笑，想狂奔乱吼，想对着天地河川山峦大叫："我犯罪了！请惩罚我吧！"

桥头有一下到河底的斜坡路，他慌不择路般地斜着扑到了河底。河滩很宽，涨水季节的滩痕还清晰可见，这会儿河水都聚到河中间最低洼处去了。河水清凌，不太深，有一拃长的鱼在水中畅游。耀昭感到浑身燥热，就来不及脱鞋蹚了进去。水齐大腿深，裤腿全浸在了水中。他一弯腰，把滚烫的脸浸进了水里。"噗噗"地吹着气，在水面喷出咕咕嘟嘟的响声。岸上牧归的孩童用看怪物一样的眼光瞅着他，说："怕是得了热痨咧。"一旁的人则说："咱还穿着夹袄呢，人家就下河游泳了。"

三十九、人心躁动

自耀民媳妇在电磨房前和男人吵闹之后，狼娃和聪灵之间就罩上了一层神秘莫测的气氛。俩人不再打情骂俏了，也短了言语。聪灵对于狼娃的沉默寡语始料未及，按狼娃从先祖的沿袭筋脉中秉承的天性，她认为狼娃听了叶玲的叫骂声后，会把自己拖到柿树下，撕猫撕狗地狠揍一顿。却不料，他不但没打她，连骂一声也不曾有。他除了吃饭睡觉干活以外，多一句话都没有，白眼窝子多翻她一下都少了。聪灵觉得这样才清静。

早上一起来，聪灵倒了尿盆，前院屋里齐齐扫了一遍，洗把脸，梳了头，准备上工。狼娃从外头进来，跟脚进来了杨水花。狼娃扑闪着白眼窝子，笑着对杨水花说："水花，你想吃包谷面搅团，给屋里的她言传一声，叫给你打。她别的啥手艺不咋样，单就你爱吃的搅团没麻达。我看你还就是有这个口头福。"说完，拉上杨水花的手径直上了南屋。

南屋是对着厦房的路道建的，听说过去是磨坊，后来就一直当成堆放柴禾和农具的房子。这两天，狼娃把磨坊收拾得干净利索，在里边靠墙处支了一张木床。土坯房，房顶是人字形，房里冬暖夏凉。

狼娃跟杨水花进了南屋，没关门，不一会就传来杨水花骚情的俏骂声和俩人打滚的叫声。聪灵烧火做饭，搅面糊。她虽说什么也没想，但脑子依然如井水一样清白。她按工序认真地做搅团饭，水一滚，把面糊往里一倒，再撒上几把干包谷面粉拿勺子扬起溜下，觉着稀稠合适，就煨了几枝干树股在灶火下。锅底下有小火慢慢烧，锅上有擀面杖不住地搅，一会儿就咕咕嘟嘟满锅打起了泡泡。做这饭，贵在搅的功夫，要顺着一个方向搅，搅的时间越长，出来的搅团越劲道，越有嚼头。她搅呀搅呀，腰身随着搅的动作来回摆；这只胳膊酸了，换那只手，来回倒了好多次。擀面杖往上一挑，只见黄凌凌的包谷面吊长线似的不断，她这才盖了锅盖，撒了火，再捂一下就成功了。

吃搅团得有浆水水汁，去年入冬前沤的黄酸菜，泡过了一个冬季的菜水就成了浆水，从大瓷瓮里舀了浆水，调上盐和辣子，不用调醋，有自然的酸味。把搅团面糊往浆水碗里一舀，又薄又亮的一层搅团浸上调和浆水，吃起来软绵劲道，酸辣宜人。这饭吃了养人，胃不好的人吃这饭易消化；内火燥的人，吃了这饭下内火，是关中道人遭年馑时创下的美餐。此饭省面，比烙馍省多了；此饭耐饥，比喝稀糊汤顶用。

刚准备好一切，聪灵出了厦房，擦一把额头的汗，正欲喊南屋的一对男女出来吃饭，耀民就走到柿树底下了。

南屋嘻嘻嘻哈哈哈哈的调情卖俏声传出来，耀民听了先是一愣，看着聪灵。聪灵抿嘴一笑，无奈地对耀民摇了摇头。耀民什么也说不成了，他什么都明白过来，抓起聪灵的手拉到厦房的墙拐角，盯住聪灵的眼说："你甭管。我以后想办法把你带出这个屋，离开颜家河村。"

耀民走出聪灵的院门，心头有说不清的滋味在翻腾。他看天，天空怪怪的，似阴非阴，说晴也不朗，仿佛像调戏女人的男人脸。他刚一拐上回家的小慢坡路，就神兮兮地猛挥一下胳膊，自言自语："球，你狼娃明火执仗领水花在屋胡弄，气聪灵呢？还是做给我耀民看呢？打我耀民的脸呢？"上了坡道，他想，你狼娃心黑手毒，可要想在我耀民头上屙屎，小心瞎了你的另一只眼！回到屋里，像往常一样，耀民一头倒下去，却怎么也睡不着。这一向他和叶玲都没说过一句话了，饭是各吃各的，觉也是各睡各的，双方都没有心思睬对方。叶玲觉着耀民纯粹的瞎了良心，这些年来，对他的知热知冷，爱他，护着他，一片热烫烫的心，换来的是人家的冰尻子。叶玲想不透，自己的男人咋瓜成这样子咧，你爱人家的婆娘，人家是伺候狼娃的，你咋连聪灵一口热饭也吃不上呢？贱货！失敬的东西！而耀民却一心为聪灵难受，他总觉得对不住她，当年是自己的一时失误才使聪灵落入狼娃的魔爪。叫她嫁给了瞎眼窝子，受一辈子的气。可自己的婆娘还不知道体贴自己，贼一样看他、逮他，更恶毒的是叶玲竟然大吵大闹，想把他和聪灵在村里搞臭。为此，耀民伤透了心，曾有好几天没进自家的门，吃着母亲做的饭，住在电磨房里。叶玲的吵闹授狼娃以把柄，折磨起聪灵来了，叫聪灵还无话可说。每想到聪灵会因此而受瞎眼窝子狼娃的磨难，耀民就揪心，想提住自己婆娘的衣领，把她勒死。他这一个时期，简直烦透了叶玲，咋看她咋不顺眼，噘嘴像鸡尻子，令人恶心。他这会儿倒羡慕起过去的社会来了。那个时候不用领结婚证，说休了女人就休了，多简单。现在把这搞得神秘兮兮，还要法律作保障呢。在男女婚姻上，就应当简单一点，能过就过活，过不到一搭就散伙。

贾叶玲对于男人回家的冷漠不再那么伤心了，她报复心极强地想，你能找下野女人，我叶玲也不差，还有男人想我呢，还是个童子鸡呢。她要把哲光调教成真正的男人，调教成一辈子都会想着她叶玲的男人。

人和人的争斗比不过大自然的灾害。今年收了新麦后种了新庄稼，天色就时常怪色调地出现，有时天空火红火红，红得把房屋和田地都染成血红一片；有时在正晌午时就黑下来，仿佛在头顶扣了一口大黑锅，使人窘迫、困扰；有时雷声咔嚓嚓，似要炸开混沌的天地，却不见一点雨滴，使人惊心动魄。可不一会儿，太阳又从云缝中挤出不黄不红的脸，诡谲谲的样子……天象的变化莫测影响着每一个人的心情，人人惶恐不安，连鸡呀猫呀狗呀猪呀都受到天色的影响，哭似的发出鬼一样的叫声，更增添了人的恐慌。

天变道亦变。老人们都说，怕是要改朝换代了。柳秋桂对祖倩交代，在这样多变脸的天气里，女娃家不要远走，当心被风怪卷了，成了天上哪位神的童子。

　　为啥神仙偏要没结过婚的人呢？祖倩想，那树茂哥一定是做了火神的护卫了，他是被火烧成黑桩子，在大雪纷飞的时候带上天穹的。

　　吃晌午饭时，祖倩端了饭碗，看黄黄的太阳稍偏西去，房檐影子渐向东扯长。她觉得头上的太阳有些发怪，就出了屋院，走过茅厕墙，下到河底。脚上穿了双塑料凉鞋，迟疑一下，她就蹚进了水里，坐在水中间一块干净的洗衣石上。吃着碗里的饭，眼却瞅着脚下的水。水很清，很静，淙淙流着，尾尾小鱼一溜带串地来回穿梭，把她的脚当成奇怪的新水族了，一碰一撞，撞得她痒酥酥的。本想猛一提脚，却不忍心搅乱了鱼儿们的兴致，任它们乱撞乱咬。太阳移出了树影，倒映在祖倩脚跟前的水中，吓跑了小鱼，水面平静如镜，仿佛能映出藏在天穹深处的星星。忽然，祖倩在水中影里看到一幅天气的奇观景象，有一太阳坨大的半圆彩虹极漂亮、极美丽精致地背着太阳在闪光，就在太阳的边上。祖倩惊疑地睁大了眼，纹丝不动地看着，心魂突爆起神奇的幻觉来。

　　犹如在做一场梦，她仿佛看到才才从彩虹上跃下来，对她笑了，两颗尖尖的虎牙更白更逗人了，她正准备喜迎上去，却见才才一扭身又飘上彩虹背去，扔给她一句话："倩，你等着，我会来接你出去的。"猛地抬起头，祖倩却怎么也寻不见太阳边上刚刚出现的彩虹了，低头看水，水里也没了彩虹的踪迹。她拔脚出来，往回疾步走去。河岸上拴在椿树底下的黄牛犊突然"哞哞"地叫唤起来，把庄户人家的晌饭气氛涂抹得浓厚又热烈。

　　祖倩把在水中看到的景象说给了母亲。母亲搁下饭碗，悠远地望着太阳说："这背着太阳的彩虹我手里还没经过。早的时候我还是听你婆说过，这叫日背弓，不是个好兆头哇。过去天象上出现日背弓，人就说，日背弓，日背弓，不见刀枪就见兵。一般说来，就是要出乱子了。"

　　天道不可违。果不然，没过多久，在南川县的塬上塬下，山陵丘壑就刮起了有关地震的传闻，这股风刮得人心慌乱，到处传说地震的恐怖，人人惶惶不可终日，仿佛到了世界的末日。人见了面就说："地震就是专门拣半夜发生呢。就是在神不知鬼不觉的时刻裂开一条大沟把世上的人和物填进去，一梦中又合起来。""听说地震前有先兆呢，牛羊不进圈，鸡儿不上架，老鼠乱窜，狗疯了似的乱咬呢。"于是乎，人们天天提心吊胆地注意着鸡猪狗牛羊的动作。尤其是到了晚上，动物的一声叫唤就会惊飞全村人跑出屋子。加上最近老是淫雨不绝，更增加了人们的恐惧心理。人都吵嘈，说阴雨天最容易发生地震。

上边也下了指令，叫家家户户在大场里搭上简易棚子暂且避一避，以防万一发生地震，坍塌了房屋，把人捂在房下。于是，村村庄庄都在碾麦场上或用油毡或用其他雨布搭建了遮风挡雨的棚子，在里边用木条凳支上一张用门扇及木板拼凑成的大床。

一连好些天都是风不停雨不断，川道到处水汪汪一片。各村的村路泥泞难行，水潭潭子布满坑洼，粪堆早已被水冲得平摊在巷子里，各村都笼罩在粪肥的刺鼻的气息中。田野的秋庄稼尺把高了，老见不着太阳的面，黄不拉叽的。这样的天气也害苦了牲灵，鸡们寻不到食，钻到避雨的地方叽叽咕咕，牛们吃不上新鲜青草，干嚼麦秸；只有狗们不顾泥里水里，一味地蹦跳弹叫，见了生人汪汪叫，碰了熟人摆尾巴，还能混上一蛋子两蛋子的馍块吃。

最近人们都疯了，家家看样学样，烙一摞厚厚的锅盔尽饱吃。还说，吃了喝了，死了也不亏了，饱着肚子去见阎王还能撑得他几天呢。

老队长颜二顺急了，雨中往碌碡上一立，对着满场的棚中人喊："咱不敢这般吃呀！三天两天把新麦吃完咧，如果不地震，过了年节青黄不接时咋得了呢？过日子就要细水长流才是宝呀！"

祖倩戴了一顶烂了边的草帽挽着裤腿走到河沿前的茅厕前面，准备回家拿书。蒙蒙雨雾中，她抬脸向小庙方向一望，一个熟悉的身影撞进她的眼睑。才才正泥一脚水一脚地向这边走，连顶帽子也没戴。祖倩不知咋的兴奋得几乎蹦起来了。她踩着泥水迎面跑了上去，把烂草帽扣上才才的头顶。

"你咋挑个这好天气往回赶呢？"祖倩不无关爱地责怪，"连个遮雨的东西都没戴。瞧你淋得落汤鸡一样。"

"想你心急呗。"才才一抹脸上的雨水笑了，打趣道，"想见你了，还怕下雨？就是下刀子也在所不惜。"

祖倩脸红了，心跳加快了，她乜斜了才才一眼，备感幸福，一股热流涌上心头。半年不见，才才明显地长高了足足大半头。祖倩在内心说，这小伙子也真怪，怎么说长就跟春天的庄稼一样，拔节节呢。

人都住在避难棚里，土屋里没一个人。祖倩和才才一跨进门，顾不得沾在身上的湿衣服，他一把就搂住了祖倩，疾声如潮似的盯着祖倩的眼说："你真把我想死了。"他的眼爱怜无比地在祖倩的鹅蛋形脸上盯视，仿佛要把心爱的人装进去似。

"你身处大学校园，啥样的美貌女子没有呢？"祖倩故意激他，歪着头红了脸说。

才才看着脸颊上腾起了红晕的祖倩加上半湿的粉红衫一映，更加粉嫩如花了。

再瞧瞧她端直的鼻梁下有棱有角的人中线，清晰明了，两叶花瓣般的嘴唇一启动就会喷放花粉香味一样。尤其是那一双眼睛，更牵才才的心魂。这是一双怎样的少女的眼睛啊，一双在女子堆里很难寻觅的眼睛：它柔情似水，却凝练着庄重；它稳健如沉鱼落雁，它有神但隐匿着刚毅；它柔美中含蓄着执着，它似秋天的湖水，包容了从冬走向夏的坚韧。一对黑黑的弯眉上，宽畅的额头稍有点外凸，凸得恰到好处，给人一种凝练的睿智。这一点，祖倩把她从母亲的遗传基因里又有了进一步的进化，就是额面比母亲更宽阔了。

过了好长时间，才才这才接住祖倩的话茬："美女如云，就是挑不出一个你来。"才才明显地长成成年男子了，他既诙谐幽默，又风度翩翩。

"快脱了水衣服，当心感冒了。"祖倩忙翻出耀昭的衣裤，背过身，叫才才换上。

"你不给我换，我就不换了。"才才掰过祖倩的肩，头抵住祖倩的头说。

在房檐水欢快的嘀嗒声中，一对年轻人情意缠绵地你盯着我，我瞧着你。祖倩飞快地给才才解开了上衣扣，顺手一抹，又给他穿上干衬衫。"裤子自己换去。"祖倩说了一声就拿着湿衣衫搭在一根竹竿上，晾在了门道里。

"咋，还害羞呢？"才才的尖尖牙调皮地露出来，他故意眯缝着眼逗祖倩说："明儿成了我的婆娘，还不跟我滚一张炕了？"说着，过去扯了祖倩的手拉过来，"今天算是初步演习，为日后的厮守开个头，也好适应嘛。"

祖倩心跳得厉害，脸红得连耳朵都染了色。她白了才才一眼，叽咕着："你咋学得花花公子一样油咧？"才才努了努嘴，一摆头，做了个怪相，示意她去为他解裤带。

祖倩感到心都快要跳出舌头了，迟疑了一下，她就坚决地说："自己换。"才才见太难为祖倩，也就只好一边脱换一边自我解围："我才才毕了，使唤不动夫人了。"

换了一身干衣服，浑身轻快了许多，才才拦腰一搂就把祖倩抱了起来，在房里旋了两圈，不动了，闭上眼睛说："你还没亲过我呢，亲一下。"祖倩没动弹。才才等了片刻，他将祖倩往灶火的麦秸窝一按，说："你不亲我，我亲你……"就在祖倩的额上、眼上、脸上狂亲乱吻。最后，吮吸在她软绵柔韧的双唇里……

屋外的雨小了，房檐水间隔好长时间才嘀嗒一下。屋檐上的蜘蛛网一忽悠一忽悠，把水滴就抖落下来。甜甜回来给哲正取衣服，一进院门就听见祖倩和才才的亲昵声，她拿了衣服又悄悄地离去。

第二天，有关祖倩和才才的各种闲言碎语在闲得没事干的婆娘女子娃的舌头上搅起一股风浪。有人说，祖倩和才才睡到一搭干了那种事，是甜甜亲眼所见……

祖倩一下子跌进了谣言四起的困惑之中。当她从大伙堆里走过时，有人还专在她到来之时朝地上狠狠吐唾沫，过后还歪嘴斜眼地骂："也不撒泡尿照照自己，看配不配人家大学生。到头来，还不是白烂了自己的身。"

祖倩痛苦极了，燕玲对她说："管球她谁咋嚼舌头呢，赶明儿你俩成了，看她那舌头不烂到嘴里才怪呢。"燕玲给祖倩宽心安慰，自己却也深陷困惑之中，不能自拔。她说："像咱俩，就不能跟这些死皮赖娃在一搭。咱要想尽一切办法冲出去，离开这个鬼地方。离开这愚蠢的死脑子。"

四十、古今轮回

在中国这块神奇的土地上果真就发生了翻天覆地的变化。唐山大地震和毛主席去世没多久，天道说变就变。中华大地如刚刚睡醒的雄狮，睁开了惊异的眼睛。大江南北两岸如蚁般的人们似乎嗅到了异样的气息，个个拭目以待。

耀昭感到有一种狂喜冲击着他，却有说不出口的兴奋。他从学校一回来就对祖倩说："广播里说，明年要恢复高考了！"

祖倩听了几乎要弹跳而起，她在心中默默祷告，我的尊贵的神啊，您终于睁开公正的眼了！全国有多少像我一样的人需要再登学堂啊，又有多少人不再被推荐上大学……祖倩的心狂了，顾不得村邻四舍的人们再嘈吵她和才才的事了。她从诽言谣语四起的窘境中一步一步带血地走了过来，像一路拼杀的战士终于闯出了枪弹横飞的荆棘林。

地震的恐怖虽然给人们带来的惊慌已渐渐消散，但当有人谈起唐山大地震时，人人还心有余悸，但又心存侥幸。前一段时间的淫雨，多变的气候，反常的天象，就预示着人类将有一场大灾难。这场大灾祸在全国各地滚动，说不准在哪块地方爆发，也许在南川县，也许在颜家河。但灾祸滚走了，滚到了唐山市。全国上下人人都有一种劫后余生的感觉。

柳秋桂在听了儿女们惊喜万分的消息后，平静得如秋天苇塘的风。她说："今是古，古是今。世事像这路一样，上了坡就是下坡，高了低了来回转腾。"

将圆的月亮钻出了云层，把纱似的光辉洒落在山间川道。天公永远是公道的，她不论高塬平地，热带冷域，也不管是高楼大厦还是贫民小窟，一样的脸色，一样的光耀。月光逐渐明亮起来，银色的光瀑洒向田畦，挂上树梢，照耀着人间各个角落。

屋里门道间，木门扇一头搭在门槛儿上，一头支在小凳上，前后门大开，任南来的风从屋宇穿堂而过。祖倩和母亲就坐在门道的门扇上。月亮极好，不用亮灯费电，月亮下柳秋桂拐着永远拐不完的纺线穗子。矮墙外槐树上的夜知了不时地鸣叫着，有的一不小心就"吱"一声栽了下来。露水早已潮上了，槐树叶子在月光下披着露珠散发出刺槐又苦又涩的气息。巷道里喧闹的人声随着夜静也沉落了下来，墙外两个人的对话如扔石头一样从墙头砸到祖倩母女面前。

　　"就这家的祖倩，心太高，还想凭自己的好看脸蛋跟肉身勾引人家大学生呢。我看，到头来还不是伤了身子又赔了脸。"

　　"可不要说这话，人家是同学。相好是正常的，再甭往歪处想。"另一个粗喉咙大嗓门说。

　　"唏，瞧你还不信。"细长腔调的人怪声怪气，"她嫂子亲眼所见，在她家灶火的麦秸窝里来么，甜甜还能糟蹋自己的小姑子？"

　　"那猴精的话不一定真。"粗嗓门的妇女是巷道斜对过的人，她说着就进了院子，"哐当"一声关了院门。

　　祖倩气得直想趴在墙头上痛骂尖腔妇人，却被母亲拦住了。母亲说："娃呀，不管谁说啥，只要不说到自己当面，全当耳边风。谁有胆量把这话说给你听，你就甭饶她。人说，东西越捎越少，话是越捎越多。别人的闲话咱只听，不要往心里搁。万事都不能凭听说，只有亲眼见才是实。"

　　"我二哥就这两天回来，我要把甜甜糟蹋我的这些事说给他。"祖倩提到甜甜几乎要哭出来，"妈，你说，咱一家有啥对不住她甜甜的，她为啥平白无故就恨咱一家人呢？"

　　"那多嘴爱说谎的人一辈子到死都是空话不断。"柳秋桂说女儿，"好娃呢，咱是为客的，也不跟她待一辈子，忍忍就过去咧。你二哥的那脾气你不是不知道。你可千万不要给你哥说了！再说，甜甜造谣也造了，你就是让你哥知道，两口子打了闹了，也收不回嘛，还给你哥装一肚子气。"

　　柳秋桂母女俩的话早已被放假回来的耀辉一字不漏地听清了，他没有像平时那样先上母亲跟前，而是径直进了自家的屋门。他把背包往桌上一撂，听见东巷口有甜甜的说话声，就进了窄道道，出了院子。

　　甜甜正和哲正吃着夜饭乘着凉，猛地发现走过来的耀辉，她感到有些不对劲，忙撂下饭碗上前招呼："你回来咧？"

　　早已气得头脑发胀手发凉的耀辉，一扬胳膊上去就给了女人一记耳光，打得甜甜似乎意识到了一点什么，但她却不示弱，"哇"一声大哭着，飞跑到墙拐角处捞了一块半截砖头叫骂:"我日你妈,你一进门就打人呢,啊啊啊……"

耀辉一个箭步上去,一巴掌打掉女人手里的半截砖,提小鸡一样抓住甜甜的短袖衣领,只听"嗤啦"一声响,衣衫扯烂了,他又一抡腿"啪"地一下就将女人绊倒在地,摁住胸,在脸上左右扇了几巴掌后,他还着意在女人的嘴上多扇了两下。甜甜连抓带挖,喘着粗气,还不住声地骂:"你颜耀辉狗日的有种,今黑把我失踪到你屋才算有本事……"

月夜一下躁动不安了,打闹声惊得村里的几条狗站在门外对着院子呜呜汪汪叫个不停。已七八岁的哲正哭着喊着叫来了柳秋桂。祖倩也跟在后面来了。

柳秋桂一看慌了,踮着小脚跑去,边掰儿子的手边说:"你疯了,耀辉?打媳妇不是这个打法。"见掰不开,柳秋桂情急之中趴到耀辉的身上,气喘吁吁地说儿子:"你再打,就连你妈也一块打。"

耀辉被母亲这一招制住了,他丢下甜甜,立起了身。吵闹声惊起了四邻,一哇声地围上来一群大人小娃。

月光下甜甜和耀辉一样的脸色苍白,哲正还在小声哭泣着。甜甜见来了人,气没处撒,往巷口的石头上一坐,连哭带骂起来:"颜耀辉,你个狗日的,不得好死的东西……"

颜二顺走上来,忙劝甜甜说:"你看你这娃,人多了,你还凶咧。对咧么,两口子狗皮袜子没反正,打过去就算咧。要知道给男人留面子呢。快去,俺娃去,再甭瓜咧,给耀辉做饭去。吃了饭啥事都没咧。"

甜甜也没去做饭,也没再敢骂。劝架的人一散,柳秋桂拉上儿子上了自己屋。

祖倩搭火烧锅,柳秋桂和面擀面。耀辉坐在门扇上一声不吭。

昏黄的小电灯泡落了一层厚厚的灰尘,像冤屈的魂灵吊在炕头上。耀辉越想对自己的女人越发心凉了。这两年为了甜甜向他提出的要求,叫他想办法盖两间小厦房子,他勒紧裤带,省吃俭用攒了两年工资,还借了一些外债,去年给甜甜和娃盖了土木结构的小厦房。耀辉想,我妈把我养这么大,还从来没向儿张口要过一条线,也没要过一个糖蛋蛋呢;你甜甜,跟娃在屋,吃着小锅饭,想上工上工,不想上工就睡觉;冬天哪达暖和哪达煨,夏天哪达凉快哪达歇;你叫给你大扯一截白绸布做衫子就扯了,你叫给你大收拾房也收拾了。可俺妈呢,还烟熏火燎地住在老土屋,没给她儿提出过半点要求,她不想叫她儿犯难么!可你甜甜,你为你男人想过半点吗?操心过家里一点事吗?担待过家里一星点事吗?你从来不问你男人可怜的一点死工资，东一撒，西一撂，还够不够在单位的生活费，你顾过吗？你不但对俺妈不尽半点孝心，还不允许我尽一点点孝心了？我当儿子的，自从有了家，哪有力量顾我可怜的老母？耀辉想着想着落下了倔男子辛酸的泪。

柳秋桂边为儿子擀着面，边数落儿子："你那倔脾气要改呢。啥事都是说下场的，哪有打下场的理？人说，当面教子，背后教妻呢。你不吭声拉住就打也不是个办法。"

耀昭回来了，他一进门就知道发生了什么事。听母亲数落二哥，他插了嘴："对这种女人打一顿也对。吃饱饭生余事。让她尝尝皮肉之苦是对的。"

好溜墙跟偷听的甜甜猫着腰扒在后檐墙的窗户外屏声敛气地偷听屋里的说话声。她本来是想听自家男人的话，却一个字也没听到。这会儿一听见耀昭的话就气得顺墙根爬溜了出来。

坐在石墩上，把儿子哲正揽进怀，擤一把鼻涕，仰头望着儿子的脸，说："娃，你快长大，长大了好替妈报仇，打那老狗日的！"

哲正睁着圆溜溜的大眼一声不响。

甜甜盯着脚下渐短的月亮畔畔，心也在变短变冷。她一忽儿埋怨自己的男人跟自己不一心，一忽儿又怪婆婆掳走了耀辉的心。她咋也接受不了自己的男人对自己不言听计从，却对婆婆百般孝顺的事实。她觉得，自己的男人就应当以自己为中心，以他女人为主才对，其他的人都是次要的；而耀辉，偏偏就把事弄颠倒了，老是以他妈为先，每次回来先上老婆子屋，给老婆子买些啥叫俺连看都不看一眼……甜甜每当想到这些就气得七窍冒烟，她恨不能变成魔鬼，把婆婆隐身过去……

仇恨的种子不该发芽却在甜甜的心地生长起来。

天地的变化常常牵动着大社会的变革，每个人也都会随着变。所不同的是，有的人变化细微，以至连自己也感觉不出。有的人则发生了裂变，变得令人难以忍受。耀昭就是一个大蜕变的人，像蛇蜕壳一样，几乎要了他的命。

自从申水浅无力帮他发表作品以来，他愈发感到了生存的艰辛。曾一段时间他搁笔不写了，他想不通，为什么在一个具有数千年文明历史的古城，会隐埋下这么卑劣的根系，直到几千年后的今天还肆意横行？申水浅，一个全国闻名的青年作家却在文化积淀深厚的古城受人排斥，被人忌妒，而盘踞在这一切之上的根基又是什么呢？

忌妒，这潜藏在人躯壳里的毒素，无时无刻不在作恶作怪，它能毁灭科学，摧残新生事物；它能使良知泯灭，使天良受挫；它能摧毁世界，使神灵发怒。耀昭一拳头砸在办公桌上，五指叉开，插进又黑又硬的发间。

放了暑假，校园里很静，有成群的麻雀在杨树上飞起又落下，像一群树的精灵。正午的阳光直射大地，把热浪卷得铺天盖地，爱咋呼的知了也热了，它懒得叫唤了，不住地从这树飞上那树。

溽热难耐的天气，蒸发得耀昭的头似要炸裂开来。他痛苦不堪，像被囚禁的罪犯一样。他又想到方红雨。他骂自己，恨自己，干了违背天良的事。他在心头高声喊叫："红雨呀红雨，你把爱情之箭射错了位置，你千不该万不该倾其几十年的情在我这儿赌一把！你明明知道我不爱你，不会娶你，你何苦把牛往这坡上吆？"耀昭也不明白，聪明的人为何往往在为自己制造悲剧？这到底是谁的错？谁在冥冥之中作怪呢？是爱情之神吗？爱情啊爱情，你到底是个什么玩意儿，能让红雨赴汤蹈火？而耀昭，怎就对这般倾心于他的姑娘丝毫不动心思呢？不要说爱红雨，他甚至对她在他面前的过于殷勤，过分的倾爱有了难以忍受的感觉。他说不清，这是红雨的过错造成的，还是自己人性的泯灭呢？总之，耀昭认为自己干了不该干的事，他想洗刷自己的罪恶却又无从着手。

汗涔涔地走出办公室，来到操场上，午阳正炙人，万道金光如万根火箭射下来。耀昭不能自己地把躯体平摊在空旷的操场上。本来是一个人字，他撂平双膊，又开双腿，又把一个人字变成了一个大字。任太阳光照射去，把躯壳里的罪恶晒干。把犯罪的欲望和渴念都平摊在操场里，让天地检阅去。

一场大怪病缠上了耀昭，使他在灭顶之灾中重新体味生活、体味人生。在这场大病灾中，他差点就见了阎王。

病来如山倒。满身的疼痛叫耀昭喘不上气来，他只有出的气没有进的气。病来时，他"妈呀妈呀"地喊叫，站也不是，坐也不行，躺下更是上不来气。他蜷缩着身子，蹴成一疙瘩，饭吃不下，水喝不成，几天时间折腾得瘦成了一把骨头，颧骨高高耸起，原先饱满的两腮吸进去两个坑，眼睛也深深地陷了进去，叫人看了活像一具只会眨眼的木乃伊。

祖倩和母亲套了架子车垫上被子把耀昭拉到附近的工厂医院进行了检查，医院输了几瓶液体就叫她们又拉回去。大夫说，检查后，心呀肺呀肝呀啥都正常着哩。可一回到家，病情一点没减轻。一阵接一阵的疼痛袭来，耀昭只能"妈呀妈呀"地叫，无半点力气与病魔抗衡。一阵子来时，他几近断气，双眼痴痴呆呆，脑子一派混乱。他感到世界要毁灭，地球要跌进无底的深渊里去了。他身躯里的骨节"咯吧咯吧"作响，眼冒金星；喘不上气来时，他忍受不了就喊妈。他弄不明白，到底是啥怪东西钻进他的躯内要他受煎熬呢。过一阵子又好些了，母亲忙端来饭碗，忧心忡忡地说："趁这阵过去了，快吃上几口。再不吃东西，这样折腾，咋了得！"

耀昭无力地摆摆手，说话声如游丝般微弱："妈，给我吃些白菜心叶子。"

不用炒，也不用盐等调味，白菜叶子在他缓过来一阵后"咔嚓咔嚓"下了肚，这让耀昭想到了啃吃菜叶的兔子。正吃着，他觉得病魔那股气从头顶进入了，耀昭撂下正吃的白菜，对母亲恐惧地喊："妈，妈，你看，你看可来了……"说着说着就又蜷缩成一团，战抖、喊叫："哎呀，妈呀，活不成了……"

柳秋桂急了，从灶火抓起一把麦秸点燃，在耀昭的头上身上边摔打边骂："还想要俺娃的命呢不成？快滚，不滚我就烧死你……"烧着烧着就显轻了点，过了一阵子又是那个样，黑白不分地折腾……耀昭想到了好友文书，想到了大柏树，想到了梦中文书的话："咱还要受磨烤呢。"这难道就是文书所说的磨烤么？耀昭也想到了死，此刻，他感到死去的人是世上最幸福的人。往地底下一躺，不受任何磨烤，不干好事也不再做坏事，不受人间何其多的折磨，也不再被人爱，被人恨了。

爱有时也是罪恶。方红雨爱耀昭几乎到了精神崩溃的边缘，她被深深地折磨着；她爱得耀昭百般烦恼袭来，痛苦难耐。她，方红雨又来了，大链盒飞鸽自行车往院门里一撑，急火火冲进了屋。她看着耀昭被折腾得一把骨头的躯体，人骷髅样的面额，她惊恐得大张着嘴半天合不拢。才几天时间把人折磨成这个样子，方红雨简直不敢相信自己的双眼。她傻愣了一阵，立刻就和祖倩母女抬掇着，把耀昭拉到了县医院。

心电图、脑电图、心肺透视等等对耀昭又进行了一次全面的大检查，结果还是一样，体征一切正常。耀昭对母亲说："妈，我知道了，我现在明显地感到有一种怪气息专捉拿我呢。他来时，总是从头顶进入，折腾得我没一丝力气了后，他就走了。他一走，我就轻省些，他一来又重了。"耀昭在病魔中思谋揣测着这股神秘的力量是来自何方神仙或鬼怪。

"妈，还得请顶神来捉拿。"从来不信神鬼的耀昭对母亲说。

顶神请来了，就是柳秋桂那年给过会的神仙，那年耀昭在神堂戳烂了人家窗户纸的男顶神。

他来了，不慌不忙，还是多年前的那副慈祥样。他笑着，说柳秋桂："老嫂子，你甭怕，这娃没事。"听口气，仿佛他早就知道耀昭会有这一劫似的。

天一黑定，顶神吃了饭，净了手，抓一把黄裱纸在耀昭的头上左三圈右三圈来回反复着转，嘴里不住吟着耀昭听不懂的词语。直到半夜时分，顶神命柳秋桂点燃蜡烛香火，唤来耀祖拿一只土瓦罐后，气氛一下子变得紧张起来。只见顶神闭了双目，脚在地上"嗵嗵"地跺了几跺，对耀祖疾声说："跟在我身后，不要回头看！到了十字路口，我把裱纸一点燃，你拿瓦罐在上头一罩，甭管我，转身往回跑，一直跑到院门后等着。记住，无论有多大的动静，你都不要回头看！"

顶神和耀祖出了门去。过了有一袋烟工夫，耀祖和顶神回来了。顶神把土瓦罐往门背后一扣，说："过七天，揭瓦罐，该盛啥盛啥。"

顶神被让坐到炕沿上，擦了把汗脸，笑了，说柳秋桂："老嫂子，这娃脾性粗暴，神磨烤他呢，想叫他出外干事去呢。你放心，过不了三天，他就端大老碗吃饭了。不出三个月，这娃要远走高飞。方向是西边。"

四十一、才才失踪

祖倩没黑没明地复习功课，她邀上燕玲一起进入到紧张的学习之中，为明年的考试作准备。

耀昭果就在顶神看病过后的第三天大碗大碗地放开肚子吃起来。他仿佛有几十年没吃饭了，吃起来有滋有味。早上的包谷糁被母亲熬得粘黄粘黄，散发着诱人食欲的浓香气；午饭要么是提花汤面，要么就是拨塔面，在母亲的限量下，他只吃到肚子不饿为止。

耀昭的病一好，全家人轻松了许多，忧愁烦恼一下子从屋宇涤荡了出去。祖倩学习的劲头更足了，每天和燕玲一直学到晚上12点。休息时才才的笑容不时幻作亲昵无比的气息扑进祖倩的鼻翼，叫她有了一种揪心般的烦恼。按眼下的时间推算，才才已毕业离校，该是回来的时候了，可过了一天又一天，既不见才才的人影，也听不到口信。祖倩陷入无端的猜测和疑惑之中。才才家离这儿不远，仅三里多路，她跑到才才的家，他家人说，已去过学校，学校说这一届的学生全回去了。才才的老师说才才比别的同学回去得更早一点，因为他没有参加最后的毕业庆祝活动。祖倩慌了，她放下手头的课本四处奔走，能找的地方全找了，能问的人全问到了，都说不知才才的去向。在打问才才期间，祖倩获得了一个不好的消息，就是国家对这一批工农兵学员不再实行分配制度，而是从哪来回哪里去，叫社来社去。走在回家的路上，过了一片麦茬地，到了棉田的阡陌间，祖倩的双腿像灌了铅，她一扑踏就坐了下去。她和才才几年来编织的美好花环就这样在骤然降临的残酷现实面前被击得支离破碎。这就是命运。曾多少次，祖倩放飞过幻想的鸽子，等待着才才毕业的机会，他带着她打着铺盖卷，告别生她养她十八年的母亲，告别给她几多欢乐、几多忧愁、几多幸福、几多祸端的颜家河村，告别这里的父老乡亲，和才才远走高飞了；飞到一个天阔云远的大天地，飞到一个人烟稀少、鸟雀稠密、野果飘香的异域他乡……从此，她和他不再为生存发愁，不再像父母一样为果腹而忧，不为养育儿女而累弯了腰……可是，这一切如今已成为泡影，成为她和他生命里的一个幻觉。难道这就是命吗？以往的大学生都是由国家统一分配、统一安排。志愿上边陲支援边疆建设的学生，国家给予一切优待政策鼓励大学生在广阔天地一展宏图，怎就偏偏在才才临毕业时就取消了以往的政策？这对她和才才无疑是迎头撞上了暴风雨，这太令人难以接受了。在这骤然降临的不幸面前，祖倩仿佛看到了一只无形的大脚，它从天外飞来，在她的头顶遮天蔽日，毫不留情地踏来，踩得她头上的花环变成了一摊稀泥。她的理想一下子破灭了，在短短的几天时间，两个人的命运就这样被裁定了。祖倩难以理解，为什么世上有那么多的女性都能够站立在幸运之神的冠塔上摘取那闪光的宝钻，然后在人生的舞台上轻歌曼舞，而命运却在她可怜的一点点奢望中就对她满目狰狞、百般摒弃呢？作为女儿身的她，她觉得自己没有做过违背天良的事，也没有干过有损天德的勾当，为啥命运就对她不宠呢？

　　棉花已齐人膝盖高了，粉红、嫩白色的花朵像喇叭朝天开放，有蜜蜂、蝴蝶在花间穿梭翩跹，还有蜻蜓来回飞动的身影。两天前才落过一场透雨，田禾都生得纤尘不染，太阳照直把光束洒下来，在濡湿的土地里蒸发起一层雾似的气流，又热又湿地罩在人的脸上。周围静极了，连一个行人的影子都没有，在一眼能望到塬根底下的秋庄稼上空拉起了一张网似的氤氲之气，罩住了田禾。雾网罩得远远近近的村庄像迷宫，天地间顿然昏暗了，浑然成了一片。祖倩似乎在网络间飘荡，打秋千一样晕晕乎乎。她一挥胳膊，想扯开眼前的雾纱，让眼前清亮起来。可是，她失败了，人怎能左右大自然呢？就像人不能左右自己的命运。她慢慢地倒下身子，把自己置于湿热的田间小路上，面对漠漠苍天，让自己的每一眼汗孔都贴住大地，独享无人知晓的天籁之音，聆听地轴的转动声。祖倩的心神陡然酣醉而起，摇晃着沉睡已久而猛醒的身躯，撞了出来，唱道：

　　　　天再高，地再厚，
　　　　谁也离不了谁的根。
　　　　每一棵草，每一滴露，

都有它应有的护神。

心再高，神再大，

谁也脱离不了谁的运。

运未通，逆难畅，

逢有神仙来到场，

你不必悲，你不必伤，

人生本来就是一场殃……

这是谁的声音？相似于树茂哥的声。祖倩睁开眼皮，一朵雪白的棉花花朵在脸前颤动，绽放着神仙般的笑颜。她"嚯"地坐起身子，对着天地大叫："才才，你在哪里——里——哪——里——"她的喊声冲进雾霭，在禾田上空回荡，荡得悠远悠远……

四十二、神性曙光

犹如在阴间走了一遭，耀昭在病痛劫生之后有了一种新的感受。他看到每个人的每张脸都是亲切感人的，空气是少有的清爽、甜润，鸟儿的叫声比歌儿还美好动听，连家家烟囱上袅娜的柴烟也似乎多了美姿，翩翩起舞。他有一种说不出的亢奋心情。母亲说，大难不死必有大福，这是神磨烤他哩，嫌他脾气暴躁，神要把他的棱角打磨打磨，要他认识到真神就在云头上。母亲还说，神时时刻刻在云头上观望呢，对做了无论是好事还是坏事的人都记着呢。耀昭深深地记下了母亲的话，暗自提醒自己时刻不要忘记云头上的神眼。

阴历的八月天是最令人醉心的季节，刚承包到户的田地满世界金黄一片，收获的喜悦挂在农户老汉的髭须上，烟袋锅子明明灭灭得更欢实了；老婆们的发纂盘得有节有致，把秋收用的筛子、簸箕一漫地拾掇了，有窟窿的补一补，缝一缝，挂上墙，立等大秋收的到来。中秋节给丰收的秋庄稼更增添了热烈激奋的色彩。

中秋节前两天，耀昭以平静坦然的心境来找申水浅。看门老汉说，申水浅一早就出去了。耀昭就站在门外的报栏闲看，以打发等人带来的焦虑。

忽然，似乎有一种感应在胸间悸动，耀昭的眼光被罩在玻璃框中报纸一角的招聘广告拽了过去。太阳正逢好时辰，把金色的光瀑流洒在招聘广告上。这是新疆一家报社刊登的招聘广告，说，为发展壮大该报的编采队伍，现向全国各地公开招考一批编辑、记者，并实行考试制度，该报将择优录取，对录取者给予系列的优惠政策，并办理有关录取手续。

耀昭兴奋得一蹦三尺高。他想大喊，想对着等级森严的古城狂跳，西安城啊，西安城，我颜耀昭再不会颤抖着寒身被人当贼撵着满巷子跑了。再不用提心吊胆地盼星星盼月亮一样乞求老主任手下留情，在我的稿件上签上夺命般的"发"了。世界这么大，我颜耀昭非要因死在你这堡垒般的古城墙里吗？这么雄伟壮观的四堵墙，圈起了几多老主任式的阴魂，盘旋在人车拥挤、嘈杂无静的古城上空，使新鲜的气流冲不进来，让新生代钻不出……

"等着吧，西安，我颜耀昭总有一天要让你承认的！"

耀昭顺利地通过公开公正的考试，在几百名参考人员中脱颖而出，被《拉格图》报社正式录用，成为国家一名名副其实的新闻工作者。

在办理完户口迁移及相关手续之后，颜耀昭的名字又一次在南川县的上空炸响，机关单位的人在啧啧惊叹之余，似乎嗅到了社会来风的新气息。毕竟颜耀昭是第一个跃出南川县的龙虎式人物，没有经过各级政府的同意就腾空而起了。耀昭的事更是震撼了塬上塬下的乡村野洼，很快在川道掀起了一场前所未有的狂飙。

一大早前来道喜的人就川流不息。有人显能说："我就知道这娃不是一般人，打小就能看得出。"岂不知说此话的人前两年还在说怪话，砸"洋泡"，把耀昭糟蹋得一无是处。颜二顺来了，他的身躯比以前更佝偻了，眼边又红又烂，他抹一把胡子上的涎水珠说："俺娃到底熬出头了。你大在地底下也心甘咧。"妇女们则拉着柳秋桂的手羡慕不已："老姊妹，你把娃供养成咧，也不亏了。"

收了包谷又种了麦，天刚一黑在村里就浮起了一层潮湿的凉气。老婆老汉及小孩不住地吸溜鼻涕的响声，把冬季拉得越来越近了。人就不再赤脚上地，穿了布鞋，也不再只穿件薄单衫，而是换上了保暖的夹衣。老人们早早地穿上了薄棉袄，年轻人则穿了腈纶毛衣、绒衣。又是一个农闲时节，上了年纪的准备窝在热炕上，年轻的尤其是有手艺的人就把眼睛瞅出了门，不想再守住那分到手的一亩三分地过活了，他们从耀昭的身上也看到了新的生活的起点，他们也不再想守着贫穷和艰辛过活了。

天一黑实，人们又陆续来恭贺，先是耀民来了，跟脚是聪灵跷进了门。

耀民喜出望外，异常兴奋，他告诉耀昭说："咱县街道一家汽车修理厂让一姓陈的人承包了，他在街上贴了广告，招修理工呢。我揭了皇榜一样，拿着他的广告就找上了门。人家一看咱啥零件部位都精，没麻达就收了！像咱俩这样的人，往后的天地宽着呢。"耀民话语中透出了自豪和傲气,他转身说聪灵:"正好,你也来了,顺便把这好消息也捎给你。不过,你要做好思想准备,过了多久,我会叫你离开颜家河村,去城里,当一个洋气的城里人。"

"你还是先把叶玲安顿了吧。"聪灵似乎很平静,水灵的大眼像一汪秋天的湖。她说耀民:"关于我,以后瞅机会再说。我还有过杰跟他爸爸呢。"说这话时,一丝哀怨悠悠地飘上她的鼻翼两侧。耀民最怕看到聪灵的这种神情,他的心像被人拧了一把,疾声对聪灵说:"你就甭操恁多心了。到时候,咱把事闹大了,把过杰跟他狼娃也都带上。他借了咱的荫凉,他也就不敢在你跟前恁张狂了。"

"本性难改呀!"聪灵无奈地叹了口长气,旋即又变换神态笑得满目生辉。她把一摞子用小包袱裹着的鞋垫打开来,给耀昭的母亲说:"嫂子,这是俺这段时间黑明连夜赶做下的鞋垫,总共八双。你给耀昭把这裹在铺盖卷里。一个人出门在外,知热知冷要凭他自个呢,路远了谁也操心不上。"

耀昭笑了,对聪灵的关心很感激:"有你的这些话,行千里路也暖心。聪灵,社会的发展对咱们是个有利时机,你也可以跟耀民先跥出这一步。我这一走就是几千里,想顾也顾不上。耀民走出这一步非常好,也是个进步嘛。"

屋外墙根下的秋虫还在拼尽最后一股劲叫噪着,想从寒冷的手中再夺回往日的辉煌。一股风扫过,把低矮的土围墙上几近干枯的茅茅草吹得沙沙响,有蛐蛐躲进屋来,在墙拐角聒叫。

杨水花挟着一股凉风进了门。她的大眼睛迅速在屋里旋了一圈,就惊呼起来:"俺耀昭哥都成了川道里摇铃的人了,不论走到哪儿,人都议论你呢。你们知道前村的瞎子溜儿咋说吗?他说人家耀昭啊,不愧是个牛牛娃!哈哈哈……"杨水花笑得前仰后合,把一屋子的人逗乐了,笑声震得屋顶木椽上吊拉的灰絮悠悠地荡了下来。

聪灵应付似的笑了笑就推辞出了门。

耀民心一沉,把大眼睛中间鼻梁上端聚成了一道竖沟。他说:"水花,今儿是在耀昭这儿碰巧遇着你咧,说你一句,你也甭不爱听。咱一个姑娘家的,一天稳稳重重的,结识人要认得人呢,不要把自己闪到坑里还稀里糊涂的。"

水花清楚,耀民指的是她和狼娃的事。水花先是低垂下头闷想了一会儿,突然就扬起脸来,满眼溢着眼泪花说:"每个人都有自己的难场。话说回来,俺要不是命不好,生在半山腰上,让家里大人箍住订了婚事,谁还想糟蹋自己呢。"杨水花吸溜了一下鼻涕,抹一把泪,扭身又笑了:"可话又说回来,人想得到的,就要付出些呢，哪有白吃枣不吐核的事？"

冷风从门道、窗缝间拼命往屋里挤，让一屋子的人都打了个哆嗦。一只灰色的野兔惊恐地跑错了门，到门口猛一惊，稍愣怔了一下，红色的眼睛在黑暗中闪过一道火光，窜去了。

第二天一大早，耀昭背上了铺盖欲动身的时刻，申水浅来了。耀昭从申水浅闷闷不乐的神情上看出了他的心事。

"咋？那帮老家伙又欺负你了？"

"人家排挤咱，在咱头上屙屎撒尿不说，还想在咱头上垒窝哩。"申水浅眼里噙着泪花，浓眉聚成了一疙瘩。

"你看……你看你这人……"耀昭气得无法再说下去，可他还是说了，"他们都是些啥吗？都是国家白养活的一帮饭桶，能跟你比吗？你给他们也要个二，叫他们认得你！不然，往后你再没好日子过。"

"每发一篇稿子都得他们通过。根本就不拿咱当人待。"申水浅灰黄的脸色给烦恼涂抹上了更浓的色彩，"中秋节发月饼，人家偏偏不给咱发。"

耀昭"噗哧"一声笑了，他心想，淘米时掉了几粒米都心疼得唏嘘半天的这个朋友，在几包月饼的损失下难以接受的程度就可想而知了。

一个在中国文坛的桂冠上闪光的骄子却有着惊人的吝啬！仿佛光芒四射的太阳出现了幽幽的黑洞。

耀昭一乘上西去的列车，这才仔细打理一下自己的思想，总觉得还有一件没做的事。噢，对了，是方红雨。一直都没见方红雨来道喜或送行的影子，匆忙之中，他也没抽出身子去找她道个别。一种内疚的心情猛地就揪住了他的心。

三秦大地在车窗外迅速地被车轮子甩下，甩下的还有耀昭挥之不去的依恋。他看着窗外后移的田野、树木和村庄，将脸紧紧地贴住玻璃，他要让家乡的景色在眼里多停留片刻。平时显现不出来，当要远离的梦想成真时，人却一下又难舍难离。这么多年，他奋力拼搏在终南山脚下，泥里水里雨里雪里汗里血里蹚过来了，为的不就是要挣脱出来，远走高飞摆丢开奴役般的生活吗？怎么真的到了这一步却又留恋、悲哀了呢？一种苦酸苦酸的滋味徘徊在心间，两滴大大的泪珠凉凉地顺着耀昭的脸颊淌流。

他想到了好友文书，想到了村里的老柏树，想到了聪灵、耀民和狼娃，还想到了二顺叔，想到了家里的兄弟姊妹和母亲，还有碾盘以及碾盘上的童年故事，依依惜别的情绪在胸间冲荡，冲得泪水模糊了车外的景色。列车飞驰，奔跑，碾盘压着离乡人的心。满车箱摇动的人，都如空中飘浮的云一样，要寻找自己的归宿，而耀昭就是其中之一。他一把抹去脸上的泪痕，在心头嘲笑自己，你这是咋咧？这么多年的努力不就盼望的是这一天的到来吗？怎么就女人气起来了？

啊，女人，母亲！

他还从未发觉在自己的铮铮男儿骨气里竟然潜存着女人气！这让他想到了母系社会最原始的女性，一定是一位能独体孕育人的第一位人。后来，在人类生生不息的繁衍进化之中，随着地球的裂变，气候的改换，人才分了性，有了男和女，不然在男人的血骨里怎会蓄隐着这么强大的女性魅力。耀昭颠簸在始祖的箩筐里，享受着远古的幸福。

离别造奇迹。人只有在离别的时刻才闪耀真情之光。

"对不住了——方红雨！"耀昭把自己的心魂抛出窗外。对着渐渐隐去的秦川大地深深地鞠了一躬，并向方红雨喊出了一直无法张口说的话："你是一个好姑娘！"

四十三、时代潮涌

耀禄终于奋斗到小包工头的地位了。他带了由近二十人组成的小小建筑队，除了给私人揭房溜瓦再盖房以外，他还能在工厂里承揽下建筑活。不到一年，他发了，在给一家工厂搞建设工程中，除了给按大工、小工的人付过工资之外，他整整净赚了三万多元。

颜家河村沸腾了，又掀起了一波狂潮。从来没见过大钱的庄稼人惊得瞠目结舌，舌头僵硬得打不过弯来。"我的老天爷呀，这一万是多少？三万多元恐怕要拿汽车拉呢！""我的妈，有恁多的钱，八辈子都不用再挣了！"还有不服气的说："听他把牛皮吹上天，世上钱都给他揽咧？谁不知钱难挣屎难吃，哪达有恁容易就弄来拿万说话的钱呢？"

耀禄成为方圆第一暴富者，万元户！他在村里第一家撑起了三间一砖到顶的红瓦房，买置了一台四轮车。四轮车在盖房时拉沙子拉砖拉瓦，出尽了力，平时在麦收时节还能拉麦捆，拉完麦捆还可以换上犁铧再种地。

给耀禄提婚说媒的人能把门槛踢断，整整一忙罢柳秋桂被上门的媒人搅得疲乏不堪。刚打发走一个男的，又来一女的。今儿来一个年轻的，明儿又来一年老的。现今的生活都渐转好了，一般的米面饭端不出手了，柳秋桂养了三五只母鸡，下的蛋舍不得吃上一个，全用来招待了媒人。还有大方的姑娘主动送上门的。

宽房大屋结束了居住了好几代人的土坯房的历史。活泛起来的人渐渐从迷雾中睁大了眼，暗暗在心头下了势，瞅机会好好赚一把。

夜里，耀禄跟着母亲坐进了宽敞的新屋里，早早关了院子的大铁门。

"娃呀，你也二十六七的汉子了，该娶妻生子了。找一个稳稳重重的就对咧。人说，男人是耙耙，女人是匣匣，只要会过日子就是好媳妇。"母亲坐在门里说。

门外的儿子说："咱找就找个洋气点的。我看白天来的这些没一个顺眼的。"

"嫌妻没好妻。要洋气的你可不好伺候呢。那墙上的画里的人洋气着呢，能烧锅燎灶给你戳锅底不？"

耀禄话题一转，说："妈，我这得是也算是给先人争了气了？这阵子村里人都眼红咱呢，可谁知道我这些年在外头受的啥罪，吃的啥苦？开头在人家汪占尚手下干活，咱跟狗一样给人摆尾巴，为啥？咱怕人家不要咱、辞了咱。后来，为了学上人家在社会上的这一手，我给人家洗衣服呢，连人家睡了女人的裤头都洗了。妈，自长这么大，我连动手替你洗个手帕都没有过，你没叫我给咱锅底下塞过一把柴，可在外头，我都替人干过。记得有一次，汪占尚为了取得一个女人的欢心，千方百计满足女人的要求，给女人开小灶，就叫我烧锅呢。等把荷包蛋煮好了，我的脸也抹成五麻子鳖咧。汪占尚和那女人一看我那脸相就笑弯了腰，我也跟着人家笑……岂不知，咱心在流血呢！后来，总算得到了他的信任，把一摊子交给了我……"耀禄缓慢的语气在空阔寂寥的院落踟躇徘徊，像老鸭子望着鸡上架后扭动的脚步。这鸭掌般的声调踩得当娘的心阵阵酸痛。

柳秋桂灰白的稀发在门里蓬起一绺白光，把黑屋照亮了。她说："俺娃走过来了，就是好年景。往后的日子长着呢。咱有钱了，说话还格外要注意呢，不伤人，不摆阔，把村里的穷人瞧起。妈这一辈子也没啥本事，活一辈子，缝缝补补，总算把你们兄妹拉扯成人。对穷人富人一样的看待。咱不瞅红灭黑，也不耍张，稳稳实实过个日子。"柳秋桂说完这话，又不无担忧地说，"你也该成个家了，再甭教当娘的为你操心了！"

也许是耀禄的姻缘到了，不久一个叫红红的女子缠磨上了耀禄。都不小了，两家很快一撮合，秋忙前就结了婚。

了却一桩心事，又迎来小女祖倩的考试。柳秋桂看着女儿没黑没明地趴在屋里学习，连门都不跨出一步，她踮着缠过又放开的小脚一会儿转前院，一忽儿转后院，不时提醒说："当心把眼睛瞅坏了。"祖倩像没听见一样，头也不抬一下地自顾自地复习。天色一暗，她这才睁起困涩的眼一瞧，眼前罩了一大片网。

高考制度恢复的第一年，给村里的年轻人输送了喜人的信息，个个摩拳擦掌，以待上阵。尤其是过去家庭成分不好的子女，他们更是犹如嗅到了骨头味的狼一样，都想把压抑了多年的光辉从高考中释放出来，以向世人宣示，狼就是狼，骨子里从来就没有过羊的髓。上上下下，上至三十多岁的男子，下至祖倩、燕玲一批的离校女子，人人争相上阵，去摘取幸运塔上的夜明珠。

这次考试是每个人生命的拼搏，也是一个新的开端、新的起点；同时，也是一次灵与肉的拼杀，一场与推荐上学制度相对垒的残酷搏斗。

坐进考场上的各色人等，都怀揣一颗复杂多变的心情在答卷。但他们都有同一个目标，就是一定要考上，给推荐制的不公平一个响亮的耳光！这是人的挑战，也是人对社会的挑战！

颜家河村的社会青年共六个人参加了公开招考。在望眼欲穿的焦心等待中，只有祖倩一人接到了录取通知书。她被南川县师范学校录取了。

燕玲拿着祖倩红红的入学通知书放声哭了。她哭的内容无非是有两层，一是为好友走出颜家河村而感动，二来也是为自己没能考上而痛心疾首。燕玲哭得泪水涟涟，而祖倩却格外的平静自若，仿佛这一切就在她的意料之中。她不惊也不喜，也没悲伤，不住地劝说燕玲："你再复读一年，明年重新来。"

燕玲哭得更伤心了，两只大眼睛红湿红湿的，又黄又淡的眉毛也潮红了。她摇着头告别了祖倩。

出了门，燕玲不想马上回家，她顺着河沿，走过一片菀枣林，拐出队里的饲养室门前的拴牛桩，下了洗衣妇们常走的小慢坡路，就来到了河边。坐上一块洗衣用的青石板，看河底的小鱼自由自在地游来游去，嗅着背后坡上牛粪沤烂的刺鼻气味，她忽然就看到了自己，闻到了自己出生时的气息。那气息似一股浓辣的牛粪味还夹杂着血腥气、屎尿的臭臊气……燕玲不止一次地听邻家蛮五婆说过关于自己的事。

在燕玲和耀民的上头，母亲一连生了四个女子，气得燕玲他大成天喝酒，无心干活，动不动挥胳膊扬腿打婆娘，骂："你那是个啥肚子，咋就不转向呢？一下一个不顶熊的。难道这世上的女娃子都钻到你的肚子里咧！鸡屙蛋还有个尖的圆的呢，驴日马还下个骡子呢，你咋就扎了女子窝咧！"他骂人时，常常吓得婆娘钻进灶火抱住头发抖。

谢天谢地，总算有了耀民。耀民大一高兴就蹦上了墙头，把鞭炮放了整整一早上，大叫道："俺也有顶门杠的咧，看谁驴日下的再敢说我绝门子！我还要三个、五个顶门列户的呢。"跳下墙，哈哈大笑着，抱住坐月子的婆娘猛亲起来，说："你这肚子终于转风向了。我说嘛，咱是麦种咱怎能长成苞谷呢？我还叫你给咱继续屙，屙他个十个八个顶门杠的，齐刷刷一站，顶顶威风！"

到了生燕玲时，那天，屋里没一个人。早上燕玲娘从场里提麦秸回来，一进屋门，门槛儿就把她绊了一跤，她"哼"一声重重地摔倒在炕脚地，羊水冲着血水哗一下淌了一裤裆，一个女婴哇哇叫着落草了。燕玲娘情急之中颤着手，淌着汗，脱了裤子，先掰开娃腿一看，是个女子，心一下瘫了，本想撂在地上不拾，或干脆掐死，但毕竟是娘身上掉下的一蛋子肉，红嘟嘟，热腾腾，手脚乱拨拉的活脱脱一个娃么。她用牙咬断脐带，拿破衣裤擦了擦娃身上的血污，顺手往炕上的被窝一塞，精着尻子收拾完脚地的脏物，刚想关门挡住门道的风，却见屋檐下一只燕子歪着头，大睁着圆溜溜的豌豆大的眼冲炕上唧唧喳喳地叫，叫声比平时脆得多，像响铃，她后来给娃起名就叫燕玲。

生时受了凉气侵袭，燕玲发烧不止，浑身蜡黄，气息微弱得像随时都可能死去似的。她大每天给门背后靠一把铁锹，随时准备把她像拎一只死去的小鸡一样提出门埋到野地里去。而她，终于扛过来了，过了些天奇迹般就活了下来。后来长大了，母亲说燕玲，大难不死，定有好造化，有后福。是该到世上的人，想灭也灭不了。

太阳向西塬下沉去，黄得没有热量，像一只鸡蛋黄，囫囵的那种黄，把河水映得像涂了黄腊。燕玲在心里说，妈说我还有后福，能有啥福，本来就是个多余的。眼下都二十出头的人了，学上不成，又没踏谋下个好对象；想再补习，一年百十元的学费谁给呢？喜爱唱歌的燕玲忧愁了，烦恼来了。她转瞬又一想，能嫁给个有钱的也就有福了。

夕阳枕上了塬塄，黄亮得似乎人一上塬就能摸得着一样。河塄上拴牛桩跟前的黄牛尾巴不住地"啪啪"甩打着蚊蝇。在一阵呼儿唤女喊喝汤吃饭的大合唱之后，东场里响起了男欢女乐的嘈吵声。那是村上为庆贺祖倩考上学立杆绷布准备放场电影的热闹景象。

四十四、麦场夜色

电影帐幕正面向东，背面靠着狼娃的厦屋山墙。空旷的东场黑压压人头攒动，你呼我唤。文化生活贫乏极顶的乡民们扶老携幼，跑的跑，跳的跳，弯腰的，弓背的，跛着瘸着的都到了场。连邻村的也挟了小木板凳三五成群一前一后地来了，齐聚集到东场的西边，抢占着距帐幕近的地方。有了这种热闹去处，也给谈情说爱的年轻人提供了一个机不可得的时机，他们不为看电影，一个心思用在相爱的人相依相偎上了。于是，东场边上，麦秸垛里，土坡草丛中坐满了一对对被爱情炙烤的男男女女，贾叶玲和哲光就夹杂在这其中。不过，他俩不是在麦草窝里，也不在草棵间，而是钻在石碾盘的下面。

这儿最僻静，也最黑暗，因为碾盘在东场的最北边河岸上，离最南边的电影帐幕刚好有一段距离，谁也不会到这儿来。碾盘闲了，如今连电磨也闲置在小破房里了。懂电路的耀民进了县城，他被人雇佣了当修理工，前些天还叫去了聪灵，说是给这家修理部卖汽车配件。

石磨盘如今几乎被人遗忘了，扔在河堤上一块扑出的闲空地里。因为地势的缘故，磨盘下的空间就显得更大更宽敞了。贾叶玲说："哲光，你还想得起来想不起，咱俩那年在这磨盘下躲冰雹的情景？"

"傻瓜才记不得呢。"哲光似乎很得意自己能想起那时的事，跟他母亲一样的小眼睛往上一促一促，鼻子没鼻涕还一吸一吸的。她一把将叶玲拽过来，说："婶，他颜耀民看不上你，不要你了，我要。我就觉得你是世界上最好的女人，比天上的王母娘娘都亲。"

叶玲的大眼睛立刻就汪上了两窝水，龇牙子被厚唇包不严地断然说道："少胡吧吧！谁说他不要俺了？他再过一向也把俺接县里去呀。"叶玲嘴上说的硬，心却软得如一滩泥。她想，你颜耀民害得我守空房，跟寡妇一样，你错了。你狗日的把算盘打错了。没有你，我比有你还受活。哲光这些年已成精壮壮的大小伙子了。她脑子一边闪动着骂耀民的思想，一边就伸手抓住了哲光的那个东西。

南边的电影场上人们聚精会神，悄没声息地伸长脖子，张大嘴盯着银幕，北边河岸的碾盘下罪孽也狰狞地在张牙舞爪，一场人肉的搏战在悄悄地、激烈地进行着。

一阵嘈杂声响起，银幕上没了影子，放映机上的灯泡亮起来。换片时间，场上呼娃唤娘乱成一片。憋尿的到处寻黑影地方放尿，河沿岸成了男子撒尿的好去处。于是，三步一个人影，五步一个黑桩子，齐对准河往下"哧哧"地尿下去。尿水子打在草棵上发出沙沙的响声，惊得青蛙呱呱埋怨着，扑腾扑腾跳下水。

哲光喘息甫定，弯腰坐起来，碾盘下剩下的空间刚够叶玲坐起身，但头还要稍低一下，她只能弯弓着腰坐着。赤裸裸，汗乎乎，臭汗味夹裹着淋了几场雨被沤了的麦草气很浓很烈地从碾盘下徐徐飘上来。一阵扑扑踏踏的脚步声疾驰过来，糟了，有人来了！碾盘下的两个人都屏住了呼吸，都在揣测，应该是谁来呢？难道有人发现了这个隐秘的避风港？虚惊一场，原来是有人跑这儿撒尿来了。这驴日的，还专门把憋急的尿撒到碾盘的拐儿上。因憋得过久，尿完尿的人一边把牛牛往裤裆里塞，一边说："舒坦！"走时，还噗噗地挣着放了两个响屁。

"哼哼"，哲光只从鼻孔笑了两声，骂，"驴日的肚子装了一包包谷糁子，连屁都是苞谷味。腾空了尿泡还舒坦呢，他哪知道咱俩这才叫真舒坦！"

"妈，妈哟——"是女儿巧巧的喊声，叶玲一个古碌爬出碾盘，突突突地跑去。

哲光慢腾腾钻出碾盘时，电影也快散场了。妹妹玉莲跑上来说："哥，咱爸到处找你呢，你钻到老鼠窟窿咧？"玉莲也已是15岁的大姑娘了，头发很稠，扎两根又粗又长的辫子。她不乐意地责怪了一声，扭过身走去。

东场上为祖倩放电影，祖倩却一点兴趣也没有。自从搬住进新房，老房撂给了耀辉，几个月她都没去老房看一下。她绕过热闹的东场，从上场垴绕了大半圈，走小庙过去，到了老房。

房屋没人住破损得更快。头顶的漏洞更大了，也稠了，能看见天上的繁星在眨眼。屋子黑黢黢一片，有陈年老尘灰浓烈的土腥味；老鼠在没有炕席的炕上穿梭怪叫，一只白色的野猫在门道里瞪着发红的眼箭一般蹿上去，一爪搭住了一只大老鼠，老鼠连叫的机会都没有，就被呜呜吼叫的猫擒出了门。祖倩打了个咯噔，浑身起了一层鸡皮疙瘩。灶火还是原来的灶火，尽管灶台上少了大锅，只留两个又圆又大的黑洞在灶间，她对灶火还是有一种格外亲切的感受。她就在这灶火的热炕上诞生，在这间土房里长成人，这里曾容纳过她人生的万般悲喜和忧怨，以及老母亲像纺不完的棉花线一样讲不完的故事，还有才才搂着她亲吻时的气息。一阵阵的惘然若失拂上祖倩的心头，她又猛地醒悟过来，原来是杳无音讯的才才让她揪心、忧烦。黑暗中，她对着曾把心魂留在这里的灶火疾呼："才才，你到底去了哪里？是带不走我，不好意思再相见，还是另有了新欢？……无论怎样，我都要告知你，我终于考上学了，但愿天地有灵，心心有应。"

祖倩同时从心底里感谢考试制度的恢复，感谢新的政策带给她的公平和公正。她深深地被感动着，从心魂深处向远在历史长河上游第一个发明了科考制度的先哲跪下了敬佩的双膝……

忽然，从后院传来窸窸窣窣的响声，接着有人翻后墙嗵一声跳下来，水花的声音跟着传了进来："你抱我上来嘛。"祖倩知道，狼娃和水花翻进来了。她连忙躲进前门口耀昭原来的小毡房里。

狼娃和水花一进门就在炕上铺了烂床单，俩人先是搂抱在一起胡闹腾了一阵后，狼娃说："你姑这老房是咱俩的避风港，在这儿弄事，鬼都不知道。我那碎狗日的儿子过杰像狗一样盯着他爸我呢，盯得人不舒服。"

水花骚情卖俏地哆着声嘻嘻怪笑，一尻子就坐在狼娃的肩头上，晃悠。

"噫，我老说问你呀咋就忘了。"狼娃仰起脖项，黑暗中神速地眨巴着白眼窝子问，"你家咋搞的，你姑姓柳，你却姓杨？"

"你瓜实咧，俺姑是柳家的女，俺大是杨家的儿。俺姑是俺婆从柳家沟带到杨家俺爷跟前的，俺婆后又生了俺爸。你说俺不姓杨，俺姑不姓柳姓啥呀？"水花一个劲地晃着尻子，压得狼娃鼻腔一扑一扑地响。

"你说心里话，"水花接着问，"聪灵被耀民叫着上了县城，你心里不憋气？"

"憋啥球气呢。"狼娃嘴上这么说，声调却提高了八度，"明给你说吧水花，我把她就没在眼里磨，打摺锤子。她想跟谁跟谁去！再说了，我还盼着耀民那傻球把她弄去呢，我装作啥也不知。赶明儿他耀民驴日的发了，我也能沾个光，借他的荫凉，咱也想办法住到县城去。到底么，花花彩彩的世界比咱在这泥水里挣命强得多。"狼娃说着说着，一搭胳膊把水花搂抱下来，让水花软软地睡在他盘起的腿间。他眨巴着眼看着从窗户照进的微光里，水花白得如花的脸颊："到时候，我就把你带出去。叫他山里的人瞧瞧，你杨水花是多么洋火的一个女子！"

……

祖倩早已悄悄地溜出了院门。黑暗像巫婆的长袍一样包裹住了犯罪的孽障，罪恶如人类的顽瘤一般成长在人的血液里！祖倩在黑暗中走着、想着。她不知道，造物主为啥把人捏成男人和女人，还给这么多的人每人都安有一颗不一样的灵魂。浩浩宇宙，漠漠无垠的苍穹，几多生命，几多种属，小至包括每一只微尘中人的肉眼看不见的小虫，大到大象、狮、虎之类的物种，都赋予了不同的性情，不一样的生活轨迹，造物主累不累呀？这万物的性灵都来自于太阳和月亮，是万变不离其宗吗？世界其实就是由阴和阳组成，阴阳创造了世界。世界就是在阴阳的搏斗中派生出来的。

派生的过程中，人间就有男人和女人。

四十五、翻新浪潮

村子里不断地发生着质的变化。祖倩上学去了，由于耀民的引荐，狼娃和水花也进了县城。狼娃一开始是给雇耀民和聪灵的主子从西安进货，每月进两次。狼娃浑身是劲，汽车配件都是些铁疙瘩，进货很费劲，要凭力气扛麻包，回来再卸车。每月给开上200元，也算是没亏待他。在机关上班的人，每月也就是百十元的工资。狼娃也满意。过了半年，耀民成了修理部的主子，原来的老主子挣了钱，到政府那边的大街道承包百货大楼去了，把这一摊子撂给了耀民。耀民经管后，随着汽车的增多，生意也越来越好，人手也更紧了。他又叫了媳妇叶玲和妹子燕玲来帮忙，门面也由原来的两间扩展到三间。聪灵和燕玲站柜台，卖配件，叶玲专门在里间房做饭。耀民又雇了一个懂汽车修理的小伙计当帮手。一河水开了，生意做得红红火火，有条不紊。

狼娃进县城没过两个月就给水花在县政府对门的正街道租了一间门面房，本打算计水花卖个小百货，可水花一口咬定要学理发，她要开一家理发店。整个南川县城只有北街有一家新型的理发店，再就是南街、东街、西街各一家店，每家店里都是祖传的剃头刀手艺。水花感到自己对人头非常有兴趣，每当看到街上的行人之中有一种新式的发型出现，她都会激动得心跳。也觉得，人的风度全在头发上。

来到了县城，杨水花如鱼放进了水里，她走街串巷，看不够，花花彩彩的商品令她眼花缭乱。每天早上城里人都吃油条喝豆浆，挎着篮子去买菜。自由市场是早晨最热闹的去处，看小市民们挑挑拣拣，在菜摊上翻来翻去，嫌柿子红了，黄瓜青了，讨价还价是这些小市民们最得意、最惬意的时刻。他们一律白煞煞的脸，没有农村人被太阳晒出的又红又黑透着结实耐用的面部，他们连手指头都是白细又长，活像埋在地底下的茅草根，给人一副病恹恹的感觉。夹杂在这一群人当中，杨水花似乎比他们多了几分娇媚。粉红的脸蛋，水灵的大眼，只是神情上似乎很难与长期生活在以工商为生存根基的城里人相融合。还有她从小爬坡上山养成的总想撅着尻子走路的姿势，把山民本有的气势毫不保留地体现在她又圆又凸出的臀部上。狼娃说，水花的圆胯骨最招男人爱，搭手一摸像饥汉子吃到了油香的肥肉，而水花却时常对自己山包一样的臀部伤脑筋。她最感得意和自豪的是自己的水蛇腰。腰节很长很长，再往下就是两坨尻子，连她自己有时也很气恼，咬着牙说："长恁多的肉干球！"

杨水花给北街的新潮理发店交了50元学徒费，学了整一个月，她就把推、理、烫、刮的手艺学到了手。刮胡子的手艺她是最拿手，连店老板都吃惊得眼瞪得核桃大：带了几年徒弟，还是头一回碰上水花这么手脚麻利、一点即通的新手。

门店开起来了，理发的一套家具是狼娃领着水花上西安给耀民进货时顺路捎上的，一漫新式的吹风机、剪子、镊子、冷烫精等。理发店就写上"水花理发店"。

天色渐晚，南川县城在最后一抹夕阳里灰暗起来，几条街道一下冷清了许多，昏黄的路灯没精打采地看着零星驶过的车辆和行人，路两边的楸树悲天悯人地把黄叶一片两片地撒下来，在水泥地上打滚、哀鸣。只有东头的电影院门前还热闹非凡，人头攒动。商业门店都打了门，整座县城骤然冷清一片。

水花一块一块地将木板门按进上下槽子里，也关了门。一间小门店，只能放五把椅子，东西两边的墙相对长些，紧紧巴巴各塞下两把椅子，北面是门，门的右拐角是洗头处，左拐角有一小门，里间仅置一张窄床，供水花晚上睡觉用。前头放一只木箱，木箱架下放置锅碗勺瓢等生活用具。坐进椅子里，水花长叹了一口气，仿佛轻松了许多。狼娃把她扯过来，让她坐在他的腿面上，眨巴着白眼窝子问："这回满意了吧？就为给你摊场个这，我四个月的工资没敢花一个子儿。把你看得比自己的婆娘还贵重得多。"

水花一撇嘴故作不屑的样子白了狼娃一眼，啥话也没说。狼娃掀起水花的红毛衣说："今黑太乏了，就算咧。吃个奶，吃个奶就走。"一口上去就嘬住了水花的乳头。"哎呀，你咋成个瞎熊二球咧。"水花被嘬疼了，大叫了一声，从衣摆下把狼娃的头往外拽。狼娃把头抬起来，一脸的疑惑："咋，碌碡还没拉上坡呢就想一脚蹬了？"水花旋即笑了，又骤然拉下了脸，猛地就起身从头上脱了筒状毛衣，眼里憋满了泪水，把白暄暄大白馒头似的奶子赤裸裸颤抖在日光灯下。她两手掬着奶子，满肚子委屈："你吃，你嘬。又不是跟你头一回，俺还遮着掩着咋呢？反正活着是你的人，死了是你的鬼……"她说着说着果真就呜呜地哭起来。狼娃忙拉了水花的毛衣，胡乱地给她往身上穿："跟你要呢，你还当真了。快穿上，甭冒风了。"水花撒娇着使性子一甩胳膊不穿。狼娃抱住水花重新坐进椅子里，哄她："我把心都掏给你了，我知道你不会忘了我。"

重新穿了衣服，水花坐在狼娃的大腿上，担心地说："你说，山里那个鬼一个劲地催俺大叫俺跟他结婚呢，咋办呀？"

狼娃知道她指的是山里的瘦猴安平顺，这个可怜的山中猴也不撒泡尿照照自己，看跟水花配不配，不是癞蛤蟆想吃天鹅肉吗？这么白细肥美的女人身，能跟你睡一搭？哼，做梦吧。狼娃这样想着，说："结屁的婚！他能伏住你？"

水花长吁一口气，为难地说："不结婚，就牵扯到俺大给人家退赔的事呢。这么多年了，每年的时事八节，带彩礼，订婚的宴席，最少得个将近五千块钱呢。天哪，杀了俺大也拿不出这个数。"

狼娃一听这么大的钱数自己也无能为力，就拉下水花的手，闪动着白眼窝子陷入了沉思之中。水花忽然计上心头，她说："干脆结就结。我有办法对付他。"狼娃困惑地盯住水花的脸，说："结婚头一天黑咧，你能躲过他？那可跟饿极的狼一样。你是体会不出来，男人到了这个年纪，想弄女人比啥都难受。有时想这个事了，都想杀人，想跳井呢。"

"你甭操这个心，我有办法。"水花的双眼爆出了蛇般的毒气。

秋毕竟深了，冬就在眼前。

西北边陲的拉格图市是一座美丽的城市，她坐落在天山以南，是口内人进入南疆，到印度、巴基斯坦等国的主要通道和必经之地。这里物产丰富，水肥草美，瓜果飘香。龙凤河从天山尚下，直扑拉格图市，穿境而过，把拉格图市分成两部分，东边是新城，西面是老城。这里有闻名世界的我国海拔最高的高山牧场——巴音布鲁克大草原，有全国最大的淡水湖和沼泽、湖泊。这里天高云淡，地阔水清。这个市十多个民族组成了一个占地56万平方公里的大家庭。耀昭来到这里，正是瓜香葡萄甜、蜂飞蝶舞的金秋时节。

耀昭走在大街上，看不够的稀奇，欣赏不完的异域风情。他恨不能使全身都长上眼睛，把在内地梦都梦不上的景致尽收眼底。过古尔邦节的城市街道，到处是鲜花盛开、姑娘的稠辫飞飘和花裙旋转着的舞姿。老人把喜悦也挂在长长的胡须上，把欢乐跳动在冬不拉的乐器中，连三岁的小巴郎（小男孩）也跳弹着皮靴，小手挥舞着，肩膀一耸一耸旋动着稔熟的舞姿。耀昭站立在舞姿翩翩的热闹场景中，被一小男孩吸引住了。这男孩子顶多有六岁的样子，身穿破旧的衣衫，在人圈外，人行道边的香梨树下，跟着人圈里的乐器不住地扭动着小身子，一个人默默地弹跳着，把天真纯洁荡漾在小脸蛋儿上。他的脸圆圆的，是任何动物幼时那种又嫩又可爱的圆。他眼睛特别大，有神又机灵，长长的睫毛一忽闪一眨动，像黑蝴蝶飞到了海面，给人一种神童般的感觉。耀昭蹲下身子，问："你叫什么名字？"

"关安安。"他的语调很平稳，让耀昭吃了一惊。

"你一个人?"

"叔叔,你能给我钱吗?"

"干啥?"

"妈妈病了,得买药,吃了才能好。"

"那你爸爸呢?"耀昭感到奇怪地问。

小男孩努着小嘴摇了摇头。大概关安安看出了大人的为难,一拧身打算跑去。耀昭一把抓住了孩子问:"你在哪住?"小孩抬手往南边的大街尽头处一指,"靠河边,大桑树下。"

耀昭来不及思考太多,就在身上翻找了起来,翻遍了全身所有的口袋,除了车票之外把仅剩的 30 多元钱全塞给了小男孩。小男孩似乎被吓着了,慌恐地接了钱,连连作揖叩头:"谢谢叔叔,谢谢叔叔。"

小男孩像黑色的精灵穿过十字岗亭,往龙凤河边的小巢飞去。

耀昭很快从《拉格图》报社办理完了一切手续,报社为他安排了宿舍就住了下来。单位的单身汉一律上市委办的食堂就餐。钱全给了关安安,晚饭成了问题。耀昭立刻找到社长乐天平。这是一个矮瘦的秃头小老头,上海人,是当年在支疆建设中用闷罐子车拉到这里来的。老头白白净净,一脸的喜色,边陲的风一点没在他身上留下痕迹。耀昭在心里敬佩这老头的和善,只是他时时扯响的女人腔调叫他听了不顺耳。

乐天平把耀昭的报销车票和招聘来本地工作的优惠补助,冬装补助费呀,冬炭取暖费之类的一次性报销单据上签了字,交给耀昭,交代他:"小伙子,刚从口内来要好好适应一下,磨炼磨炼,好好干!"

出了乐天平的办公室,在财务室拿了钱,在回宿舍的路上,耀昭为社长的尖细腔调感到好笑,在想笑之余他又觉得这腔调挠得人心痒,像小蟆虫钻进了耳鼓。他感到奇怪,为啥上天会赋予一个男躯发出女性的声音呢?是造物主把声音的磁波发射错位了,还是乐天平有悖于天意,改变了自己的声带?耀昭说不清,为何对乐天平的声音这么敏感、这么讨厌?第一次接触,乐天平一副慈和面目里的怪腔调就扰得耀昭莫名其妙的烦躁。这是一种什么预感?似乎有某种不安的东西在作怪。

一直等耀昭拿了碗筷,去市委食堂吃了晚饭,他还把乐天平的声音没甩掉。

回到宿舍,一个人靠在单人床的被子上,看头顶的日光灯发呆。对面还留着一张空床,耀昭就想可能是从口内即将来这儿要和自己同住一室的人还在火车上颠着呢吧。耀昭把头枕在被子上,竭力排除乐天平的刺耳尖腔对他的干扰。他没有时间回想远在几千里之外的终南山，以及山脚下与自己血一场、水一场、风一遭、雪一遭，泥里雨里滚爬过来的父老乡亲，兄弟姊妹，把思绪就慷慨地搭在了关安安的肩上。关安安破旧不堪的黑袍和皮靴老是在他的眼前飘晃，像一团黑色的谜。他不知道，双脚刚刚踏进新疆土地，就碰上了可爱的关安安，这是谁的旨意，冥冥之中他似乎有种说不清道不明的感觉。本就好奇心极强的他，仿佛看到了一只无形的大手从天外伸来，把掌上的关安安放在了他的眼皮下。是试探他呢？还是再想磨烤他？耀昭分明又听见了文书的声音："……要磨烤你呢……"耀昭似乎感到身上有了那种怪病的感觉。瞧瞧瞧，这种奇怪的气息正从头皮里虫子一样往躯体里钻呢，噢，不是，是从耳朵，从每个汗眼往里穿呢。他有些紧张和害怕起来，不能自已地嘟囔着说出了声："……不敢再磨烤了，不敢再磨烤了……我一定改性子，一定改……"

神经质地一想起在家时得的怪病，耀昭就浑身打战，怯了，如数百年前被蛇咬了一般，几世轮回都疼痛不已。人再厉害，终战胜不了无形的力量对肉体的磨炼。肉身子不是都能蹦跶，都能各显神通，都能相互拼搏、相互折磨、相互作恶、相互逞能吗？都想把这一吊子放舒服处，想咋就咋吗？但在上苍的轻轻一瞥下，人就会被磨烤得死去活来，生不如死，叫人八辈子都会刻骨铭心呢。

耀昭又惧又怕，在恐慌中迷迷糊糊睡了过去。

他太疲乏了。

毕竟撞上关安安是一种缘分。

耀昭被分到记者部上班。下辖十县一区的巴格图市，记者可随意采访，只要有好的线索。新闻工作是个比较自由的职业，为了采好稿，鼓励记者写好稿，报社要求每位记者一周采回四篇确有新闻价值的稿件就可以了，不必要每天来报社。只是每星期一早上开个例会，统一安排部署一下采访提纲，及提供一下有关各县、乡、村的新闻线索。耀昭很高兴，这种职业正适合他的胃口，他同时感谢乐社长的开怀大度，他采取的开放型工作方式正是新闻单位采稿写稿质量的根本保证，耀昭从内心暗自佩服乐天平是新闻行业的行家里手。

为了便于采访，耀昭觉得应该立刻买一辆自行车。可手头除了报销后仅够一月吃饭的钱，再无多余，他心里很着急。于是，他省吃俭用，别人在灶上吃3元钱一份的手抓羊肉米饭，他只能买俩蒸馍背着熟人偷偷地在一个墙拐角三下五除二咽了。就这样，他以终南山下坚硬的黄土般的毅力整整坚持了两个月，到第二个月的薪水一发，他立刻跑进商场推了一辆新崭崭的黑色自行车。

西域的天很广阔，很少有阴云密布的天气，也没有一丝污染，天老是晴朗朗的，悠远悠远的蓝。云也是白的，白得让人想起故乡母亲手中的白棉花。街道的树是胡杨树，胡杨树正染着秋黄色。没有雾的遮掩，一切都是那么原质原貌呈现给你，就像这里的人一样厚道。碰上老乡吆一毛驴车瓜果，到跟前不要问价，先吃个饱，再掏钱。这里的老乡很敦厚，很纯朴，没有商人的奸诈。他卖的东西要两块，就是两块，一分不能多，一分也不能少。少给了他翻脸，再掏比他要的多出几倍的钱他也不卖给你；多给了，他也翻脸，说你小瞧他，他会发火，甚至打你；但是，你如果合他心意了，他马上就跟你如同老朋友似的，全忘了刚刚发生的不快。一方水土养一方人，土生土长的本地人，你和他们在一起，只有惊险，没有阴险。

金秋时节的拉格图市被甜甜的瓜果香气包裹着，满载着哈密瓜、甜葡萄、甜瓜、西瓜、苹果、梨等各类瓜果的毛驴车穿梭往来，逗引得蜜蜂满街道飞舞，碰在人的脸上，凉凉的，有一种粘蜜的感觉。晚霞使出最后一丝力气把橘黄色的光波披在拉格图市的肩膀上，一眨眼就滑下去了，像老人邀请的瞌睡，城市一下子就跌进了凉爽的傍晚时分。不是流传着这样的说法嘛，说西域的气候是早穿皮袄午穿纱，围着火炉吃西瓜。这说法真是把拉格图一天三变的气候现象描绘得淋漓尽致。麻雀飞来了，落在人行道的梨树上。宽阔的地域也生长比内地大得多的飞鸟，这里的麻雀大得比内地的斑鸠能小上一点，连树上爬的蚂蚁也大得惊人。耀昭看着看着，噗哧一声兀自笑出了声，自言自语道："怪不得呢，满街的人都普遍高大雄壮。"在老家个头不算低的耀昭到了这里成了矮子了。尤其是街上的姑娘们，个个像穿天杨，争着抢着往上长，仿佛前世谁着意压低了她们的个头似的。

一个小黑影从前面一闪钻到了夜市上，耀昭立刻被那熟悉的小身躯所吸引，他蹬起自行车飞过去，果然是关安安。他把车子一撑，一步跨上去抱住了小家伙。

"你妈妈好了没有？"耀昭着急地问他。

"我没有多多的钱买药给妈妈啊。"关安安的黑袍子在灯光下更脏了，一股难闻的气息从他的身上散发出来。

耀昭知道他的妈妈没救了。

"带我去看你妈妈，行吗？"耀昭抱起孩子说。

小家伙使劲摇着头，双眼里发出坚毅如成人的光："妈妈不让人去看。"

关安安是来夜市给妈妈买吃的的。耀昭忙掏出五毛钱替他付账。

"叔叔，我还有几块钱。"关安安把攥在手里的皱巴巴的钱亮出来给他看。

"这是家里的钱吗？"耀昭问。

"妈妈的钱在夏天就花完了。"关安安说完，可能又看出耀昭疑惑的神情，又说："妈妈也不能动了，我就出来要饭吃。再给妈妈讨点饭钱，买干的饭给她吃。"

一颗多么纯洁的心灵啊！

耀昭被震慑住了，他窸窸窣窣在身上翻了一阵，翻出了10几块钱，往小家伙的手心里一拍，关安安马上要哭出来一般，连声说："叔叔，叔叔，你是好人。我妈说她是罪人。她还告诉我说，好人会有好报的。"

小男孩说完一溜烟地跑去。看着路灯下飞跑在人行道上的小黑影，耀昭的心如被人抓了一把，隐隐作痛。一个多么可怜、多么懂事的小精灵啊！

耀昭已是倾其所有了，可他已整整两个月没吃过肉了。闻着扑鼻的肉肠香味，他唧咕唧咕咽了两口唾沫，转过身欲推车子。这当间，他直感到脑袋"嗡"一声炸响，明明在两步之外的背后撑着自己的新自行车，咋一扭身就没了影子！犹如隐身术在一眨眼的工夫就把车子给隐匿了。耀昭的头皮发凉变麻，天地要颠倒一样，他在放车子的四周旋风一样转圈圈。脚下像踩着空气，轻飘飘，仿佛一股轻风就能把他吹起来。如羽毛般旋了一阵，耀昭突然就冲坐在小吃摊前吃夜宵的人窝大叫了一声："谁推走了我的车子？"惊得食客们把大嚼大咽的嘴张得像蛇洞。

起风了，风带来天山雪顶的寒气。盏盏路灯洒下浑黄的光瀑，照得夜行的人们没有了白日的振奋感。耀昭摇摇晃晃地仰着头走着，如一具丢失了魂的空壳。在城市，看不见星星，也不知道月牙儿是哭还是笑，一切原本的景致都被人为的物体遮盖了，人再享受不到来自天体的恩泽了。路灯下，楼房间，宽敞的柏油马路，遮盖的是天的色彩，而人最终成为了罪魁。

假如关安安和他母亲生活在乡村田洼，那小精灵会成为乞丐吗？

啊，城市，罪恶的渊薮！

跌跌撞撞，耀昭稀里糊涂就走反了方向，来到了龙凤河。到了河边他被一股冷气吹灵醒过来。这里没有路灯，也没有高楼，有的只是清凌凌的河水。水面不很宽，能听到对岸浅滩水草丛中的水鸟清晰的叫声和不住的扑打声。噢，这些幸运的水牲灵，它们丝毫不受对面城市的打扰，一味地享用着最原始古老的大自然的性情，尽情地过着甜美的夜生活。耀昭攀在一棵粗大的桑树身上，这树太老，生活的年代太久了，它把根深深地扎进了河的心脏，斜爬着，把长满繁密叶子的大枝股盖在河面上，老气横秋地守望着淌不尽的水流。耀昭坐上树身，把腿吊荡在河的上空，一扬脸，才见一钩弯月悲世悯人地瞅着身在异乡的他。这让他想起了狼娃，想起了狼娃难以使人猜测的白眼窝子……

"咕咚"一声响，前面不远处的河水岸边有一个小黑影在蠕动。微光下，耀昭一眼就看出了是关安安。他快速地跳下树来，大步走过去。关安安正拼尽全身力气把舀满了水的大木桶"吭哧吭哧"往上拽。耀昭从背后伸出手，抓住桶攀拉了上来。"叔叔！"一抬头，一双童眼里闪出了惊喜。

"这么大的桶，齐你腰深，你能提动？"

"我经常这样啊，每天晚上都提。"小家伙显然为见到耀昭而高兴，他声音亮亮地说，"叔叔，你不知道这水可甜可香呐。妈妈说河水是大山的乳汁，当然香甜啦！比你们喝的自来水好多啦。"

耀昭和关安安都忘记了小家伙的母亲不想见人的心愿，他提着水桶就跟着走进了一间没有砖瓦、一漫是用泥抹成的小土房。

小房里可以说是家徒四壁，只有一张大大的土炕。看到土炕，耀昭心里一抖索。看来炕是人休息的极好创造，不论是数千里外的家乡人，还是异域他乡的少数民族，虽然语言不通，生活习惯难以通融，但在炕的问题上都有着惊人的相似，这不能不让人想到人所具有的共性！看到炕，耀昭就感到了亲切。

土炕真好。

他从内心深处感谢远古时代盘第一张炕的创始者。

微弱如害了红眼病的小灯泡病怏怏地照着四面的土墙，也照着土炕里蜷缩着身躯的妇女的背影。

"妈妈，好心叔叔来看你了。"小安安跳上炕趴到弓曲着背的人的头前。

"叫走。快叫走！"她不转身，扬了一下瘦成皮包骨头的手说。

耀昭忙走上前，对着她的脊背说："安安是个有出息的好孩子。"

听到有人说到自己的孩子，病女人终于强撑着羸弱的躯体吃力地靠墙坐了起来。看着她，吓得耀昭后退一步。这是一张怎样的活人脸啊，简直是包了一层薄皮的人骷髅！没有一星点活人的气血，叫人觉得在她的身躯内已不存在血液之类的东西。唯一给人输送一点活气息的就是那双深陷下去的大眼睛。尽管这样，那对大眼和高挺又翘起的端直鼻梁还是把当年的美丽轮廓呈现在了眼前。端正的五官骨骼，全部被小安安承袭了下来。耀昭暗自惋惜，多么漂亮的女人哟！

靠坐起身的女人干涸的眼里竟然蠕动着落下了两滴泪来。你简直难以相信，在她枯如柴棒一般的体内竟还有能分泌出泪水的腺体！

这是母性的特异功能呢。

她抖战着发出了虚弱得如风中油灯般的声音："我的安安没有……一个亲人了。我死后，你能收管他？"说完了，她就瞪大了焦渴企盼的双眼等待着。她仿佛把全身的力气都集中到眼睛里了，一动不动地盯着耀昭。

是乞求？是……

耀昭一时语塞，似乎失去了说话的功能，只缓缓地、有力地点了点头。

她一下松了劲，闭上眼睛休息了一会儿，蠕动着嘴唇把封闭在灵魂深处的话放了出来："你是我们的恩人啊。"

如同一枚炸弹扔在了耀昭的脚下。他屏住呼吸，瞪大了眼。

"……八年前，我和口内来的川川相爱，被老爸发现。老爸死活不同意我跟川川结婚，还把我赶出了家门。川川为了讨生活，拼命工作，却死于一场意外。那时，我肚子里已怀上了川川的种，他在我肚里快快地长……为了川川的骨血能传下去，我从很远很远的乡下来到了这里，生下了安安。在城市，一天没有钱就要饿肚子。为了母子俩活命，我只好靠卖身挣钱维持生活。那些不论什么男人，都拿两个臭钱来找我……后来，我病了，他们一个个都鬼魂似的消失了……我知道我得的啥病，叫内烂病。都快烂到心了……如今，我的安安能遇上你这样的好人，我下辈子当牛做马也会还你……"她断断续续地说了这些话后就软软地躺下去了。安安忙给他母亲头下垫了枕头，她就沉沉地睡了。

她太疲累了！这个才二十五岁的生命。

耀昭听了关安安母亲的述说，好久回不过神来。走在大街上，他觉得自己成了一颗找不到归宿的魂灵。风刮得猛烈起来，带来股股寒意，路旁的树叶纷纷凄惨地嘶叫着离开了枝头。

冬季来了。

四十六、风浪再起

三秦大地被又一年的白雪覆盖了，小麦在雪被下滋润地过着冬日。

"妈，甜甜整天好吃懒做，啥啥都不干，还蛮寻事，咱干脆跟那货离了算了。"耀辉从单位回到家，坐在母亲的热炕头上愁眉不展地说。

一个儿女一颗心，柳秋桂见儿子忧郁成疾的样子，心隐隐作痛。她痛心地叹了口气，给儿说："俺娃呀，你把妈的话听了，这婚咱不能离。你看哲正都快成个大小伙子了。不拿甜甜的脸上看，咱拿娃的脸上看呢。"冬夜把母亲的话过滤得格外清晰缠绵，"这分开看起来简单，实际不容易。'分'字底下有把刀呢。再说，咱都过活恁多年，离了，哲正咋办？娃大咧，接受不了！再过几年，甜甜年龄上来咧，也就好咧。"

不善言语的耀辉低垂着头一句话不说，可他的心却在想，自从娶了这媳妇，尤其是有了儿子，这婆娘就没叫人省过心，说空话，耍泼妇脾气，胡搅蛮缠，还教唆娃跟咱离心，说咱在外头有了新欢，这样的日子有啥过头，这样的人还有啥要头？耀辉在母亲面前低着头想着想着，不觉心如刀割般的难受，委屈的泪也只能往肚里流。

自从耀禄盖了新房，母亲也跟着搬住到了南边慢坡上的新屋。耀禄那年一结婚，也和耀辉一样，柳秋桂就把媳妇分开单另吃住。她这样做自有她的道理，老人想，现今的年轻娃不能跟过去的媳妇比，时代不一样了，干脆叫娃自己另起灶吃饭。跟咱这老婆子在一搭，咱老了，胃口不行了，媳妇吃硬的咱吃不了，到那时把儿夹在中间为难划不着。干脆分了过，咱还能动弹呢，人家娃也宽水里摆，想吃啥做啥，显得两方都好。于是，三间大瓦房就在一间的线上扎了一道墙，宽敞的西间给耀禄，老人仅住一间，是东边的那间。按老规矩东为上嘛。

一间房，南北显长，东西趋窄。靠里盘一铺大土炕，炕下是连灶锅。靠西墙放了一个大板柜。这几年家里就剩柳秋桂一个人，简单的冬棉夏单两套衣服往箱子一塞，大板柜成了装粮食的好家当。近些年，自从土地承包到户，地里也有磷铵、尿素等肥料的滋养，家家粮食吃不完。

耀辉说："人家的粮都不成问题，可咱把工资全都买了粮咧。甜甜和哲正，从身上到灶火全靠这点工资呢么。猪也不养一头，鸡也不看一只，把咱挣死也攒不下钱。"

"慢慢过着。再过几年哲正也大咧，也就能给你遮点荫凉咧。"柳秋桂总是这样儿说。

看着母亲越显佝偻的腰身和斑白稀疏的头，耀辉的心难受。他忽然就抬头说母亲："妈，你这么大年纪咧，受了一辈子苦，到今日都儿孙满堂了，还要自己上地干活，烧锅燎灶。我这次回来主要还有一件事，就是你的粮食问题以后就叫俺哥和耀禄给，每人给150斤，每年打了麦后，就拿秤过了，给你送过来。我跟耀昭每人每月给你30块钱。我看这要形成一个规矩，不然的话，东家靠西家，到头来把老人撂干空咧。"

柳秋桂也觉得确实是个问题了。人老了，受过病症的脚时常半夜疼醒。到了地里，绊搭得光想跌跤，弄不好真摔着老骨头了，岂不是给儿女添麻烦，叫娃受难场。只要不伤着哪达，能动弹，自个就能顾揽住自己，也叫娃省些心么。一生一世再苦自己，也不想给儿女增加半点负担的柳秋桂觉得儿子知道为老母着想了，她感动万分，说："眼下妈还能动弹，就是地里的重活确实干不动了。把我的地给你哥跟耀禄平分了，叫他俩帮我种。一年的化肥、种子啥的，你给妈承担了。平时的油盐酱醋零花钱，也用不了个啥，一两毛钱打一斤醋能吃半个来月呢，妈养几只下蛋鸡就足够了。现在人的生活好到哪里了，白米净面的。妈这一辈子不贪嘴，又不吃个零嘴啥的。耀昭嘛，远天远地的，就算了。也都三十多的人了，还没个屋里人。在外头不容易，妈在家里咋都好过。"

正说着，正好哲正来了，耀辉打发哲正去叫他大伯，耀禄就在隔壁，唤一声就过来了。

按当地常理，关于家事只叫男的参与。耀祖推了门把一股寒气放了进来，同时把撵过来的婆娘麻来叶的尖嗓门也带进了屋："不要嘴长，甭多说。看他老二咋把这一碗水端平？"

耀祖"哐当"一声关了门，故作生气地骂婆娘："俺弟兄们的事你少管。"其实，他心里很害怕，怕不听来叶的话，回去几天不叫他端饭碗。

耀祖、耀禄全到齐，耀辉开口说话了："今黑咱开个家庭会。就是关于咱妈老来的事议一下。村人也都有眼睛盯呢么，咱妈恁大年纪咧，还能干动地里活不？人都养儿女呢，何况咱兄弟们在方圆十里八街都不是黑脊背人，叫老人再为吃一口饭血流汗水地往地里爬，那不叫人拿尻子笑咧。"耀辉说到这扫视了一下耀禄，把眼光停在耀祖的脸上。稍停顿一下说："哥，你生在头里，长在头里，本来这话今黑应当你说。我看你没打算有动静，只好我来替你承头说这事。你说个方案，看咋合适。总之一句话，把老母亲要安顿好呢。咱总不能都半老气少的一伙伙男子汉，把老母亲老来撂干滩。"

耀祖抬起双鬓染霜的脸，不看耀辉，盯着老母亲说："叫咱妈说，她说咋办就咋办。"嘴上这么说，暗地在心里头打着小九九：反正你老二跟老三在外头挣钱呢，总比我强。

"耀禄，你呢？"耀辉问。

耀禄也抬起一直看着炕脚地的脸："我……我没啥。反正大哥给出多少我就出多少。"

屋子里静极了，静得似乎连冷空气的流动都能听见。白狗旺旺从门缝钻进来，摇着尾巴，算是跟屋里的人打了个招呼，之后就卧在灶火的麦秸窝里打起了瞌睡。

柳秋桂把刚才给耀辉说的话又重复了一遍，然后对着在场的三个儿子交代说："你们甭操心妈的事。妈的地只要你俩捎带着帮着种了收了就成。还能动能走呢么，平时的除草呀上化肥啥的你们都不用管，种了一辈辈地还把这算个啥。只要你们都把日子过好，妈死了也能闭下眼了。"

"咱今黑就暂时先定下这些，可不要回去咧婆娘一打麻缠把这事落不实，就了米汤咧，到那时可甭怪我睁眼不认人。"耀辉的这些后话是说给耀祖听的，谁心里都明白。

"都回吧，冷哗哗的。时间长了。"柳秋桂把手伸进怀里的被窝，打发立在炕脚地的大儿和小儿。

耀祖跟耀禄一出门，她便催促二儿说："你也回吧。妈才六十几，又不是老得挪不动步咧。"

这时哲正推门进来。哲正已长成小伙子的雏形，个头虽不是太高，但看起来墩实有力，胡须已黑黝黝的了，脖子的喉结也凸了起来，国字形脸把本家族的特征沿袭得一览无遗，不大的眼睛猛地一睁起，似有腾腾杀气，一头竖起的硬头发仿佛随时准备应战一样。

"爸，俺妈叫你吃饭呢。"

哲正的声也在变粗变壮，他又说："爸，过了年我不想上学咧。"

"咋？"

"学不进去。还光想跟同学打架。"哲正用手摸着后脖项咯咯囔囔回答。

"我反正把心尽到。"耀辉说，"你实在不想念咧，我也没办法，我总不能把你拴住绑到学校去。"

"我给俺妈说，俺妈说她不管，叫跟你说。"哲正眨巴着有点不好意思地说。

"哲正，你来，婆给你说，俺娃能上学尽量上。"柳秋桂一唤，哲正立马坐到他婆跟前，听婆说："把书念到肚里没瞎处。你看你三爸跟你小姑，可怜得跟啥一样，拼着命把书念了，这不，也有用场了。"

"婆，你不知道。我这性子就不是念书的料。"哲正俨然像一个大人，猛地撂出一句话令婆和父亲都感到惊讶。

"哲正，哲正。"院子铁门外传来甜甜不满的喊声。哲正应答着跑出门，柳秋桂忙催儿快回去。

外面雪光惨白惨白，仿佛月的辉。耀辉走在被人踏瓷实了的雪地里跟在哲正娘俩的后头往回走去。

他还住在厦屋里，只是把过去和老屋的隔墙拆了，院子显得宽展多了。厦房背东向西，老屋面南背北，一打通，老屋显得孤零零的，像孤苦的老人疲倦地躺在院子的西侧，土墙风剥雨蚀，坑坑洼洼，如害了天花的麻脸婆。

进了院子，耀辉一猫腰跷进房，火房在北墙外，单另搭了一间简易庵子，这样一来，灶火烧火做饭，直通墙这边的炕洞，又干净，也能热炕。

哲正野狗一样拧身又出去寻伙伴逛去了。

甜甜从灶房端过来饭碗使性拌气地狠着劲往小四方饭桌上一墩，说："把面条都焖成糊汤咧。吃去吧。"

耀辉最见不得婆娘要性子的脸，刚才还饥饿的肚子骤然饱胀起来。他闷了一会儿头，从饭桌前立起身子，对吊着脸的甜甜说："你端走，我不吃了！"

"你不吃咋不早说呢？省得我冷哗哗地给你白效劳。"甜甜一下来了气，脸"唰"一下青了，"是光今黑不吃，还是永远都不吃？"

耀辉没吭声，脱鞋上了炕。

甜甜最受不了男人的冷漠，男人不说话比扇她的耳把子都令她气恼。她突突突跑过去，拉住男人的袖子往下拽，嘴也青了："你少坐我的炕，谁给你把炕烧热了，叫你回来享受呢。"

"你这是寻的挨打呢！"耀辉愤恨地从牙缝挤出每个字。

"你把谁当成啥咧？想咋使唤就咋使唤……"甜甜连拉带扯哭了起来。

一股火气冲上耀辉的心头，他一抡胳膊就把甜甜甩泥丸一样摔趴在炕脚地中间，声不大但音很沉地问："你想咋呢？"甜甜被重重地摔趴下去，绊得"哼"一声，脑袋"嗡嗡"直响，但她立刻又弹跳起来，反身又扑了上去，上气不接下气地骂着，青紫的嘴唇刮风一样颤抖："你妈要下你光会叫你打人呢？你颜耀辉狗日的有本事，把我失踪了，才不愧是你妈生的牛牛娃……"

耀辉脸傻白，直觉得有火焰在脑子里燃烧，他一个巴掌上去扇在甜甜的嘴上，不知是鼻血还是牙床血"哗"一下淌了一脸、一嘴。甜甜再没力气抓了，一扑踏坐在地上哭起来，喷着血水的嘴还不住地胡说八道："你妈给你教好了，叫回来打婆娘呢。你妈那老东西不死，就没我的活头……"她知道，自己的男人最孝顺，就专门拣最能戳他心窝的话刺他。

耀辉气得手心发凉，他一把拉开厦房门，提住甜甜的棉袄领，在气愤中像拎了一只打死老鼠一般把她拎起来，扔到了院子扫净了雪但冻得硬邦邦的地上。

哲正似乎老远听到了家里的动静，气喘着猛地推开了院门。见到儿子，甜甜一个蹦子起来哭叫着："我不活了！"就扑进厦屋门，从门背后抓起那瓶杀地里虫害没用完的"敌敌畏"毒药，一扬脖就喝。哲正一个箭步冲进屋，夺下母亲手中的药瓶，"啪"的一声重重地摔在门外石头上。

没喝进去农药的甜甜"嗵"一声直挺挺栽下去，洒在院子里的药味很浓地弥漫开来。

哲正搞不清他妈到底喝了药还是没喝，见母亲已倒在地上闭上了双眼，哲正慌了神，大声喊耀辉："爸，爸，快把俺妈背上上医院！"

耀辉一动也没动。

哲正急了，可着劲把他妈撂上了脊背，向门外冲去。到医院的路要经过他婆的门外。哲正感到腿肚子打战，情急之下变了声带嘶叫："婆，婆，俺妈喝毒药了！"

刚刚沉入到冬夜里的村庄一下子不安起来。柳秋桂被孙子的叫声惊吓得手发抖。她拉亮了灯，披上棉袄，来不及穿鞋，踮着缠过小脚跑到耀禄门口，拍打着耀禄的门疾呼，声已不像她的声了："耀禄，耀禄，快……快……送医院……"

耀禄蹬上裤子，穿了衣服出了门，一看母亲的腿在打弯、发抖，先扶了母亲进屋，说："你倒急啥？我套架子车去！"

耀禄和哲正拉上甜甜飞也似的去了医院。

医生手执电筒分开甜甜的眼皮，松了一口气。经过一段时间的检查后，医生唤护士准备洗肠的东西。躺在急救室床上的甜甜刚被灌上一口肥皂水就翻肠倒肚地咕咕吐起来。她一骨碌翻身蹦下床，怪罪医生说："就没喝进去么，灌啥肠呢？"

设在农村附近的医院，医生对类似甜甜的人一律采取灌肠、清胃的办法，意在治治这些寻死觅活吓唬人的人。

屋里的柳秋桂再也坐不住了，出出进进来回转。转着，嘴里还悄声念叨着："人落难了抱佛脚呢，我柳秋桂求佛佬保佑，保佑甜甜没事……"

白狗旺旺也跟在主人的脚跟后来回转悠……

四十七、裂变人间

颜家河村一天天在变化。村里的青壮劳力，不论是男的还是女的平时一律外出打工挣钱去了，只是逢两忙时回来收庄稼，收完庄稼就又跑出去了。盖得又高又好的红砖房一家比一家气派，和耀禄最早垒起的瓦房形成了鲜明的对比，使当年高耸起的骄傲显得畏缩起来。跟着，在村里时兴起了电视机，大部分人家拼了最后的积蓄也要抱回一台黑白电视机。

已有了一儿一女的耀禄眼睁睁瞅着村里人一家家红火起来的日子，心像猫抓一样，他想不通，当年在方圆十里八乡闻名的他自有了媳妇以来日子愈混愈背了。自从那年给工厂盖厂房，一个工程下来净落三万余元以后，他再也没揽下建筑活计。不得已，他又从包工头混成了打工的。世事变化得如此神速，叫他来不及仔细咀嚼，他只觉得自己像洪水前的老木桥被汹涌而来的时代潮水刹那间冲得支离破碎，晕头转向，再无支撑的回天之力。他憷了，眼瞧着当年积攒的家底不但无增加之势，反而不断减少，他的心一天比一天蔫了，一天比一天耷拉了。

"妈，你说咱这几年咋这么背运？啥事都赶不到人前头去咧。"他问母亲。

母亲语重心长地说："娃哟，人一辈子没有说都是走上坡路的，也没有都走下坡路的，啥事都有个定数。过些年走运，过些年背运。谁还能一辈子都红火？"

耀禄乍显又黑又瘦起来，在人伙里言语更短少了。每年的麦收时节，大伙都聚集在麦场上等待脱粒机为自家脱麦，闲时谝些大城市里的新鲜怪事，一出口就是男男女女间的纠葛，似乎这男女间的事最能激起谝闲传的气氛。每每这时，人人支棱起耳朵，任城里的风潮掀动心帘，谁都暗自思忖，咱啥时也能跟城里人一样，过一把男女自由寻欢的瘾。而每每这时，耀禄就闲坐在一边。

大家谝得热火朝天，把麦收时节乡下男人谝得浑身燥热，个个垂涎欲滴地幻想着自己早一天发财，行大桃花运。

耀禄蹲在场沿边上被闲置起来的碌碡旁，一声不吭；老队长颜二顺眨巴着红红的烂边子眼，伛偻着更显弯曲的瘦腰，喷着唾沫星子："我的娘呀，不得了咧，净是些男盗女娼的事。快把那电视机再甭看咧，教人学坏呢么。动不动就男女抱到一块啃呢……"

老队长的话逗得年轻人哈哈大笑，说："二顺叔，你那老思想跟不上时代喽。你到人家城里瞧瞧去，大街上一双一对的都搂着腰走呢。"

老太婆们听了这话蛮撇嘴，嘟哝："当今这人脸皮厚得跟城墙一样。"

麦场上的人们大喊大叫一阵过后，猝然又变成了窃窃私语："知道不，燕玲就当了三姨太呢。""还有狼娃跟水花……满南川县人都知道。""你知道狼娃和聪灵咋扎住脚的？就是借聪灵跟耀民那关系歇的荫凉。"

耀民和狼娃两家去年到今年已不再种地，所以，收麦时节也不用回来。虽然看起来似乎与颜家河村没有了纠葛，但他们交错不清的关系至今还被颜家河村的人咀嚼着、唾弃着。颜家河的水无时不在记载着喝着颜家河水成长起来的每一个人的生活足迹……

颜燕玲每天早上不等天明就要起床。哥和嫂子跟侄女巧巧就挤在门面后头的一间小屋里，聪灵、狼娃和过杰还住在租下西关人家的民房里，虽说离这儿还有一截子路程，但那里的住房便宜又宽展。燕玲则暂时在门面房的北拐角支一张单人折叠小床，晚上睡觉，白天收起。自然，每天早晨打扫门店的活就落在燕玲的头上。

"噢唷，妹子，真勤快。"燕玲听到叫声就知道是谁来了。她给门店外洒了最后一盆水，忙搬出一把椅子放在干净的门面外，招呼来者："尤大哥，你先坐，我给你沏杯茶去。"

来人叫尤大成，40多岁，南川县北关人，耀民汽车修理部的老主人。

自从发现耀民有一个水灵大眼睛妹妹以来，尤大成，这个开创了南川县的商贸向个体化转变先河的美男子，南川县第一首富，立刻把那色眯眯又有点外凸的双眼盯在了燕玲的身上。很短时间内，他就摸出了燕玲的生活规律。在一天忙到晚上的时间里，他觉得，每天早上天刚麻亮是刚起床的燕玲最漂亮、最富有性感的时刻。这一点连他自己都觉得奇怪。而他的第一个患难妻子，也就是和他领了结婚证的那个女人，却没有一点性感。年轻时她也还算漂亮，每到晚上上床时间就格外的温柔迷人，眼睛虽不大，但把妩媚娇羞揽了一怀，脸颊两坨红，像抹了胭脂，一笑，两只酒窝斟满了醉人的酒浆。唯一令人不满的就是她没有一对逗男人的大奶子，她的胸脯干扁干扁，常常也扫了他的兴致，且个头又傻又高，高得每次趴上她的身子还要使劲伸长脖子才能够着她的嘴。曾有好多年，他为此苦恼过、烦扰过。他曾多少次地幻想着一定要娶一位奶大臀圆腰细的美貌女子为妻。然而，在他到了该婚娶的年龄，由于家庭成分的问题，尽管他身材高大，端端正正，一表人才，还是没有贫下中农的漂亮女子情愿嫁给他；眼看着二十八快翻三十龄坎的人了，只好找一面容姣好，跟他一样因为成分不好而难嫁的姑娘为妻。前几年，他尤大成，老三届的高中生，凭着极强的敏锐性，他像警犬一样，分明嗅到了时代发展的浓烈气息，当人们还在亦步亦趋，东张西望的惊恐中尚未彻底灵醒过来的时刻，他犹如南川县的一条巨龙腾空而起，第一个包揽了瘫痪几年的县汽车修理厂，第一个在厂里实行优胜劣汰的企业管理制度，并迅速在全县的各个交通要道设下修理部，使该修理厂在南川县形成了修理与配件销售于一体的汽车修理网络。这几年，眼见着物价上涨，他又不失时机地将各修配门店承包给了个人，又独揽了南川县最大的商贸中心——百货大楼。百货大楼一路走红，各类商品的价格驴儿打滚一样往上翻。物价越是高涨，人们的购物欲也越是跟着膨胀，商品大堆大堆地往回抱，似乎要出现抢购浪潮。这种现象的出现，让尤大成好好赚了一把。他简直不敢相信，出现这种购买狂潮的现象，是人们在买啥都凭票的商购时代憋得太久的缘故，还是人本身就是一种反叛心理在作怪？但不管咋样，却是让他这样的商人获到了一次难得的发展契机。他感到他的百货大楼简直成了吸水的海绵一样把源源不断的钞票吸了进来。他常在心里吃惊，挣钱咋简单得跟写个"一"字一样！三层百货大楼，每天纯收入都在几万元左右，挣钱跟拿簸箕撮钱似的。钱多了，尤大成的心思也多了，他满县城挑拣，瞄瞅着他心目中的美妙女子。

　　一天，他终于在环城北路的一家油条店里瞄上了一个姑娘。这姑娘是四川人，才刚刚19岁，是帮姑姑卖油条的，也就是油条店老板的侄女。这小女子人很精明，具有水乡女子的娇小身材，小鼻子小嘴，小圆脸很白，白得没有一点秦川人的红润；她虽身小，但臀部很大、很圆，结实的肌肉很服帖地坠在细腰肢下，有一种小白鸽圆圆的头额等待着主人去抚摸的感觉。一种新鲜感，一种猎奇感来自四川女子的身上，从未走出过三秦大地的尤大成想，拥有了西南水乡女子的销魂，也不失为人生一大快事。于是，他想尽各种办法，就有了这个法律不承认、而在民众中又不敢公开的二房姨太太。在这方面，尤大成也是在南川县开了个先河。如今，这四川女子已为他生下一小女娃，他便在城北新划的开发区花了20多万元给那母子俩建了一处豪华的安乐窝。

　　去年以来，当尤大成见到燕玲，他的占有欲又冲上了脑际。他把他前一个妻子和四川二奶往燕玲的两边一排列，他觉得燕玲比她俩都有味，比她俩都性感，是最理想的一个。比起第一个傻大个和第二个的巧小，燕玲则不低不高正合适，眼睛也比她们俩水灵，走起路来比她俩更有韵致，脸颊不十分白，但又细又红润。窄窄的双肩，给人以圆滑的肉质感。胸前两只乳房翘翘的，极刺人心扉地一颤一颤，屁股圆得像丘陵，似乎在告诉会耕耘的男人，只要把牛吆上坡就能把这块土地耕耘得瓜果满地、满目飘香，而且是一股扑鼻的野味香！

　　猎犬盯住了猎物，是不会再让猎物逃脱的。尤大成自有他讨得姑娘欢心的绝招。他轻易不在燕玲面前献殷勤，每次来都保持男人的一种矜持和冷峻，并让它渐次地渗入到对方的心里，直至对方对他有了好感，继而他才会陡地拧过身，猛扑上去，如狼抓羔羊一般，让猎物没有再思索一下的余地就吞撕了她。

时节还没到夏至，乡下人的麦子刚刚上场，县城外的麦茬地恰似临终前被剃了头的汉子，悲哀地向人世瞥着最后的一眼。天刚刚蒙亮，一层薄薄的岚气从四面的山陵塬上扯下来，给县城蒙上了淡蓝色的神秘。路上行人极少，只偶尔过几辆飞驰的车。每辆车都开得飞快，大概是趁路人稀少好多赶一程路的缘故，把慌慌不定的心神撂给了燕玲。

自认识尤大成以来，燕玲莫名其妙地看到他心就跳，脸不由得就发烧。刚开始她还没在意，想可能是自己刚从乡下来，贫穷惯了，乍一接触县里的阔爷们儿就自卑了、自愧了；可是，过了一个阶段后才发现，有事没事时，他的身影，他的具有一般男人所不具备的浑厚的声音，还有他又长又挺的高鼻梁下略显发紫的嘴唇，一双很深重的眼，总是在她眼前虚晃；她走到哪里，他的影子就出现在哪里。尤其是晚上，当她一个人静下心来，躺在墙拐角的小床上，听仅一墙之隔的后屋嫂子叶玲指桑骂槐给她飘风凉话的时候，她的眼前就会很清晰地浮上他的影子。

自从跟着哥哥耀民来到县城后，她不但帮哥打扫店面，整理配件，站柜台卖货，还时常要给哥做饭，一天到晚忙得抽不出一点空。嫂子叶玲得空想来门店干些活就干，不想干就上街溜达，但她把每天的收入都抓得很紧。天天晚上跟燕玲和聪灵把账一算，钱一下揽走，一个子儿都不剩，俨然一个彻头彻尾的老板娘的架势。燕玲做的饭，她也是想吃吃一口，不想吃了叫上已上初中的女儿巧巧上街去，吃辣的、喝酸的随她的意。如今，有钱了，叶玲也会打扮了，今天一套红的，明天一身绿的，忙得焦头烂额的耀民整天油一身，黑手黑脸地钻在地道下捣鼓汽车零件。燕玲曾说过她哥："哥，你成天忙得顾不上吃，顾不上喝，挣下的钱全叫俺嫂子一耙子搂咧，你图个啥？"

耀民笑了说："肉烂烂到锅里咧，只要她给咱能经管好，咱巴不得呢。只怕那驴日的是个海兽，把咱辛辛苦苦的血汗钱打水漂就屙下咧。"

"我觉着，俺嫂子存心不良。"燕玲叽哝着，"当今人的心都活泛咧，你也甭按过去那老思想想了，两口子就要死守一辈子？"

耀民不在意，可燕玲把叶玲的心揣摸得八九不离十。她明显地感到，在叶玲的内心深处有一个毒根向四面蔓延，她要掏家庭的树心，而倒下的最终是她由爱而变恨的男人！

燕玲由耀民想到了自己，她想，天地这么大，南川县到处都是人和房屋，而她每天晚上仅占这三间门面房的一个小拐角，就这还只能是暂时的。于是，一股悲哀和凄凉不时地在夜晚袭上她的心头。是啊，已是 25 岁的老姑娘了，至今连自己的窝巢还没寻下，她能不伤脑筋、不伤怀吗？她茫然四顾，静悄悄的门店里除了这些没有生机的铁疙瘩配件散发着机油味外，就是头上面的房顶角落有一只小小的蜘蛛不停地织着丝网。这更勾起了她的忧伤。她想，小小的一个蜘蛛都能在半空筑一个生存的网，而自己却长了 25 年还没能有自己的一块立锥之地……想着想着，泪水就流了下来。她泪眼婆娑地望着那张网，那网上的蜘蛛就变得高大起来，渐渐地有了人的形体，不一会儿就幻化成尤大成了，而她就是那只扑了几次均未收获，最终被蜘蛛网粘住的小飞虫。那只可怜的小飞虫。

……

端出了茶杯，搁在小矮凳上，燕玲又将凳子搬到尤大成的椅子跟前。

"尤大哥，你喝。来这么早肯定有啥事，要不我给你把俺哥叫起来？"

"我是找你来的，又不是寻他。"

这浑厚的男音无异于在燕玲的心鼓上敲了重重的一锤。她慌了手脚，一时语塞，不知所措。虽然暗中曾无数次地这样想过，可对尤大成骤然说出这么开诚布公的话，还是令燕玲措手不及，她一下子如掉进了云里雾中。她觉得心脏要停止跳动了。

尤大成见燕玲愣愣发呆，就掏出一叠钱塞给她说："从今往后，你就是我尤大成的人了！再不用寄人篱下，吃人的眼角食！"

他一连串的话语简直如颗颗炸弹在燕玲的头上、脚下、左右两边炸起。她的眼花了，头重脚轻，仿佛天地要颠倒过来一样。

人往往就在一刹那间的不经意中会触摸到命运的躯体。燕玲浑浑噩噩被命运那鬼怪挟持着，一路披荆斩棘向前奔去，她几乎脚不挨地，轻轻省省不由自己地被人牵着跑。

一阵昏晕，燕玲的双腿再也无力支撑自己的身躯，正当她要瘫坐下去时，尤大成把她拦腰一搂，抱上了他停在马路对面的白色小轿车里。

当车驰出环城路，驶上南新路时，燕玲问："你要把我带到哪里？"

"带到你的家里。"他边开车边笑着回答。

燕玲这才看清了他一口又整齐又黄的牙，看起来又可爱又令人生厌。

车飞一样驰着，窗外的景物一晃即过。出了南新路十字口，方向盘突然左一打，拐进了开发区一个新盖起的二层楼的独院内。这是一处新的住宅楼，三间两层，房子刚刚装修过，刺鼻的油漆涂料味熏得人直想呕吐。来不及细看，燕玲身子轻飘着从车里出来走进院子。院子不大，刚能放一辆小轿车，大门楼却大得有点和房子不太协调。

人有时需要高大的门楼向世人摆势。

尤大成一把抱起燕玲进了房里。

"这是客厅。咋样？满意不？"他父亲般地抱着她在客厅绕转。客厅里的家具一应俱全，电视、沙发、冰箱、电动的窗帘艳红艳红，头顶是宫灯，有一圈小星星般的小灯泡绕着房顶墙沿转了一周，还一闪一闪的，令人想起打麦场的夜空。

"你放俺下来嘛，俺有腿呢。"燕玲第一次跟男子这么近距离的接触，她脸窘得通红，双手撑在尤大成丰厚的胸脯上，扭动着身子。

"我就想抱着你。"尤大成抱着燕玲来到了门对客厅的一间房里，燕玲一眼瞧见一张大大的席梦思床在靠暖气包的地方摆放着，上面也是艳红的被褥、床罩，鲜艳的一对大枕头紧靠床头，床头柜上有奇特的小罩灯。尤大成"啪"地按亮了灯。灯光柔和凄迷，把小小的卧室照得如穿着红袍的贵妇人。床子的南边靠墙立了一张大大的衣柜，还有"心"型的化妆镜台，一切的一切都是那么周全，周全得令燕玲如在梦中。

"从今往后这就是你的处所。这里的一砖一瓦、一根针、一条线都是你的了。"他将她放到席梦思床里，扳着她的双肩爱抚地盯着她的脸。

"就这样了？"燕玲突然有点想哭的感觉，她眼里闪着泪花问："不给我哥打声招呼？"其实她心里很清楚，像尤大成这样的人娶她当三房姨太跟在街上拾了一片菜叶一样。自然，从她哥的门面房把她就拉到这里就算是正式成了他的人。

是金钱这魔障在作祟！

"你哥那里，我自有安排。"尤大成始终以父亲般的口吻跟燕玲说话。

"你喜欢红色？"燕玲歪了头，孩子般地问。

"嗯。红色，温暖；红色，热烈；红色，吉祥。你不喜欢吗？"尤大成摇摆着浓密头发的头，逗人地一咧嘴反问。

燕玲抿嘴笑出了声。双眼皮的大眼睛喜得犹如春风里的花。

尤大成被燕玲银玲般的笑声所感动，他的嘴如炎夏的热浪一般舔了上来，舔在燕玲的眉眼间……

是爱情的冲动？还是欲念的贪婪？这满眼的艳红是这般刺激人的欲望。如决堤的洪水冲来，燕玲趴在尤大成宽厚的胸脯里嘤嘤地哭了，声音颤着说："尤大哥，你抱住我。抱紧点！我生下来就是随时准备要被埋掉的生命，二十多年了，我今天才觉得自己是一个实实在在的女儿身。抱紧我，抱紧我……"

尤大成亲吻着燕玲的眼，亲着她的脸，亲着她的唇。他细细地品味，悠悠地放开幻觉，任思绪驰骋在一眼望不到边际的野花丛中……他欣慰，他狂喜，他没有想到燕玲所给他带来的快慰滋味和前两个女人大不一样……

燕玲在他的怀里幸福地扭动着，凉凉的鼻子在他的脸上喷着热乎乎的少女特有的甜香而又柔绵的气息，让他心里痒痒地发酸。他在把玩着第一次钻进男人怀里即将成熟的女人悠长的甜味。她挂在脸上苦咸苦咸的泪水，到了他的味觉上是这般的美味甘醇。他迷醉了、销魂了。

这就是另一种女人的别一种滋味！

他感到惊奇，第一次发觉女人的眼泪也是男人的一杯美酒呢。

拥有金钱的南川县第一大富，今天才算弄明白了一个真理：世界是由女人主宰的，包括富翁。

女人这个怪物体总是在男人兴盛时期摄取他的灵魂。没有女人就没有这个世界。女人使男人产生创造力，产生爆发力。

这是造物主的伟大，是神灵的魄力。

科学和政治也需要神灵的辅佐。

燕玲在扭动中蜕去了自己的衣物，把一个完全的女儿体捧奉了出来。

鲜红的天地间飘浮着第一个创作了人的女娲。

……

四十八、儿孙各飞

祖倩毕业了，县上把她分配到离县城不远的一所乡村中学去教书。她最不愿意干的就是当老师这个职业。她觉得自己干不好这个职业，她常常有一种满肚子的蝴蝶飞不出的感觉。她属于实实在在的那种用笔写可以，用嘴表达不出的人。

她迅速给耀昭写了一封信，背着派遣证和毕业证书回到了颜家河村。

回到颜家河村已是日落西塬的时间，一层云想遮盖住太阳却被太阳烧得血红。祖倩绕村庄走着看着，她来到大柏树下。大柏树依旧虬俯很深、慈爱无比地撒着一大片浓荫，祖倩往树下一站，立刻就浸入到清凉之中。无数的鸟雀在树枝间叽喳唧啾，是一树的生灵、一树的希望、一树的佛经、一树的真理呢。祖倩似乎透过繁密的树叶缝隙望见了文书，看到了树茂哥。他们就在树丛中笑着。西天边那火红的云给柏树蓬笼上了一冠的金黄。一阵轻风掠过，大柏树微微颤了一下，摇醒了祖倩的思绪，她拖着一个沉甸甸的思想离开了树。她想，生命有可能源自森林。这也许就是诞生灵魂的圣所。

下了一个小慢坡，到了小庙。如今小庙早已闲置起来，小庙左前方的饲养室也被住家户买下来当成了居家过日子的窝巢；饲养室外的拴牛桩也消失得无影无踪，牛场上被主人种上了各种蔬菜。土地承包到户，人们再不用一年四季爬在地里闷干了，而是在一天当中的早晨和后半晌两头下地干活。牟家门前那片刚跃出地皮的秋苗把童真撒了一地，绿苗苗眨巴着涉世未深的嫩眼，惊恐万状地瞅着瞬息万变的天空发愣。

一切都发生了不可逆转的改变，改变的还有人的情感。沿河岸的好多大杨树都被人在夜半人静时偷偷砍伐了，人们偷走了吃糠咽菜时的纯真，把白米细面滋养出的贪欲伸得很长很宽，遍布了每个旮旯拐角，连树也未能幸免。沿河岸一桩一桩被伐掉了身子的树墩白茬茬地瞪圆了无血的眼，撒满了河道，恰似含冤死去的魂灵向苍天的无声呐喊。

鸟儿没巢了，泪眼婆娑，在草丛中虫子似的蹦跶，连叫声也不再清脆悦耳，不再是在村庄河流旁美妙地歌吟，而是哭一般地叽咕着无奈。它们想不明白，聪明绝顶的人们在缺衣少穿的日子里与它们友好相处，把银河里牛郎和织女的故事挂在树梢上，跟它们一道咀嚼，一道享受天籁与大地的恩赐；如今，人们吃饱了，喝足了，却枯瘦了原本的幸福，一律追命一样去追寻贪婪的快感。"可是，违背了自然就是在葬送自己，"小鸟对天、对地如是地呐喊："想让鸟儿无枝可栖，回到地面当虫的人们啊，你们同时也在为自身挖掘坟墓。"

西天际的红光骤然就消失殆尽了，村庄和河流一下子跌进了黄昏时分的阴暗中。

回到家里时，母亲还没有亮灯，门外院子里胳膊粗的榆树上有知了在无聊地聒噪。白狗旺旺已成大狗了，它没有了儿时的活蹦乱跳，多了几分庄重和老练，站起来跟祖倩打了声招呼般摇了摇尾巴，送她进了屋门，就又躺回到水井边上歇凉去了。狗败六月天，农历的六月是狗最难熬的日月。

祖倩把准备上新疆的想法说给了母亲，没想到母亲竟爽快地说："去了也好。你兄妹俩也好有个照应。"母亲说着，踮起小脚到案板前拿了一个瓷碗，用抹布抹了一下，掀开铝锅盖舀了一碗饭，淋上醋，调了辣子端给女儿说："我晌午做的麻食饭，香得很。这会儿凉凉的，快吃。"

屋子里还有些微明，前后门都大开着，有山风吹过来，从屋里吹个穿堂正过，把白天阳光照射时留下来的闷热带出了前门。祖倩搬了小木凳坐在门里，搬了高椅子放对面，让母亲坐下，然后，她一声不响地吃起来。果然，酸中带辣，辣中带凉的麻食饭一进口中就极诱人，极解馋。麻食中的黄豆、小豆腐丁、粉条渣同一些蔬菜等搅和到一起吃起来格外爽口，津津有味。母亲用慈爱的目光抚着她的头，看着她那娇好的脸颊。她吞着、咽着，吞下了母亲的万般疼爱，咽下了母亲无比的爱怜。她吃着母亲做的调和饭，想着自己正是母亲眼里承载的宠儿，天使般在母爱的温液里浸润着。她简直成了世上最幸福、最幸运的骄子了呢。

感谢母亲！谢承母爱！这伟大的母亲哟！

在母亲的慈爱里吃着味美的饭食，祖倩幸福得如襁褓里的婴儿，她第一次感受到母爱的重要，这是在她求学两年来，离别母亲两年后的新的感受。她感谢分离，感恩离别的时间隧道。人只有离别才能体会到对方的重要，这是时间的伟大，还是情感在作怪？祖倩此刻觉得这是以前从未有过的亲切、幸福。她的嗅觉似乎也发生了变化，从对面不足一尺距离的母亲身上散发出了一股巨大的熟悉气息，特别亲切，这气味那么浓，那么富有吸附力，以至于要把她附着在母亲的心窝上。她惊喜万状，大口大口地吃着麻食饭，大口大口地吸嗅着包围着她的气息。

啊，真好，世界真美好！造物主真伟大，她给人配置了嗅觉这东西好奇特。这叫祖倩想到了动物皆因气息而归类，人因气味而分群的现实。可不是么？当你第一眼认人时，对方传导给你的特殊气息就让你在心里给他打下了烙印，要么亲切可接近，要么厌恶就排斥。人的这种本能不正和狗、猫、蚊虫、蚱蜢相似相通么。可见，生灵都有灵性，都有生存的权利。人吃了牛羊肉，泯灭了它们的生命，但你能指责它们出生后长成肉的过错吗？人吞咽了它们的肉体，养育了自己，可你能因为它们的肉好吃而赶尽杀绝吗？要不，世上将没有任何其他生灵，人类也将销声匿迹。

"我的心在等待，永远在等待。我的心在等待，在等待……"外面马路上陡然响起鬼嚎般的唱歌声，惊飞了祖倩好动的思维。她睁大诧异的眼问母亲："这是哲光在唱吗？"

"唉，娃可怜。"母亲一声挖心抠肺的叹息把当婆的疼爱灌满了声带，"我看这娃是守不住神啊。这段时间经常三更半夜不睡觉，河上河下乱转悠。他妈那瞎瞎脾气把娃害苦了哇。小时老是鞋底子、笤子把雨点似的淋娃头呢，看把娃打瓜了么。都二十好几的人了，也没个提媒说亲的来，道是咋办呀？"

不一会儿，就从西边传来麻来叶大喊大叫的尖嗓门："你再敢把我这猪吆走卖了，我就跟你血倒一块！"

听到吵骂声，祖倩和母亲忙出了门往西跑去。

进了耀祖的屋，哲光忙上前扶着他婆坐下，哼哼笑了两声，吸了吸鼻子，说："婆，你倒跐个碎碎脚跑啥呢？你吃好喝好，没事了串门谝闲，心情好了就对咧，操恁多闲心做啥？"

"俺的儿，俺的孙，都是俺的亲骨肉，俺不操心，操心谁呀？"老人瞥了傻大个的孙子一眼，半责怪半疼爱地说道。

"你给颜耀祖不是白操心么，"哲光挤了挤越显小而眯的双眼，不满地说他婆，"他跟他婆娘给你操过一分半文钱的心了吗？"

"你少嘴长！咱爸咱妈还轮不到你吧吧呢。"已长成大姑娘的玉莲冲她哥哲光叫起来。

"你个黄毛臭丫头片子，乳臭未干，懂得恁多还是俩少？"哲光俨然一副大哥的派头。

听到哲光的话，麻来叶把她干丝瓜样的黑脸扭曲着，嘴唇气得突突抖颤，向婆婆连哭带诉，涎水扯着尖腔调挠人耳鼓："好妈呢，俺这命咋恁苦呢！年轻的时候你儿子不争气、偷懒不干活，家里家外俺一人担了；而今年龄上来了，刚知道理家事了，儿子可开始害人了。妈，你不知道，前些天哲光把架子车 30 块钱拿出去卖了。咱那可是掏了一百多元买的新车噢！还有自行车，他爸来回在外头做活，成天靠腿走一二十里路也不是个事，咱 90 元买了一辆半新车子，他哲光推出去 20 元就给咱卖了，你说气人不气人？这不，才前脚跐进门，跟声就说，要把圈里的猪吆出去卖了呢……你说，日子好过遇伙难，咱咋养了个散财童子、不成器的东西呢？啥都三分不值二厘的给往外踢腾……"

"噫噫噫，"哲光斜着肩膀，小眼睛翻着白仁，鼻音重重地对着他母亲说，"这会把俺婆看重了，知道给俺婆诉苦咧，早跑球做啥去咧？这么多年，你俩认过俺婆么？我是你儿，他颜耀祖就不是俺婆的娃子？"

麻来叶不哭了，黑脸吊拉得老长，三角眼一立冲男人喊叫："你给我打嘛，把这狗日的打死心甘咧！"

"哼哼，哼哼，"哲光用眼角的光扫了一眼他父亲，对着他妈反攻，"把我打不成，小心我把你俩老东西报销了！得是想上南边长吊子地里报到呀？要想去就言传！"

长吊子地现如今已成为村里埋葬人的专用地。哲光专门把"报销"和"报到"几个词从牙齿间重重地往外挤着说。

"我就想一脚踢死你。"耀祖似乎是实在忍耐不住了,上前在哲光的屁股上踢了一脚。

"噫,你个……"哲光张开嘴,欲骂又止道,"今儿要不是俺婆在跟前,叫你俩试火!"

早已憋了一肚子火的玉莲姑娘再也遏制不住了,"哇"一声趴在火炕上"呜呜呜"地放声大哭起来,边哭边用手拍打着说:"这屋都乱成啥咧?这屋还咋叫人待下去呀……"

哲光慢慢腾腾往门外走去,一边还吹着口哨哼着曲儿。

"对咧,俺娃不哭咧。哭着抠人心。"柳秋桂潮湿了眼,上去用手摩挲着孙女玉莲的头说,"去,洗个脸,早早歇着。明儿不等亮还要给人家去打扫卫生拖地呢。"

两个月前,玉莲初中一毕业就托同学的爸给她寻下了挣钱的活,一月才给30元。钱不多,但玉莲想,闲着也是闲着,挣两个总比不挣强。这活计虽不算太累,可每天早上要不等明就起身,赶五点半到那里。这是一家工厂的职工食堂,百十人吃饭的大食堂。早上7点半开饭。玉莲主要是帮厨师打扫卫生,择菜,打下手。这家工厂离家也不远,顶多三里路,玉莲一天三趟地跑。能挣一点钱,就能给家里减轻一些负担,她也不觉着累。令她欣慰的是,她很勤劳,干起活来不惜力气,人既麻利,又干净,很快就赢得了食堂职工们的赞赏。尤其是又白又胖、敦敦实实的大厨师毛永平,更是对她称赞不已。刚开始,乍一看,玉莲还以为毛永平是中年汉子呢,慢慢熟悉了,才知道他才30多岁,是个四川人,前两年才接了他爸的班到这儿来工作的,还没成家。这样,她就和他慢慢认识了……

祖倩扶着老母亲走出大哥的家门,听到哲光在河堤上转悠着唱着"我的心在等待,永远在等待"时,她明显感觉到母亲的身颤了一下,像打了个冷战,身子不由得向后仰了一下。

"娃可怜哟,把娃害苦了。恁大的大小伙了,到现在也没寻下……"

"俺大哥、大嫂这叫自作自受。"祖倩望着没有星光点缀的夜空,说,"这也是报应!他生在先,长在头,没有俺大了,他不但不拿正眼盯一下俺兄妹,这两年,连你也不管了……"

"妈又不是瘫到炕上不能动。"母亲打断了女儿的话,"再说,这两年地里的收打播种都是你大哥跟四哥帮妈捎带着干咧。这就对了么。妈一个人能吃多少,喝多少?"

母亲总是这样,从来不为自己着想。

一个在儿女面前永远不谈回报的母亲啊!

四十九、残缺的梦

把院子的大铁门关了,回到屋里,留着屋里的前后门和窗户全部大开着。祖倩和母亲撂下了蚊帐,上炕歇下来。

虽是伏天暑日,当夜静下来后,从南山里窜出股股凉风无遮无拦地直扑下来,给山脚下的村村落落驱赶着闷热燥气,使祖祖辈辈生息繁衍在这一带的子民又度过一个不十分热燥的暑期。

这是大山的恩赐,是平原生灵们无法体味的享受。

欲将进入梦乡的祖倩突然被隔墙那边的耀禄媳妇红红的说话声惊扰了睡意,她一个激灵,就睁大了眼。那边说话的人尽量压低了音调,但静夜还是不留情地将她的声音真真切切地传导了过来。

"……你死了?给你说话呢,你听着没?"

"嗯嗯。"这是耀禄粘糊糊的声音。

"他老大不给咱妈粮食,咱也不给。你看咱这两年日子也过得惜惶。一家子张嘴要吃要喝呢。这些年你又挣不下钱……"

"少多嘴!睡你的觉!"耀禄不耐烦了,似乎翻了个身。

一股风从窗户涌进来,把靠窗这边的蚊帐吹得朝里鼓起来。祖倩大睁着双眼看黑洞洞的头顶,感受着黑夜荡漾在眼前的无限疯狂。夜晚真好,它能让白昼的假东西现出原形。这个从来不在人面前说一句恶话,总是摆出一副和善面孔,在村人及亲戚之中得到好口碑的红红竟是一只母夜叉!是黑夜创造了奇迹,她把掩盖在贤惠暗流中的污浊原原本本地呈现了出来。噢,黑夜,再鬼怪的魑魅也逃不出你亮丽的眼睛。你这甄别善恶的精魂,自作聪明的人谁也逃不出你的掌心。无论是官员政客,无论是商贾大亨,还是作品等身的文人墨客,蹦得再高,跃得再远,也无法脱离你给予的点滴惠泽。祖倩枕着她厚厚的思索,在黑暗中冥想。

夜,很友好地把黑黢黢的翅膀搭落在人家瓦屋上,给祖倩一个抬手就能触摸到的感觉。

柳秋桂在炕的另一头翻了个身,她也被黑夜捉走了睡眠,思念女儿的情感乘坐在黑色的光瀑上,一路无阻地去了渭北大平原,来到大女儿祖香的屋脊上。

此时的祖香已是两个女儿的母亲了。

石头在家正休探亲假。平原不比山间川道,酷暑无遮拦地在平地上滚动,掀起一浪又一浪的热潮。人人热得无法睡去，男人们穿了半截裤子及各色背心在堡子街巷游逛，女人则三个一堆、五人一伙地坐在一搭说闲话，唠着家常。

黑暗中，一只大白母鸡"呱呱"叫着从斜对门的外号叫"瞪眼"的女人屋里飞出来，直扑祖香家的鸡窝。鸡窝就搭在窗底下的墙拐角处。祖香家才盖了三间大瓦房，还没垒院墙，大母鸡煽起翅膀，连飞带跑地向窗下直扑过去。人堆里的祖香还正纳闷，几天前丢的大白母鸡咋从"瞪眼"家窜出来了？仿佛怕人逮着了似的，没命地往自己家鸡窝里飞。正在祖香诧异的时候，"瞪眼"穿着花裤头，抖拉着两堆肥肉似的向下垂吊的奶子追撵了出来。一不小心在门前的粪堆上绊了一下，爬起来就朝祖香家的鸡窝扑去。在外乘凉的祖香跟着上了土台阶，来到自家的屋门口。

"瞪眼"女人跪在地上，撅着尻子，趴在鸡窝胡乱抓，惊得鸡们嘎嘎乱叫。祖香明白了，是"瞪眼"这几天把大白母鸡圈到她家的鸡窝里，今黑没看住，让白母鸡挣脱逃跑了。白母鸡自有鸡类的灵性，它要回到自己熟悉的同伙群中，回到养它长成的主人家里。

"马兰嫂，俺的鸡回窝啦就算了么，你咋还往回逮呢？"祖香在"瞪眼"身后愤愤不平地问。

"这明明是俺家的鸡钻到你家鸡窝啦，我当然要抓回去！"叫马兰的"瞪眼"妇女呼呼喘着粗气，手提着嘎嘎叫的大白母鸡，尖鼻子和厚翻嘴一说话就挨到一起了，瞪瓷得好像老向上翻的三角眼，这会射出两道横光，凶狠霸道地对着祖香嚎叫："想讹我哩，也不看看我是谁！"她抓着祖香的鸡，脸上溅着鸡屎点点子，往自家屋走去。

天上没有星光，地上闷热难耐，天地混沌一片。没有一丝风刮来，人头上仿佛扣了口大黑锅，憋得人难以喘息。石头就趷蹴在自家屋檐下的台阶上，对于"瞪眼"明显的欺侮，他一点办法也没有。他像什么事也没发生似的，一直蹲在那里。

街巷里的人都窃窃议论起来。

"那挨球的石头就是个熊不顶，眼睁睁瞅着'瞪眼'从家里把鸡掏走啦，还连个屁都不放。"

"跟着这种软骨货，一辈辈受不完的气！"……

祖香气得一脚踢开屋门，趴在炕上"呜呜呜"地哭起来。石头眨巴着细小的眼瞅着祖香抖动的脊背木讷着说："那倒有啥哭的呢，不就一只鸡么？"

祖香的气一下子冲上了脑门，她转过身，满脸泪痕地对男人发了火："你就瓜得跟石头一样了！别人从咱家把咱的鸡往家抓哩，还对咱横鼻子竖眼，咱连个声都不敢发，咱是羞着先人啦！那是一只鸡的事吗？人家明明是把咱就没在眼里磨，欺负咱哩。骑到咱头上屙屎尿尿哩。嗯……呜呜呜……"祖香越说越觉得委屈，又放长声哭了说："这跟咱是对门住着，以后还有咱的安宁日子过吗？"

两个一低一高的女儿偎在石头的腿两边睁着圆溜溜的眼看，把不谙世事的天真写满了脸。

"看她把咱的鸡抓回去，看她能好过不？"石头仿佛和女儿一样不省人间的事，还一字一板地对祖香说。

"我跟你说啥呀？"祖香恨铁不成钢地说，"她今黑明火执仗抓了你的鸡，明儿就敢再逮你的鸭……"

"咱打个赌，看他明儿个还再来？"石头还想再逗点能，忙打断了媳妇的话，抢白道。

祖香像被噎住了似的，泪不住地往下淌，头上的汗把刘海粘住了。

"跟你这半生子货咋说呢？"祖香一说这话，不知咋的，刚刚沉落回去的屈辱又一次翻上心潮，是那么的猛烈，逼得她不能自我地哭诉起来，"自跟了你，俺远天远地嫁到这儿，举目无亲，两眼墨黑，谁是能掏心窝说话的人？你老妈，呱得总还以为现在还是解放前的社会哩，想跟她解释吧，她听不见。她凭你说话的口型判断好与不好，常常是她发生了错觉，一不顺心捞起笤帚就打俺。俺不能跟聋哑人计较吧？有时俺看着她脸色一发白，俺拾起身就跑。可有时还梦不着气呢，也不知啥活做得不顺她的心了，脊背后就不自觉地挨了棍……好在从你老妈手里熬出来。她死了，我得撑住这个家把老人抬埋了。那些年你寄回来的钱俺舍不得花，把一分钱恨不得掰成两半使。积攒的钱到送了老人后剩下了几个零头。后来，俺又养鸡又养鸭，卖鸡鸭，卖小鸡、小鸭，慢慢地又攒下了一些。可是，你那老土屋，你也不是不知道，年代久了，常常是外头下大雨，屋里下小雨，俺就寻思着好歹也要扒了老房重盖新房。后来，俺就挣命在老房基上重新盖了一溜四间厦房。想着总该安宁歇一阵子了，没料想，有人给你哥从山里引来了婆娘。这婆娘在山陵上住着窑，是山洪把窑冲垮了，把一家老少九口人捂在里面，就活了她跟两个儿。俺那时想，不给你哥揽个婆娘到老来咋办？到头来还是个事呀。俺就忍一忍，给人家腾出了两间厦房给他一家住。下来还有你弟哩，就剩两间房子了，俺跟娃一住，你弟咋办？俺看着咱院里后边还能再盖一间厦房，俺就又张罗着盖了一间。这下好了，住处宽展了，可第二年有人给你弟又说下一桩婚事。虽然这女子有点痴呆，可她是一个身体强壮的女人呀！因为有点痴呆，所以一直难嫁人，给你弟刚合适。她不管咋说，能生养、能给你家留下根呢。但人家娘家人提出，要把俺单另搬出去住，这三间新厦房全给他呱女留下人家才答应这桩婚事。俺就思摸着呀，嗨一口气，也行，这总比你弟一辈子打光棍强，不然，到老来还不是咱娃的连累。俺就搬出来了。当时没处住，俺和娃就住当年生产队的烂库房……谁还能想到，这辈子俺的命能怎苦？"祖香把一肚子委屈全倒了出来，倒出的是一个女人悲怆的命运呢。

昏暗的灯光下，蛾子不停地在灯泡上扑飞，拍打出"啪啪"的响声。屋子里，不论是扑灯的黄蛾还是女人的诉说，都把命运那怪物直端端地撂在了炕脚地。蛾子该扑打，这是蛾类的命运。这飞虫，一而再、再而三地扑一下，被撞下来，再扑上去，再碰撞下来，反反复复，明知是枉然还要再继续。这就决定了蛾子扑灯的悲剧命运，这，不是蛾子自身的过错。

谁没有过如花年华？谁没有过美好未来的憧憬？祖香也曾和世上任何一个少女一样，幻想过花前月下、男耕女织的美妙场景；也曾想象着能给她安慰，给她抚平创伤，为她遮风挡雨的男人；她曾经抱着人生最大的企望值去揣度自己的人生，一定会有充满欢欣快乐，充满夫唱妇随，充满儿女绕膝的景象；她希望自己的男人是一位虎背熊腰、声如洪钟、吃饭用盆子盛的真正的汉子，那样，她就能趴在男人宽厚的胸脯里诉说委屈，被男人很疼爱地拥住……可是，这一切，对祖香来说都是一场梦，一场永远也不可能实现的梦！

这就是现实的残酷。

现实生活往往事与愿违，你想要得到的，反而不让你得到。人就在幻想与现实的夹缝中受折磨。祖香的心碎了，她看不到前方的路，望不见一点亮光，人生的漫长河流到这儿突然就干涸了。对于一个生活在中国大地上的农村女人，一个畏缩、愚笨的男人在你身边，注定你要忍辱负重，你要付出一般女性所不可想象的东西。现实生活的无情往往使你陷入不能自拔的痛苦之中。

祖香的思想就在这痛苦中裂变、分化。

一个可怕的念头缠在了她的大脑轴上，而且是那么强烈。她想到了离婚。当"离婚"这两个字眼在她眼中闪烁时，她清楚地感到它们是那么的吸引她，它们亮晶晶的，像星光一样照亮了她前行的路。它们又是那么的诱人，紧紧地摄住了她的心。它们魔障一样在她心的眼帘布下了缤纷的图腾，她被深深地迷惑住了。

人在受了莫大的屈辱之后最容易产生新的自我。不是天堂重生，就是地狱毁灭。

祖香的生活之流改道了。是心魂呼唤的结果呢，还是命运本就应该这样？

这是在石头休完了假去铁路上班走后的一个午饭时候，祖香趁早晨天凉锄了一块玉米地，一直到要吃晌午饭时她才扛着锄头往回走。刚走到屋门前的村巷里，"瞪眼"就老鸹一样扑了上来，一把上来抓住祖香的头发大骂："你个野狗日的，还想在我头上挠痒痒，瞎了你的眼！你锄地锄到我地畔上，想多占我一行玉米呢……"祖香愣是没防备就被"瞪眼"一下抓翻了身，摔倒在了地上。她明白了，自己本是一番好意，想通过给"瞪眼"多锄一行玉米以缓解因白母鸡结下的怨情。都住对门，抬头不见低头见的。再说了，"瞪眼"在本队是有名的"惹不起"，祖香想，咱惹不起咱躲得起。母亲过去不是常教诲么，吃亏人是福。就给她多锄点地。没料想，"瞪眼"误会，歪人总把事往歪处想。一看见祖香的身影，她立刻冲了上去。"瞪眼"边抓头发，边抡胳膊打着，号叫着："是你惹上的，你也甭怨谁。你眼不亮，想在我头上挑刺哩。看看这些年村上谁敢惹我？"

祖香像被打懵的鸡一样任"瞪眼"摔打。就在她昏沉沉不知如何抬起身子的当口，有一个声音传来，仿佛是来自天际头，又似乎是她年轻时幻想出的男人洪钟般的声："甭打，甭打了，你也太横了吧？欺负人也要有个限度。"祖香知道有人劝架了。

周围已聚上来一圈大人和小娃，放羊的儿童忙着钻人缝看热闹松了羊绳，羊在人群外咩咩地叫，好像要回家饮水的样子。

"瞪眼"放了祖香，把恶气又撒在拦架的汉子身上。祖香从地上爬起来，一身的灰土和草屑，一脸的惊惧，头发蓬乱如麻。她见"瞪眼"又蹦又跳地用手指头指戳着一个大高个子黑胖脸男人，指头随着往上跃的身子几乎要指点到对方的脸上了。她不依不饶地破口大骂："哪里来了你个野汉，管别人婆娘的事来了？……"

大黑胖子男人"嘿嘿"冷笑了两声，一手上去抓住了"瞪眼"指骂人的指头向前一拉，再向上一折，那根食指，"咯吧"一声，随着"瞪眼"一声惨叫，就断了下来，那断手指在半空吊拉着耍链枷一般。大个子黑男人狠着声恶突突地说："记住，做事太过分了，没有好下场，这回是给你一小点的教训。"

"瞪眼"又蹦又跳，哭着骂着，扎拉着断了指头的手扑抓着，把头伸过来，猛撞胖男人的怀，黑胖男人一挥胳膊就将"瞪眼"甩出好远，使"瞪眼"婆娘在粪堆处栽了个狗爬爬。"瞪眼"仍不死心，她弹簧一样又反扑了上来。

祖香只瞅见大黑男人的两眼充了血。她害怕了，万一打失了手，连累了人家，可是一辈子还不清的债了。为了自己，让人蹲监狱，她实在是于心不忍。她忙冲上前，抱住了陌生男人的胳膊。

"行了，行了，再不敢出手了！"忙乱中祖香乞求似的对高大的汉子喊叫。

"再上来，看我不把你扔到涝池去！"黑汉子的声嗡嗡作响，震慑住了"瞪眼"。她无计可施地一扑踏坐在地上哭号起来，屁股底下还"卟卟"地蹦出了两个屁，惹得周围的人"哄"一声大笑着散去，惊得鸡、羊和狗懵懵懂懂地乱窜。

"瞪眼"不知啥时候悄声地回去了，祖香也扯着黑脸汉子回到了自己的家。

洗了把脸她这才看清了眼前的黑脸人，他又高又胖，壮实得像头公驴，四方的大胖脸，又黑肉又硬，圆秃秃的鼻子，鹰样的头。眼睛不大，一睁起，透出两股恶煞煞的光；他出气如牛，呼呼地响，笑起来浑身突突动，仿佛在躯体内安装了笑马达，震动力很大。眼前这般的粗野汉子，却长了一口整齐的牙，牙虽然被烟、茶熏染得发黑，但祖香发现，他的牙如果刷白了，一定是一口熠熠生辉漂亮的牙。

自打进了石头家的门，祖香早在心里把自己尺摸了：跟下一个老实蛋子男人，要智慧没智慧，要力气没力气，从各方面看祖香自知不如人。她知道自身有几斤几两，她不敢在人前大声说话，更不敢像村里的嫂子一样跟兄弟们调耍戏闹，她就怕人说闲话，怕众人背后戳脊梁。自从来到世上以来，三十出头又两年了，她第一次跟石头以外的陌生男人待在一个房间里，她有点局促不安，心"嘣嘣"地跳。"你坐着喝茶，俺给你做饭去。两下就好了。"祖香把茶壶和茶碗往矮饭桌上一放，招呼一声就出屋门到厨房做饭去了。

祖香已练就了一手做饭的好手艺，她从和面、揉面到擀面，不足半个小时，饭就端上来了。她知道怎样安排好程序，又省时，饭又做得香。她先把面拌成絮絮，然后用力往一起压，再洒进一点水，揉光，用干净湿布裹了，扣在盆下把面饧好，锅下架起木柴火让水滚着，这会腾出工夫择三饧葱，洗了切碎。面饧好了，用手使劲揉，待面揉光手感如绸时，用擀面杖推开，擀成大张，刀一切，面齐刷刷地。然后往滚水锅里一下，烧开捞起，再在面碗里撒上辣椒面、葱花、盐等佐料，用铁勺把油烧滚往上一泼，再淋上醋、酱，一碗油辣香美的油泼面就成功了。这面吃起来口感光滑，柔软筋斗，香辣宜人。

饭一端上桌子，黑脸大汉端起来就狼吞虎咽一个心思吃饭。很快，一大碗油泼面就像倾倒一样进了他的肚。吃完了饭，他把嘴一抹，连声称赞："美！美！这饭吃起来过瘾！"接着，他自倒水瓶水，冲泡了一壶酽茶。又烫又烧的滚茶水到了他的口里像凉水，一杯一杯的浓茶咕嘟一声就灌进了嘴，让祖香感到他如野人一样能吃能喝。他喝着茶还说："俺那婆娘，成天谋着上舞厅跳舞呢。啥时候能给咱做一顿成成样样的饭？……石头真有福！"

后一句话是赞扬祖香的，祖香一听腾地就红了脸，心扑嗵扑嗵直跳。

"你还不认得我吧？"他睁起眼，看着两颊泛起两坨红晕的祖香笑了问："我是咱村里三队人，经常在外给人拉石头沙子哩，很少有时间在村上转。"他告诉祖香，自己有一辆三轮拖拉机，长年四季早出晚归；还经常爱替人打抱不平，见不公平的事手心就痒；他最见不得横行乡里、欺人耍威风的，只要他碰上，非教训不可，绝不放过。他还说他有个怪癖，要是撞上不平的事，就像"瞪眼"今儿欺负祖香一样的事，他若是不管，他几天几夜都睡不着觉。他还说，他胆子大，他深更半夜走到渠上歇渠岸，走到坟堆睡坟顶……他的一切活动都超出了常人的范畴，令祖香听得毛骨悚然，但却津津有味。无形之中，他给她死寂般的生活渗进了新鲜和猎奇；在惊恐之中她看到了一个猎猎野男子的禀性，这似乎正是她从前所想象的，渴望得到的真正的男人！仿佛等待了几个转世，祖香终于等来了一个烈火熊熊、能踢能咬的人。她从他身上看到了另一个自己。她将在他的护荫下，堂堂正正地活人，活出一个正常的、不再压抑的真正的女人！

后来，祖香又从他嘴里得知，他叫郝孬飞，才28岁，已娶妻生子。然，他妻子迷上了新兴的舞场，天天泡舞场，把他拉石头沙子挣的钱全撂进了舞场。他打过，狠狠地打，用绳吊起来打都不济事。最近，她窜得更加欢了，迟早回到家他喝水都没一口水，想吃，没有一勺饭……曾一度，他苦恼不已，光想打人，就出去帮人打架，鸣不平；有时没有人喊去打架了，就在墙上打。有一次，他大喊他去地里干活，他正烦着呢，操起切草刀一刀撒过去……幸亏老汉躲得疾，不然就没命了。

在郝孬飞的身上，祖香有了一种从没有过的新的感受，她知道他对她有好感了。可一想到他才28岁就像40岁人的样子，原来的顾虑也就不解自消了。后来，他又多次寻上门来叫祖香给做饭吃。有一天，他吃完了饭，猛然就一揽胳膊把祖香挟起来往炕上一撂，脱了个净光说："你想我不？我早就憋不住了。"

于是，他在她的身上大汗淋漓地像拉犁的牛样喘着气。云里雾里疯狂地折腾……

粗野的男人令祖香狂喜不已，她没有骤然不防的惊惧，也没有局促不安的情绪，冷静得连她自己都感到吃惊。她很坦荡，做女人这么多年，她第一次真切地感受到男人的雄性魅力，第一次享受到做女人的幸福。她的心解放了，像放飞出笼的白鸽一样在蓝天翱翔……她惊异地发现她真正地爱上他了！爱上这个野兽般的男人了！

世上还有爱情这东西，这是祖香在现实生活中的新发觉。这么多年来，她总以为爱情只是人的空想，是人为自己找快乐的想象罢了。当爱情真的来到时，她就如获至宝，当成生命一样的去拥抱。

经过几个月的周折，郝孬飞和祖香都离了婚，办理了重新结婚的手续。

而石头，却一直没再娶。

五十、西域情缘

终南山脚下的柳秋桂做梦也想不到她的大女儿发生了令人心碎的婚变。老人最揪心的还是她远在千里之外的耀昭。他都36了，至今未娶个媳妇，这叫为母亲的头愁白了一层又一层。

白了的还有耀昭对母亲的深深愧疚呢。

当耀昭在同一天同时接到祖倩和申水浅的来信时，他为申水浅在西安市受人忌妒，被人排斥的窘境深感同情和不安。他想，申水浅是一个多么善良、多么有才华的人，却在宵小践踏下苟且偷生。申水浅信上说，每遭受到人的围攻，他一个人就跑到城墙跟下偷偷地哭鼻子，并深深地感到古城简直就是一座魔鬼横行的地狱！新的开放思想，把古城的优良传统没有得到更进一步的推进，反而让文化的污秽覆没了最宝贵的精华，古都文化是社会肌体里一块最敏感、最能拽着时代的犁铧驶向某一个方位的垦荒者，最能代表历史前进的方向，然而，古都的人把开放的市场理解反了，他们丢弃了珍贵的中华传统的文明，向着癫狂和精神糜烂的领域滑去。申水浅还在为这个社会担忧、焦虑，也为自己活得艰难而忧叹。

在信上，申水浅还透露，尽管遭受些人为的攻击，但他将笔耕不辍；他从体力上战不过人，从口头上更是难以应付口舌如利剑的小文人们，可他感谢上苍赐给了他取之不尽、用之不竭的创作灵感；他在人面前可怜得不敢正眼看人，更不要说像别人一样跟人拍桌子踢板凳，明火执仗干架，或暗中操刀相拼了；谁踢他一脚，他灵机一闪，也总算躲过一劫又一劫；但他心中非常清楚，他们全是冲着他的笔来的。他的笔一沾上纸，就犹如花儿迎上了和煦的春风，就如同解冻的河，一发而不可收；艺术的语言、精巧的故事、虚拟的人物，如水上浪花欢蹦跳跃。每当写完一篇作品，静下心来阅读时，连他自己都不敢相信，这是他创作出来的？是从他的大脑如抽线线一样抽出来的？这个时候是他最幸福、最快慰的时刻。申水浅说，他忘记了一切争斗，忘掉了万般烦扰，悠悠如山里来风，点一根烟吸着，飘飘若仙了。他在信中还写道，这难道不是上苍的旨意？苍天削弱他口才的表达力，在他的脑细胞里却输入了过盛的灵感，这不能不证明上苍对人的公平。人可以亏人，上天不亏人。今世不得意，是前世的过错，而不是天道的错误。无论怎样，人不可走偏颇，要清楚地认识自己，属于哪个道上的。你认错了自己，离开了自己应有的道，你就是一个自造悲剧的人。可是，世人有几人能认识自己呢？人每到灾难中，就大呼，老天爷呀你瞎了眼，其实是自己瞎了眼。这种现象就如同我们人类自己，不照镜子他（她）永远也看不到自己的脸一样。

……

申水浅十几张密密麻麻，像蚂蚁爬满了纸张的信让耀昭震惊。贫苦出身的山里娃什么时候都非常吝啬节俭，为了节省纸张他把字总是写得又小又灵巧，清秀中透出仙气。耀昭还从他的信上看出，申水浅将有一部令世界文坛瞠目的大作已在胸中酝酿着，待时机成熟，将一发而不可收！但申水浅还强调说："你经常批评我，嫌我软弱，咱就这天性嘛，既不会跟人吵架，又不会翻脸，软就软嘛。你不知道老虎往后蹲屁股是为了向前冲嘛。"

申水浅啥时都会很诙谐、很幽默地为自己解窘。

第二封信是妹妹祖倩的。耀昭看过祖倩的信后，立刻去了市上的人才交流中心。边疆建设需要大批的人才，市委、市政府为了加快城市化建设步伐，专门设立了人才交流机构，还曾派专人去内地各大专院校用优惠的政策、优厚的待遇吸引口内各大中专学生。耀昭向人才交流中心负责人详细介绍了祖倩的情况，并为妹妹索取了有关表格后，又马不停蹄地到邮局给祖倩发了一份"速来疆"的电报。

雪山草地，羊群在郊外的河滩里浪漫；沙枣树上的枣果正在由青变黄，有的已几近成熟，透出了半边黄红色，到处飞扬着沙枣的香甜气味。天很蓝，白云在天空变幻着各种姿势飞奔而去，总像有鞭子在后头吆着似的，匆匆逃窜。头顶又是一碧如洗湛蓝的天空。

城外的茫茫戈壁滩老气横秋地蹲守在城四周，把核桃皮一样饱经风霜的脸蹙成老妇人一般的皱褶，这让耀昭想起了自己的母亲。他长叹一口气，想，自离开家，他本应给老母亲寄上一笔小钱，但却一直未寄，他还要供小安安的生活，他还想送这小男孩去读书。自安安的母亲去世以后，他就担当起抚养安安的重任。这是耀昭在一个即将泯灭了的生命的人最后一刻承诺下的。他经济再拮据，手头再紧张，他也不能失信于一个母亲在人世最后的企望。

回到报社，正是同事们上班时间。半年前自从耀昭采写了市福利院及莫河农场的系列通讯报道并连续在《拉格图》报上大篇发表以来，引起了社会的强烈反响，也得到了市委、市政府的重视。往年的报社，经费紧张一直成为社长最头疼的一件大事，乐天平跑市政府、跑财政局，几乎跑断了腿，磨破了嘴才勉强给下拨一些。自从耀昭的系列通讯发表以来，一下改变了报社的命运，在原经费的基础上又增加了一部分，颜耀昭的名字也在全市成为众人瞩目的亮点。乐社长视才如宝，把耀昭抽调到了编辑部。

耀昭如鱼得水，在报社很快成为一块上好的新闻材料。事遇不妙，乐极生悲，耀昭怎么也没想到乐社长没有妒才忌能之心，却有一种强烈的贪色之欲。耀昭就掉进后者的泥淖中，做了无辜的牺牲品。

今天耀昭的心情格外愉快，在明亮的办公室里一边翻阅自然来稿，一边哼起了"草原之歌"。编辑部的人员大部分都年轻，每天总是充满了活力，气氛异常活跃。乐社长，也就是乐天平，每天早晨一上班，把各版要选的稿件给编辑交代后，再去记者部布置一下市上的重大会议采访，就不见了人影，直到出报的那天才能见到他。耀昭在他手下一年多的时间里为乐社长豁达的工作态度及开明的工作政策所钦佩。他常常望着他瘦小白净的脸想，这小老头心胸宽阔着呢。

老头已五十开外的年纪，如果不是小圆头秃了顶，准会把他当成比他实际年龄年轻十岁的中年人。他白白净净，脸上没有皱纹，圆小的眼睛，圆秃的鼻子，嘴巴也大，还红红的，像涂了淡口红。在相学上，男人的红唇是一生都有桃花运的，为贵相。也确实是这样，他平静坦荡的脸颊上丝毫看不出苦难的痕迹，仿佛他从一生到世上就平平稳稳地过着无忧无虑的日子。

碰上一个开明的领导并非易事，耀昭十分珍惜这个优越的工作环境，兢兢业业地干着本职工作。同时，在与乐社长相处的日子里他也学会了宽容。乐社长总是喜咧咧的样子，年轻同志说他两句不入耳的话他也不往心里去。在他身上看不到半点阴险和毒辣，有的只是和善、友好。

乐社长出去了，各位编辑都快速地进入编稿之中。耀昭把注意力全投入到改编来稿上了。他准备早一点编完这一期稿子，再把下一期的也编出来，好腾出时间再去采写一批大稿、好稿、有时代特征的通讯报道稿。

编辑部设在二楼靠马路边的大房里，大房间又分了两个小间。另一办公室在两个套间里。耀昭的办公室有两张桌子，不知为什么，和他对过放着的一张桌老是空着。他曾试想，是报社给这张桌子还没瞅好人选，还是已选定了人，由于某种原因还不能到岗位？

有一个人影一片云似的从耀昭的眼角余光上飘落到对面的桌上，他看完了一段文章后，这才抬起了头。映进他眼帘的是一位美若天仙般的女子，粉红底带白点的长连衣裙裹住了修长窈窕的身段，更衬托出凹凸有致的曲线美；更令耀昭惊奇不已的是，她白嫩得欲滴水汁的皮肤，那么光滑耀人，那么美璞无瑕，在她的肌肤上简直一点看不出有汗孔那东西。他甚至怀疑，这人儿是从天上掉下来，还是天露孕育成的？人体凡胎怎么会生产出这样一种怪东西呢？要不是她大又黑且深邃的双眸在闪动，他还真以为是神灵给了他幻觉呢。她在耀昭的惊异神情中掂出了自己貌美的分量。然，对于她，曾无数次地领略过从男人眼中迸溅出的对美的惊奇，这时常会勾起她的厌烦。尤其是有些男人，一看见她，眼瞪得老大，嘴半张开，一副垂涎欲滴的模样，令她讨厌。今天，她从耀昭的惊呆中分明感觉出从未感到过的一种潜在的东西，她一时还无法给这种东西下定义，只明显地觉得耀昭的吃惊之中绷着一根水平线，这根线很端直、很紧，不会轻易被外界的力量所弄弯。她笑了，笑得一脸灿烂，使得满屋生辉。

"你……你找谁？"耀昭忙收回失态，结巴着问。

"找你。"她落进椅子里，把浑圆、粗细有致的双臂往桌上一搭说。

"找我？"耀昭瞪大双眼问。

"我是你的老搭档了。"她又立起来，婷婷地、落落大方地说，"喏，你还没坐到对面时，我就在这张桌子边坐了。"她又自我介绍道："我是前不久刚从南方水乡来的，才毕业，学的新闻专业。一个月前奔我表哥乐天平来的，也在招聘范畴里。其实，我早就认识你，在南方上学的时候，表哥经常给我邮寄你们的报纸。说实在的，我来这儿也是奔着你的文章来的。我叫吉曼莉，在学校主编过校报。"

吉曼莉，多么富有诗意的名字！

仿佛有了一种形体，一种人姓名的形体，吉曼莉的名字很快与眼前的她合拍到一起，是那么吻合。这就是天意，人名与人体的有机结合起来的天意！人有了这种天意就是幸福的宠儿，她（他）注定不会混入下里巴人的领地。但世上很多人都不会得到这种天意，有的人名字那么优雅动听，可实际的人恰恰违背了姓名的天意，不但丑陋且粗野；反之，有些人名字粗犷豁达，而人却拘拘谨谨，小鼻子小眼……人间悲剧就发生在这些错乱之中。若不然，古时的官宦大家、书香门第经常会为儿孙的名而颇费周折，寻根到造字的始祖仓颉创字的其意、其境中去。中华民族的汉字是世界上最复杂最具民族特色和精华的文明结晶，在这一点，世界上没有那个发达国家能比得上。每一个字的每一撇一捺、一横一竖以及本字所发出的音律都蓄含了天地之精华、漠宇之灵魂,聚天、地、神于一体,拢鬼、怪、魔于一身。

所以,姓名即命运。

吉曼莉生于江南水乡的一个不夜城,父亲是政府官员。她生于斯,长于斯,把水乡的娇媚魂灵聚拢了一身。福窝里长成的她,是父母的掌上明珠,百般娇宠使这个政府官员的女儿惯下了任性,她不顾父母的阻拦,毅然来到边疆,来到对她而言显得比较艰苦、落后的拉格图市。

尽管这座城交通便利,瓜果飘香,鱼虾满塘,但这里一年四季大风不断,空气干燥,很少有雨雪天气,即使是下雨,也仅仅打湿地皮而已。

"你能吃下这苦?"耀昭问。

"有你呢,苦也不算是苦。"她竟然说出令耀昭心跳加快的话。

窗外高大的胡杨树把它的影子投放到窗玻璃上,一摇一晃的。耀昭觉得自己犹如这风中的胡杨树,被吉曼莉摇晃着。

树欲静而风不止。

她很健谈,谈莎士比亚、巴尔扎克、肖洛霍夫,谈雨果、阿·托尔斯泰、列夫·托尔斯泰,还有泰戈尔等闻名世界的文学巨匠;她还谈到了哲学,涉及费尔巴哈、黑格尔等。她什么思想都有,所谈的言论就是很精彩的文学评论文章,但她却从来没认真地把自己思维里的精彩华章通过笔记录下来。这叫耀昭想起来与吉曼莉成反比的申水浅,前一个会想会讲却不会写,后一个会想不会讲但能用笔表现出来。两种截然不同的类型,两个不同命运的人物!耀昭听着吉曼莉的高谈阔论,他想,如果把这些渗透了中西方文化精辟论断的语言,形成文字,串成文章将不亚于申水浅在文坛的轰动效应。只是,社会上的芸芸众生,像吉曼莉般的人太多,申水浅式的人物太少!

吉曼莉给耀昭带来了美好的遐想,也带给他了灾难。他命中自有这一劫,躲也躲不开。

下午一下班,耀昭就急匆匆赶回宿舍,取了碗筷,去市委食堂打饭。每次都是这样,他快速地打了饭,急急地往宿舍赶,给关安安送饭。

总是朗朗晴空的西域边城,当夕阳的余晖把金黄涂抹在城市里的高楼、大道上时,中午毒辣辣的太阳光直射时的燥气就随晚霞的暗淡而凉爽起来。洒水车开过来了,这东西全然不顾行路人的惊躲乱叫,我行我素地从大街上扫荡过去。在这儿,不会出现口内的闷热与潮湿,太阳够火够毒,无遮无拦直射大地,可到了下午，阳光斜射时，天山显了神威，它山头上一年四季化不完的雪水像风一样淌下来，福荫着南北两岸的生灵。所以，西域边陲的炎夏是最幸福的。大自然不会让生息繁衍在她怀里的子民热得大汗淋漓。少了雨水，却丰富了自然来水，龙凤河就是天山融化的雪水汇集而成的一条河。

当耀昭急急忙忙给安安打了饭回到宿舍时，他一眼瞧见了吉曼莉，她正坐在他和安安的床铺上，看着安安趴在当饭桌用的箱子上津津有味地吃饭。耀昭一下子就明白，她已给安安买了饭。

本是两个人一间小宿舍，仅十几平方的房子，没用领导安排，同事们自觉把这一间留给了耀昭。这主要是来自安安的缘故。

小孩是天真无邪的，安安不考虑大人的心事，大吃一阵后，就鸟儿似的飞出房子玩去了。

"你还感到吃惊吗？"吉曼莉拉着耀昭的手就坐到了床边上，"这一切都是缘于我对你的爱。"

"你知道我的年龄、我的出身、我的一切情况吗？"耀昭只好也单刀直入地说，"我比你大成十岁呢。一般像我这个年纪的人都有妻室儿女了，你在南方难道就没想过这些？再说了，你出身富贵，我可是从下里巴人的泥土里拱出来的，难道你不考虑你与我的生活习性有着天壤之别吗？……"

"你不要说了，"吉曼莉截住了耀昭的话，"如果被你所想的一系列问题所羁绊，那是我吗？婚姻是什么？那只不过是一个形式罢了。年龄算个啥？如果想要追求一段完美的爱情，这是需要灵魂的，而不是一个躯体。人的肉身子，谁都会有，连猪呀狗呀猫呀都会有，有什么可珍贵的？贵在人的精神。我就是一名崇尚精神的高贵者。我在南方的大学校园，阅读着你的文章，我感到你有一种潜在的骨气、血气。正是你的这两气把我吸过来的。你的两气具有超常的魔力，让我无法抗拒……"

耀昭被她的述说感动了，他控抑不住地抓住了她的双手。

她哭了，泪花儿在眼眶内打转。她猛地就把头扎进了他的怀里。

耀昭看着门口迅速隐去的白昼溜出了房，他的一腔热血在汹涌澎湃、在冲荡。

"……你可知道，此刻听到你胸腔里跳动的心声，我才觉得我找到了真正的你……"她静静地趴在他胸腔上，像羊儿卧在草原上，有了归宿感。"二十多年来，我一直觉得自己是一棵没有根的小草儿，这会儿才真切地感受到了一个真正的自我。曾有好多次，我躺在静夜的床上，抚摸着自己的身躯，触摸着我身上的血管，我仿佛看到我是一个大荒漠地的灵魂转世呢。在我汩汩跳动的血液里，冲荡着异族的血腥气，滚烫滚烫……"

怪不得她的眼睛有抠凹进去的深邃，眼睫毛长得让人不可思议，仅这一点就超出了汉民族的血统。难道在她先祖的原始种族根系里就掺杂进了别的族类？过了数十代，甚至数百代，又轮回在她的血统里？这就是血脉啊！

耀昭正沉浸在吉曼莉带给他的遐想里，陡然，一种新的感受拂上心头，一种别样的气息直喷头顶。他仿佛闻到了方红雨的气味，她赤裸的躯体反复着在他眼前晃荡起来。一瞬间，耀昭痛苦极了，那个神秘的精灵又虫子似的先在他的耳坠上窣窣了几下，大概是在寻找能够钻入到他体内的孔隙，然后又跃入发际间，不一会就介入到他的每根神经上了。和他在老家的土炕上得下怪病时的阵痛前的兆头一模一样。耀昭惊恐万状，睁大了双眼，心魂跳出房门，双膝跪下，对着茫漠的苍天祈祷："我的神呀，再不要为我赐灾……"文书又浮上来了，把"磨烤"两个字悬在他的天空。耀昭对着苍天暗自呐喊："你们到底想干什么？要我怎样才能磨烤尽了？"他一把推开怀里的吉曼莉。正在这时，乐天平出现在门口，他的脸煞白，夜光里像水鬼不散的阴魂。

乐天平直冲着耀昭发了火，这是自来到报社以来，耀昭第一次发现乐天平还能发出如此巨大的愤恨，那愤怒咄咄逼人：

"颜耀昭，你如果自视傲慢，不知高低，别怪我乐某人对你不客气！你掂量着，她，是我表妹！"他把"表妹"两个字咬得特别重，以不可侵犯的口吻向对方发出了警告。他发凶的样子让耀昭想起了护食的狗。

"你凭什么对他发火？"吉曼莉气得浑身颤抖，立起身子站到离她表哥很近的对面，怒不可遏地叱责："我怎么看你像个特务！"说完，一甩身出了门。

乐天平狠狠地瞪了耀昭一眼，从鼻孔"哼"了一声，气腾腾地离去。

这一声"哼"，犹如幻化成有形的人体在房子里来回转悠打旋。耀昭用眼光捕捉着乐天平的声影，他要透过这个"哼"字找寻出背后隐匿的祸福。可是，他失败了，败得很凄惨，简直是一塌糊涂。他想不通，曾一度对他那么好、把他看得那么重、那么宽怀大度的乐社长突然就变得不是他了。在很开明的领导的心中，难道也有一方狭窄的死角？耀昭思量着，揣摸着。"噢，对了！"他似乎有了些许感觉，唤回了被遗漏的情感思绪："难道他想在他表妹身上打主意？"似乎有那个意思。乐天平什么都好，就是过不了美人这个门槛。这就是他的"高压线"，任何人不得触碰。

每个人都有他难越的坎啊，这坎就是你的祸福。那么，耀昭认清了自己的坎了吗？

五十一、诗意芦苇

星期天，是祖倩乘坐的那列火车到站的日子。耀昭提前赶到火车站，早早在站台上等候。

祖倩经过几天几夜车上的摇晃终于看到坐落在四周是戈壁滩，而中间为绿洲的拉格图市。此城市就像落在茫茫灰褐色戈壁凹洼里的一颗绿色宝珠，四面都是高耸的光秃秃的沙地，突然到了这里就是一片绿洲，就有了人群，有了人建造的高楼大厦。人因绿而居、而活，人攥着绿而生生繁衍不息。大自然才是人生存的根本。一路的颠簸，一路看不够的新奇。当列车在狭长的古丝绸之路——河西走廊——穿越时，祖倩透过窗玻璃把亘古不变的戈壁山地看成了驮运丝绸的驼队，耳边就响起了大漠雄壮的驼铃声。她为古人坚韧不拔的毅力所震撼。她想象不出，他们一路历经多少千难万险，才将中华民族的丝绸带到数千公里外的西方国家。苍凉的不毛之地，一路除了看到一窝一窝的骆驼草恰似一团团向戈壁沙漠宣战的刺球，更像漠天荒野里的壮歌，向人哼唱着大漠的壮歌行外，再也看不到一棵树、一只鸟，连一潭小水也望不见。在戈壁大漠上，尽收眼底的只有悲凉和沧桑，干涸和死寂横躺在面前。这是一片怪异的沙地，荒凉、犷野，让人只见死亡，不闻生息。古丝绸之道是中华民族为之骄傲、为之亢奋之路。中国丝绸文明在世界各国的传播和发扬光大，无疑是民族精神的光辉在闪烁。祖倩望着外面变化莫测的山头，有的似飞驰的骏马，有的如引颈高歌的大鹤，有的宛若奋蹄前行的骆驼，还有的犹如一尊仰天的大佛……她被大自然这鬼斧神工的创造所感动。人间的雕刻家、画家再凿再画也比不过大自然惟妙惟肖、逼真动人的雕塑。是大自然造就了人的艺术才能，没有大自然的造化，人类将一无所有。

带着想象，带着诧异，祖倩一头就扎进了漠天绿洲里，来到了拉格图市。

第二天一上班，耀昭就领着妹妹祖倩拿着填写好的干部履历表及相关表格去了人才交流中心。根据祖倩的特长，按照本人的意愿，人才中心很快安排她到了市文联上班。

市文联大楼坐落在市郊外，离城中心还有四公里路程。办公楼就蹲在大院的中间，前后还有几幢矮平房簇拥着。平房里住着有家室的家属。大楼的一层是旅游单位，三楼为文化单位，文联正好夹在二楼上。

在这栋楼上办公的人员及进市区上学的学生每天都有车辆接送，接送人员的车分两路，一路走绕城道，一路从市中心穿过，有固定的站牌。祖倩每天天不亮就要赶上市中心的这趟班车上下班。

刚刚走上工作岗位，踏入社会，祖倩有一种新奇的感受。再加上离开故乡那片皇天后土，猛一下进入到多民族生活在一起的西部边陲，有一种到了世界外的感觉。她为这辽阔无垠的地域而备感惊喜，为这儿高远无边的天空而惊奇。这里的一切都表现得阔远宽大，让人没有拘束感，可以让人一甩内地人特有的憋闷和压抑。天空显得特别高，大地显得特别旷，一出城区就是数十公里、数百公里无一人的大漠荒野。在这里没有内地的村连着村、人挨着人的拥挤和城市与城市之间相距数十里的压抑。各个民族的民众互不干扰地生活在各自的信仰里，一派多姿多彩的景象。

刚刚上班就迎来了自治区文化部门的检查活动。祖倩和单位的同事们一齐投入到紧张的准备工作之中。他们把任务进行了分解，把该市近些年在文学、书画、雕刻、摄影、工艺制作等艺术方面涌现出的新作品、新艺术和具有创新精神的各类成就搜集起来，分类在一楼大厅展出，以便上级检查组检查时一览无余。祖倩自然分到了文学组。

她的这个组一共由三个人组成，一个维吾尔族新媳妇，叫古丽尼娜，一个是汉族小伙，有三十多岁的样子，曾出过一部中篇小说，河北人，叫张祥中。文学作品的搜集由他们三位负责。

根据文联掌握的全部情况，市属各县区有影响的作者仅一人，就是作协的主席穆云清，他出过一本中篇小说集。其余的就是一些散文作者，还有发表过一两篇短篇小说的作者。再就是在市上有些影响的，家住辖区内的硕果县的一位残疾女作者，叫马兰，她发表过数篇短篇小说。她的作品祖倩大致翻阅了一下，觉得这位残疾姑娘有文学艺术的天赋，小说有一定的艺术功力。为了尽快尽善地完成好这项任务，祖倩他们三人打算先去硕果县找马兰姑娘，最后再回城区搜集。

来到单位已将近一个星期，祖倩欣赏不够的还是市区外的景色。一搭上班车，一路飞去。还是早晨九点多，相当于内地的七点多。一轮红日从东方的荒野里升上来，又红又大，比起老家的太阳要大出许多倍。这里没有大气污染，也没有内地的云雾遮拦，太阳就是一个原原本本的大太阳，清晨的光照没有直射，只见火红的圆球，感觉不出太烈的热量。

古丽和张祥中边嗑着葵花籽边谝着笑话，大漠的风从敞开的车窗冲进来，刮得人的脸微微发疼。前排的古丽把玻璃掀过去，只留一条缝儿，坐在后面的祖倩任飞驰的车撞着漠风吹到脸上,她被车窗外荒野里一片片的红柳吸引住了。正值炎夏时节,红柳披一身朝阳罩在它们粉红的身上,别有一番风韵。大风起处,它们婷婷摆动,与灰色的荒漠形成一个鲜明的大比对,在它们的四面簇拥着死寂般的戈壁,大灰色的背景下,红柳们以粉红色的艳丽舞动在四面楚歌里,似荒原里不屈的精魂,是大漠上引吭高歌的生命呢。它们把美丽慷慨地给了荒凉,正如仙女配给了丑郎;它们把妩媚奉献给了悲苍,恰似巧妇嫁给了木头丈夫。它们高歌生命的伟大,歌唱生活的美妙,一代又一代,无怨无悔。这是什么?是精神,是奉献,是无畏。它们才是戈壁荒滩的好男儿、伟丈夫!祖倩早就对此种植物有所了解,清楚红柳属多年生灌木植物,属野生木柴。它能拱开坚硬如铁的沙石,生长在无雨水滋润、长年累月不滴一点雨、不飘一片雪的干旱戈壁沙滩上,任四季风狂打猛抽,却改变不了它们冲向天空的意志。它们一团一伙点缀在荒野里,显出了超常的凝聚力。它们的枝干尽管长不粗壮,干旱使它们不能成为乔木,狂风让它们十年二十年长不到人腿粗,但它们甘愿为柴,它们把坚硬如铁的木枝、木棍毫不吝惜地奉献给了人类。奉献给人的还有一种不屈不挠的力量启迪。

　　祖倩他们第一天就很顺利地拿到了马兰姑娘发表在文学杂志上的另外几篇小说。本想当天返回,不料天色渐晚,班车也早已停止了营运,他们只好在县上住下来。准备去招待所,却被热心的马兰及家人留住了。

　　马兰姑娘是在三岁时不幸患了小儿麻痹留下了后遗症。后遗症很严重,拄着双拐的她,下肢又细又短,像个孩子,而上身早已是成年人的身材了。马兰姑娘很健谈,从表面上看不出有什么忧郁呀烦恼呀之类的悲观情绪。她的头与她的身很不协调,显得过于大了,脸也很大,四方形的,嘴、眼、鼻都大。对于祖倩他们的到来,她似乎非常激动,且兴奋,她把常闷在屋子里不见风刮日晒显得黄病怏怏的大脸孩童般乐成了一朵花。

　　庭院就坐落在县城南边的马路旁,门前有一条清凌的水渠,渠岸上的大桑树一身的沧桑,顶冠很大,连同庭院的门楼也遮得荫凉爽气。马兰说,别看这老桑树老气横秋,每年的深春时节,也就是端午前后,桑葚就挂满了枝头。桑葚是白凌凌的,透明,有三厘米长,像作茧前的蚕,又胖又肥,一包糖汁,惹得满树的蜜蜂蝴蝶鸟雀在枝杈间嗡嘤叽喳。说到这里,马兰的眼都亮了。祖倩想,怪不得她能写出那么好的作品,她原来聚了自然界的精气和灵光呢。在远离人们互相争斗的残酷战场背后,马兰姑娘,这个残疾女子,少了社会活动,却多了与大自然沟通的时间,也不失为一种幸运。现实社会,人们常用是否具备健全的四肢、五官去衡量人的幸与不幸，然而，世间的万般罪恶不都来源于发达的四肢吗？一个人没有一双胳膊，他能杀人吗？一个人失去了两条腿，他还有去偷盗抢劫的能力吗？马兰，减弱了在社会上的活动，却增了灵性。她与天地鸟蝶互相对话，便产生了善，产生了平和，也产生了神念，就有了艺术。

祖倩想着想着，眼前就幻化出马兰每到春季时的情景，在和煦的春风轻拂下，她坐在家人为她准备好的放在门外的小木椅里，拐杖靠在门楼上，歪着头，眯起被朝阳映得橘红的眼，看桑树上的桑葚由青变白，由干瘪瘦小变得丰满，一个个小精灵似的，风儿一来，嘤嘤歌唱，把天地的美妙音乐给了她。是啊，老桑树经过数十年的寒来暑往，风霜雨雪，孤零零地独守小渠，能汲大地之精气，揽天籁之神韵，早已修炼得神气满身了。孤独的桑树把多年在孤苦中磨砺出的精气输给了与树对话沟通的马兰。于是，马兰有了艺术灵性，创作了有灵感的作品。

常人眼里不幸的马兰是幸福的。

"走哇！愣啥？"马兰一声大喊在祖倩的耳畔响起，一下就惊扰了她的幻想。祖倩略一迟疑就跟着他们一起出了门。

一弯新月在老桑树的树冠上照耀。张祥中用轮椅推着马兰，马兰的父亲在前头带路，古丽和祖倩跟在后头，往老桑树的东边走去。渠岸的路面很宽，因为含碱过剩白得如撒了霜，弯月一照还亮晃晃的。渠水淙淙，似有碎银落在水中。马兰还是抑制不住客人带给她的喜悦情绪，她告诉他们："前面有一个芦苇塘，离这儿顶多二百米。尤其是像今天晚上，有小月的夜里，人只要在苇子中间一亮手电光，那野鸡、野鹌鹑、水鹭鸟就会朝亮光飞来。我爸有鸟网，这些家伙就扑进网里来了。不过，一般我们不会捕捉它们，只是你们来了，贵客嘛，想捕获上几只烤了，让你们尝个鲜。"

噢，原来是捕水鸟去的。祖倩这才恍然大悟。在吃晚饭时，他们已了解到马兰的父亲是依靠在街上烤羊肉串维持全家生计。自从马兰的作品在自治区及市上的杂志不断发表以来，该县残联为马兰寻了份不出门在家靠打字为生的工作。为了照顾马兰，县政府把各部门的材料、文件都集中在了马兰家打印。

马兰说着话，他们就到了芦苇塘。这是一片足有十亩地大的芦苇林，苇子已秀出了花穗，苇花像绝妙的诗句在水塘上闪烁着，月光一映，苇花儿连成一片雪白，犹如柔媚的少妇被夜风轻轻亲吻。水塘里，在各种水鸟水蛙叽叽嘎嘎地乱叫声中，祖倩把脸悄悄地挨上一簇苇花，让苇花吻着她的眼，抚上她的唇。她全身心地吸嗅着清新的苇香气,心魂也成了芦苇群中的一员了。这美妙的小月夜的芦塘,简直就是神仙境地。一切都那么美好、和谐,鸟儿幸福地栖息在苇子间,水蛙感激地轻声歌唱。这里的确是植物与鸟虫类非常友好、和睦共处的圣境!

祖倩做梦也没想到,在大西北一望无际的戈壁沙漠里会有如此美好的佳境,这不是大自然在作祟么?抑或是上天对荒漠的补偿。在内地,人满为患,旮旯拐角都充满了人为的气息,那还容得下如此的仙境存在?祖倩想到了老家门前的河流,想到了被人砍伐了的杨、柳树那白茬茬的树墩。怀着感激,她悄然将脸埋进苇花丛中,闭上双眼,屏声敛气。她怕惊了苇子的梦,她怕扰了那美妙的天籁之音。忽然,在她闭上的眼前,苇丛之中,苇花穗上,树茂哥在水塘上空微笑,还有他总是撒给孩童们色彩鲜艳的快乐糖豆……母亲说,树茂哥活了四十多岁,没挨过女人的边,是净身,死后就成神咧。莫非成了神的树茂哥是乘着月亮船来这儿的?

心静凝神气,月夜造仙境。祖倩的心醉了。

"快来呀!唷,好多哟!"古丽在那边大喊大叫,祖倩"嚯"地睁开眼,分明看到树茂哥上到弯月上去了,一眨眼的工夫,他就回了老家,回到了颜家河村,神速得跟光瀑一样。

祖倩踏着月色朦胧的光晕走到了他们跟前,马兰父亲已扎了鸟网,手电光如魔光一般从苇子中腰照过去,一大片亮晃晃的,只只水鸟仰着脖子,圆睁着人类早已丢失的天真和纯粹,往亮光的地方看呢。它们是在惊奇,这是什么光?是夜神的眼光吗?于是,它们一直瞪圆着红通通的眼珠往这边连走带飞而来,一头撞在网上。猛醒时已晚矣。

撞网的有好几十只,马兰父亲放走了大部分,只留数只野鹤鸟和水鹄。他说,这两种鸟繁殖快,捕了不影响它们的族系发展。于是,大家又原路返回。

回到马兰家,祖倩有一种使命感支使她无心品尝野味,在马兰工作的房间,她一整夜未睡,一气呵成一篇小说,叫《月夜的芦苇塘》。

从马兰家回到单位,整理好马兰的作品,放到展览厅,隔了两天后,祖倩他们才去了作协找穆云清。

作协就在市中心,龙凤广场的南边,离耀昭的单位很近。祖倩、张祥中和古丽一大早就直接到作协。穆云清老师一上班就开会去了,他们等了足足有两个小时。

穆云清,四十开外,中等偏高的个头,白净的脸上架一副近视镜。他一进办公室,问清了祖倩他们的来意后,很热情地给予配合。他将他已结集出版的中短篇小说集《苍凉人生》拿出来，还取了几本发表了他作品的杂志。市作协还办有一份文学刊物叫《大漠风》，季刊，就是由穆云清老师主编的。张祥中的中篇小说就是穆云清老师几经修改后在《大漠风》上连载，从而在当地文坛引起轰动的。据说，那个时候张祥中还在兵团一农场当农工，就是这一篇小说被穆云清发现、认识，推到社会上以后，一下子改变了张祥中的命运，使他从一个农场职工变成了市文联的干部。

穆云清说，当地的诗歌是中国的半壁江山，而小说却是个弱项。这么大一个市，一片偌大的土地，下辖十一个县一个区，在小说上有发展前途的，据他所掌握的情况，目前仅张祥中和马兰。他还告诉她们，他用了五年时间，在全市十个县区都进行过文学创作的培训以及摸底排查工作，结果，令他大失所望。为繁荣该市的文学创作，穆云清在努力地工作着、寻找着。

"他还是个工作狂啊！"祖倩望着穆云清的偏分头想："他能成为伯乐。可是，在这片地域辽阔，大风直下的大西北，是诞生诗歌的豪地，却不是孕育小说的良田啊！"

穆云清最看重的是小说。

结束了在市作协的有关工作，临走时祖倩留下了几天前写成的小说《月夜的芦苇塘》，并说："请穆老师多提宝贵意见。"

穆云清一笑，公事公办的样子，往来稿堆里一码，点了点头，还客套地说，希望大家多投稿。

回到文联，他们迅速将杂志、书籍按大小及发表、出版的先后顺序排列整齐，使人一目了然。张祥中是文学组的组长，他把写前言的差事交给了祖倩，还用河北人富有节奏感的语言诙谐地说："你刚来嘛，要抓住每一个能展示自我才华的机会。"

祖倩这么多天第一次仔细地打量张祥中。他30多岁，黑瘦，高个，眼睛又小又圆，黑眼珠滴溜溜转，坚挺的鼻梁，笑时露两颗尖尖虎牙，让祖倩想起了才才。这个一团谜一样一直悬在她心魂幽沟里的才才，使祖倩每每想起就夜不成眠。她忧虑、焦躁不安，但她似乎总有一种说不清的预感，她觉得他还活着。才才的家人曾说，才才恐怕死到崖里了、井里了，所以才活无音信，死无尸首。这是气话，也是不得已的想法。

"……我一定带你出去！"这是才才时常对祖倩发出过的无数次的誓言，当这誓言在一霎间成为泡影时，才才被现实击懵了。祖倩最理解他，他觉得无颜再见祖倩……可是，他能上哪儿去呢？身无分文，孑然一身，举目无亲，才才能在哪里找到自己的立足之地呢？

拖着沉重的忧思，祖倩回到了城区自己的房间。

为了节省一些，祖倩很快在市内一家私人住宅租了一间住处，这样她可以在早上和晚间在家里给耀昭和关安安做两顿饭，仅中午一顿饭她在单位食堂打饭，耀昭和关安安在市食堂吃饭。

租的房子就一间，门外的墙拐角搭了个棚子用来做饭，一进门，祖倩就见三哥耀昭和一个陌生青年在房间闲聊。见祖倩回来，三哥忙给她介绍来人："这位是从安徽来的古源，他也是刚从学校毕业，招聘到我们报社的大学生。学的是古汉语，很有才，诗歌写得挺棒，叫古源。"耀昭又对古源介绍祖倩："这就是我妹，祖倩。比你早几天到，她分到市文联去咧。"

古源个头不高，一笑双眼眯成两条线，端直的鼻梁，稍稍有点上翘，一头浓发黑得发明，坚硬的发质把年轻气盛及青春的活力彰显得近乎疯狂。他看着祖倩，腼腆地点头一笑，满口皓齿生辉，给他发黄的脸颊镀上了一层迷彩。

祖倩和古源打过招呼后，就出去捅开了密封的炉膛。在西域，有一种煤是露天煤，明亮明亮，可能含有易燃的油，又轻又好烧，一片废纸就能把它引燃。该煤块着起来没有烟，只有焰，燃烧之后，没有煤渣，只一小撮灰白色的灰，像烧过的纸。祖倩架起火，很快就和了一块面，剥了一个洋葱就煮了黄豆，再掺进些粉条儿和豆腐丁，混合在锅里炒熟，然后把面擀开，略厚一点，再叠好，切成小面丁，水滚开，面丁一下锅煮熟，再氽进炒好的混合菜，加上佐料。这样，一顿味美喷香的懒麻食饭就做成了。

饭端进屋，祖倩先给客人一碗，说："你们安徽人爱吃米，你来尝尝我们陕西的面食，保准你吃了还会再想吃。"

"我家说是在安徽，但跟河南交界。面食在我们那里也是主食。"古源笑了答道。

"安安去哪儿了？"祖倩问耀昭。

"这孩子简直有点管不住了。眼看就要收假，我今早去市三小给报了名，他说和小伙伴玩一会儿。这都一天了，还没见人影呢？"耀昭蹙起了眉头，额上的皱纹叠起一层层。

祖倩看着三哥皱纹重叠的额头，心像被揪了一把似的，30多岁的汉子了，到目前还没个女人相伴，这不是命运对他的不公吗？爱情的箭在每个待婚男女的面前都那么慷而慨之，为何到了三哥这里就息弓落弩了？

带着愁苦，带着忧虑，祖倩送走了耀昭和古源，一个人来到门外不远处的小渠上，等待安安。耀昭说，他跟古源到安安喜欢去的几个地方找找去。

夏日的天很长，下班吃了饭天色还尚早，太阳慢腾腾往西边天际滑去，把金黄挂在树梢上。渠水也不甘寂寞，忙搂一怀美丽的夕照，为夜梦垫上多姿的衬影。

祖倩手撩着渠水，思绪又荡回到了三秦大地。她暂时还没有钱给母亲寄去，她要勒紧裤带攒钱，攒够了准备给三哥结婚用。她对着潺潺流动的渠水，希望水流带上她的情丝，流到遥远的母亲那里，给终南山下的所有亲朋捎去深深的思念。

距离产生真情。祖倩一旦触及心屋旮旯里的想念，她就抑制不住感情的冲动，真想成为树茂哥一般，凭借一股风就能飞回秦川，飞回到她所熟悉的终南山下……

五十二、父子反目

三秦大地正处在冬季来临前的肃杀季节，塬上塬下到处枯黄一片，没有了夏日的绿意。季节把它多变的脸总是不失时节地变幻给人们，以期提醒攘攘的世人，不要违拗于天体，人是胜不了天的。

该冷时，天就会刮刺骨的寒风，哪顾得上还有露宿街头的无衣人。世间存有的都是合理的。

如今，人都在吮血嗜肉，毁灭生灵。过去从不敢问津的青蛙如今成了餐桌上的佳肴，黄鳝、螃蟹也是美味下酒菜；天上的麻雀、斑鸠更是饭店赚钱的上等食品……河里游的，天上飞的，包括地面上长的无处不充满了贪婪的铜臭味。颜家河河面被侵占得仅剩下可怜的一条细带子了，河两面被栽上了各类菜蔬，河堤上的大树早已砍伐得连木墩也不见了，还有往日那蜂蝶追逐、嬉戏的花草、灌木丛，这一切都成为小河往昔的历史之梦了。

颜家河像哭肿了眼的母亲，日夜呜咽，却被日渐钻进钱眼的人视而不见。老队长颜二顺时常弓背着快弯曲成九十度的瘦腰，张开流着涎水没牙的嘴，走到新当选的生产组组长颜哲正跟前，走声漏气、痛心疾首地说："娃呀，你把二爷的话听了，没错。牟家房后头、长吊子地这都是咱最好的一等地啊，再不敢划成房基地用咧。土地是咱庄户人的命根子呀！"

"爷，你这老思想跟不上时代咧。"哲正已俨然成了组里的领头羊，他胖实发福的身躯显得过早臃肿了，臃肿的还有他越来越霸的横气和贪图享受的溜子气。他把眼往额头上一睁，抬头纹很深，埋下了腾腾歪邪。他对颜二顺说："现在人只要有钱，啥地不地的。"

颜二顺被噎得反不上一句话。老人转过身，慢慢走去，独自嘟囔着："十年前咱一人还图一亩多地哩，眼下建房盖屋把好地都糟蹋完了，现如今一人都图不上半亩。我的娘呀，照这个速度减下去，没有了土地，你光装着钱，顶啥用？要靠土地种庄稼呢，把地作践光了，叫咱庄户人喝风扇屁呀嘛！"

自从哲正把白白霸占了原来生产队的库房为住房的地主三儿赶出来后，哲正就成为老百姓的一面旗了。他在村上锋芒毕露，敢和霸道之人拼打搏杀。

自土地承包到户以来，老地主家的五个儿子迅速成为生产队的一群恶狼，他们有一种压抑得过久、被压迫得时间过长的报复心理，他们首先抢了队里的仓库，包括犁铧等一些农具，还有上百条粮食口袋等，凡是能扛回家的，全抢了去。更过分的是，老三后来把库房白占了。当时老队长颜二顺已年迈体弱，说一句话就被地主的儿子当胸一拳打倒了，吓得村民们敢怒不敢言。现如今的哲正早已长成大小伙子了，他不但身强力壮，且动作迅捷。当他找上门去说理时，那地主三儿还要老一套。但他没想到，他刚一出拳脚就被哲正打翻在地，一个四仰八叉摔下去；他不甘心，又反上来，又一个狗吃屎趴下去；第三次，他改变了主意，抱着哲正的腿耍死狗，被哲正踢出几尺远，并警告他："限你三天搬出这库房，不然就交出3000块钱！"

人生活在社会的最底层，要想活到人头里，受尊敬，除了有德行，体力还是个宝。哲正能镇住村里一霸，就成为众望所归的人，他当上了生产组组长。

后来，有好几家都争抢着要购买队里的库房。过去人做活扎实，尽管库房已近二十年的历史了，但这房有粗壮的檩木和柱子，还有结实的柏木椽子，筋骨不减当年。3000块还是比较划算的。就在几户争着想购下这处仓房时，任何人来找哲正都不会空着手来。此外，诸如为村人批个房基地、上个户口，等等，酒呀、肉呀、副食品往哲正的屋里掂个不停。半年时光，哲正就肥吃海喝在村人送礼的生活中了。一来二去，几户人家也送烦了，见争执不下，也都松了手。又过了半年，那几家人都让哲正给划了基地，重新盖了新屋。这库房，又成为哲正的住处了。

得仓房之前，哲正还邀来乡上土地所的三个人和本村的村干部在家七大碟八大盘地吃喝了整整一天，也就保住了他白占公有财产的根，村民们心中不满，但谁也不敢把这事往外抖。

暴力、野蛮和权力是对付低层社会的宝剑，哲正正是握住了这方宝剑，钻了社会变革的空子，才为所欲为。

望子成龙是每个父母的心愿，耀辉也曾把很大的希望寄托在儿子哲正的身上。对于儿女，有多大的企望就会有多大的失望。耀辉看着哲正一步步地朝着他所预料的方向滑下去，他的心也灰了。他希望自己的儿子能传承自己的禀性，周周正正靠诚信做人，勤劳生活。他并没有想要儿子干出惊天动地的大事业，但起码是个跟他一样声誉显赫的人，然而，他的期望落空了。

有一次回家，天闷热，眼看就会有一场大雨要来。耀辉正准备上老房顶上，把瓦码齐整。刚搬来木梯，村里的瞎子二牛叔拄着拐棍就进了院门。他忙上前扶住盲人问："牛叔，有啥紧事？这天恐怕有大雨呢。"

天黄得可怕，土屋、砖房全黄了，人脸也黄得似一张放多了碱的馍饼。

"噢，你是耀辉。你回来了就好。"牛叔眨巴着什么也看不见的双眼坐到了屋檐下说："还是半个月前，哲正从我跟前要了50块钱，说有个紧事等着用呢。娃还说，过两天给我呀，一直到现在还没给我。你知道，我那俩钱来得不容易，都是摸黑割草呢，养了几只羊……为这钱，我都跑了好多趟了……"

耀辉的头如被人从背后扩了一闷棍，脸"唰"一下变了颜色。他从腰里掏出50元给了二牛叔，一句话也没说，扶送盲人出了门。

耀辉再没心思干活了，他在院子旋风一样转来转去，等待着儿子快点回来。

"咔嚓嚓……"憋闷的天空一道电闪雷鸣，倾盆大雨就泼了下来，仿佛天河漏了底。噼噼啪啪的大雨砸得地面立刻如一张麻婆的脸，街巷立刻成了白蒙蒙一张雨网。哲正被大雨赶了回来，他从头到脚都滴着水，一进院门就在门楼底下一边跺脚，一边抹去头上脸上的雨水，骂："这驴日的天，也不等人进了门再下……"

耀辉已等得不耐烦了，他一步冲出门，抓住哲正的一只胳膊扯进了屋。哲正这才睁起眼睛仔细地一瞧，见父亲怒不可遏地白煞了脸，他吓坏了，却不知道是哪件事惹恼了父亲。

雨更大了，房檐水成了一股股的粗水流，风很紧，在雨中来回吼叫。

"你的本事越来越大了！"从不大声号叫的耀辉第一次怒吼起来："骗人骗到瞎子跟前了！你还有人心没有？"他顺手从门背后捞起木棍，对着儿子的胖身子抡去。哲正连蹦带跳，"妈呀妈呀"地哭叫着。

风声雨声掺杂着父子俩的叫声、哭声，把大院搅得更加不安了。甜甜从灶房扑过来，护仔的老母狗一般从耀辉手里夺下棍棒，抱住儿子的头哭起来，一边哭还一边责怪男人："你一辈子就是有打人的本事！打了婆娘又打娃。你有本事，你今日就把俺娘俩失踪了算咧……俺早就知道，你在外头有野婆娘咧，俺娘俩都成多余的了……"

耀辉无法再说什么,扭头向外走,他跷出屋门,噼啪作响的雨声和着甜甜教儿的话语还是窜了上来:"甭害怕他。你现在也成大人了,他把你能咋?他把你妈欺负了一辈子,还想再把你也欺住……"

这家无法再待了,耀辉把自己全身淋到雨中,高一脚低一脚地走到汪水一片的东场里,跪在了泥水中,他仰面对着头顶的漠天,心在高喊:"天哪,我耀辉前世欠下他母子俩啥情了?半辈子也该还完了呀……"

后来,他回到了单位,在一次开着翻斗车为单位拉沙子的路上,他为儿子骗人的事伤透了心,想着想着一走神,就车翻人仰,幸好被在场的人及时救起,额头右角从此留下了半拃长的伤痕。

母亲最心疼儿子,当看到耀辉额上的伤印时,柳秋桂眨巴着上了一层网似的眼盯着儿忧虑的脸,说:"娃大了自有他活人的法。再说,时代不一样咧,现今的娃不能跟过去的人比了,你想叫他顺着大人的心思来,都不可能。每个人活到世上,自有他的道,成材料的树不用修。"柳秋桂满头稀疏的灰白发却浓密了人生的沧桑,她对耀辉一句一句徐徐叙述来,像晚风拂在枯黄的草丛上。

"你哥现在成啥样子了,哲光好端端一个娃,他妈硬是从小在娃头上抢笤把,把娃打呱咧,这会儿后悔来不及了。游疯子了,河上河下没个黑、没个明乱转悠,胡号乱唱呢,嘴里还胡说呢。说他要等叶玲回来跟她结婚……这玉莲吧,在外头做活,跟管食堂的叫毛永平的男人混到一搭咧。这毛永平人家都三十多了,闷腾腾的,比咱莲儿要大十多岁呢。你哥跟来叶死呀活呀不同意,弄得娃也寻死觅活地跳井呀。临了,还不就那样了……当今娃们的事,不是大人能管得了的,各人自有各人的命。毛永平跟玉莲这几年也积攒了些钱,说是准备在你哥的前院盖平房,好把婚结到这呢。"

五十三、惨剧发生

南川县城,新开发区住宅院里。

燕玲在豪华的房里对还不懂人事的一岁的女儿哭诉:"翠翠,你爸又寻了第四个女人,咱娘儿俩也跟你前两个娘一样,被尤大成这狗日的像扔粪蛋子一样扔在这儿了。为啥嘛?就因为他有钱。钱是个害人的精!"

翠翠睁着大而纯真的眼盯着她母亲,惶恐不安地抓住洋娃娃的黄色洋发一甩一甩的。

尤大成的事业干得如日中天，他第一个成立了华秦公司，占用西关村的地盖起了宾馆，宾馆集餐饮、住宿、娱乐于一体，还有一个能容纳上千人的大型多功能会议厅。靠马路边一溜十五间门面房全部出租转让；所占土地只按人头给村民分出了不足实际地价的三之一的钱。村民们私下议论："他是拿国家的大头在这扛呢。他瓜分了咱的地，咱们现在种地没地，经商没本钱……他把门面房和可营业赚钱的差事都转包给了跟自己对路的人，咱一般人连边都沾不上。""他好吃难消化。叫他一人吃，要撑死他的！""你放心。人家财大气粗喽，上上下下都拿钱买通了。腿粗得比咱的腰都壮，谁把他能咋？""听人讲，尤大成还出了国呢，还跟人妖照了相。你不见他四房、五房地纳婆娘呢，每人一处豪华别墅，还都给养了仔呢。咋不见上头的人来管？有钱能使鬼推磨噢。有了钱，连当官的见了人家都恨不得把人家叫声爷！"……

燕玲记得最清楚，半年前，时节也就是交上腊月，快到二十三祭灶的前两天，尤大成一进门就脱得一丝不挂，他通体发黄，酒精在他的躯体里发烧，不是把他烧得通红，而是灼得通黄，连脸都黄得像夏日午后暴雨前的黄天。

燕玲一声不吭，任尤大成折腾。待他稍清醒过来后，燕玲问："这两个月你都上哪儿去咧？我跟翠翠成天骂你呢。"

"骂呀，骂了好。打是亲，骂是爱，不打不骂看得外。"尤大成的话像定心丸在燕玲的心头融化了。她害怕，她惊惧，怕尤大成某一天甩了她。她不想重蹈他前两房妻子的覆辙，守活寡。人就是这，没有了金钱想拥有金钱，贫穷的时候总想着有了钱就有了一切。当金钱是要用青春的代价来获取时，燕玲惧怕了。她在这栋充满了商品气息的住房里，一年四季冷不着，热不着，吃穿有人供，但她总觉得自己如一只养在笼里的百灵，任人嬉耍，丢失了蓝天白云、树叶枝头的气象。她有了一种被软禁的罪犯感。尤大成的前两个妻子不就是这个下场吗？他不要你了，把你玩腻了，还不允许你重新嫁人……燕玲倒吸了一口冷气，把头靠在尤大成跳动的心脏上，不知怎的，她陡然听到这熟悉的心跳声使她想放声大哭，眼泪像往外倒一样。她问："我生了咱的女儿，就成了真正的婆娘身了，你会把我这儿当成你真正的家吗？"

"哼哼哼"，尤大成笑了，笑得浑身颤抖，让燕玲更加慌恐不安。"我看你生了娃，才更有女人味了。尻蛋子更圆更结实，奶子也更加丰满鼓悠了。爱死人了！"他又一次将燕玲一个鹞子翻身压翻，一骗腿跃了上去……

"我看，这人的钱太多了也不是个啥好事……"燕玲无心与尤大成做爱，把嘴挨在他的脖子上说。

"啥？！"尤大成一个驴打滚就坐起身来。这会儿，他的白眼仁褪去，黑眼仁泛出来，"你说钱不是个好东西？错了，你大错特错了。钱真是个好东西！啥弄不来？"

从那次以后，尤大成也是最后一次给了燕玲一个安慰，他就再也不来这里过夜了。半年过去了，他除了打电话或派人送物送钱之外，连个照面也不曾打过。

聪灵一直惦记着燕玲，她问耀民："这一向也不知燕玲跟娃咋样了？抽空你去看看。"耀民把满是油污的双手从修车地道里伸出来说："你先把那把鸭嘴钳给我拿来。她还会咋样，吃住行都有人经管，能咋样。"

狼娃经过几年给耀民进货也进出了门道，他自己也在耀民的隔壁租了门面房，独立单干起来，专营汽车配件。狼娃有了自己的门面，聪灵自然给狼娃卖货，耀民只好重新雇了两个人站柜台。耀民说，关键是婆娘靠不住，如果叶玲能安安分分在这帮他卖货，他雇一个站柜台的就可以了。没办法，这婆娘成天光顾吃喝打扮，过幸福滋润日子，钱一包袱揽了，由着她的性子花，耀民还不敢言传，似有短处在婆娘手里捏着。今儿一大早，叶玲背着包出了门说，她娘家弟盖房她要去帮忙，三五天是回不来了。

正修理的这辆车需要换启动器，耀民把徒弟从车下唤起来，交代："你到强力修理厂去找我那朋友，就说给我买一个新的启动器，要上海产的。你等着，我回里屋给你拿钱去。"

耀民到里屋打开平时放钱的柜子，零七拉八的只剩了些毛毛块块钱，他门店的周转资金需要量大，往常总要留上七八千元现金的。难道叶玲把钱拿给她娘家了？耀民顾不上油手不油手的了，在柜里、箱子乱翻一气，连七八万元的存单也不见了！耀民的脸蜡黄，感到冷气嗖嗖地往脖项里钻。

"巧巧！巧巧！"他跑进套间房里叫女儿。

"咋了？跟蜂蜇了一样，怪叫啥呢？！"巧巧刚化完妆，把口红抹得像吃了死娃的狼。她的嘴还是继承了母亲的长势，只不过牙齿没有龇出去而已。女随母愿，在叶玲不断的教唆中长大的巧巧，对耀民总抱有一种敌意，啥时候都没个好声调。

"你妈……你妈她把钱全拿走了？"

"咋？这有啥不对？"巧巧翻着白眼，拿捏着腔调："我舅盖房，咱不给钱帮助他，拿啥帮他？"

耀民咋也没想到叶玲会对他黑了心肠。巧巧的话比火上浇油还使他愤怒，他一抬手"啪"一声打在巧巧的脸上。

巧巧呆住了，半天回不过神。她长这么大，第一次看到父亲对她那么凶狠，过去无论她怎样用难听话刺激他，他都忍了，他可以打叶玲，但从来不打女儿的。今天这是怎么了？

"你……你不想要俺妈，也不想要我了？"巧巧狠着声问。

"滚！都滚！"耀民大声吼叫。

西北风在门外的沙果树杆上狼嚎。天上没有太阳，地上几片枯叶凄惨地怪叫着，缩到屋檐拐角里，像冬天的幽魂。

耀民脑海里一片干净、空白，如落了雪的大地。他想不通，他的命咋会这么苦，碰上这样的婆娘，又遇上这种女儿……巧巧的红色滑雪衫在他的眼前一晃，就滚出了门外，恰似雪原上滚走的一团火……

灾祸就这样降临了。

像憋得太久的肿瘤，总有破脓的一天。聪灵不知道发生了什么事，见巧巧哭着跑出去，她忙叫耀民的徒弟给自己照看一下门面，急乎乎来到里院的耀民住处。

一看到聪灵，耀民好像看到了久别的母亲，他站起身，抱住聪灵，孩子一样"呜呜呜"地哭了起来。边哭边数落："你说，我咋办呢？是死呀么是活呀？今世碰上鬼咧呀……"

聪灵也潮红了眼，鼻子一酸，掉下泪来。她抚摸着耀民的头，说："人活到世上就是受难来的，咱都是一样的苦命人……可咱得挺着，谁家都有一本难念的经呢。"

耀民把聪灵抱得更紧了，生怕一松手就没了一样。

"聪灵，没人要我了，你可不敢也丢下我不管……"耀民趴在聪灵的怀里似有满腹委屈却不知从何说起。

就在这时，颜过杰一脚跶进了门。他比他的父亲狼娃还要高出半头，但他的骨血里仍世袭了"黑旋风"的凶狠。他一眼瞟见聪灵和耀民抱在一起哭得泪人儿似的，凶神恶煞地斜瞅了一阵，就在外间灶房的案板上以风快的速度操起了切菜刀，煞白着脸向耀民胡乱砍去……

只听"嘭"一声响，立时鲜血四溅，人头在脚下滚了几滚。过杰只看到一个人从他的胯边溜了出去，接着就听到大街上传来"杀人啦，快来人呀"的嘶吼声。他"喔"一声撂下刀具，抬脚踢了一下滚落在地的头，他一下愣呆了，原来是母亲的头！

颜过杰摇晃着身躯，还未来得及跨出房门，就被赶来的警察堵住了……

五十四、浑噩生道

一场血的灾难袭击了两个家庭，也击垮了耀民的精神支柱。他差一点就在这场灾祸中忧患成疾，一命呜呼。

死神从他脸前一晃而过，像老鹰抓小鸡一般，把他抓到半空中又放生了。耀民挺过来了，就在住院治疗的几天里，他的徒弟一直支撑着门店。似一场噩梦醒来，他有点不相信自己的记忆，难道跟他风一场雨一场走过来的心上人聪灵就这样从人间消失了吗？世上就再也不会有她和善温柔的笑容了？一个有着热腾腾身躯的人就这样无影无踪了？

是狼娃把聪灵的尸体拉回颜家河村的长吊子地里，草草掩埋了的。埋葬了聪灵，他就忙乎着为儿子的事奔波，他找到了王得娃。

王得娃答应为过杰的事帮助他，但王得娃说："兄弟，咱俩是谁跟谁呀，也不是一天两天的交情了，只是现在这公安、法院呀的，你也知道，经费都不是太松泛……"

"好俺哥呢，你不说我也知道，现在办啥事都得钱说话。"狼娃的白眼窝子在几天时间里折腾得更深更发白了，他干裂着嘴唇，咽了口唾沫说，"你光给兄弟说得多少？我哪怕砸锅卖铁也要把娃赎出来。"

"唉呀，至少恐怕也得个两三万吧。"王得娃拖长了声调："关键是凶杀案……"

"两三万就两三万，我现在就去准备！"狼娃起身离去，火烧火燎的样子，有点可怜相。

耀民从医院出来，哟，满天地白茫茫一片。南望终南山，披麻戴孝；西眺白鹿塬，冤死的妇人一般静静地横卧在河川上头。顺河刮的西风似女人哭冤叫屈的声音，飘悠得好长好远。耀民仿佛是从上一个世纪走来的人，对于眼前的一切都备感陌生和遥远。眼看着活了四十岁了，却觉得好像没活过一样。这一劫难，叫他活脱脱掉了一层皮。他甚至怀疑，自己是做了一场噩梦。他百思不得其解，命运，这个遭人唾、受人骂的怪东西为啥对他这么无情？连他一辈子仅爱的这一个女人也要从他身边夺走？……

耀民裹着大衣，孤零零一个人漫无目的地走去。脚下的积雪"咯吱咯吱"地怪叫，天空没有飘雪，但比飞雪要凛冽得多。偶尔有一只老鸹在头上飞过，把哭丧的声音砸下来，"呱呱"，令他心寒。耀民不知不觉走到了回颜家河村的小路上，他要去聪灵的坟上，再闻闻她还未泯尽的气息……

一到长吊子地，在一大片新老坟面前，尽管都被白雪覆盖，耀民凭着对聪灵特有的情，第一眼就认出了她长眠的住处。耀民疯了一般，踢开雪絮铺就的路，飞一般跑去。全身扑趴在雪坟上，放大声哭了……

冬季的原野很寂静，寒凉把人窘在屋里不能外出干活。耀民的哭声惊扰了颜家河村的人，却没有一个人出来看热闹。颜家河封冻了，窄溜溜的一白带，凝滞住了，像凝结起来的惨白的忧怨，从南山的心脏里，一直到灞河……

"聪灵呀，是我害了你呀，啊啊啊……"耀民在坟头打滚地哭着，悔恨不已，"……来世我一定娶你，让你再不受世人的欺辱……"

耀民滚成了一个雪人，把万头千绪的懊悔都给了地下的人儿，把魂儿也丢给了雪坟下永眠的心……

耀民把一切都看淡了，把万事都想开了，他一边经营门店，一边吃喝玩乐，有钱财就去卡厅、舞场潇洒，酒醉纸迷，享乐人生。

车他再不动手修理了，有忠实的年轻徒弟给他撑着，每天收入多少他也不过问，只要他腰里不少钱花就行。钱在他身上就像山里的一股风，走了个穿堂正过。这么多年来，耀民从来还没体会过钱是这么好的东西。曾赚了不少钱的人儿第一次享受到钱给他带来的快乐。有了钱，卖酒的商人见了他脸笑成了一朵花，红的、绿的、黄色的琼浆玉液，一灌下肚，就飘飘然似神仙般呢。他在驾云腾雾中，要腾空而起，身轻似羽毛。看花花彩彩的世界像万花筒，勾起了他儿时的幻想。小的时候，和耀昭、狼娃他们常用三绺玻璃箍匝起一个三角筒，在底部再放一块玻璃片，在玻璃的外面用牛皮纸一包，再用麻丝一缠，然后在玻璃筒中放进去五颜六色、形状各异的彩色纸屑，把玻璃筒在手中不断转动，三面玻璃的反光使筒子里的纸屑千变万化，幻化成千姿百态的花朵……神奇的玻璃反光，给了他们童年奇异的幻想，他们三个争着抢着，轮流望着。东场的石碾盘上，把他们的童年转成了五彩缤纷的万花筒，又让他们都做了命运的奴仆。命运把他们踢腾得四分五裂，形态各异。再伟大的男人，也逃不掉命运对他的惩罚。

嗨，美酒真好，能叫人忘记所发生的一切，能使人把悲苦当作快乐去品味。酒这怪东西，它还能让人兴奋无常，把天空当成地面行走，把大地当作天空飘飞。怪不得从古到今的诗圣、伟男都是酒中鬼呢。那惊世的奇句，那让世界瞠目的翻云覆雨之举，不正是在酒精的催力下而创造的吗？酒啊，你这么美妙，难怪人们叫你为美酒呢。有美酒，就要有美女陪伴，这样才能销男人的魂，能让男人爆发伟大的创造力。耀民简直不敢想象，世界上没有了美酒和美女，该是一副多么苍白无力而又尴尬的人间景象哟！他抱着万般感激之情，向发明和酿造了酒的祖先深深地鞠了一躬。

过了年之后人们还都处在走亲访友的互拜时间里，时节还在四九的末梢，虽天寒地冻，然而冰层下面的水流却一天比一天欢实了。徒弟和两名雇员都回家过年去了，叶玲年前就回了娘家，女儿巧巧也是多日不沾家，就剩耀民一个人，孤单形只，孑然一身。其实，这样对他更好，他就愿意一个人独往独来，无忧无虑，没有任何牵挂。

天黑透了，南川县城街道上人头攒动，霓虹灯到处闪烁，热闹非凡。人们都在这个传统的盛大节日里，扶老携幼，走街串巷，享受一年到头难得的欢聚和快乐。耀民手执酒瓶，走走停停，"咕嘟"仰脖灌一口，在露天舞场铁栏外看了一阵，又离去。他迟疑着，还是打消了进舞场的念头。夜市里，他突然就瞅见一家写着"酸菜面鱼"的牌子，一位年轻貌美的媳妇正在热情地招呼吃客。

"来喽，吃一碗，热腾腾的酸菜面鱼哟，又热身子，又下火。"

这小婆娘的叫唤声让耀民想到了聪灵。聪灵一直是村上做搅团、酸菜面鱼饮食的一好把式。耀民走过去，往低矮的木条凳里一坐，半瓶子酒往桌上一蹲，叫道："妹子，给我摆上五碗来！"

小媳妇吓愣了，忙赔不是："这位大哥，这位大哥，你先来一碗，吃完再来。也省得糟蹋浪费了。"

"叫你来五碗，你就端上来，啰嗦啥？"耀民生气了："怕赖账吗？来，钱先付上。"他掏出十块钱往桌上一拍。

"您误会了，您误会了。"小婆娘满脸赔笑，杆杆上挑的小电灯泡把她的脸映得通红。

五碗一溜排列在耀民的眼前，腾腾热气把酸辣的油香、麦粉香一齐喷上他的鼻孔。他自言自语说："聪灵，这其中两碗是给你的。这么多年，我吃了你做下的无数碗面鱼饭，而我，连给你买一碗饭的机会都没有。今儿，我请你了！聪灵呀，咱真呱，呱得这些年光知道没黑没明地挣钱、攒钱，到头来，还不是一场空！攒的啥呢？是给自己攒下了陷阱和坟墓……现在，咱俩都想通了，解放了，吃吧。"耀民端起碗呼噜呼噜大吃大咽。面鱼儿酸辣适中，热浪翻卷，冲去了浑身的寒气。他妈的，这小女人的手真他妈的巧，能把麦面做成窈窕有致、光滑有形、别有风姿的小鱼状，吃起来这般味美，这样的爽口，跟搂着女人一样的让人舒泰。原来，吃饭也是人生一大乐事啊！耀民吃得津津有味，头上沁出了微汗。小的时候，饥饿的年代，能吃上一顿包谷粉做的面鱼，那简直赛神仙了呢。他时常让面鱼光洁滑溜的躯体在舌间逗留好长时间，先在舌尖上好好把玩一阵，然后，再慢慢咽下……那个时候，肚里能灌下一碗包谷面鱼，就感到世上再美的事不过是吞咽食物的享受了。近些年来，一味地挣钱，为钱奔命，早把饥馑时的纯真享乐撇到二梁上去了。耀民此刻才切肤地感到，为钱挣命、不愁吃喝的日子真不如饥饿的岁月。那个时候，嘴上、胃肠受凄惶，而人活得有滋有味，吃一把刚刚从树枝上捋下的槐花充饥，也是一种非常好的享乐呢，也就把人间的满足吃进了肚子呢。而如今，人们酒足饭饱，却不知啥叫满足，多少是个够？为钱财，常常闹得妻离子散，家破人亡，精神崩溃。人们崇尚钞票，几乎到了发疯的地步，似乎这世上只有钞票才是最亲的，唯有金钱，才可充当一回爷。人人成为钱的奴才，人人被钱掏空了心肺……

耀民胡思乱想着，不能自已地站起身，摇摇晃晃走去，迎头碰上了哲正。哲正问他："叔，你上哪儿去？"

"去……去卡厅……。"

哲正见耀民离去，就走到面鱼摊前，一声不吭地瞪眼看着。年轻媳妇看到哲正，忙把该找给耀民的钱给了哲正，说："他，醉了……俺本来就是要给的……"。

"还有那没吃的几碗呢？"哲正不动声色地说。

"嗯……"年轻媳妇略迟疑了一下，准备说下去，当她看到哲正凶狠的眼光时，忙从抽屉里拿出两块钱，乖乖地给了他。哲正接过钱，扬长而去。他看见耀民在一家卡厅前被一群他认识的和不认识的男女拥了进去。

也不知过了几个门，拐了几道弯，耀民就被人架到了楼上一间黑咕隆咚的小房间里。什么也看不见，只见几颗小星星在头顶扑闪。他问："这里啥地方？是野地吗？"

"您坐吧。"一个女人的声音。接着，就有一股浓得使人想打喷嚏的化妆品气味从黑暗中迎面扑来。这声音听上去好熟悉。借着微弱的光，耀民的脑袋"轰"一声爆炸了，竟然是巧巧，他晃了两晃差点栽倒在地上……

五十五、黑红俗烟

当柳秋桂把聪灵、耀民的事说给携着郝奓飞给娘送中秋节的祖香时，在祖香的心里产生了巨大的震动，她从颜过杰的身上似乎看到了郝奓飞的儿子郝牛旦。

郝牛旦虽然只有八九岁，但他生就的一副二杆子坯子，他上树捉鸟，下河摸鳖，在他一伙人里，谁也不敢惹。跟小伙伴耍恼了，人家娃吓得跑回家关了门，他翻墙挖窟窿，也要把娃拉出来打一顿才安宁。前几天，有一和他对上脾气的娃死了爷，牛旦想跟大人一样送礼给好伙伴，但苦于没钱，他左思右想了一阵，忽然想到才埋了人的新坟上有好看的新花圈能卖钱，就一跃身，不顾黑天半夜就上了乱坟滩，拔了一个又大又好的花圈来。想到这些，祖香暗自倒吸冷气，但她却不好对母亲说出口。

"我说妹子，你跟你侄女俩咋光做这实活呢！"大嫂麻来叶一进门就咋呼，她怀里抱着又胖又白长得像女婿毛永平一样的外孙，一进来就坐到炕脚地的木凳里说："咱玉莲寻死觅活跟了老不叉叉的毛永平，起初我就不同意，我看那胖墩子就不是个灵醒人。这会儿好，男娃都给人家生下咧，房也盖到咱门上咧，可一天到晚看着不顺眼，嫌人家肉墩子，好吃懒做。也就是，那毛永平除了上个班，回来就是逗他儿耍，要么就是寻思着咋吃好喝好呀。咱玉莲你也知道，跟我一样，穷命人，闲不住，看不惯那懒懒身子的人。他俩成天顶牛闹伙呢。我说，当初咱就不该要这货！这会儿后悔咧，哼！"

麻来叶一口气倒了一大堆埋怨话，听得柳秋桂心头直打战。

屋外的榆树影子越来越厚地撒下一大片阴影，随着金黄色的太阳的西移，阴影慢慢向屋里门道蔓延，如同蜿蜒在人心道上的阴蛇。

柳秋桂说大儿媳妇："你再甭跟着起哄咧，小两口哪有不闹别扭的？女婿是人家的娃，咱当丈母娘的少说为好。再说，外地的娃在咱门上落了户咧，咱就待娃要宽展些呢，不能光拣人家娃的短处和不是。咱的女，是咱生咱养的，说她骂她她不见外。有些事，还要看你俩大人咋处理呢。活蹦乱跳的外孙都抱上了，还嫌弃人做啥？"

麻来叶很是不爱听婆婆的一片好言相劝，她正要开口争辩时，小外孙的小鸡鸡就把尿撒了她一腿面，麻来叶连骂带咋呼："看这驴日的，说尿就尿咱一身。你大个熊！跟你先人一个式子，长大也不是个啥勤快货。"她一边用尿布擦拭，一边在胖娃的尻子上拍了两巴掌。收拾好后，把娃又往腿面上一墩，小三角眼看着祖香说：

"他姑，你甭嫌你嫂子说话难听，我也是为你好才说呢。我觉着你二返寻的这个郝孬飞还不如前头的石头呢。石头人虽老实，可人家本本分分，不在社会上胡来，你省多少心呢。这郝孬飞，搭眼一看，就不是啥好人。一脸的凶相，还能有个好。"

柳秋桂像被人猝不防从背后拍了一巴掌，老人的头发愈显稀疏灰白了，她长长舒出一口气，接着麻来叶的话说："已经都跷了这一步咧，还能说啥？"

白狗旺旺走进门来。这牲灵像做下了理亏的事一样，只摇了摇尾巴，就向后院走去。

"旺旺，你回屋来。"柳秋桂叫住了旺旺。

刚出了后门的白狗听到主人吆喝忙惴转头，进来了，耷拉着耳朵立在主人面前，等待训斥。

"你整整两天跑的没个影子，害得我到处寻，还指望你给咱看着桥口那片庄稼呢，你倒逛了个美。叫鸡呀猪呀糟蹋咱的粮食呢。"

旺旺自知犯了错误，一直不敢抬头看人，耳朵一抖一抖，眼皮一颤一颤的。

柳秋桂从案板上扣着的面盆下取出半碗面食，一边往后院走，一边数落那白狗："来，吃去。吃饱了给咱看庄稼去。"

不一会儿，后院响起了旺旺吃食的"邦邦"声，几只老母鸡听到了，忙从前院跑进来，端直往后院去，跟狗争吃起来。

柳秋桂一边在盆里洗碗，一边说："这白狗灵得很，啥都知道。咱桥口那片地要不是它看守，一年一颗庄稼也收不上。在村边边呢么，鸡呀猪呀乱糟蹋一气。旺旺一到地顶头，看到这些猪鸡就撵，一直把它们撵出地老远。撵上了也不咬，光叫呢，吓唬呢。"

正在这时，五大三粗黑塔一样的郝孬飞进来了，他满口的渭北腔，说话粗声大气。

"大嫂，走，跟咱到大城市去逛一圈。"他对麻来叶说。

"大嫂还敢跟你走。"麻来叶话里有话，"你把大嫂卖掉吃了，大嫂还以为逛皇会呢。"

"哈哈哈……"郝孬飞一笑仿佛要震塌屋宇，"你都成老皮啦，谁还要你呀！俩钱都不值。"

祖香忙用眼挖丈夫，示意他少说两句。

郝孬飞嗵嗵嗵走到祖香跟前，嬉皮笑脸说："给咱俩钱，叫咱上县买两瓶酒去。"

"成天把嘴看得顶事的好。"祖香一撇嘴说着，从口袋抹了几张硬票，说他，"你咋去呀？"

"我开四哥的四轮车。"郝孬飞头也不回，应答着出门上了四轮车。车一发动，风似的驶出大铁门，上了马路。一个讨饭的低个子小伙，满脸黑灰，背了个脏兮兮的尿素袋子，穿着污垢极厚的破烂棉袄挡在车前，又作揖又说好："这位大叔行行好，给一口饭吃……"。

"想死呀！"郝孬飞骂了一声，猛刹住了车，对乞讨人吼叫，"胡喊个球，把我叫叔哩，叫爷都不行。"骂着，从上衣口袋抽了一张十块钱一甩："拿着，美美吃一顿去。"话音未落，四轮拖拉机"嘟嘟"几声叫，飞驰而去。

乞讨的人吓得半天不敢捡拾脚下的钱，见车一溜烟拐了弯，这才忙一把抓起，偷了人似的慌慌张张张往慢坡斜路下跑去。

发生在门口的事让坐在屋当中的麻来叶看得一清二楚，她把视线从门外收回，投到祖香身上。"这要饭的真个不知冷暖咧，才这个时月棉袄子都上身咧。"她话锋一转又说："他姑，你那人钱咋那么多，拿十块钱打发要饭的呢。"

"那东西就这样，"祖香无奈地苦笑了说，"有了钱除了大吃大喝，反正不叫嘴受贫。就是把钱不当钱，胡张呢。"

"钱再多也不要胡糟蹋，"柳秋桂也有些看不惯，"白米细面吃饱了就行么，天天酒不离口，肉不离嘴，有个金山银山也能踢腾掉。"

"就是。"麻来叶跟着应和，"那酒呀肉的，天天吃也就不香咧。成天酒肉啥呢，把那钱省下，将来也盖个洋楼住住多好。一吃一喝，屙一泡臭屎，啥都没有咧。"

"你还是过去年馑时的老脑子，"祖香说大嫂，"如今都啥年代了，还省呀省的。"

麻来叶嘴一撇又一努，揶揄道："哟，到底另觅上能行的人咧，连口气也大咧。"

祖香对大嫂带刺的话很反感，但她立刻镇定下来，有意激她："明的么，跟了能踢能咬的，到底沾光。比跟石头那闷熊顶用多了。"

麻来叶以为祖香是说女婿毛永平来的，忙拉长了嘴脸："咋，闷熊咋？这都是你家的门风！她姑是这样，到下一辈侄女也这样。"说完，麻来叶抱起外孙，风一样倒换着两根瘦麻秆样的长腿出了门。

哲光哼着曲从斜坡上来，看见麻来叶就骂："狗日的，给人家毛家养后世呢。快回家做饭去，老子肚子都饿扁了，跟脊背贴住了，你看着没？"

麻来叶不敢吭气了，她已领教过神经兮兮的儿子的训打，再不敢在外头跟哲光多说一句话，抱着娃急匆匆往西进了家门。哲光还唱着哼着，自言自语着："要不是看在俺婆的面子上，我把这俩老东西早灭了！"

"妈，哲光这两年越来越严重了。"祖香不无担忧地对母亲说，"这样下去咋得了？"

"我的心在等待……在等待——碾盘下，麦秸洞，好自在——"哲光在外面忽然就放高了音量大唱起来。

屋里的柳秋桂心像被猫爪抓着一样，老人眨巴着昏花的双眼，忧郁万分地说："他妈把娃害了，也害了她自己。"

"这也是他俩口的报应。"祖香气忿不平，"俺大哥生在头，长在头，没有俺大了，他俩拿手梢撩过谁？俺大哥啥时想起自己还有个老母亲？打我记事，他就没给过你一条线，指头蛋大一点孝心都没有。光是他有难事解不开时就寻老娘来了。"

邪门儿！祖香的话刚落地，耀祖就背着手低头纳闷地走了进来。

两鬓落了霜的耀祖一进门就坐在门道的凳子上，头低着闷了半天，这才把红红的双眼抬起来盯着母亲说："妈，你说，把这狗日的哲光咋处置呀？这不成了万年脏了么？还把人能折腾死呢。"

柳秋桂知道儿为孙子哲光的事挠心。现如今，哲光比他父亲还高半头，耀祖想打也打不过了，想骂，哲光还想动手打他呢。上次就因为麻来叶骂儿子，叫儿一板凳撒过去，把麻来叶打怯了。背过哲光，麻来叶千咒万咒，比魔鬼婆咒小鬼还瘆人："把那狗日的出去叫车碾了！把那害人精咋不让一头栽井里……"，如今就是从心里长出再狠毒的牙，也不敢咬哲光一根指头。

"不行咱把老二老三都写信叫回来。"耀祖忽然心上一计，"想个办法，把这狗日的拉到深山野洼里偷偷埋了……"。

"净说些不顶啥的话。"柳秋桂口吻里带着责备，"那是个大活人，是咱自己的娃！人说，再恶的老虎不食仔呢。"

"这样不行，那样你也不同意。那你说咋办？"耀祖在母亲面前耍起了无赖。

祖香一直皱着眉，见大哥在母亲跟前高了声，她生气了，向耀祖开了连珠炮："你光会给老妈耍脾气，凭啥呢？是凭你平常的孝心？还是凭你对兄弟姐妹的帮助！"

"都不说了。"柳秋桂制止住祖香，转脸对大儿无奈地叹了口长气，意思是告诉耀祖，做人要地道，对姊妹没有过帮助，自然在姊妹面前说话就不气长。

"对于哲光，你跟来叶也再甭胡思乱想咧"，柳秋桂说，"娃走到这一步也够惨的了。你两口也不知道拧回头想想，咋会是这个结局？要总结经验教训呢，往后处理啥事都要把事想长远些，要往手后跟想呢，不要眼看着手梢梢——做事做到头了。你说娃都成这样子了，咱做父母的只能忍着点，随娃来。也许慢慢会强一些。事都到这一地步了，还不好好揉一下自己的性子，还把娃埋呀碾呀的，这是为人父母该说的话吗？"

太阳偏西斜去，树影子阴魂一样上了东墙又悠一下消失了。耀祖站起身，闷闷不乐地耷拉着脑袋走出了门。

"瓜的，"柳秋桂看着大儿结实的背影消失在大铁门外，拧回头说祖香，"咱为客呢，说他做啥？回去给他麻婆娘一学说，那麻来叶不骂你？再说了，哲光这种病妈见的也多了，这叫游疯病。人长，病也跟着长呢，往后只能越来越严重。这游疯还不如狂疯，狂疯好治。只怕是你大哥他们再没有安宁日子过了，也确实叫人担心害怕。"

"自作自受么。"祖香撂了一句，就从腰间掏出一卷子钱出来，给母亲数了几张，递给母亲说，"妈，这是 500 元，你先用着。"

"妈老咧，用钱也少，你自个留着用。这阵子你娃也多咧，负担也重咧。"柳秋桂说女儿，"既然走到这一步咧，一个锅里搅勺把，把孬飞的娃当咱自己的娃待，不要另眼看娃。"

"你甭操心俺，"祖香把钱塞到母亲手心，"孬飞再咋着，人家在社会上能折腾，钱用不着我发愁。我啥事都不用操心，一天三顿饭做好就行。到时候，他把啥都拿回来咧。"

祖香把带来的月饼、酒之类的礼物分了几摊，给在家的四哥耀禄搁了一份，又提了另外的两份出门给二嫂甜甜和大哥耀祖送去了。

趁大妹出外之机，耀禄从隔壁房出来，走到母亲的房间，对母亲说："妈，不信你等着看，祖香有她往后受罪的日子呢。那孬飞你一看都不是啥好人，恶杀气一身。那就凭他的恶气在社会上空中抓钱呢，连骗带讹。抓一把，扬一把。你看嘛，天天酒肉不离口，就不是个过日子的人么，挣一个还想花俩呢。"

"对咧，再甭说了。"柳秋桂其实心中早有底数，她制止耀禄再说下去，"是坑是崖她已经跳下去咧，再说还会有啥好结果。叫祖香听见了……"

正在这时，祖香兴致勃勃地踏进了门。

到了晚上，柳秋桂和祖香躺在炕上谁也睡不着。窗户大开着，凉飕飕的夜风带着野外成熟的秋庄稼香甜的气味拂进来。月亮又黄又亮，把秋天的平静和沉重洒落在人间砖屋房上，渗入人的心田。

"祖香——"母亲悠悠地呼了一声。

"嗯。"女儿平平地答应。

"祖香——"母亲的唤声夹裹着夜的凉气又漫上来。

"妈。有啥事，你说。"

沉默。

沉默中祖香睁大了眼仰躺着，等待着。

眼越睁越大，仿佛要透过夜色看出母亲的忧患来。黑暗让人心悸，但母亲忧患的叫声更使人忐忑不安。人在这种唤声里不由得要瞪大双眼，极力想从听觉和视觉上悟出点什么来。

母亲终于迟疑着开口说了话："你觉得孬飞对你好，这妈也信，只是现在这社会花哨了，还是稳当点为妥。挣钱要正正道道地挣呢。"

"妈——"祖香松了口气，月色里声音混进了令人寒凉的夜风，"现在这社会不比过去的人那么老实本分了。你老实了，人家欺负你。那些年跟着石头，就把气受扎咧，叫人把咱欺负够咧。"祖香说到伤心处泪水不自觉地顺着两颊往下淌。"人恶了，别人一看都赔笑脸……，如今，万事都拿钱开交呢。不管你咋弄，骗也罢诈也罢，只要能弄来钱。你人好有啥用？还不是戳你脊背，说你是个窝囊包！"

夜深了，夜气带着冷风吹进来，让柳秋桂打了个寒战。她拧着翻了个身，感到身边躺着的仿佛是前一世的女儿。祖香的一番话，一腔满不在乎的语气，述说着那么令人惊惧、寒心的事，令柳秋桂听了后怕，而女儿却像在讲着一段很平常的话一样。她已透过大女儿的口气看到了已被命运的拐杖打歪了的祖香。仿佛她已不是自己的女儿了，是另一个陌生的魂体附在祖香的躯体里。两颗大又凉的泪珠从老人干涸的眼里滚落了下来，滚落了母亲对女儿的万般担忧。

躺在炕上，睡眠被活动频繁的思想压倒了，再也无力煽动它美丽的翅翼。柳秋桂想到了她的一群儿女们，并把他们在大脑的碾盘上排成队，像女娲娘娘造人时一样，审视着每个泥人的面孔和躯体，再把不同的生活经验、各异的命运根源装到泥人的大脑里，输进每个细胞泥沙中，然后鞭子一甩，把他们拱到人间去，就是形态各异、命运不一的活蹦乱跳的人。

遥远的距离产生了无穷的思念，柳秋桂不知怎的，特别想念起远在异乡的耀昭儿和祖情女来。

五十六、边陲独行

耀昭在薄雾笼罩的大街上孑然独行。难得的一次小雾天把拉格图市装扮得分外妖娆。广场上舞剑的老人穿着各色款式的毛衣旋动着轻慢身姿；露天舞场，音乐铿锵，节奏律极强，寥寥几人在舞场里蹦跳。今天是星期天，年轻人都还在床上睡懒觉，只有做生意的小商贩早已在划定的摊位上摆好了阵势。大街上行人稀少，一股风迎面刮过来，耀昭裹了裹有点单薄的米黄色风衣，拐了个弯，与广场背道行去。

　　这条街就显清静得多了，偶有市郊车缓缓驶过，路两面高耸的楼层户户人家还都在酣睡中，窗帘还严密地遮掩着屋里的秘密。耀昭走在人行道上，满街的沙枣树一溜儿的枯黄，风儿一来叶片沙沙响，仿佛哭喊着自己已逝去的青春；每棵树上都有零星的沙枣果附在高枝上，它们不屈的魂灵一样，向干旱、白碱滩挥起了搏战的拳头。沙枣树，这种具有顽强生命力的怪异植物，可以生长在戈壁滩上，能够在碱滩地繁果累累，这是生命不屈的挑战。耀昭一直被吉曼莉千里迢迢来到大西北，追寻爱情的勇气所感动，同时也为在自己生命中有了与这个女人的机缘而感激。感激爱情之神引来了她。他发现，他真的爱上她了。

　　对于这姗姗来迟的爱情耀昭惊喜万分，他有点猝不及防，觉得很突然，如在梦中一般。爱情啊，你这醉人的醇酒，你让人迷蒙在你绛红色的琼液里难以自醒；你这崭新而又陈旧的月下佬，织成的月光似的网络任男欢女爱落进去，在生活的空中摇荡，有的人跌下去了，如愿的人却极少。

　　有人曾言："真正的爱情不在婚姻之中。"既是这样，爱情之神难道是专来捉弄男女的魔怪？她叫你们相亲相爱，又相离；这难道是人间因为有了天上的织女星和牛郎星的辉映，才演绎出人世的爱情悲剧。

　　男人有了爱情，他会日日夜夜枕着爱情而眠，无论走到哪里，哪里都充满了她的气息，她的音容笑貌总是影子似的随着他。世界从此因她而美丽，花儿因她而娇媚，生命因她而富有活力……女人啊，到了男人面前，就像露宿街头的乞丐得到的一块暄软焦黄的面包；她好比沙漠莽原一泓清泉水，离开了她，男人会顿失神采。耀昭的思维如人行道上将尽生命之色的枯黄的沙枣叶子，在烦乱的残秋时节拼命呼叫。他想到了乐天平，他总是从中阻挠他和吉曼莉的交往，每次都显得怒不可遏的样子。他还因为吉曼莉爱上了耀昭，把吉曼莉从对面的办公地点调到了套间房里去办公。聪明的乐社长做了件让三岁孩童都发笑的举动，这全是忌妒教唆下的举止。乐社长不忌妒你在社会上产生的大影响，也不忌讳你工作的才能，却忌妒你的爱情。忌妒你不该得到他的表妹，是因为吉曼莉太漂亮、太美丽的缘故。漂亮太容易诞生淫邪，美妙的女子时常成为淫威的温床。女人就是战争，尤其是美丽的女人。

　　"难道是我的错？"耀昭眼里闪动着吉曼莉的影子，他自问。

"我没有错！"另一个他跳跃来，与他并肩而行，坚毅地说，"世上的男子都早早娶了女人，生了子，难道我这么晚了爱上一个女子还算过错吗？"

"难道我命中本无女人？"他反诘道。

"大凡一个生理正常的男人都应该有女人，有孩子，有家庭，这是天经地义的。谁有权利剥夺我最起码的生活？本来，命运对我已够刻薄的了。"另一个他愤愤不平起来，"我哪一点赶不上有家的男人？我有健全强壮的身体，我有丰富饱满的感情世界，我还有与人为善的一颗滚烫的心……怎么就不能像正常人一样过上正常的生活呢？你乐天平处处给我和吉曼莉设置机关，阻止我们的往来，难道你想在你表妹身上打主意？"

风在沙枣树上沙啦沙啦狞笑，笑得另一个他浑身打起一层鸡皮疙瘩。就在这时，有人陡然在对面的人行道里吼起了秦腔：

  天上下雨地下流，
  有了婆娘不发愁。
  没有婆娘你凄惶，
  有个婆娘暖洋洋。

  太阳升起月莫牛，
  月亮亮堂星发愁。
  男人不能一人游，
  娶个婆娘才是头……

秦人的正宗秦腔惊掠了秦地的人，耀昭三步两步过了马路，来到吼秦腔人面前。"你是咱陕西啥地方人？"耀昭睁大了眼问。

听到和自己同根同祖发出的同口音，那人不唱了，把惊喜的目光投在耀昭身上，上上下下打量了一番，回答："我是南川县人。你是？……"

看着瘦小伶俐的小伙子满身的灰土，一脸的尘埃，耀昭回道："咱俩是一个地方人。你到这儿来奔亲戚的？还是熟人引来寻活干的？"

"再甭提，说不成咧。"小伙一脸的颓废、沮丧，他的述说让耀昭震惊。

"我本是南川县第一大富尤大成多年雇用的电工。他给我的工资不薄，当然我干活也是尽心尽力的。就是天上下刀子，只要尤大成叫我一声，我会毫不迟疑赶去。事情就发生在他婆娘身上。尤大成的第三房婆娘，那个叫颜燕玲的……"

"打住！你重说一遍，这婆娘叫啥？是那个地方的人？"耀昭如疾风扫秋叶一样追问道。

"这婆娘叫颜燕玲，县城南颜家河村的。"他惊得眨巴着圆溜溜的眼睛看着耀昭发白的脸，继续说，"我叫付溜子，是咱西塬上的人。噢，我说到的燕玲她有一处豪华住宅，还为尤大成生了个女子。可尤大成又有了新欢，就把燕玲一个撇在这宅子里，守活寡，还不许她再嫁人。也怪了，燕玲的屋子不是床头灯出麻达，就是客厅宫灯断电路不亮，我自然成了她房里的常客。一来二去的，俺就喜欢上这女人咧，觉着这婆娘怪可怜的……时间一长，燕玲就鼻子一把泪一把地向俺诉苦呢……俺就跟她那个了……到后来，俺发现俺一天也离不开她了。看不见她，老像丢了魂儿似的。也不知咋的，就被尤大成那警犬似的鼻子闻着了。那天晚上，他都十个月没来燕玲这儿了，就在俺跟燕玲正那个的时候，尤大成突然就像从地底下冒出来的一样，就凶神恶煞地立在了地中间。还是燕玲拼命抱住尤大成的腿，俺才逃脱了身……尤大成人家在官场上通着南川县的天，在下面，他还有一帮保镖打手。为了活命，俺稀里糊涂扒上了拉煤的车，一气就逃到了这里。好歹找了一家小建筑队干活，没黑没明地干，干了一年多，领不着一分钱。寻包工头，人家说，我们的工资扣了吃饭钱还不够呢……"

又是一幕悲剧，付溜子成为悲剧的主角。

太阳升起来了，薄雾早已散尽。横亘在北边的天山把它的雪帽盖得更严实了。几片落叶在脚下滚动。冬过早地为异乡人捎来了寒冷的讯息。

耀昭脱了身上的米黄色毛衣，递给付溜子："马上就要过冬了。你赶早回口内去吧，在哪个城里混一口饭都不成问题。在这里，你出了城，三天五天都见不上一户人家；况且，这儿的冬天可是不好过。"他从身上摸出了仅有的八十多块钱给了付溜子。付溜子"嗵"一下就跪在地上，连磕几个头后，流着满眼的泪，顶风跑去。

付溜子走了，一个爱情的弃儿走了。人人都在为女人而战，为女人而搏。古往今来，在政坛的砍杀中，男人的生命往往会因了女人而陨灭。有女人才叫男人。一股莫名其妙的失落感袭上耀昭的心头。街上的车和人在不知不觉中稠密起来，人头攒动，人影憧憧，车流人流，楼房林立，每一块土地，每一个旮旯拐角都没有自然形成的气息，一切都被人为地包裹上了商品的气味，钱币和物质的交换……这就是城市的特色。在西域，聚集在城市里的人大都是来自全国各地的居民，他们都有着形态各异的命运特色，是一群被命运之鞭抽打到一起来的生灵，仿佛牧羊人鞭下的羊群一样群居到这个城市里。满街的人，每个人看上去都很自在、悠闲，都享受着钞票换来的物欲快乐；其实，每一个都是生活长河里的一朵浪花；每一个人都是命运激流中不平静的暗礁；每一个人行走的脚步都向这座城市写下了或悲或喜的人生篇章。世界有多大，有多少含量，人的脚印里就隐含多少重量。人的步态既人的命运。满大街的人，没有相同的步态，自然也就没有雷同的命运。每一个人都是命运扔下的一颗炸弹，但不是宠儿。

▎ 五十七、对错爱意 ▎

古源从后面追上来，与耀昭并肩同行。耀昭心里很清楚，古源是爱上妹妹祖倩了。

"你没去我妹那儿吗？"

"我，没去。"古源有点不好意思了。

"男子汉嘛，要主动出击。"耀昭半开玩笑着说，就领头拐了弯，上了去祖倩住处的渠岸。

饭已经做好了，祖倩正焦急地等待着。看到了哥哥和古源，她问哥哥："安安没一起来？"

"他呀，每个星期天都要睡到日端午才肯起床。"

祖倩舀了饭端进来，耀昭毫不客气地端起碗三下两下扒拉了一碗，放下碗筷对古源说："你慢慢吃，我有事出去一下。"话音没落他就出了房子门。

耀昭一走，一下就带走了平静。两个年轻人，一对少男少女同时跌进不安的气氛之中。两颗乱跳的心都处在热烈而又羞涩的狂蹦边缘。相爱的人才会有心跳。祖倩和古源都尽量压低吞食所发出的声响，越是这样，他们越是觉得难堪。

男性的忍耐比不过女性，古源终于开口说话了，他窘迫地一笑把一口整洁的牙齿灿烂了满脸，让祖倩想起了才才，想起了才才又白又尖的虎牙。

"你考虑我们俩的事了吗？"

"没有。"

沉默了。两双筷子在两只碗里空划拉。

"什么时候开始考虑？"

"我哥还没结婚呢。"

连祖倩也说不清，当她想到还没成家的哥时，止不住泪水就涌出了眼眶。古源慌了手脚，忙把碗筷放在当饭桌用的办公桌上，颤着胳膊拉起祖倩的手坐在床沿上，用手指抹去祖倩脸上的泪珠，说："你有个家，哥也去了一块心病。"

也是的，祖倩已经是27岁的大姑娘了，确实是谈婚论嫁的时候了。哥哥耀昭也曾对她说："你不能跟我比。我是男子汉，就是50岁谈婚娶也不足为奇；你就不行，女人错过了这个年龄段，可能要耽搁一辈子的，就像方红雨。"

祖倩一想到方红雨心就冒寒气，方红雨纯粹是一个爱情的牺牲品，过了30岁，就再也没有追求者；而哥哥耀昭，都38岁的人了，还有吉曼莉这样漂亮如仙女般的少女狂热地追寻，真是让人不可思议。这其中的奥妙，到底是男人的错，还是女人的错？

"咱们结婚吧。"古源扳着祖倩的肩膀，声音颤抖着说。

两个人静静地，静静地等待着。眼流交织在一起，两颗心跳荡在一条线上。仿佛有一种磁场的力量，在相互碰撞磨合之后，很快融合到了一起。空气悄悄地流，默默地为一对热恋的人输送着相通相和的气息。

有的时候，婚姻就在那一刹间产生力量，人抓住了这个时机，这个婚姻就成熟了，一旦错过良机，也许今生都难以遇到。婚姻，也有它的多面性，有简单的一面，有时简单得如一滴水；复杂时，它又犹如盘根错节的独木林。祖倩和古源的婚姻就这么定下来了。

将要许身给古源，祖倩顿感肩上压下的重担。她要从姑娘过渡到为人妻、再为人母，她从前似乎没有一点思想准备。现实生活就这样实实在在地把本来的面目亮给了她。

没有钱，只有草草了事。古源也是农村出身的人，身上仅有当月的一份工资。祖倩重新租赁了一间大点的民房做新房。为了节省钱，他们办理了结婚证，连一张大床也没买，只把各自单位发给他们的单人床搬回家拼在一起，凑成了一张双人大床，再购买了一些锅碗瓢盆之类的家什。床上原来的一套被褥变成了两套，枕头变成两个，组成了一个新家庭。

没有轰轰烈烈的鞭炮声，也没有前呼后拥的热闹景象，更没有从女儿家到媳妇之前的为主的一天，祖倩就这样悄没声息地成了人妻。

委身于人，祖倩就要操持一切家务。锅碗瓢盆，油盐酱醋，米面煤柴样样俱到；家里的洗洗涮涮，包括丈夫的穿戴变换，从头上到脚下，从内衣到外套，都要经过妻子的手，家里的每一个角落都有女人的气息。

婚后的一天晚上，祖倩封好了煤炉，火墙已烧热，小小新房暖洋洋的。早已坐进被窝里的古源在看一本厚厚的书，家里的一切家务在他眼里似乎不存在一样，他成了家庭的享受者。

祖倩脱了衣上了床，溜进被窝，看着身旁的丈夫觉得有一种梦幻般的感觉。从长这么大她还从来没这么细心地照料过某一个人，陡然之间，她的身旁就有了丈夫，一个需要她像照管孩子一般的大男人。叮嘱他吃喝，嘱咐他换洗衣服，冬天来了，要给他准备过冬的衣裤，包括手套、袜子。他什么也不管，什么也不看，什么都不在乎。祖倩做的饭，盐多了，油少啦，还是醋多了，酱油欠了，他从没说过，端碗就吃，吃完就上班；平时在家，除了看书阅报，从来没约上祖倩上街转转，像别人新婚丈夫一样浪漫一下。包括祖倩给他买回的衣服，不论长一些，短一点，宽一点，窄一些，色彩灰还是黑，他从不嫌弃，随便穿上就行。在吃穿住行的问题上，他仿佛很不在乎。有时祖倩还在想，这个丈夫心里成天想些啥？她感到他有点怪异，年轻轻的，一副老态龙钟的样子。

"噫，你还从来没给我说过你家的情况呢。"祖倩把粉红色被面拥到脖子下，脸颊红里透白，她看着头上的古源问，"都成了你家的媳妇了，还不知道婆家都有啥人呢。"

古源这才放下了书，对着祖倩看了一下，就把眼光投向对面的墙壁，似乎墙面上有他难以言说的痛苦："我家里很穷。父母亲都是老实巴交的庄稼人……算了，不提了！"他猛然烦躁起来，"啪"地拉灭了灯。

黑暗中，祖倩像跌入到原始林中。多么可怕啊！她没想到，她就这样把自己像扔一块粪土一样抛掷到毫无半点文明和文化渗进的丛林里。她怎么也没有想到，古源，这个从现代大学校园里冲出的才子会是那么个家庭背景。他的声音又幽怨地响起，在祖倩听来，仿佛是从地狱里冒出的幽魂的叫声。

"……我从来都不知道自己的父母心里到底想些啥。小时候，看着村里的孩子到了吃饭时间，都被大人呼唤着回家了，而我家，从来没人喊过你回家吃饭……总是吃不上，穿不上。大冬天了，连一双棉鞋都没有，手和脚冻得又红又肿，烂得流脓……几天不回家也没人找你……"

祖倩在黑暗中大睁着双眼，半天回不过神。她想，此刻的她一定不比从诧异的魔爪里挣脱出来的女怪还让人惧怕，若是在白天她的表情一定会刺伤他的自尊心。噢，夜真好！夜能遮挡人的视力，不使人受伤害。再怎么理性，祖倩也不能把才气横溢的古源与一个贫困的家庭联系起来。他怎么能从那种家庭环境中成长为一名高校的才子？这不是生活在捉弄人吗？祖倩也想到了自己的荒唐，怎么连人家的家庭状况都不闻不问,就稀里糊涂嫁给了他呢?现实生活中的男男女女,人人都那么现实,图的就是对方有个好家庭,有个好的社会背景,才相娶相嫁呢,而自己……傻了吗?

"你不傻。这才是真正的祖倩。"谁在高空说话?黑暗中祖倩使劲想睁大眼睛,却什么也看不见,除了重重叠叠的黑暗山一样涌入眼帘,她什么也望不见。索性拉下眼帘,她却看到了坐在云朵上的树茂哥,他手中的彩色糖丸光芒四射。他总是在她最困惑、最迷茫时出现。

他说:"世俗的荣华富贵你不追求,浮躁的官场附庸你弃而远之。祖倩妹,你是活了一个真正的你!你无为而有为!你对自己没有隆重的举行婚礼而心地踏实,你不艳羡虚伪的奢华,这不是一般女性能承受得住的。你正是有了这些底蕴,你才能干出不一般的事业!正如肥沃的土地就会孕育出壮苗一样。"

"树茂哥!"祖倩从内心深处大叫了一声,两行泪水就冲出了眼眶顺着两鬓淌了下去。

野外的狗叫声敲击着夜的铜钟。祖倩"咱"地坐起身子,在黑夜的重压下平缓地出了一口气。

"睡吧。"古源平静地按着祖倩说,他丝毫没有因祖倩的举动感到吃惊。

祖倩躺下了。

睡神再不来光顾她了。她翻来覆去睡不着,听初冬的风怎样与夜对话,闻天籁之音如何承载着树茂哥的声,送进她的心窗。心诚则灵,在心神面前,祖倩虔诚得如信教徒,她一步一磕头,向着生命的沼泽地行进,去开辟人生荆棘林中的小径……

今天天气特别好,初冬季节在拉格图市难得见的没有风的一天。

早霞喜盈盈地来到戈壁滩,钻了风的空子,给灰褐色的荒野镀上了一层迷人的金色。再荒凉凄惨,也是大自然的造化,天公永远一副公平宽宏的样子。戈壁滩在早霞的辉映下显得壮观遥阔,严谨的面目、悲天悯人的世相,让人肃然起敬。是啊,那蓄含数万计的煤炭、石油,不都是在茫茫沙漠,恢恢戈壁下酝酿而成的?死寂的表面里,蕴藏着巨大的活力。祖倩一上班,收拾打扫了办公室,就坐在了办公桌前。从楼上刚好看到外面的戈壁。

戈壁滩永远一副冷峻的样子,不管是春夏,还是冬秋。任你狂风呼啸,任你寒暑往来,也不会因为深春时节春姑娘的挑逗而动容,更不会为之大喜大悲。它是饱经沧桑的老母亲,把宽容、博爱给了它的儿女们,把凝练、庄严奉献给了人类。戈壁滩，是上天赐给人间的醒悟盆池，有的人悟出了，就与上苍沟通了，就成为苍天看重的人。

祖倩好动的思维总是这样漫天飞舞，让人不可理解。

古丽进来了，她忽闪着黑蝴蝶一样美丽的大眼睛，说祖倩："你脑子装了啥怪东西？啥时候都见你走神。"

"你的舞姿那么美，我又不会，我只有傻想的份儿喽。"祖倩白了古丽一眼，打趣道。

"来，我教你。"古丽拉起祖倩的手，嘴里哼着节奏："嘣吧吧，——嘣吧吧——"三步舞就旋起来。祖倩嘻嘻笑着。一不小心就踩了古丽的皮靴。

"啥事，那么高兴呀？"穆云清高大的身影出现在门口。

祖倩和古丽忙停了嬉耍，让穆云清坐了下来。

倒了一杯茶给穆云清，祖倩在对面办公桌前坐下来。

"祖倩啊，你的小说写得很不错嘛！"穆云清一开口就很激动，"真没想到，你有那么好的文笔！很细腻，很流畅，常见神来之笔呀！"

祖倩把那篇小说送去这么久了也不见有个回音，她似乎把这事早忘了，面对突然找上门的穆云清的一番赞赏，她有点不好意思了。

"才练笔，希望穆老师多指教。"她谦虚地说。

"你——很有才气呀！"穆云清一种喜出望外的神情，"一开始，我没在意。昨天下午闲来无事，顺便抽出你的稿子，本想瞟一眼了事，没想到，一下子就被吸引住了！看完你的小说，本想立刻找你聊聊，一看表，离下班仅剩20分钟……"

祖倩没料到，40多岁的稳健男人，表面上看起来似乎对什么都失去了兴趣，不再有年轻人大喜大悲的情感冲动的穆云清竟然兴奋得两眼放光。"我昨晚一夜没睡好觉，盼着天早点亮呢。"

一篇七八千字的小说能给人如此巨大的震撼，祖倩确实是没预想到。此刻，她内心很激动，被穆云清的情绪所感染，思想滋润在他的一番评价里，像花儿沐浴在和煦的春风中。祖倩看着穆云清双重眼下闪烁着异样光芒的眼睛，里面囊括着爱怜，父亲般的；还蓄含着敬佩，一种同行的敬佩；还蕴匿着探究，对异性灵魂的窥探……总之，穆云清的眼光把他内在的隐秘全曝光在早晨的阳光里了。从对面的双目里，祖倩想到自己的目光此刻也一定同样地在出卖自己。她忙低下头，收了视线，两坨红晕飞上了脸颊。

女性时常需要遮遮掩掩隐藏自己的内心活动。一旦失败了，就会羞涩，就会给异性造成错觉。穆云清的眼力始终都没从祖倩的脸上移开半刻,这让祖倩更加窘迫、难堪。

"走吧,跟我出去一下。"穆云清说。

祖倩迟疑地望着对方。

"我给你领导说去。"他马上明白了祖倩的意思,起身出了办公室门。

当他们走出文联大院时,已是太阳高照的时刻。初冬的阳光很亮很白,没有多少热力,像一只银盘悬在天上。穆云清推了一辆崭新的自行车,一只挎包鼓鼓囊囊地夹在后架上。一身灰白色的西服笔挺有致,一条玫瑰红的领带打上去有点像绅士。祖倩低头走着,和他并肩而行,她看着两人的脚尖,她这才发现,有着高大身躯的穆云清却长了一双女人般的小脚!油光锃亮的黑皮鞋箍着那双脚,拖着主人的思想缓慢地移动。周围都是灰色的戈壁滩,偶有旱獭从枯黄的骆驼草丛中窜出,拼命跑去。

祖倩跟着穆云清来到了野外的荒沙滩里,南边,在目力所能达到的地方仿佛有一片水草地,祖倩看到了有牦牛的点点影子在移动。穆云清从挎包里掏出一大块彩色塑料布铺下来,早有准备似的,用微笑示意祖倩坐下来。

空旷、寂寥,戈壁与天相接,没有阻挡,眼前的一切都是开阔无垠的。真好!祖倩长长舒出一口气,在这样一个阔远的地方,人仿佛把什么都看开了。没有遮拦,没有阻隔,大自然一副广博胸怀,人在这大漠苍天下只不过一只小蚂蚁而已,还有什么可烦恼、忧虑的呢。在这个空旷的大野里,你什么都可以想,什么都可以做,一点不受人为的任何干扰。祖倩想,人为什么要有房子呢?是专门用墙把自己囚起来,限制自己的空间。人时常是自己的敌人。天地有多大,人心思想就有多大。放任自己的思想,就是放牧创造的羊群。有了宽厚博大,才会有精神。这是大自然的启迪,不是人自身固有的思维,包括感情。

穆云清很仔细地观察着祖倩对大自然的感受,他把探索的触须延伸到祖倩的每一个细微的动作上,每一个眼神的触摸处。在穆云清四十多年的漫漫人生路上,他亦步亦趋,苦苦寻觅,一直寻觅不到他的知音。几十年间,弹指一挥间,他虽然有了家,有了儿女,但他内心深处的孤独时常藤蔓一样缠绕着他;心曲没处倾诉,孤傲的灵魂在夜深人静时哀号。曾一度时间,他悲哀极了,痛苦到了极点,茫茫人海,大千世界,数十年的寻觅居然一场空。悲凄、忧怨一齐折磨他。物极必反,万事到了一定极限就会出现反面,或令人惊喜,或让人崩溃。穆云清在不经意间,发现了祖倩,在她的小说中读懂了她,触碰到了她的灵魂。他一口气阅完她的小说,不能自已地拍桌而起，她就是他寻觅了几十年的人！真是踏破铁鞋无觅处，得来全不费功夫哇！这是老天的馈赠。穆云清像被太阳暴晒的秧苗，一夜间得到了雨露的滋润，一下子旺势起来。如口干舌燥的旅人，碰上了甘甜可口的泉水。他的胸中汹涌起冲天巨浪，他觉得自己从此将是一个真正顶天立地的男人了！

穆云清顿感年轻了许多，一颗漂泊的灵魂终于有了归宿的港湾。他从此不再寂寞，不再有一种空落失意之感；任何时候、任何地方，他知道他心中有不泯的太阳，他不再是一个浪迹天涯的精神失落者。

有一种人，一种精神境界的追寻者，常常犯有一种精神饥渴症。他生命的全部意义在于寻觅，为寻得知音愁白了头。但现实生活中，残酷的一面非常倾向于这种人，往往成功者寥寥，失败者却不可胜数。世上男子，都在追求看得见摸得着的东西，感官的、物质的；他们追寻名利，用名利诱来窈窕美女，成为感官享受的人，纯粹一个现实主义者。物质的享受是有限的享受，真正无限的享乐才是精神领域的，这需崇高境界的人而不是缠绵在金钱美女之中的低俗之辈。人类本就分为两种人，一种是物质的，一种是精神的。这也正像太阳与光，太阳是实体，而阳光是虚体，但能给万物以生命，具有无穷的力量。它能包容宇宙万物，包括光瀑中的人的肉眼看不见的微生物，它都融了天体地气的精魂，五脏六腑俱全。一个微小的颗粒，就是一个大世界，而人身只不过一具能行走的七尺肉身，但人的思想、人的精神比太阳系还辽阔。

穆云清简直要发疯了，他放下祖倩的手稿在办公室里旋了几个圈，胸中陡地耸起了一座大山。他感到他的人生将会在以后的日子里更加有意义。他想立刻找到她，单独和她谈谈。到了晚上，他兴奋得哼着小曲上了床。从来不唱小调的他，哼小曲的声连他自己都感到吃惊，他觉得自己像重活了一个人似的。

翻过来睡不着，翻过去，还是被激昂的情绪所左右，他孩子似的盼到了天明，他恨不得拽着地球快快转过去，转到阳光普照的一面来。

人没有激情，也就失去了创造力。激情才能拯救世界。

穆云清从包里又掏出了火腿和一些吃的东西。他把一个红彤彤的苹果递给祖倩："吃吧，我洗干净的。"

祖倩心里一颤，她还不理解对方的举止的含义。她歉意地笑了，只好接住。

"昨天晚上，我真怕天永远不会亮了。"穆云清还沉湎在无尽的欣喜之中，丝毫没觉察到祖倩的神情变化，"我从你的小说中看出你是一个很有潜力的作者。你最懂得生活，也懂爱，富有灵性。"

祖倩被他的话吓懵了，心跳加快了搏动。在她和他一女一男之间，突然冒出一个爱字，令祖倩浑身发冷，她一点思想准备都没有。忽然间，她产生了一种想快点结束他们之间谈话的想法。一团云从西南方向游上来，把影子从他们坐着的塑料布上划过，一只老鸹呱呱怪叫着掠过头顶。

戈壁滩的天空似猴儿的脸，说变就变。正在祖倩想借口离开之际，大片的铅灰色的云就遮住了微弱的阳光，大风呼一下呼啸而起，无遮无拦地刮起来，带着冬的寒冷。祖倩瞬间被冻得脸色发白，瑟瑟发抖。穆云清收了东西，脱下身上的西服给祖倩披上。

"快穿上！别冻坏了。"他不置可否地拍着祖倩的肩头。

"你穿着吧，我没事。"祖倩拿下衣服。

"快穿！不穿我可生气了。"穆云清重新把衣服披上祖倩的身，转头推起了车子。

看着他冻得腮帮上起了鸡皮疙瘩，祖倩几次想推让，都被他坚决的态度止住了。

"你咋不说话呢？我想听你说话。"穆云清像热恋的年轻人一样，在大风呼啸的冷天还边走边对祖倩说。

祖倩笑了，更加无话可说。说什么呢？她想说，不知道说什么好，又怕伤害他。她不能给人的心头浇一盆凉水。

"我真不想和你分开。"穆云清在文联的大门口停住了脚步，不眨眼地看着祖倩，"可我又不好再进去……"

为了安抚他，祖倩说："来日方长嘛。"她脱了他还带着体温的衣服说。

穆云清穿好了衣服，对祖倩说："你快进去吧，这会儿太冷。"

祖倩一拔腿跑去。

风还在咆哮，吼得满天地浑然一片。祖倩跑上楼，往大门口一望，她吃了一惊，他还在门口站着，向楼上祖倩的办公室窗户张望。

祖倩忙打开窗，向风中的他摇摇手，示意他快回。穆云清这才放心地骑上车子，顺着寒风向城里驰去。

穆云清的出现搅翻了祖倩平静的生活，她被穆云清的痴情所感动，对他的狂热她感到惧怕。她不理解，在一个四十多岁的男子身上居然还隐藏着火一般的炽热，这股火是冲着她来的。她一下子就跌入云里雾里了。平时，她一点也没感觉出自己有什么与别的女性不同。她没有举行婚礼，也从不羡慕周围姑娘出嫁时的夸张气态，她觉得非常正常，而同事们听了之后，一个个都惊得瞠目结舌，仿佛结婚在一个女人的一生当中是尤为重要的大事，在祖倩面前简单地草草了事，她们大惊失色，不可理喻。结婚，是以女人为主的一天，是最最可炫耀的一天，也许就因为了这一天，女人将一辈子不会再有做主的时刻。

祖倩从穆云清的言语和举止上她感到了自己从未有过的分量。但她又害怕，害怕这分量越来越重地压着他和她。

五十八、神魔相战

编完最后一篇上报的稿件，颜耀昭站起来，活动了一下筋骨，一看表，已是下午下班近二十分钟过去。他这才意识到整个办公楼已人去楼空，静悄悄没有一丝人的气息。他迅速穿上滑雪衫，出了办公室。

下到一楼，忽听得从乐天平的办公室传来细微如嘤般的哭泣声。耀昭警觉地打住了脚步。

乐天平的办公室是一处宿办两用型的办公室。紧靠一楼的走廊。进门是办公桌，右边开一小门，有一套间，是他的宿舍。耀昭的神经绷得很紧，直觉告诉他，是吉曼莉在屋里哭泣。

门关得很紧，窗帘拉得很严。耀昭绕过办公室窗下，拐过弯，从一小片沙枣林穿过去就到了乐天平的宿舍外。

夕阳把最后一抹霞光也从沙枣林梢上收去了，天地倏地阴暗了下来，给耀昭紧张的神经铺下了灰色的底色。他双手叉在腰间，站在距乐天平宿舍窗前咫尺的胡杨树下，脸"唰"地煞白。

"……你太自私了。"吉曼莉的哭声从天蓝色窗帘里蜿蜒着钻了出来，"你都是儿女双全的人了，而耀昭，他都三十七八的人，还没成个家，惨不惨哪！"

"谁挡他成家啦？"乐天平的细腔声调也提高了音量，"只要他和你……"

"我就是冲着他才来大西北的！"吉曼莉打断了乐天平的话，"我爱他！你有什么权力阻止我们相爱？呜呜呜……"吉曼莉伤心地放长声哭了。

"好乖乖，好乖乖，别哭啦，别哭啦，啊。"乐天平一定是递给了她毛巾，或是用手抚摸她的脸。

吉曼莉像猫一样不见了声息。

"来吧，来吧，小亲亲，嗯。"乐天平哼哼着。

耀昭的脑袋"嘣"一声要炸裂开来，他不自觉地往后倒退了两步，本想向前冲一步，一脚踹烂那玻璃窗，然后对着一双狗男女一人一刀，看血花飞溅的壮丽景观；看衣冠楚楚掩遮下的暗红色的丑陋灵魂怎样飞出乐天平的躯体，让一对鸟男女的丑恶面目，像滚西瓜一样在地上弹跃，自己再挺起高傲的胸脯，昂扬地迈开大步离去……却不料，仿佛有谁在向后拽着他，腿就是迈不出去，还一个劲地向后倒退。

"你，坐下！"谁在按他的肩膀，命令他。

他一扑瘫就坐了下去。

"你的腿抽筋了。"一抬头，是一棵粗大的结了一块大痂的沙枣树对着他，它以哲人般的语气说，"你看看你的脸，白得没一丝血气，像水泡死的阴鬼。这算个啥屁事、鸟事，能把你折磨得要杀人见血？哼，值得吗？"

耀昭煞白着脸，抬起头，把空洞洞的脑袋靠在树身上，如儿时和人打了架后倚靠着娘。他大张着嘴，仿佛氧气短缺了似的，抑或是被一只无形的大脚踹在了胸口上。此刻，他不能舒畅地出气吸气，他感到生命微弱得如风中一盏熬干了油的豆灯，随时都会被寒风轻易地扑灭。

"我这是怎么了啊？"耀昭的嘴唇发青，冰凉如冻僵的蛇不能蠕动，他用唯一还能转动的目光给沙枣树捎去了无望的呐喊。

"哈哈。"沙枣树大笑了，笑声风一样盘旋在树冠，"你以为你们人类最文明、最讲公德、礼仪，其实，你们人才最愚笨、最卑鄙、最无耻！看吧，他们在一步之遥的窗户里干着什么？他们干着最原始、最龌龊、最违背常理的勾当！而他，还自以为是，以为是自己的权力圈下的美色享受呢。从这一点上看，你们人类就倒退了几千年。"沙枣树愤愤不平起来，语言更加激越，像要冲刷人世上的一切污秽："你们人类已步入倒退的峡谷，不可救药。看看，餐桌上，曾带给你们几分欢乐的麻雀，成为你们口中的美味，还有羚羊、牦牛、虾、鱼……天上飞的、地下爬的，水中游的，全成了养育你们肉身的牺牲品，要知道它们的历史比你们还久远呢！你们杀，你们宰，可你们人类一定也意识不到，你们正用自己的双手给自己编织罪恶的网。你们还大肆挖掘地层下的物资、石油、煤炭……这些都是地壳的支撑体呀，你们不是在给自己挖掘坟墓吗？人类毁就要毁在贪字上！贪得无厌，无穷无尽。一张口，什么都敢吃，什么都敢啊，什么话都敢胡说。你们的嘴像永远填不满的磨眼，上面进着，下面出着，没个界限，没有尽头。生命对任何物体都一样，包括你们肉眼看不到的微生物，它们也有生存的权利啊！好了，咱不扯那么多了，你赶紧悄悄地走，不要发出任何响声。不然，你就大难临头喽！"

"沙枣树，沙枣树，"耀昭用目力挽留着这植物精怪，"你怎么会运用人的语言呢？"

"哈哈哈。"沙枣树又一阵鄙夷的大笑后说,"你以为光你们人会用语言。我们植物界也一样,修炼成了,就成了精,就可以和任何动物对话。你看我一身的疙瘩痂,这就是我经过了百余年的风雨雷电留下的。我从此将不会因雷电殛而折下。你看我们沙枣树,不用管理,不用浇水在白碱地里照样开花结果,硕果累累,这是我们树种的骄傲,也是我们被恶劣的生长环境磨烤下的结果。你们人类有和我们一样的共性,就是需要磨烤、冶炼,才能出真人,就像我一样,成为沙枣树的真精!"

"磨烤?我老家的文书也曾无数次对我说过这话,可人一生要经过多少磨烤才是个头呢?"耀昭冲着光秃秃落净了树叶的大树冠高声呐喊。

"万事都有个定数。每一棵树,每一个人都不一样。各有各的定数。这就要看你的造化了。"沙枣树把树干啪啦啦地甩了几甩,头上的影子就倏地隐去了。

天早已黑定,大街上路两旁的夜市已人声鼎沸,背后的路灯映得报社大楼的墙壁一片怪光。寒风百无聊赖地在城市夜空徘徊,幽灵一样呼唤着寒冬莅临,像低层的官员企盼上级领导来检查指导工作时的迫切情景。

耀昭靠着沙枣树身,这百十年的树精居然也掌握了大量的生命存在的底蕴,让他惊恐万分,同时他也从此明白了一个真理,生命是拼出、搏出来的,是人在磨烤中创下的奇迹!耀昭同时也想到了母亲曾说的话,树大有神呀!

可乐天平呢,都过了知天命的年龄了,还盲目地干这些不该干的事。

"他丢失了神,神也就抛弃了他。"是文书在说话。耀昭瞪圆了双眼,想从树枝丫间透出去,用目光挽住文书。但他失败了,文书的声音似乎很高远,仅仅扔下一句话就没了影迹。

噢,神和神是相通的。

屋子里忽然亮起了灯,照得耀昭通体透亮,窗户像闪着绿光的狼眼把瘆人的寒气从房里泄了出来。耀昭裹了裹滑雪衣,把搭在肩后的帽子扯上来,扣住了头。

第二天,耀昭尽量做出什么事也不知晓、什么事也没有发生的样子,照常地去上班。但他明显地消瘦下去的脸颊以及疲乏无力的双眼没有逃过吉曼莉的视力。

仿佛过了几个世纪,耀昭对世间的一切都感到熟悉又陌生,似乎在前一世见证过、发生过,他活脱脱重新蜕出了一个新的自己,犹如蛇蜕了壳一样。他对这座城市以及城市里的一切都用重新打量的眼光去探寻了,探寻万物的根源,包括吉曼莉。他觉得这个女人似乎在从前曾经见过,但又感到非常陌生。她美如天仙的容貌,现在看起来那么丑陋、古怪,像个怪物,抑或像从阴曹地府返回人间的死魂灵。她说过，她的血流里冲荡着异族的野性，那她就是混合的杂乱无章的混血儿，一个无根的幽鬼，漂泊到哪里，哪里就是一片灾难。这个混乱的孽障，使人神魂颠倒，痛不欲生。耀昭在内心里咒骂着她，不抬起眼看她，更不想听到她妖气的声音。

"怎么啦？脸色那么难看。"越是想躲开她，她越是偎上来，桃红色的毛衣映得办公桌反红光，"像谁偷吃了你家的馍一样。"

"去，以后少来烦我！"耀昭不抬眼看她，声音重重地说。

犹如被人甩了一巴掌，吉曼莉脸色"唰"地红了，又白了，深凹下去的大眼睛凝滞了好长时间，想说什么又没说出来，一扭身，高跟皮靴"咣咣咣"地敲打着楼板，然后，飞下楼去。

一直到中午下班时间，吉曼莉都没来。耀昭总是最后一个离开办公室。当他刚站起身，准备取下外衣时，吉曼莉进来了。她把买好的盒饭往耀昭的办公桌上一放，拿下塑料袋，转身把门关上，说："吃饭吧，吃饱了肚子咱们再说。"

"有什么好说的？"耀昭厌烦地斜睨了她一眼，呼吸立刻紧张起来。本不打算再跟她说一句话，可一看到她一副非说不可的架势，他也就憋不住了，连珠炮似的开了火："你以为你是啥？在人面前显高贵，耍排扬，暗地里你却干着最肮脏的事！你说，你跟他到底是什么关系？"

"你先吃饭好不好？就算我求你了还不行吗？"吉曼莉眼里闪着泪光说，"你没拿镜子照照自己，看看自己的脸成了什么样子。再这样下去，用不了几天，你就连命都难保了。"

她是在关心人吗？耀昭怎么听起来觉得是那么刺耳、那么虚伪。难道是自己的听力出了偏差？他在暗暗叫苦，天哪！人为什么要有视觉和听觉，总要看到自己不想见的人，听到不想听的声音？他此刻恨不得脚下豁然裂开一条地缝，让他钻进去。

看到她，让耀昭又闻到了乐天平天蓝色的窗户里一男一女扭缠在一起的肉搏味、汗腥气，他的眉眼立马变了形。他烦躁不安，对着她大声嚷嚷："你出去！早点滚出去！我不想再看到你！"

吼叫完，耀昭突然眼前一黑，就跌坐了下去。本想强撑着身子站起来，但几次努力他都失败了，眼前的万物都成了灰黄色的一片，豆大的汗珠渗出了额头。隐隐忽忽，他被吉曼莉扶着，到了墙跟前的连椅里，躺下了。身子软得似一摊泥，几乎没有睁开眼睛的力气。

吉曼莉手忙脚乱了一阵子，把耀昭的外衣叠起来让他枕着，然后脱了自己身上的大衣当被子盖在他的身上，用热毛巾轻轻地擦拭着他的脸、他的额头。过了一会儿，耀昭感到好多了，他觉得热毛巾敷额头让他清醒过来，他睁开了眼睛。

出现在他眼帘里的情况让他不禁为之一颤，吉曼莉正泪水汪汪地将怜爱全部倾注在他的脸上，高挺的翘翘鼻潮红着，她悄声说："耀昭，对不起，原谅我吧……"说着她就控制不住地趴在他的身上呜呜地哭泣起来。

耀昭的心在一阵阵紧缩，在她面前，他还能再说什么呢？两颗大又亮的泪一下子就滚下了鬓角。

"乐天平，他其实不是我的亲表哥……他是我爸的老同学……"她抬起泪水涟涟的脸断断续续说道，"我是怕他对你下手……我才跟他……他曾透露过，要是我再和你交往，他就把你……他有权啊！"

耀昭没开口说话，大脑却在想，他有权能把我咋？我又不违法乱纪，一个踏踏实实、兢兢业业工作的国家干部，能怎样呢？他总不能因为一个四十来岁的男子要谈情说爱就把人开除了？

"你应该知道，权大一级压死人。"吉曼莉已经泣不成声，似委屈的泪人了。

耀昭把手搭上吉曼莉不住抖动的肩头，轻轻拍了拍说："好了，不哭了，不哭了。"他发出的声响如蚕抽丝一样。是啊，她也很不容易，一个水乡女子，单身独立地来投靠一门远亲，奔着她还不了解的爱而来。当她纯真的追求遭到折杀时，当因为她的爱将要被人毁灭时，本是为了她爱着的人，反而要在自己的爱里遭遇迫害，她能不挺身吗？

"天哪，这到底是谁在作践人呢？"耀昭的手不住地抚摸着受了委屈的吉曼莉的头，面对天花板他大声诘问，喉咙却似有一张扯不出的网。他呼吸紧促起来，急得想大喊大叫，人呐，为什么要分男女呢？男男女女之间的事充扩着整个世界，贯穿在各个领域，包括商界、政界。男女之事除了艺术界，任何其他领域大都以交换为目的，不是享乐美色的肉体，就是女色遭蹂躏。这就是人类的悲剧。可悲的是人永远意识不到。

"我真没想到，我会给你带来灾难"，吉曼莉痛苦万状地说："因为我，你的生活不但没有好起来，反而多了一层阴影……我真是没想到啊！就因为我漂亮、好看吗？漂亮有什么错？让一个比我大二十多岁的男人勃起了邪心……在家里，我是父母的太阳，远离了他们，我是一只任人宰割的猎物……"

吉曼莉的悲凄声如同扫在蒿草丛中的秋风，令人心寒。耀昭听了，似乎有了一种负罪感。空气中风儿在他耳边说："你太自私了，只顾自己的创伤，而不顾及她人。

她的伤痛谁来抚慰？只有她自己，她像被人刺伤的小牛犊一样，你不但不给予照料，还在她的伤痛处再踹上一脚，你够一个堂堂男子汉的资格吗？"耀昭的眼前幻化出一只拖着血痕淋淋身躯的乳犊，在后面冒着火药味的黑洞洞的枪口下逃匿在一块大石下面，惊恐万状地自舔着淌血的伤口，还环顾着四周，看着对它的情侣还隐藏杀机的暗枪，并随时准备以身躯来殉自己的爱，来保护它的爱侣。这乳犊就是吉曼莉。在为伴侣做出牺牲时，女性往往比男性无畏，而且是无私的，具有母性的果敢和英勇。这便是母性的魅力，母性的光芒四射，母性哺育万性的伟大力量。

"本幻想着来到你跟前以后，咱们很快完婚。婚后生子，快快乐乐地过生活。却不料我就一脚踩进了沼泽地，难以自拔了……"吉曼莉抬起了激动得泛着红晕的泪脸，像是对着头顶的楼板，又像是对着耀昭说："我如今两腿污泥不说，还陷在里边……"她噎住了一样，不再发声了。

"咱们过年就结婚！"耀昭"嚯"地坐起身子，一把搂过吉曼莉，疾声说道。

吉曼莉茫然地看着座椅后的白墙壁，任耀昭把她搂得更紧，她仿佛要融化在他紧促的呼吸声中，默默地闭上了双眼……

"唉哟——"耀昭突然一声惨叫，吓得吉曼莉慌忙挺直了身子。

"怎么啦？你怎么啦？"

这时的耀昭脸色苍白，身子缩成一团，不住地打摆子，不停地呻唤："妈呀，妈呀，疼死了，疼死了……"

吉曼莉束手无策，急得团团转。

"你哪里疼？我怎么帮助你？"

耀昭咬紧了牙关，闭上双眼，双手合十，默默祷念："神啊！你饶了我吧，饶了我吧，我再也不近女色，再也不……"

过了一阵子，他身上的疼痛随着他的祷告渐渐散去，蜷缩的身躯也松弛了下来，不安分的思想又活动开了。他想，怪了，难道神要让我一辈子打光棍不成？我不甘心哪！

五十九、血肉感应

仿佛有了某种感应，三秦大地终南山下的柳秋桂似乎听到了远方儿子的呼唤，她一骨碌翻身坐起，对着黑洞洞的灶火发愣。

卧在灶门柴草窝里的白狗旺旺抬起在黑暗中发亮的眼，安慰似的看着炕头上的主人，轻轻呜呜了两声，又趴下睡去了。

立冬以后只要有一场从西北来的低压气流才使这里的人家开始闭门夜睡，但眼下人们的窗户还大开着。柳秋桂披一夹衣，从敞开的窗口望出去，什么也看不见，只有天上隐隐透出微弱的星光，屋外墙角下还有蛐蛐凄凉的叫声。是想挽回逝去的时光吗？又是一年的时光即将熬过，大冬天马上就要来临。老人不知道大西北的新疆是个啥模样，只听人说过，那里的冬季特别冷，能把人的耳朵冻掉呢。儿行千里母担忧。柳秋桂用手捏了捏两个月前耀昭给她寄来的800元钱，她把钱卷成卷卷，用手帕包了一层又一层，再拿线线缠紧，一直装在贴身的衣口袋里。她不忍心花这些钱，虽然儿子已出去挣钱有五年多了，第一次给她寄钱回来，她从内心不愿花娃的钱。她揪心，耀昭都半辈子过去了，到目下还连个屋里人都没有，为此事，柳秋桂操碎了心。她催促耀祖，给耀昭写去过多少封信，叮嘱他不要挑红拣绿，只要人善良贤惠就是好妻，娶回家是过日子呢，不是像画儿一样贴墙上叫人看的。

隔墙西边耀禄的房里突然响起孙子惊魂落魄的哇哇大哭声，那边的灯亮了。娃惊哭了几声后，猛地就刹住了声，儿媳红红大叫起来："妈呀，妈呀，这娃毕咧，这娃毕咧……"

"妈，妈哟！"前门的耀禄惊慌失措连拍门带叫。

柳秋桂摸着开关绳拉亮了灯，披着衣服趿拉着鞋开了门。

"你把俺三哥寄你的钱给我拿上200元，娃发烧抽风呢。"耀禄黑瘦的长脸铁青，牙齿打着咯噔说。

柳秋桂忙从腰间取出钱卷子，一层一层解开，抽出三张递给了耀禄。直到红红和儿子把娃背出大前门，她才觉得一只脚有些冰凉，低头一看，这才发现只趿拉了一只鞋。

大前门闭着没上关子，柳秋桂转身走到炕跟前。旺旺一直没有动弹，把下巴搭在前蹄上，一直用悲观的眼光翻看着屋里发生的一切，似乎是经得多的缘故，这牲灵已懒于再裹缠到人的春风秋雨的生活中去，它一动不动地不时用眼翻看一下主人。

柳秋桂刚坐上炕沿，哲正白煞着脸冲了进来，惊得老人慌忙又溜下炕。

"婆，派出所的人抓我来了……"哲正已是上气不接下气，脸像阴鬼刚爬出坟墓一样惨人。

外面响起摩托车紧促的刹车声,戛然一下就停住了,接着,有四个公安干警就挟了一股寒气拥进了门。

"走!跟我们走一趟!"公安大声呵斥。

哲正耷拉着头,乖乖地往门外走去。

吓得愣怔在炕脚地的柳秋桂猛醒似地撵上前问:"娃犯了啥法了,把娃要逮走呢?"

"他参与了抢劫、偷盗,你懂得不?"最后一名干警车转过身,没好气地冲老人甩了一声走去。

摩托车突突突地开走了,仿佛碾压在老人的心上。柳秋桂靠在门框上的身子不自觉地顺着门框溜了下去。

狂跳的心还没静下来,甜甜就一阵风似的旋了进来,连擤鼻涕带哭叫:"你看这回咋办呀?人家给哲正说成的媳妇,明儿来看家呢……这人家娃跟她妈来了,问女婿呢,叫我给人家说啥呢么?"甜甜一扑瘫就坐在门槛儿上,甩了一把鼻涕数落起男人来:"你耀辉么,这辈子光把我害了个扎,要下这不争气的娃,今儿派出所逮呢,明儿讨债的催呢,没个安宁的日子。他倒好,一辈子在外头清闲呢,把这麻缠都撂给了我……俺的命咋恁苦呀,啊啊啊。"陡地,甜甜就收住了哭声,像潮水一头跌下了深渊般打住了。她一抹脸弹跳而起,睡灵醒了似的说:"噫,我寻他平生叔去。平生他妻哥在县公安局当政委呢。"

不待柳秋桂说出一句话,甜甜瘦小的身躯就风吹落叶一样飘出了大门。

柳秋桂颓然地坐在小木凳上,被眼前接踵而至的事搞得心头乱糟糟的,她似乎有一种不祥的预感,觉得将要到来的这个冬季将是一个难以安宁的更寒冷的冬季。她颤抖着双腿站立起来。这时,啼鸣的公鸡扯开了高嗓门从这个村开始,被感染了似的,一个村连着一个村,就奏成了一场鸡们的大合唱,把东边天际的鱼肚白唱得微微发红。

甜甜灰青着脸又蹎进了门。

"妈,人家说得交 3000 块钱罚款才能把哲正放出来。我把耀辉给我留的钱凑满了,还差 200 元,你这儿还能给挤一点不?"

柳秋桂一听立刻从腰间掏出钱卷子,给甜甜抽了两张,嘱咐说:"你先把娃赎出来再说。"

甜甜搭手在眼上一抹,擦去了眼角堆积的眼屎,埋怨着:"耀辉这熊东西,一辈子害得我给他在家捂窟窿呢,他在外头享清闲……"嘟囔着,就旋出了门去。

当太阳一竿子高时，哲正从派出所放了出来，回了家。今儿是他订婚的大喜日子，他快速地洗了脸，换上一套新衣，等着女方的娘家人来看家，议婚事。

吃过早饭，太阳就白惨惨着脸移向了房檐上空。没有雾，终南山清晰可辨，连山巅上的苍松都看得清清楚楚。还贴着地皮的麦苗儿温顺地平铺在土地上，一片连着一片，在南川县的川道里连缀成了绿色的地毯一样，一直延伸到塬底下。

时日一交上冬月，就是庄稼人的农闲时节，青壮劳力和年轻的婆娘女子娃一漫都出外寻活打工去了，留在村里的只有老婆、老汉和娃了。老人越来越重的咳嗽声唤来了西伯利亚的寒气，一场北风抽得天地骤然冷峻了起来。冬真正地降临了。

柳秋桂换上了大襟棉袄。一大早刚打开院门，同母异父的弟弟就来到了跟前。

这些年，山外人的日子好过了，而山里人的生活却越来越艰难了。山上的树木被砍伐得七零八落，过去成群结队的鸟儿没有了，野生的动物消失了，近两年山上的野猪却成灾了，害得山民们从种上一茬庄稼起，家家都住在山上守庄稼，成夜地"吆——叱，吆——叱"对着地畔喊叫，吓唬野猪不糟蹋庄稼，若不然，野猪们一夜间把庄稼连啃带拱，把地能翻个过。山民们被野猪们祸害得一直守在山上，顺坡搭一个草庵子，遮风挡雨就行，饥一顿、饱一餐地瞎混和。山里人家，要挑一担水，往往得翻一架山，爬一条沟，半天时间才弄回一挑水。从种上庄稼一直到收割，连一把脸都没洗过。山上的风、坡上的露为他们洗尘涤垢。收一茬庄稼，糊一家人的口，全凭血一身、土一场，在血汗中滚抓出来。

"咱山里人活得艰难呐！"头发又稀又白的弟弟双眼扯着红血丝，往炕沿上一坐说，"今年夏收，雨水一多，眼看着坡上的麦子熟了，人进不了地，干着急没法子。好的麦田都被雨泡在土里了，捞摸着收了部分薄田，到头来一算账，还不够乡上的公粮呢。现今这乡政府，一来人就是要钱要粮的，没钱没粮了，就抬东西，见啥拿啥。老百姓根本弄不清，如今这税咋收得这么重？这不，还没进冬呢，大部分家庭都没麦吃了。"

一席话说得姐弟俩寒气袭心。

"水花都有两年没到我跟前来了……"柳秋桂眨巴着昏花的双眼，问，"也不知道娃混得咋样？"

"再甭提那海兽咧，"弟弟双眼灌满了气愤，"这熊女子把我害扎咧。那一年不是结了婚了么，咱想着这下可以放心了，却没料想，她是哄骗大家哩。结婚的当天夜里，天没等明就跑了……害得女婿平顺寻了半个月，才在南川县城找到人。咱这海兽还叫了两个街痞把平顺打得鼻口出血，说，往后再找她，就要拧掉他的脑袋……姐你说，你兄弟命咋恁苦，生了个前世的冤家嘛。"

"这都是命。你也不要为她太伤心了，各人的路，各人自己走去。咱当长辈的，总把人家拴不到裤带上。"柳秋桂见弟弟抹眼泪，忙为他开导，"咱都老了，老猫不逮鼠了。如今的世道不比咱过去喽。你看姐呢，看起来儿孙一大群，可咱的心没闲下过，不为哪一个操心？"

姐弟俩互诉衷肠，相互安慰着。宛若山巅顶峰上两棵千疮百孔的老柏树遥相互望，互寄祝福。

六十、惨烈悲剧

一眨眼，冬月很快从人的眼皮底下溜过去了，交上腊月，天气骤然阴冷一片，四面被山陵塬围箍着的南川县川道一连好些天看不到太阳的脸，仿佛寒冷把日头冻僵在山里头了，满天的阴雾笼罩着村村落落。

阴霾的天气也冷湿了人的情绪。冬上以来，耀祖的家一直就没安静过。每天下午玉莲的丈夫毛永平一下班回来就把他白胖敦实的身子往前头他的平房里一塞，不是看电视嗑瓜子，就是捂住被子蒙头睡大觉。麻来叶半个眼窝见不得毛永平的懒洋洋劲，时常气得三角眼直往窄额颅上翻白眼，不是撵打满地跑的外孙子，就是推鸡骂狗："把你个懒熊，一进门除了张口吃就是卧到犁沟不动弹，照这样呀，日子能过个熊！年纪轻轻的就成一摊屎咧，到老来呀，等着老鸹往嘴里屙。就这，嘴还要接端呢……"

毛永平从玻璃窗里往院子看，铅灰色的小院落里，水井边的柿树下，麻来叶手抓着笤帚，把那黑驴脸拉得像挂在墙头上没人摘的干丝瓜，三角眼翻着白肚子，紫青的大嘴喷着白色冷气，对着他的窗户叫骂不休。毛永平憋着一口气，白胖的四方脸没有血色，小眼睛死死瞪着窗外的麻来叶，咬牙切齿地想："老子自把房子盖在这个鬼地方，就没过过一天安生日子；他奶奶的，把户落在你家，你就低眼看我呢，想打我的儿子你就随便打，想骂他老子你就随便骂……老子我忍了整整六年了！我的工资给你们花着，咋就吃你的饭了，我吃我锅里的饭，犯得上你成年扯着破锣嗓骂人？"

"永平，永平！"麻来叶不见女婿有动静就大叫起来，"你没事了也到咱长吊子地里转转，看有鸡呀猪呀啥的跑咱地里了没有。老是蹲在屋里，也不怕把尻子磨出茧来。"她弯下腰又是拾掇柴火又是扫地。收拾好了前院，麻来叶又操起猪食搅棒，从后院挑了担子扑踏扑踏走出来，走到前房用眼挖了一下女儿的房门，看还闭得严实实的，知道永平不打算有啥动静了，气得她鼻孔一撑，挑担"咣当"往地上一摔，用脚蹬开门，脚在门外，头伸进门帘里头尖叫："你这娃咋就恁懒的呢？我跟你爸，还有玉莲成天忙得团团转不歇气，你一回来就钻房子蹲膘呢。你还安心过日子不？玉莲娃可怜的，在你那食堂干不成咧，又赶快上南川县另寻个活干去了，老是起鸡啼、熬半夜的，两头见不上白天。娃为的啥吗？就是为给你争口气，想着你是个外地人，在这儿落了业，把日子过得齐齐整整不叫人笑话吗？可你……"

"你滚出去！"毛永平从沙发上跳起来，大吼了一声，嘴唇哆嗦着，双眼喷怒火。

麻来叶被这突然袭来的震怒吓得猛一愣怔，大张着嘴半天缓不上神来。她刚开始还以为自己听错了，待定睛瞧时，她一下子懵了。一向闷不吭声的女婿脸色白得吓人，连嘴唇也发青了，两眼扯满了血丝，要把她吞了一样。

"是为了你的日子嘛，是为了我的啥？"麻来叶把头缩了回来，站到了门外，略一思忖，又气不过地冲门帘处喊，"往后这日子啥都是钱说话呢。你不看村里起来了多少洋楼房咧，你有名的公家人挣钱呢，总不能把这烂平房住到死。再说了，你还有个牛牛娃呢……"

毛永平穿着棉皮鞋，两步跨到门口，把麻来叶掀了一把："要喊站远点喊去，甭在我房门口乱叫！"

麻来叶脸"唰"地青了，尖腔如西伯利亚寒流扫荡起来："啥是你的房？你口满成啥咧。你占着我的宅基，我想叫你滚，你就得滚！你有啥资格戳打我呢？我没吃过你一口省手饭，连你的儿子都是我一把屎一把尿把他拉扯大的。你还揉我呢，你亏了天了你……"麻来叶连哭带叫，委屈得手心麻凉，嘴唇哆嗦，浑身筛糠一般抖战。

恰在这时，玉莲用自行车带着儿子回来了。麻来叶立刻转向女儿："你说，你跟这懒熊还能过不？你妈为你可怜呀，你永平还戳我呢，唉唉唉唉……"

玉莲的眼泪"唰"一下流至下巴，脸上转颜转色，她在墙根下支了车子，把儿子放下来，掀开门帘走进自己的房。

"你去给咱妈赔个不是去。"她尽量抑制住自己的冲动，平静地说丈夫。

"我给她赔不是？等着。"永平的嘴角向上一翘，气哼哼地坐在炕沿上。

"你不去是不是？"玉莲声调高了，从口鼻喷出的白气不再是缓缓地在脸前消散，而是一出来就没了影子。"你还揉她呢、掀她呢，你还是不是个人呀？哲光是那个样子，就指望你呢。你还这么不争气……"

"我咋了？我到底咋了？！"毛永平要跳起来了，恨得牙齿格格噔噔作响。"哲光哥就是对她的惩罚！她还要把我也折磨成那个样子……"

天阴冷得令人打寒噤，天地浑然一片灰青，头顶没有一丝发亮的缝隙，罩得严实一派，令人感到窒息般的难耐。西北风呼地刮起来，把路上的纸屑尘土扬起来又摔下去，又扬上来，大地一片凌乱、烦躁，干树股无望地任寒风肆虐，吱呀吱呀地干号，犹如向苍穹要命的阴魂伸出的手指。

"你这个死牛筋，拉不直的东西！"玉莲咬着牙狠狠骂丈夫，"你今儿给咱妈赔不是了好说，不赔了，我跟娃出了这个门，永远都不会再踏进你的门槛半步！"

毛永平的鼻孔扑扑地喷着冷气，宽厚的胸脯一起一伏，指着媳妇吼："你妈欺负我，你也跟着欺负我了。好哇！一家子啥东西！……"

玉莲不等永平的话落点，一甩身出了门，推起车子，带上儿子，往县城方向飞去。

毛永平最清楚媳妇了，他一看玉莲来了真的，他就想到了她会像当年执意要嫁给他时一样，一定要嫁给他；眼下，她走了，带着儿子走了，她也会跟当年一样痛下狠心蹬了他的。毛永平心凉了，一下子凉到了脚心。

这么多年来，玉莲和他睡在一起时，曾对他说过多少宽心话："咱妈就是个啰嗦嘴，烂嘴巴，其实心里也没个啥。要说她一辈子也可怜，不少出力，落不下好。舍不得吃，舍不得穿，就知道撅着尻子干。你看，把那地边边角角都锄得不留一根草。这么多年，就从来没见她静静地坐到炕上歇一天。从天没明睁开眼，嘴不歇，手不停，收拾这呢，拾掇那呢。你看她整天骂咱爸，咱爸出去寻活干了，她把好吃的都给咱爸吃了，还叫人见不得她。你不知道，有一年快冬天了，她骂咱爸，咱爸那天跟哲光哥生了气，二话不说，把咱妈窝倒在门背后打了一顿出去了。咱妈一个人在家哭了一阵子，想发火没处发去，气得从麦瓮里把她卖了猪的钱掏出来揣上，本想到县城好好吃两碗饸饹啥的，可她手里的钱都捏出汗了，一算账，两碗饸饹几块钱呢，要是买几块钱的菜一家人可要吃上好几天了。账一算，转了几转，走了，终是没舍得吃。到了街道，一看有做棉袄的那种咖啡色绸布，就给咱爸扯了一块……你说，她这是何苦呢？还有上次她不是拉着架子车给猪打糠去了，人家夏村的价格比坡村的价格每斤才高五分钱，她拉了有百十斤草，仅差几毛钱，她都要挣死扒活地拉到上坡村去。五六里坡路呢，就为省那几毛钱……说这些，你要知道我的苦心呢。哲光哥就这样了，咱要争这口气呀，不能叫外人看着俺家娃子不行，女子也不行呢……"

毛永平想着想着，倒吸了一口冷气，他蹬上自行车，戴了顶帽子出了门，顺着马路撵去。胖嘟嘟的身躯在棉衣的包裹下更圆更墩了，行走在马路边上，远远看去恰似一只大刺猬在滚动。

一直到第二天的晌午时分毛永平才悻悻地回到了家。

他一直往里屋走去。跷进门槛，见麻来叶坐在灶火正烧锅做饭，他"咚"的一声就跪在地中间，哑着嗓门叫了一声："妈。"

天依旧板着阴凄的面孔，老屋里阴晦一片，只有从火堂门里闪出的一股一股的柴禾火焰在麻来叶的脸上一晃一亮，给人一种暖暖的感觉。

麻来叶始终一种姿势烧她的火，一个面孔对着灶门，装作这屋里再没有第二人的样子。

"妈——"毛永平又拉长音重重地唤了一声。突然，他就控制不住自己了，"哇"的一声哭了起来，边哭边说："妈，我对不起你。你大人不计小人过，我再不敢对你耍脾气了……我昨天夜里，跑遍了南川县城的旮旯拐角，天快明时才在一家旅馆找到了玉莲母子。玉莲给我说，让我回来叫上你，你去让她回来，她和我就这样过下去，你若不去叫她，她就跟我一刀两断……"

麻来叶停住了烧火，掀开锅盖，一团白气立刻在屋子弥漫开来。

"我错了，妈。你跟我到县里去，把娃先接回来。你总不会让我落得个人财两空，媳妇、儿子、房子都没有？"永平半张着嘴等待判决的罪犯一样。

"你还揉我呢，"麻来叶嘴一咧又落下了眼泪，她伤心地流着泪水哭诉，"哲光不对劲了给我扎拳头舞腿的，你呢，也动手想打我了……我辛辛苦苦一辈子养儿养女，就落了个这下场……你光想你咋吃好睡好呢，你就没想过我跟你爸老来还得指望玉莲呢……你……你戳打我，我……我都五十多的人了啊……"

"妈，我错了。我给你磕头了。"毛永平双手往地下一趴，磕了一连串的头。

"看那没出息劲，"哲光哼着曲儿跷进了门，他高挑的个子，一个肩头高，一个肩头低，斜着身子，笑眯了眼走到永平前头说，"还没过年呢，磕啥子头哟？"他竟然学了一句四川腔，连他自己都逗得笑出了声。

"快起来，起来，给神磕头呢，还给魔鬼也磕头呢。"哲光说着走到了案板前，从筐子上抓了两个蒸馍，猛咬一口吃起来。

"你快滚。给我滚远些！"麻来叶一见哲光心就发抖打战，她恨不得一下掐死儿子。

"你的音量再高点。"哲光立住了脚，脖子拧着筋，"不得了了，给脸还上头呀？"

麻来叶再不敢吭声，窝了一肚子的火没处发，猛一扭身看到还跪在地上的女婿，就扯长脖子号叫："你就甭想我给你叫人！不看你们都是些啥货！"她裹住哲光又骂了一句，就出后门走了。

哲光嚼着馍，对站起来的毛永平"嘿嘿"一笑，说："甭说你比我大几岁，你还得叫我哥。要是我，干脆给她来个——咔嚓——啥都解决咧。"他用手掌做了个砍脖子的姿势。

哲光的话显然没进到毛永平的脑子里，他一直盯着走出后门的麻来叶。她走了，也带走了永平的最后一丝希望。失去了妻子、儿子，还有这些年的财产，长期压在他心上的一块石头立刻就滚落了出来。他受够了，他要爆发，要大爆炸，要把这些年憋进肚子的委屈全抖搂出来。

毛永平出了这个家门，连回头看一眼都没有地挺起胸离去。

大灾祸总是在人难以预料的情况下就发生了。

整整一个腊月再也没见到毛永平的影子。

年三十，除夕夜，玉莲带着六岁的儿子跟着一个高个子有钱男人回到了家。

按当地习俗，玉莲和一同来的男人带上厚礼先去了她婆屋。

柳秋桂一看，老人惊呆了，她把孙女拉到一边悄声问："娃哟，你跟他好上咧？"

"婆，我跟他好咧。他是老板，在县里也是有钱有势的人。"

"娃，可不敢乱来！"柳秋桂打了个趔趄，说，"钱多少是个够？"

"婆，"玉莲把烫卷的时髦长发往肩后一甩，笑了，"你再甭拿老眼光看目下的世事了。现在这人就这，哪达有钱哪达去。人往高处走嘛。"

"你听婆的话不会错。钱那东西有时也是惹祸的根。"老人紧抓着孙女的手使劲摇了摇。

耀辉上来了，玉莲和那男子客套了一番后双双离去。

除夕夜，村村落落的鞭炮声此起彼伏，家家户户在外头干事的人大部分都回到故里，一家子围坐在电视前，边看春节文艺晚会，边吃饺子，边唠叨着世事变化的奇闻怪事。

耀祖一家热闹了大半夜，到后半夜时分玉莲的新男人骑车赶回县城去了。吃饱了肉、喝足了酒的哲光则坐在前头玉莲的平房顶上哼唱："我的心在等待……在等待……"

当零星的鞭炮声拖着疲惫的音响散落的沉进深夜中时，闹腾了一夜的人们再无力气收拾残羹饭菜，麻将桌子乱成一团，来不及脱去身上的新衣裳就东倒西歪着睡去了。当村子里最后一家灭灯时，啼鸣的鸡已敞开了歌喉唱起来，继而在各村连成了一片。

不见启明星，新年的第一天迟迟不肯露面，鸡叫三遍了东方还不见发亮，黑乎乎一片，阴冷又潮湿。不一会儿，有沙沙的响声打落在院前屋后的苞谷杆柴草上，又硬又亮的雪糁糁稠密地砸下来，瞬间就在楼房、瓦房的房面及田野路道铺上一层薄薄的雪毯。老天憋了一个冬天，在新一年的黎明时分这才悄悄地把酝酿良久的雪粉凝结成小冰凌蛋，抛下来，砸得万物嘣嘣作响。

哲光在平房顶上哈着冰手，眼瞅着村庄安静下去，老天却不宁了。他"嘿嘿"了两声，不像笑，也不是哭，自个嘟哝着："狗日的，都搂着婆娘娃干好事去咧，就我哲光羞先人呢，可怜！"他仰起头，对天说，"下大点吧，下得把房屋都埋了才叫好呢。"

忽然，有一个矮墩墩的身影从对面的墙上翻进院子，好像是顺着井沿上的柿树溜下去的，哲光没看准，还以为是老黑猫晃进院里去了。不一会儿，就听见前房大门响了一下，他就顺着院外的水泥楼梯往下走了几个台阶。白蒙蒙落满了雪粒的台阶又硬又滑，到了拐角处，一脚踩下去，他就重重地跌坐在台阶上了。坐在这里，向北一望，正好看见大开的前房大门里映照着毛永平的身影，他手执一把明晃晃的杀猪刀从玉莲的房里出来，端直地走出了门，走去。

在里屋睡着的耀祖听到前头房有大动静，刚开始以为是哲光在捣腾，仔细抬脸一听，觉着不对劲，就下炕蹬了棉鞋。打开里屋门，一片灿白，东方已泛起了白色。这时，远村已有起早的人家争先放起了新年的第一串鞭炮。

麻来叶昨夜怕玉莲和外孙孤单，就睡前头房给母子俩做伴。耀祖在院子咳嗽了两声后，突然发现大前门敞开着，他的心猛一下揪成了一疙瘩。他三两步就跨到前房，刚想揭开玉莲的门帘喊叫麻来叶，却一掀帘子手扑了个空，连人闪进了女儿的房子。屋里满屋的血腥气，满地的血滩，他吓得不知道咋样跑到外面的，变调变腔地喊："来人呀，杀人了！"

喊声搅乱了新年的吉祥，颜家河村沸腾了，人们一哇声赶到杀人现场。

麻来叶和玉莲血肉模糊，被五骨分尸地劈成了几截子。

警车、公安迅速将现场围了起来，耀祖已被人抬着躺到了母亲的炕上。霎时，颜家河村的血案像纷纷落地的雪粒一样撒遍了南川县，雪地里，走亲戚访朋友的，一见面就嘈哄这起杀人案。有的说怪他女不正经，勾搭了另一个男人；有的说这家老婆娘把女婿欺负得太过分……说归说，见了这悲惨的局面，人人善心大发，忙不迭地扑着奔着为耀祖家料理丧事。

耀辉跟前来拜年的祖香和郝孬飞一手办理着丧事，两副薄棺材装了母女俩，在初三的早上一并埋进了长吊子地。

人埋了，留给活人的恐惧还阴沉沉地压在人们的心头。一时间，家家户户惊魂难定，不和睦的家庭显得格外亲热起来；闹矛盾，搞纠纷的邻里分外谦让了。血的教训在严寒的日子里开春的暗流一样冲刷着现代人的思想和无情，人们暂时被恐怖遮挡住了邪恶，人人面面相觑，唏嘘不已。

柳秋桂的屋子，一直被悲痛笼罩着。

"看公安局能把人抓住不。五天之内抓不住，我就拿钱雇道上的人，把狗日的毛永平逮着了，活剥了他！"郝孬飞有钱，还想在岳母、妻兄们面前逞能。

哲正如今也混成了南川县的吃"飞食"者，他一看大姑夫在自家门上耍威风，他不屑地说："就凭他永平那笨样，南川街道我那帮哥们儿弟兄，咱就不用声张，就算他钻老鼠窟窿，把他也能挖得出。"

耀辉一直不吭声，他从心里瞧不起郝孬飞和儿子哲正。他心想，哼，你俩都是社会的渣子，不干正经事，吃"飞食"迟早会落得哭天叫地。

儿大了，都是有媳妇的大小伙子了，耀辉也不好张口说重话，当着人面说伤娃面子话，更不用提再打他教育他的事了。各人的路各人走去，离窝的鸟老鸟想护也护不住了。耀辉停了好长时间才开口道："永平也是个老实人，他不会跑远的。话又说回来了，你就是把他千刀万剐了又有啥意义呢？"

"把那狗日的煮了吃都不解恨！"一直闷着头坐在母亲炕头里的耀祖突然抬起头，血红着眼咬牙切齿地说。

柳秋桂忙制止大儿："你先把你将息好，再甭发恨了。事情已经发生了，再怨谁不都是伤自个儿吗？"

哲光进来，他仿佛什么事也没发生一样，拍打着身上的雪，埋怨："一个冬天闷着不下，这大过年的可下个没完，几天几夜地下呢。"

"你快滚出去！"耀祖烦躁不安地对哲光大骂起来，"你眼瞎咧么，三十晚上你就在你姐的房上头呢，跟死人一样，你稍留点神也把他永平给挡住咧。"

"噫，噫，有本事你逮住永平嘛。"哲光一扭脖筋，鼻口喷着白气，冻得发红的鼻尖一扑一扑地响着，回敬了他父亲一句。

"出去！出去！"哲正生气了，恶狠狠地吆喝哲光。

"对咧，对咧，外头这阵子抽西风呢，冷得啥一样。"柳秋桂制止哲正，然后对哲光爱怜地说，"俺娃饿了，婆锅里有热包子，吃去。再甭胡转咧，你看手都肿成面包咧。"

"婆——"哲光深情地唤了一声，眼泪就扑簌簌地往下掉。他坐在灶火的麦草垫子上，拖着哭腔说："俺婆才是这个世界上最好的人！麻来叶，死了好，她再不害人了。"

柳秋桂昏花的双眼滚出了疼爱的泪，她说大孙子："俺娃么，嘴再甭乱叨叨了。饥了、渴了你寻婆来。"

正说着，门外传来乱哄哄的吵闹声，屋子里的人一齐拥出门去。

公安人员、警车、摩托车和围观的群众把耀祖的门前挤得严严实实。

"毛永平被逮回来啰！"谁家的娃一声大喊，叫醒了耀祖，他跌跌撞撞地穿了鞋走到自己家门口，人群自动为他让出了一条道。地上的雪已人踏车碾贴在了地皮上，滑得人人走路都小心翼翼。

一看见戴上了手铐的毛永平，耀祖浑身打战，他本想奔过来踢他几脚，扇他两耳光，以解心头之恨，没料想还没到跟前，他自己先双腿一软，就瘫了下去。

公安人员押着脸如死灰般的毛永平让他把杀人的情景详细地交代出来。

"你杀了人，现在回想起来后悔么？"公安人员问。

毛永平脸上没任何表情，他回答："不后悔"。

雪飞风吼，把毛永平的话刮上人的头顶，涤荡得四零八散。

六十一、昏晕日子

家里发生了这么大的惨事，远在新疆的耀昭和祖倩一直还被蒙在鼓里，直到阳春三月，祖倩才从燕玲的来信中得知这一噩耗。一下班她来不及返回家中，就直奔耀昭的宿舍。

有时候灾祸这个恶魔总会要把戏一样玩弄人，时常会一连串地降临某个家庭。

拉格图市每到春季就狂风大作，刮得人心烦意乱。滑雪衣、各种样式的帽子还在各个领域尽显风采，此时的口内早已是柳枝吐春芽、麦苗拔节返青，柔柔的春风在树梢上、小河里、花枝间轻歌曼舞了，而在西域的边城，冬季还沉睡在戈壁沼泽，寒气正酣畅在城区的各个角落。太阳没有污气阻挡，也没有雾霭的笼罩，红红的，却毫无热量。

祖倩裹着大衣，围着毛围巾迎风匆匆而行，一个人影挡住了她的去路，抬头一看，又是穆云清老师。

他每天都这样，在祖倩上班下班时准时赶到祖倩上下车的地点，送她上班，接她下班。

"我要上我哥宿舍去，老家出了大事。"祖倩说了一声就从他身旁擦过去。

穆云清穿了件黑色长呢大衣，脖子围一条银灰色围巾，高大的身躯显得威严又文静。

"你脸色不好，要保重啊！"穆云清撵上祖倩，千叮咛万嘱咐，"这儿离家几千里路，你着急也不起啥作用。可不能太伤感了哇。"

祖倩这会儿只想自己一个人独行，她不想有第二个人掺进她凌乱的思想，她应付性地点着头，加快了步子，跑也似的离他而去。

当祖倩推开耀昭的宿舍门时，耀昭正手拿安安留下的纸条在房子打转转。

安安这样写道：叔叔，对不住了，我不要过你给我这样的生活，不自油（由）。我在外贯（惯）了，走到哪儿，吃哪儿，睡哪儿，多好娃（哇）！上学太草（讨）厌了。我走了，跟同伙一起走得很远很远，叫你再也找不到。

没有落款，也没有日子。耀昭在房里旋了几圈后，就把纸条压在床头的书摞子下。

祖倩把燕玲的信递给耀昭，说："家里出大祸了！"

耀昭一把夺过信，展开来，迅速地扫视着信上关于大哥家发生祸事的字字句句。看完后他愣怔了好长时间，陡地往床沿上一坐，疾风扫残叶般说道："大哥就无能透顶了，自己成天在家里，连个家事都管不好。看，灾祸来了不是？多伤心。怪不得前一段时间我老是做些乱七八糟的怪梦……"

是啊，一直在年前后的这一阶段，祖倩也老是觉得心神不宁，似有不祥的预感，她总觉得好像要发生什么事。有时备感空洞，有时又觉得心绪烦乱不堪，坐也不是，站也不是。时常让她神魂颠倒，半夜猛地坐起来发呆。古源说她神经病，就再也不管她地自个儿睡去。在单位里，祖倩心里毛躁不安时，她就走出办公大院，到戈壁滩，看冬季的风怎样穿越戈壁滩。无论是风，还是苍茫的戈壁都会勾起她的伤感，坚强倔强的她时常莫名其妙地为风而泪流满面。她不知道追命一样急的风要奔突到哪里才是落脚之处；她也会因漠漠戈壁悲情伤怀。戈壁大漠永远得不到雨露的滋润，没有花草树木、鸟唱蜂鸣的陪伴，孤独到千年万年。生命是需要陪伴来滋养的啊！祖倩对于自己从未有过的伤感情绪感到惶恐不安，同时也牵动了穆云清老师的百般关爱。

冬季的上班时间总是在天刚刚蒙蒙亮时，祖倩则比城区的上班族更要早一步动身。她每天早上黑乎乎就起床，洗漱完毕，出门往班车地点赶去。从家到搭车点她至少要步行十分钟。路上行人稀少，只有影影绰绰零星的郊外上班人员匆匆的身影。每天早上的这个时候，当祖倩一出门，走几步远拐个弯，穆云清老师就会准时出现在眼前。说实在的，这一段路背街，如果没有穆云清的陪伴，祖倩总是心惊肉颤地走完这段路。

每天早上，她既盼着他出现，又不愿意他出现。他总是跑步上来，白色的网球鞋在灰蒙的黎明时分格外耀眼，银灰色毛衣衬托得流汗的脸腔更加白净，让人难以置信，四十多岁的男子所散发的青春气息。

"祖倩啊，你要好好搞创作呢！"穆云清小跑着碎步，跟着祖倩向前行进。他总是这样鼓励她："你很有天赋。文学才是你人生最终的归宿。我相信你一定能创作出更好的作品。"

祖倩不知道说些什么话能使他满足又能让他不会在自己身上花费太大的精力和心力，既不伤害他，又能阻止他百般的关怀和爱护。

总是这样，祖倩觉得没有恰当的语言对他说，只有默默地快速地走去。直到要上车了，他总把装着热腾腾的芝麻烧饼的塑料袋往她手上一塞。祖倩在这个时候心跳陡然加快了，她被感动得要掉下眼泪来。他知道她来不及吃早餐啊！车启动了，祖倩猛地回头望去，天明时分站立在站牌下的穆云清一直看着她乘坐的班车远去……

祖倩似乎从穆云清的身上看到了一个老师对学生的另外情感，这令她害怕，让她惊悸不安。曾多少次，她想拥有一份父爱。从小就失去了父亲的她就把这份缺憾想寄托在丈夫的身上。她已怀着无限的美好憧憬，幻想着丈夫给予她的百般疼爱，万千呵护；丈夫就是她人生的归宿，是她生命的全部寄托；他不但会给予她夫妻的情爱，更会馈赠给她无限的父爱；他既是丈夫，又是父亲；她出门时，逢冷天会给她围上围巾，夏天会为她拿上遮阳伞……可是，现实生活往往与人的追求背道而驰，总是把人美丽的幻想击得支离破碎。你所想要得到的反而让你得不到，你想刻意追寻的常常使你望而兴叹。

和古源结婚以来，祖倩除了操持家务以外，就是上下班。

祖倩上下班，不管是阴天晴天，还是严寒酷暑天，抑或是狂风大作，早出门，晚归回，从没得到过丈夫的一句关怀话，更谈不上他会送你一程，接你回家一趟了。

祖倩常常茫然视顾，看周围的年轻夫妻，他们恩爱无比，尤其到了冬季，在城郊上班的女性，每天早上都有丈夫陪伴着一直目送上车，而她祖倩从来就没有过丈夫的接送。自从认识了穆云清以来，许多该古源做的事让穆老师替代着做了。

近一段时间，因为大哥家的不幸灾难，祖倩每每想起就不寒而栗，焦虑、烦闷一并携手搅挠她，半夜时分她会无缘无故地望着黑洞洞的深夜泪湿枕巾。有时把古源翻腾醒了，他还会埋怨她："你又帮不了家里，瞎着急顶啥用？你老早没父亲了，你大哥管过你吗？用得上你一天胡费神操心的？"

"你太自私了。"祖倩说丈夫。

"哼。"古源讥讽地哼了一声，拧个身睡去。

这短促无情的一声"哼"像一把犀利的匕首扎在了祖倩的心窝，黑暗中它变得富有了体形感，犹如美丽的妖女在房间乱舞。人的声音，会在一个特定的环境里，在一种特殊的情绪下杀死人。面对丈夫的这一声"哼"，祖倩宛若掉进了无情的深渊，她恰似一只可怜的迷途羔羊，在风雪夜，一头就栽了下去。她感到浑身寒冷如冰，无望地瞪大双眼。丈夫的讥讽，深深地刺伤了她。他的一声哼音，把他自私的感情世界一下子暴露了出来。怀着满腔情感的饥渴，祖倩本想在遭遇了大哥家悲惨的事件打击下，精神、思想上的创伤会得到丈夫的安慰来弥合，却不料，他不但没有给予她补充抚慰，反而遭到他重重的一击。看着身旁睡了的丈夫，她突然感到很陌生，觉得夜夜和自己同床而眠的人成了一个不相识的男子。

一声"哼"，把处在感情焦渴边缘上的妻子推得很远很远。

生活中常常出现连环性的不幸讯息，让人难以接受。不幸常带着它的连续性在人生的某个阶段袭击人。这就是现实，这就是生活。现实生活最会捉弄人，最会使用残酷的刑罚来惩治人。这是人的罪恶，还是生活的无情？

在烦躁不安的情绪下，祖倩惊愕地发觉，自己怀孕了！

像被人猛不防从背后击了重重的一掌，祖倩一屁股坐进办公桌前的椅子里发呆。

怀孕初期的反应让她难以支撑，她不敢看任何一点带有色彩的东西，连想都不敢想，视力稍一触及，她就会翻江倒海般呕吐起来。她什么也吃不进嘴里，肚子早已饿得贴住了脊背，一整天一整天都头脑不清，昏昏沉沉，走路如风吹一样，脚下轻飘飘没了依托。当她得知，这一系列的症状确是怀孕了时，她的脸色更加黄，怕冷的身躯不禁瑟瑟发抖。

刚开始时，因为天气寒冷，加上有点感冒，祖倩还以为是病症引起的系列反应，一连好几天，症状在不断加重，她似乎有了点不祥之感。中午她抽空去办公楼底下的大院门诊看了中医，老中医一把脉，就把喜悦挂上了眉梢，说："你有喜啰。"

放在别人身上确是一大喜讯，但目下发生在祖倩的面前就成了悲讯了。无论从哪个方面看，她和古源目前的处境都不适宜养育孩子。两人低微的工资，平时除了付房租费外，精打细算过日子，一月下来所剩无几，到了每年的中秋节前，还要给古源的父母邮去仅存的一点积蓄。对于祖倩和古源无论如何目下也不具备养育孩子的能力啊！

强烈的妊娠反应导致祖倩的思绪一派混乱，她焦躁不安，心神不安，刚坐下去又丢了魂般站立起来。

迟迟不肯光顾西陲边城的春天在龙凤河滩的水洼里透出了嫩芽尖。一阵雨点激醒了春季，烦乱疯狂的春风奔突跳跃，一下子冲出了冬天的羁绊，呼呼地高喊着，吹得戈壁绷紧了肌肤，刮得沙石扑打得人脸发烧。少数民族老妇人蒙上了面纱，蒙起了西域特色的春季。

春天的风天天刮，夜夜吼，到处尘土飞扬，纸屑飘荡，搅得人思绪格外凌乱。

临下班时张祥中进来了。

"祖倩，今儿周末，咱邀上穆老师他们晚上吃夜宵，吃烤鱼去。我做东。"

祖倩心里堵得难受，一听到鱼字，她马上就嗅到了强烈的鱼腥气直逼肠胃。她强忍着没让在人面前呕出来。她这会儿谁也不想见，看到人影就讨厌，听见人声就烦躁。

"谢了。我今天不舒服就不参加了。后会有期。"

"哇，成了名作家了，架子大起来了！"张祥中揶揄道，"连老朋友的面子都不给了。"

"下次。下次吧。"

祖倩连连谢绝着跑出办公室，冲进了卫生间。一阵天翻地覆般的呕吐几乎要拽出她肚里的全部内脏。她出了一身冷汗，靠在水池边稍作休息，一抬脸，无意间透过窗玻璃，她发现了院大门外的穆云清。祖倩下意识地皱紧了眉。

他推着新自行车，笑着与看门的老头打着招呼进来，直到文联办公楼下。

不一会儿，她听到楼道里传来张祥中的声音。

"祖倩刚才还在呢。"他说着就对过道这边大喊大叫，"祖倩，祖倩！"

没人应答，张祥中拉穆云清往楼下走去。边走边说："祖倩可能乘上文化局那趟班车先头走了，她说身体不舒服。走吧，穆老师，今我请你去尝新开的东北烧烤店的烤鱼。"

祖倩一直躲在卫生间。从玻璃窗间望出去，她看到张祥中推起了穆云清的车子，他们并排走着，说着什么。穆云清走两步就要回头向这边张望一下，到了大门口，他拧过身子驻足张望，那神情仿佛知道祖倩还在楼上，是在有意躲着他。

残阳被大风吹得四处飞扬，微弱的晚霞像害羞的少女似的半遮半露地将晖光涂抹在大戈壁上。穆云清心不甘地驻足在大门口半天不肯离去。楼下只剩最后一趟班车了，汽笛喇叭声按惯例鸣叫起来，呼唤着还未出楼的人。

祖倩在心里催促着穆云清快快离去。她迅速出了办公室，背起随身包，冲下了楼梯。一闪身，她就上了班车。

就在她从办公楼到班车仅不足五米冲刺时，她看到了穆云清正看着她。

汽车一声长鸣，载着祖倩从穆云清身旁疾驰而过。祖倩转过头，大风中，她看到了强大的失落感扑满了穆云清的脸。闪现在她视野里的是一张被茫然囚禁起来的活生生的脸膛，一瞬间，落寞击退了他满怀的激情，只见他的脸白得可怕。

隐隐的负疚在暗中拧了祖倩一把，祖倩感到心在作痛。

回想起这几年穆云清老师风里雨里的关怀和照顾，她的作品经过他的精心修改、编辑之后，祖倩的名字和小说屡屡出现在自治区各大报刊杂志上，使祖倩的姓名在自治区文坛上成为一道亮丽的风景，这一切都归功于穆云清的指导提携和鼓励。一篇篇文学作品都是在他的百般信任中诞生的啊！祖倩心里最清楚，事业上的成功全是依赖了穆云清无私的帮扶才得以问世，她怎么忍心伤害他呢？

拖着沉重的负罪感祖倩回到了家。

她再也无力支撑身心憔悴的精神，一进家门就坐进椅子里。

早已下班回家斜躺在床上看书的古源还以为祖倩会惯常性地一进门就出去捅炉子，收拾晚饭，把锅碗瓢盆弄得呼啪作响。过了好长时间他没听到这一切动静，就慢腾腾地把书从脸前移开，坐起身子，仔细一瞧，见祖倩脸色分外难看，就说了声："懒得做饭了，咱出去到巷口一人买一盘炒面吃了算了。"

天将黑透，夜幕直铺下来，钻进人间房屋，像不悦的黑翅扇动在祖倩的眼前。

"我，怀孕了。"祖倩闷着声说。

"怀孕了，那好哇。"古源这才下了床，边穿鞋，边说，没有惊喜，也没有兴奋，平常得跟喝了一杯水一样。

面对这样的丈夫，祖倩还能说什么呢。再大的事情到了丈夫这里都变成了最平常不过的事了，世界在他眼前，哪怕是发生了大地震他都认为是该发生的事，是地壳运行的结果。

"你去吃吧,我不想吃。"祖倩对古源说。

"不吃饭怎么能行?那我给你买回来。"

古源出去了,祖倩头重脚轻地站起身,颤抖着双腿走到床边,一头倒下去,像倒进了无底的深渊……

六十二、情爱深重

今年的春天对耀昭是个灾难的季节。他想不明白他的哪个行为得罪了神?招致这么大的惩罚。就因为吉曼莉吗?

昨天下午将近下班时间,吉曼莉把耀昭堵在楼梯口。她早已被乐天平调至总编办,乐天平恨不能用一根绳子把她拴住。

"耀昭,你带我走吧。咱们一齐离开这个地方。"吉曼莉眼里盈溢着泪水,眉眼间挂满了追求、渴望,神情,像秋天故乡庄户人家院落青睐的红辣椒和黄灿灿的苞谷串。

"我妹一家还在这儿啊!"耀昭被吉曼莉的心情所感动,他紧紧地抓住她的手说:"你表哥能准许吗?他能把咱们的档案关系给咱们吗?"

残阳落尽,报社办公大楼倏一下跌进了阴晦之中。干燥的风还在树梢上狂舞,但不再让人感到寒冷。

噢,晓春的柳树在夜漫上来时的一瞬间就爆出了串串新芽。

乐天平从墙拐弯处幽魂一般闪出了瘦小的影子,灰蒙的天色下小白脸阴森可怖。他看到耀昭正抓住曼莉的双手,脸"唰"地转了色,本来上翘的嘴角一下子坠拉下来。仿佛忍受了莫大的屈辱似的。他抖着白小的手,指着耀昭,气咻咻地叫嚷:"颜耀昭,你……你听着,我已经给你好几次的悔改机会了……我看你是朽木不可雕了!"

乐天平气得音带发生了故障,本就细于男性的音调更加古怪尖哨,在耀昭的耳鼓上击打着,像下地狱的冤鬼似的刺耳。一个东西,又是那个看不见摸不着的怪物尾随着乐天平的尖叫钻进了耀昭的躯体,耀昭清清楚楚地感觉到这次是从他耳后的翳风穴钻进去的。他马上呼吸短促起来,胸腔憋闷得似要炸裂一样,头剧烈地疼痛起来。他甩开曼莉的双手,像唐僧念了紧箍咒的孙悟空,一屁子蹲坐在楼梯台阶上,双手抱住了头。

吉曼莉慌了神,但耀昭心里很清楚,知道是那东西又来折磨他来了。他扭动着身躯，一声不吭，不住地折腾着。

"我的天啊，你到底想咋呢？"他在百般痛苦之中邀出了灵魂跃上天际头，对着苍茫宇宙射向他这里的电波源头高叫，"我都40岁的人了，还不该有个女人吗？你们为什么对我这么残酷无情？茫茫人海，男婚女嫁是天经地义的，顺道而行的，为什么偏偏到了我身上就逆向了？你们这般对待我，才真正有悖于天道呢！"

"这就是定数。"谁在搭腔？似男似女，"世上的美女如云，不是每个男人都能得到的。安抚你的感情吧，不然它会给你招致无穷的肉体痛苦。"

猛一抬头，耀昭看到了百年老沙枣树，它在春风撼动里爆出了满枝的新芽，宛若大地擎起一树的哲理。

"噢，我彻底省悟了。我彻底明白自己了。"耀昭的魂灵敬畏无限地从老沙枣树梢上滑下来。

吉曼莉慌手慌脚地要搀扶着耀昭上医院。乐天平过来煞白着脸怒不可遏地喝叱："曼莉，你……你……咱走着瞧！"

"你太没人性了！"吉曼莉绯红着脸颊第一次敢冲着她的"表哥"说出一直埋在心底的话，"我告诉你，如果不是怕你的权力会整死耀昭，我会理你吗？你，一个肮脏不净的灵魂！你以为谁会屈服于你吗？是屈服于你的权力！"

"好，好，好！"乐天平连声说道，他的声音跟着手和腿一并在颤抖。一扭身，风似的旋走了。

吉曼莉要耀昭去医院，她说出去叫一辆"的士"来，被耀昭阻止了。

过了一阵子，耀昭感到身体渐渐恢复了，有了轻松感，只是暂时还浑身无力，恰似从阴间走了一遭又回来的人，双腿困乏得难以直立。他站在楼梯台上，仰脸看着曼莉，有气无力地说："曼莉，看来咱俩是命中注定不能结为夫妻。对不住了！"

两股又大又猛的泪水从颜耀昭的眼里涌了出来。

吉曼莉蹲下身子，一头扑进耀昭的怀里，哭了："我不信，我千里迢迢寻到这里，寻来的是一场空！这不是在做梦吧？啊？"

"咱们……认命吧，"耀昭伸手抚摸着曼莉的头，满脸泪痕地对着天空说，"从现在的这一刻起，咱俩尽量少见面……"

第二天一上班，报社就召集全体人员召开工作会，总结今年第一季度的工作，安排部署下个季度的宣传报道。在总结会后，乐天平宣布了一个令耀昭十分震惊的消息。

"第一季度报社的全体员工表现良好；颜耀昭同志自视才高，目无领导，在工作上不求进取，仗着他的报告文学得到社会各界的肯定，自傲自大。为此，报社经过长期的教育，并给了他两年多的悔过机会，该同志依旧我行我素，在社会上造成不好的影响。因而，经社委会研究决定，颜耀昭同志已不适合在编辑部工作，调离到广告部去……"

"嗡"一声，耀昭感到头一下爆炸开了。他的脸黄得吓人，"嚯"一下站起来质问："请问乐社长，你所说的自视才高，目无领导，具体表现在哪个方面？体现在哪一件事上……"

不等耀昭说完话，乐天平就宣布散会。

人们"哄"一声都怀着各自对此事的看法，不声不响地离去。

空荡荡的大会议室孤零零地剩下颜耀昭一人。

他一直站立着，面对着领导的决定，傻了似的。

足以容纳二百人的大会议室就设在一楼下，刚好处在楼梯与乐天平办公室的中间。此时，早晨初升的太阳正暖暖地照在会议室的大玻璃窗间，把橘红的色彩反射在室内，与明晃晃的红桌椅相辉映，折射出了一个被阳光包裹的世界，颜耀昭成了这个世界里唯一的享受者。

随着散去的人流，耀昭在一刹那间的震撼下心情很快平静了下来，像渍洇在宣纸里的水彩，在他的心头浸染成一幅美妙的水墨画。他把全身都浸入到春天的阳光里。多滋润，浑身舒泰。噢，春天真美好。春天的早阳就是新的神灵，天使般从天外飞来，直射在立体的玻璃窗上，再绕着弯子映照着整个会议室。天体学家总以为光簇是直射的，这会儿却被耀昭惊奇地发现那光簇其实是有一定弯度的。他认为，光不仅仅是直的，还是曲的。光容了垂直与曲线的两重性，具有阴阳双极的美。也囊括了大千世界里刚和柔的力量。世界不正是由阴阳构成的吗？所以，人间也就有了男人和女人。刚与柔左右着浩浩漠天，男与女掌握着人间世道，这是天的旨意。

灾难让人发现真理。灾难使人产生奇迹。耀昭在人为的惩罚面前，心静如秋天的湖水，创奇迹的思想也爆开了花。

"嘻嘻嘻。"谁在窗外笑！噢，还是老沙枣树。

老沙枣树老顽童一样在和煦的春风里，在温暖的阳光下欣喜地摇摆着身子，把一树的春芽胀满了芳心，对着室里的耀昭发笑，说："这就对了。他老是用木刀割你，痛则不快！"

耀昭凡心难泯："广告部，那可不是国家干部干的工作哇！"

"嘻"。沙枣树晃了晃身躯，轻蔑地摆了一下头："你们动物界真好笑，连马呀牛呀都同槽相咬相踢，更不用说你们人类了。你们把自己分成等级别，上级用权利制约你们，同时也制造罪恶，这就是你们人类的悲剧。人本就是罪恶的原体，聚制人的权于人身，还会有好结果吗？你们人类的聪明，尤其是权力层，不去挖掘真理，发现自然，顺着天体地气的趋势去发展，却一直在戏耍真理，黑说白道，愚弄自己，这难道会有好吗？看我们植物界，谁也不欺谁，谁也不制约谁，各自想着法子顺应自然，求得生存、发展。看我们，再恶劣的气候、多不良的土质我们照样开花、结果；看胡杨树们，不结果，却把真理直插蓝天。为什么？因为我们在不断顺应自然，调整自己，才得以生存、壮大。你们人类却视我们为不齿，动不动砍伐我们……其实，砍伐的是你们自己啊！任何事物都会为他的残酷付出代价的。"

阳光愈来愈明亮，满大厅到处飞扬，把天籁之音弹响，把光瀑中的天体万象灌输给了耀昭的神经末梢，他让阳光捎去他深深的感激：谢了，老沙枣树！

会议室门外传来报社人的嘈嘈声。

一个说："吉曼莉走了。听乐社长说昨夜坐火车离开的。"

另一个压低了嗓门："屁的表哥！硬是把人欺负得没法子了。"

"都那么老了，干这事还挺认真，当成大事弄呢。活活把人家一对男才女貌的好婚姻给搅黄了。"

走了，吉曼莉走了。带着少女被蹂躏的爱情，带着一位水乡女子梦幻般追寻心中情郎的伤痕离去了。也带走了耀昭丢不掉的情思，去了。这下好了，痛则痛快。她的绝别也割断了他的牵挂，他又成了光杆司令了，可以无牵无挂地任意驰骋了。

六十三、宿命难离

请了两天假，祖倩昏昏沉沉地在家歇息了两天。

古源下班了。一回家就对祖倩说："市上选调一批年轻干部下县挂职锻炼，报社推荐上我了。不过还好，把我安排到硕果县，可能是政府办。如果没有特殊事情，一个礼拜能回来一趟。"

"哪天动身？"祖倩问。

"一会儿。"古源总是一副平淡如水的样子,"市上的车送这些人下去。"他收拾了两本书往包里一装,毛巾牙刷一塞,就准备走了。

祖倩忙下了床,从木箱里取出叠得平整的内衣裤和换洗的西服、毛衣,再给带上两件衬衫装了起来,递给古源说:"天冷了穿薄毛衣,以后慢慢热了,把衬衫换上。"

"噫,多此一举。"古源有点不耐烦,"几天就能回来一趟嘛。女人就是婆婆妈妈。"

说完,古源头也不回地就出了门。

祖倩望着丈夫远去的身影,一刹间她被空落孤独所包围,她重新回到床上,蒙头睡去。

睡神再也不光顾她了,任她闭上双眼,由她翻来倒去。她想呼唤意念招来瞌睡,就尽量想象深的颜色。她想黑灰色,无尽的隧洞漫开,黑洞洞一片。她还是失败了,折腾得头痛欲裂时,她呼一下坐起来,下床穿鞋,打算出去在外面转转。

不知什么时候天已几近黄昏,如血的残阳耀得人睁不开眼。祖倩立在门口静待了一下,这才放下遮眼的手。她惊呆了,跃上她视线的人令她愣怔住了,半天回不过神儿。

穆云清老师肃穆地站立在门前的渠岸上。吐絮的垂柳温情脉脉地在他头顶轻轻摆动,如少女婀娜的舞姿。夕阳把金黄涂抹在他穿着一身藏蓝色的运动衣上。他携着那抹光辉一言不发地走到祖倩面前。

"走吧。出来了就转转。"他说。

祖倩看着自己的脚尖,跟着他上了水渠岸。

小渠水咕咕哝哝,霞光里泛起层层金色涟漪,仿佛一渠的金子在闪烁。头上的垂柳、胡杨把新绽出的树叶在金辉里尽情地放光,片片叶儿崭新锃亮,喜气洋洋,在向人们炫耀着怀春的喜悦。渠岸上玩耍的小男孩,把童真的美好时光撒满了一水渠,嘻嘻打闹、追逐,惊得树上欲夜栖的鸟儿叽叽喳喳埋怨不休。

"你怀孕了,咋不跟我说一声?"穆云清刚一开口就令祖倩浑身一颤。她驻足一望,这回令她口舌发冷、发麻。几天没见,眼前的穆云清老师像换了个人似的:两鬓露出了白丝,脸膛清瘦了整整一圈,脖项的皮肤明显的松弛了,脸色如同被霜打过的茄子,又灰又青。

"自从你那天躲着我,几天来我一直在办公室里过。晚上连家也没回。"他一说话就像在用一只无形的脚踹祖倩的心。她在万般痛楚中听着他说下去。

"几天几夜的思想折磨之后,刚才我才猛然想起咱俩在一起时你的身体反应。我咋这么大的人了,还糊涂成这样了呢?你不责怪我吧?我知道你会原谅我的。"他一个劲地责备自己,悔恨不已:"我咋就几天几夜才想起来呢?孕妇本来就够痛苦难受的了,烦躁,不想见人,我还在这几天里把你想象成一个无情无义的寡情人呢。唉呀,你知道吗,祖倩,"他长长从胸腔抽出一口憋得太久的闷气,看着西边日落的天际头,继续说,"那天当我意识到你在有意躲着我,不想见我,也就意味着你讨厌我时,那个时候哇,真是对我打击太大了。当时在你们办公楼大院的门口我就有点支撑不住了。那会儿呀,就像到了世界的末日一样。说实在的,我都有一种想一死了之的念头。一路上,坐着自行车,看飞过的戈壁滩,直企望着这戈壁滩变成一个大魔窟,把我一口吞进去了干净!我已经没有了思想,丧失了意识,平日里百般缠绵的情感也弃我而去了,我成了一个空壳,一个没有任何念头的能行走的躯体。世界在我眼里变得苍白一片,毫无意义,一点价值也没有了。我可怜得孤苦无援,如行在沙漠戈壁的苦行僧,从会走路时就起步,走啊走啊,一直走到四十多岁了,好容易寻到了一泓甘泉,突然之间又丢失了……快五十岁的人了,是知天命的时候了,还孩童般迷茫着……当我在几小时之间猛然醒悟过来时,深深的愧疚就攫住了我的心。你不知道,在我意识到我错怪了你的时候,我比什么时候都更加痛苦,我痛恨自己呀!让你受委屈,比我受了屈辱更折磨我。我就快快赶到这里,来向你赔罪……我一直站在渠上,等着你的门打开,整整等了五个小时。这也是我对自己的惩罚。你不会怪罪我吧?"

祖倩的心强烈地震颤起来,她不知道用怎样的语言来慰藉他受伤的心。一抬脸,她发现在他双重眼皮的眼眶里闪动着已知天命的男子悔恨的泪。

悔恨的应该是自己啊!祖倩在内心呐喊。她的魂灵在痛悔中一跃出了窍,掠上了树冠,落在与云霞接壤之外。她的树茂哥就乘着霞辉滑了过来,没有言语,却喜眯眯地对着她笑,只招了招手就消失了。

"你看,你比以前瘦多了。要注意营养搭配,想吃时赶快趁机吃。妊娠期,最重要的事就是吃,记住,最要紧的任务就是吃。"他说着,就从一直提在手里而祖倩没注意到的塑料口袋里掏出一条油炸的裹面鱼来,递给她:"试试看,这个东西可不可以吃?"

几天水米未沾牙的祖倩一看到干脆黄亮的油炸小鱼立马馋得垂涎欲滴,她一口两口就吞咽了下去。炸得干嘣嘣、脆生生的裹面鱼,香喷喷挠人肠胃。她大口大口地吃,他一个一个地递给她;一个享乐在饮食给予的快乐中,一个则沐浴在能给她带来食欲的幸福里。她的心叶在他如春风的视野上欢愉地晃动，他的魂魄徜徉在她尽情吞食的舒坦中。

吃着吃着，祖倩为自己的馋相感到窘迫，她本不是贪食的人啊，怎么就控制不住了呢？她不好意思地羞红了脸。

祖倩对自己的举动真是不可思议。她搞不清楚，为什么一个新的生命的孕育，非要把母体折磨得神魂颠倒、丑态百出呢？她怎么能思谋得出，一个新生命的孕成，常常是在对另一个生命的摧残中诞生的。这不是罪过吗？这就是生命的罪过。由此可以窥视出，人的生命本就是带有他与生俱来的罪恶，从她的孕育开始，折磨母体，到他的诞生，这个过程一直是在吮吸着母体的血浆而形成，喂熟了自己，却差点要了母亲的性命。罪过啊，人人都是一个罪孽之体，一生一世都是在赎罪的路程上行走。

所以，人间才会有灾难，有悲欢离合。人人都活得疲累不堪，只不过人会把一生的坎坷当成生命的回味去咀嚼，也便产生了另一种滋味。漫漫人生路，谁都不会一帆风顺、一路顺畅，人人都在本性的欲念中苦苦追求，艰难跋涉，这就注定了人要与灾难同在。

穆云清经过了一场情感劫难，精神领域的那盏灯更加明亮了。

他说："祖倩啊，人的一生，其实都是改造自我的一生。人一辈子都在不断地完善自己，这本身就是对自己的一种爱护。"

在不知不觉中夜色已沉沉地压了下来，北面市中心已潮起了春夜华灯初上时的躁动。一股风掠上来，带着丝丝凉意。穆云清立即告诉祖倩："快回屋吧，外面这会儿太凉。"

回到屋子，立刻有暖融融的气流包围上来，屋里屋外的温差使人深感家的幸福。房子真科学，是真理。四面墙可以挡去外面的风霜雨雪，让人不被寒冷所侵袭。

只有到了大西北，人才能深深感觉出房屋对人的重要性。室内室外温差的大变化，不由你从内心感谢远古时首创茅屋的先贤。这时候，你的思维会畅游在最原始的人类聚居的蛮荒地带，享受着返祖的幸福。

祖倩现在就是一个彻彻底底的享受者。她一回到屋子，就被穆云清扶到床上，他在她的背后垫了床小被，让她坐得舒服点，然后，他还为她倒了一杯水放在身旁。又为她煮了一碗鸡蛋汤。最后，他抬腕看看手表，对她说："天不早了，我也该回去了。记着，一定要喝了鸡蛋汤。这对你的小宝宝有好处。"他还给她掖了掖被子，说了声"再见"，就出了门。

祖倩一个人静静地坐着，灯光暖洋洋的样子，把柔和黄亮的光悄悄地流泄在小屋里。祖倩此刻的心很平和，有了大病初愈的快慰感。她回味着她与穆云清老师相识以来的每一个时期，忆想起他慈父般的爱护和照顾。从小失去父爱的她全身心都浸润到他给她带来的爱的温泉中。她惊诧地发觉，这是上苍对她的补偿呢。本来寄希望于丈夫给予的幸福，没料到却来自于老师的身上。可是，当她仔细地品味着穆云清的情感滋味时，她又觉得后怕，是因为他的过于执着，还是因了他和她之间本就非亲非故、毫无牵连的关系？祖倩的眼前又浮现出他在几天的时间里陡然斑白的鬓角和明显消瘦下去的脸庞……她竭力调动所有的情感因素，幻化出他在那几天时间里遭受折磨的情景。那几天，他一直旋磨在黑洞洞的磨道里，像蒙上眼拉磨的牛，永远也转不出石碾给他带来的无穷尽的旋转；他精心构筑的精神大厦几乎要垮塌下来……是负疚挽救了他，把他从黑暗中引领到有亮光的隧道。他一旦意识到她有身孕了时，他反而有了一种负罪感，反过来向她忏悔自己的过错，他不相信祖倩会有意回避他、拒绝他。其实，这才是他真正的错误，祖倩的心里最清楚。

他的错误造成了他的宽容，宽容又使他得救。

尽管他看起来比几天前老了许多，但从他的气节中可以看出，重新焕发出新气象的精神庭院又是一派生机勃勃、春意盎然的景象。

祖倩想着想着就睡着了。好久了，她第一次睡了一夜的好觉。

第二天正逢星期天，祖倩一觉睡到了十一点。她爬起来，刚洗漱完毕，穆云清就来了。

他一进门就兴致勃勃地边收拾带来的东西边说："祖倩呀，我今天专门上市场给你买了小鱼。我来拾掇，给你炸着吃。"

穆云清拿了小椅，放了两只小盆，在门口一坐，用剪刀把小鱼一条条地剪开，看着祖倩的脸色说："看，你的脸色比昨天好多了。说实在的，我在家里呀，也是个大男子主义者，从来没上过菜市，更不要提做饭了。可是，对你，我高兴这样做。我要让你吃上我亲手做下的可口饭。再说，古源他下县去了，没人照顾你，我也确实放心不下。"

祖倩被穆云清笨拙的动作逗笑了。人哪，真是没法说，谁能把人思谋得透呢？穆云清都年近半百的人了，咋一见了祖倩就年轻小伙一样，把能为祖倩干点什么，哪怕是吃喝这样的小事，他都感到是自己的一种享受，即便是自己力不能及的事情，他也要试着干，就像做这鱼一样。

他看到祖倩在抿嘴笑他，穆云清快乐极了："笑话我哩吧？来，搬个椅子坐我跟前。"

祖倩顺从了他的要求，也顺从了他的感情，坐到身旁。

"你看我是不是像个小孩？"他手下血糊溜拉，却抬脸对着祖倩，"你不知道哇，我只要跟你在一起，就忘了自己的年龄了。谁知道，我怎么那么喜欢你，把你看得比我的儿女都重要。"

无论是走在大街上，还是在单位里，穆云清高大的身躯都给人以文气、严肃又凛然之势，怎么到了自己跟前就全然丧失这一切，变得憨乎乎，有点傻气和女人气了呢？祖倩实在想不通，这大概才是真正的穆云清了，一个完完全全还原的穆云清。

平日里的他，是一个戴着面具的他。是啊，社会需要戴面具的人去谋事，现实生活也同样需要罩上假面孔的人来生活。人人走在大街上，在大庭广众面前都只不过是一具假行尸，只有到了灵魂的归宿地人才原形毕露，正像眼前的他。祖倩享用在一个大男人坦露真我的境地里。她得到了真，她是幸福的，是一般人难以享受得上的。她的心叶快活极了，恰似午阳下微风里欢快地拍着把掌的新树叶。

"你愿意和我在一起吗？跟我在一起你感到快乐吗？"原本的他眼仁里乘坐着祖倩，急切地追问。不等对方回答，他又开了腔，"说心里话，我一看到你，就老是有掏不完的话。你说，我这是咋啦？"

人最难认识的是自己，这就是人再高明永远不可能看到自己的脸的缘故。穆清云怎么也解释不清，他总感到上辈子好像就和祖倩相识似的。

"穆老师"，祖倩心情沉重地说，"我想把这一胎打掉呢。我思前想后，我和古源目下一点也不具备养孩子的条件。"

"这个嘛，你要跟古源商量，要尊重他的意见。"

古源回来了，祖倩把自己的想法说给了古源。

"打了打了罢。"没想到，古源像说扔掉一袋垃圾一样随便。

祖倩的心一凉，但同时又坚定了决心。

第二天一大早，古源用自行车带着祖倩来到了人民医院。

心理压力太大，加上有些紧张，祖倩的血压急剧升高。在手术床上，一边输液一边进行着手术。祖倩直感到心和肺要与胎胚一齐被拽出来了，她忍着强烈的疼痛，头上的汗如滚豆一般。随着疼痛的加剧，一个生命就这样消失了。跟着消失的还有祖倩悬在心头那对生命的企念。她在想，生命是什么？生命就是一瞬间产生的念头；就是人与生活搏斗时的生生灭灭。生命就是人在战胜现实生活之后高高飘扬的旗帜。每一个人都是人在与自然、与人类自己的奋力争夺下逃生的骄傲。城市里满街道接踵而至的人脚，哪一个不是在拼搏中创下的奇迹。可是茫茫人海，我是一个失败者，我养活不了新的生命。我的罪债啊！祖倩咬紧牙关，一声不吭，令大夫吃惊。

"没想到，做这个手术这么多年，还头一次碰到一个一声不叫喊的人！"一个大夫说。

"你疼，就喊吧。"另一大夫很体贴。

祖倩睁开汗水迷糊的双眼，向大夫们投去感激的一瞥。

从手术室出来，一种从未有过的怅然萦绕心头，就如同外面突然阴冷起来的天色一样。

四月底的大西北，天气一日三变，早上还晴空万里，到了午时盘踞在天山脚下的冷气就会乘机而入，不甘失败地再度重演寒冬剧情。一阵风刮过，天上竟淅淅沥沥地下起了雨，雨并不大，只是刚刚过惯了春暖季节的人们猛一下难以接受。祖倩脸色傻白，一怀的失落，冷风一吹，她觉得身轻得似要随风而去。

古源被这突然而至的天气冻得脸色发青，灰色的毛衣衬托出灰暗的心情，他一声不响地带上祖倩颤颤抖抖地顶风驰去。

寒冷赶走了街上的行人，有的人已捂上了棉衣，戴上了口罩，大街里唯独红毛衣的祖倩和灰毛衣的古源在冷风中艰难地前行。古源的胳膊抖得厉害，双脚也在脚踏子上一滑一跌，车头来回摆动。祖倩正要喊他停下来，车突然之间就往外倒去。"哐啷"一声，祖倩眼冒黑雾，霎时什么也看不清了。她极力从黑影里挣脱出来，眼前渐次地又拨开阴霾亮了起来。她抬身想立刻站起来，动了动却没能站起身。在一旁正埋怨天的古源一边骂着鬼天气，一边扶起了祖倩。

急急地往家赶，祖倩直觉得双腿似有一根看不见的绳子拴住了，无论多么卖力也跷不快步子。她吃力地走着，没多大一会儿就浑身冒虚汗。

终于到家了，从医院到家有一里多路，祖倩却行得艰辛得如当年的红军过雪山草地。短短的一段路程，让她品尝了另一种生活的滋味。经过这几百米路的艰难行进，祖倩更深刻地理解了什么是贫穷。假如不是因为家境贫困，她都二十九岁的女人了，怎不希望有一个活泼可爱的小宝宝绕膝欢悦呢？如果不是手头经济拮据，就不会发生今天的灾祸。祖倩浑身酸软无力，上了床她才发现，在她的大腿上鼓起了拳头大的一个血包。手抚着血包，望着冻着铁青了脸的古源，祖倩在心中诅咒贫穷：你这致人于水深火热之中的恶魔，摧残心灵的刽子手，有许多人会在你的魔杖抽打下丧尽天良，去干杀人抢劫的勾当。贫穷，你又是罪恶的教唆犯；你也是人世上无所不有的投机者。你投资穷困，收获罪恶。

要摒弃贫穷需要一大笔的坚忍不拔来作赌注，尤其是在发展中国家。要想摆脱贫穷的穷追不舍，必是神灵福荫的人。

祖倩叫古源换上了棉衣。渐渐暖和起来的古源似乎对着祖倩又仿佛在自言自语："刚才在路上一冻，我就悲哀得无法说了。我就想到了我悲惨的……才让我受这样的罪……"

祖倩陡然跌进了悲凉的地窖里，她想哭，为自己，为古源，为丈夫的家人。作为丈夫，他想不到做了手术的妻子身心的创伤，冲进他脑海的竟然是他的悲哀……祖倩哭了，泪流满面却没出声……

六十四、爱神迷影

吉曼莉走了，带着她的梦寐以求的爱恋，带着她无尽的遗憾，走了。她终于挣脱了乐天平的羁绊，从他的魔掌中逃出了。颜耀昭舒坦地松了口气。

他感到了好久以来从未有过的轻松。是啊，自从吉曼莉来这儿两年多，两年多的日日夜夜他好似处在人生的蜕变过程之中，他如蜕壳的蛇一样，在痛苦的蜕化过程中品尝着无穷的摧残和折磨。如今，望着全身通体透亮的自己，颜耀昭认真地打点了一下自己的思想，打量着一个全新的自我，心里很清楚地知道，貌美、妩媚无比的吉曼莉是上天派遣给他的一种灵动，是磨烤他、锻铸他的试金石。现在好了，一切都如过眼烟云般散尽了。颜耀昭舔着脱幻而出又带伤的自己，隐痛中含蕴着无穷的乐趣。他把玩着这痛苦中的快乐，恰似少时在饥饿的碗里添加了一勺美味可口的饭食。

颜耀昭心静如秋天的湖水，吉曼莉的离去，同时也从他身边拖走了烦恼、不安和担忧。他现在可以无牵无挂地自由生活了，生活在一派云游牧草丰饶的天空之上。

呵，真好，心地干净如早晨的草场。耀昭觉得自己再也不会癫狂，从此将丢掉少年的锐气。回眸从前走过的血淋淋的荆棘路，一路上的干沟、水壕、沼泽，一路上的双足血肉模糊，终是闯过来了；冲出了血与火的搏斗，闯过了野蒺藜般的羁绊。从聪灵、方红雨到吉曼莉，从狼娃、王得娃到乐天平，他从血里、水里、肉里、骨里一跃而出。他明确地意识到，自己不会再犯罪，有的只是富饶丰满起来的理智思维。把数十年风雨兼程的经历，全积淀起来，沉聚成生命的智慧，在大千世界，芸芸众生之中闪光，成为睿智在天上挂起的一道新的彩虹。

六月的天气，格外凉爽。在这个季节里是人们最为惬意的时刻，你不用再担心偷袭的冷风夹雪粒突然之间给你平静的生活添加一时的慌乱，你也不再惧怕刮得你心烦意乱、让你难以喘息、难以行走的狂风的侵扰。这个时候，人们尽情享受大自然的平和宁静，看白云在头顶游弋，那轻柔亲昵的样子，仿佛人一抬手就可够着一样。街两旁的沙枣树、梨树把落花孕果的惊喜撒满了街道，像幸福的孕妇，怀着几分喜悦，几分满足；更似冲出了癫狂岁月的男子，走进了成熟，达到了日臻智慧的境界。

颜耀昭在仔细整理自己思想的过程中，这才想到了自己刚过不惑的年龄。平躺在宿舍的木床上，面对大开着的门洞里光洁的蓝色天空，他的心比轻游的云朵还平静。唷，四十不惑。四十真好，到了这个年龄，再不会有挥拳出击、抬脚踢人的轻狂举动；人一旦走过四十的门槛，就脱离了罪恶，走进了成熟。得感谢这个不惑的时刻，它让人从冰封雪冻的冬过渡到烦乱不宁的春，又蹦跳着跃进狂热的炎夏，在炎夏的季节里冲撞、迷茫，就到了极限了。物极必反，世上万事万物都富含极限性，热到至最，火到最浓时也就接近清凉的边缘了，夏一下子就掉进秋中。人生也如同四季，到了四十该是收获的季节了，把冬春夏全装进去，收获成熟，收获理智，收获大智慧。

人和大自然总是相通相融的，人成长的每一个时期，每一段生活浪潮，都在充分体现自然的规律。当然，人是自然的子民么。人是天体与地气培育出的花朵么。而人却常常意识不到自身的规律，来自于大自然，总想以自己的意志改变自然。人的悲剧是由自己一手导演出来的，想逆自然而行，违背自然规律，也就是违背了自己。所以，人是不能认识自我的一种狂妄动物。人的一呼一吸，人的每一寸皮肤，包括每一根头发丝，无不囊括着漠天宇宙，就像一粒小沙、一颗露珠，都蓄含着大千世界一样。人能认知自我，世上就少了罪孽。遗憾的是，人永远不能认清自己这是大自然的玄机，若不然连太阳也会陨落。

颜耀昭的思想徜徉在和煦的平静心际下，眼前陡地就浮现出家乡的终南山，显影出白居易的卖炭翁，"两鬓苍苍十指黑。……可怜身上衣正单，心忧炭贱愿天寒……"诗圣白居易飘然落入深山野林，秦岭腹地，观苍生，心魂裹挟着仙境，才吟出绝妙佳句，这不是大自然的造化么？白圣仙是得山水神灵，思维才产生圣句。如果在人们摩肩接踵的城市，与凡人为伍，为争权夺利而烦恼，为商业的竞争而尔虞我诈，他还能迸溅出神诗妙章吗？人们都在仰慕城市的华彩世界，总以为世上最先进的科学、艺术、文化、文明会在熙熙攘攘的城市里，其实，人把什么都搞错了，弄反了，城里的人全是一群享受的人，他们不是创造文化、艺术、文明的人，他们是享受这一切的人。真正的创造在深山里，就像神灵总是离不开山头一样。

  人的错觉使人类在大宇宙中下了大错误，人总自以为是，总认为自己能创造一切，岂不知，连人的肉眼看都看不见的小飞虫都在暗中嗤笑人类：你们能制造杀灭我们的毒气，可你们人类杀灭不了我们的精神！你们瞧，我们小小飞虫，可以趴住墙壁打瞌睡，你们人能做到吗？你们不行，你们没有这个创举。你们奇怪，为什么我们年年被你们杀死一层又一层，来年我们的后代又是一层又一层……你们杀灭不了我们的，我们也是宇宙的骄子，不是任人类想灭绝就能灭绝得了的。相反，你们因为长期吸嗅自造的毒气，你们的五脏六腑在发生病变……这就是你们人类聪明的结果，是你们人类为自己挖下的墓穴。

  耀昭惊呆了，凝望着光瀑中飞翔的微小精灵，有一只稍大一点的竟然离群飞过来，落在他弓起的膝盖上，透亮的一丁点翅翼，透给他无限的遐想，把一份沉甸甸的哲理拍在他的膝头上，灯盏一样亮在他心殿的梁上。

  是啊，人一旦认识了自身，也就认透了宇宙。若不然，自信的人创造发明的照相机，不就是专门用来回观自己面孔的吗？能照下自己的影子，人类高兴坏了，以为自己掌握了完全的科学，其实，真正的科学是在人类自己身上，人的眼睛难道不比照相机更真实、更科学吗？

  颜耀昭重新回到现实中来，他把思想焕然一新，到了报社的广告部。

  广告部是在报社办公大楼的一楼东边设置着，门正好与乐天平的门两相对望，都是对着走廊的房间。广告部一共有五人，其中包括一个负责人。报社给该部下达的任务是全年拉回广告费200万元，保住基本工资，在此基础上，多揽的广告费，按30%提成。广告部又把任务分派到每个人头上，每人一年至少揽50万元以上，除过50万是保工资外，多揽多得，揽不足50万的按比例扣除。

  耀昭冷静而平和的心态令全报社同事惊奇，在他们看来，从编辑部一下子降到广告部不仅是对身份的降低，更重要的是人格的侮辱。一位堂堂大编辑，声震全市的大手笔遭到这般的凌辱无异于在大庭广众面前被人扇了耳光。耀昭毫无被辱之感，广告部也是需要人干的，职业么，无非就是一种谋生的载体。有好心的人鼓动他，叫他跟乐天平争个高低，耀昭嘴上说："何必呢？干啥都一样。"心里在想，没那个必要了。既然吉曼莉已经离开这里，与乐天平的恩怨也随之散去了。他不再恨乐天平，也不怨吉曼莉。他知道，在女人身上，在家庭的组成中，这是他命中的忌事。

认清自己非一日之功，是在经历了风风雨雨、沟沟坎坎四十载之后的功夫。人世上的事看起来非常简单、容易，但到了某一个体人身上就不那么容易了。正如世上的男人，人人都有妻子、儿女，都有成家的权利，唯独到了耀昭这里就变脸了。世上的万物都有拥有一个温暖如春的家的权利，连一只小鸟，都具备了筑巢穴的能力，而耀昭，一个优秀的大男子却没有这份力量来完成自己筑巢的大业。家是人远航扬帆后的港湾，能医好人心灵的伤口。人人都需要有个窠穴，遮风挡雨，在外工作有了创伤可以蜷缩在窝巢里得以治愈。

颜耀昭被剥夺了这个权利，他要在社会这个大家庭里纵横捭阖，完善自我。

再不会有过多的疑问，再也没有抱怨，有的只是抱负。他要用全部的才能一门心思地去实现大社会的抱负，把从前的一个个疑问号拉直，料理成挺拔峻峭的大感叹，这才是人生的完美。他相信，人可以亏人，但上天会弥补，只要你圆满了，苍天就会看中你。

颜耀昭怀着满腔的热忱投入到工作之中。在广告部工作，他如鱼得水，游刃有余。全市十县一区的每家企业，每个集团公司，他都跑了个遍。广告部给了他得天独厚的优越条件，不用坐班，不用开会，只要你能为报社拿回钱来就行。他用了一个多月的时间，前后颠簸在东奔西走的路途中，把各个企业的情况，包括农垦师的大公司他都掌握得一清二楚。接下来，他着手整理出一整套的工作方案，挨家实行"大扫荡"。

社会在人们日复一日的油盐酱醋柴米面的生活中发生着大裂变。私人企业如雨后春笋般在饥渴的中国大地迅速崛起，小能量的小打小闹，大能力的大显身手，小老板、大经理一时风靡全国的大小城市、乡村街道，成为推动国民经济发展的生力军。

社会的裂变造奇迹，创奇人，机遇就在这裂变中诞生。颜耀昭通过艰辛的摸底跋涉，他的心胸更加宽阔犷达了。他惊喜地发现，他所到的企业、公司，无论是经理、老板，他们个个胸装经济大蛋糕，人人都是弄潮儿。

谈起经济，这些经理老板们如数家珍，跟耀昭一拍即合，很快和他就成了挚友。他们视他如亲兄弟，大谈社会的发展趋势，深为中国能为踢出贫穷初露的曙光而感奋，一种亢扬之气在他们之间飞荡。耀昭也融进了这一群的大本营，广告一个专版接一个专版地跟着上，有时连开两个大版。

颜耀昭接二连三整版大文章频频出现，他那富含深刻哲理的文章把一家家企业写活了，把一个个经理、老板的创业精神呈现在人们面前。一霎间，颜耀昭的名字又唱响在社会各界，尤其是经济领域里。

颜耀昭扎实的作风及为人，为报社的兴旺又一次立了大功。广告专版的宣传，换来了哗哗流淌的钞票，仅一年时间，颜耀昭一个人就完成了全广告部的200万元的任务。按照当初的提成标准，减去本任务，他一年就拿提成45万元。

报社的全体人员一下炸开了锅，个个大惊失色，唯独视钱轻如羽毛的乐天平依旧那老模样。当耀昭领取提成费让他签字审批时，他像批一个假条那样平常。签完了字，他站起来，鼓励耀昭说："你很能干。好好干吧，力争明年把咱的报纸改周三刊为日报。"

一个多么宽怀大度、不为金钱所动的领导啊！耀昭怀着感激的心情离开了社长办公室，手捏着几十万元的提款条，进了广告部。

广告部的其他几位同事都出去拉广告去了，他们整天为自己的50万元任务发愁。耀昭一个人静静地守着办公室，守住了自己沉稳的心。

得到了一大笔钱，同事们成天咋呼惊叫，人人虎视眈眈，甚是不平。他们心空上的天平一下子失衡了，个个咋舌，为自己鸣不平。

乐天平说他们："谁有本事自告奋勇去拉广告都行，一视同仁嘛，政策对谁都是公平的。"

大家又面面相觑不敢吭声了。他们连试一下自己身手的勇气都没有，个个见钱却红了眼，恨不能一口吞了你。

乐天平丝毫不为耀昭的钱多而忌妒，在这方面，他慷慨的气度令耀昭折服。耀昭透过广告部的窗户望着对面矮小白净的乐老头，永远年轻旺盛的思维冲开窗玻璃，叉腰站在领导的面前，大胆地审视着他。见钱不动心，这是乐天平无与伦比的优良品性，人间少有的美德；但见色心变，他却显得比一般男人要刁钻得多，霸道得多。钱的缺乏他不在乎，色的残缺就会使他的生命一败涂地，这，也是他命中的定数。人往往会寻找某一个角落去犯罪，人人都有一个犯罪的点，谁都跃不过自己的这个点，就如同神仙也有相克他路圣灵的时候一样。

耀昭把钱一拿到手，立即去邮局给母亲寄去了5000块。

一并寄去的还是儿子的孝心呢。

六十五、儿孙心肉

柳秋桂在收到儿邮回来的钱时，她的手都在颤抖。她明知道，儿在外挣一份工资不容易，咋就省吃俭用把积攒的钱全寄给了她？儿都40岁的人了，还没给她引回个媳妇，当母亲的揪心啊！

又是一年一度的浓春时节，离谷雨节气还有四天。杨树正在扬花，白色的花像小蝴蝶一样离开枝头到处飘飞，飞到人家院落，在拐角处聚了一堆，就变成人家屋檐下的栖息魂了呢。柳秋桂拄了拐杖，在屋门外的廊沿上站着，眯缝起昏花的老眼，看不断飞舞的杨花，老人就更加想念远在他乡的一双儿女了。

她想，人啊，不就跟这杨树花儿一样吗，在母亲的怀里长成，到了该飞时就飞走了，谁也挡不住。飞到哪里，那儿就是他们的生活处所，不是你树本身所能挽留得住的。就像娘一样，不能把儿女留住一辈子。

白狗旺旺也老了，这灵性动物这一段时间老是不离主人半步，主人回屋它回屋，主人出门，它跟脚出来。主人要到大儿家去，它先头领路；主人去二儿东场边的家，它先趴住黑门连叫带抓叫开门。它对主人的忠实常常令老人感动不已，眼角溢出激动的泪。柳秋桂知道，白狗旺旺今生跟她有缘分，它能听懂她心里的话，它最能读懂她眼里的情感。她的一个眼色，一个连人都注意不到的举止，旺旺却能明白。旺旺跟着主人经历了这个大家庭的血雨腥风，在历经万般的无奈洗劫后，旺旺更加灵性十足了。它跟着主人相依为命二十余载，它和她睡一屋，同吃一种饭，早已息息相通了。它不能说人话，讲人语，但它会用眼神向主人传递情意，用动作给主人以抚慰。它在有限的短暂一生中，尽着一只狗应有的忠实义务。

在主人的儿孙们遭受了劫难的时刻，旺旺会用舌头舔主人的手，舔主人的脚，它最明白，她心上的伤口在淌血。它也是在舔她的心，舔干她为儿孙操劳得伤痕累累的心啊！

白狗旺旺在柳秋桂的脚前一卧，耷拉着眼皮似乎在打盹。柳秋桂知道，它也和她一样，身骨老朽了、困乏了，但心还灵醒着。

到了晚上，旺旺一直没回来，柳秋桂等了整整一夜都没等到这只狗。

老人似乎有了某种预感，第二天一大早，天刚启亮，柳秋桂就拄着拐杖沿河边寻到了东场的山坡背后。在一个背风的土凹里，她看到了旺旺僵硬的尸体。

柳秋桂的心猛地缩成了一疙瘩，她差点支撑不住身躯，要倾倒下去。两滴凉凉的老泪挂在她多皱的脸上。她最清楚这狗的意思,它这是怕自己僵死在屋里令主人寒心才独自跑到这个背人处闭上了它灵动的双眸的。柳秋桂相信,她的旺旺一定是重新转世托生去了,才拣了个这么好的季节,这么好的风水宝地去的。这儿有土坡,有流水,昨夜又是繁星满天。它头枕终南山,脚蹬颜家河水,眼望着亮灿灿的星空,看一颗星星滑下来时,它就咽下了最后一口气。它一定是幸福地走了。走进到一个花花彩彩的极乐世界里去了。

如今的东场成了一块闲置之地,绕河湾的地方被人砍了树,种上了大蒜、莲花白之类的菜蔬,图举手之劳就可得到河水的浇灌,贪个方便。场中间早已长满了野花野草,有几条通往河边的小径,蜿蜒在野草丛中,好像人们贪婪的手爪伸进绿茵里。这时,天已大亮,一层闪闪发亮的露水珠铺了一场,宛如旺旺昨夜的亮眼呢。

柳秋桂回到家,唤儿子耀禄起身,去埋了旺旺,让旺旺入土为安。

郝孬飞喘着粗气踏进了门。

柳秋桂心一惊,睁大了昏花的眼,想从女婿黑胖的四方脸上寻到些什么。

"你一个人来的?"她颤声问他。

"祖香也来啦,在后头哩。"

正说着,大女儿也跷进了门槛。

"我说你这驴日的,就是个猪脑子,"一进屋,祖香就气咻咻地往炕沿上一坐,骂男人,"你咋就不早些跑了呢?让人家囚到屋里咧。你算算,咱去年到今年,三进公安局。咱没本事就算了,甭瞎折腾咧。瞎狗改不了吃屎的毛病。这下好,二十几万元的家产全抛给公安了。咱往后的日子咋过呀?说天去呀么!"

祖香的埋怨像黑云一样塞住了柳秋桂的心。她眨巴着老是淌水的眼问女儿:"到底是咋了?"

"咋了?"祖香把头扭向一边,"他又骗人去咧,没骗成,还让人给告上咧。要定诈骗罪呢。"

扛着铁锹埋旺旺回来的耀禄把家伙往自家门外一放,慢悠悠地走进来,炕脚地一站,说:"你想想,人家跟咱一样,辛辛苦苦经营一整,能叫人白白骗了去?再说,现在国家也设立了经济侦察机构,稍有人告,确有欺骗行为,人家就抓你进去。有钱就往里扔,赎人去。舍不得钱,就移交法庭,判你个诈骗罪。快收拾了,往后再甭胡折腾咧,安安分分过个日子。"

从不多言的耀禄说得涨红了脸，说完就转身走了。

祖香气得抹起了眼泪，说："妈，叫这害货在你这躲一阵。避过这阵风了，公安局抓不住人，也就收罗了。"

"对啦，对啦，再甭说咧，"郝孬飞一直低垂着头坐在木凳上出粗气，他突然烦躁起来，对着祖香瓮声瓮气地说，"出去到小卖部给咱提两瓶啤酒来，好歹给咱弄俩小菜，就是杀头还要叫人吃饱哩么。"

祖香下了炕沿，一边往外走一边骂："一辈子到死忘不了酒！酒肉比你娘老子都亲。"

看媳妇出去了，郝孬飞还想在老丈母娘面前逞能："妈，你甭听她胡说，我心里有数着哩。赶冬了，我还打算给你买件好皮袄呢，一千多块钱，我在西安大商场都瞅好了。"

祖香提了两瓶啤酒，一包五香花生米进了门，又收拾了一盘凉拌豆角和炒鸡蛋。孬飞喊来了隔壁的耀禄，边谝闲边吃喝起来。

滴酒不沾的耀禄被妹夫让得硬着头皮喝了两口，说："这……这味跟马尿一样，有啥好喝头。"

郝孬飞点燃一根香烟吸着，笑了。他的笑声像滚雷，震人耳膜。

"四哥，你呀，活个大男人，不抽烟，不喝酒，还舍不得吃肉，你活得窝囊不？"

耀禄对着妹夫龇咧着嘴，笑没笑出来，说没说出口。

"孬飞，"祖香用眼瞅着男人，"你在咱妈这儿稳稳待几天，甭胡张狂。我就走呀。"她转身又叮嘱母亲说，"妈，你甭操心。几个娃还在屋呢，我得赶紧回呢。"

柳秋桂送女儿到大门外，直看着祖香的身影拐了弯，她才怅然若失地回到屋子。

太阳离开东山头一竿子高了，终南山青翠欲滴地从轻漫的薄雾中显现出来，看起来离颜家河村那么近，近得似乎打一声喷嚏都欲惊动山林里的小鸟。

郝孬飞一刻钟也静不下来，吃饱了，喝足了，出去又买了两包茶叶回来，自己动手泡了一大缸子，足用去了半包茶叶。半缸子茶，添进半缸子水，一股浓浓的苦香气顿时弥漫在房间。

"来，四哥，喝茶。"郝孬飞给耀禄倒了一小杯。

耀禄皱紧了眉头，嗫嚅道："俺这一家人从来没有喝茶的习惯。苦的这劲，你能喝下去？"

"这才美哩。"郝孬飞说着，端起又烫又黑红的酽茶，吸溜溜就下了肚，把他舒适得时不时地"嗯"一声，仿佛在这个世界上，唯有吃喝才是人生最大的享受，只有酒肉烟茶才是世间最亲近的东西，比爹妈都亲，比媳妇娃都好。在郝孬飞心中，觉得人就是要挣钱吃喝哩，不管采取啥手段，能掳来钱就算高明。有了钱就是为了每日不离酒肉，嘴不能少了烟茶。吃饱喝足了，男人嘛，勾搭勾搭爱占些小便宜的女人，耍上一阵子，也没算白活一世。

"我出去转转。"女婿对丈母娘招呼了一声，就"嗵嗵嗵"地走出屋去。他的脚步声叫人听起来像是用重锤砸着脚地，很重很沉地踏在柳秋桂的心坎上。

"妈，你看咧，"耀禄指着郝孬飞的后影说："这个人非捅大娄子不可！你看这恶鼻子恶眼的，都能杀人呢！祖香，她以后的日子不好熬呢。这熊是个二球货么，没脑子，还想逞能耍社会呢。就不是个安分的货！"

小儿的每一句话都说得透透的，说得柳秋桂的心似有一把尖针在扎戳。老人的心在流血啊！

房檐上空的一团云影从门道里游过，像滚动在老人房屋上的不祥阴魂。

中午时分，耀禄骑着自行车去了南川县城寻零活干去了。柳秋桂挎了篮子到附近的桥头边河沿子的菜地里摘菜，整个院落就剩红红一个人。红红拔了拴羊橛，正准备出外放羊，郝孬飞从外头进了院门。

红红虽是耀禄的媳妇，但她比小姑子祖香还小 4 岁。郝孬飞一见脸色红润，还未褪去姑娘时的美色的红红，邪念一下就冲上了他的脑际。他趁红红吆羊的当儿，忙把身上仅有的一张百元钞票装进又白又透明的衬衫口袋，让人一眼就能看清那张百元现钞。

"四嫂，"郝孬飞露出被烟茶熏得又黑又黄的牙笑着了一声，黑胖的脸挂满了挑逗和讨好。"看你，一天跟着老四吃的啥、穿的啥？来，拿着这张老人头去，给咱买酒来，买烧鸡来，叫俺四嫂今儿也好好享受享受。"

郝孬飞说着就掏出了那张百元钞票，准备拉起红红的手，将钱放到她手心里。红红的瘦长脸"腾"地驾起了红云，火烧火燎的。她按捺住狂跳的心，生怕路过的村人撞见了，忙低头抓紧羊绳，说："俺的羊还饿着肚子呢。"就慌慌地往外拽着走去，羊在后头屙了一串黑乎乎的羊粪蛋蛋。

到了晚上，柳秋桂左等右等不见女婿归来，直到夜已经很深了，这才拉灭了灯，上炕躺下。

墙那边传来红红带着怒气的骂声："你妹子跷了第二步，道是挑了个啥货么！吃喝嫖，样样俱全。就他那熊样，还在我跟前要派呢，谁道是从心里瞧得起他。俺穷归穷，可俺要活个骨气……"

柳秋桂听着媳妇在儿子跟前叨叨的话，担惊后怕一下子就夜气一样漫上了心头。她为祖香往后的日子忧心呐。她心想，女儿当初离开石头就是错误，再嫁给孬飞，这就更是错上加错了。唉，人这一辈子呀，往前的路是黑的，谁能知道自己在哪条阴沟跌跟头呢。

直到后半夜，柳秋桂迷迷糊糊中，听见一直给孬飞留着的门被推开了。不一会儿，女婿就立在了炕顶头。

"妈，"郝孬飞叫了一声，说，"天都快亮了。"

"你到哪达去咧，一夜没眨眼？乏不乏？"柳秋桂忙坐起身子，半责怪半关心地说。

启明星在黎明前的时刻显得特别的亮又大，小月一般从窗棂间透进来。

"妈，你把俺三哥从新疆给你邮回的钱给我取上1000块，我有个急事立等着用呢。"郝孬飞从二嫂甜甜的口里得知了这笔钱的信息，他说，"只要1000。我最多超不过三天时间就给你还上。"

"你做啥用呢？"柳秋桂说，"娃哟，不是妈不舍得给你，你要给妈说清楚派啥用场呀？"

"我为啥回来得这么晚？就是跟哲正进山去咧，"孬飞说，"山根底下有哲正的一个熟人，在家办了个野生罐头厂。我在西安的商场有人哩，正好经营的是干菜、调料之类。我把这笔账算了，我先给罐头厂交1000元押金，我拉他5000元的货倒个手，拉到西安，咱一次就能赚他好几千块呢。"

"靠得住吗？"老人问。

"这还能有麻达？"郝孬飞说得真切感人，"咱哲正也是有家的人了，娃折腾了这么些年，还是嫩，总挣不下钱。这回也可跟他姑夫发一笔了。钱只要挣下，我是姑夫，让着娃，给娃多些，我哪怕少拿一点呢，够抽几包烟，喝两瓶酒就对咧。娃这几年也凄惶，挣不来钱，在社会上也胡混达呢。"

听着这些话，柳秋桂确实被女婿感动了，从心里讲，老人只盼女婿能帮孙子一把呢。孙子哲正手头松泛了，他也就不走邪路咧，也不胡偷乱逮了。老人抖索着手从炕里头的窑窝里掏出包了一层又一层的钱卷子，借着从窗口透进的亮光，一、二、三地数着，一直数到第十张，递给了女婿。

"妈老了，做啥花钱呀？只要是干正事，妈就是不吃不喝也支持呢。"

"姑夫。姑夫。"哲正在门外叫着，跑了进来，"快走，我给你把车雇来了。"

门外的汽车在一阵发动声中驰远了。

这一走就一直再也没见女婿的面。

第七天，哲正却来了。

"婆，"哲正又胖又敦实的身躯滚进了门，"俺孬飞姑夫还没回来？"

"没见来嘛。"柳秋桂也急煞地说。

"他给人家说好的，要我担保，最多不超过五天就来清另外4000元的账呢，"哲正又埋怨又责怪，"这都过了七天咧，还没见个人影，也不打个电话捎个信。人家罐头厂的人这两天天天寻我要账呢。"

一眨眼三天又晃了过去，郝孬飞一点音息都没有。罐头厂到县公安局经济侦察大队把哲正举报了，说哲正和郝孬飞是同伙诈骗。一辆"公安"车把哲正押上去，拉走了。

甜甜疯了一样，脸发白，嘴发青，找到婆婆的屋。

"妈，你说你大女婿还是个人不？没本事在社会上骗咧，来骗亲戚了。是个啥熊女婿！"

甜甜说着骂着就鼻子一把泪一把地哭开了。

"你是这，"柳秋桂说媳妇，"你打电话，叫祖香给我回来。"

老人的心在发颤，但她强抑住愤愤不平的情绪，平静地说："遇事要冷静呢，哭能起啥作用？"

外面门面房有公话，甜甜让店主给她拨通了祖香家的电话。

通了，那边刚"喂"了一声，这边甜甜可着嗓门又哭起来，喊叫："祖香呀，你男人把人能害死呢。都骗到你娘家门上了！你不嫌丢人吗？你赶快回来，看咋处理吧。哲正叫人家公安局抓走咧，咱妈在屋也急出病了……"

"嫂子，"那边的祖香打断了她的话，抢着说，"你也甭说了，啥骗不骗的，货拉回来卖不出去怪谁呀？再说，哲正也是想跟他姑夫沾光赚钱呢。他也不能一点风险都不担。"

甜甜一听，脸气得黄一阵青一阵，她对着电话骂开了："唉，你姑，你咋那么不要脸的？你男人坑害了你侄儿，你也跟着起黑心了……"不等甜甜下句脏话出来，电话就挂断了。

付了电话费，甜甜斗败了架的鸡一样气急败坏冲进婆婆的门。

"妈，你今儿给我放个话，咋办呢？"甜甜一屁子坐在地上，上气不接下气地说，"你女也黑心了，人家根本就不来，还怪你孙子呢。"

"对咧，对咧，不说咧。"柳秋桂说媳妇，"你把罐头厂告哲正的人叫来，我跟他商量着解决。把娃先赎回来要紧。"

太阳快压塬时，罐头厂的人来了。是个壮小伙子，有三十来岁，说是跟哲正几年前在南川县城相识的。并强调说，他和哲正关系挺不错，咋没想到还会骗了他。

"娃，你的心情我能想来，私人撑起个小作坊不容易。"柳秋桂的话如同昨夜的一阵小细雨落在小伙的心田上，"你说还欠你多少罐头钱？"

"当时给了1000，拉走的货是5000元的货，减了这1000，还差我4000元。"小伙说。

"娃，婆把老底兜了，一分不少你的，"柳秋桂把早已准备好的耀昭寄给她的钱全掏了出来，"你点点，4000元，一个不少。"

壮小伙数了钱，往夹在腋窝的小皮包里一塞，脸上活泛开来。

柳秋桂说："娃，你可要保证赶天黑把哲正从公安局要回呢。"

"婆，你放心。你把账给咱清了，我跟哲正也就不存啥恩怨，俺俩还跟从前一样。我马上去，一定攒天黑把人弄回来。"

六十六、牵肠挂肚

春夏之交的夕阳分外殷红，把川道、山巅、河流染成了血红一片，连巷子里的鸡儿、狗娃都像红火球一样滚来滚去，在东场的草丛中嬉耍。

柳秋桂两腿麻凉，她无法支撑自己的身躯了，就挂着拐棍坐在门道旁的木椅上。不是因为耀昭儿为她寄回的5000元她一分没花全塞给了女婿而心疼，她是为自己的女儿心疼哇！

老人见风就流酸泪的双眼，晶体已浑浊，看着门外渐渐模糊不清的柴棚和低矮的蹲在院墙一角的小茅厕以及院里被小儿子耀禄堆垒的石头堆，全在晚霞中红通通一片，像着了火一样。老人身心交瘁地想：祖香啊，女儿，你变了，变得令娘心碎哇！过去缺吃少穿时，听话，善良又正直，小小年纪体贴妈，爱护娘，没黑没白地拼命干活，为的是给这个家争气呀！可是，今天的女儿啊，你变了，变得不认娘了！还是钱祸害人呀！前些年你跟着孬飞没黑没明地颠腾，折腾下钱咧，宽水日子摆了几年，摆得你丢了良心，一个心思钻钱眼，认钱不认人了；想当年跟石头过活，石头是老实本分人，交下的人都靠得住；跟了孬飞，你也跟进了他的人圈子里，喝酒、寻事、靠欺人、骗人过活。这些年，不干不净的钱把你的眼晃花了，把你的心沤烂了、发霉了。晃错乱了你的头呀，祖香！钱是个啥？身外之物，生不带来，死不带去，只有人才是根本！人好，好事自然跟着来；人瞎，瞎事也等着你……

天黑严了，太阳彻底地收净了最后一层红光沉到西北角去了。柳秋桂嘱咐太阳，希望把她的心声带给北边方向的女儿。

耀辉回来了。

儿子在铁路上干了几十年，从来舍不得买一套像样的衣服，老是一身铁路服，一只帆布挎包。

"妈，你咋摸黑坐在这儿？"耀辉问着，走进屋里，把包往母亲的木板柜上一放，顺手拉亮了灯。

柳秋桂被二儿扶着走到炕脚地亮灯下。

"叫妈给你拾掇饭。"伺候儿子是娘一辈子尽不完的义务，老人跐着小脚准备下灶火。

"妈，你不用劳神了，"头顶明显稀疏了头发的耀辉忙扶住母亲的胳膊说，"我一会儿下去，叫甜甜做饭。"

正说话间，哲正进了门。

又敦实又矮胖的哲正叫了声"爸"算是跟耀辉打了个招呼，拧身就睁大了因为发胖显得眯缝的小眼，窄窄的额头立刻促起了层层褶纹，他气得脸发白，声发抖，对着老人说："婆，他郝孬飞这一辈子甭叫我碰着，撞上了我非揭了他的皮不可！"

"咋呢，啥事吗？"耀辉阻止儿子问，"你在你婆跟前耍啥脾气呢？"

"不是，"哲正差点掉下眼泪来，耷拉下了头，说，"俺婆也被这狗日的给骗了！"

哲正把事情的原原本本说给了他父亲。最后他咬着牙骂："这狗日可憎着呢，把俺三爸给俺婆的钱骗得一分不剩！俺婆可怜的，一个子儿都没舍得花。"

"行咧，行咧，就是这事了，"耀辉说儿子，"打啥骂啥呀。不看僧面看佛面，还有你大姑在这中间呢，叫她作难呀。孬飞也就是那具体人。你想么，连自己的名字都认不得的人，还想耍社会呢。如今这世道，能人多咧，指望他还想咋？你大姑不嫌就行。知道他是啥人了，咱以后再不跟他打交道就对了。"

"他大姑，哼，再甭提，"甜甜从门外黑处一闪就进了屋，快嘴利舌道："她如今跟他那黑猪男人钻一个裤裆、一口腔出气呢。骗了咱，还认为咱没做好。"

"你咋说话呢？"耀辉板起了脸训甜甜。

"俺不说了。你那啥好妹子、好妹夫。"甜甜嘀咕着走到后门口把瘦小的身子往门框上一靠。

哲正还气不过。

"孬飞么,几十岁的人了,吃屎呢,在道上白混了。兔子不吃窝边草,他还专骗亲戚来了。"

"他只能骗亲戚才得手。"甜甜又抢嘴说,"骗别人,谁相信他?"

"我也是道儿上混的。看俺那帮铁哥们儿,没一个走歪路,谁还抢、骗熟人呢,更不要说是亲戚了。"哲正还想逞能地说道。

"行了,行了,你说啥呢?"耀辉一脸的不满,鄙夷地翻了儿子几眼,"你跟孬飞一样的人。我告诉你,往后这社会人家慢慢就正规咧,像你们这些靠舞拳头吃飞食的不好混咧。再说,这当儿的人都灵了,不是前些年,你一恶、一欺、一诈,人家就怕你,撂给你几个钱去花,往后不行咧。这么多年,我反正该给你说的话,说尽了。为这,也打过你,也骂过你。嘴多亏是个软的,要是硬的,早磨成渣渣子了。你不走正道,谁也没办法;把你拴到裤带上,你是个大活人……如今,你已是有家有室的大人了,你看着办。世上的路千万条,就看你走哪一条呢。过去说你年纪轻,分不来瞎好,不知道吃苦干个正经事。到了这阵子,都三十的人了,还不下势扎扎实实地弄个事,混荡到啥时候去呀?"

教育儿女是每个父母一辈子也放不下的负担。耀辉的一席话说得哲正头低得更下了。

沉默。空气在沉默中悄悄流动,夜色在寂寥中加厚了。

儿子的话勾起了柳秋桂遥远的回忆,她眨巴着浑沌的双眼,盯着孙子,缓缓地,将每一个字都轻悠悠地送进哲正的耳朵:

"你这辈子比起你爸来简直就是天堂的日子。首先不知道饥饿是个啥劲。就那,你爸他们争气得很呢。在五几年……我想不起了,逢年馑时,老天大旱三年,塬上塬下颗粒无收,娃哭娘号,死的人在渠岸上摆成了麦个子,人人都得浮肿病,身上、脸上、脚腿发亮。咱家当时是跟你二老太为邻,你二老太一辈子没生育,你二老爷人家在凤翔县一带干事呢。那时候哇,听你的老太在人前夸口说,凤翔的挂面最有名,最好吃。村里的人家都饿死了不少,可你二老太还有挂面吃呢。我就怕你伯和你爸饿得难受,闻见人家的葱花挂面饭更难受,我就对你伯、你爸说:'娃呀,听见你二婆掀锅盖,俺娃就跑远远的。'你伯、你爸每到饭时,一听到她家的锅盖响,可怜的,一个溜下炕,鞋一蹬,一溜烟跑出去了,一个忙溜进被窝,把头埋得严严的……"

屋外天空的星星被屋里老人的讲述感动了,泪嘀嘀的,不住地闪动;终南山在漠漠星空下沉稳地注视着脚下的人家。

"人一辈子不论吃瞎吃好，钱多钱少，要有骨气呢"，老人抹了一把眼角的泪说给孙子听，"活做瞎了能重做，路走歪了，趸不回来。年岁不饶人，看你都三十的人了，要灵醒呢，要给先人争气呢。人一辈子活啥呢，就活个能给后人留个好名望。"

大门外马路上又送上来哲光的游唱声："我的心在等待，永远在等待……"

这有节律的唱调无数次地抓挠老妇人的心。听了这么多年，她还是不由得一阵哆嗦……老人在心中把她的一群儿女、孙子辈排列在一起，仔细地端详，扫视了一番，最后把聚焦点投放在三儿耀昭身上，想，他不应该成为孤寡之人呀……

六十七、情到深处

老母亲迫切的愿望感应了远在数千里之外的儿子。颜耀昭一直被梦魇控制着，醒不过来。

梦中，他和母亲在深夜星空下，绕着山跟下发白的小路匆匆行进。路下的玉米林青纱帐一般浸润着香甜的秸秆气味，那一地的苞谷棒子吐出了黄色、红色的胡子，吐出的是庄户人家一地的期望啊！胡子长在人身上象征着年岁、庄严和肃穆；长在植物身上就象征着成熟、奉献和收获。耀昭没有了年轻时跟在焚香拜佛的母亲身后的那种轻佻，那种怀有看热闹的兴奋，而是一味地沉静、敬仰，但还是年轻时的他。口鼻里吸嗅着从母亲挎在臂弯的篮子里散发出来的檀香香气，一种敬畏之情满天星斗一样，撒满了心灵的天空。在他和母亲前进的路途中奇迹般地出现了白昼，在白昼的上空耀昭清清楚楚地看见了文书。他很年轻，还是几十年前的青年面孔，红润且温祥，一把白髯长得从天空一直拖到地面，正随轻风微动，在白髯的末梢扫除了黑夜，在耀昭和母亲的周围现出了白昼。他和母亲行进，白昼就跟着行进。高远的天空上的星夜也随着在移动。耀昭不再惊喜，前进在亮晃晃的夜的白天里。他眼盯着文书，问："你咋还是几十年前的样子，一点儿也没老？"文书飘浮着身子，稳健地笑了说："你不也一样嘛，也没见老呀！你永远都不会老，直到躯体腐烂。"

年轻的耀昭老柏树一样向文书笑笑，点了点头。母亲一直往前走着，没有回头看他。紧随其后的耀昭发现母亲的小脚是踩在空中前进的，没有踏在地面上，低头看自己的双脚，耀昭这才感觉出，自己本也是在空中行走呢。一抬头，早已不见文书的影，只留一道耀眼的光……

光亮刺得眼皮发烧，耀昭"腾"一下就从床上坐起了，把梦神惊飞了。

昨夜没有关宿舍的门，此时的太阳光正好从门道辐射上他的床，耀昭弯腰坐着，回想着梦里的奇观。

两隔壁宿舍的单身青年们早已上班走了，他们大部分都在要闻部，每天要按时到岗；广告部就自由多了，想去报社就去，不想去也没人管你，只要你能把钱弄回来就行。这正好顺了耀昭的思想，他可以自由地安排自己的工作。有时下到县上去，三天五天回不来，他是在大西北郊野的戈壁里独享荒凉赐给人间的福祉呢。大千世界，人们一味地去追挤城市的繁华，摒弃戈壁于惧怕之中。当耀昭把自己的躯体平摆在灰色戈壁腹地时，周围一派死寂，没有水流，闻不见人声，连一只小鸟也没有，有的只是苍凉和蛮荒。把自己的正面彻彻底底地暴露给天空，把自己的背面结结实实地贴住戈壁荒漠；仰望着洁净如洗的天空，耀昭的心际也开阔；凝视着无丝毫纤尘污染的莫深的高空，他的情也清静如水，心地坦荡开怀。在这远离尘世喧嚣的极乐世界，在这死寂包围着的领域，平摊着耀昭一具活的躯体，于是，那万籁俱寂的死魂灵就像活着的人拥戴城市一样把他围了个水泄不通。这种感受只有他——颜耀昭能清楚地感觉得到。只有排除凡尘的万般烦忧，心地一片干净、坦然的人，才能真切地体味这种享受。耀昭就是这里的佼佼者。

把自己的身交给大地天体，把心裸露在无尽的享乐之中，达到了天地人合一的境地，也就跨入了圣仙之界了。

人都不想寂寞，人人都想在人群里脱颖而出，唯我独秀，谁都想拥有一份喝五吆六的权力，然后给人制造悲哀，再创作惊喜，使自己的权力得以彰显，令权欲的壑沟满溢，享受其叱咤风云的幸福。唯独想不到的是，每一次权力的挥发，就是在世间多了一份犯罪的佐证。不要以为干了坏事神不知、鬼不觉，天地可以作证。人的本事再大，也不能一手遮天，能遮得了天吗？天地之大，你一个人算什么。人都是被权欲、色欲、物欲塞住了本是明亮的双眼，所以就要堕落、糜烂、溃化，就要疯狂地挤在城市里，与天体自然背道而行，远离了这漠地，远离了大自然的恩赐。

耀昭是幸福的，他独享在无人竞争的茫茫天地下。这里没有争斗，没有拼杀，只有平和的空气在静静地流淌。

经过大自然的洗礼，耀昭回到市区，每一次都把流动的人潮视作在大戈壁上的一绺空气，于是，他的心也纯净，神也怡然。

两年过去了，在广告部工作的这两年的日日夜夜里，一方面他因祸得福，成为报社乃至上班族里的首富，一方面他独领了一般人所无法领略到的心净神怡的情景。这是天地的恩赐，也是圣灵对他的偏爱。

一连有五天没上单位去了。耀昭起了床，梳洗了一番，到街上的小吃摊里匆匆吃了早点，就去了报社。

一进报社大门，就看到报社里乱攘攘的。同事们三个一堆、五个一伙地聚在办公大楼下嘈哄着。

"乐社长年龄还不到哇，咋叫退下来了呢？"

"塞人呗。他退了，不就腾一个领导位子吗？"

"听说这次给咱调来个年轻的当头呢。"

……

耀昭从大铁门一直往里走，进到广告部，耳里也灌满了大家的讯息。

一个领导者的起落能牵动一大片人的心，人就是这样，把权看得过于重。报社的人心都慌了，人人坐不住了。是啊，在自己的饭锅里重新换一把新勺，大家能不慌吗？自己手中的饭碗就在这把勺里决定稀稠命运的，谁不诚惶诚恐？

耀昭坐在办公桌前，望着对面乐社长的办公室。那里静悄悄，蓝色的门帘在风中拍打着紧关的门。他的脑海里不自觉地漫上凄凉潮雾来，不是为自己，而是为乐天平。

他似乎能感觉到他的心跳，像乐天平这样的人，在领导岗位上时间长了，猛一下回到一般人的位置上，这个落差对他有可能是致命的，尽管他的权欲不十分深重，但他的人生价值全凭这点权力支撑着，他能接受得了吗？

耀昭有一种急切的心情促使他快步走出报社大门，直奔乐天平的家。

乐天平的家就在报社大院后面的家属楼上。耀昭上三楼，敲开了门。

家里人都上班去了，乐天平一个人在家。

拉开门，一看是耀昭，乐天平的眼里划过一道怪异的光。他领先坐进沙发里，好久没把眼光抬上来，一直盯着下面。

两室一厅，仅四十来个平方米的房屋，光线十分暗淡。进了门，过了一阵，耀昭才从外面的阳光直射下适应过来。他扫视了一番小客厅，除了电视机，一切都陈旧不堪，一对双人沙发，一条能容三个人的长沙发，沙发布干净整洁，只是在靠背上已烂出了窟窿；再就是低矮的小组合柜，边缘的油漆已剥落，各种图形的白伤疤默默地向人诉说着主人生活的俭朴。

好长时间,乐天平没有倒水让座,也没开口说一句话。门大开着,可乐天平的心门却向耀昭关得严严实实。

当耀昭的双眸跃上乐天平的脸时,他还是不由得倒抽了口冷气,才几天时间,好个白净清爽的利索老头一下子变得让他难以认出,他的脸灰楚楚的,人整个瘦下去了一圈。人一瘦,显得颧骨很高,两眼陷下去两个坑,头发白了一层,明显地秃谢了顶。如果在另一个场合,而不是在他家里,耀昭很难一眼就认出他就是乐天平!

"乐社长……"

"耀昭,"耀昭刚一张口,就被乐天平挡住了,他还是不看着他,说,"我知道你想说什么。算了吧。我……"

"乐社长,你错了。"耀昭急声道,"我不是来讽刺你,嘲笑你的,我是真心实意地来看望你的。"

听了耀昭诚恳的话语,乐天平这才慢慢将脸抬起来,半信任半疑惑地把视线投向耀昭的脸。

耀昭的心为之一颤,他在对方迟迟疑疑的目光里看懂了什么叫脆弱,什么是沮丧和颓废。乐天平的精神已站在崩溃的悬崖边上,脆弱得似乎有一阵风就会把他掀翻!他是那么的不堪一击,眼光躲闪恍惚,仿佛病入膏肓的患者望着大夫的脸,等待着最后判决,同时,在绝望中又怀着一星点的希望。

"我知道,你心里恨我。"乐天平还是把不想说出的话掏出来了,"说真的,我在这报社已经整整待了26个年头。从当编辑部主任起,到担任总编、社长,前后也已18年了。同志犯了再大的错误我都能忍、能包涵,我甚至替同志领错代过,这你可以打听打听;可在你的事情上,说透了,就在我的私人感情上,我怎么也忍受不了你的强占,明明知道是自己的错误,却一点容不了你……这恐怕就是男人致命的弱点。这么多年,我唯独把你处理得最重、最狠!我知道,这对你伤害很大,也很惨。不但糟蹋了你的才能,也堵死了你的政治生路……那个时候,市上的领导看上了你的能力,是我把你压下去的……"

房里的空气凝结住了一样,两个人都绷紧了神经弦。

耀昭在认真地听,乐天平沉吟着又开了腔:

"你给咱报社的贡献是报社历史上首屈一指的。就因为你的创造性的工作才能,加上你的敬业,你为咱报纸的发展撑起了一片天呐!你看,这两年多,不足三年时间，你给咱拿回了几百万元的广告费，使咱们的《拉格图》报改换成了今日对开大四版的日报。为此，市上、自治区还把许多荣誉都挂在了我的身上。这些殊荣啊，曾压得我喘不过气来。我比谁都清楚，我这是用接受了我手中权力惩罚的人换取的！可是，你耀昭呢，却视而不见。你越是这样，我的心理压力越大。你的宽容，让我无地自容啊！……你还不知道，吉曼莉一走，我大病了一场，差点丢了性命……"

耀昭深深地舒出了胸腔里窝着的气，他把目光舒缓友好地抚挚在乐天平的脸上，如同牧人疼爱自己的羔羊。在一个特定的环境里，再坚强勇敢的男人也会脆弱得如刚出生的婴儿，眼下的乐天平就是这样一个脆弱的婴儿。耀昭只能把包容、真诚、疼爱、关怀、安慰给予他，不能掺进丝毫的伤害，否则会毁掉一个人。

"乐社长，你不能这样看待对我的处理。其实，我是从心底里认为，是你照顾了我，才使我在经济上翻了身，彻底改变了贫穷。"耀昭的眼里迸溅着感激："我的家乡很美丽，灵山秀水，但我家乡的父老乡亲们祖祖辈辈挣扎在贫困中，他们深受贫穷的虐待……我也是在穷困中爬出来的子民，我成天梦想着，有朝一日拥有了用不完的钱财，好回家孝敬我可怜的老母亲……工作了好几年，仅能糊住自己的口……后来，是你，乐社长给了我发财的机会，我一次就从你手下提出几十万元。同事们眼都红了，可你，没有因为我一次就拿了相当于我多少年的工资的钱，甚至一辈子也积攒不了这么多的钱而忌妒我，或者是拿捏我……我没能走上政治的发展之路，这是我的福分，是你乐社长给我创造了这份福哇！我很珍惜咱们之间的情分，感谢咱俩曾经的恩怨。"

乐天平"扑哧"一声笑了。他笑自己的可笑，笑自己手中权力的混乱，笑自己悲惨的结局。他笑着说："我今年56岁了，本想把咱们的报纸再扩版，再壮大，没想，莫名其妙地就让人顶替了。我什么都没有了，家徒四壁，唯一的一个儿子在乌鲁木齐打算结婚要买房，我一个子儿也给儿子拿不出哇！孩子东借西凑的……你说，耀昭，我这个人一辈子都干了点啥？"

"你很善良，很开明，仅这一点许多领导是无法和你比的。"耀昭说，"你应当感到很幸福、很美满才对。在大社会面前，你对社会有大贡献，咱们的报纸是在你的英明决策下成为日报的；在人方面，你没有害过人，也不贪财，开怀大度，在你手下干事的人会记着你的。至于你儿子的买房问题，差缺部分我给他补上。"

"噫，不不不，千万别这样。"乐天平的脸上有了活色，他连忙阻止说，"有了你这番掏肺腑的话我已经非常感激了。"

"你不用阻拦，我说的我一定会去做。"耀昭不置可否地说道，"我相信，我还会挣来很多钱。钱嘛，太多了，也就不是自己的了。自己一生能吃多少、能花多少？钱这东西，本来就是服务社会的，它不是私有财产。"

　　乐天平又领头笑起来，手往自己的腿面上一拍，说："一笑解百愁哇！"接着，他又说，"人啊，真好笑！"

　　"哼哼，哼哼。"耀昭也跟着笑了，俩人笑得浑身抖动，笑得泪洗脸面……

六十八、酸楚一幕

　　当祖倩的长篇处女作在耀昭和穆云清的修改商榷下，定名为《西地血雨》得以正式出版发行后，又一次震动了西北文坛，比前两年她的系列中短篇小说引起的轰动效应大得多。小说在大西北文坛本为弱项，像祖倩这么年轻的女作者能写出大部头的长篇小说，可谓独树一帜。

　　在小说创作上的飞跃，也超出了祖倩的想象，她最清楚，这是穆云清老师百般信任呵护下的结果。曾多少个日子，他为了鼓励她，不避闲言碎语，为了使她出好作品，引导她，领着她去体验生活。他说："祖倩，我相信你一定能创作出优秀的文学作品来。"

　　文学创作的生活是苦行僧的生活，是要用心和魂蘸着对生活的热爱去写的。写作的人是独守寂寞的鬼怪，你要忘记尘间的一切缤纷、一切诱惑、一切享乐，用小小的笔与天神共作画，和圣仙的灵魂在白纸上共狂舞。一旦走进创作的密林深处，你就是艺术的鬼斧神匠，你就是一匹年轻的马仔，撷取林荫深处的每一片树叶、每一颗露珠、每一缕空气，它们都是在养育、壮大你笔力的躯体，然后，冲出树林，一任飞跃弹跳……你整个的人已不属于你自己，你是上苍的宠儿用笔在歌颂天穹、大地，颂扬这其间的真善；你在用手中的笔饱蘸心灵的血，以期唤醒糊涂的世人。你就是一个替人代过的替身啊！你的思想、你的神经，全跳动在善恶之剑上；你的灵魂、你的身心在接受文中人物的洗礼，你跟着流血、淌泪，跟着悲喜、忧伤；你的肉体被囚禁在房子里，不能与花花彩彩的世界共欢乐，你却不知道苦恼。

　　祖倩就是这么一颗苦珠！

　　她自己说不清为什么这么苦恋文学。悲苦生文学，贫穷诞生艺术。祖倩认命了。

　　她从小就不是轻佻女子，对世间的虚荣繁华看得淡如水。人说，性格决定命运，这话一点不假。祖倩把万事万物都看得格外认真，就连别人一次小小的耍戏而欺骗了她，她都感到受了侮辱；她对自己非常负责任，也很认真。她觉得，一个人的每一句话，每一个举止都要代表她的这个人，而人的语言不是任舌送出口后，就再也不想担负它所产生结果的责任了，他（她）应为自己说出的话而负责到底。

过于的认真和负责造就了祖倩甘于苦闷，乐于苦在创作之中的独特个性，她是在个性中创造，在个性中获得了社会的尊重。

《西地血泪》写的是一位饱受不幸婚姻折磨的才女，在倔强而有才气的性格驱使下走了逃婚的道路。她在地域辽阔、环境恶劣的大西北拼死挣扎、奔波生存，集人文景观于一身，感天地，泣鬼神。它是一部蔚为壮观的现实主义作品，读来亲切，感人。整部作品恢宏，大气，具有强烈的艺术感召力。

长篇作品的问世，祖倩丝毫没感到激动和兴奋，尽管周围的文学爱好者纷纷上门求见、请教，她却一个字也说不出。在她看来，出中篇、长篇这是很自然的事，只要用心了，心到了，谁都会创作出感人的作品。

同事、朋友，以及文学圈的人，大家高兴欢呼，要耀昭为妹妹的长篇问世庆贺。耀昭也高兴，就在拉格图市大饭店包了30桌宴席，很隆重地庆贺了一番。

将快临盆的祖倩没有上饭店去凑热闹，而是腆着大肚子独自一人在家门前的小渠上转悠。

眼看着要生产了，日子就在这两天。古源一直没回来，半个月了，连个电话也没打。祖倩心里说，他的心真宽啊，不知道关心妻子，难道对他将要出生的孩子也不感兴趣吗？跟着丈夫过了这么多年，祖倩越来越感到丈夫的陌生，是因为太熟悉了的缘故，太走近了，反而产生距离，太熟悉了，就变成陌生了？

腆着大肚子，祖倩还颠腾在每天赶班车上班的途中。又过去了一天，是个星期一，又是一年一度的初春时节，祖倩还是赶在天蒙蒙亮时出门，穆云清又是按时在拐角处送他。他总是跑步而来，浑身的热气蒸腾，然后就将买好的热芝麻饼和两根火腿肠递给祖倩。

这些年来，他每天都是这样，他对祖倩的关心和爱护就像人的手对嘴一样负责，又负重。这些年的芝麻烧饼和火腿集起来都能堆起两座山。山一样的关爱，山一般的情感，压得祖倩呼不出气来。她常常感到欠他的太多太多，可他说："欠是什么？欠是在别人不愿意的情况下强迫对方的举动，才叫欠。我这是自愿的，这是我的幸福。你在为我造福啊！没有你，我都不知道会是一具什么惨样的躯壳。

我得感谢你，感谢你用作品润泽了我的生命。"

祖倩在他的身上得到了父亲般的疼爱，偶尔漫上心头的幸福似乎还掺杂着惶恐，她时常希望他来，又怕和他在一起。她最怕他问她，"你喜欢跟我在一起吗？"她不想欺骗他，又恐说了实话会伤害他。可她看他时，分明看到突兀在他眼里的企望和渴盼，每次她都善意地、违心地对他点点头。

一晃就是六年过去，时间老人不管你高官厚禄、腰缠万贯，还是平民百姓、饥寒交迫，永远一副模样、一种表情地向前跨进。

祖倩结婚也已四年，是该有个孩子了。整天忙于写作，疲于奔命，她对于在自己的腹部已经长成的孩子从未细心地照料过，有时感到他（她）在她的肚里蠕动，仿佛带有某种抗争的情绪在腹腔里踩她，踩得她心跳加快。别的孕妇三天去医院查胎位，五天又去听胎音，祖倩一次都没检查过，丈夫也从没提出过带她上医院去。

昨天晚上祖倩开始感到腹部有隐隐的下坠疼痛感，她听人说，年龄偏大的产妇生产前的预产期拉得时间长，有的要折腾几天几夜才能瓜熟蒂落。祖倩知道自己生育年龄偏大，昨天开始疼痛，她也没给古源打电话，她不想耽误他的工作。眼下，她感到生产前的症状不断加重，她就来到街上给古源打了电话。

一直到天快黑时，古源才赶到家。

"怎么样？"他一进门就问。

"我看今黑熬不出去。"祖倩的头上渗出了汗滴。

"那，去医院吧？"

路灯早已亮起，悠闲的人们享受着春天的城市夜生活，舞厅里霓虹闪烁，节奏紧张又疯狂的音乐爆起，灯红酒绿中，人人尽享开放的美好生活。

祖倩一进医院，大夫检查后对古源说："你不要离开，她过不了几个小时就要生产。"

病房里有三个产妇，祖倩刚好在中间的一张床上，三位都处在待产前的阵痛之中。

两边的产妇，床头柜上摆满了吃的、喝的，丈夫、婆婆、小姑子围着产妇转，唯独祖倩的床头柜上仅一只杯子，也没有人劝她多吃点、喝点。

左边的产妇阵痛使她大喊大叫，她丈夫急得头上淌着豆粒大的汗珠，抱着她，心疼地哄着："你痛得受不了，就掐我的手。"于是，产妇喊着叫着，一遍遍地掐丈夫的手和胳膊，小伙子的手背、胳膊青一块、紫一块。一阵过去后，丈夫、婆婆赶紧送上巧克力之类的高热量、高脂肪的食物，哄劝着："快趁不痛这阵子吃几口,能多吃一口是一口,一会儿上了产床就能使上劲了。"

祖倩的肚子也很难受,但她不像邻床的她那么疼痛难忍,她感到后腰袭上来一阵阵的酸痛,让她坐也不是,站也不行,她只有来回转悠。夜深了,古源困乏地躺在她的病床上独自睡去,祖倩转腾得又困又累,又饥又渴,却没有人为她送上一口水来,她想上床躺下歇会儿,见丈夫已处在酣睡中,她只好靠在床帮上歇息一下。

邻床的她在阵痛过去后,丈夫连抱带扶叫她吃、哄她喝,她还烦躁地发脾气:"都成这样了还能吃得下!"她痛苦的样子使鼻子、嘴巴都移了位。仿佛妻子的痛就痛在丈夫心上一样,在她阵痛发作时,他求救似的望着他母亲,一边忙脚忙手地恨不能让自己替代了妻子。

祖倩病床上的古源突然一声打鼾,惊得两边的家属这才注意到,祖倩一直在地上转悠,而丈夫还能睡实过去,她们吃惊地瞪大眼睛看看祖倩,再望望古源。

祖倩一直转悠到天将亮时,古源才从睡梦中醒来。他一起床,就像刚刚想起是陪着妻子来生孩子似的,他从床头上拿了毛巾准备出去洗脸,这才对祖倩说:"你上去躺会儿吧。"

两边的产妇都进了产房,家属们都守候在产房外去了,就剩祖倩一个人。她刚上床平躺下来,就被一阵剧烈的阵痛袭击得又下了床,她感到身子要散了架。

古源洗漱回来,说:"天马上大亮了。我下去给你买些吃的来。"

祖倩不想多说一句话,任古源从床头柜取出缸子,出了房门。

白净的小伙子进来了,高兴地不由得喊出了声:"咳,总算生了。"

"儿子还是丫头?"祖倩问。

"丫头!是个丫头!"他喜不自禁,靠在床帮上稍作休息。猛地,他像想起了什么似的,忙从堆满了花花彩彩的床头柜的食品中挑了两块大大的巧克力递给祖倩:"我看你什么也没吃,根本就不行,一会儿上了产床你就知道了,这阵子吃点热能高的食物是很重要的。"

"谢谢。我不想吃。"祖倩说这话时差点哭出来。

"那怎么行?快拿着吧,赶快吃。"他热心诚恳的样子促使祖倩接过了巧克力。这时,医生进来,唤道:"五床,跟我上产房。"

祖倩放下巧克力,跟着医生上了产房。

上了产床,大夫说她的血压有些偏高,按昨晚的正常情况看,应当在当黑生产,却一下又拖到今早。根据情况,得输液生产,液体里加了降压剂和催生药物。

不一会儿，祖倩感到腰疼转换成肚子疼痛了，继而越来越严重，豆大的汗，不，是大片大片的汗沁出来，迷糊了她的双眼，她咬着牙，一声不吭。在和医生的配合下，她努力了好几次，却没成功。她这才真正意识到，她一点儿力气也没有了，怪不得邻床的家属们力劝产妇多吃东西，是给婴儿出生前积蓄能量的。

祖倩也不知过了多久，总之，她已被疼痛折磨得失去了时间观念，眼前尽是被汗水浸渍下的一片模糊。

直到下午的两点二十五分，随着一阵婴儿"哇哇"的大哭大叫声响起，祖倩的儿子诞生了。

液体还没输完，祖倩好想静静地、静静地睡一觉。她太疲累了，浑身没一丝力气。

一个人的诞生全是在痛苦无边的境界里度过的，难怪人的生命过程就是一个苦海无涯的过程。如果有一天，人能发展到人类在繁衍出生时，不折磨母亲，而是很愉快地进行生产，婴儿一出生就连笑带蹦，世界就成了一个圣洁的领地了。没有罪恶，没有痛苦，没有苦难的人生，到处一片莺歌燕舞，人们单纯得一辈子都如初生的婴儿。

到了下午的四点多祖倩才被推出了产房。没见古源人，只有早晨打来的半缸大米稀饭还晾在床头柜上。

接生大夫喊叫："五床家属。五床的家属呢？"

没有应声，大个子中年接生大夫生气了，责怪道："这么差劲！不在这儿等着，胡跑啥呢？"

祖倩不好意思让别人搀扶着，自己挣扎着起来，从产床回到病床上。

邻床的丈夫正一口一口地喂产妇吃饭，在一旁收拾婴儿衣物的婆婆看祖倩无人照料，忙腾出手为祖倩在稀饭里调了红糖，又兑了热水，准备喂给她。祖倩忙支撑着要坐起来，说："谢谢姨，我自己能吃。"

过去了一个多小时，古源才从外面回来。他说，他昨夜没休息好，想趁祖倩进产房的间隙回去睡一会儿，没想到，一倒下去就睡过了头。当他一听说是个儿子时，一丝笑容掠过他的眉眼，他说："我去婴儿室看一下。你慢慢吃。"

祖倩早已习惯了丈夫的漠不关心，她将不再寄希望于丈夫的关怀和疼爱。一股酸楚冲上心头，她有一种想哭想流泪的冲动，但她强忍住了。个性使她有万般的苦水也不愿在人面前显出懦弱无助，她要留给凡和她打过照面的人一个永恒的印象，那就是坚强和坚韧，再大的委屈，再艰难的困苦，她都会去！

经过了生产的过程，祖倩又深一层地体味到了别人的丈夫百般的呵护、疼爱，而这一切到自己身上犹如镜中花、水中月，只有凭梦幻去捕捉了。再坚强，她毕竟还是个女人。苍天造人时就造就了男人和女人，就像天上的太阳和月亮。男人永远阳刚，女人恒远的温柔；他强盛，她软弱；他似山，她如水；男人是树，女人为藤。女人一生的最大不幸就在于得不到男人的疼爱，在这方面，对于女人不啻困在荒漠沙洲里的羔羊。想着邻床女人的幸福，祖倩的泪水只有往肚子里流。是啊，人怎么敢跟人比呢？现实生活永远不会一个面孔去对照每一个人。它总是变幻莫测，让人捉摸不透。它给有的人赐以甜蜜，也会给另一些播撒苦种。有女人成为它手心的宠物，就有别的女人沦为它膝下苦儿。祖倩就是苦儿群中的其中之一。

她曾诅咒现实生活，在乌泱乌泱女人群里，为何挑三拣四，充分显示不公的面孔？难道你是上苍专门派遣到人窝里捉弄人来的？女性本为弱体，最需要人的呵护和照耀，就像月亮一旦离开太阳就不能发光一样，却为何到了这里，就变了味了？同样的产妇，别人的丈夫是那样，而我的丈夫却是这样？他们都是男人啊，为何就出现了天壤之别的落差？是对我的惩罚吗？我到底做错了什么？

空气不能回答她，从窗外掠过的鸟儿也无力答复，唯有几朵春天的白云蓄了点水滴，在医院外的树梢上空滴下无奈的雨点，在干燥的水泥路面上敲击成有限的感叹号。

第二天，当文联派车去医院看望祖倩，接她回家时，祖倩早已乘了公交车回到了家。

六十九、昔日情人

产假一休完，天气已进入炎夏的燥热之中，祖倩将儿子寄养在自家附近的一户人家里，又开始了有节律的上下班生活。

穆云清老师依旧经常来看望她，还教给她怎样养育孩子等系列知识，并时常鼓励她多写作，多出好作品。

为人母亲，就是奉献。祖倩除了上班之外，其余的时间都花费在儿子身上了。养育儿子的是辛劳而甜美的，为了儿子，她几乎忘记了自己的存在，把一切的活动都安排在围绕儿子的吃喝拉撒穿戴上了。初为人母，忙得祖倩团团转，她一点儿也顾不上自己的思想呀、价值呀，全身心都扑在孩子的身上。热了，冷了，饥了，渴了，全揣在心上。母亲，就是无畏的付出。祖倩有时感到自己像一只领着小鸡的老母鸡，时刻准备用自己的生命去换取小仔的幸福和温馨。母亲的坚强是用袒护铸成的，用心血和汗水浇铸起来的。做了母亲，就象征着牺牲和无私，祖倩一样地逃脱不了母亲的慈爱的本性，这是动物的本性决定，是任何动物都生来具备的本能，何况人呢？

坐在办公室里，稍一清闲，祖倩透过玻璃窗，凝望着从戈壁深处蠕动而来的热浪，看墙外胡杨树上的叶子怎样在强射的阳光下拍手掌似的欢欣激荡。这让她想起了儿子初触世界的眼光，无时无刻都亢奋着惊奇。儿子的双眸黑黝黝，明亮亮，一激灵，把对新的人间世态斟满了惊奇和诧异，让她这个当母亲的感动。即便是窗外掠过的一片白云，也会勾起祖倩对儿子的思念。儿子成了她胸中的太阳。她因他而光芒四射。有了儿子她感到拥有了整个世界，生命因此富有了色彩。

张祥中一进来就打趣道："又想起儿子逗人的一笑了？啥时能叫你时时想起我张祥中，我张祥中就是死了也瞑目了。"

"你呀，就爱耍贫嘴。"

"什么耍贫嘴？我说的是心里话。"张祥中往祖倩的对面桌前一趴，黑溜溜的眼睛直视着她，说，"我发现你经过一场生死搏斗，更具魅力了，是那种母性的成熟魅力！"

"别再唱高调了。"祖倩脸红了，双眼漾溢着羞涩。

"我说的是实话。"张祥中露出了西北汉子的爽直，"又是贤妻良母，又是才女，不能光让古源去爱，我也是男人，有爱的权利嘛。"

"得了吧，张祥中。"祖倩从羞赧中冲出来，一副大咧咧的神气，冲张祥中一撇嘴说，"你能瞧上眼的，都是些妖艳美女，像咱这老实牛一样的女人，根本就拾不进你的眼。花哨才是你的追求。"

两个人正打趣着，这时一个喊声飘上来。

"祖倩，有人找。"楼下的人冲楼上喊了一声，然后对客人说，"你上二楼吧。"

不一会儿，就听到有力的脚步声从楼梯那边响起，由远而近，一直响到祖倩的办公室。

一看是位标致的高个男人，张祥中就知趣地走了。

来者有三十多岁，个头足有一米八，不胖也不瘦，一身白绸衣，配了双黑亮的珍珠皮鞋，给人一种很特别的味道。进门后，他立在房中间，看了祖倩半天没开口说话。

"你是找我？"

"找你！"他一眨眼，截住了祖倩的话头。

祖倩"嚯"地站直了身子，大惊失色道，"你，你是才才？"

他这才走过去，按下祖倩的肩膀，让她坐下来，然后，就搬了椅子放在办公桌的侧面。这儿离祖倩更近一些，近在咫尺。他的目光一直没离开祖倩的脸半秒钟。

"咋？奇怪吗？"才才自顾说下去，"其实也不奇怪。当年没能力带你出去，觉得无脸面再见到你……谁能料到国家政策刚好到我这一届就卡了壳，全部实行了哪里来再回哪里去……离开学校的那天晚上，月亮很亮，我独自一人从南川县下了车，顺南河河道一路东南上，又拐上你们颜家的河堤，就在你大坟脚下，我一人整整坐了一夜。孤零零，如孤魂野鬼。到天明时，我怀揣30元钱毅然南下……后几经周折，到同学家又借了点钱，转身去了深圳，从那里购买了电子表、自动伞之类的小玩意，提了两大包，又返回西安市，批发给商店。第一次就净赚了近万元。那个时候，电子类物什在南方已不是什么新鲜货，但在咱北方还没大量上市。第一趟尝到了甜头，我又有了第二、三次……后来钱赚得多了，我就雇用大货车……不到三年时间，我的资产已滚到几百万。同时我的商品也批发到了兰州、宁夏等地市；深圳那边的电子厂家也把我当成最讲信誉的客户，给我的产品价格总是最便宜的，质量最上乘的。这样，我不但在深圳有了批零兼营的商厦，同时在西北各大中城市也有了相应的门店……"

才才一口气倒出了憋了10年的话，仿佛卸下了千斤重担一样，这时才轻松地笑了。

两颗又白又尖的虎牙一亮出，祖倩立刻想到了终南山下中学院墙外的一幕，还有大地震预防时期老屋的灶火前麦秸窝里她和才才的第一次也是最后一次的亲吻拥抱。那个时候，两人相亲相爱，在人生的第一驿站感受着爱情的美好滋味；俩人拥抱在一起，就像拥抱了整个世界。

"我一直忙碌在商界，除了赚钱还是赚钱。"才才打断了祖倩的回忆，用成熟男子深沉的语调说道，"这些年一直也没回老家去一趟，每年给家里寄些钱，算是对父母的安慰。唉，咱是个不孝之人啊！有好多次到了南川县都来不及回一趟家。商界很累人哪！后来，我在跟南川县第一大富尤大成的交易中，偶尔的一次机会我碰到了燕玲，我在她那里打听到了你的详细情况……曾多少次，我鼓起勇气又多少次地泄了气，我怕扰乱你的幸福生活。真的，请你相信我。"才才很在意他在祖倩面前的失信，加重了语气。

祖倩沉静地、诚恳地对他点了点头。

才才这才轻松起来，继续说："你有儿子了，我很高兴，你有一个幸福的家，我也就幸福了；你的快乐，就是我的快乐。无论我浪迹天涯，无论我在天地的哪一方，我都会祝福你，因为你的幸福而幸福。"

祖倩凝视着对方的双眸，在他的眼里再也看不到过去的恐慌和游疑，唯有一丝遗憾占据了他内心的制高点。人常说，眼睛是心灵的窗户，倒不如说，眼睛是出卖灵魂的叛徒。无论是商界、政界、公安、司法界，在对付对方、制服对方时，都少不了从他们的眼神上判断其内心活动，探测他们的内在秘密，从而便有了攻克对方的金钥匙，以至获得全胜。

祖倩从才才的眼里看到了坚毅、坚定，看到了云归大山后的平静。

"这都是命啊！"才才在感叹命运的同时又感谢生活，"是生活教会了我们踏踏实实做人，扎扎实实做事。你看咱们，无论你在文学创作上，还是我所从事的商业，咱们都有极为相似的一点，那就是高情调做事，低着头做人，这是我们立足于社会的根基啊！"

楼外的太阳正毒辣辣地向戈壁滩施行着淫威，像要把灰褐色的大地烤出石头油来一般，火红的阳光照射在办公楼淡蓝色的窗帘上，把热流透过窗户洒在办公桌上，与房子的空调冷气形成了两大气团，让人觉得脸热背凉。

"你的家人好吗？你是男孩还是女孩？"祖倩脸颊绯红着问。

才才抿嘴笑了笑，没有回答。

"总之，咱们都正顺利地奋斗在咱们的事业上。"他站了起来。

祖倩也站了起来。

"我去请个假，咱们到我家去。"祖倩一直看着才才的脸，此刻，她说，"正好，今天下午古源就回来了，我们好好为你接个风嘛，也算对你取得的成绩是个祝贺吧。"

"谢谢，"才才调皮地摆了一下头，嘴角往上一翘，"我待会儿就要走。六点的飞机，赶天黑就到深圳。那边有笔生意，说好的晚上九点定事呢。我呀，都成挣钱机器了，时时刻刻围着钱转。"才才说完，从皮夹里取出一张卡递给祖倩，"我什么都帮不上你，欠你的情也不是钱能弥补的。但，我什么都没有，除了钱。这张牡丹卡上有点钱，够你买一栋房子了，也算我对你的一点补偿吧。"

祖倩脸"唰"地红了，她一推递到面前的卡，平静而又沉稳地说："你的心意我领了！说起过去，不存在谁欠谁的。我会一辈子记着你曾经给我的力量，珍惜咱们在一起的那段美好时光。可是，你的这个，"祖倩指着他的牡丹卡，坚决地说，"我，不能收！这是我做人的原则。我哥要给我买房子，我都拒绝了呢。还望你多谅解，我并不是因此而把你看外了。我永远记着你的情！"

才才一眼不眨地望着祖倩明亮的眸子，以及她蠕动的红润的双唇，披肩长发更衬托出清秀的脸颊，像一轮满月。才才在祖倩的话语里看到了一位丰满的她。心灵的丰满和精神境界的凌空而起。

"你永远是我心中的那个祖倩，那颗太阳！"才才抓住祖倩的手深情地摇了摇，由衷地说。尔后，他又从夹子里取出一封信交给祖倩。

"这是燕玲让我捎给你的。再见，多保重。有空我会常来看望你的。"

才才走了，匆匆相见，又匆匆告别。祖倩送才才走后，回到办公室。一坐下来，想到和才才一别的十年间，各自都发生着巨大的变化。他在商界的成功，标志着他事业上的兴盛。回想起她和才才十年前的相融相通、相亲相爱，就好像是在昨天一样。可时间毕竟是飞过了十个春夏了哇！时间，这个年轻的老人，绝不会因为某些人的情仇恩怨而改变自己转动的频率。祖倩在叹惜岁月飞逝的同时，又默默地在心里为才才而祈祷祝福。

燕玲的信是封死的，信封上不太顺畅的字迹折射着写信人的心路历程。信封上边写着"祖倩亲收"的字样，下边却没有落款，也无姓名。拆开信，密密麻麻，扭扭歪歪的一大片字毛糟糟地跳上了她的眼帘。

祖倩：

"今托才才给你捎去这封信，你在百忙中把它阅读完吧。我现在心里很乱，不知从哪说起为好……

"你选择的路子是正确的，而我，大错特错了！回想起来是谁害得我走到了今天这一步？还是贫穷那个恶魔！因为太穷，我总觉得一旦拥有金钱就拥有了幸福，拥有了这个世界，可以趾高气扬地在人前活人了。可是，错了！全错了！为追求金钱，又遭金钱伤害。尤大成给我和女儿的吃穿住都是宽裕的，唯独有一点，他被第四房年轻美貌的女子缠摸住了身，一年回不到我跟前来两趟，还不允许我跟付溜子再来往……尤大成有钱又有势，可怜付溜子栽在他的手心。要害死付溜子尤大成不等于捏死一只蚂蚁吗？付溜子从新疆回来后，偷着跟我约会，被尤大成的手下打成了瘸子……是我害了他啊！尤大成想让我守寡一辈子，他凭啥那么横？就是因为他有钱！我恨死了钱这东西！钱的罪恶太深重，它不仅害得女人孤寡无人爱，受世人骂，还害得男人横气大发，坏事干尽……我觉得生不如死哇！……"

祖倩倒吸着凉气，她感到有一股暗流冰冷冰冷，从后背梁往上冲，她不敢再往下看，又想快点看下去。

"……假如真有那一天的话，我去了，你要经常照看我的女儿哇！我这辈子走错了路，女儿可不敢再跟我一样。那样的话，我到了阴间也不瞑目啊！

"才才成功了，但他一直没成家。他的心里一直装着你呢。祖倩，你真幸福！我羡慕你！"

信就这样结束了，也没有落款和时间。祖倩分明从这封凌乱的信中看到了一颗无助的灵魂在呻吟呐喊。她的心在阵阵作痛，一种使命感促使她立刻给燕玲回了一封信，一封呼唤生命的信。

燕玲：

信收到，一切尽知。

你千万不能胡思乱想，你已经是成为人母的人了。当了母亲，就要尽母亲的职责！

死，对谁都很简单，这是一种无能的表现，是自私的逃避！你既然生育了孩子，你就没有了死的权利。即便是不为你自己，你也应当为女儿活着！

你年纪还轻，他尤大成都五十多的人了，你就是用年龄的优势都要把他扛下去！

燕玲，我相信你，你一定会好好地活下去！为了明天，为了未来，你一定会坚强地走下去！

致

大安

祖倩

×月×日

给燕玲的信写好后，祖倩又将燕玲的信重新看了一遍："……才才成功了，但他一直没成家，他的心里一直装着你呢……"这些字眼不停地在她视线上跳动，在祖倩的心野里奔腾。她"哗"地拉开窗帘，推开阻隔人视力的窗扉，她的心魂一跃到了外面，在火烈烈的午阳下，愧疚地摊开坦诚的胸怀，对着早已远去的才才大喊："才才，对不起了！"

祖倩觉得自己和才才，就犹如一同战斗在枪林弹雨中的战友。战斗胜利后，才才一直在等待她，而自己却一头扎进避风的港湾过着安逸的生活。她的心像负债的将军一样跪在茫茫戈壁野外，向离去的才才深深地鞠了谢罪的一躬。

命运就是该诅咒的战争，它破坏和平，践踏人性，使多少有情人移情别恋，各飞东西。人就像被命运击散的鸟儿一样，为了生存，到了一个适宜生活的地方就垒窝、驻扎，各自筑巢了。

才才走后，转眼就到了金秋十月天。

一天，祖倩正准备提前离开单位，上街给半岁的儿子照张半岁留影像去，楼西头的办公室的同事喊她过去接一个传真。

传真是才才发的。

祖倩：

　　我这边为交易常常忙得焦头烂额，连一顿安生的饭都无法吃下去，更不要说睡个囫囵觉了。我好累，好疲乏，真想有一天陡然生意做不成了，倒闭了，我就美美地睡它三五个月！

　　给你发传真不为别的，求你给我帮个忙。

　　我大学时的同学刘皓在咱南川县创办了《南川报》，他在北京跑了整整半年才办下了全国发行的刊号，这是件很不容易的事！为办刊号，他没少在县委书记、县长面前说好话，县财政才给他下拨了办刊号的几十万元经费。刊号拿到手了，县上要求他办成周报，而且要立刻进入中心工作之中。可刘皓他手头没人呀，没有一帮新闻专业人员，可把他急坏了。就像一个人蹲下身子将担子搁上了肩头，挑不起来不行啊！这个报纸如果一开始就泡汤了，或者是不成样子，他这个热衷于报业的人简直就没有在南川混下去的资格了！

　　救人于水深火热之中，胜造七级浮屠。求你了，祖倩，你能帮助刘皓，他那儿急需像你这样的人才。

　　再说，回到南川县，故乡故土，毕竟那里是我们的热土啊！

　　求你了，帮帮刘皓！帮帮我的老同学。我会感激你的。

拿着才才的传真，简直是掂着沉沉甸甸的求救热心，一片为朋友、为同学着急的热滚滚的心啊！

祖倩一点回旋的余地都没有了。她不知道，这是不是又是命运那东西在作怪。

七十、人浮心躁

自从朋友申水浅的大部头作品《鬼城》一书震惊了中国乃至东南亚各国文坛以来，可能忙于应酬，他给耀昭的信也少了，一年之中有一两封信也就不错了。

是的，飞速发展的社会把人的神经都绷紧了，万事都需钱来支撑。一个家庭，住房、供养孩子上学成为两大消费区，低工资高消费一时成为中国老百姓最头疼的事。于是，人人围着钱转，事事以钱当先。申水浅在信上曾给耀昭诉苦，说《鬼城》的狂销给盗版者创造了大赚一笔的机会，他们赚疯了，赚炸了，而我，创作者，才仅仅得了几万元的稿费。申水浅还告诉耀昭说，山里的穷亲戚多，拖累也很大，苦恼的是钱太少，周济不过来……还告知他说，他跟原配妻子离了婚。

飞速前进的历史车轮碾压着人的心态也变偏了，变扁了，连申水浅这样忠诚厚道的传统式人物，也敢于不顾自己的名声而离婚，这在从前是想也不敢想的事。耀昭立刻给申水浅回了信，谈到了自己目前的经济状况，并要求他如能抽空来新疆，他能召集一些企业家、老板无偿赞助他。

在采访生涯中，耀昭惊奇地发现人们的思想观念在发生着翻天覆地的变化，包括校园的大学生更是超前地改变着。

在给师范院校的宣传专版操作过程中，耀昭采访了一大批女大学生，她们之中 80% 以上的学生说，将来找对象一定要找有钱的，她们认为能挣来钱，也就是高智商的表现；钱，就是衡量一个人能力的标尺；一个人的才能不仅仅局限在书本上，而是要体现在社会中；把你所学到的知识变成生产力，也就是转换成金钱，你才算完成了学业，才能代表你的能力。

她们崇尚知识，崇拜知识服务于社会，也更现实。是啊，经济主宰一切，一个国家，只有经济壮大了，人民安居乐业，才算强盛。人总不能饥着肚子去搞科研，饥肠咕咕地去创造。这是民族的觉醒！

耀昭在一个接一个专版的宣传广告中，钱也哗哗地流进了报社的账号上。可到他领取提成款时，新领导，那个叫靳兆路的，年龄和他相仿的大个子社长，却不像以前的乐天平那样视钱而不见了，为让他签个字，耀昭三番五次找他，比求他要官都难。他总是推辞说忙，而一拖再拖，有时该本月提取的钱，一直要推迟好几个月后才能领到。

"这叫什么高效益工作？"耀昭在广告部发牢骚了，"本该结的账一拖几个月，让人是把精力用在出去揽广告上呢，还是用在为提成钱寻领导签字上？折腾来，折腾去，内耗了精神，谁还有心思跑出去揽呢？"

广告部主任是个政治敏感度高的矮个子小伙，他部里的任务大部分也就靠耀昭来完成，对于靳社长的忌妒，他是夹在中间两头为难。但他最终还是怕得罪了靳社长。

他见耀昭发火了，忙拉他到办公楼的背后，悄声告诉耀昭："靳社长的条子跟我们这些主任帽子一样，都不是白批白给的。明白吗？你要上这个呢。"他把拇指和食指捏在一起捻了捻，示意他要上钞票。

耀昭想，我正大光明的，却要披上阴晦的色调，暗中给领导塞钱，仿佛咱干啥违法乱纪的事了，去求领导开恩一样，这不有悖于光明磊落吗？耀昭思前想后，终是没做出这种事来。

"喂，大款。"一天，耀昭在街道上正走着，突然身后窜上来靳兆路的媳妇，这个个头瘦小，圆眼圆脸，圆鼻圆嘴的女人，气喘吁吁地跑过来，快步和耀昭并排走到一起，说话像滚豆一样，直击他的耳鼓。

"你那么有钱，却是咱报社最吝啬的一个。身上装钱了吗？借给咱些。"

她圆短的手，小孩子一样伸上来。

耀昭哭笑不得，只好从衣袋里掏出身上仅有的几百元给了她。

"还有吗？"

"嗨，你这人。都给你了，没有了！"耀昭无奈地一甩胳膊离去。

再没心思转街了，耀昭一头扎进自己的宿舍，"嘭"的一声关上门，再也不想出去。

一时间，烦恼、苦闷一起来围攻他、折磨他，叫他无所适从。他的灵魂出窍了，在阴暗无光的屋子里踱着方步，不慌不惊地想，钱确实是个好东西，它能让一个民族挺起脊梁，傲立于不败之中；它能使一个国家支撑起尊严，来捍卫自己的强盛。人有了钱，也就壮了胆，能挺起腰杆说话，能成就一番事业。但钱也是个祸害人的东西，有多少家庭因为财产的争夺而打得头破血流，这是钱惹的祸。为了钱财，一些人不择手段，出卖良知，背叛道德，置众人嗤笑而不顾，拼命敛财，以至走上犯罪的道路，甚至被杀头。钱财有时是救星，有时是催命的鬼。钱在小人眼里是好东西，在君子心中为身外之物。钱是人的奴隶，不是人应该成为钱的奴隶，曾有多少人被钱迷住了心窍。

门"吱呀"一声开了，一绺阳光从门缝透进来，冲撞了耀昭的灵魂。他不由得一激灵，感到了有股凉凉的气流。一抬脸，噢，这才明白，秋天即将过去，冬天就守候在门外。

申水浅来了。

他还是那副老样子，一身灰西服一改昔日灰色的中山装，仅变了个领型。

"你都成震惊世界文坛的文豪了，还一身灰调。"耀昭一见老朋友就打趣道。

"噫，还是不一样了。你看，咱现在是洋西服了。"申水浅长长的眉毛下一双有神的长眼睛诙谐地眯了起来，"咱比过去的皇上还穿的好呢。他们穿过西服吗？"

俩人都被逗笑了。

申水浅又说："领袖，领袖嘛，这衣服的领子一变模样，人也就跟着变模样了。"

"我看你也没洋气起来。"耀昭说。

"咱天生的土包子，还洋伙啥哩。再说，咱也没钱耍洋气。"

耀昭听朋友这一说，就知道申水浅的意思了。他直着问："你都出了几十本书了，真的手头还紧张？"

"你是饱汉不知饥汉苦哇。你都成大款啦，咱还穷得给人管不起饭哩。"申水浅一脸的沮丧，满眉眼间飞扬着失落，"北京来了几位作家，不招待吧，人家是到咱门上来的；招待吧，今天是北京的，明天是上海的，一拨一拨的，咱能招架得住吗？干脆，谁来你们都自己掏钱吃饭去。有一次眼看着天黑定了，北京来的几位谁也没有准备自己出去吃，我只好带他们上街。我专门挑了一家葫芦头泡馍馆。北京的作家问我，葫芦头是啥？我说，就是猪肠肚。他们一听，吓坏了，皱紧了眉，捂着嘴就跑了。我说，那你们到别处吃去，我专爱吃这个。这才把他们打发了。"

耀昭听得早已笑弯了腰。

"走，咱们去喝它个一醉方休。"耀昭带着申水浅上了街。

"其实，世界永远是公平的，"吃完饭，二人漫步在黄色的路灯下，申水浅倒背着双手，赞叹，"你看，上天造就了无边的大戈壁，又在戈壁腹地点缀一片绿洲，水甜草美，牛羊成群，树木成林，瓜果飘香，蝶飞蜂舞，就好像在一群男人里总要安插进来一位美貌的女子一样。苍天永远把持着阴阳结合的秘诀哩。"

从街上归来，夜已深了，大街上的嘈声、喧嚣声渐渐地沉落下去了。耀昭和申水浅回来后就挤在耀昭的宿舍床上，两个人都难以睡去。

有许多的话要说，有很多的心声要倾诉。

"中国的文人可怜哟。"申水浅的话听起来令人心酸。

"咱呕心沥血，熬身上的油呢，写一部作品，出版社给咱付两万来元稿酬就再没你的馍吃了。出版商和盗版人拿你的血汗轻易地赚大钱。说咱是名人，咱还不如个文化商贩哩。人家借咱的名发大财了，咱还穷得响叮当。名人不好当哩。同行忌妒你、排挤你，他写不出惊人之作，还千方百计找你的茬，总想欺负你、咬你。你想，牛圈里寻牛蹄窝还能寻不下个事。山里的穷乡亲也总来找你，有买了双假皮鞋也寻你门上；有的被商店坑蒙骗了，上了当，也找你；还说你的名气那么大，还能连叫他们赔双皮鞋的事都解决不了，还叫啥名人。在他们眼里，名人仿佛能解决万事一样。他们哪里知道，咱也经常买假货，受人骗哩。"

一直到天将亮时，耀昭和申水浅这才进入梦乡。

一觉醒来已是日行中天的晌午时间。推开门，他们吃了一惊，门外黑压压一片人头，足足有几十人静候在外面。

"我们请申老师给我们签个字！"门外一哇声地喊起来，人人高扬着手中的笔记本，高扬着他们内心的崇敬和神圣。

"你们……你们咋知道的？"耀昭惊愕地问。

"你昨天到火车站接申老师时，俺的同学就跟他在上下铺一路回来的。"一位女学生大声叫嚷。

耀昭回头用征询的眼光看着申水浅。

"你告诉他们，就说签字活动另有安排。等安排好了决定在哪一天，哪天再来。"申水浅明显在推。

打发走了门外的人们，耀昭转过身说："你这家伙，这些人等了快两个小时了，你就签一个嘛。"

"字不能随便签，签多了就没意思了。猪没架子长不大嘛。"申水浅在床前伸了个懒腰，说着走到脸盆架前洗了个脸。

耀昭被申水浅的话逗得"嗤哧"一声笑了，他说申水浅："你这些年学的社会经验不少啊。"

"人家踢咱咬咱哩，咱再不灵醒；社会把咱吃光剥净了，咱还不知咋回事哩。"

申水浅又是一番感慨。

耀昭一连打了几个电话，约来了七八位企业家。不一会儿，报社的宿舍楼下热闹了起来，锃亮的各色高级小轿车排成了队，老板们腰别手机，挺着大肚皮兴致极高地涌了一屋。

聊了大约有一个多小时后，大款们纷纷你一万、他一万地向申水浅索买企业门额牌子题字，求得名人名效应，以给企业带来更大的经济效益。

申水浅一一应愿，大笔一挥，洋洋洒洒，流畅灵秀，一幅幅书法飘着墨香，同时也载着名人的心思跃然纸上。

其实，这之前，申水浅的书画早已成为风靡大江南北的珍贵宝物了，且价格一路上扬，居当代文坛名流之首。

社会就这么奇怪，有时的收获不尽在于付出的多少。申水浅在文学艺术的殿堂里独树一帜，付出了大半辈子的心血和汗水，却没有得到相应的酬劳；书画作品仅仅依据在文学的脊梁上，却托起了在书画市场的高价位，这其中的奥妙人能解释得清吗？

越来越多的人成为名人、明星的疯狂追寻者，给名人、明星们创造了发展自身经济的机遇。疯狂也诞生市场哇！

七十一、重回故里

在和古源、耀昭以及穆云清商量之后，祖倩准备调回故土南川报社去工作。

那边见了祖倩的回话后，立刻发了商调函，而这边的人事部门却不想放走一个人才。想当年，为招聘来一批大中专学生，地方政府花费了大量的人力、财务和物力，曾经为挖人才，与口内的几个省份差点对簿公堂，现要放走一个人，也不是件容易事。

今天刚上班，张祥中从收发室捎来一封信给祖倩，信是从《南川报》社发来的。拆开一看，她习惯先看信的尾部署名处，一个陌生的叫"米川"的人的名字映进眼帘。信上这样写道：

祖倩作家：

　　你好！

　　看你的《西地血雨》很受感动。

我是《南川报》的一位编辑，叫米川，我不但追求文学，也爱好绘画，还兼摄影，但没有一项出成果的，很是惭愧。自从读了你的大作，深深为你细腻的文笔、细腻的人物思想活动的描写所感动，并为你的才气而深受鼓舞。

　　你是当之无愧的女小说家！

　　同时获悉，你将调回我们的《南川报》社工作，这太好啦！我们可以在一起共同学习，相互促进，共同进步。

　　相信你还会创作出更好的艺术作品来。

《南川报》社米川

×月×日

　　米川的字洋洋洒洒，不拘泥，像是随意写上去的，把信任从心底流到纸上的。他的字不整齐，满篇看上去乱糟糟的，具有画家的随意涂抹之气。

　　一个人的字可以代表这个人的个性，祖倩似乎透过这字看到了一位扎着辫子，或留着胡须的年轻人，总是背张画夹和照相机，或随意游走在城市的大街古董店里，抑或穿行在乡野山洼。他像一片流云，随意飘飞；他似一只鸟，任情飞翔；他是自由神，来去自如。

　　对于这个米川，祖倩从他的信上可以看出，他是一位艺术的痴热狂，崇尚文学。一开头就称她为作家、小说家，祖倩觉得他把她估计得高了，她有愧于作家、小说家这个称号。她感到自己还没有一部理想的作品。充其量是个文学爱好者、追求者。当然，不久的将来，就要和米川在一起工作了，成为同事，她从内心感谢这位同行，感激他的率真和坦诚，感谢他的谦虚和鼓励。

　　正沉湎于对三秦大地终南山下的南川人的遐想中，穆云清老师一步就跨进了门。

　　藏蓝色的风衣把穆云清高大的身躯烘托得更加魁梧。他一进门就脱了风衣，往衣帽架上一挂，坐到了祖倩对面的桌前。

　　祖倩端上一杯茶水，回到自己的座位上，看着穆云清，问："你今天闲点了？"

　　"不闲也得想办法闲呀，"穆云清的语气里渗透着失落，"祖倩，我真有点舍不得你走。可我又不能太自私，去干预你的决定。真不知道，你走后我会怎么过活。"

　　祖倩被对方的落寞情绪所揪心，好长时间她都不敢抬眼看他，她不知道用什么语言来安抚他。

　　太阳升得好高，把受万物喜爱的暖光投放在戈壁腹地的红柳丛中。大西北的气候一天三变，尤其是秋冬交替之间的变幻尤为突出，早晨是初冬的温度，中午又是正值金黄秋季的气候，到了深夜，简直就是隆冬天气了。冬天有点按捺不住它暴戾的个性，随时瞅机会就把秋天掀个过。这时的秋季，这万物生命收获的季节，总不甘心于生命在它的尾部画上句号，竭力拼完最后的气力也要让生灵争取到哪怕是多一分钟的活动呢。秋天尽心了，尽力了，尽到自己的责任了，也便无怨无悔了。

人何尝不是这样呢？

阳光从窗户照进来，嘤嘤地在两人面前的桌上轻吟曼唱，扑飞在脸上，有一种暖烘烘的感觉。祖倩立起身，推开了窗玻璃，任初冬的暖阳直抚在人身上。

"我回去后会常给你写信的。"祖倩打开了窗扇，刚拧回身就不由自主地从舌间蹦出了这句话。

"我知道你不是个寡情无义的人，"穆云清的双眼皮大眸子一直跟着祖倩的脸转，"你最懂得人间的情和爱，这，我最清楚。若不然，你是写不出那么情真意切的小说来的。祖倩，你理解我的心情吗？"

一抬脸，祖倩看到了穆云清的眼围有一层青色的晕圈，让祖倩不自觉地为之一战。是一种负疚的抖战，她再也没有前些时的害羞和不安了。她跌进了一种来自于成熟女人的沉静的思索中。

这种成熟是源于儿子的降生。再老道的女人如果没有成家，没有孕育与生育的过程，永远是一只半生不熟的玉米棒，尽管喷香，但缺少真正的内涵。祖倩在穆云清面前的一切惶恐、惊惧和羞赧均化作成负疚的感激。同时，她还感激她的儿子，是儿子让她从一个女性过渡到女人，给了她这个成长的过程，在血与水的孕育中，也孕育了她的成熟，她谙熟了人世间的各种情感。穆云清一直等待着祖倩变化过来的这一天，当他终于等到时，她却要从他身边飞走了。他惋惜又留恋，伴着长长的无奈。

"我不想违背你的意愿，但又确实不想让你离开我。"他说这话时声音有点沙哑，听来令人脊梁骨发冷。

像诀别一样，祖倩的心情很沉重，有点压得她喘不上气来。

人就是这么怪诞，在某些事上，一直都处于迷茫的朦胧之中，当不再迷茫，彻底清醒时，却已到了边缘尽头。祖倩对穆云清的感受过程就是这样的一个过程。这大概就是人世间的有缘没分吧。缘分，缘分，缺一不可。

在尽力办理调动的同时，祖倩没有忘记给燕玲写信，告诉她，马上就能回去，又可以经常和她在一起了，她们又能互诉衷肠了。昨天刚给燕玲发走了信，今天她就收到了燕玲的绝笔：

祖倩：
　　请不要埋怨我的软弱，我的死是对那些用钱害人作恶的人的一个警告！也是对我们这群软弱女性的呼喊，唤醒她们，不要再犯我一样的错误！
　　有钱人不让我们活出自由，尤大成他太霸道，害得我和付溜子备受煎熬，我也不让他活好！我给他准备了"三步倒"毒鼠强药，他下午要来我这儿。我随他去了，到阴间我还要想法收拾他，叫他永不再托生为人，不再害人！
　　我去了，你多多保重吧！

$\qquad\qquad\qquad\qquad$ 燕玲
$\qquad\qquad\qquad\qquad$ ×月×日

　　祖倩的心被燕玲的每一个字都重重地敲打着。看完燕玲的信，她这才意识到自己一直站立着，双腿不自觉地踉跄，她后退了两步，就颓然地坐在了木椅里。
　　天地嗡嗡地响，世间的一切物什都泛泛地隐匿而去。金绕珠环的燕玲在失去自由的桎梏羁绊下挺身冒死以示抗争。她倒下了，变成了丘陵，垒成一道传闻、一座碑，直耸世人心间。
　　祖倩想到了大思想家赫尔岑的话："自由为什么可贵？因为它本身就是目的。自由就是自由！将自由牺牲于他物，就是将活人作牺牲品。"荣华富贵比自由价值高几许？锦衣玉食囚不住对自由的渴念，燕玲是用自己的生命换取了自由，捍卫了作为女人的尊严。
　　人是一种多么不能自我的尤物，贫穷时，为寻荣华富贵备遭周折；富裕了，葡萄美酒霓虹灯，却忘乎所以，昏了头，恋权贵，贪美色，到头来落得个赤条条，一命呜呼，什么金钱美女权势均成了泡影。尤大成，这个聪明的弄潮儿，最终落得个愚昧透顶的下场。
　　不能充分认识自我，就是人间的一大悲哀。
　　燕玲何尝不是如此，为了追寻锦衣玉食的日月，奔着幸福的生活，倒在了尤大成的钞票面前，没料想，她一直追求的却是自己设下的陷阱。看来，人不是拥有了金钱就拥有了幸福，全身心地扑在纸醉金迷的道上，必然毁于其中。万事万物都得有个度，过度了就溃烂、就崩塌。燕玲太痴迷荣华富贵，是虚荣心在作祟。

本想着体体面面挎着南川县第一首富的胳膊招摇过市，风风光光，招来女性一片唏嘘艳羡，不曾想，却落得个苦守空房，被一脚踹出，行踪还被限制，年纪轻轻就失去了自由，被扼杀了所有感情。在奋斗抗争与付溜子的偷情被击垮后，她绝望了，万念俱焚，为了自己的自由，不惜以生命来换取。

"呱呱"，一只黑老鸹从窗外掠过，掷下夜妇哭声般的哀号，令人毛骨悚然。

祖倩的后脊背似有人泼了一盆凉水。她面朝东方，用目光挽起那轮冉冉升起的太阳，向着故乡，向着终南山下错误的魂灵呐喊：

"醒来吧，虚伪的人们；金钱至上的灵魂，再不要行走于罪恶的路上……"

七十二、善恶有报

苍穹无极，大千世界人海茫茫，有呼唤良知的，就有践踏道德的。祖倩在西域边陲呼喊，她的姐姐祖香却一步步地跟着男人郝孬飞走向了罪孽的深渊。

因诈骗未遂被公安机关拘留了15天的郝孬飞一走出看守所还没来得及回家，就被他当年初恋的女性挡住了。

"孬飞，还认得我不？"这女子人高马大，脸黑红，眼很大，披肩的卷发，干燥燥的，被冷风吹得像鸡窝。

郝孬飞凝神一瞧，"嘿"的一声笑了，声音还是那么粗大："你是聪聪么？把你烧成灰看我能认出不？"他凑上前去，小眼睛一乜斜，嘴往黑女人耳根下一凑说，"你忘了当初咱俩在坟地里干那美事儿了？"

"去，没个正经。"聪聪故作正经，一抬手扇了一股凉风在郝孬飞的脸上。

"你这些年混得比咱强。"郝孬飞嘴上说着，眼却不停地瞟在聪聪的脸上，给她传递一种很念旧情的讯息。

"强个屁。咱那口子驴日的跟猪一样，懒得蹲了一身的膘。两个娃上学要花费，咱屋里屋外地撑持着、跑腾着。不然，这日子咋过呀？"聪聪一口的黑牙，那种从小饮用含氟量超标的水导致她的带有很重咖啡色。

俩人走着说着，出了看守所门前的巷子，一拐弯上了县城的北关小街。

冬季渭北平原的县城边缘，傍黑时分行人极其稀少，路面上有几片干树叶"哧啦哧啦"滚动着，宛如不泯的罪恶伸出坟的魔爪。

"我这儿有笔生意，你做不？"聪聪的眼在垂暮的夜影下扑扑闪闪地灼动着诡谲。

"啥好事你能联上我？"郝孬飞心室为之一亮，表面上却装着一副不在意的样子。

"我就觉得你是做这笔生意的料才来寻你的。"聪聪把棉衣领往上拽了拽,将长黑脖子缩了进去,说,"咱俩合作,做成了,四六分成,你拿六,我得四。"

"成了还说啥我六你四呢,你七我三都行。"郝孬飞把脏分分的手搓了搓,说着说着,他的邪气就顺着夜气一齐攻上来,"你全拿了我都不放个屁。还有咱俩从前的老关系、老情分在那摆着呢么。"他用脏手上去捏了聪聪一下。

刚才还气势腾腾如母老虎般天不怕地不怕的聪聪被郝孬飞一捏就捏软了。她从他呼到她脸上的一股烈烈的热气中嗅到了当年俩人在坟地的野草丛中干那事的美滋味来。她上去就挽住了郝孬飞的胳膊,嗔骂道:

"你这狗日的男人,当初弄了我却没娶成我,害得我嫁给了猪样的他,活受罪。"

郝孬飞一把揽过聪聪,似要把那女人溶化了,抱着搂着说:"不受罪,不受罪,有啥事你言传,哥会两肋插刀为你办的。"

两个人搂着说着,不自觉地拐出了街巷,进入到野外的一片冬麦田里,直朝着野坟滩走去。

黑夜像一把隐蔽邪魔的伞,把平原麦田和坟地一齐罩了进去。

两个丑恶的灵魂扭缠在了一起……

半夜一过,祖香等男人等不住,刚脱衣睡下就听见院子"嗵"的一声重响,接着孬飞就在里屋门外喊:"祖香,开门,快开门。"

"啪"地拉亮了灯,祖香哆嗦着披了衣服开了门,放进了一身冷气、野草气的男人。

"跟个游魂似的,"祖香跟在后边往里走,埋怨着,"我在南关口等了一个下午都没等住,你野哪达去啦?"

郝孬飞一脸的倦意,把鞋子脱下,胡乱往破了的沙发前一扔,棉衣也没脱,倒在床上就打起了雷一样的鼾声。

祖香溜进被窝,随手给男人身上盖了床褥子,熄了灯,睡去。

一觉醒来,已是天将大亮时,郝孬飞一骨碌翻身下了床,边摸毛巾出去抹脸,边对女人说:"祖香,你给我快准备 3000 块钱来,我今儿就要用。"

一提要钱,祖香的气就不打一处来,她连说带责骂:"你得是不知道家里还有钱没有?好端端的一个家叫你踢腾光了,还欠下一屁股的债,还有脸要钱呢。我是生钱呢,还是咋?动不动就会给女人张口要。"

"噫,好女人,好女人哩,我还是为咱家好么。"郝孬飞抹了把脸,上来扳住祖香的肩，哄孩子一样，"马有失蹄，人有失算嘛。你出去给我借，过明天一天，后天的这个时候我保证给你拿回5000元。聪聪他姨家开的方便面加工厂，她男人的舅有门面呢，咱从她姨家把货发出来，倒个手给他舅那儿一送，就能净赚2000块。啥都说好了，今儿上午按时提货哩。"

"这两年哪一次你没保证过？"祖香口里呼出的白气把满腹的疑虑、气愤都呼了出来，"到头来不但没赚上钱，还叫咱进了看守所。你也不掰住指头算一下，这两年你把家底都踢光了，还叫我跟着担惊受怕。咱如今耍不转社会啦，就甭胡张咧。"

"妈，你叫他胡逞能去，你管他干啥。"郝孬飞的儿子郝牛旦都15岁了，他早已离开了学校，在社会上闲逛。他准备下楼来撒尿，就"扑嗵扑嗵"地到楼梯底下的茅厕，一边"哗啦啦"地放着憋急的尿水，一边拧头向外面院子的继母喊。

郝孬飞走向堆放烂货的房里取东西，只听"咚"的一声响，祖香开始以为是谁在房外砸墙壁，当孬飞手捂额头转过身时，祖香这才看见，孬飞的眉骨处被小矮门碰得起了个大包，正往外渗血哩。

"这日他妈，"孬飞走到水龙头前边洗边骂，"人倒霉了放个屁都砸脚后跟哩。"

祖香回厨房用筷子蘸了食用油为男人抹了抹伤处。

"对啦。对啦。不抹啦。你快给咱寻钱去。"男人在眉骨上抹了一把，烦躁地吆喝女人。

祖香嘟嘟囔囔骂着，极不情愿地开了门走去。

关中农村人吃早饭一直要到上午的十点左右，正值吃饭时，祖香东邻家、西舍家地说尽了好话，这才五户六处地凑够了3000元。

当村里人端着饭碗串门谝闲时，祖香家的烟囱还没冒烟。

打发走了男人，祖香又听到牛旦在院里大叫："妈，肚子饿得都贴住脊背了。"

祖香离婚时两个女儿全给了石头，大女儿已经嫁人。祖香只身嫁到了孬飞家，一直拉扯着牛旦过日子。这两年，随着日子的衰败，她对这个家越来越丧失了信心。眼看着牛旦都墙高的小伙子了，过几年还得给娶媳妇，手头一分钱没有，要账的人来讨债，尤其到了年跟前，人能踢断门槛。过去的红火日子过得滋润，在人面前活的人也风光，如今落得个满身背债的下场，祖香感到在人跟前没了体面，还矮了人一截。看着一个劲往上蹿着、像拔节节一样长高的牛旦，她的烦恼也随着往上蹿。

"饿了，吃屎去。"她嘴里骂着牛旦，但还是钻进了厨房，边做饭边唠叨，"你也出去寻个活干干，挣一点把你自己包住。你爷儿俩，把我整得鞋鞋带带的，不得安生。"

"你说俺爸哩，咋把我裹住骂啥呢？"牛旦瘦高的个头在厨房门口一闪，丢下话，"神经病！我不吃你的饭了！"就出了大门。

一连过去了五天没见男人回来，祖香把自己关在屋里不敢出门，她怕碰到债主们。当时借钱时她给村人立下保证，第三天还人钱的。这都过去五天了，还连男人的影子都没见着。

又过去了五天，一个半夜时辰，郝孬飞回来了。一进门，祖香就看到他一副垂头丧气的样子。仿佛被人用石头砸了脚跟，她腿脚一软，就跌坐进了破沙发里，一个字也说不出来。

孬飞呼呼地喷着粗气，靠在椅背上不住地抽烟，似要把憋在胸中的怨气全吐出来一样。烟一根接一根地抽，很快烟雾就弥漫了整个房间。谁都不说一句话，任呛鼻的烟气在脸前头顶绕旋。

在这浓烟雾罩的沉默里，祖香的心一下子塌陷下去了，陷下了一条深不见底的大沟。她的头昏晕了，眩迷起来，身躯似乎变成了要被这烟雾漂浮起来的秕糠壳一样。她想哭，却哭不出，想喊，也无力喊，把慌惑、惊惧裹绕了一身。

这个冬天过得太寒心、太难过。

从此，祖香不再清醒，整天整夜地沉迷于麻将桌上。郝孬飞只好自己动手，胡乱地做一顿饭，吃上一天。儿子牛旦跑得也不着家，在社会上东混西溜荡。

曾经那么好强爱面子的祖香心衰尽了，她再也无力撑起自己的体面了。面对衰败的破落日子，她只好硬着头皮跟人说话，混一天算一天。她也成了混世魔王，再没有心劲盘算今后的生活了，再不会有对以后日月的新的打算了。她只想着孬飞亏了她，下一辈子也还不清欠她的情和债。她却没有想过，自己悲哀的结局是她一手酿造成的。

想玩弄生活的人，必被生活所惩处。

脱离了人的道德轨迹，到头来不仅仅被良知谴责，而且是要付出惨痛代价的。

一次次的打击、一次次的失望，祖香应接不暇，她的心困倦极了，茫然不知所措，像一只离窝的鸟儿，振翅向着自己心目中的春林飞去，一路歌声，一路欣喜，却不料一头扎进了冰天雪封的地带。憬然中，却发现当初起飞时就错辨了方向……

在茫然四顾中，祖香想起了母亲，想起了所有的亲戚，想到了远在他方的妹妹祖倩和三哥耀昭。

七十三、扭曲灵魂

仿佛有了某种感应，耀昭在街上一连的撞见了几个长得和大妹祖香极为相像的人。他觉得奇怪，还总时不时地胡思乱想，许是跟夯飞栽了跟头，日子不好混了，奔她哥来了？

距离容易产生虚幻，虚幻常常是从想念中漂浮上来的。

随着年龄的增长，人思念亲人的情感也随着增高加厚。这两年耀昭一闲下来就怀念起家乡的山山水水、草草木木，思念起家乡的父老乡亲、兄弟姊妹。回想十余年的大西北生活，回顾自己所走过的路程，耀昭清楚地看到，自己的心一直没离开过故土，自己的根系一直还在汲取着老柏树的营养、终南山的福荫。

在广告部他干得不顺心。寻上门特意要求耀昭为他们撰写宣传专版的企业家们前呼后拥排成队，并强调，除了颜耀昭出马，他们谁也不要。钱跟水一样流进了报社的账上，而耀昭的提成不但没增加反而又下调了10%。耀昭不在意这些，他全当为企业家们、为报社的兴旺发达服务做贡献了。但是，靳社长给耀昭的提成款总是得不到及时的兑现，总是一拖再拖，甚至连半年前的款还有意拖着不给他。

耀昭装好提成单，一上班就去找社长。

靳兆路身材高大又魁梧，四方脸，有点发黄，蚕眉，眼睛细，但却很长，大鼻大嘴。他早已用眼睛的余光瞧见了走进来的耀昭，但他却一直装作在认真地阅读文件。

"靳社长"，耀昭感到受了凌辱，尊严、人格遭到了践踏，他声调有点高地叫道，随之接着说了下去，"如果你不想让我在广告部干了，你可以给我重新调换一下工作。这样拿捏人可不是个事！"

靳兆路"咳、咳"了两声，这才从发亮的办公桌前抬起了脸，嘴笑心恼地将嘴角朝两边拉扯了一下："噢，是耀昭。你是一早就吃了炸药咋的？咋看着气冲冲的？"

靳兆路把钢笔往半圆形的老板桌上一放，不慌不忙地拧过身，面对着耀昭，装出一副镇定的样子，半开玩笑似的说："你先坐下来，咱慢慢商量。好家伙，这有钱人就是气粗，把我这社长都煽住了。"

"按报社的政策本来就该一笔一笔给我清嘛。"耀昭就势坐在靠墙的沙发边上，平心静气地说道，"你看，我的工资我一分不领，就靠的是广告提成呢。本来报社的广告提成是当年向市委作了汇报后审批同意了的，去年你又将提成降了10%，这我都不在乎。可我的提成款都整整半年了，我一分钱拿不到手。一百多万元的收入，是我给咱报社挣回来的，是我用半年的全部血汗换来的，我这不等于白辛苦了半年吗？我还有年迈的老母亲。"

"你都是腰缠百万的富翁了呢，还指望这些提成钱过活呀，"靳兆路的腔调竟然有些尖细，有点近乎女人腔，耀昭还是刚刚才注意到这点特征。他继续捏着嗓子似的说："你说我一天等着工资养老小，人还信得过去，说你指望这些就成笑话了。"

"你是大领导，咱是下苦的，咋敢跟你比？"耀昭知道领导在给他递话，他忙把领导往高处抬着说道，"官宦自古令人推崇和尊敬啊！"

"吁，"靳兆路自嘲地笑了，摇摆了一下他浓黑发亮的头，"你说错了，当官没钱，不如到大田里种田。是这，你算一下，看你积攒的提成一共有多少？"

耀昭从怀里掏出了十几张提成票据，走到老板桌侧旁，递给领导。

"大约二十来万吧。"

"啧啧啧，好家伙，"靳兆路眼发绿，垂涎欲滴地说，"你这一下子呀，把我八九年的工资都领走了！你好意思全拿了吗？叫领导签字，不把领导谢承一下？"

当靳兆路抬脸看耀昭时，耀昭被他满腔的贪欲、一派掩饰不住的贪婪相惊愣了神。他感到靳兆路的双眼里几乎要伸出笊篱般的手来，把递给他的票据要捋了进去。

耀昭很尴尬地从对方的大手里接过一沓子签过字的票单，他想笑却没有笑出来，脸上的眉眼难堪地移动了一下位置。

一股风"呼"的一声把社长的皮门帘掀了起来，有一绺白晃晃的阳光在靳社长的身上一闪，随之又暗淡了下去，老板式半圆形大桌條地跟着沉进了室内日光灯的虚影里。

"咱弟兄们在一起共事，也没个上下高低之分，"靳兆路在耀昭的肩胛上拍了拍，"谁跟谁呀，你说是不？"

耀昭"哼哼哈哈"着却怎么也吐不出一个字来，他感到舌尖发麻、僵硬，仿佛失去了语言功能，半张着嘴，一句话也反送不出。

他一扭身，掀起皮帘子飞也似的逃了出去。

一口气跑到了龙凤河岸。西风刮得正紧，耀昭迎风站立着，他要让冬天的寒冷把人的欲望冻僵，他想叫西域的干冷狂风将人燥热的贪婪吹刮成戈壁沙地，任天野的神鹰、大隼去啄食。

冬季的太阳总是一副羞涩的样子，白惨惨的，像少妇不悦的脸颊，阳光照在人身上，没有一点热气。龙凤河被寒冷囚禁住了，河面一层厚厚的冰，阳光下闪闪烁烁，五彩光束耀得人眼睛肿胀，太阳穴也跟着作痛。

他想不通，靳兆路的贪财心到了这种程度。挺高大的一个人，一个身高七尺的大男人，身为领导，竟然能张口向人要钱？说这话时，他一点不感到脸红，还那么理直气壮！凭什么？凭的就是他手中的一支笔。这支笔一划拉，就能拯救一个人的事业乃至生命；这支笔一拨拉，也可致人于死地。所以，他靳兆路才敢大言不惭地放飞内心的贪欲。

爱财是每个人的本性，它基于生存的愿望之上，而贪财却是人的本能，是人们欲望犯下的大错；贪婪是人罪恶的温床，以致使贪得无厌肆意生长，成为人欲念里的一棵树，最终结下自欺欺人的恶果。是一树的罪过呢。

靳兆路全然不顾他领导的尊严，和耀昭称兄道弟，他平日里道貌岸然的模样哪里去了？他平时总是板着脸的一副高高在上的神气模样没有了，全被贪婪那东西兜售出去了……人为了钱财，可以出卖手中权力，倒贩自己的人格和尊严，于大庭广众下的君子气度而不顾，屈膝于金钱钞票，可以匍匐在纸醉金迷之下，虔诚地守候、等待……

真是一个披着男人皮而出卖灵魂的伪君子！

当人做了金钱的俘虏时，良知也将泯灭丧失。当人拜倒在花花绿绿的钞票面前时，人也就变成了行尸走肉。

一向视金钱为身外之物的耀昭，连他自己也常常诧异，怎么一下子拥有这么多的金钱，他想也没曾想过，自己今生还有聚财的大机遇。现实生活有时很蹊跷，它常给人摆迷魂阵，在你不屑的事体上为你创造机遇，给你意想不到的收获。耀昭的财源令他深有体会，本是受人惩处时，却给了发财的机会。苍穹的秘诀是永恒的，但又是在不断变化中的存在。当你在不经意间，忽视某种事物时，偏偏现实又来辅佐你，使你得以圆满。当你刻意的追求时，有时又会令你大失所望，徒劳无获。

当然，机会和机遇是偏爱正直和才能的，它不会轻易青睐那些邪念的人，有时，它们也会犯错，一失手就挂在了邪恶的树上，但一有机会它们会随时予以纠正收回。这就造成了一些人发迹后又沦为乞丐的悲剧。

大风起处，河道里的枯枝树干凄惨地摇晃着不屈的身子，狂风在树梢上肆虐，把个隆冬吼得寒冷无比……

人就是一种非常现实的物什，他不管天上的事体、地下的幽魂，一味地要去耸起，要去挖掘，却从不想太高了撞不撞天，太深了踩不踩地魂，更不知去整理一下发狂的欲念。

欲壑难填，最终是人类的自掘坟墓。

大片的森林在人手下惨遭厄运，一片片地倒下了，树墩如同瞪起的大眼，向人们企求。鸟儿远去了，数十年前的白鹭、大雁没了踪迹，这些人类的朋友都远离了，绝迹了，人却不去想一想，自己的行为是对还是错。

自以为是永远成为人类的大敌。

傍晚时分，耀昭才下了河坡，

天色暗淡下来，大地倏地一下跌进了冰冷的夜幕里。

走着走着，耀昭感到踩在灯光如柱的马路上，就好像踩踏在霞光里一样，有一种身躯在随着步履的前行而不断长高的感觉。不一会儿，就走到了天空里，周围一派璀璨的星光，脚下是霓虹灯闪烁的拉格图市。他的心一下子变得那么平静、那么坦然。

"耀昭，"文书的声音从银河星域抛过来："这么多年，你今黑才真正走上了属于你的道。我真为你高兴！"

耀昭没有说话，只抱握住拳对着老朋友发音的方向摇了摇，致了谢，又甩开大步走去，一直走进他灵魂的圣殿。

"唉呀，媳妇，你乱跑啥呢？"一口乡音在前面截住了耀昭的脚步。他停下来，定睛一瞧，在他前面路灯下的人行道里，一个披头散发的女人只穿了一身秋衣闷着头，撅着尻子往这儿奔，后面气喘吁吁的男人边扬手，边喊叫。

"媳妇，快停下。你这不是要我的命呢嘛？"

疯女人到了耀昭跟前，也不避人地硬着头要撞过去。耀昭一把就抓住了她的胳膊，交给了撵上来的汉子。

这汉子矮瘦，灯光下旧蓝大衣更显得陈旧没色，他的脑门光亮光亮，没了头发，只有两鬓及耳上有一圈稀疏的茸毛。

耀昭把疯女人交给他。他就被媳妇东一碰西一拽地扯得连声谢字都说不出来。猛不防，那女人一下就抱住了一棵干枯的树，他连掰带哄着："咱回家，啊，这冷的天，把咱能冻僵呢。听话，松开手，咱回。"

静悄悄的街道里男人哄女人的声音似哭似诉，听来悲凄感人，令人欲哭无泪水。

耀昭又跨上前去，帮他掰开了女人的手。他一个人根本无法缚住她、降服她回家。时间长了，两人都有被冻伤的可能。

"走吧，我帮你。"于是，耀昭和气喘吁吁的他一人架住女人的一只胳膊向他的家走去。走了足足有五百米的路，这才左拐弯，拐进了一条没有路灯的街巷，进了一栋家属楼。

"上三楼。"他的口里喷着白气，上气不接下气地对耀昭说。

上了三楼开了门，拉亮灯，耀昭和他把女人架到一间小房的床上，给她脱了鞋躺下，他为她掖好被子。她总算不再反抗，缩在被窝里不声也不响了。

回到小客厅，他让耀昭坐下来。

"歇会，歇会，谢谢了！"他喘着气说着，去倒水。

"不用了，不用了。"耀昭按住他拿杯子的手。他这才仔细地打量着这个男人。

他个头不高，但眼睛很大，鼻子也大，敦敦实实的，嘴巴也大，给人一种憨厚实诚的感觉。刚才在外边，看到他谢了顶的脑门子明晃晃的，还以为他是个老头儿，其实他才是个中年男子，年龄大概和耀昭相仿。

"真是多亏了你呢，"他一口陕西川道的腔，"要不然，我一个人还真拿她没办法。敢问你是哪里人？"

西域城市的居住者大部分都是来自全国五湖四海的各界人氏，特殊的人员结构使人一相识就问到家乡在何处这个问题，形成了一种只要问起何方人氏，就意味着对对方的关心。

"跟你一样，陕西秦地人。"

耀昭的话一出口就让他激动万分，他像碰到了亲人似的把心里的苦水全倒了出来。

"你知道我的媳妇咋成这样子的？让人给整成这了！"他抱住了自己的光头，声泪俱下地说，"我是市金属回收公司的会计。两年前，公司的账上还结余有十几万元，经理和出纳告诉我说，咱们几个人把剩余的这些钱分了。我是财会学院毕业的，知道这事的轻重，咋敢干这种事呢？我当时吓坏了，我就对他们说，这是要犯法的，咱不能这么干！就这，过了不到一个月，他们就不让我干会计了，一哇声地要撤了我的会计职务。从此，把我从机关下放到一个废钢烂铁收购站上，让我当装卸工。咱没干过那重活，手也被磨烂了，脚也被砸伤了，还把我的干部工资下调到职工的标准上。我到机关找他们说理去，经理说，你干的是职工活，还想拿会计的钱，哪来这么好的事？在啥岗位就领啥钱，再胡闹，就下岗回家歇着。我想不通啊，我不想侵吞国家的财产就犯了王法，要把我打入地狱。没出两个月，我头顶的头发就全掉没了。媳妇是个家庭妇女，没有工作，一看我被打到了基层，工资少了不说，还有一下、没一下的不能按时发，女儿上大学正需要钱。如今，我的工资连我两口的生活都顾不上，拿啥供娃上学呢？媳妇想不通，就成了这个样子。"

"你找他经理说理去，找上级主管部门评理去。"耀昭气愤难平地说。

"我找人家了，人家都是通的。他们不但不解决问题，见我秃了头，还讽刺咱呢，说咱的前头（途）光明了。"说完，他抱头抽泣起来。

一阵酸楚与悲愤搅和在一起，绞着耀昭的心，他站起来说："乡党，娃上学的费用包我身上，你把你跟屋里人照顾好就对了。"

小老头一样的汉子嗫嚅着说："这咋成呢？那样的话我就是再活八辈子也还不起你这人情呀！"

"你不欠我的人情。"耀昭一副凛凛然、坦坦然的样子，"金钱这东西本来就是社会的，它来源于社会，回归于社会，是顺应了社会规律、自然规律的。有了金钱，不服务于人，要它还做何用？"

"噢哟哟，我这是碰着神了呢！"他感激得"咚"一声跪了下去，连作揖又磕头。

耀昭忙扶他起来："你这是折煞我呢。快起来，快起来。要叫你感激，我做这事有何意思呢？"

他在脸上抹了一把，眨动着疑疑惑惑的泪眼，看着耀昭出了房门。眺望门外时，他的双眼一花，但却非常清晰地看到在耀昭的身仿佛围有一圈耀目的金光在闪灼，刺透了屋外的黑夜。他转身关了门，回到屋内，久久地跪在门跟前，合起双手，嘟嘟咙咙地念起了神词……

本无神念的他生来第一次目睹了神的存在和神的伟大。

碰上了耀昭，非亲非故，从前连面都没见过，却有胜似亲人的辅助，他能不感激涕零吗？本是唯物主义者的他，从耀昭的身上嗅出了一股真诚的气味，他没有丝毫的怀疑或不信任，只有虔诚的捧出，捧出一颗被拯救了的匍匐之心。

七十四、变味乡土

祖倩带着一岁多的儿子回来了，回到了阔别近十年的故乡。

在南川县汽车站，祖倩一抬头就望见了她备感熟悉和亲切的终南山，还有两边的塬坡。

正值深春初夏交接之季，终南山依旧慈父般郁郁葱葱，看守着它脚下的子民繁衍生息。白鹿塬塬坡拔节分蘖的麦田里，有一片片的油菜点缀其间，煞是美不胜收。油菜花儿正灿烂，黄得令人心颤，远远望去似一幅绿茵围绕下随意涂抹的水粉画。半塬上的农家，东三家、西五家地全掩蔽在蓬勃的绿树林中去了，像黄土高塬半垧里蓬起的人间仙境呢。

一辆出租车"哧"地停了下来，司机极热情地下了车，帮祖倩将包包裹裹的东西往车里塞。

"大姐，你说上哪儿？"年轻司机问。

"到南川报社，多少钱？"祖倩连答带问道。

"好嘞。你把娃抱好。给个五元得了。"车一转头，直向一条大街驶去。

到了一个临街的大铁门前，车停了。

祖倩下来一看，门左额挂着一白字的牌子，是某建筑公司，右额则挂着白底黑字的牌子，是南川报社了。

司机把包包裹裹一一从车里拿出来，堆放在大门一边，祖倩掏出了5块钱递给他。

"谢谢了，小师傅。"

祖倩礼貌的话还没落地，年轻司机双手叉腰，瞪着眼睛不接她递来的钱。

"给10元。"他用不容置疑的口气说。

"不是说好5元吗？"祖倩抱着孩子，倒了个手，争辩道。

"哪有5元坐出租的？"司机一脸的凶相，似要打人的架势。

太阳红彤彤的，晒得人直想出汗，儿子被吵声吓得"哇"一声哭起来。

祖倩只得给了他10元。他装了钱，一溜烟地将车开跑了。

祖倩的好心情一下子被司机欺诈跑了，她顿感日夜思念的故乡人是这样陌生又奸诈。真是晦气，刚一下车就碰上不顺心的事，似乎给祖倩传导了一种预感，回到故土并非万事皆好。

"噫，你好。你是颜祖倩？"

一位年龄和她相仿的高个子小伙骑一辆自行车从院里驶出来，看到还愣怔在门旁的祖倩，忙刹了车，停下来问道。

祖倩懵懵地点了点头。

"你是？……"

"噢，我叫米川。之前我还给你写过信来。"他支了车子走上来，热情万分地说。

"嗯，知道了。你的信我收到了。"祖倩回答。

"哇，太好啦！我还以为你收不到呢。"米川瘦瘦的，看起来文文静静的，他很热心，一边说着，一边帮祖倩把包裹往车架上放。

祖倩跟着米川一起走进大铁门里的大院子。

院内分东院和西院，各有几排小楼房，梧桐树兀立两旁，桐花儿弥漫着怡人的香气。

米川用他标准的普通话向祖倩介绍着报社的大概情况："《南川报》刚刚创办

起来,现有的九个人,全是从各机关、事业单位抽调过来的笔杆子,办公条件比较艰苦。县委办公楼暂时还腾不出地方,报社只好在外边租赁办公室。不过,还好,报社暂时租赁了一栋小楼房,一楼办公,二楼是没房子的当住处和单身宿舍用。凑合着,能过得去。你回来了正好,还有一间空房子可给你和孩子住。"

听说有一间闲房,祖倩心里松泛了。孩子小,上下班就在本楼里,方便多了。她打算把一切安顿好之后,好回家去把母亲接来,照看儿子。

米川是文艺编辑,人手少,工作刚刚展开,一个人顶俩用,不但当编辑,还经常外出采稿,这会儿他就要去采访县上的一个会议。把祖倩和孩子安顿到办公室后,他说:"你在这等着,我出去采访。总编可能用不了多长时间就回来了。"

米川走了,办公室里只剩下一个黑瘦的老头和祖倩。老头一声不吭,在门外的蜂窝煤炉子上熬包谷糁,把玉米的油香弥漫开来,让祖倩想起了母亲的灶火。她恨不能立刻回到母亲身边去。儿子到了一个陌生的地方,瞪着圆溜溜的黑眼睛四处打量,把惊恐投放给这块新的地域。天真无邪的孩子正在惊奇,他的妈妈为啥在那一块地方生活得好好的,偏又要挪到一个新的地方来呢?

儿子很乖,一岁多,很少哭闹,不顺心时他就用小小手指指着他想要去的地方。

"刘总你回来啦?"门外瘦老头的招呼声牵住了祖倩的视线,她透过大开的窗户向外张望,只见一个个头不高、戴着眼镜的中年男子把黑色自行车往门外的大香椿树下一撑,就在办公室的隔壁开着门。

祖倩抱起儿子走了出去,跟身进了总编办。

总编的办公室很简朴,一张木桌,一架书柜,墙上钉了一排铁钉,整齐地挂列着各式报纸,书柜台上摆满了来稿,每一摞下有一张纸条,写着备用的新闻稿、文艺稿或待编稿,整个办公室整洁有序、井井有条。

"刘总编,您好!"祖倩一进门就打招呼道。

"噢,请坐,请坐。"

叫刘皓的总编很客气,让祖倩坐在他办公桌对面的椅子里,黑红的脸膛惊喜地对祖倩笑着,一开腔就透出了女人的细腔调:"你是颜祖倩。才才跟我在一起时总忘不了提起你。咋样?一路还顺利吧?"

祖倩点了点头,说:"刘总,我的档案上个月就通过组织寄回来了,工资关系在我这儿呢。"祖倩从斜挎的包里掏出了工资关系表,递给了刘总编。

"好,好。你放这儿,我让财务室的同志尽快给你把工资办下来。"刘皓说着把东西锁进了抽屉。

"刘总,你看我带着孩子跟逃难的一样,能不能给我安排一间房子,让我和孩子先住下来？"祖倩用商量的口吻对总编说。

"嗯，这个嘛。"刘皓眼镜背后的眼睛眯了起来，有些为难的样子，但又权威地说，"咱报社有规定，凡调进来的人，除单身外，一律不解决住房问题。后头咱再说。路途遥远，你先休息两天，做好吃苦的准备。我还有事，要去县委一趟。"

刘皓出来锁了门，从香椿树下推起车子，五短身材很利索地一跃，驰上了梧桐树遮掩下的小道。

祖倩从刘皓给她留下的第一印象当中感到了他内心的空虚和市侩。她曾听才才说起过，他大学时的这个同学诗写得不错，就是女人气太重，好在女人身上打主意。

祖倩更奇怪，米川已经说了，报社还有一间空闲房，为啥刘皓不想给她呢？是想要她给他送礼物吗？还是故意显他的权威刁难人呢？

没办法，祖倩只好带着孩子先回颜家河村。

出了南川县城两公里就到了生养她的颜家河村。出租车一直把祖倩和孩子拉到了母亲的门口。院子里静悄悄的，唯有井沿边的花椒树正叶绿果青地招徕着麻雀在枝头一蹦一跳，叽叽喳喳。

母亲出来了，她老了许多，白净的脸上眼睛浑黄，看人时更呆更直了，头发白得像放花的苇子，稀稀疏疏地蓬在头上，发红的头皮如道道沟壑在发丝间悲哀。

"是倩儿回来了。耀祖，快帮祖倩拿东西。"母亲上来先接过外孙，对屋里的大儿喊。

耀祖也老多了，背有点驼，还走一步咳一声地"咔咔"着。

祖倩和儿子的到来无异给这个大家族带来了意外的惊喜。耀禄也从外面干活回来了，一家人围着欢乐转。

整个颜家河村沉浸在午后的一片静谧之中，祖倩知道，村里的男女青壮劳力都出外寻活打工挣钱去了，唯留下老汉、老婆和上学的娃们守在家中。颜二顺叔拄着拐棍来了，他的瘦身躯已弯成了镰刀形。是啊，和镰刀打了一辈子交道的憨实的庄稼汉，把自己的灵魂都铸成银镰了，最终把骨骼也熔铸成了一把镰，生命融于镰弯里了。

二顺叔的牙掉光了，双眼边红烂着。祖倩搀扶着老人进屋，坐在屋里的木凳上。

"俺娃有出息，给你妈争气了。"二顺叔走声漏气地盯着祖倩，一说话涎水就线似的吊拉下来。

祖倩从包里掏出了一小袋葡萄干递给二顺叔。

"叔，你吃，这是软的。"

二顺叔核桃皮样的脸颊吸进去了两个坑，出气都很困难，那瘦骨嶙峋的样子，叫祖倩看了心酸。

老人摆了摆瘦得只剩一把骨棒爪爪样的手，示意他吃不了这东西。

"你叔耳背了，早听不见人说话声了。"母亲给祖倩说："可怜呀，一辈子把力出尽了。跟灯一样，把油熬干了。"

二顺叔一直张着嘴，浑浊的眼尽力往起睁，想从人的口型上逮住人的话语来。

在二顺叔的身上祖倩似乎又看到了当年收麦时节的紧张情景。是贫穷和非人的超体力劳动折弯了父辈的腰身，熬干了他们身上的油。祖倩的心阵阵作痛，她想不出一句恰当的话来安抚老人的心。她在心里也痛斥时月的残酷，把好端端一个备气方刚的人摧残得形同骨骸，失去了活的气色。老了，在田野里躬了一辈子腰，对土地虔诚至爱的二顺叔再也无力握镰、无力提犁夯耙了，再也不用绾起裤脚在泥里水里呼喊吆喝鞭打牛的后半腰了。看着他骨节凸起的老干手，那是庄稼人凸起的劳动的神圣呢，是一辈辈务农烙下的深刻模型。

送走了二顺叔，吃了母亲做下的饭，祖倩把幸福拥了一怀。她感叹人的可悲，当人到了一定时期，总希望离开父母，像云一样飘到自己心里所羡慕的幸福之地去。祖倩离开母亲整整十年，在一座中型的城市里生活了十年，也尝遍了各地的特色饭食，现在咀嚼着母亲手下的粗米糙饭，才真正懂得了优秀的饮食不在城市里，而是在母亲的灶火里。母亲把纯朴和慈爱一齐煮进了饭中，她是用心和世上的纯真烹制而成的，是任何大师都无法比拟的。这么多年来，祖倩吃了一顿最可心、爽口的提花面汤饭。

吃了饭已是下午时分。这个季节的太阳滚过屋顶稍稍偏西就减了锐气，照在人身上没有热烘烘的感觉。祖倩一个人在村子里踽踽而行，街巷里静悄悄的，没有了昔日呼儿唤女的叫喊，也少了粪堆酸糟之气。每行一处，都可见到撂荒的老宅子，残垣断壁，一派凄凉，只有没入膝盖高的野草在老宅地上唱着"唰唰"的哀歌。祖倩一路走着，撒一路的惋惜在老宅地的草丛中。是啊，人们都弃旧换新了，挣了钱都争着盖新屋建洋楼呢，互相攀比，竞富呢，仿佛谁家的房屋高大，谁的尊严就耸得高了。过去以实用、现实为基础建房屋的中国老百姓这些年也不务实了，虚浮起来了，家家掏完家底也要撑着命盖起二层、三层楼。这是对资源的浪费，也是对自身的无形摧残。城里人由于地方紧张，他们不得已要居住在空中楼阁上，农村人也学洋伙呢，盖了洋楼，结果，导致家庭经济拮据，腰包掏空了再背一身的债，得不偿失。人住不完，往往二楼、三楼上成了麻雀的栖息地；况且，撂下的老宅基地白白浪费掉了，大片的好庄稼田变为新宅区了。

祖倩到了老柏树下。鸟雀依旧在葳郁的枝叶间呢喃啁啾，老柏树把永恒的慈爱给了小鸟们，蓬动着一树的雀儿曲子。看到老柏树，祖倩就想起了文书和他的家人。人早已销声匿迹了，而他的老屋院落还在老柏树下，当年黑明的木门如今已成了两块低矮的白木片，铁闩子锈成了红褐色，房子像苟延残喘的老人蹲在柏树下，定格成一道老朽的景观，把它神秘的传说挂在繁密的柏树叶上，让鸟雀唱出来，让季风吼给世人。

伫立在柏树下，祖倩的心潮难以平息。带着敬畏和神圣，她离开了老柏树，把心留给了树身。

南行百十米，祖倩就望见了父亲的老坟，大风起时，草棵摇曳，仿佛逝去的生命不断向这个世界挥动着索命的旌旗。是啊，贫穷夺去了父亲的生命，摧毁了祖倩心灵碉堡里存有的父爱，这是贫困犯下的罪行，祖倩永远诅咒穷困，鄙夷它、憎恨它。世界这么美好，野花野草这般缠绵于土地，却在贫愁潦倒的时代里惨遭刈杀，是人的罪恶。贫穷能致万物于毁灭之中，包括科学与发明，它可以导致历史的文明向后倒流。人类永远摒弃贫穷，为脱离贫穷的羁绊而挣扎。其实，人类的发展史就是挣脱贫困的搏杀史。

凝望着父亲坟头上的草棵，祖倩分明看到了每片草叶上摆动着的历史，与贫穷抗争的历史，这是民族的奋斗精神在光耀。怀着无限的眷恋和悲痛，祖倩告别了父亲长眠的地点，顺着颜家河堤岸走去。

颜家河已不成河流了，而是变成了一道渠，渠水很细且浅。祖倩顺一斜坡下去，坐在一块洗衣石上，看河床下小溪水一样的细流，在每一凹处被洗衣妇们淘下一个坑，聚一摊潭水，为了用于洗涮。那一坑一坑的水似往昔为河时睁大了的惊叹、悲怆的泪眼呢，它们在怀念曾经逝去的辉煌，曾经每一年汹涌的壮观。逝去了，再也不会出现河流的拥有。是人的贪欲剥夺了河的原本，遏止了河的流动。那贫寒交加时人们对河的呵护都变成了今日食饱衣暖下无情的砍杀和占有。看，河岸上没了一棵挺拔的树，连野花野也不翼而飞，灭了踪迹，留下的是人们不断地向河道中心铲平，铺就下菜畦，全种上了花白、蒜苗之类的家常菜。人们在建筑房屋，无穷尽地侵吞土地的同时，也瞅住了河道的这一小块不放松。为自己的生存制造死角还嫌侵占不够。祖倩不明白，饭饱食足后的人们，贪欲也跟着膨胀、丰腴起来，一味地贪，一味地残忍，把无情的面孔给了自然，也给了人自己。

这是人类自己的不幸啊！

站起来，掬一捧清凌凌的河水，凉透沁心，然后从指缝间一点一点地渗下去，水嘀嘀答答，发出悦耳的音响，仿佛河流为归回的女儿，为寻根的心弹奏的乐曲呢。

夕阳西下，水滴在潭里溅起金色的珠花，琅琅地响彻在河道里，打湿了祖倩怀乡的思念。她上了河堤，在菜畦上走过。一抬头，她看到了河对岸的几户牟姓人家。过去被绿树簇拥的住家户，如今已没有了昔日的浓荫，且大部分人家也搬了家，到河南边的新宅基地里盖了新房。老屋像几个秃了头的遗弃儿龟缩在褴褛不堪的衣衫里，等待着有朝一日的风雪来时，把它们吹倒压塌。祖倩看着看着，倏忽间她就似乎望见了走进视野里的树茂哥，他一路撒着金色的霞晕，一直走进她的瞳孔里……

"呼"，一股狂风袭来，晚霞倏地收拢起了它那好看的羽翼。祖倩感到自己和自己的故乡陡地就掉进了昏黄的阴暗里。"呼"，又一股强有力的风劈头盖脑砸下来，还夹杂有沙土的袭击，抽打在人脸上生疼。祖倩一到水泥板铺就的桥上，强睁开眼一看，满天地黄猎猎一片，迷迷蒙蒙，沙尘暴无忌惮地横扫过来，无遮无拦，带着哨音，狂呼大叫，横冲直撞。透过沙尘的眼，祖倩看到了沙尘暴鄙视人类的疯狂。沙尘暴在肆虐，其实是对人的蔑视。它们的横行，是对人的无情摧残，是对人的一次痛心的惩罚！

祖倩迎着沙尘风暴站立着，把忏悔的罪人般的心智吃出来，对着苍天，对着正南方的终南山喊叫："沙尘风暴啊，你刮吧，刮得更猛烈一些吧！把裹在衣暖食饱的躯体里成长起来的脏污一齐刮走吧，还一副青山灵水的真面目……"

"我的心在等待，永远在等待……在等待……"大侄儿哲光从对面的河堤上一蹦一跳地走来，大沙尘风暴把他的唱声筛滤得颤悠悠的，撒向高处，又甩进低洼。

村里的人都怕了，家家户户关起了门窗，牧童在草滩里牵着羊慌慌地往回疾去，极少的一两只鸡儿缩着脖子，戗着毛，恐惧地钻进墙拐角，瞪着难以睁开的眼瞅天呢。

遮天盖地的黄沙尘在鸡儿眼里幻化成了一股股的疑问号和惊叹号，它们毛发繁茂，思维却单纯，只知道奇怪，不知其究。

万物都被沙尘暴抽打得怕了，只有祖倩和她的疯侄儿不怕。人疯了，到处游荡，什么也不怕，什么也不干了，也少了罪恶了。哲光像一个无根的游魂，也似生命的一个梦。他是迷在这梦里了，永远再醒不过来。梦不醒还好，醒了，就是一个罪孽。他活在梦中，一直可以漂游，无拘无束，神鬼不怕，生活在至善至美的境地。

他过来了，到了祖倩的面前。

"哲光。"祖倩轻声地叫道。声儿悄悄，怕惊了他的梦。

风还在吼，沙尘越来越厚，打得人的脸、头，烧灼般的疼。

"哲光！"祖倩凑上去，踮起脚跟够到他的耳朵上唤了一声。

哲光却瓷愣地瞅了她一眼，没有反应。

"他已经不认得他姑了！"祖倩的心一蹦出这句话就感到双腿无力支撑被风沙撼动的身躯了，她一个趔趄向后退了一步。

哲光还哼唱着，从她身边走去，仿佛绕过的不是一个亲姑姑大活人，而是从一块石头旁绕过去一样。

"这孩子彻底完了。"祖倩的心地兀自凸出了悲凄的狰狞面目，一个比沙尘暴更恐惧的思想浮出了脑际。

这是哲光的命吗？还是他生活的基调只能弹奏出这种歪歪扭扭的音符。可不是呢，每一个人，一开始就在自己的琴键上弹跳蹦跶，所奏出的基音就圈定了你生活的调子；于是，你就罩在这音调中了，生活的轨迹就在你面前伸展开来，人就成了这轨道上的行者了，一直到永远。

哲光就在他的道上痴迷地走去，无法再醒过来。

看透周围的一切，唯独透视不到自己，就像高灯一样，能照亮远处，永远照不亮自己的脚下。世界的神秘就体现在一盏高灯之中。如同沙尘暴，谁都知道是因为人生活的环境越来越少了绿色，削弱了抗击沙尘的力量，才导致沙尘暴在初春或深春季节一次次地袭击人类，而人却意识不到，自己今天砍下一棵树，明天又毁一片草，正是为沙尘暴在一点点地剔除克星，为自己的生存空间招致大敌。

"呼——"沙尘暴总在夜幕降临时刻更加暴虐，把沙土灰尘抓起来，在空中旋了旋，又"啪"地甩下来了，迷了山川野洼，迷了川野人家。待第二天起来时，一层的黄尘，一脸的不悦……

七十五、囧样生态

《南川报》总编刘皓嘻嘻笑着问祖倩："你跟娃回来，你丈夫就同意了？"

对领导的这类问话，祖倩觉得有点不对味，她本是想要求单位能给他一间房子而上总编办公室来的，刘皓明明心中有数，却嬉皮笑脸地问起了这个话题。

"不同意我还能回来？"祖倩不悦地回答。

"那说明你丈夫很开明么。"早晨的阳光正好从敞开的木窗照进来，有一股热烘烘的感觉。刘皓的小身子欢快地在一张藤椅里来回摆动了一下，嬉笑始终堆满了他黑红的脸。

祖倩凭直觉似乎从对方的身上嗅出了一股酸溜溜的花粉气。

有一只绿头苍蝇"嗡嗡"叫着从窗户间斜飞进来,刘皓立刻从背后执起蝇拍,撵着苍蝇打起来,边打边说:"我就最讨厌这家伙了,它一进来我就坐立不安。"

祖倩的眼睛跟着苍蝇转,当苍蝇落在书架旁紧挨的门帘上时,祖倩这才发现领导的办公室还有一个小套间,她想一定是刘皓用来作临时休息的地方。

刘总"啪"的一声打下去,苍蝇落地了,他立刻又从门背后捉起笤帚把苍蝇尸体扫了出去,然后回到方凳上放着的洗脸盆洗了手。

"刘总,我来还是想请求给我一间房子。"祖倩忙站了起来,直视着刘皓眼镜片后的眼珠,说,"我的孩子还小,在我身边也好照顾,再说,上下班也方便多了。"

刘皓思量了半天,突然压低了声说:"那就把库房隔壁的那间屋给你。你今天叫人整理一下,这可是对你特殊照顾了。"

"谢谢刘总。"祖倩欲向外走,刘皓叫住了她。

"你等一下。"他扭头对着他的套间房喊,"曲主任,你出来一下。"

门帘一挑起,走出来一位细高挑个头的女人,她也是黑里透红的脸,留有一头短发人显得很利索。她有40多岁的样子,眼睛大且有神。她一出来就笑盈盈的,走路一扭一扭,说话则用舌尖挑着字往外送,嗓门像被堵了一半,另一半在发音。

"刘总,有啥指示呢?"曲主任一出来就捏着腔调问。

"你们互相认识一下。"刘皓介绍说,"这位是刚从新疆调到咱报社的颜祖倩同志。祖倩同志呢,出过书,写了很多文学作品。"他又返过去给祖倩介绍道:"这是咱们办公室主任,曲莲同志。曲主任,是这样的,把库房隔壁的房子钥匙给祖倩,让她把那里收拾一下住着,还有娃呢么。"

拿到房子钥匙,祖倩从街道里叫了一个专刷油漆涂料的民工把房子刷了一层白灰。仅十多个平方的小屋,不大一会儿就刷完了。付了工钱,打发走了民工,祖倩一个人立在屋中间,打量着石灰味很浓的房子。她想,这房将是她和儿子还有老母亲蛰居的场所,尽管又小又简陋,她还是对此屋有了一种特殊的亲近感。

回想起十年的生活,祖倩从心底生出许多感慨,一路的拼搏、一路的失望与希望;一地的情感、一地的迷茫与清晰……雪里水里,风里雨里、泪里血里都淌过了,从爱中恨中穿出来了。她感叹人生如流星般的生活,飞到几千里外的大西北,又踅转回来,回到了故里,回到了自己所熟悉的这片土地。

当祖倩的思绪一挨上几天前的年轻司机对她的讹诈,还有疯卷来的沙尘暴,再到刘总编的嬉皮笑脸,这一一闪现的镜头又让她顿感陌生和讨厌。她知道如今的故乡已不再是她记忆中的模样,而是四面楚歌、八方狰狞。年轻司机为了猎取

10块钱，竟厚颜无耻，心不跳脸不变急地讹人，全然一副无遮无拦的样子，却没有一点的羞耻和不安。他讹得那么坦然，诈得那么自如，他的无耻、无赖到了丧心病狂的地步，这种道德的沦丧，弃自己的尊严和人格于不顾，一味地向钱看，丢失了一个人的根本；如果一个民族，一个国家连最起码的立身之本都丧失了，就会成为一个没有支柱的大厦。一个人摒弃了自身应有的骨气，那他就是一个患了绝症的躯体！

祖倩茫然四顾，回来仅三五天时间，她分明从年轻司机身上看到了一个畸形的现象，那就是人为了钱可以丢尽一切。她不知道，回到故里，是回到了温馨的环境里，还是跳进了水洼、火坑？

刘皓的笑脸，问到她丈夫时的酸相，以及曲莲从领导的套间屋里闪出时一脸的潮红——在祖倩的脑际映过，她说不清，曲主任怎会从刘皓的里房走出？下意识里，她似乎有一种不祥之感，有了种被生活捉弄的不安。从一座中型城市回到小县城，这中间的差距令她产生了一种奇异的想法，她觉得奇怪，才才怎么就对他的同学刘皓那么率直、那么信任呢？而自己，咋就对才才这般的诚实，他的一声恳求，她就义无反顾地顺应了他指给的方向，来了，丝毫无顾忌，丝毫不犹豫。现在冷静地回想起来，理智地审视一下自己，她感到自己多么荒唐，又是多么可笑。可那个时候，却一直迷在事中，没一点醒悟的缝隙。人啊，最不能把握的是自己，最不能左右的是自己，人永远都是自己的敌人。

整理了一下自己的思绪，祖倩出去购买了一套简易的衣柜、床及锅碗瓢盆之类的生活必需品，拉回来往房子一摆，立刻就有了家的氛围。家是需要日用物品支撑的。没有了碗筷锅盆，就不是家，如同人没有心智就成为游魂一样。

祖倩从家接来了母亲和儿子。

有了老人和孩子，祖倩心里踏实多了。儿子咿呀学语，给年迈的母亲带来了晚年的欢乐和趣味，老人不再寂寞，也忘记了孤独。在看管外孙的间隙，母亲还为女儿做饭、洗衣。每当下乡采访归来，看到满头白发的老娘为自己做下可口的饭食，祖倩每每深感不安。母亲把自己养育大了，还要为她再养儿子，付出一辈子的心血。然而，作为女儿，在母亲的怀抱里长大成人，有了自己的工作和家庭，一心一意扑在工作和自己的儿子身上，什么时候才能回报母亲呢？

报社的工作很辛苦，也非常紧张。祖倩暂时被安排在记者部上班。说是记者部，其实只有四个记者，全县十六个乡镇，一个记者包一片；两个编辑除了每周编、校两个版面之外，还兼顾县上的会议采访，全报社的人忙得团团转。记者经常是骑着自行车下乡，路途近的当天返回，远的，包括山里头和塬上的一律住乡镇，两天、三天回来汇稿一次，每周一一早全体到场开碰头会，商议下期报纸的各版所上稿件内容。

芒种前后收割机进了地，塬上塬下滚着金色麦浪，布谷鸟和麦黄鸟叫得人心旌飞扬。农业大县，大部分人以种植业为主，庄稼人还是靠地吃饭，城里人的饭碗也指靠着农业的丰收。

祖倩在摸清了全县的大概情况后立刻就进入到痴迷的工作状态。一篇篇的通讯报道、一篇篇的小散文给《南川报》输入了一股清新活力，令读者耳目一新，一霎时小小南川县文化人圈里都在传说颜祖倩的情况。

于是，写诉状的托人寻上门来，要揭露社会阴暗面的也找来了，还有爱好文学的青年也登门拜访……祖倩忙得焦头烂额，白天忙于工作，晚上为民间琐事服务。

在南川县号称"一支笔"的刘皓心理上一下失去了平衡，他把祖倩叫到他的办公室。

"祖倩，这是《南川报》社，不是一家民间活动的场所。"

领导一开言就带着气，加上天气炎热，他本来就黑红的脸膛一激动就更加红胀了，细嗓门刺得祖倩耳鼓发痒："单位么，整天见一些不三不四的人寻上门来，搞得乌烟瘴气的。报社不能因为你而损坏了在外的形象。"

"作为领导，你能这样动不动就给人扣帽子吗？"祖倩第一次顶撞领导说，"我帮人做事还做出罪来了。"

"你不要强辩！"刘皓的眼镜片也遮不住他的气愤，他"嚯"地从办公桌前站了起来，汗水顺着他的脖子往白色的短袖衫下滚落，连同他难以抑制的失衡一起落下，"总之，以后再有不三不四的人来单位，你就停职！"

刘皓从桌上拿起他的手提小黑包准备出去。祖倩随他出了总编办，他却"嘭"的一声拉上门，走到椿树的阴凉下推起了车子。

曲莲从报社办公室门里闪出来，把住刘皓的自行车手把，拿腔捏调地安慰领导："大热的天，上啥火呢？有事慢慢说嘛！"

刘皓硬是从脸上挤出了一丝笑送给了曲莲，一踏车，飞身而去。

祖倩怔怔地站在水泥台上，木呆了一样。椿树上的鸟雀叽叽喳喳埋怨着燥热天气来得比往年早了。

曲莲看了祖倩一眼，花红色的连衣裙一飘就进了办公室。

绕过总编办，过了办公室，往西走是报社楼的最里边，就是记者部和编辑部所处的地方，每间办公室的人出出进进都要从总编门前经过，就是飞过一只鸟也逃不出刘皓的近视眼。

米川编辑来了，他很热情地招呼祖倩："来吧，上编辑部歇会儿。"

祖倩跟着米川经过办公室时，看到曲莲一个人在办公室绕着木椅练习跳交际舞。祖倩从几次的接触中感到曲莲总是假声假气的样子，还和刘皓眉来眼去，就从心里讨厌这个女人，也从不想和她正面说话。米川总是很有礼貌的样子，在办公室门口打住了脚步，向门里招呼：

"曲莲姐，练舞呐？挺不错的嘛。"

房里"嘻嘻嘻"地迸出一串尖笑声，算是作答。

祖倩跟米川进了编辑部。

编辑部就两个人，两张办公桌面对着面，米川和另一个比祖倩略大些的男子在这个办公室里。

"你坐这儿歇会儿吧。"米川让祖倩坐在靠墙的一张椅子里说。"你在新疆生活了这么多年，我呐，曾在新疆扛枪服役，咱们算是有缘分了。"

米川想赶走祖倩刚才与总编冲撞时的不悦，但他没有成功。祖倩的心越来越沉地被委屈压迫着，就像初夏的天，只会越积越厚的炎夏，不会迎来春日的和煦。

"你说这领导咋会是这样呢？"祖倩心里很明白，却用语言无法向人表述。

"你不管他。"米川还存有新疆人的直率。"他嘛，是个变态人，心理不健康！谈了十几年恋爱，现在还是个单身汉。你想，这样的人能会有健康的心态吗？"

怪不得刘皓的忌妒心那么强。一个久经男女沙场的人，还会有真情给予他周围的人？他没有家，心理上就如同一只流浪的狗，心态不会稳定，随时随地都会咬谁一口。

"你在管好儿子的同时，好好创作。"米川总是把信任寄托在祖倩的身上。"首先是儿子。儿子是你的太阳，你的宝中之宝。然后，你的第二生命就是工作。我看了你的长篇、中篇小说以及散文，我相信你能写出好作品。你目前可是咱们南川县文学艺术界独一无二的人啊！还没人出过长篇呢。"

来到一个陌生的工作环境，祖倩就急需一个像米川这样的人来安慰和鼓励，在迷茫的工作中，她为碰上米川而感到欣慰，他像至交的朋友一样，像兄长一样把友情给了她。其实，在祖倩接触他的这么多天里，米川标准的普通话在小小县城就是一股文明的风，吹拂着封闭的黄土文化；他爽直善良的天性把礼貌带给了他周围的每一个人。

这与刘皓形成了一个大的反差。刘皓没有家，失却了家应有的特殊感情，丢失了家庭所给予的情感滋润，在他感情的水池里是一派荒凉，他能有爱的源泉给人吗?

爱是要付出的,包括夫妻间的爱,父子之间的爱,同事、朋友间的爱。爱无处不在,只要用心,人人都需付出一份爱心。有的人过于自私,把爱深埋起来,生怕有一点点的流漏。爱也是因人而异,精神扭曲的人,他会捉弄爱,把玩爱,让爱成为他的一种刺激,却从不为爱负责;有的人总希望给任何人以关爱,哪怕一声问候、一句安慰的话,让爱像阳光随处可见。

米川就是这种向人播撒阳光的人。

七十六、疲于奔命

还没进入伏天,一天当中的两头还是凉爽、舒适的。县城的夜上十点以后就渐显清静起来,热闹了一天的人们都回到自己的安乐窝里饱享天伦之乐去了。

到了后半夜,路灯熄了,南川县城骤然跌进了黑暗里,东南面是突兀的黑黝黝的终南山的高山峻岭,西边是黄土高塬,北面是光秃秃的丘陵黑影,这一切一下子似乎全被黑夜凝固住了,只有东来的蓝河和南来的辋河在歌唱、欢跳,永不知疲倦地往灞水奔去。

当时间行进到将近凌晨一点时,儿子突然就发起了高烧,哼哼唧唧乱折腾。祖倩一下就慌了手脚,匆忙爬起来,母亲也跟着起了身。

一看儿子,她傻眼了,儿子满脸通红,浑身滚烫,黑眼睛发直,痴呆着。祖倩忘了白天还是黑夜,连忙抱起儿子,对母亲说:"妈,你甭怕,这儿离医院不远,用不了十分钟就能赶到。"

就在这时,儿子的双眼一下翻了起来,仅剩下眼白,牙齿也紧紧地咬合到了一起。

"娃抽风呢!"母亲一声惊呼,忙掐住儿子的人中,连呼带唤。足足憋了有好一会儿,儿子才缓过了一口气,从发青的嘴唇里呼出了哼哼声。祖倩抱起儿子就向门外冲去。

像疯魂野鬼,一种母性的舐犊之情攫住了她的心。祖倩天不怕,地不惧地在黑夜无人的空街里穿行。

什么鬼魅幽灵都不怕了,什么深渊都敢穿越。祖倩感到自己简直就是一个大力士,抱着儿子如拈了片羽毛,双脚仿佛不是踩踏着地面,而是被黑夜拥着向前滑行。这便是母性的本能在发挥作用。不要说空灵得如死寂般的县城街巷,没有一丝人的气息,就是下油锅、钻坟窟她也会一脚蹚下去的。为了儿子,母亲常常会用自己的生命作为代价。

为人之母，她会把儿子的健康视作自己的生命；有了儿子，她更多的是责任，是压在肩上的双倍重担。儿子就是希望，是为人母的骄傲，是人生荒原里一棵参天的大树。

儿子的出生，在哺育的过程中，实则是对母体的打磨。打磨她的肉体，也打磨她的思想，使她从迷茫中日臻清醒、日渐完满。母性是需要具备非人的忍力和耐力的。一个家庭，往往母性是坚实的后盾。她能孕育生命，也能孕育万物。万般的思想全从母体中诞生，上自皇帝天尊，下至黎民百姓，全是为母的宠儿。母亲，不仅诞生叱咤风云的伟人和英雄，也生产魑魅鬼怪，所以，母亲就是包容，就是博大，母亲就是宇宙。

为人之母是幸福，是责任，更多的是无私的给予和奉献。

当了母亲，就意味着牺牲。

当祖倩在医院里给儿子输完液，一切都得到稳定后，东边天际头已微泛鱼肚白。抱着睡着了的儿子，她长舒了一口气，这才感到紧张时浑身淌的汗已把衬衫冰凉地贴在脊背上。出了医院门，顿觉酸涩的双眼像揉进了沙子，两腿有点发颤。她一步步地向单位大门挪动着双脚，腿像灌了铅，拖着无思想的身躯，艰难地走去。

远远的，在单位的大门外，马路边的苦楝树下有一佝偻着腰的身影。透过黎明前的黑暗，祖倩心魂的钟声"当"地一下敲响了，响彻在她困乏的思维上空。

那是她的母亲！

年迈的母亲对女儿却有一颗永远年轻的慈爱之心。女儿是她的世界。

看到母亲的影子，泪水涌出了祖倩干涩的眼眶，她弄不明白，是为母亲，还是为自己。

隐隐地，脸上似有了点点的凉雨丝迎面扑来。祖倩仰起滚烫的脸颊，那水点越来越稠密，从头顶筛下来，渐渐地就打湿了她的脸，也打湿了她的心。她强忍着要哭出来的悲伤，走到离母亲还有几米距离时，一股神奇的力量促使母亲快捷地冲了上来，从她怀里接过了儿子，踮着小脚，急急地向回走去。

母亲在马路上等待得太久了！

母亲前边走了，祖倩每向前迈动一步都显得那么艰难。她不是在走路，而是用前倾的身子拖着双腿往前挪动。

雨越下越大，密密地织成了一张雨网。县城的房屋建筑，高高低低参差不齐地渐显隐约的轮廓，街道上偶尔驶过一辆过路车，车开得飞快，颇毫不顾及的气势。

是啊，在这个时候，正是人们的生物钟处于醉眠的最佳时刻，有谁能在这种时刻出来行动呢？

祖倩精疲力竭地摇晃着身子进了大门，来到了报社的那排小楼前。

办公室的大门一律向南开，人家住户全走北边小门。第一间的一楼，挨着路口的房是刘皓的，靠南是总编办，靠北的这间是总编的套间宿舍。要回到自己的住处，都得经过领导的宿舍窗口。当祖倩一拐过小楼的转角时，一片亮光从总编的宿舍房窗口投到了地上，透过绿色的窗帘，她听到了曲莲的娇嘀之声："你这人毛病真深，每到天亮时就想弄好事，人家这个时候正是睡得香的时间哩。"

"歇了一晚上啦，这会儿干最得劲、最美啦。"刘皓的女人腔一呼起，窗帘上就映出了五短身躯的男人赤裸的剪影。他站立在床上，正好把下半身的影子投放在窗上。

男人和女人的声音交织在一起，在蒙蒙细雨中低沉又纷飞。……

祖倩愣怔在窗外亮光的阴影里，半天回不过神，她不知道怎样走过这口窗户。路就在窗子底下，紧挨着墙根的。情急之下，她脱了皮鞋，提在手上，蹑手蹑脚地猫腰穿了过去……

回到自己的屋子，祖倩一头倒在床上，昏昏沉沉就睡了过去。什么都不想了，困顿把人俘虏了，掐着人的脖子一下子摁进了疲劳的池潭中去了。

一觉醒来已是第二天的十点多钟。祖倩一骨碌爬将而起，用湿毛巾擦了把脸，见母亲给儿子用奶瓶正喂着奶。儿子又蹦又跳，手舞足蹈，她一颗悬着的心才落下地。

母亲说："你还是把古源叫回来。娃在这个时期，也就是一到三五岁之间，最容易耍麻达。妈老了，不顶用了，帮不上你啥忙，干着急。"

是的，儿子发烧抽风已不是一两次，每次都像在给祖倩收魂一样。只要儿子一出现发烧的症状，祖倩就忧虑得一口饭咽不下，一口水饮不进。

"妈妈……"儿子冲着祖倩喊出了声，新出的门牙白亮亮的，冲她又叫又笑。

"你给妈扒皮呢，还叫。"祖倩走过去在儿子的额头亲一下，搭手一摸说。

母亲在一旁眯着眼笑了。

真是养儿才知母的难啊。

出了门，太阳已挂上了树梢，昨夜的雨水在水泥路上顷刻间就被阳光蒸发了，整个院落笼罩在潮热的闷气之中。

刚向东行走没多远，就见刘皓在路口叫她：

"祖倩，你到我办公室来一下。"

从他喊叫的声音里祖倩判断到了不祥，他的叫声带着权威、带着的严峻。

祖倩加快了步子，从居住的楼北经过总编昨晚亮着灯的窗前走过，拐过楼角，到了楼南边的办公处，进了总编的办公室。

祖倩没有坐下，立在他办公桌的对面。

"你早上没上班？"他一开口语气里就夹杂着气愤，"也没请假？"

"娃昨夜……"

"你不用强调理由。"刘皓以很霸道的口气打断了祖倩的话，"纪律面前人人平等。你没上班签到，报社有规章制度，一次罚20。你没请假，罚30。"

祖倩被噎住了，她一句话也没说出来。

太阳光正好从门道射进来，斜斜地照在对面的套间门帘上。看到门帘，祖倩的眼前又出现了昨黑夜里刘皓和曲莲的影子，她似乎嗅出了从门帘里悠悠地溜出的男人和女人的恶臭气息。

一个有着肮脏灵魂的人，手中的权力只会起到一种污染的作用，在这样的领导面前，祖倩能说什么呢？

"我是看在才才的面子上才调你回来的。"刘皓的尖调刺得人神经发痒，如同蚊子叮咬了人的手心，"盼着你能给我顶住事，带好头哩，你不但做不到，还成了拉后腿的。"

祖倩闷着头，无法面对眼前这张丑恶的嘴脸。她不想抬头看他，她觉得他不值得一瞧。一个堂堂的男人，竟然黑说白道，明明报社这么缺专业人手，他还反过来说成是帮了祖倩的忙，还要祖倩领他的人情呢。"听同志说，你跟米川打得火热。"刘皓咬嚼着每一个字，说，"要注意影响。"

祖倩一听，领导还是用他惯有的手段，把自己的思想凌驾在同志的头上。

祖倩张口说话了："同事之间能谈得来，互相学习、互相促进更有利于工作，算啥不好事了？"

刘皓从桌子里边出来，走到祖倩跟前，压低了嗓音说："你要看来向呢。"

一抬头，祖倩从对方黑红的脸上看到了张扬着的邪气，这叫她一下想起了十多年前早已消失在记忆中的小包工头汪占尚的脸。

邪脸，占有欲盘踞的脸。

祖倩全然明白了，刘皓是想用他手中的权力换取她的付出，换取她的出卖，再换取他对她的照顾，就像曲莲一样。

受了莫大侮辱似的，祖倩涨红着脸，一扭身冲出了令她窒息般的总编办公室。

七十七、夹缝生存

做人的艰难有时比死都令人难堪。祖倩永远也不明白，人只要活着，总会有灾灾难难跟随你，这到底是人的罪孽原体带给自己的不幸，还是生活本来就离不开捉弄人而存在？

现实生活的残酷常常更加突出在人群聚多的地方。城市里，人挤人，人摞人，紧张的生存空间太狭窄，你争我夺的局势就更加激烈，你撞我，我碰你，远离了自然本源，一切都成了人为的根基，增多了生存的理智，削弱了自然的情愫。城市哺育理智，乡村成长感情。城里人的语言总带有一定的理性，乡间人的话语总离不了形象。这就是城市和农村的区别。人的生存环境总要框定人的思想，规定人的行为。城里人过分的理性导致了人为的东西太厚重，形成了恶性循环，于是，就分娩邪恶，促进邪欲膨胀，发酵欲念，给邪恶以温床。

祖倩想，如果让刘皓这些衣食无忧、整天钻社会空隙、靠钻营生活的人，到原始森林中去，靠钻石取火、打猎过活，强大的体力劳动让他无暇思谋怎样拿捏人，整日地忙于自己的衣食温饱，夜里清静时，大森林的岚气会不断地濯洗他产生的邪念，使他渐次地更新，永远不会厚积恶意，给世上不再带来罪祸。他，也就称其为人了。

远离了大自然是城市人的不幸。沙尘暴的袭击是天体对人破坏自然的惩罚。

苍天的发怒并不能使人反省。在三伏酷暑天里，刘皓不断地变换着他害人的思维模式。在一个星期一的例会上，他突然宣布，由祖倩接替米川编辑的手，进编辑部工作，米川则回记者部上班。

他的这一决定无异在祖倩和米川之间打了一堵隔墙。祖倩看到米川的脸蜡黄一片，像有人暗中射了一箭似的。他一动不动地坐在椅子里，没有抬头看任何人。祖倩从他变了色而又不动声色的脸上洞悉到了他内心的创伤。刘皓无故进行的人事变动，等于践踏了米川的人格和尊严，取消了他当编辑的资格，是对他工作能力的否定。米川一直没说一句话，他付出了多大的克制力使自己忍了下来，直到会议结束，他都没吭一声。

忍力是需要意志支撑的，米川他战胜了自己，宽恕了耍权术的人。他是胜利者。

不需要争辩，也不必去暴跳如雷，用沉默作为武器去战胜权欲，是最高明的一着。这就是柔能克刚的力量。

忍耐，有时看似软弱，实际上却坚如磐石，这是人生存的一种手段。尤其是在对付像刘皓这种视权如命的狂徒。

从现阶段的生活状况里，祖倩更深刻地感受到人们生存的艰难，人人都生活在现实的夹缝里，每一个都是那么的不容易。走在大街上，每一颗黑头黄脸其实都是一粒苦难的种子，看起来他们活蹦乱跳，说说笑笑，岂不知在每一架由骨血肉组成的躯体里，立直行走的人的背后都拽着生活的犁铧，在各自的泥淖里艰辛地跋涉。人人都是一部苦难的血泪史，只不过情节不同罢了。

生命的过程就是体味的过程，谁都逃脱不了酸甜苦辣的滋味。这就是生活。

祖倩被工作纠缠住了，被儿子拴住了心，白天忙于编稿和采访，晚上母亲和儿子睡去后她还要写稿，常常伴灯熬夜到深更。忙得焦头烂额，团团打转。

心没有静下来的时刻，还谈什么文学创作？思想沉淀不下来，整日地忙于应付，苦于应对，浑浑噩噩度着时光。

一晃又是一年多的时光从忙乱中闪过。

祖倩实在支撑不住了，叫古源回到了身边。

儿子的身体每到季节交替时就变幻无常。孩子太小，还没有锻炼出四季变化带给人不适的抵抗力，稍有风吹草动就感冒、发烧。祖倩为儿子的身体时常揪心，又烦躁，坐立不宁。每次发烧抽风，一连需输液五六天才能过去。她时常看着护士手中的针头扎在儿子的血管，这比扎在她的心上都令她疼痛。她曾无数次地抱着发烧的儿子一整夜一整夜地靠墙守着，凉水毛巾敷在儿子的额头上，热了又换，换了一个透夜接一个透夜。熬夜熬得头痛喉发干。每每这个时候，她却看着躺在床那头睡得香甜，拉起了长长鼾声的古源，祖倩的心里像打翻了五味瓶，真说不出是种啥滋味。

丈夫是妻子的胆啊，可祖倩怎么也从古源身上寻找不到遮风挡雨的影子。

在他的身上没有责任的品性，家对于他似乎只是个吃饭穿衣睡觉的处所，仿佛家只能让女人扛着才是他理想的住所一样。古源对什么都漠漠然，家里的一切他都不去过问，更谈不上关心。每当想起丈夫对万事万物都漫不经心，祖倩的心就如同塞进了一把稻草。他永远一副不慌不忙的样子，对谁都漠不关心，对谁都不大在意，总是冷冰冰地面对世间的一切，包括他的妻子和儿子。

夫妻也是责任啊。一个没有责任感的丈夫会是一个什么样的丈夫呢？

成了一家子，在一起生活了这么些年，祖倩越来越感到丈夫的陌生，越来越觉得她对他太缺乏了解了。

有时她还想，是不是由于自己的责任心太强，自己对事对人都过于认真而导致了对丈夫的不理解。可转念又一思虑，似乎在每一个环境，无论是生产儿子时邻床丈夫的表现，还是身边的女同事丈夫的关怀，好像都比自己的丈夫具备了特别的关爱，她越想越揣摸不透自己的丈夫了。

儿子烧了一夜，是祖倩守着儿子给敷毛巾降温了一夜。第二天天刚亮时，为了不致使儿子发高烧，她给睡眼惺忪的古源说："我去牛大夫家喊他一声，让他提前上班到医院，你赶七点半把娃带去，给娃早点输上液。今早八点半我还要去县委采访个会议呢。"

交代完，祖倩匆匆骑上自行车拐了几道弯叫牛大夫去了。

快八点时，祖倩一看离开会还有半个时辰，她老惦记着儿子的病情，就忙往医院赶去，到了医院，牛大夫说他七点半准时到这里，可都这会儿了还没见古源带娃来。祖倩的心一下凉到了脚后跟。她憋了一口气，很少落泪的她一边骑着车子往回行，泪水一边如注地流。她的心像被戳了一刀般疼痛。

进到屋里，古源还在家中，儿子在床上烧得脸通红，母亲忙着给娃敷额头。

想发脾气的祖倩连多说一句话的工夫都没有了，带着儿子出了门，把娃往后座椅里一放，急冲冲向医院赶去……

七十八、柔肠百结

又是一年的炎夏时期，《南川报》社在极其艰难的困境中前行。报社租赁的办公、住宿房因交不上租金被封上了门。祖倩比任何一个人都困难，因为她有老人和孩子。

中午的南川县县城，太阳像一盆火扣在头顶。南面的终南山默默地注视着这座小城里发生的一切，西边的白鹿塬不无遗憾地把热气吹向在盆池似的川道里，北陵也被太阳炙烤得皱起了眉头，饱经沧桑的老头一样蹲守在县城的北方。风像死了一样没一点声息，树叶子纹丝不动，虫蚋们也怕热钻进了凉快的巢穴里歇息了。母亲领着儿子在树荫下转来转去，坐在门外办公的编辑和写稿的记者们都把稿纸铺在窗台上工作。

看着古源灰青着脸，满目的忧愁，正编稿的祖倩心里有一种说不出的愧疚，她感到对不住古源，是自己一时义气把古源从城市拖到了小县城，且目下连他的工作还没个着落。本来他们在新疆可以过上安逸的生活，回到老家，工资低了，丈夫又一时不好调回来，单位又这么艰难，祖倩真不知道这是命运在暗中操纵人呢，还是人被生活所耍弄？

古源再有情绪，也从来不向祖倩暴发，他越是沉默不语，祖倩越是难受不堪。在艰难困苦的时期，人是需要互相沟通、携手共进的。对于丈夫的不苟言笑、冷脸相对，祖倩常常欲言又止。

米川看着被酷热困在门外的老人和小孩，他一拍手掌大叫起来，叫声犹如从南山背后刮来的一股凉风。

"这大热天的，咱们无所谓，老人和小孩可撑不住啊。人家给咱封了门，不是还有窗户嘛，让大娘和小孩先进去。"

米川揩了一把脸上的汗，让古源先翻窗进去，然后和祖倩在外边扶母亲上了窗。"大娘，你别怕，慢点噢。"

老人进去了，把儿子再递过去，同时，把米川的关爱也递到了房里，递进到祖倩的心屋里了。

门外这么多人，包括领导也在，却都各自想着各自的心事，没有人去关心转悠的老人和小孩，更不会有一颗为他人着想的心；谁也没有想到老人、孩子是经受不住这种酷热煎熬的，唯独米川想到了。在自己也处于困苦的工作环境中，能考虑到别人，是一种情怀，是一种精神的闪烁。祖倩从米川瘦弱的身躯里看到了一个崭新的领域，一个丰满崇高的精神境界。米川的善良面容以及他总是谦让的文明举止在现实生活中无疑是县城里一道怡人的风景，就像他的画、他的诗，他的摄影，他的坚持了数十年每日写下的日记。米川的形象渐次在祖倩的视野里阔远起来、清晰起来。

要洞悉一个人的内心境界比攀山还难，现实生活会教会每一个人去说话、去行动。这个人平时的一句话，一个小动作都是体现他本质的行为。小小县城自有它的局限性，大部分人都是从农村刚刚奋斗出来生活到了县城的，所以，县城人的思想是一层既有农村人的朴实和小农经济做派，也有城市人的睿智，综合起来织成的网，忌妒成为他们难以走进开明天地的绊脚石，就像刘皓一样。

米川说："刘皓的艺术也就到此为止了。他的境界限制了他的文学创作。没有高境界的思想，他创作不出优秀的作品。权欲也是他的大敌。扭曲的灵魂是呐喊不出真理的！"

听到米川这样的语言，祖倩大为惊异，她想象不出在米川看上去软弱的躯骨里竟然渗透着如此刚正的思想！

"我是军人。"米川说，"曾在新疆戈壁滩站岗放哨。是戈壁滩的大风塑造了我的思想，是戈壁滩的干旱锻铸了我的意志，是戈壁滩的荒凉给了我耿直的个性，让我疯长了爱思考的脑筋。我感谢我曾经拥有的戈壁荒野。感谢我的军旅生涯！

曾多少个夜晚,我对着祖父般的大戈壁'啪'的一声来个深深敬礼!"

怪不得他的心地广博呢,他有戈壁滩曾经的馈赠啊。

所以,米川就有容,有容则大。当祖倩被刘皓安排接替他的编辑职务时,祖倩难堪得不知怎样面对他,而米川却在编辑部的办公室里极幽默地讲了一段他在军营的小故事。

"在军营里,你们猜,最稀罕什么?"

祖倩和另一编辑同时想到了枪,军人最稀罕的就是枪嘛。

"错了。"米川往桌子上一坐,笑得满口白牙闪亮,他"咚"的一声下了地,"是女人呐。"

屋里的人都笑了。

祖倩从米川的幽默里看到了他的人格力量,他在刘皓带有侮辱性的调整工作职务的压力下,包容了领导的无理,包容了他的专横,还要再给祖倩紧张的情绪放一剂轻松愉快的氤氲,是祖倩没有想到的。米川的创伤,谁为他抚慰呢?祖倩想到了,但她无法用适当的语言向他表述。

母亲向祖倩说:"不管干多大的事,无论有多大的本事,都要低着头做人呢。像你姐那样,最终是个事啊!"

柳秋桂说到大女儿时满脸现出忧愁,她为祖香揪心啊。祖倩忙于工作,忙于家务,好长一段时间没有空出一点闲暇去考虑姐姐的事了。经母亲这一提,她确实为祖香今后的日子捏了一把汗。

七十九、七错八落

中秋节前夕,正是秋高气爽,秋庄稼待收获的黄金季节,地里的丰收也烤熟了农家人的希冀,八百里秦川沃土良田一派喜人景象。

平原上的庄户人家一边在外挣钱,一边大搞家庭副业,有加工小食品的,有发展大棚种植、养殖的,还有跑运输的,无论是挣了大钱、小钱的,家家户户都没有丢下土地这块宝,到了农忙时节人人脸上挂满了喜悦,奔赴到田间地头,唯独祖香家不一样,早些年她和孥飞就把土地给了外乡人。这阵子没钱要派头了,有好心人劝她:"祖香,地是咱的命根子。咱有地就不愁没饭吃,你把地收回来种上,日子总能好过些。"

"我给谁过活呢?"一提起眼下的狼狈光景,祖香就挠心,"反正他还有儿呢,他欠人的账他手里还不了,他儿还,我不管。日子叫他踢腾成穷叫杆了,我一个女人家有啥办法？"

收秋时节家家院落金黄一片，欢笑声把收获的喜悦荡漾得满房满屋，红艳艳的辣椒串垂挂在屋檐下，黄灿灿的玉米棒子架在了木架上、树杈间，庄户人家的火红日子裹着中秋节的喜气驻扎在渭北平原人家。

祖香的二层楼里空无一人，冷清得如同老光棍汉蹲在秋阳底下懒洋洋地晒暖暖。孬飞的儿子牛旦已长成十七八的猛小伙，趿拉着呱哒鞋从一辆客车上下来，吊儿郎当地往家走。

对门的花丽细狗跑上来对着牛旦陌生地吸嗅着，随时准备上前扑咬。

"丽丽，你做啥呀？"对门人喝住了细狗，对牛旦打趣，"旦子，你在外头逛得连丽丽都认不出你了。小时候你跟丽丽抱在一起吃哩、睡哩。生死之交的朋友，这阵子都不相认了，是你逛派了，还是咱丽丽成浑眼了？咋，回来过节来了？"

"回来过节么。"牛旦呱哒着鞋，脸上没有任何表情地进了铁门。

"这娃过去有说有笑的，这些年在外头瞎混达，还跟咱没话了。"围坐在一堆剥玉米皮的人们议论着。

"娃回来了，这祖香也不知钻哪儿去'垒长城'去了。明儿过节哩么，她该给这爷俩好好做顿饭。"

"她现今把日子当皮球胡踢哩。也难怪，背一身的债，孬飞还肥吃海喝的，叫女人有啥心情好好过活哩？"

正说着、议论着，只见牛旦满手粘糊着面糊出来在门外东一眺、西一望地寻人哩，嘴上嘟哝着骂道："我日他妈，这过节呀屋里一个人都没有。人都死光了！"骂完又无奈地回去和面做饭去了。

这时郝孬飞摇晃着喝醉了酒的身子从斜对面的马路上走三步倒一步地往这边撞来。正是正端午时，孬飞踏着自己的影子，指手画脚，挥胳膊撂腿地向疾驶的车辆撞上来，那车猛地就到了他跟前，惊得司机来了个急刹车，在马路上划过一道轮胎擦地的印痕。司机气愤的探出头对着郝孬飞骂了一句，然后绕过去，惊魂未定地飞驰而过。

"祖香，你甭害怕，虱子多了不痒，欠债多了不愁。谁……谁敢把我孬飞看两眼半？该吃吃，该喝喝……人活着就……就是要吃美哩……"郝孬飞硬胳膊跨腿地磕着绊着往对面路坡下的公厕边走边说着醉话。刚到下坡处，他眼一花，一脚踩了空，顺着斜坡"扑腾"一声就重重地趴下去了。他眯缝着眼，往起一拾，头一抬就骂开了天上的太阳：

"噫呀，噫呀，你这阳婆子也看我孬飞的笑……笑话哩？日……日弄起我来了？……"

他强撑着肥胖的身躯，颤颤抖抖地又站了起来，两个膝盖处被擦破了皮，渗出了血，他却全然没感觉，就一跌一撞地冲进了厕所。刚到厕所墙根前，又"咚"的一声把前额碰在了砖墙上，眼眉骨上头立时就起了个大青包。他一抹脸，打着酒嗝，嘴里还不住地嘟囔着："不喝了，不喝了，再不能……不能喝了……"

酒鬼郝孬飞他哪里知道，他稀里糊涂地就撞进了右边的女厕所。

前面的隔挡里蹲着一个过路的孕妇，听到动静感到不大对劲，就立起身子一看，看到满脸凶相的郝孬飞，吓得双手提住裤子夺门而逃，不曾想，在出厕所门时"卟卟"地放了两个响屁，郝孬飞还以为是酒场上的酒瓶盖声在响，忙说："我说不喝了，不喝了，咋又打开了两瓶？"

村口剥玉米皮的人看到从村街路上走过来的祖香忙对她喊："祖香，你快进厕所去看去，孬飞喝多了，摔了一跤，错钻到女厕所了。"

祖香一听就来了气，三步两步跑到厕所跟前，往门口一立，瞅着刚出厕所正向这边摇晃而来的男人，气哼哼地骂："喝死你个狗日的！先人坟里把气跑了，欠人一尻子账，还整天好意思喝？"

牛旦端着自做的面食蹲在门外的斜坡上自顾自地吃起来。

祖香也装作没看见牛旦，她望着对面待收的玉米林，想起了母亲。眼瞅着明天就是中秋节了，混到这个份儿上让她连给亲人送节的盘缠都拿不出，让她一想起来就如猫爪在抓心。她面向南方，对着百余里之外的母亲遥寄着儿女的歉意……

八十、月圆心缺

终南山脚下的南川县城里，柳秋桂老人和小女祖倩一家围坐在摆满了水果、月饼和各式糕点的木茶几旁，看圆圆的、黄亮亮的月亮从东山头升起，有蛐蛐在门外的草丛中清脆地叫着，月光把凉爽静思洒进了人的心房。

祖倩收拾完锅碗饭勺，把跑出跑进的儿子叫过来："心儿，今天是中秋节，你给外婆什么礼物呀？"

心儿忽闪着又大又黑的眼睛，小嘴一噘，略迟疑了一会儿，就扑上去在老人的脸上甜甜地亲了一口，把全家人的心都亲得像灌了蜜。月亮也醉了，不一会儿就有一圈黄红色的光晕围住了月盘。

月亮最易逗弄人的思念了，今年的中秋节月特别的姣好，特别的温柔，它让柳秋桂老人想念起了过去。凝望着月亮,她说:"人一辈子就跟这月亮一样,圆了又缺了,缺了又圆了。不管咋样变化,人不能丢了根。没了根了,这人就歪了,就不正了,邪气就会寻上来。妈这一辈子啊,不为吃多好,不为穿多阔,就盼着你们兄弟姊妹能平平安安过个日子。眼下我老了,也管不上你们了。你姐是最让人操心的一个!你三哥眼看着要过五十门槛儿的人了,总不能到老来孤零零的,连个说话的伴儿都没有……"

"妈,人这都是个命。"祖倩对母亲说,"每个人都有他自己的道,就跟天上这星星一样,你看它们又繁又多,但它们都有自己的轨道。人也是一样,脱离不了自己命运的轨迹。我哥我姐他们都是好几十岁的人了,他们的事你就甭再操心了。只要你身体好,我们还有妈,就是儿女们的福了。"

"我心里明明白白地知道操心也没用,可不由自己啊。"

没有开灯,任月光如水一样从大开的门道、窗户里流进屋来,濯洗着人的思念,清凉人无穷的思索。蛐蛐越唱越有劲了,起先是一两只,这会儿随着月光的丰盈继而响成了一片,把今年的中秋夜唱得没一丝儿风来打扰。

中秋夜很静,但祖倩的心却一点儿也平静不下来。今天下午下班前,报社接到县委办电话通知,说县委书记柳正明天要去省城给农民推销瓜果,让去一名得力的记者前往作现场报道,其他的记者都另有安排,这项任务自然落到祖倩的肩上了。

南川县是个地形比较复杂多变的山区大县,全县近六十万人口,有四十多万就居住在秦岭山脉里,农民有山靠不住山,打的粮食糊不住全家人的口。三年前来了新的县委书记柳正,他在考察了全县的气候、地域状况后,立即号召全县群众大种果树,充分利用山区昼夜大温差的优势,发展优质果业,川道发展反季节大棚菜;没有钱投资的,县委书记作担保,给贫困户在农行贷款。今年是第三年了,川道的反季节大棚菜当年就见效,收回了成本;山区的果品今年是盛果期,大获丰收,农民们目下正为收获的果子卖不出去发愁呢。柳正书记说:"咱要让省城的人认识咱的产品呢。酒香也怕巷子深啊。市场大着呢,咱要叫市场尝到咱优质果品的甜头才能占领市场。只要咱的果子在省城立住了脚,省城连着全国各地的市场呢,连着世界各国的市场呢。我敢说,我走了那么多的地方,就像咱这山区产的这种口感好、皮薄、肉脆、含糖量高、色泽鲜亮、模样俊俏的果子,还很少见过。一旦打出省城,出口是没麻达的。"

听县委办的同志说,今天已是书记第三天在省城街道帮农民卖水果了。

祖倩曾多次在县委会议室见过县委书记柳正,这个今年才满46岁,有一米七五个头的中年男子,国字形的脸庞,浓眉大眼,看他第一眼最能引起人注意力的还是他秃了顶的头，大概是为了遮着光溜的脑门，他总是把左边鬓角上的头发留得过长，并向脑顶搭过去。记得在一次乡镇书记会上，他说："党给咱们吃皇粮，老百姓养着咱们，不是叫咱们享福来的，是咱们多了更多的责任。群众信任咱，党信任咱，咱就要为群众解决实际问题呢。不干实事，光耍嘴皮子，光顾个人的好处，还要你这领头人干啥呢！"

三年多来南川县的人均年收入翻了一番，财政收入也跟着翻上来，创下南川县历史上的最高。

第二天天刚蒙蒙亮，刘皓就敲响了祖倩家的窗户。

"祖倩，祖倩，你快点起来上县委办去。柳书记这几天都是不等天明就进山了。"

祖倩一骨碌爬起来，快速地洗漱完毕，骑上车子向县委赶去。

到了县委大院，祖倩看到电视台的一名记者也等在那里。县委办主任告诉他们说，柳书记四点钟就进山了，这阵子该带着山区的果农出山口了。

直到上班后，祖倩从新送来的省报上看到了关于柳正书记街头卖果的现场新闻报道，她的心为之欢欣，为之鼓舞。同时，不幸的消息也接踵而至，从省城医院打来的电话说，柳正书记在组织山区果农拉果出山时，车行至黑风口发生了车祸，柳书记现在已躺到省人民医院里了。

就在县各部、局和乡镇准备前往省城探望柳书记的躁动时刻，赶天麻黑，柳正书记就从省城医院撤回来住进了南川县医院。

全县的科级领导层沸腾了，人人怀揣装着钞票的信封，提着礼品连夜涌进了县医院。

柳正书记的肋骨断了两根，头部受了轻伤。病床上，他命令县委办打电话叫来了纪委的同志，把信封里的钱一一进行登记后，并把所收的近二十万元立刻捐给了山区学校，将危房校舍推倒，重建新校。

柳正书记此举立刻在社会上引起了争鸣，他的这一举动无疑是给想买官保官的人迎头来了一棒子，副县长王得娃就是其中最不满的一个。

南川县北面新的开发区。

在鳞次栉比的建筑群里，中间一条街巷的一幢二层洋楼门前，一棵繁果累累的柿子树，透红的叶子蓬松着季节的变化，把秋后的稔熟挂满了枝头，把房主人杨水花的山野思想独特地撑持在开发区的中部。

大铁门很是威风凛凛，能容小轿车开进来，院落自然也很宽阔，在院子的西面搭着一个车棚，副县长王得娃的黑色轿车就停在里边。

今天是个星期天，王得娃和水花刚刚醒来。水花把露在外面的肩膀缩到被子里，嘟囔了一句，"到底是时节不饶人，还真冷呢。"

"冷了好哇。"两鬓斑白的王得娃将白胖臃肿的身子撑起来，靠坐在床头上，胖眼瞅着窗外院子里在秋风中摇曳的火冠柿树，满口的忧虑，"天冷了人就该冬眠了。"

"我咋觉得你今年的思想老是怪兮兮的。"杨水花用她水汪汪的大眼翻着头顶的王得娃转。

"你不知道哇，"王得娃用手在杨水花粉白的脸蛋上拍了拍，拍得他的烦恼比屋外的秋季还要萧瑟。"官场上的斗争多残酷。"他拍了拍秃了顶的脑门说，"太费这个东西了。"

"聪明才绝顶的嘛。"杨水花噘起嘴，"咯咯咯"地笑起来。

"他柳正才来南川几年？老子在南川干了几十年还没混出个正县级来。"王得娃的小眯缝眼闪动着不满的愤慨："南川县的事难整着哩，他娃想在这逞能，没门！多少根子深的人在这个地方都栽跟头呢，指望他柳正，哼，还假君子呢。给钱不收，给脸不要。我就不信这个邪，哪有不好腥的猫咪？"

杨水花撒娇道："我不管你咋弄，反正赶你退休前你得给我攒够30万块钱的基金，我就能糊住下半辈子的日子了。"

"你心沉得吃秤砣呀！"王得娃说，"我还想再弄个正县级呢，把钱全投资你这儿了，我就不活了？"

"我不管。我不管。你不答应我，我咋活呀么？"杨水花水灵灵的大眼里就滚出了一串串的泪珠，"人家颜耀民的女子巧巧当坐台小姐，不到两年时间就挣了30万呢。俺都跟你这么多年了，把好时月全给了你，一年下来连几万元还落不下呢，嗯嗯嗯……"

"好了，好了，甭哭了，我尽力还不行吗？"王得娃为水花揩去挂在脸颊上的泪，说，"怪不得你的眼睛水汪汪的，全是水养着呢。"

与此同时，王得娃想起了好朋友尤大成的悲惨结局，杨水花也正想到了燕玲的凄凉命运。

王得娃用细眯的眼缝瞅着水花的脸，半天没说出一句话。

"怪眉怪眼地盯着我是不认识了？"水花在眉结处拧了两个疙瘩问。

"我可是真心爱你的。"王得娃忧心忡忡地说，"时间就是最好的验证。尤大成他是个啥？三个五个地占呢，还让每一个都给他生了娃，确实是过分了些。"

杨水花只是噘着个嘴，乜斜着眼睛瞅着王得娃。

王得娃笑出了一头的汗。他笑毕了，说："你也给咱把窗户打开，让透透气嘛。"

水花下了床过去推开了窗，金色的太阳光一下子就直射在床前的花地板上，凉爽怡人的秋风吹进屋来，带来了柿树上熟透的果子的甜香，沁人心脾。一只鸟雀稀里糊涂就从敞开的窗间斜着直插进来，在房里到处乱撞。这小鸟准是认错了地方，把这房屋当成存粮的仓库误飞进来的，乍一钻进房，又感觉不对劲，就拼命往门背后，墙角间，甚至向梳妆台的镜子上"蹦蹦"地扑撞。于是，房里就响起了惨厉的碰撞声以及鸟雀飘飞的片片小羽毛。

　　杨水花和王得娃被这只一撞进来就拼命的鸟雀惊呆了，张着嘴，眼珠跟着小鸟转，企望小鸟能找到飞出的窗口，飞上蓝天。

　　但是，小鸟似乎注定要撞死在他们的安乐窝里一样，左右上下地扑飞，唯独扑不到大开的窗户间，东碰一声，西碰一响，直到拼尽最后一丝力，碰撞在宫灯上，一头就摔了下来，在阳光照耀的地板上直挺挺死去。

　　"驴日的该死！东碰西碰的，就是不知道从窗口进来，还从来路返出去。鬼把它的心迷住了。"杨水花提起小鸟的黄爪骂着，"日"一声就撇出了窗外。

　　仿佛有了某种预兆，王得娃看着死鸟，心屋顷刻间就坍塌了。他捡拾着心灵的残砖碎瓦，嘟囔着："这就是小鸟的命啊。人也跟这鸟一样，该是你的劫数到了，你就迷了，醒不过来了，这个时候你就不是你了，由不得你了。就像我一样，在副县职位一耽搁就是这么多年。这些年的风风雨雨、坎坎坷坷，不全都是用在了跑官保官上了，啥都荒废了。到头来，钱没落下，名也瞎了，就剩下个水花你了……还不知这柳正后头还会下啥蛋呢？"

　　"你们官场上那费脑子事我不想听。你今儿口袋装了多少钱给我掏出来，我要看望俺姑去呀。"水花三下两下穿了一身漂亮的衣服，边在王得娃的衣袋里搜寻边说，"俺姑都七十多岁的人了。那个时候我要不是奔着她走出山窝，到这阵子还不是一只野山猴，哪能有这房子住，有这衣服穿？"

八十一、本性难移

　　杨水花穿着一条水红色的中裤，上身穿了件质地很好的紧身黑色薄毛衣，胸前配有一朵粉红色的花，白色的踏板木兰摩托把披肩长发飘飞了一路，一直飞到报社的宿办楼下。

　　大椿树的叶子几近落光，水花把木兰摩托往总编办公室门前一支，敲了敲门。

　　其实早就透过窗玻璃看到了妖艳的水花的刘皓，一直用眼睛透过窗户盯着她饱满的乳房在紧身衣下撑起两座迷人的山包。他垂涎欲滴地站起身，忙满脸堆笑地出门迎了上去。

"请问你找谁？"

"找颜祖倩。"

"噢，她今天出去采访一个会议。要不，你先坐我这里等等？"刘皓想拖延水花的时间，就告诉她，"可能祖倩一会儿就回来了。"

"不用了。我姑在她这儿呢。你告诉我她的房子是哪个就行了。"水花被刘皓贪色的馋猫样看得浑身不自在，扭头就往外走去。

"噢，噢。"刘皓撵了上来，指给水花说，"你从东边绕到这栋楼的北面，最西边那一家就是。"

水花推上摩托，扭动着水蛇腰，把圆圆的臀部结实的弧形定格在刘皓的眼仁里。刘皓站立在门外的水泥台阶上，一直盯住杨水花拐过弯。

"把祖倩的妈叫姑哩，肯定是祖倩的表妹。难道美女也挤窝子出呢？"刘皓嘟囔着，被从东边走来的曲莲挡住了视线。

"咋，眼可又发绿咧？"曲莲拿腔捏调地斜歪着头，望着刘皓的脸问。

"啥嘛，人家问人呢。"刘皓一头钻进了门。

曲莲跟了进去，高跟皮鞋把水泥地敲得"邦邦"响。

"跟你说笑哩，当啥真？"曲莲进来后说。

刘皓一把拉过曲莲坐在他的腿上，把黑红的脸埋进曲莲的胸部，喃喃着："水中月，镜中花，再美哪有你这实在？"

"说来说去还是我对你好嘛。"曲莲的手指在刘皓的发际间轻轻梳理着说。

"你说这祖倩咋就跟领导像隔了一层网似的？"刘皓一提起祖倩对他的不卑不亢的样子他的脸就涨得通红："她牛气啥呢？就凭她的写作水平？屁，领导说你是人才，你就是人才，说你不是，你连个屁都不如！还有那个米川，就不知道个天高地厚。"

"你呀，是这几年当领导当得叫人恭维惯了，"曲莲歪下头看着刘皓的脸，把白亮整齐的牙齿在他面前一晃说，"谁不对你点头哈腰了，你就觉得心里不舒服，好像人家不把领导在眼里磨。是不是逢年过节大家都给你送礼哩，祖倩和米川不给你来这套，你这心就不瓷实了？其实也没啥，人家觉得不违法乱纪，好好工作就是了，压根儿就没考虑那么多"。

"像祖倩、米川这种做派现在能适应社会吗？"刘皓有些不悦了，"我哪年不给主管领导以及有关咱报社命运的头头脑脑送。要不，咱这日子还能过不？"

"你咋不敢给柳正书记送呢？"曲莲一努嘴顶撞道。

刘皓一听这，嘴张了半天，像噎住了似的，吐不出一个字。

"叮铃铃……"门外送报人的铃声一响，刘皓立刻放开曲莲冲了出去。

每天都是这样，刘皓立等着当天的报纸看呢。

从《人民日报》一直看到省、市党报，他像警犬一样通过党报的信息捕捉政治时事，把握政治脉搏。报纸一拿到手，什么重要的事都暂且搁下，一门心思用眼睛逮着每一个字，每一句话，往心里灌，往大脑里装。

突然，刘皓在省报的第二版显要位置看到了刊登的署名为颜祖倩的一大块通讯报道，写的是某企业集团在创业上的艰难历程，且占了整个大版的四分之一。这些年来，能在省报发表大块文章的全南川县只有他刘皓一人，猛然间冲出个颜祖倩，让刘皓心里很不是个滋味。

就在刘皓为祖倩的文章感到牙根发痒，浑身如有刺爪扎着一样难受时，祖倩采访归来，急冲冲从总编办公室门口骑车而过。

刘皓一头冲出门，喊："祖倩，你过来一下。"

听到总编唤叫，祖倩支了车子，拧身走了过来。

"你坐。"刘皓尽量压抑住想要发凶的心火，依旧让祖倩坐在门里办公桌对面的椅子上。

祖倩根据这几年的经验判断，刘皓一旦叫她，准是没什么好事，不是挑刺给她上"螺丝"，从精神上压迫她、排挤她，就是给她小鞋穿，让她有苦说不出。

对付刘皓这种人，祖倩别无选择，她只能忍受木刀砍人的痛楚，在刘皓的手指缝里工作，求生存，求发展。

"刚才省报的人给我打来电话说，你的一篇长篇通讯上在第二版了。这不，报纸正好也到了。"刘皓竭力想把自己的声音放得轻松些，但他还是不由自主地脱口而出说，"我看你的文笔纯粹是模仿了我的写作手法写的。"

从山背后迅速飘上来一堆青云，一下就遮住了太阳，刘皓的办公室骤然就掉进了阴凉的灰暗里，一同掉下去的还有祖倩一颗慌乱的心。

祖倩做梦也没有想到，刘皓专横到了这一步，简直到了不知廉耻的程度。他说这话时，脸通红，牙齿恨得磨出了声。

祖倩一声不响，也不愿意抬头看他那丑恶的嘴脸。她用巨大的忍耐力克制着自己，提醒自己不要争辩，控制住自己的冲动，就是胜利。祖倩非常清楚地看到，刘皓的权力总是要选择能引起摩擦的对象才显示自己的威力，就如同一把利剑一样，再锋利总挂在墙上也就失去锋利的意义了。

祖倩越是不言语，对刘皓的打击越大

门外滚动在地上的干枯树叶"沙啦啦"哀鸣着，由西向东窜去，把屋子里两个人的心搅得烦乱不安。刘皓猛地站起来，快速地绕过办公桌，走到祖倩跟前，一把就抓住了她的手。

一种被侮辱、被蹂躏的气愤使祖倩用尽力气抽出自己的手，转身冲出了那令人窒息般的腥腥之地。

云越聚越厚，天空一片阴暗。西风挟着冷气"呸"地喘息般吹在小小县城里，给人捎来了寒意，传输着冬的讯息。

南川县川道一派萧条、一片凄凉。一场西风带走了暖阳，刮秃了树冠，连地上的草棵也枯干得似一把稻草，前日还残留的一点绿意一霎间便影迹全消了。于是，塬上塬下的人家村落就赤裸裸地浮出了地面。

县委书记柳正的廉洁、公正，为民办实事的扎实作风在南川县老百姓心目中耸起了一面旗帜，但却遭到某种无形力量的孤立和围攻，很多工作难以展开，群众呼声很大。

此事一路风传，传到了省城，传到了驻省城的新华社记者耳里。在大量走访群众，调查摸底之后，新华社记者写了篇文章发表在新华社内参上，该文章很快引起了中央领导的重视，立刻指示省委为南川县委书记柳正遭遇的"廉政尴尬"从快地给予支持和扶正。于是，南川县发生了翻天覆地的变化，一批浮夸不务实、贪污受贿的腐败分子成了阶下囚，报社社长兼总编刘皓也跟着被拉下了台。

柳正书记被省上调到省城工作去了。

在柳书记准备去省城上任临走的那天早上，当他步下县委办公大楼时，只见一群黑压压的老百姓前来送行，他感动万分，脱口呼出："多好的老百姓啊！真舍不得他们啊！"

柳正对乡亲们深深地鞠了一躬，说："我只不过做了我应该做的，这本来就是我的工作啊！"

一颗高贵的灵魂像启明星一样耀亮了南川县，映红了祖倩的心。

副县长王得娃等一批官员蹲了大狱，刘皓一帮子丢了乌纱帽，一系列的喜讯却使祖倩怎么也高兴不起来。在报社办公室里，有的同志兴奋得要跳将起来，说终于为大家除了害，可米川说："看来能打倒自己的不是别人，正是自己。刘皓其实也是一个变态的不幸者，谁让他扭曲了呢？是他自己。他没有做人的根，所以，他就歪了。像他这样的人，一旦丢了乌纱帽，可真苦了呢。为什么呢？就因为他一心扑在权术上了，他生活的一切乐趣都维系在他手中的权力之中，你说，他往后的日子可咋好过？"

又是一个春天。春天总是孕育希望、再现思想的季节，恰似黄土坡畔上发芽的春草，人的精神在经过了一个冬的蜗居后，在经历了南川县发生的变迁之中，又多了反思、多了思索。

祖倩望着米川和善的脸庞，看着他显得富态起来的身躯，她想，他的思想也更加丰满起来了，他的良善，他的总是先为别人着想的思想光芒，不比柳正书记的暗淡。尽管刘皓用权力来压制他，随意践踏他的尊严，他却始终保持着他有的矜持，不吵也不争辩，能做到这一点是需要付出毅力和耐力的。这叫祖倩仿佛从他的身上逸幻出了树茂哥的身影。他们都是把苦吞进肚，把良善赐给周围人的人啊！

这么多年，祖倩一直忙于孩子，忙于工作，给心没有腾出一点时间去整理繁乱。这会儿她终于让思想休整了一下，在徐徐漫上来的春风里绽动开蛰居了好些年的心路历程。

终南山为之动容，春光里大自然慈爱无比地把大量氧气释放出来，养育着她脚下的子民。塬畔坡间的春箫把一个春潮涌动、春播忙种的季节吹得欢实如一匹小马驹，直腾跃着来到了川野。

"祖倩，社会再变，咱们不变；咱们周围的人都在变，但你没有变。我相信你不会变！"米川的话语如同覆盖过来的绿荫，带着凉爽和怡人的清新漫上来，"你没有被权术所俘虏，这是你的骨气、你的不一般。有了这境界，你一定能创作出高水平的文学作品来。"

米川对祖倩的透视令祖倩大为吃惊，望着他浓黑的头发，她看到的是他浓密的思想呢。他蓬松的头，是一头成熟的智慧。他总是那么真诚，总是把关爱之心渗透到周围的每一个人当中。怪不得他的水粉画《忠实》，让人一眼就看到了他忠实的心灵。他不但忠实自己，也对他人忠实。

回到家里，古源说："谁现在还傻乎乎地写文章呢？也不看看啥年月了，人都浮躁得坐都坐不住，谁还有心思看你的长篇著作呢？挣死巴活地写出来，哪有读者呢？不但不挣钱，还得赔钱。你不看当今的世界名著都没人瞅了。"

历史的变迁在每一个人的心里都打下了深深的烙印，生活在大裂变时期的人们，都是历史长河里的沙砾，有的人被冲刷得无影无踪，有的人却沉住了，挺住了，留下了金子般的思考。

八十二、尘埃落定

王得娃进了监狱，政府没收了他所有的财产，其中包括杨水花的住所。

所幸的是，杨水花从未参与过王得娃在经济上的一切活动。水花什么也没有了，只留下无限的遗憾在心头。

她如今已是36岁了，万般的幻想今天才一下子就落到了实处，一切都尘埃落定了啊。回想从14岁开始，她就在血中泪中拼搏，一心想冲出山窝，杀出农村，仰慕城里人舒适的日子，本想着在王得娃身上再捞最后一把，从此改名换姓，落住他乡，找一老诚本分的男人，居家过日子。岂料到，世事难测，事物的变化并不是人所能左右的，它也不会按人的意志而改变。一切都变为了泡影，杨水花感到自己二十年来痴迷的生活到头来如一串彩色气泡，幻灭了，幻灭了她全部的心血。

犹如一场梦，一场做了整整22年的梦啊！醒来时，但见满目疮痍，满心狼藉，一切皆无。水花想哭又想笑，这么多年来她头一次感受到了命运的残酷。想当年她一路杀去，一切都按照她的所思所想发展着，从奔姑姑柳秋桂，到利用颜狼娃飞出山洼，跟着颜狼娃进了县城，又攀上了王得娃，直到拥有一幢自己的房屋；好吃的吃了，好穿的也穿了，也风光了，怎的就到了想"从良"时却一头就栽了呢？这不是命运在作怪是什么呢？

36，人生已走过了多少个门槛儿，唯独踢不出三十六这个坎子。三十六哇，三十六，人人都有三十六，笑的笑，哭的哭。杨水花在心头诅咒三十六，三十六是人生路上的一个鬼门槛，这一跤栽得好惨哪！

迎面拂来狂风，把街巷的纸屑灰土全扬了起来，落上杨水花蓬乱的发间。这恼人的春风，咋这么爱凑热闹，看水花的笑话呢。水花一点儿也感觉不到春意撩人的温馨，她看不见爆起在树枝桠杈间嫩绿的希望。她望天，天浑黄浑黄，那悬在头顶的太阳也像只坏了黄的臭鸡蛋。南川县一片灰暗，街上的行人一脸的沮丧，每一个人似乎都是一具行动着的倒霉蛋。

稀里糊涂的，如一只无巢的落魄鸟儿，杨水花摇摇荡荡地就撞进了表姐祖倩的家门。

天色近晚，柳秋桂老人忙扶侄女坐在床上，给水花端来一杯水。

"看嘴干的，先喝口水润润。"

杨水花直愣愣看着姑姑愈加发白且多皱的脸，她似乎从她脸上看到了自己的父亲，嗅出了山坡间新翻起的泥土清香。

"哇"的一声，杨水花一头扑进柳秋桂的怀里大声哭了起来。

"娃，哭吧，哭出声来你就心松了。"柳秋桂抚摸着水花的头，把慈爱梳理进她的发间。

"姑，你说，你侄女都到这一步了，还咋活呀？"杨水花哭着叫着，"半辈子的奋斗，全打了水漂……这一身脏到哪儿立脚去呀？"

"甭胡囔囔。"柳秋桂双手捧起水花泪痕涟涟的脸说，"日子还长得很着哩，甭怕，姑给你想办法。你看，你祖倩姐这儿住处太紧张，就这一间房。好在心儿也大了，也上学了，不用我看能行了。姑领你上颜家河村去。那里才是咱的落脚地呢。"

拿青春作赌注，杨水花赌得太惨了。生活有时是一个暴君，它容不得半点把玩，想玩弄生活的人，常常遭到被玷污。

杨水花的悲哀结局就是一个血淋淋的教训。

第二天，是一个春雨霏霏的阴雨天，南川县川道如同一个罩进水晶网里的美媚少妇，娴静温雅。满川道的麦苗儿焕然一新，绿格盈盈，让水花看着心跳。是啊，好久没有看到过山乡的田畴菜畦了，乍一见就好比久未谋面的父亲的脸，让她感动，让她想哭。

柳秋桂和水花一路走着看着，仅两公里多的路程却从早上一直走到下午。快进村时，雨丝不飘了，凉凉的微风掠下来，带着终南山的清新，扑在脸上，好舒适、好亲切！

"嘣嘣嘣……"一辆电动三轮车急躁地迎面飞来，又"嘎"地停住了。从驾驶台上跳下来了颜狼娃，他看上去变化不大，只是鬓角透出了银丝，白眼窝子仿佛比从前眨巴得更欢了。他往柳秋桂和水花面前一站，问："回来了？"

"你……也回来了？！"水花的大眼睛忽闪着疑问，说道。

"嗨，咱这泥腿子在人家城里不好混。我都回来快两年了。这不，买了辆'嘣嘣'车跑着，一天能挣个十块二十块的。"狼娃说完又问柳秋桂道，"老嫂子，你身体还美？"

"能过得去。"柳秋桂揉了一下迎风就落泪的眼说，"他叔，你快走吧，趁着这种天气好拉人，别耽搁了生意。"

狼娃跳上车，一溜烟就过去了。

进得村子，村里静悄悄的，学生们都进了学堂，能出去打工的也都外出打工去了。这时，天慢慢转晴起来，灰色的云渐渐北移，太阳从云里挣脱而出，像逃出火坑的女人的脸，艳红又羞涩地将暖融融的光束投放到村子街巷里。

远远的，水花看见有几个老人纥蹴在一家屋山墙外晒暖暖，他们还漫不经心地议论着东家的娃争气，考上了好大学，西家的娃不成器，不好好念书，还好吃懒做等方面的话题。到了跟前，水花才看清了夹在三个老人中间的还有耀民和哲光。

"嘿嘿，妹子你也回来了？回来了好！"耀民始终背靠墙坐在一捆干玉米秆上，太阳光耀得他的大眼眯了起来,两眉间挽了个肉疙瘩。他缩着脖子仰着脸对水花招呼。

水花从眉眼间挤出了一丝笑,看上去比哭还难看。

"巧巧不是在街面上买了一间门面吗?你咋回来了?"水花问耀民。

"甭提,甭提,再甭提咧。"耀民挥了一下他的短胳膊像挥去了从前的一切烦恼,"娃跟她妈一个鼻孔出气呢,就不让咱进那个门。这样好,省心咧。一个人无牵无挂,一张嘴饱了,全家不饿。天冷了,撵着太阳畔畔晒暖暖;天热了,哪达阴凉哪达歇。好。"

耀民很轻快、很自在的神气。末了,他又说道:"祖倩在县里可是干出名堂了。人家兄妹才是真正的人!"

八十三、时势变迁

其实生活对谁都一样,你对它负责了,它对你百般的呵护,谁想捉弄生活,到头来必然会得到它重重的惩罚。生活是开不得玩笑的。

生活是佛心,它通常会惩恶扬善。

祖倩就是生活的宠儿。

她一直生活在爱的怀抱里,从母亲到兄长,从老师到同事,还有早期恋人才才,他们每时每刻的牵念,生活给她的人生安排了这些人,她知足了。她感谢生活。

就像米川感谢不幸,感谢刘皓让他从有限的编辑部里调他进了记者部一样,给了他两年多的时间,他背着照相机跑遍了南川县的山山岭岭,塬上塬下,给了他与老百姓相互倾诉衷肠的时光。塬畔的土屋前,山凹里的半山洼间,父老乡亲的旱烟锅里……把一个个古老的传说都如山风一样灌进了他的耳里,滋润着他的思想,使他这个在部队里成长起来的男子到了40这个年龄才补上了农村生活这一课。

于是,在老人的皱褶里,在乡下妇人的洗衣石上,米川透视到了乡村野洼的真善美来,还有那一幅毫无修饰的山野艺术画卷。

"乡野出艺术。"他这样想着,就这样独自去体味。如今,人人都想挤进城市里去,大有摒弃大自然的趋向。其实人都错了,真正的艺术就在人迹罕至的地方。米川抛却了一切浮躁的烦扰,把心沉到爱的汪洋里,去爱每一棵草、每一滴露珠,他爱小鸟从头脑上飞过留在土坡上的影子,爱乡民们烧秸秆时的每一绺炊烟……

他的境界在这袅娜的气雾里升腾，升腾成他镜头下凝住了的永恒。

米川的照相技艺很快在南川县上下受到了关注，于是有单位的，也有集体的，还有许多老百姓在临死前非要米川为他们留下在人世的最后一张剪影。米川背着照相机，山里山外地奔波，忙得不亦乐乎。媳妇说他："你一天到晚地忙活，不挣钱，还赔钱，图个啥来？"

"图个啥你不懂，但我要你明白，我不能用老百姓的信任去挣钱。"

米川付出了，付出的是为他的所爱。

世上有一种精神叫博爱，它是开在人精神领地里美丽的鲜花。它能滋养人，也能给人带来无穷的乐趣。

米川乐颠颠地东奔西走，被一些追逐金钱、权势迷们看成是异类、不正常。米川说："他们觉得我正常了，也就是我的结束。我将一无所有。"

他时常看着王得娃、刘皓一类的犯罪分子，直想抓起他们罪恶的双手，犹如抓起了世上的一切罪恶，向着终南山，向着亮亮晶晶的北斗星跪下，把人间的一切罪孽涤光荡尽……

看到米川，祖倩就像看到了贵族作家泰戈尔，他和他同样是在神灵照耀下拯救世间万恶的神祇。祖倩有缘碰上了，是她的福分。

祖倩是幸运的。

来到《南川报》社，一晃又是十年时间，沧海桑田，人事变迁，当年的同事如今调走的调走，做生意的做生意，执政的执政，唯剩下祖倩和米川还是编辑和记者。

坚持是一种美，哪怕没有官位，没有敛财，这种美将定格成无限的风采。

《南川报》社新换的社长兼总编是一位30岁刚出头的年轻人，叫谭智，个头不高，但过早地发了福，给人一种胖墩墩的感觉。之前，他是宣传部的副部长。

单位的领导变化就象征着单位每个员工命运的起伏。改革的声潮一浪高过一浪，报社的同志人人惶恐不安，唯怕丢了工作、丢了饭碗。谭智是一个政治头脑很精锐的人，对于报业他可谓是外行，自然，报社的管理全是一套行政的管理。每天上午下午上下班要签四次到，中途还要查岗。这一管理方法搞得全报社的人鸡犬不宁，时刻注意着签到的时间，把大部分精力都集中到签到上了。采访的记者正采访到关键时刻，一看快签到了只得放弃采访，飞也似的往报社赶。因此，报纸的稿件质量每况愈下，给每年的征订工作带来了很大的障碍。于是，谭智只得采取协调的办法，并以县委红头文件的形式向各单位和乡镇下达征订任务，要求各单位和乡镇把此项工作当作政治任务来完成。

自从刘皓下台以后，曲莲就再也没来上班，老同志就剩下《南川报》的元老、管后勤的老职工牛五斤了。牛五斤如今都五十出头的人了，他家就在县城东边的老药铺村，离这儿有六里路。他每天起早贪黑，被签到制搞得昏头转向，一辆破自行车吱吱地蹬，把老头儿的苦酸从县城报社唱到老药铺村，又从老药铺村唱到县报社。本就黑瘦的身躯到了谭智的手里愈发成了一把干柴棒子。

牛五斤的妻儿老小都在农村，每年的种子、化肥、农药都等着他的这份工资支撑，他从舍不得多花一分钱，把每个钱都恨不掰成两半使用。这些年他上下班每天往返两趟。现在不行了，年龄大了，中午来不及回去吃饭，只好在街上买上一角五毛钱的馍夹菜来吃。有时上了街，想上厕所方便，一看要掏两三毛钱，老汉只好憋着屎尿往报社赶。节省了两三毛钱，牛五斤却憋出了一场病，他患上了尿潴留症。

病还没痊愈牛五斤就赶快来上班，原因是在他休病假期间报社只发给他百分之六十的工资。牛五斤更瘦小了，也显得越发地黑了，在他瘦干柴棒似的躯体里唯一能让人认出他是一具活尸的就剩下那一对还能来回转动的眼珠了。

"五一"节一过，天骤然热起来，单衫、短袖上了人身，年轻的女子穿起了齐大腿根的超短裙，露出肚脐眼的紧身短衣飘摇过市，召唤着夏日。于是，半塬上的旱坡地透出了微黄，一坨一坨的，把麦黄鸟唤醒了，满塬根的啼鸣，叫着："算黄算黄……"

这可怜的麦黄鸟不像白鹤、大雁那般脆弱，或者世故。白鹤、大雁前些年都从这川道消失得无影无踪了。人们说不清是化肥、农药毒了这些灵鸟，还是它们又寻找到了别的安逸去处。总之，南川县的塬上塬下，山洼陵间，那好看的雁队、翻飞的鹤群再也不见了影迹，让后来的后生们少了几多儿时的乐趣。可麦黄鸟还在，它们从古时一直叫到今天，把对人的忠诚唱了一年又一年，唱得历史变了几番颜色。

从不抽烟的牛五斤咬牙买了一盒七块钱的精装"金狮猴"香烟来到了总编办公室，一进门忙着解烟盒，三下五下地不知从何处下手。待解开烟盒的塑料纸带，一急，鼻尖就冒出了汗。

"你撂桌上吧。"谭智肉坨子一样的身躯在藤椅里扭了一下，对牛五斤说，"你坐下，有啥事说吧。"

"谭总，你看，我的病好了，来上班行不行？"牛五斤眨巴着陷进眼窝里的眼睛，神情紧张地问。

谭智白胖得臃肿的脸与牛五斤形成了巨大的反差，两个形象代表着两种不同生活的层面。

"不是我不想让你上班，关键是你来了干啥呀？"谭智硕大的脑袋略向一边歪了歪，歪点子也就蹦出了嘴："如今都实行岗位聘任制了……"

"好谭总呢，"牛五斤"嗵"一声就跪在了地上，皮裹的骨头在水泥地板上敲出瘆人的声来，"我都干了三十多年了，再干两年就能退休了。我如今是牛拉碌碡快上坡头了，你可不能叫我老了老了没一口饭吃啊！"

"你这是做啥？"谭智一下子从椅子里弹跳而起，他绕过办公桌，来到了牛五斤跟前，白胖脸涨得通红，"这是国家政策，又不是我制定的，我也无能为力呀。"

仅一墙之隔的编辑部里祖倩和米川他们把牛五斤和领导的对话听得一清二楚。这个时候，祖倩已被报社任命为编辑部主任兼总编助理，米川也担任了记者部的主任。

牛五斤声泪俱下的哭诉和他跪倒的身躯如同重锤般砸在祖倩和米川的心坎上。自调到《南川报》社工作以来，祖倩还从没见过米川发过怒，这会儿的他，脸"唰"的一下变得蜡黄，双手把米黄色的T恤衫袖子迅速地向上一抹。总是慢悠悠斯文文的米川顷刻间换了另一类人，他咬着牙，在桌上猛击一掌，"哐"的一声，就见他一闪冲出了门。祖倩尾随着跟了出来。

米川如同进入战斗状态的士兵一样撞进了总编办公室。他一进门先猫腰扶起牛五斤，尔后就冲着谭智说："你怎么这样不讲理？牛师傅就应当来上班！"

"你……你……你是领导，还是我是领导？"谭智被米川怒气汹汹的样子吓得脸"唰"地煞白，他后退了两步，这才缓过神来，指着米川质问。

"报社十几年还从没超过十个人，"米川一字一板地告诉谭智，"你上来才两年，进的人都超过了二十！连学畜牧兽医的，都成你手下的骨干了？这牛师傅，当年《南川报》试刊时就到这儿来了，为报社的发展，曾跟着我们奋斗，他不论刮风下雨，就是天下刀子，骑着破自行车，塬上塬下，山里山外地跑征订呢，连裤裆都磨破了……这阵子，就没他的岗位了？"

"你有本事，你给他跑岗位名额去。"谭智反戈一击，指着米川吼叫起来。

"你是这个单位的领导，你要为这个单位的人负责。"米川亢奋的激情令谭智更加气急败坏。

谭智反戈一击问道："你这叫为领导负责吗？都出去！都给我滚出去！"

谭智咆哮起来。这时从门外涌进来一群姑娘和年轻小伙子，他们都是从谭智手里调进报社的人，自然都维护着领导，就七手八脚地拉着米川和祖倩出了总编的办公室。

一只麦黄鸟不合时宜地飞落在大香椿树上,"算黄算割"地嘶鸣,把它满嘴装满了麦子的清香撒满了院子。

谭智听得烦心。米川和祖倩则站在树下仰头望着这灵性十足的神鸟,心魂随着鸟叫声飞向了山坡、塬陵,飞进到黄灿灿的麦浪翻滚的田野里。

县城外的麦田不再孤单和寂寞,伴随着麦黄鸟的歌声,一天天走向成熟,走向收获。

"咱不怕了。"米川说,"不怕领导的滋味真好!咱解放了,咱的心该解放了!祖倩,咱们不用再担心领导给咱穿小鞋了。你在的情况非常好,儿子也大了,古源也有了自己的工作单位,可以静下心来搞创作了。"

米川的信任常常使她不安,还有穆云清老师的希冀。说实在的,祖倩没有名利的企望,她看到了名人的艰难和困惑,看到了秦地的申水浅做人的难场。可是,朋友米川以及穆云清的信任却一直烧灼着她的心,她深感不安。如果再不着手新的创作,她将是米川和穆老师期盼的一个精神骗子。每每想到此,祖倩就有了一种犯罪的感觉。

是啊,第一部长篇处女作《西地血雨》出版至今已经整整十年了。十年的奔波忙碌、儿子的养育,长篇创作一搁就是十个春秋哇。祖倩蓦然回首,她知道她人生的价值全系在文学创作上了。风风雨雨,坎坎坷坷,一路血雨腥风闯荡到了四十岁,是该认清自己的时候了,就犹如到了秋季的庄稼,该收谷的收谷,该收豆的收豆,是该塌下心来实现自己的追求的时候了。

一个初夏宁静的早晨,祖倩就闷住一股劲,把心智、情致全抖擞了出来,一头扎进长篇小说的创作之中。

报社的例会如期召开。祖倩和米川最近一直没有碰面的机会,但他们的思想却有着惊人的相似,他们两个打算不干主任这个差事了,这也正中了谭智的下怀,本来他就打算在今天早上的例会中宣布,由于米川和祖倩的思想觉悟跟不上时代的潮流,已不再适合这个职务……

还没等谭智开口说话,祖倩首先站起来,非常平静自如地说道:"在开会之前请领导允许我辞掉编辑部主任兼总编助理的职务。让年轻有为的同志来干。"

太阳已离开秦岭山脉几丈高了,终南山巍峨的雄姿清晰可辨,天空晴朗,山峰显得那么近,近得仿佛一抬脚、一伸手就能碰着一样。

拥挤的会议室里静谧得似乎能听到每个人心脏的跳动,阳光是从敞开的门道流淌进来的。全场二十多个人都屏住了呼吸,齐刷刷把眼光投向了前面的谭智。米川在向祖倩伸起大拇指的同时,抿嘴向她传输着敬佩的笑容。

"好样的！"谁在向祖倩大声喊叫，是米川吗？原来是照耀在米川头顶上的太阳光。光束莹莹的，似有了仙气。噢，对了，祖倩是听到了树茂哥的声音呢。于是她便四处搜寻，用眼的心力，终是没看到树茂哥的身影。

　　是呀，树茂哥的声音是乘着光束飞扬的飞船进来的，他圣洁的灵魂怎么能进入到人间的会议室来呢？那不冲撞了圣灵了吗？

　　米川似乎忘记了周围的环境，忘记了正召开的全体会议，他不能自己地就"嚯"的一声站了起来，大拇指猛地向前一展，如士兵推着子弹上了枪膛般有力。"好样的！祖倩，好样的！"

　　人人都瞪圆了双眼，把惊奇与疑惑齐聚焦在米川魁梧的身上。

　　祖倩第一次听到米川如此洪亮的声音，它是那么的浑厚，浑实得犹如西边的黄土塬那么的震撼人心，令人亢奋。她简直感到米川的声音是来自天外的树茂哥附体后所发出的音响呢。在这声音里，祖倩感到了无穷的力量在冲刷着她的心。凝视着站立起来的沐浴在一片阳光里的米川，以及他浓黑的头发，那闪闪发亮的每一根发丝都是一个音符，每一根发丝尖上都跳跃着真理的光芒。

　　平日里，人人都想追寻真理、探索真理，其实真理就在你的身边。只要你具备一双真理的慧眼就足矣。

　　米川站起来，就是站直了真理。他把真的情愫奉献给了人，把爱护站成了一道浓密的森林。

　　他是对祖倩的决策的一种庇护，同时也是对谭智的一种批判。

八十四、生活源泉

　　卸了职，祖倩除了完成采访任务的分内事外，她就全力以赴地投入到长篇小说的创作之中。

　　丢弃了小职务，她顿感轻松了许多，她不再受人的支使和训斥了。她的人生一下子进入到孤注一掷的阶段了。

　　为了朋友的信任，也为了自己的追求，她一进入创作状态，就忘了人世间的一切烦恼，跟着拟定的书中人物而欢，而苦，而乐……

　　米川说："处在这个时期是最最幸福的。"

　　祖倩确实在创作中感到了从未有过的幸福。她的幸福在这个世界上只有她所拥有。

　　就在祖倩的长篇小说进入到高潮阶段时，《南川报》社也进入到了紧锣密鼓的紧张状态，报纸由周刊又跃上了每周出两期的台阶。这自然是年轻的总编雄心勃勃的表现。《南川报》每年通过行政手段进行征订，吃财政的人各人一份，订报款从财政局直接扣除。谭智把报纸办成周二刊，也就意味着报社的征订款再翻番。

谭智乐了，可全县干部职工一哇声喊不同意。喊归喊，报款照扣不误。

报社很快成为县委直属事业单位的肥活机构。谭智的白胖脸更加大了，腰越来越壮，裤带只能勒在肚脐下，走起路来像鸭子。他的腰身更加粗壮了，横气也越发跟着肥胖起来。发奖金时没有祖倩和米川的，也不强调什么理由；如今的编辑部主任是一名学兽医的二十来岁的小伙子，因为他经常顺着谭智，见了谭智点头又哈腰，过年过节又给领导提礼相拜，就得到了谭智的赏识。不知小伙子是因为太瘦的缘故，还是怎的，总是把不住"后门"，动辄在会场上就"卟卟"地放一串响屁。更出人意料的是，后来谭智把这小伙竟呈报为市级文明先进个人，并奖励他几百元钱，这一下成全报社的笑料。有人说，公众场合放屁是市级文明先进个人，如果有人到人民大会堂对着喇叭放个响屁就能成为世界级文明先进人物了。

这种看起来是笑话的事确确实实就发生在现实生活中，乍一听是笑话，仔细一想，就令人心寒了。

《南川报》已是一塌糊涂，消息不是消息，通讯不是通讯，纰漏百出。祖倩和米川只完成自己手中的任务，该签到还签到，该上班还上班。

"我还是那句话，打倒自己的不是别人，正是自己。"米川在分析《南川报》社的怪现象时说，"谭智已到了近乎疯狂的地步了，这就预示着他将是《南川报》的罪人。《南川报》就要毁在他的身上！"

果然，没过多久，中央出台了一个政策，就是关于一些采取行政手段强行征订的报刊全部撤销停办的政策。

这一政策的出台无异给报社的全体人员迎头一击，将预示着每个员工的工作去向问题，也就是饭碗问题。

报社的人员在这种严峻冷酷的事实面前全惊呆了，人人倒吸一口凉气，惶恐不安地瞪大了眼。

唯独祖倩和米川心平如镜，似乎早有预料，就像这秋天，该来时谁也阻挡不了。

"咱什么都不怕了。死都不怕的人了，还怕什么没有工作！"米川将军一样在记者部里来回踱着步，"虽然对咱的饭碗构成了威胁，可是仔细想想，中央的决策是非常及时、非常英明的。咱们也到各单位、各乡镇去采访呢，确实，各种报刊杂志的征订压得单位喘不过气来。"

祖倩更没慌，她的心底一直揣着一根线，那就是对文学艺术的激情。她不能让现实生活磨损了这根线；她这么多年一直在用心，用灵魂呵护这根线。这根线是挂在她人生天际头的一道七色彩虹，她不允许残酷的生活撞了这根线。这是她的生命线，是她魂归圣地的引路线。

在报社上下都慌乱无着的情景下，祖倩在奋笔疾书，一气呵成数十万字的长篇著作。

长篇小说的完成也是祖倩修炼自我的一个圆满结局。她尝到了修炼过程的甜美滋味，就像和尚耐得寂寞，潜心经文咀嚼文中圣境一样。

"太好啦！"米川激动万分，"这么多年，人人都在聚敛钱财，可祖倩你，却一直在聚敛艺术。你的艺术作品比上百万、上几千万的金钱有价值得多！钱财再多也是有限的，你的精神财富捧出来了，是千金万宝买不到的，是无限的！"

米川俨然成为一位大哲学家。他阅读祖倩手稿的同时也在分享着祖倩文学艺术创作的心路历程。

祖倩成功了，米川也成功了。

"这么多年咱被权术折磨够了。现在好啦，报社要解散了，咱再也不受权力的蹂躏了。痛快！"米川对着秦地的秋天"啪"地敬了一礼。

这个礼敬得秋野羞涩地红了脸，于是，满塬、满山坡的柿树红得像一团火，烧得土塄坎儿又爆出了来年春时的绿芽。

八十五、生死无常

柳秋桂老人病了，一辈子没住过医院的老人在她生命终结前住进了医院。

这是又一年的深春时节，祖倩携儿带着丈夫古源守候在母亲身旁。

看到母亲，祖倩的心如万剑刺来，她说不出的悲凉在心头冲荡。母亲劳顿一世，为儿女费心一生，到头来还没能享上一天清福，还没吃上儿女端来的一碗饭，就这样要去了。

"妈都七十多岁的人了，死了也是个喜丧。俺娃甭难过，人世间活多少是个够呢？妈没白守寡养娃。"母亲总是为儿女着想，"你叫妈回去。妈呀，一辈子离不开咱那土炕。你叫妈住在医院里，妈这心虚空虚空的。妈只有躺在土炕上，心才踏实。"

母亲患的是食道癌，已进入晚期。祖倩从专家嘴里得知，像母亲这么大岁数的人根本经受不起开胸手术，现在唯一的办法就是采取保守治疗法，辅以药物，抑制癌细胞快速增长。

听了专家的话，祖倩从医院的楼上都走不下来了。她脑里一片空白，又仿佛塞满了东西，心脏似乎凝固住了，双眼痴痴地望着医院里上上下下的每一个人。怪了，这行色匆匆的人影都在这个时候变成了木偶一样，动作显得那么僵硬而机械。每一位医护人员的白色大褂都幻化成一片片冰冷的雪花在祖倩的周围飘飞。噢，她想起来了，想起了昨晚梦中一望无际的大雪飘飞的情景，想到了梦里的终南山和她一样披上孝衣……她感到好冷好冷，冷得直想象小时候一样，把冻得又红又冰的双脚伸进火炕头上母亲温热的腹肚上……

人在母亲的腹中浑浑沌沌地孕育出五官、四肢，出生了还要偎着母亲肚脐上的温热成长。长成人了，还离不开母亲的腹肚，即使是梦中受寒，总还是想到了母亲的温热。

母亲的腹部就是儿女一生一世的港湾，无论漂泊天涯海角，回首时，母亲的温暖还清晰依然。

据《周公解梦》说，梦到皑皑白雪落身上，不久就要披麻戴孝见丧事。雪是什么？雪是纯洁，干净，一尘不染；雪是严酷，雪是冰冷料峭；雪是板着面孔的无情。在雪的寒冷里，生命将泯灭，一切活的都将死去。怪不得周公把梦中雪景解释为丧殁呢。

梦中的祖倩在大雪纷飞的天地里冷得直哆嗦，想寻母亲的火炕以及火炕上的母亲却怎么也找不到……一激灵，就醒了，她跌入了现实。黑暗中，她感到心好冷，冷得她想哭。

这阵子，祖倩从二楼向一楼下走着，身穿白褂子的医护人员穿梭着，让她觉得犹如还在夜梦中。在她心里，从来还没闪念过母亲会撒手而去的想法，她总是认为母亲是不会去世的，她会永远活在她的儿孙们中间。怎么一下子就患了绝症？而且生命仅仅再维持几个月之久？

对于祖倩，这个事实来得太突然了，让她没有半点思想准备。她感到好冷啊，这从眼前忽悠晃过的白褂子，简直就是一团一团的飞雪在她周围滚动。她踉踉跄跄地下了楼，从一楼的台阶下来，她就如同穿越了生与死的隧道。这条隧道几乎耗去了她半生的体力。

来到母亲病榻前，祖倩的眼光不敢去触及母亲的面容，而是用僵硬的动作收拾床头柜上的碗筷和床头的衣物。

已经呈消瘦趋势的母亲眨巴着浑沌不清的双眼盯着女儿："倩儿，妈觉着你的脸色不对，也不要太累了身子骨。"

母亲的话像催泪剂，祖倩背对着母亲，手下故意把碗碟水杯碰得咣当作响，泪水却如同房檐水一样往外涌流……

又怕母亲看见了，祖倩抬头张大眼看着病房顶上的拐角处，一心想让泪倒流回去。她长长地舒出一口气，咽了一口唾液，咽下了汹涌的悲伤。她猛地转过身，对呆愣在那里的古源吩咐："你搀着咱妈往外走。出租车在门口着呢。"

丈夫扶着母亲一走出门，祖倩就再也控制不住自己了，她一头扎进被窝里，用被子捂住脸："呜呜呜"地哭起来……

儿子跟着外婆刚出了门，感觉不对劲，又踅转身跑了进来。

"妈妈，走吧。外婆在门口等咱呢。"

祖倩擦干了脸上的泪，把一只塑料袋递给儿子："你先走吧，妈就来。"

儿子跑出去就上了车。他还是坐进他外婆的怀里。

古源叫儿子："你过来，跟爸爸坐，让外婆轻松些。"

"叫娃就坐我怀里。俺婆孙俩在一起，可就热闹喽。"老人低下头看着外孙的脸问："你妈咋还没出来呢。"孩子总归是孩子，即便是善意的谎话他也不会撒，他回答："我妈妈在那儿哭呢。"

"胡说啥？傻瓜！"古源忙用手指点了一下儿子的头，并对拧转过脸来的儿子挤眼做着示意。

老母亲没再言语，她将下巴挨在外孙温热柔软的头上，直视着车窗外人行道里受尽摧残的枯树叶在满街滚动。噢，老人这才想起了时节，想起了一年一度的冬天已然来临。

回到颜家河村，盘腿坐在母亲的火炕上，祖倩有一种说不出的感受。吸嗅着包谷秆烧土炕所散发出的特有的气味，她不知道该对母亲说些啥。

柳秋桂一直挂念着女儿，她把外孙的话怀揣到了家。她望着祖倩，很轻松地说："娃哟，人总归有一死，妈不怕死。你想啊，人祖祖辈辈都是这样过来的，老的死去，新的长大。要不这样啊，你想想，人都多成啥样了？世事就是这样，生生死死，死死生生。"

"妈，你咋说这话呢？过一向你这病就好了。"女儿怀着一丝希望安慰母亲，也在安慰自己。

"病长在妈的身上，谁也没妈清楚。"老人笑了，笑得让人感到春天在她的脸上拂动。

"妈这一辈子最怕饥饿。一辈子没谈嫌过饭碗子。"柳秋桂靠在叠起的被垛上，目光从大开的窗口望出去，看着终南山渐渐隐进黄昏的潮气中，悠远地回忆着，"妈从生下来时就开始忍饥受饿，妈的大和一个弟就是活活饿死了的。后来，妈跟着你外婆吃树叶，吃树皮，再后来什么也寻不下了，饿得人就吃半坡地里的斑斑土。遭年馑的时候哇，到处都是死人，饿死的人呀就跟倒下的麦个子一样……妈和你外婆就是从死人堆里撑持过来的。你外婆没办法就改了嫁。嫁到了杨家，也就是水花的爷跟前。杨家前房婆娘死后，还留有三个娃。我跟随你外婆到了杨家，前面的三个娃就打我，咬我，用指甲掐我，把我折磨得身上没一块好地方。你外婆实在没办法，就把我送了人，当了童养媳。那年妈才五岁。

"谁知你外婆是把妈从狗窝又扔进了狼窝呢。这家的老婆子是一脸横肉的恶婆子，她不给妈吃，还要妈连放牛带拾柴。过去的雪一下就是一个冬，妈拉着牛绳，胳膊弯上还挎着柴笼。冰天雪地上哪儿放牛拾柴去呀？妈就饿着肚子看满天满地的雪，饿极了就抓一把擩进嘴里。大黄牛也饿，一发现雪地里有一片干树叶滚动，就拼命去撵，把妈拉爬倒在地上了。妈不敢松手哇，怕跑丢了牛，只好任牛拉着，在雪地里拉出一道辙……

"到了夜晚，回家是最可怕的事。一进门，那恶婆婆在黄牛肚子上的坑里一摸，把柴笼揭个底朝天，想不着又是一顿毒打，血从后脑勺一下淌到尻蛋底下……

"妈的姨住在塬上，有一天来看妈，见妈浑身上下青一块紫一片，就求那恶婆子说把妈领到她家将息几日。没料想，妈跟着俺姨前脚进门，后脚就来了那恶婆婆，她拧住妈的耳朵就一阵儿风似的往外扯。一路上都是坡地，妈的脚几乎挨不着地皮，就被扯下了塬。回来时，血都把衣服浆了，妈的耳朵被扯拉得只系了个边边……

"后来，到了女人缠小脚的年代，恶婆婆就把打烂了的瓷碗渣塞进妈的脚趾缝间，然后用长长的裹脚布咬紧牙缠死，再拿麻丝一遍一遍地缠绕、扎紧……那个疼哟，是烧心般的疼，疼得妈一整夜一整夜地抱住脚摇啊……到最后，放脚的时候，把麻丝和裹布一绽开，血水、脓水'哗'地淌了一地，还有蛆虫在拱着……

"十二岁那年，妈实在忍受不了挨打受饿的折磨了，就暗地里偷偷给经常去恶婆婆家串门的大叔求情，让他救妈出火坑，哪怕对方是瞎子、跛子都行。这大叔也觉得妈可怜，后来就把妈说给了你大。

"记得来颜家河村时，一路上的豌豆花儿开得红堂堂，一片连着一片。妈的心啊，也跟这豌豆花儿一样，红了。

"你大比妈大得多，可他人好，心善，嫌妈还是个娃，就一直没回来，在商洛跟你爷干事呢。直到妈二十岁那年，妈才头一回看清了你大的脸……

"跟了你大，道是吃穿没愁过，尽管你大不在跟前，咱家你婆一直指教我呢。

"后来，也就是你大去世的第三年，那时你还小，不记事，又逢饥馑年月。妈呀，就天天下美雁渠里拔野芹菜给你们兄妹充饥。每天中午饭时，妈望着美雁渠上美丽的雁阵，就好像看到了妈的一群儿女在蓝天上飞呢，妈的手下就拨拉得更欢实了……"

"饥荒年月，豌豆苗儿是上等的食物。一开春呐，豌豆花就喜人地向上蹿，全村老幼一齐进了豌豆地。你耀民哥、狼娃叔他们时常吃得满嘴淌绿水水，肚子撑得坐在地上不敢动弹……那个时候哇，人觉得世上最亲的就是豌豆苗了，就盯着那绽开的豌豆花儿，感到那花儿才是救难救命的大神呢……"

母亲的述说如一张画面在祖倩的脑海里闪现，吹拂着她憋闷的心情。

忽然，一声如炸雷般的声响划过祖倩的脑际，让她看到了饥饿那狰狞丑陋的面孔，她说不清，为什么饥饿要像天空的星星缱绻于黑夜一样，总是悬在母亲的头顶呢？母亲的一生就是伴随着饥饿的一生，临老时，还得下这咽不下的绝症，这太残忍了啊！

一直坐在炕沿上的祖倩再也憋不住了，嘤嘤的抽泣一下子变成了哇哇的大哭。

"看这娃，傻的，你哭啥？"柳秋桂老人平静得犹如春阳下的土包，"人一世都是个命。我得下这瞎瞎病，也是命中注定，我也知足了。遭年馑时，大人、小孩死了一层又一层，我还活过来了，一直活到了今天，这不都是白赚的，我呀，最不放心的就是你姐祖香了。"

这时哲光进来了。他最近一段时间突然停止了游荡，也不再唱歌了，逢人不搭腔。自从得知他婆得了不治之症，从中午到黄昏他就没吃进一口饭，没咽下一口水，一直在婆的门外打转转，就是没有勇气跷进门去。

这会儿他来了，高挑个子一闪，就斜着身子，一个肩膀低、一个肩膀高地直奔他婆的跟前。

"婆，你孙子这辈子最对不起的就是俺婆呀……"

近二十年都没哭过，已不会哭的哲光突然就钻进他婆的怀里呜呜地大哭起来。

柳秋桂摩挲着大孙子凌乱如鸡窝般的头悲喜交加："哲光呀，俺娃迷糊了二十个年头了，今日才真的灵醒了，婆为你高兴啊！"

"婆啊！"如闷雷划破了天空，哲光的哭叫声撼动了屋里每个人的心树。

正在这时，耀辉、耀祖跟着哲正一起涌进了屋。

耀辉命令儿子说："哲正，给你大姑打个电话，你婆都成这样了，叫她明天一个早赶回来。"

胖墩墩、腰里别着手机的哲正说："爸，俺大姑来不了了，她昨夜叫孬飞那狗儿子牛旦拿刀砍伤了，这阵子还在医院躺着呢。"

一屋子人的脸"唰"地变了颜色。

"轻重呢？人这会子灵醒不？"柳秋桂老人早忘记了自己的病情，急切地问着，就向炕下溜来。

"婆，你甭急，没有事。"哲正忙上前和祖倩他们劝住了老人，"我才从俺大姑家开车回来。她只被削掉了一只耳朵。不要紧。"哲正劝说着他婆，但愤怒一直在他胸中燃烧。他不一会儿就憋红了眼，咬牙切齿道："这狗日的牛旦跑得没个踪影子。看着，我非逮着他，卸了他狗日的腿不可！"

"娃，到此为止吧。"柳秋桂反过来劝说孙子，"他牛旦犯法，有国家治他呢，咱可不能干呱事。"

一股潮热的气流从南面的山坡底下漫过来，给川道蒙上了一层闷热，柳秋桂老人顿感浑身酸痛。

原来天要变了。

八十六、魂归故土

柳秋桂老人的喉咙已因病癌而堵严了，吃不下一口饭，咽不进一滴水，人也变成了一把骨头。

一直到来年的深春，柳秋桂老人终于倒下了，再也坐立不起来了。

在饥饿的刀刃上行走了一辈子的老人，临老还被饥饿挟持着，她终于无力支撑了，躺下了被饥饿折磨得瘦小的身躯。

儿女孙子日夜轮守在老人身边。

一辈子都不愿给任何人增添一点麻烦的老人，说话犹如游丝一样，还不住地劝儿孙们不要坐守，都躺着歇着去。

老人自躺倒一直到第九天，突然间就能靠着被子坐起来了，令一屋子人惊喜不已。

祖倩望着母亲削瘦得陷进坑里的双眼，望着母亲近日越来越粉白的脸颊，以及老人平静如水的心情，祖倩犹如看到了春光下一片孕蕾的豌豆田。

"倩儿，这会儿几点了？"老人轻轻地问。

"下午两点半。"

"你三哥该到家了。"

"刚才他还给家打了电话呢，说在南川县城已下车，正往家赶呢。"

说着说着，耀昭就风尘仆仆地进了家门。

看到远途归来的儿子唤了一声"妈",老人就欣慰地笑了。

"回来了,就好。"老人眼里放射着慈祥的光说。

门外院子里有经验的人说,老人临终前都要问个时间。是老人上路的时辰了,老人把时间掐在了心里呢。

柳秋桂的右手大拇指掐着手心的时刻表倒下去了。

这时候从门外涌进一群村里的老妇人,她们潮水一样围上来,拉住柳秋桂的手,个个哭得泪人儿一样,红鼻胀眼。

"亲人呀,你走了,撇下俺这些没人管的死老婆子,有委屈给谁掏去呀……"

"好人呀,你正是享福之时咋可就走了,把俺这些罪人撂到这世上……"

……

屋里屋外霎时涌满了人。人堆里有人说:"这老婆子正是能享福的人,可要走咧,你看这七婆六婶们可怜得没人养老。七八十的人了,成天还连爬带滚的上地干活呢。没看七婆,狼娃今早还把她往外赶呢。"

耀昭把这话听得一清二楚,人窝里他只看见狼娃一闪就再没了人影。

"咔嚓嚓,轰——"忽然从终南山顶上涌来满天的乌云,一道电闪雷鸣划过天空,柳秋桂老人睡着了似的,悄悄地咽下了最后一口气。

她走了,走在今年第一声春雷里。

上天接纳了她,为她劈出了一条通往天堂的路。

送埋母亲时,耀昭备下了鱿鱼海参、鱼虾满盘的上好席面,招待全村的父老乡亲。他还邀来了省城的歌舞团,搭台演出,为家乡的人们送上了自己的感激之情。于是,全村人披麻戴孝,孝布扯了足足有一里路长。邻村的人也赶来了,把冷寂了十几年的东场围得热闹沸腾,被撂置在河沿边上的石碾盘大睁着苏醒的眼睛似的,冷漠地看着这人头攒动的场景。

一碾盘的历史,一碾盘的风情,都交给这南来的风去述说了。

母亲入土就寝了,耀昭这才感到愧疚和不安,觉得自己没尽孝道,是当儿子的严重失职。他是最后一个留在母亲坟头的人。

麦子已经出穗,一片连着一片,绿缎子似的闪闪发光,如同大地烁颤的心。终南山静穆地矗立在正南方,仿佛长高了许多似的,显得更威武、更雄伟了。凝望着庄严的终南山,耀昭仿佛回到了童年,回到了母亲的怀里。

忽然,一只杜鹃鸟从南山脚下箭一般穿射而来,"归归"地啼叫着,到了耀昭的头上就盘旋嘶鸣,叫个不休。

耀昭看着啼血的杜鹃鸟,心"腾"地就插上了翅膀,仿佛有了某种感召一样。

直到这时，他才彻底明白了自己，自身原来是一只转世的杜鹃啊。

万鸟之中，唯独杜鹃鸟不筑巢。茫茫人海里，只有耀昭没成家。他感到自己和这美丽的杜鹃鸟是那么的相似。杜鹃啼归，是在唤他魂归故里。他一下就清醒起来，陡然在心的绿茵地里兀自耸起一座大山。他想到了村里的七婆六婶们，想到她们操劳一生，如今却老无所依，他要倾自己这些年的全部积蓄，在村子里设一个养老基金，让老人老有所养，安享晚年。

耀昭头上的杜鹃鸟叫了一阵后满意地飞走了，向着终南山方向飞去。耀昭目送着美丽无比的杜鹃鸟，看它的羽翼扇动着的阳光，那么迷人，那么娇娆。它简直就是一只天外的神鸟呢。

在终南山的大背景衬托下，杜鹃鸟的身姿愈来愈妩媚；在终南山郁葱的绿荫里，他仿佛看到母亲在慈爱无比地向他微笑，向他赞许；在母亲的身后，满山满坡骤然蓬起了喷香的红堂堂的豌豆花儿。

夕阳如血，那轮又红又大，向塬下滚去的太阳，拼尽最后的气力，照映着、呵护着终南山下这片黄土地，把时节照成了一个红五月，一个即将成熟万千希望的红五月！